GEFÄLSCHTES GEDÄCHTNIS

John F. Case

Gefälschtes Gedächtnis

Roman

Aus dem Englischen
von Ulrike Wasel und
Klaus Timmermann

Scherz

Die Originalausgabe erschien unter dem Titel
«The Syndrome» bei Ballantine, New York

Erste Auflage 2001

www.scherzverlag.ch

Es muss neben den führenden Politikern und Wissenschaftlern noch eine dritte Macht geben, eine Art dritter Stand, der die Aufgabe hat, Fehler zu vereiteln und schon im Vorfeld Bereiche zu diagnostizieren, wo Störfälle auftreten können. Es muss eine Abteilung geben, deren Aufgabe es ist, die faulen Äpfel schon bei den ersten Anzeichen von Fäulnis zu entsorgen …

Eine Abteilung dieser Art muss undercover arbeiten. Sie muss entweder völlig unabhängig sein oder aber von den höchsten Verantwortungsträgern mit uneingeschränkten Vollmachten ausgestattet werden …

Aus: «The Invisible Empire», Einsatzbericht von Carleton Coon an den Chef des OSS, William Donovan, zitiert in *The Last Hero* von Anthony Cave Brown.

Prolog

Zürich
16. Juni 1996

Es war nicht La Grande Jatte. Es war nicht mal Nachmittag. Nicht ganz. Aber es fühlte sich so an – genau wie auf dem Gemälde –, als ob nichts je schief gehen könnte. Der friedliche Park. Der helle und schläfrige Tag. Der neonblaue See, der in der leichten Brise glitzerte.

Lew McBride lief durch den schmalen Park, der vom geschäftigen Bellevueplatz aus ein Stück am Ufer des Zürichsees entlangführt. Er hatte schon knapp fünf Kilometer hinter sich und war auf dem Rückweg, joggte durch den Halbschatten und dachte träge an Seurat.

Das großartige Gemälde des Pointillisten war bevölkert von seriös aussehenden Männern mit Zylinder, fügsamen Kindern und Sonnenschirm tragenden Frauen. Doch die Zeit, die der Maler eingefangen hatte, lag über ein Jahrhundert zurück. Heutzutage waren die Menschen anders und auch die Sonntagnachmittage.

So hatte zum Beispiel die Hälfte der jungen Frauen, die er sah, ein Handy am Ohr oder fuhr Inline-Skates oder beides. Sie hatten den Bauchnabel gepierct und rollten mit keckem Blick und kichernd an Fußball spielenden Kindern, dösenden Männern und Liebespärchen vorbei, die schmusend im üppigen Gras lagen. Die Luft kam frisch von den Alpen, sonnig, kühl und würzig, hier und da von einem Hauch Marihuana durchweht.

Er mochte Zürich. Der Aufenthalt hier gab ihm Gelegenheit, sein Deutsch aufzupolieren. Es war die erste Fremdsprache, die er in der High-School gelernt hatte, weil er damals für eine Austauschschülerin schwärmte. Später war Spanisch dazugekommen, ein bisschen Französisch und sogar etwas Kreol, aber zuerst Deutsch – dank Ingrid. Er lächelte bei dem Gedanken an sie, während er über den schmalen Weg lief, an einer Anlegestelle vorbei, wo Segelboote mit flatternden Fallleinen dümpelten.

Er hatte seinen Walkman auf und hörte Margo Timmons' Version eines alten Songs von Lou Reed über eine Frau namens «Jane, sweet Jane ...»

Musik, Bücher und Laufen waren McBrides heimliches Nikotin, und ohne das war er ruhelos und unglücklich. Deshalb besaß er kein Segelboot (konnte sich keines leisten) – obwohl er so gern eins gehabt hätte. Seine Wohnung in San Francisco – ein ausgebauter Loft unweit der Market Street – zeugte von diesen Obsessionen. Neben den Fenstern die Stereoanlage und das große Sofa. Berge von Büchern und CDs ragten auf wie Dolmen: Blues, Mornas, DeLillo und Oper. Konpa, Rock und Gospel. Chatwin über Patagonien, Ogburn über Shakespeare. Und ein Dutzend Bücher über Schach, womit McBride sich lieber lesend beschäftigte, als es zu spielen (außer vielleicht auf Haiti, wo er und Petit Pierre manchmal stundenlang über ein verkratztes Schachbrett gebeugt mit einer Flasche Rum im Oloffson saßen).

Wenn er daran dachte, fehlten ihm der Ort, das Schachspiel, seine Freunde.

Er warf einen Blick auf seine Uhr und zog das Tempo etwas an. Er hatte noch gut eine Stunde und zwanzig Minuten bis zu seinem Termin im Institut, und er wollte nicht zu spät kommen. (Es machte ihn verrückt, wenn er sich verspätete.)

Das Institut für globale Studien hatte seinen Hauptsitz in Küsnacht, rund zwanzig Minuten vom Hotel Florida entfernt, wo McBride wohnte. Es war ein kleines, aber renommiertes Forschungszentrum, das von angesehenen Geldgebern beiderseits des Atlantiks finanziert wurde. Wie so viele in den Nachkriegsjahren gegründete Einrichtungen beschäftigte sich das Institut mit der Idee – der vagen und schwer fassbaren Idee – des Weltfriedens. Zu diesem Zweck wurden nicht nur Tagungen abgehalten und fortschrittlichen Organisationen wie Amnesty International und Médecins Sans Frontières Mittel zur Verfügung gestellt, sondern auch Jahr für Jahr Forschungsstipendien an eine Hand voll besonders fähiger junger Leute vergeben, deren Forschungsinteressen sich mit denen der Stiftung deckten.

Dazu zählten so unterschiedliche Themen wie «Der Aufstieg paramilitärischer Verbände in Mittelamerika», «Islam und Internet», «Die

Entwaldung Nepals» und McBrides eigene Untersuchung, die sich mit den therapeutischen Elementen animistischer Religionen beschäftigte. Nun, da der Kalte Krieg der Vergangenheit angehörte, waren die Direktoren der Stiftung zu der Meinung gelangt, dass zukünftige Konflikte in den meisten Fällen durch ethnische und religiöse Differenzen ausgelöste Konflikte «von niedriger Intensität» sein würden.

Nach dem Abschluss seines Studiums der Klinischen Psychologie und Neueren Geschichte hatte McBride zwei Jahre lang Mittel- und Südamerika bereist. Während dieser Zeit hatte er scharfsinnige und interessante Berichte über die Massenkonvertierungen von Wunderheilern in Brasilien, das Auslösen von Trancezuständen bei Voodoo-Zeremonien auf Haiti und die Rolle von «Waldkräutern» in den Riten von Candomblé und Macumba geschrieben.

Zwei dieser Berichte waren im *New York Times Magazine* veröffentlicht worden, was ihm einen Buchvertrag eingebracht hatte. In drei Monaten stand sein Forschungsstipendium zur Verlängerung an, und nach reiflicher Überlegung hatte er den Entschluss gefasst, darauf zu verzichten. Er war es allmählich leid, aus Koffern zu leben, und wollte endlich Zeit haben, das Buch zu schreiben. Und da die Stiftung ihn für das jährliche Gespräch nach Zürich bestellt hatte, war das die beste Gelegenheit, seine Entscheidung mitzuteilen.

Fazit: Das Leben war schön und würde noch schöner werden. Falls die Besprechung so lief, wie McBride sich das vorstellte, konnte er noch die Sechs-Uhr-Maschine nach London erwischen und wäre rechtzeitig zum Abendessen bei Jane – der realen Jane, die er seit Monaten nicht mehr gesehen hatte. «Jane, sweet, sweet Jane ...»

Diese Aussicht beschleunigte seine Schritte, so dass er fast zehn Minuten früher wieder im Florida war, als er erwartet hatte. Ihm blieb also reichlich Zeit zum Duschen, Rasieren und Anziehen und um sein einziges Gepäckstück zu packen – einen Seesack, der auch schon bessere Tage gesehen hatte.

Er würde sich mit Gunnar Opdahl treffen, dem Direktor der Stiftung, einem wohlhabenden und weltgewandten norwegischen Chirurgen, der die Medizin gegen die Philanthropie eingetauscht hatte. McBride hatte schon von Kalifornien aus mit Opdahl telefoniert und wusste daher, dass der Direktor es gerne sähe, wenn er sich noch für ein drittes Jahr verpflichtete. Er war froh über die Gelegenheit, Opdahl persönlich zu sprechen. So konnte er ihm die Gründe für seine Entscheidung darlegen, die Stiftung zu verlassen, und gleichzeitig seine Dankbarkeit gegenüber dem Institut ausdrücken. Und auf dem Weg nach Hause konnte er Jane einen Besuch abstatten.

Das Institut war in einem Stadthaus untergebracht, einem düsteren Granitklotz, erbaut um die Jahrhundertwende von einem Schweizer Industriellen, der sich später an einem Kronleuchter in der Eingangshalle erhängt hatte. Das Gebäude war drei Stockwerke hoch, hatte Fenster mit Mittelpfosten und alten gewölbten Scheiben. Die Dachrinnen waren aus Kupfer und hatten Wasserspeier an den Fallrohren, ein Kamintrio ragte aus dem Ziegeldach auf, und aus einem halben Dutzend Blumenkästen quoll die reinste Blütenpracht.

Eine kleine Messingtafel neben der massiven Eingangstür erklärte auf Deutsch, Französisch und Englisch, um was für eine Stiftung es sich handelte. Über dem bleiverglasten Oberlicht blickte eine Sicherheitskamera nach unten. Er klingelte, einmal, zweimal, und –

«Lew!» Die Tür wurde aufgerissen, und Gunnar Opdahl stand vor ihm, versperrte den Blick auf den Raum hinter sich. Der Institutsdirektor war noch größer als McBride mit seinen ein Meter fünfundachtzig, elegant in einem teuren, vermutlich maßgeschneiderten Businessanzug und mit einer Hermes-Krawatte, die McBride aus den Duty-free-Shops in Heathrow kannte.

Schlank und doch kräftig gebaut, bewegte sich der etwa fünfzigjährige Opdahl mit der geschmeidigen Anmut eines in die Jahre gekommenen Athleten – was er auch tatsächlich war, denn Jahrzehnte zuvor hatte er die Bronzemedaille im Abfahrtslauf gewonnen. Sie waren einmal zufällig im Gespräch darauf gekommen, und McBride konnte zum Besten geben, dass sein Vater bei denselben Winterspielen (Sapporo, 1972) Silber im Biathlon gewonnen hatte (der erste Amerikaner überhaupt, der sich in dieser Sportart platzieren konnte). Opdahl hatte freundlich das Gesicht verzogen und geklagt, dass «Norwegen den Biathlon abonniert hat – zumindest erwartet man das von uns!».

Jetzt reichte Opdahl McBride die Hand und legte ihm freundlich einen Arm um die Schultern. «Wie war die Reise?», fragte er. «Problemlos?» Der Ältere führte McBride hinein und schloss die Tür.

«Ein bisschen Jetlag», erwiderte McBride. «Aber ansonsten war der Flug angenehm.»

«Und das Florida?», fragte Opdahl, als er McBrides Seesack mit einem nachdenklichen Blick neben die Tür stellte.

«Das Florida ist großartig!»

Opdahl lachte glucksend. «Große Zimmer, ja. Aber großartig? Das nun nicht gerade.»

McBride lachte. «Na ja, jedenfalls ist es preiswert.»

Opdahl schüttelte den Kopf und schnalzte missbilligend mit der Zunge. «Das nächste Mal steigen Sie im Storchen ab, und die Stiftung übernimmt die Kosten. Finanzieren ist schließlich unsere Aufgabe!»

McBride machte eine Geste, irgendwo zwischen Achselzucken und Nicken, und blickte sich um. Es war alles im Großen und Ganzen so, wie er es in Erinnerung hatte, kostbare Teppiche auf dem Marmorboden, Kassettendecke, Wandvertäfelung aus Eichenholz, Ölgemälde mit Blumen- und Landschaftsmotiven und PCs auf den schönen alten Holzschreibtischen.

Er war zwar erst zum dritten Mal im Institut, aber er wunderte sich, wie ruhig es hier war. Opdahl bemerkte sein Erstaunen, schlug ihm auf die Schulter und deutete auf die Treppe. «Wir sind ganz unter uns!», rief er und ging voraus.

«Wirklich?»

«Natürlich. Es ist Samstag! Samstags geht doch kein Mensch arbeiten – bloß der Boss. Und das nur, weil ich keine andere Wahl habe!»

«Wieso nicht?», fragte McBride, während sie die Treppe hochgingen. «Sie sind doch schließlich der Boss.»

«Weil ich hier wohne», klärte Opdahl ihn auf.

«Ich habe immer angenommen, Sie wohnen in der Stadt.»

Opdahl schüttelte den Kopf und verzog das Gesicht. «Nein. Das hier ist sozusagen mein Zuhause, wenn ich nicht zu Hause bin.» Er blieb auf einem Treppenabsatz stehen, wandte sich McBride zu und sagte erklärend: «Meine Frau lebt in Oslo. Sie kann die Schweiz nicht ausstehen, findet sie zu bourgeois.»

«Na ja», sagte McBride, «das macht sie ja gerade so liebenswert.»

«Natürlich, aber über solche Dinge lässt sich nicht streiten.»

«Und Ihre Kinder?»

«In alle Himmelsrichtungen verstreut. Ein Sohn ist in Harvard, ein anderer in Dubai. Die Tochter in Rolle am Genfer See.»

«Schule?»

«Ja. Die Hälfte meines Lebens schwirre ich in Flugzeugen durch den leeren Raum.»

«Und die übrige Zeit?»

Opdahl grinste breit und ging weiter die Treppe hoch. «Die übrige Zeit treibe ich Geld für die Stiftung auf oder steche Nadeln in Landkarten, um festzuhalten, wo sich Leute wie Sie gerade herumtreiben.»

Jetzt lächelte McBride und machte einen Scherz über seine Atemnot. «Ich dachte, hier gäb's einen Aufzug», sagte er.

«Gibt es auch, aber ich benutze ihn nicht gern am Wochenende», erwiderte Opdahl. «Wenn es einen Stromausfall gibt... na, Sie wissen schon.»

Bei seinen früheren Besuchen hatte McBride in einem Konferenzraum im zweiten Stock mit Opdahl und dessen Assistenten gesprochen, daher war er zumindest leicht gespannt auf die Wohnung darüber.

Im dritten Stock kamen sie zu einer Tür, die überhaupt nicht zu dem übrigen Gebäude passen wollte. Sie war aus Stahl statt aus Holz, ungewöhnlich dick und nur über ein elektronisches Sicherheitsschloss zu öffnen.

Opdahl tippte drei oder vier Ziffern in ein Tastenfeld mit Aluminiumrahmen und die Tür sprang mit einem metallischen Klicken auf. Der Direktor verdrehte die Augen. «Hässlich, was?»

«Na ja, sie ist dick», bemerkte McBride.

Opdahl lachte leise. «Der Vormieter war eine Privatbank», erklärte er. «Nach dem, was ich über ihre Kunden gehört habe, war die dicke Tür vermutlich eine kluge Entscheidung.»

Das eigentliche Büro war geräumig und gemütlich, hell und, anders als die Räume in den unteren Etagen, modern eingerichtet. Es gab eine Bücherwand und ein Ledersofa. Auf einem Couchtisch aus Plexiglas stand ein Silbertablett mit einer dampfenden Teekanne, zwei Tassen mit Untertasse, Milch und Zucker und einer Schale Madeleines.

«Tee?», fragte Opdahl.

McBride nickte – «gern» – und ging zu den Fenstern hinter dem Schreibtisch, um die Aussicht zu bewundern. Durch die Bäume betrachtet, war der See kobaltblau und glitzerte wie zerbrochenes Glas. «Atemberaubend», sagte er.

Opdahl bedankte sich mit einem leichten Kopfnicken für das Kompliment und goss ein. «Zucker?»

«Nur ein bisschen Milch», antwortete McBride. Und dann, als er den Computer auf dem Schreibtisch des Direktors bemerkte, legte er den Kopf schief und runzelte die Stirn.

«Wo ist denn Ihr A-Laufwerk?», fragte er.

«Was ist ein A-Laufwerk?»

«Für Ihre Disketten.»

«Ach so, das!», erwiderte Opdahl. «Es gibt keins.»

McBride war verblüfft. «Wieso nicht?»

Opdahl zuckte die Achseln. «Wir behandeln unsere Daten gern vertraulich, und auf diese Weise können wir sicher sein, dass sie im Haus bleiben.» Er reichte McBride eine Tasse Tee, setzte sich an seinen Schreibtisch und bedeutete dem jungen Amerikaner mit einer Geste, auf der Couch Platz zu nehmen. Dann trank er einen Schluck und sagte energisch: «So!» Eine Pause. «Sie haben großartige Arbeit geleistet!»

«Na ja ... danke», sagte McBride.

«Im Ernst, Lewis. Ich weiß, wie schwierig es sein kann, an Orten wie Haiti zu arbeiten. Die hygienischen Bedingungen sind nicht die besten, und wenn man sich nicht auskennt, kann es auch gefährlich sein.»

«Ich habe mich impfen lassen.»

«Trotzdem ...» Opdahl beugte sich vor und räusperte sich. «Sie fragen sich bestimmt, warum Sie hier sind ...»

McBride setzte sich auf und lächelte. «Eigentlich nicht», sagte er. «Ich denke, ich weiß, warum. Das Forschungsstipendium läuft in ein paar Monaten aus ...»

Opdahl nickte, um diese Feststellung zu bestätigen und sie zugleich als irrelevant abzutun. «Nun ja, da haben Sie natürlich Recht, aber das ist nicht der Grund, warum Sie hier sind.»

«Nein?» McBride blickte ihn fragend an.

«Nein.» Ein surrendes Geräusch ertönte im Flur vor dem Büro, und beide Männer schauten in die Richtung.

«Ist das der Aufzug?», fragte McBride.

Der Direktor nickte, und seine Stirn legte sich in Falten.

«Aber –»

«Das muss einer der Mitarbeiter sein», mutmaßte Opdahl. «Hat wahrscheinlich irgendwas vergessen.» Das Surren erstarb, und sie hörten die Türen aufgehen. Einen Moment später klopfte es. «Wären Sie so nett?», bat der Direktor, zur Tür deutend.

McBride runzelte die Stirn. «Kein Problem», sagte er, stand auf, ging zur Tür und öffnete sie.

Er hatte nur den Bruchteil einer Sekunde, den Anblick in sich aufzunehmen, und gar keine Zeit mehr, ihn zu verstehen. Was er sah, war Folgendes: einen Mann in Chirurgenkleidung mit einer Gasmaske über dem Gesicht, dann eine Spraywolke, und der Boden hob sich ihm entgegen. Lichterregen. Dunkelheit.

Er befand sich in einem Rettungswagen. Er war sicher, dass er in einem Rettungswagen war, weil er die Lichter an der Decke sehen konnte, reflektierende rote Lichter, die immerzu kreisten. Neben ihm saß ein Mann in Chirurgenkleidung, der ihn mit freundlich neugierigem Blick betrachtete.

McBride wollte fragen, was los war, aber er hatte Schwierigkeiten zu sprechen. Sein Mund war trocken, seine Zunge hölzern. Als er schließlich etwas sagte, klang seine Stimme undeutlich, als wäre er betrunken. Nach einer Weile gab er es auf und konzentrierte sich auf das, was passiert war. Da war ein Mann mit einer Maske. Von irgendeinem Notdienst. Was darauf hindeutete, dass irgendwo Gas ausgetreten war oder so was in der Art.

Und die Sprühwolke? Was war das?

Er versuchte, den Kopf zu heben, sich aufzusetzen, aber das war nicht möglich. Er war auf einer Trage festgeschnallt, flach auf dem Rücken, und unendlich matt. Also ein Beruhigungsmittel und so, wie er sich fühlte, wohl ein besonders starkes. Vielleicht Thorazin. Er schloss die Augen, dachte, ich müsste Angst haben ... es wäre gesünder, wenn ich Angst hätte.

Sie fuhren eine Stunde oder länger, und nicht ein einziges Mal schaltete der Fahrer die Sirene ein – bloß die rotierenden Lichter. Dann und wann schlug McBride flatternd die Augen auf, und da waren sie, kreisten an der Decke: Rot ... gelb ... rot ...

Es war so seltsam. Wo immer der Rettungswagen war, wo immer sie gewesen waren, es gab keinerlei Verkehr. Der Wagen rollte mit gemächlicher, nur selten veränderter Geschwindigkeit dahin – als führen sie über Land. Was überhaupt keinen Sinn ergab. In Zürich gab es reichlich Krankenhäuser – warum also die Stadt verlassen? Wenn es ein Notfall war ... und es *musste* ein Notfall sein, denn ... wenn nicht ...

Die Wirkung des Beruhigungsmittels ließ allmählich nach, und schon spürte er, wie sich die ersten Angstgefühle tief in seiner Brust regten.

Dann waren sie da – wo immer «da» auch sein mochte. Der Rettungswagen hielt knirschend an, dem Geräusch nach zu schließen auf Kies, und die Lichter an der Decke erloschen. Dann fiel die Wagentür zu. Die Wände bebten. Menschen sprachen Schwyzerdütsch miteinander. Die Hecktüren wurden jäh aufgerissen. Ein frischer Luftstrom, und dann bewegte sich die Trage unter ihm.

«Wo bin ich?» Ein seltsames Gebäude, nur ein flüchtiger Eindruck – aber modern. Dann ein Gesicht, das vor seinem eigenen schwebte.

«Nicht reden.»

Und dann waren sie drinnen. Einen langen Flur entlang und in einen hell erleuchteten Raum. Wo er fast eine halbe Stunde lang allein gelassen wurde, während sein Mund trockener und trockener wurde und er die Uhr hoch oben an einer glänzenden Kachelwand anstarrte.

«Sie sind sehr tapfer.»

Die Stimme kam vom Ende der Trage. Es war Opdahls Stimme unter Opdahls Augen, die ihn über den Rand einer Chirurgenmaske hinweg musterten.

Das Beruhigungsmittel hatte seine Wirkung inzwischen verloren und McBride merkte, dass er ohne große Mühe sprechen konnte. «Was ist passiert?», fragte er. Und dann, als keine Antwort kam: «Was haben Sie vor?»

«Vec», sagte Opdahl, aber nicht zu ihm.

Eine Nadel erschien – McBride sah sie kaum eine Sekunde lang, dann spürte er den Einstich knapp unterhalb der Armbeuge. Schlagartig wurde alles langsamer. Sein Herz schien unregelmäßig zu schlagen und stolperte, als hätte er einen Schlag auf die Brust bekommen. Und plötzlich konnte er nicht mehr atmen. Er erstickte und diese Erkenntnis löste Panik bei ihm aus. Als die Panik in ihm aufstieg, warf er sich unwillkürlich gegen die Gurte, die ihn festhielten. Er war wild entschlossen aufzustehen. Wenn er aufstehen könnte, könnte er auch atmen. Aber die Gurte gaben nicht nach oder – nein, das war es nicht. Es lag nicht an den Gurten. Es lag an ihm. Er war gelähmt, war so unbeweglich wie ein Schmetterling unter Glas.

Opdahl beugte sich dichter zu ihm herunter, so nah, dass McBride den Atem des älteren Mannes im Gesicht spürte. Dann berührte die

Spitze eines Skalpells seinen Hals, genau oberhalb des Brustbeins, und er spürte, wie das Messer durch die Haut schnitt. «Sch-sch-sch-sch-sch», wisperte Opdahl, obwohl McBride keinen Laut von sich gegeben hatte. «Alles wird gut.»

Aber das stimmte nicht.

Er starb. Er hätte ebenso gut unter Wasser sein können, in Beton eingeschlossen oder lebendig begraben. Er bekam keine Luft und in seiner Panik spürte er, wie etwas in seine Kehle eindrang. Was immer es war, es zerrte an dem Gewebe in seinem Hals, als Opdahl es immer tiefer hineinschob. Dann begann irgendwo hinter ihm eine Maschine zu pumpen, und plötzlich atmete er wieder – oder die Maschine atmete für ihn. Er wusste es nicht.

Der ältere Mann überprüfte McBrides Pupillen, leuchtete ihm mit einer Stablampe in die Augen, ohne auf McBride selbst zu achten. Dann spürte McBride, wie er hochgekurbelt wurde, bis er sich fast in einer sitzenden Position befand. Einen Augenblick später wurde eine große Apparatur neben den Operationstisch gerollt, während gleichzeitig eine zweite Maschine, etwa so groß wie ein Kühlschrank, surrend ansprang. McBride erkannte in dem ersten Gerät ein Operationsmikroskop und vermutete, dass das zweite ein Fluoroskop war, das während einer Operation eine Serie von Röntgenbildern lieferte.

Opdahl schwebte erneut ins Blickfeld, während jemand einen Fernsehmonitor vor den Operationstisch rollte. Er stand auf einem kleinen Gestell, leuchtete hell, und McBrides Blick wurde davon angezogen. Übelkeit überkam ihn, als ihm klar wurde, dass der Mann auf dem Bildschirm mit dem Luftröhrentubus in der Kehle er selbst war.

«Sie kommen wieder in Ordnung», versprach Opdahl. «Keine Sorge.» Dann griff er nach einem der chirurgischen Instrumente, die auf einem Stahltablett neben ihm lagen. «Wir haben Ihnen acht Milligramm Vecuronium verabreicht. Deshalb können Sie sich nicht bewegen. Es ist ein Muskelrelaxans.» Er hielt inne. «Aber leider kein Narkotikum.»

Dann deutete er mit dem Kinn auf den kleinen Monitor vor dem Tisch. «Ich bedaure, dass Sie das mit ansehen müssen, aber das ist Teil des Verfahrens.» Mit diesen Worten wandte er sich der Krankenschwester zu und nickte. Wortlos trat sie hinter McBride, streckte beide Arme aus und nahm seine Oberlippe zwischen Daumen und Zeigefinger. Sie zog sie zurück, so dass sein oberer Gaumen freilag.

Opdahl beugte sich vor und zog sein Skalpell über das Hautstück, das McBrides Lippe unterhalb der Nase mit dem Gaumen verband. Anschließend, während der gelähmte McBride entsetzt auf den Monitor starrte, machte sich Opdahl an die Prozedur, die als «Schälen» bezeichnet wird, und löste das Gesicht des jungen Mannes sorgfältig vom Schädel, zog die Haut ab, um einen direkten Zugang ins Gehirn freizulegen.

1

7. Oktober 2000
Florida

Sie war in einer Art Straßentrance, brauste Richtung Süden, die Augen auf den Horizont geheftet, ohne das Radio richtig wahrzunehmen, das Songs aus ihrer Kindheit spielte. Der Wagen war ein kirschrotes BMW-Kabrio, ein Z-3 mit neuen Michelin-Reifen und einem Superradio, das anscheinend auf die Vergangenheit eingestellt war. Nico nahm die Sonnenbrille ab, schaltete den Tempomat ein – sie wollte nicht rasen – es wäre dumm zu rasen – und drückte den Suchknopf am Radio.

Leichte Unterhaltungsmusik. Country. Oldies. Salsa.

Ein Oleanderfarbenmeer säumte den Highway, der sich durch eine sonnenverbrannte Landschaft erstreckte, flach wie ein Billardtisch, schäbig und bezaubernd zugleich. Baufällige Häuser kauerten neben der Straße unter Baldachinen aus immergrünen Eichen, an denen lange Bartflechten – spanisches Moos – wehten. Hier und da Südstaatenfahnen und rosa Flamingos. Leichenhallen und Pflegeheime. An der Straße ein Stand, der gekochte Erdnüsse anbot, auf Cajun-Art oder normal.

Florida, dachte sie, schüttelte den Kopf und verdrehte die Augen hinter ihrer Ray-Ban.

Der Zauber lag in diesem Licht und in dem strahlend blauen Himmel. Er lag in der pastelligen Verheißung der Golfküste nur wenige Meilen westlich, und er lag auch in Nico. Ebenso wie das Auto, das sie fuhr, war Nico ein Meisterwerk, schnell und teuer.

Sie war mit dem Zug von Washington nach Orlando gekommen, wo der BMW schon auf dem Parkplatz des Bahnhofs auf sie wartete.

(Sie wäre lieber geflogen – sie flog gern –, aber unter den gegebenen Umständen, mit dem ganzen Gepäck und so, wäre Fliegen unpraktisch gewesen, war Fliegen völlig ausgeschlossen.) Sie hatte die Interstate 4 zum Tamiami Trail genommen und war dann kurz vor Tampa Richtung Süden abgebogen. Das war Florida von seiner hässlichen Seite, nichts als billige Einkaufszentren und Trailer-Parks und Parkplätze und Tankstellen.

Aber das alles änderte sich allmählich, als sie den Trail hinter sich ließ und nach Westen auf den Damm zufuhr, der Anna Maria Island mit dem Festland verband. Zunächst war noch alles beim Alten, die typische Ansammlung von Shoney's Restaurants, Wal-Marts und Exxon-Tankstellen. Als sie an einer Ampel hielt und kurz nach rechts blickte, sah sie erschreckt eine verwahrloste Frau auf dem Bürgersteig liegen, gleich neben einem Einkaufswagen, auf dem sich Plastiktüten türmten, die allem Anschein nach mit Müll gefüllt waren.

Die Ampel sprang auf Grün, und Nico fuhr weiter ihrem Ziel entgegen: einem Bollwerk der Reichen, einer Insel, nur wenige Meilen nördlich von Sarasota, üppig bewachsen und übersät mit türkisfarbenen Swimmingpools und smaragdgrünen Golfplätzen. Dort erstreckten sich sündhaft teure Villen und luxuriöse Apartmentanlagen an einem schimmernden hellen Strand, der, aus der Luft betrachtet, den Eindruck erweckte, als wären die Konturen der Insel mit einem gelben Textmarker nachgezeichnet worden.

So dachte sie zumindest. Sie war noch nie dort gewesen. Wenigstens glaubte sie nicht, dass sie schon einmal dort gewesen war. Aber sie hatte Bilder und Broschüren gesehen. Und es sah wunderschön aus. Longboat Key – das Florida, von dem der alte Geldadel träumte.

Einem Hinweisschild mit der Aufschrift La Resort folgend, bog Nico in einen von Palmen gesäumten Boulevard ein, der vor dem Eingang einer lang gestreckten Villa mit apricotfarbenen Mauern endete. Sie machte den Motor aus, streckte ihre langen Beine und stieg unter den hingerissenen Blicken des Hotelpagen aus.

«Werden Sie bei uns wohnen?»

«Ich hoffe es», sagte sie, warf ihm die Schlüssel zu und sprang die Stufen zur Rezeption hoch, wo sie ein junger Mann freundlich begrüßte, der anders als sie klimaanlagengerecht gekleidet war: weißes Hemd und Krawatte, Khakihose und Blazer.

«Brr», entgegnete sie mit einem leicht verzerrten Lächeln.

Der junge Mann lachte und schob eine Anmeldekarte über die Empfangstheke. Wie der Page sah er gut aus, mit kurz geschnittenem blonden Haar und blitzenden blauen Augen. Über der linken Brusttasche seines Blazers war das Logo von La Resort, eine rosa und cremefarbene Orchidee, flankiert von Palmwedeln.

«Haben Sie reserviert?»

«Ja», sagte sie. «Ich bin Nico Sullivan. Nicole.»

«Wenn Sie das bitte ausfüllen würden», sagte er. «Ich registriere Ihre Kreditkarte, und dann kann Travis Ihr Gepäck auf Ihr Zimmer bringen.» Er nahm eine Broschüre aus einem Kunststoffständer, drehte sie um und zeichnete mit einem Stift eine Linie von *Sie sind hier* zu einem Gebäude namens *Flagler Tower.* Dann tippte er etwas in seinen Computer, griff unter die Theke und holte eine weiße Plastikkarte mit Nicos Namen in erhabener Schrift quer über dem Resort-Logo.

«Das ist Ihr Schlüssel», sagte er. «Es ist auch eine Art Kreditkarte. Sie können sie für alles im Resort benutzen – Drinks, Kleidung, Golfstunden – was Sie wollen! Sie legen einfach Ihren Schlüssel vor, und es gehört Ihnen.»

«Danke!», erwiderte Nico und griff mit einem strahlenden Lächeln nach der Karte. Aber der Mann hielt sie einen winzigen Moment zu lange fest, flirtete mit ihr.

«Noch irgendwelche Fragen?», erkundigte er sich.

Nico lachte, ein melodisches Kichern. Sie zog etwas fester an der Karte, und er ließ los. «Falls mir was einfällt», sagte sie, «rufe ich Sie an.»

«Ich würde mich freuen», antwortete er.

Sie fuhr mit den Fingern über die erhabene Schrift ihres Namens und sah auf. «Das Zimmer geht doch auf den Strand, ja?»

«Absolut.»

«Also nach Westen …?»

Der Mann nickte.

«Schön», sagte sie, «ich freue mich nämlich schon riesig auf die Sonnenuntergänge.»

«Tja, Sie werden nicht enttäuscht sein», erklärte er.

Kurz darauf trat sie aus dem Büro und sah den Pagen, der ihr Gepäck auf einen Handwagen verladen hatte und auf sie wartete. In der Nähe stand der BMW im Schatten unter einer Bougainvilleenlaube.

«Fährt sich schön», bemerkte der junge Mann.

«Danke.»

Gemeinsam gingen sie den Weg entlang zum Flagler Tower, plauderten Belangloses über Immobilien und das Wetter. Als sie vor dem Fahrstuhl warten mussten, begann Nicos Armbanduhr zu klingeln, ein hartnäckiges, elektronisches Zwitschern, das sie daran erinnerte, ihre Medikamente zu nehmen. Der Page lächelte. «Werfen Sie sie weg», schlug er vor.

«Ich wünschte, ich könnte!»

«He, wir sind hier in Florida! Hier hat man keine Termine! Man lässt sich ... einfach treiben.»

Sie lachte höflich, aber die Wahrheit war, dass sie sehr wohl Termine hatte. Jeden Nachmittag um vier hatte sie einen Termin mit ihrem Laptop und zweimal am Tag einen Termin mit ihren Medikamenten. Es handelte sich um ein Lithium-Präparat, das ihr die Klinik verschrieben hatte. Duran sagte, das Mittel sei zur Behandlung von «bipolarer Störung» oder auch manischer Depression, was bedeutete, dass sie Probleme mit Stimmungsschwankungen hatte. Wie jeder Mensch hatte sie ihre Höhen und Tiefen, nur dass die Höhen in ihrem Fall irgendwo im Orbit waren und man von ihren Tiefen eine Staublunge bekommen konnte. Das Lithium sorgte dafür, dass sie ausgeglichen blieb – was gut war, wenn man Ausgeglichenheit mochte.

Aber das war bei ihr eigentlich nicht der Fall. Sie war eine Frau, die Höhenflüge liebte. Und tatsächlich fühlte sie sich im Moment ziemlich gut, während sie so neben dem guten alten Travis stand und auf den Aufzug wartete.

Was die Frage aufwarf: Warum sollte sie es nicht so halten wie die Einheimischen und sich einfach ... treiben lassen? Wie der Page gesagt hatte. Das Positive betonen – das Negative ausblenden. Und nur das Negative. Es wäre nicht das erste Mal ...

Sie drückte auf den kleinen Knopf an ihrer Uhr, und der Signalton verstummte. Gleich darauf glitten die Türen auf und die beiden stiegen ein. Langsam setzte sich der Fahrstuhl in Bewegung und hielt schließlich ruckelnd im achten Stock. Nachdem sie in dem offenen Gang um zwei Ecken gebogen waren, erreichten sie eine Tür mit der Aufschrift 806-E. Der Page schob die Schlüsselkarte ins Schloss und wartete, bis die Leuchtdiode grün blinkte. Dann stieß er die Tür auf und ließ Nico den Vortritt.

«Oh, wow!», entfuhr es ihr, als sie in das Wohnzimmer fegte und eine kleine Drehung vollführte. «Es ist wunderschön!»

Und das war es wirklich. Die Suite war groß und luftig, eine Sinfonie aus blassen Blau- und dezenten Rosatönen, mit einem langen Balkon, viel Rattan und einem herrlichen Blick über das Wasser Richtung Mexiko. Nico entriegelte die hohen Balkontüren, schob sie auf und trat hinaus ins Sonnenlicht.

«Möchten Sie, dass ich Ihnen alles zeige?», fragte der Page und stellte ihr Gepäck auf einen Ständer gleich neben der Tür.

«Danke», sagte sie und trat wieder ins Zimmer. «Ich komme schon zurecht.»

Der Page zuckte die Achseln und bedachte sie mit einem jungenhaften Lächeln, das ein klein wenig zu routiniert war. «Ganz wie Sie möchten.» Die Frage war rhetorisch gewesen, um das Gespräch in Gang zu halten. Er kannte die Art von Gästen, die sich gern alle Annehmlichkeiten zeigen ließen, und diese Lady, kühl wie ein Eis am Stiel in ihrem frostgrünen Sonnenkleid, war ganz sicher nicht von der Sorte.

Nico lächelte, schob ihm einen Fünfer in die Hand und begleitete ihn zur Tür. «Danke für Ihre Hilfe», sagte sie, als sie die Tür hinter ihm schloss. Dann machte sie auf dem Absatz kehrt und ging zu ihrer Computertasche, in der sie die Medikamente aufbewahrte.

Sie öffnete die Tasche und kramte darin herum, bis sie fand, was sie suchte – gewissermaßen. Es waren zwei kleine orangefarbene Plastikfläschchen. Das erste, in dem sich ein Monatsvorrat Lithium befand, war fast leer, obwohl sie noch drei weitere Fläschchen zu Hause in ihrem Medizinschrank hatte.

Das zweite Fläschchen enthielt ein Medikament, das sie Placebo Nr. 1 nannte. Ein Witz – sie hatte es sogar auf das Etikett geschrieben, gleich unter die gedruckte Information: ‹326 Nicole Sullivan: Einnahme nach ärztlicher Anweisung›. Da das Medikament noch in der Erprobungsphase war und nicht einmal in den Staaten hergestellt wurde, hatte das Zeug keinen Namen, nur eine Nummer. Man konnte es nicht im Arzneimittelindex nachschlagen oder in einer Apotheke kaufen. Man musste es sich im Ausland kaufen oder mit der Post schicken lassen, und das tat sie auch, drei- oder viermal im Jahr, je nachdem …

Sie konnte sich durch das Mittel irgendwie von sich selbst distanzieren, als wäre ihr Körper ein Schauspieler in einem Stück, das sie sich als Zuschauerin ansah. Angeblich hatte das eine therapeutische Wirkung – die Möglichkeit, sich selbst so zu sehen, wie andere sie sahen. Und nicht nur das Placebo 1 versetzte sie in die Lage, außergewöhnliche Dinge zu tun. Ohne Affekt hatte sie ihren Körper und ihre Emotionen vollkommen unter Kontrolle. Jede Reaktion war angemessen und wohl überlegt (so schien es zumindest), so dass sie, wenn sie gewollt hätte, auf einem T-Träger von ihrer Suite zu dem Gebäude gegenüber hätte gehen können. Und sie hätte es auch noch genossen, weil sie, wenn sie in diesem Zustand war, auf eine Art und Weise frei war, wie es «normale Menschen» nie ganz sein konnten. Es war ein seltsamer und faszinierender Zustand.

Und anders als beim Lithium (von dem man dick wurde, wenn man nicht aufpasste) waren die Nebenwirkungen gering. Obwohl es das Gedächtnis durcheinander bringen konnte. Von einem Moment zum nächsten, von einer Stunde zur nächsten kam sie gut zurecht, aber von einem Tag zum nächsten war es manchmal problematisch. Obwohl sie nicht recht wusste, ob das normal war oder nicht.

Nico öffnete die Minibar, nahm eine Flasche Evian heraus. Aus jedem Fläschchen schüttelte sie sich eine Tablette in die Handfläche und spülte sie mit einem Schluck Wasser hinunter. Dann sah sie sich ihre Suite an.

Wie schön alles war: groß, sauber, freundlich und elegant. Nico war von allem angetan, dem Willkommenskorb mit Obst, dem schweren weißen Bademantel und der durchsichtigen Seife, dem kleinen Nähset und der kleinen Flasche Sekt, die im Kühlschrank lag.

Nachdem sie Inventur gemacht hatte, packte sie ihre Sachen aus und verstaute sie. Sie zog sich aus und probierte die Badeanzüge und Bikinis an, die sie mitgebracht hatte, drehte und wendete sich vor den Wandspiegeln im Ankleideraum, gleich neben dem Bad. Sie hatte sich schon fast für den schwarzen Badeanzug entschieden, einen klassischen, nicht zu gewagten, zog dann aber den zitronengelben Bikini an. Schließlich habe ich nichts zu verstecken, dachte sie, als sie in ein Paar Ledersandalen schlüpfte.

Sie ging durchs Wohnzimmer auf den Balkon und stand am Geländer mit Blick auf den Strand. Direkt unter ihr war die Terrasse mit dem Swimmingpool – Jacuzzi und Poolbar, Sonnenschirme und Tische. Zwischen dem Pool und dem Golf von Mexiko schwankte eine Reihe Palmen im Wind, während das Meer weit draußen schimmerte und glitzerte.

Plötzlich spürte sie, wie die Wirkung der Tabletten einsetzte, die Luft auf ihrer Haut sanfter wurde. Sie beugte sich über das Geländer, die Arme seitlich am Körper, und erinnerte sich schwach, dass sie Höhenangst hatte. Aber jetzt nicht. Jetzt empfand sie nichts. Sie hätte ebenso gut in ihrem eigenen Wohnzimmer stehen können.

Unten am Strand waren Hotelmitarbeiter dabei, ein Reihe von hellblauen Umkleidezelten abzubauen und zusammenzulegen. Nico starrte wie verzaubert auf das rhythmische Muster der Brandung, die weiße Gischt, die mit einem dumpfen Brausen heranrollte und zurückwich. Hin und wieder trieb eine kreischende Kinderstimme vom Pool zu ihr hoch.

Sie ging wieder hinein, zog ihren Laptop aus der Ledertasche und stellte ihn neben das Telefon auf den Tisch im Wohnzimmer. Sie verband den Computer mit dem Telefon, kippte den Monitor so, dass das helle Licht von draußen nicht störte, und schaltete das Gerät ein. Der CPU brauchte etwa eine Minute, um hochzufahren. Als er fertig war, klickte sie das AOL-Logo an und wartete erneut. Schließlich erklang die vertraute Hörnerfanfare und sie war online.

E-Mail für dich!

Sie klickte die Mailbox an, um nachzusehen, von wem.

7.10. Adrienne Wo steckst du, Nikki!?

Kleine Schwester.

Ohne die Mail zu öffnen, wählte sie das Internet an, tippte in den Kasten für die Web-Adresse

www.theprogram.org

und wartete.

Einen Augenblick später erschien am linken unteren Rand des Bildschirms die Meldung:

Dokument wird übermittelt

1% 2% 12% 33%

Wieso dauerte das so lange?

Und dann ein nahezu leerer Bildschirm mit der ach so vertrauten Information:

Unbekannter Server

Browser kann URL: http://www.theprogram.org/
nicht finden

Sie griff in die Tragetasche des Computers und nahm einen durchsichtigen Plastiküberzug heraus, der exakt über den Bildschirm des Monitors passte. Es war eine Art Kalender mit zwei Achsen – eine in Zwölftel unterteilte Vertikale und eine Horizontale mit 31 Unterteilungen. Gemeinsam ergaben sie ein Gitter mit 372 Kästchen, eines für jeden Tag des Jahres und sieben zusätzliche. Mit der Maus bewegte Nico den Pfeil auf das Kästchen, das dem Datum des Tages entsprach (7. Oktober), klickte es an und bewegte den Pfeil dann zu einem anderen Kästchen, das dem 11. Februar, ihrem Geburtstag, entsprach. Sie klickte erneut. Sofort erschien die kleine Sanduhr, schwebte unter dem Plastiküberzug, den Nico dann wieder entfernte.

Es dauerte immer etwa eine Minute, bis die Website geladen war. Sie sah zu, wie der blaue Balken über die Seite kroch, und dann war sie drin:

Hallo Nico

Der Cursor blinkte unterhalb der Begrüßung, wartete auf ihre Anweisungen. Sie atmete einmal tief durch, betätigte Strg-F5, dann erschienen Bilder und Wörter und noch etwas, ein Geräusch, das sie eigentlich nicht hörte, sondern spürte. Bilder und Wörter, sie rollten und hüpften und bewegten sich so schnell, dass es unmöglich schien, das alles in sich aufzunehmen. Aber sie tat es. Sie saß in ihrem Zimmer, reglos, die Augen leuchtend von dem Aufruhr auf dem Bildschirm.

Sie war seit drei Tagen im Resort, und er war noch immer nicht aufgetaucht. Jeden Abend ging sie hinunter zum Strand und wartete auf ihn, bloß um ihn zu sehen – aber er kam nicht. Und allmählich machten ihr die Tabletten zu schaffen. Immer, wenn sie sie zu viele Tage hintereinander nahm, fing sie an …

Was?

Mich zu verlieren.

Anders konnte man es nicht ausdrücken. Es gab lange Phasen, in denen … nichts war. Und dann war sie ganz plötzlich wieder sie selbst – nur irgendwie distanziert, immer distanziert, als wäre ihre Identität ein Phantomkörperteil. Man sollte nicht meinen, dass eine kleine Tablette einen derartig packen konnte, aber –

Keine Bange. Sie hatten gesagt, er würde kommen, und sie hatten immer Recht. Es war bloß eine Frage der Zeit.

Sie sah auf die Uhr (19:15), schaute dann aus dem Fenster, wo der Himmel sich langsam rot färbte. Ihr vierter Sonnenuntergang.

Sie schnappte sich ein Handtuch, fuhr mit dem Fahrstuhl ins Erdgeschoss und ging durch den Poolbereich auf den kleinen Plankenweg zu, der zum Strand führte.

Die Saison hatte noch nicht richtig begonnen, es war erst Anfang Oktober, deshalb waren nicht viele Gäste da. Ein paar Kinder am Pool, die sich gegenseitig mit großen nudelförmigen Gebilden aus Styropor angriffen. Mom in einem Liegestuhl, lesend, und dort drüben lagen zwei eingeölte Teenager mit geöffnetem Bikini-Oberteil auf dem Bauch. Nico dachte, sie wären vielleicht eingeschlafen, weil die Sonne ja fast verschwunden war. Der Poolbereich lag schon im Schatten und die Unterwasserbeleuchtung schimmerte unheimlich. Am Rand der Terrasse gingen flackernd die Lampen an. Der Mann vom Hotel, der Hüte und Sonnenbrillen, Sandschaufeln und Sonnencreme verkaufte, war dabei, alles in seinem kleinen Verkaufsstand zu verstauen und Feierabend zu machen.

Der Strand war sogar noch ruhiger. Anscheinend saßen die meisten Menschen beim Abendessen oder zogen sich zum Abendessen um.

Und dann sah sie ihn.

Ein alter Mann im Rollstuhl saß am Ende des Plankenweges, wo er sich zu einer Art Plattform verbreiterte, von der eine Treppe hinunter zum Strand führte. Er hatte einen Schal um die Schultern gelegt, und seine Augen waren auf den sich rötenden Horizont gerichtet. In der Nähe stand der jamaikanische Pfleger des alten Mannes auf das Geländer gestützt und lauschte verzückt der Musik, die aus den Kopfhörern seines Walkmans dröhnte. Reggae, dachte Nico, die den Rhythmus mitbekam, als sie vorbeiging, ein fernes, blechernes Jaulen.

Ansonsten war so gut wie niemand da. Außer dem Jamaikaner und dem alten Mann waren nur noch ein einsamer Jogger, der an der Wasserlinie entlang über den nassen Sand lief, und ein Pärchen zu sehen. Die beiden gingen mit gebeugtem Kopf und suchten offenbar Muscheln.

Und das war es auch schon. Alle anderen waren … irgendwo anders. Was Nico mit Nico allein ließ, eins zu eins, und sie sah zu, wie ihr Handtuch in den Sand fiel, während sie in das warme Wasser des Golfs watete. Vor ihr schien die Sonne auf dem dunklen Rand des Horizonts zu balancieren und verlieh dem Himmel die Farbe von Millionen Ansichtskarten.

Sie ist im Himmel, dachte Nico und sah sich selbst zu, wie sie sich durchs Wasser bewegte. Es war hier sehr seicht, bis zu einer Meile vom Strand entfernt höchstens knietief. Sie watete weiter und weiter hinaus ins Meer und konnte sich in den Augen des alten Mannes kleiner werden sehen. Schließlich wurde sie langsamer, hielt inne und sank auf die Knie. Sie lehnte sich nach hinten, stützte sich mit den Armen ab und genoss das warme Bad im Golf, lauschte dem Geschrei der Möwen, die über ihr kreisten. Sie blieb lange so, wie es ihr schien, die Augen geschlossen, das Gesicht dem Himmel zugewandt. Dann drehte sie sich auf den linken Arm und richtete sich mit einer einzigen fließenden Bewegung auf, die überraschend gewirkt hätte, wenn irgendjemand anderes außer ihr sie gesehen hätte.

Sie stapfte zurück zum Strand, hob ihr Handtuch auf und stieg die Stufen zu der Plattform hoch. Als sie an dem alten Mann vorbeikam, lächelte sie ihm schüchtern zu, sagte zaghaft «Hallo» und ging weiter. Der Jamaikaner bemerkte sie nicht einmal. Er war tief in Bob Marley versunken, Augen geschlossen, wiegende Schultern, leise singend «No woman, no cry».

In dem Fußbecken direkt hinter dem Tor spülte Nico sich die Füße ab, schlüpfte in ihre Badelatschen und ging über die Terrasse zum Aufzug.

Wieder in ihrem Zimmer nahm sie die kleine Sektflasche aus dem Kühlschrank. Dann füllte sie ein Sektglas aus dem Küchenschrank und nahm einen einzigen Schluck. Das war angenehm, dachte sie, sehr angenehm.

Sie stellte das Glas auf den Couchtisch und holte ihren Laptop hervor. Nachdem sie ihn mit dem Telefon verbunden hatte, wartete sie, bis er hochgefahren war, dann stülpte sie den Plastiküberzug über den Bildschirm und wählte die URL an, die sie schon am Vortag (und am Tag davor) aufgerufen hatte. Sie bewegte den Mauszeiger auf das Kästchen des heutigen Tages und dann auf das für ihren Geburtstag:

Hallo Nico

Der Cursor blinkte lautlos.

Sie legte die Fingerspitzen auf die Tastatur und tippte

Sofort erschien die Sanduhr in der Mitte des Bildschirms und schwebte dort wie ein Insekt in der Luft am Ende eines unsichtbaren Fadens. Nach einer Weile nahm ein Bild Gestalt an, Zeile für Zeile, bis das Foto eines alten Mannes zu erkennen war, desselben alten Mannes, der acht Stockwerke tiefer im Rollstuhl saß.

Jetzt war sich Nico sicher, dass sie den richtigen Mann hatte, und sie ging zu dem zusammenklappbaren Ständer, auf dem ihr Gepäck lag. Es bestand aus einem abgewetzten ledernen Reisekoffer, in dem sie ihre Kleidung transportierte, und einem wasserdichten Schalenkoffer aus limonengrünem, stoßfestem Plastik mit einer exakt eingepassten Schaumstoffeinlage. Sie stellte die Kombination an den Zahlenschlössern des Schalenkoffers ein, ließ die Riegel aufschnappen, öffnete den Deckel und überprüfte ihre Ausrüstung.

Eingebettet in Schaumstoffkammern lag in Einzelteile zerlegt die beste Scharfschützenausrüstung, die derzeit auf dem Markt war: ein M-24-Lauf mit Zylinderverschluss, der mit einem beruhigenden Klicken an einem kunstfaserverstärkten Fiberglasschaft mit schwarz mattierter Oberfläche einrastete, ein Leupold-Zielfernrohr und ein B-Square-Laser, eine Harris-Gabelstütze und ein in Belgien hergestellter Schalldämpfer, der auf den 50 Zentimeter langen Gewehrlauf geschraubt wurde.

Nico setzte die Waffe mit geübter Leichtigkeit zusammen, was etwa dreißig Sekunden dauerte, und testete den Drei-Pfund-Druckpunkt des Abzugs. Dann legte sie eine einzelne teflonbeschichtete .308er Patrone ein und lud durch. Mit Schalldämpfer, Zielfernrohr und Lasergerät wog die Waffe fast zehn Pfund, so dass nur die Gabelstütze die notwendige Präzision garantieren konnte.

Sie ging auf den Balkon und sah, dass die Sonne fast unter Wasser war und der Horizont blutig leuchtete, während der Himmel sich zu einem blauschwarzen Bluterguss verdunkelte. Von unten angestrahlt, zitterte ein Dutzend Palmen im Abendwind.

Aber der alte Mann war noch genau dort, wo er sein sollte. Er saß in der Dämmerung und genoss den letzten Atemzug des Tages.

Nico legte sich auf den Bauch und schob die Mündung durch die Streben der rosa Balkonbrüstung. Der Gewehrlauf ruhte auf der Gabelstütze, so dass ihr Arm nicht zu viel Gewicht halten musste. Sie blickte durch das Zielfernrohr und schaltete den Laser ein, der eine Oblate aus blutrotem Licht zwischen den vierten und sechsten Rückenwirbel des alten Mannes warf. Vom Ende des Laufes bis zu seiner Hautoberfläche waren es weniger als 200 Meter, ein leichter Schuss, selbst in der Dämmerung. Doch sie konnte sehen, dass das Licht auf dem Rücken ihres Zieles zitterte, während sie schier endlos lange, wie ihr schien, den Finger am Abzug krümmte. Dann zuckte das Gewehr, und sie hörte ein Geräusch, als wäre in einem anderen Zimmer ein Sektkorken aus der Flasche geflogen. Der alte Mann fuhr jäh auf und erstarrte, als jage ein Elektroschock durch ihn hindurch. Sein Körper sackte zusammen, so schlaff, dass sie wusste, die Kugel hatte das Rückgrat durchschlagen.

Es gab keinen Rauch und auch kein Mündungsfeuer, das irgendjemand hätte sehen können. Das Geschoss, das sie abgefeuert hatte, war eine Unterschall-Patrone, so dass das einzige, möglicherweise verräterische Geräusch der Klang der Kugel war, als sie in den Rücken des alten Mannes einschlug.

Nicht, dass das eine Rolle gespielt hätte. Niemand achtete darauf – ganz sicher nicht der Jamaikaner, der nur Ohren für Bob Marley hatte, und ganz sicher nicht die Kinder im Pool, deren Lachen in der Luft schwebte wie Musik.

Nico setzte sich auf und zerlegte das Gewehr.

Dann packte sie die Einzelteile wieder in den Koffer, klappte den Deckel zu und drehte an den kleinen Messingrädchen der Zahlenschlösser. Schließlich goss sie sich den Rest Sekt ein, ging mit dem Glas auf den Balkon, setzte sich und wartete darauf, dass die Hölle losbrach.

Noch immer gab es keinerlei Reaktion auf ihre Tat. Der Jamaikaner nickte rhythmisch zu dem einsamen Konzert seines Walkmans, die Augen halb geschlossen. Die Muschelsucher und der Jogger waren längst verschwunden, und die beiden Teenager hatten ihre Sachen zusammengepackt. Damit blieben nur noch die Kinder und ihre Mom. Die Kinder planschten noch immer im Pool, die Mutter stand daneben, hielt Handtücher bereit und flehte sie an, endlich herauszukommen. Eine Minute verging. Dann fünf. Die Sonne war jetzt hinter dem Horizont versunken, so dass nur noch schwache Streifen Rot am Himmel zu sehen waren. Schließlich, als hätte er soeben bemerkt, dass es fast schon dunkel war, nahm der Jamaikaner den Kopfhörer ab, packte die Griffe des Rollstuhls und schob den alten Mann gemächlich über den Weg, ohne zu merken, dass sein Schützling tot war.

Aber als er den Pool erreichte, sahen es die Kinder. Und Nico sah, was sie sahen: den alten Mann, leblos jenseits allen Schlafes, zusammengesackt in seinem Stuhl mit weiß verdrehten Augen. Und die Blüte auf seiner Brust, wo die Kugel ausgetreten und ihm in den Schoß gefallen war, nicht ohne ein Loch in seinen Schal zu reißen.

Eines der kleinen Mädchen fing an zu kreischen und ihre Mutter wies sie zurecht, weil sie dachte, die Kinder würden sich zanken. Nico stand am Balkongeländer, nippte an ihrem Sekt und hörte, wie die Frau ihrer Tochter drohte: «Jetzt reicht's aber, Jessie, jetzt reicht es wirklich, das ist das letzte Mal –»

Dann verlor sich ihre Stimme, der Wind erstarb, und ein erschrecktes Keuchen ertönte. Dann ein zweites Keuchen, als wollte jemand Kraft sammeln, um loszuschreien. Und endlich der Schrei selbst, der den Abend zerriss.

Nico verließ den Balkon, trat ins Zimmer und nahm die Fernbedienung zur Hand. Sie schaltete den Fernseher ein, setzte sich auf die Couch und zappte durch die Kanäle, bis sie ihre Lieblingssendung gefunden hatte. Kanal 67. MTV. «The Real World.»

Etwa zehn Minuten später trafen ein Rettungswagen und drei Polizeiautos mit gellenden Sirenen ein. Kurz danach kam ein Kamerateam vom Fernsehen und machte Aufnahmen von dem blutbefleckten Rollstuhl, dem alten Mann, der auf einer Trage weggeschafft wurde, und dem jamaikanischen Pfleger in einem Liegestuhl, das Gesicht in den Händen vergraben. In der Nähe standen einige Gäste mit exotischen Drinks, tuschelten und blickten ernst.

Über eine Stunde verging, bevor ein Polizist an Nicos Tür klopfte, um zu fragen, ob sie irgendetwas Ungewöhnliches gesehen oder gehört hatte. Sie verneinte und erkundigte sich dann, was denn da unten eigentlich los sei.

«Unten am Strand ist auf einen Mann geschossen worden», erwiderte der Polizist.

«Das gibt's doch nicht.»

«Doch.»

«Aber ich habe nichts gehört – ich meine, nicht, bis der Rettungswagen gekommen ist.»

«Niemand hat was gehört», sagte der Polizist. «Jedenfalls, soweit wir bisher wissen.»

«Er ist doch hoffentlich nicht schwer verletzt? Der Mann, auf den geschossen wurde?»

Der Cop schüttelte bedauernd den Kopf.

«Sie meinen, er ist tot?», fragte sie.

«Leider ja», sagte der Polizist. «Ermordet. Sie könnten sogar sagen abgeknallt.»

«Hier? Das ist ja schrecklich!»

Der Polizist schnaubte, als hätte sie etwas Lustiges gesagt. «Schrecklich ist glatt untertrieben.»

«Wie meinen Sie das?»

Der Polizist blickte verlegen. «Ich dürfte Ihnen das gar nicht sagen, aber… es war irgendwie unsinnig.»

«Was meinen Sie?»

«Den Mann zu erschießen.»

«Wieso?»

«Er heißt Crane. Zweiundachtzig Jahre alt. Krebskrank. Jeder kennt ihn. Er ist richtig prominent.»

«Und?»

«Sein Pfleger sagt, er hätte nur noch sechs Monate zu leben gehabt. Vielleicht ein Jahr, mit viel Glück. Ich meine –» Der Cop schüttelte den Kopf und lachte traurig. «Was macht das für einen Sinn?»

2

Washington, D.C.

Apropos «Höhenflüge» – sie platzte fast vor Energie! Und nicht bloß heute. Gestern war es auch so gewesen, und vorgestern. Eigentlich seit sie zurück war aus – wo auch immer.

Florida! Sie war in Florida gewesen.

Heute Morgen war sie um fünf Uhr aufgestanden (an Schlaf war nicht zu denken, wenn sie so war), hatte die Küchenschränke aufgeräumt und den Kühlschrank abgetaut. Dann hatte sie den Herd sauber gemacht und die Böden gewischt und gebohnert. Im Badezimmer hatte sie den Inhalt des Medizinschränkchens mit einem Schwung in eine Einkaufstüte gefegt. Danach hatte sie den Spiegel und die Regale geputzt und gedacht, ich brauche das alles nicht mehr. Nicht das Sinex, nicht das Lithium, nicht das Aspirin. Das war die neue Nico, so sauber und klar und frisch wie ein Evian-Wasserfall.

Heute war ihr Tag, der Tag, an dem sie zu Duran ging.

Sein Büro war in Cleveland Park. Um von Georgetown dorthin zu gelangen, musste sie die M Street bis zur Key Bridge hinuntergehen, den Potomac nach Rosslyn überqueren und die U-Bahn nehmen. Es war eine ganz schöne Strecke, aber ihre Besuche bei Duran waren ungefähr so frei gewählt wie atmen. Nicht wie das Lithium. Es war wirklich wichtig, so wichtig, dass sie nie auf die Idee gekommen wäre, einmal nicht hinzugehen. Duran war ihr Anker, Psychiater und Exorzist, alles in einem. Er brachte sie dazu, sich den Dämonen zu stellen, die sie verfolgten, und mit seiner Hilfe würde sie sie vertreiben. Er würde sie gesund machen. Das hatte er versprochen.

Als sie in die U-Bahn-Station hinabstieg, fiel ihr der Geruch auf, der die Treppe heraufwehte, eine Mischung aus Höhle und Staubsauger.

Das war der Untergrundgeruch, den die Dunkelheit verströmte, der Duft verborgener Orte. U-Bahnen, Tunnel, Keller. Der Keller in South Carolina. Shenandoah Caverns in Virginia, wo die ganze Familie einmal Ferien gemacht hatte und wo Adrienne Ärger bekommen hatte, weil sie einen Stalagmiten angefasst hatte. Sie erinnerte sich noch immer an die gemeine Stimme des Aufsehers.

Dieser Untergrundgeruch war der olfaktorische Hintergrund der U-Bahn, wie der Bass in der Musik oder die Kulisse bei einer Sitcom. Aber es gab auch hellere Aromen. Kaffee, Schweiß, Tabak, Staub. Ein Hauch Uringestank, eine Prise Parfüm – oder war das Haarspray?

Und die Fahrt! Die Fahrt war eine Massage, die sie beinahe träumerisch werden ließ. Sie mochte den Klang, das Zischen der Luft, das rhythmische Schwanken der Wagen, die durch den Tunnel rasten. Sie mochte das Gefühl, wie ihr Körper immer wieder feinste Anpassungen vornahm, jede Veränderung in Geschwindigkeit und Richtung ausglich, spontan auf Newton' sche Kräfte reagierte, die ebenso real wie unsichtbar waren.

Als die Bahn Cleveland Park erreichte, nahm sie den Aufzug nach oben auf die Straße, wo der Saftverkäufer schon wartete. Wie immer kaufte sie sich einen Papaya-Shake und trank ihn so rasch, dass sie davon Eiscremekopfschmerzen bekam. Aber selbst das war gut, denn wenn sich ihr Gehirn aus der frostigen Umklammerung befreite, gab es einen Moment – gab es immer einen Moment –, in dem ihr Kopf sich so rein anfühlte. Es war die Schmerzen wert, fast, dieses Gefühl, diese süße, verschwommene Erlösung.

Einmal hatte sie Adrienne gefragt, ob sie das Gefühl kannte – ob sie wusste, was sie meinte, aber... nein. Natürlich nicht. Ihre Schwester bekam nur diesen eigenartigen besorgten Blick und machte einen Witz darüber.

Nicht so Duran.

Der sie verstand.

Durch und durch.

Das Haus, in dem er wohnte, lag eine Querstraße von der U-Bahn-Station entfernt, auf der Ostseite der Connecticut Avenue. Es war eine nette Gegend (wenn einen der ständige Verkehrslärm nicht störte). Mütter schoben Kinderwagen an der Feuerwache vorbei. Jogger liefen im Zickzackkurs über den Bürgersteig, weil sie immer wieder Büromenschen auf dem Weg in die Mittagspause ausweichen mussten. Vor

Starbuck's gab sich ein junges Paar alle Mühe, einen schizophrenen Schwarzen zu übersehen, der sie anbettelte.

Und dann waren da noch die alten Leute.

Sie saßen auf den Bänken vor Ivys Indo-Thai-Restaurant und fütterten die Tauben. Einer war jede Woche da. Sie erkannte ihn an der Fischermütze, die er bei jedem Wetter trug. Und an seinen Händen, die so groß wie Suppenteller waren, aber von Arthritis verkrümmt, so dass er das Popcorn einfach aus einer braunen Papiertüte schüttelte, um die Vögel zu füttern.

Das Gebäude, in dem Duran wohnte, war alt, und es funktionierte zwar alles, aber nach ganz eigenen Gesetzen. Die Klingel mit der Gegensprechanlage unten an der Haustür zum Beispiel klingelte nicht, sondern summte – als wollte sie verkünden, dass der Bewohner der Wohnung die Eine-Million-Dollar-Frage total falsch beantwortet hatte. Aber da keine Frage gestellt worden war, kam das Geräusch stets unerwartet und manchmal erschreckend – besonders wenn Duran, wie in diesem Moment, vor dem Fernseher saß.

Als Nico also auf die Klingel drückte, fuhr er auf – und reagierte ebenso schnell, um die Fassung wiederzugewinnen. Er holte tief Luft und atmete aus. Dann drückte er den Knopf auf der Fernbedienung und sah zu, wie das Bild vor ihm in einem Funkenwirbel implodierte.

Duran schloss die Tür zum Schlafzimmer und ging zur Sprechanlage. Er wusste, dass es Nico war, aber er wusste auch, dass die Form gewahrt werden musste. Er sprach in das Metallgitter.

«Ja?»

Die Antwort erfolgte fast augenblicklich, hell und melodisch. «Ich bin's, Nico – Nico, Nico, Nico!»

Er hörte ihr an, dass sie ihr Lithium nicht genommen hatte. Sie war so voll von sich, das hörte er an ihrem Tonfall. «Sie sind pünktlich auf die Minute», entgegnete Duran. «Kommen Sie rauf.»

Er wartete neben der Tür auf Nico, stellte sich den veränderten Luftdruck vor, als er hörte, wie sich die Aufzugtüren zischend im sechsten Stock öffneten. Und dann hörte er Schritte auf den Fliesen im Flur, ein leises Klick-Klick-Klick, das lauter und lauter wurde, bis plötzlich nichts mehr zu hören war. Und dann ertönte die Türglocke, ein einzelner Ton, klar und rund, wie von einem Xylophon. Es erinnerte ihn an die Ankündigung von Durchsagen in großen Kaufhäusern.

Dabei ging er gar nicht in Kaufhäuser, jedenfalls nicht oft.

Duran öffnete die Tür zeitgleich mit dem Glockenton, und als er das tat, machte Nico einen Schritt zurück, leicht verblüfft über das Fehlen jeglicher Verzögerung.

«Nico!»

«Oh!», stieß sie hervor. «Mein Gott, Doc, haben Sie mich erschreckt!» Dann lächelte sie, entspannte sich und trat ein.

«Sie sehen toll aus», sagte Duran, als er die Tür hinter ihr schloss. «Braun gebrannt und kerngesund. Obwohl inzwischen blass und kerngesund angesagt ist, glaube ich.» Er hielt einen Moment inne und musterte sie von oben bis unten, bemüht, nicht allzu sexistisch zu sein – ein unmögliches Unterfangen in Anbetracht der Umstände (hochhackige Schuhe und ein rosafarbener hautenger Rock von der Größe eines Taschentuchs). «Wo sind Sie gewesen?»

Sie zuckte die Achseln. «Am Strand.»

«Was Sie nicht sagen. An welchem?»

Sie schüttelte den Kopf. «An irgendeinem. Ich hab vergessen, wie er heißt.»

Gemeinsam gingen sie durchs Wohnzimmer in sein Büro. «Ist der neu?», fragte sie, blieb stehen und deutete auf etwas.

Duran folgte ihrem Blick zu einem blutroten Kirman vor dem Kamin. Dann nickte er. «Ja», sagte er. «Hab ich mir neulich gekauft.»

«Sie waren einkaufen?»

Duran lächelte kläglich und schüttelte den Kopf. «Ist aus einem Katalog.»

«Hab ich mir doch gedacht. Wissen Sie, Sie sollten mehr vor die Türe gehen, Doc. Sie sind bleich wie ein Gespenst.»

Duran zuckte die Achseln. «Ich hab keine Zeit. Und überhaupt, wie ich schon sagte – blass und gesund.»

Das Büro war dem Wohnzimmer sehr ähnlich, nur mit indirekter Beleuchtung und schweren Vorhängen vor den Fenstern. Neutrale Farben dominierten: die Wände in einem satten Cremeton, die Möbel mit beigefarbenen Leinenbezügen. Landschaftsaquarelle in Schildpattrahmen an den Wänden.

Ebenso Durans Zeugnisse. Die übergroßen Möbel, die Kelimkissen auf der Couch und seine Referenzen sollten den Klienten ein Gefühl von Sicherheit geben. Da hing eine BA-Urkunde vom Brown College und eine Promotionsurkunde von der University of Wisconsin. Neben den Diplomen prangten Zertifikate vom amerikanischen Verband für psychologische Hypnose und der Gesellschaft kognitiver Therapeuten.

«Machen Sie es sich doch bequem», sagte Duran und nahm hinter seinem Schreibtisch Platz. «Ich werfe noch rasch einen Blick in meine Notizen – und dann können wir das Band starten.»

«Müssen wir denn unbedingt ein Band mitlaufen lassen?», sagte Nico unwillig, streifte sich die Schuhe ab und sank auf die Couch.

«Allerdings», sagte Duran schmunzelnd. «Das müssen wir. Wirklich.» Er schob eine Kassette in den Rekorder, drückte auf Aufnahme, wandte sich seinem Computer zu und begann zu tippen. «Das ist nicht meine Idee, wissen Sie – die Versicherungsgesellschaft verlangt es.»

«Ich habe nicht vor, Sie zu verklagen, Doc.»

«Jaja», erwiderte Duran. «Das sagen sie alle.»

Er hatte sie in eine leichte Trance versetzt und sie lag ausgestreckt auf dem Rücken, mit schlaffen Gliedmaßen, geschlossenen Augen und ausdrucksloser Miene. Duran führte sie durch die übliche Bilderfolge, seine tiefe und beruhigende Stimme geleitete sie durch eine imaginäre Landschaft.

«Du bist auf einem weichen Pfad neben einem kühlen Bach und du bleibst ein Weilchen stehen, um dem Wasser zu lauschen, das über die Steine plätschert», sagte er. «Du siehst ein Blatt, das auf dem Wasser treibt, wie ein kleines Schiffchen, und folgst ihm mit den Augen, wie es mit der Strömung segelt, einen Moment an einem Stein hängen bleibt und dann weiterschwimmt. Du siehst ihm nach, bis es um eine Biegung verschwindet, und blickst dann ins Wasser – auf seine wundersame Oberfläche, so weich und seidig, während es über die Kiesel im Bachbett gleitet.»

Nico runzelte kurz die Stirn, als er sie von dem Bach wegführte, und verzog leicht das Gesicht, als sie seiner Anweisung folgte, sich unter ein paar «stacheligen» Ästen hindurchzubücken. Während sie sich weiter durch die dichte Vegetation bewegte, legte sich ihre Stirn vor Anstrengung in Falten. Und dann kehrte ihr schwaches und friedliches Lächeln zurück, als sie auf einem Pfad, der «weich und federnd» unter ihren Füßen war, eine Wiese überquerte.

«Du spürst eine leichte Brise auf den Wangen. Sie spielt mit deinem Haar und biegt die Grashalme ...»

Wie geheißen, öffnete sie ein kleines weißes Tor und ging etliche flechtenbewachsene Treppenstufen hinunter, bis sie durch Halbschatten hindurch an einen abgeschiedenen Teich gelangte. Dort setzte sie sich auf den umgestürzten Stamm einer von Moos überwucherten Eiche und sah zu, wie das Sonnenlicht durch die Bäume drang und auf dem Wasser tanzte. Nicos linke Hand rollte vom Couchrand, strich über den Teppich, tauchte ins kühle Wasser.

Sie war an ihrem sicheren Ort, wo nichts und niemand ihr wehtun konnte. Duran sah, wie ihre Brust sich hob und senkte, als er begann, sie zu regredieren. «Wir gehen jetzt zurück», sagte er. «Bis dahin, wo du noch ein Mädchen warst.»

«Ich *bin* ein Mädchen.»

«Ein *kleines* Mädchen. Zwölf... elf... zehn. Erinnerst du dich?»

Sie bewegte sich unbehaglich auf der Couch und nickte. Duran saß vorgebeugt in einem Ohrensessel, etwa anderthalb Meter entfernt, und staunte über die Veränderung in ihrem Gesicht, wie die wissende und argwöhnische Neutralität einem Ausdruck süßer, lebensfroher Unschuld wich. Sie war wieder ein Kind und sogar ihre Stimme klang kindlich.

«Wo sind wir?», fragte er.

«South Carolina.»

«Bei deinen Pflegeeltern?»

«Ja. In unserem Haus. Es ist ein großes, weißes Haus, ganz einsam gelegen.»

«Erzähl mir mehr davon.»

«Du kennst es.»

«Erzähl es mir noch mal.»

Ihre Stirn legte sich in Falten. «Es hat Säulen. Dicke, alte, weiße Säulen. Wie bei reichen Leuten. Nur dass die Farbe abblättert und man sehen kann, dass sie nicht wirklich massiv sind – bloß zusammengeklebte Holzleisten. Und jetzt fallen sie allmählich auseinander. Also vielleicht – vielleicht stürzt sie bald ein.»

«Was?», fragte Duran.

«Die Veranda.»

«Okay... was gibt es noch?»

«Bäume.»

«Was für Bäume?»

«Da sind Bäume. Immergrüne Eichen. Das Haus steht am Ende einer kleinen Straße –»

«Einer langen Zufahrt», berichtigte er.
«Einer langen Zufahrt, mit grünen Eichen auf beiden Seiten.»
«Immergrünen Eichen», berichtigte er.
«Stimmt. So heißen die – bloß sehen sie nicht immergrün aus. Die sehen alt und tot aus. Und alle finden sie so schön. Nur ich nicht.»
«Du magst sie nicht?»
«Nein. Ich habe Angst davor!»
«Warum?»
«Weil ...»
«Weil was?»
«... sie gruselig sind.»
«Gruselig? Wie meinst du das?»
«Wegen der Spinnweben.»
«Du meinst die Bartflechten», erwiderte Duran.
«Ja.»
«Und was noch?», fragte er.
Nico runzelte die Stirn, während sie überlegte. Endlich schüttelte sie den Kopf.
«Hat Deck nicht irgendwas mit den Bartflechten gemacht?», fragte Duran.
Wieder bewegte sie sich auf der Couch. Nach einem Moment nickte sie. «Mm-hm.»
«Was hat er gemacht?»
Sie wandte den Kopf Richtung Kissen. «In den Schattennächten hat er sie sich ins Haar getan.»
Duran nickte. «Und dann war es wie – wie war es?»
«Spinnweben.»
Er beugte sich näher zu ihr. «Erzähl mir von Deck», sagte er.
«Ich mag Deck nicht», rief sie. Plötzlich flogen ihre Augen auf und sie wollte sich aufsetzen. «Aber das darfst du ihm nicht sagen!»
«Das werde ich nicht.»
«Versprochen?»
«Ja. Versprochen. Und jetzt entspann dich. Schließ die Augen. Du bist hier sicher.» Duran sah, dass sie anfing zu hyperventilieren. «Hier sind nur wir beide, der Wind und der Bach und ... Okay?»
Sie nickte.
Nach einer Weile kam er auf das Thema zurück. «Warum magst du Deck nicht?»

Sie schwieg länger als eine Minute, ihre Brust hob und senkte sich. Duran wartete geduldig auf die Antwort, seine Augen auf ihre Lippen gerichtet. Schließlich stieß sie die Worte hervor: «Wegen dem, was er macht!»

«Und was ist das?»

Nico wand sich. «Er behauptet, dass wir mit unseren Freunden in die Kirche gehen, aber das ist gar keine Kirche, wo wir hingehen – das ist bloß ein Tunnel unter dem Keller.»

«Und was passiert da?»

Nicos Körper wurde ganz reglos. Dann schüttelte sie den Kopf.

«Habt ihr nicht manchmal Filme gemacht?»

Sie nickte.

«Erzähl mir von den Filmen», sagte Duran.

Nicos Miene verfinsterte sich, dann rollte sie sich auf die Seite, so dass sie von Duran abgewendet war, mit dem Gesicht zur Rückenlehne der Couch. «Ich kann nicht», sagte sie.

«Du kannst nicht?»

Sie schüttelte den Kopf.

«Warum nicht?», fragte Duran.

«Weil ich einfach nicht kann.»

«Kannst du dich an gar keinen Film mehr erinnern?»

Wieder schüttelte sie den Kopf.

«Aber... ich erinnere mich an einen», erklärte Duran. «Da gab es doch einen ... in dem du geheiratet hast, nicht wahr?»

Widerwillig nickte Nico und Duran sah jetzt, dass sich ihre Abwehr in einer Mischung aus Furcht und Elend verlor.

«Lass uns dahin zurückgehen», schlug Duran vor. «Die Hochzeit. Erzähl mir von der Hochzeit.»

Und das tat sie. Mit Durans Anleitung schilderte Nico den Tod ihrer älteren Schwester bei der Aufnahme eines Pornofilms, in dem sie beide die Hauptrolle spielten und auch ihre jüngere Schwester beteiligt war. Es war ein Territorium, das Nico und Duran häufig betreten hatten. Für Nico war es der entscheidende Punkt, und damit klarzukommen, war lebenswichtig.

«Ich bin ganz in Weiß», sagte sie atemlos. «Angezogen wie eine Braut mit langer Schleppe und einem Blumenbukett.»

«Was für Blumen?»

«Schleierkraut und rote Rosen», antwortete sie ohne Zögern. «Und

Farn. Rosanna ist der Bräutigam, und das ist albern, weil sie ein Mädchen ist.»

«Was hat sie an?», fragte Duran.

«Einen schwarzen Smoking mit einer roten Nelke. Sie sieht so schön aus! Adrienne hat die Ringe.»

«Und wie ist Adrienne angezogen?»

«Sie ist gar nicht angezogen. Sie hat einen Blumenkranz im Haar, mehr nicht.»

«Und du gehst eine Art Gang hinunter?»

«Hm.»

«Gibt es Kerzen?»

«Ja. Kerzen und Gesang. Und dann steht der Pastor vor uns und fragt: ‹Nimmst du diesen Mann …?!›» Ihre Stimme erstarb und sie schien die Konzentration zu verlieren.

Duran drängte sie. «Der Pastor fragt: ‹Nimmst du diesen Mann› – und dann was? Wenn ich mich recht erinnere, war das dein Stichwort –»

«Stimmt», sagte Nico.

«Das war dein Stichwort – wofür, was solltest du tun?»

«Mich hinknien.»

«Und?»

«Den Mund aufmachen.»

Nicos Unbehagen war jetzt greifbar und Duran fürchtete, dass dieses Unbehagen in Hysterie übergehen könnte, wie es schon bei früheren Sitzungen geschehen war. Also nahm er einen Kurswechsel vor. «Erzähl mir von Rosanna», sagte er. «Wer ist sie?»

«Der Bräutigam.»

Duran winkte die Antwort beiseite, als würde er eine Fruchtfliege verscheuchen. «Richtig. In dem Film ist sie der Bräutigam. Aber wer war sie wirklich?»

«Meinst du außerhalb von dem Film?»

«Ja.»

«Sie war meine Schwester. Rosanna war meine große Schwester, und dann gibt es noch Adrienne. Adrienne ist meine kleine Schwester.»

«Verstehe …»

«Weil, als ich zehn war, war Adrienne erst fünf. Deshalb war sie viel kleiner als ich.»

«Dann hast du also zwei Schwestern.»

Nico schüttelte den Kopf. «Nein», sagte sie. «Bloß Adrienne. Rosanna hab ich nicht mehr.»

«Warum nicht?»

«Sie ist gestorben.»

«Oh ... das tut mir Leid», entgegnete Duran und schwieg einen Augenblick. Dann: «Wie?»

«Wie was?»

«Wie ist sie gestorben?»

«Sie ist in dem Film gestorben!», flüsterte Nico.

«Ach ja, stimmt», sagte Duran. «Sie ist in dem Film gestorben! Aber das war ja bloß ein Film.»

«Nein. Der war echt!»

«Was war echt?»

«Der Film!»

«Wie meinst du das?»

«Der war echt! Sie haben ihr die Haare nach hinten gezogen und –»

«Wer?»

«Ein Mann.»

«Welcher Mann?»

«Der Mann mit der roten Kapuze. Er hat eine Robe getragen und die hatte eine Kapuze.»

«Eine Robe?»

«Alle haben eine Robe getragen – nur ich nicht. Und Rosanna. Adrienne und Deck.»

«Was hatte Deck an?»

Nico runzelte die Stirn in kindlicher Konzentration. Schließlich sagte sie: «Riemen.»

«Was?»

«Er sollte der Pastor sein – ein richtig wichtiger Pastor! Aber er war nicht angezogen wie ein Pastor.»

«Wie war er denn angezogen?»

«Ich weiß nicht», sagte Nico. «Er hatte bloß so Riemen an. Lederriemen. Und die Spinnweben.»

«Okay», sagte Duran zu ihr, «aber... du hast gesagt, sie haben Rosanna die Haare nach hinten gezogen.»

Nico nickte. «Ja.»

«Und ... als das passiert ist – wo war sie da?»

«Auf dem Boden.»

«Was hat sie gemacht?»

«Sie war bloß ... auf Händen und Knien.»

«Warum?»

«Weil die Sex gemacht haben!»

«Sie hatte Sex?»

Wieder Nicken.

«Mit wem?», fragte Duran.

«Irgendwelchen Männern.»

«Aber... sie war doch noch sehr jung?»

Nico zuckte die Achseln. «Zwölf.»

«Okay. Sie hatte Sex und dann – was?»

«Das hab ich dir doch schon gesagt. Der Mann mit der roten Kapuze hat ihr die Haare nach hinten gezogen ...»

«Und?»

«Er hat sie geschnitten.»

«Wo hat er sie geschnitten?», fragte Duran.

Sie legte einen Finger an die Kehle. «Da ...»

«Und dann?»

Nico gab einen klagenden Ton von sich und drehte das Gesicht in die Kissen.

«Sieh nicht weg, Nico. Du musst dich dem stellen. Erzähl mir einfach, was passiert ist.»

«Rosannas Augen wurden ganz groß – sie hatte solche Angst! Weil das Blut aus ihr rausgeschäumt ist und sie konnte nicht mal was sagen – sie hat bloß ein Geräusch gemacht –»

«Und wo warst du, als das passiert ist?»

«Bei Deck, unter ihm.»

«Okay, aber... wenn es bloß ein Film war – wenn es bloß gespielt war –»

Nico schüttelte heftig den Kopf. «Nein», beharrte sie und stützte sich auf die Ellbogen, während ihre Stimme vor Panik laut wurde. «Es war nicht bloß gespielt. Es war echt. Es war wirklich echt! Deck hat den Film in einer besonderen Kiste aufbewahrt, mit einem Schloss dran. Und manchmal hat er mich gezwungen, ihn mit ihm zusammen anzusehen – aber ich konnte Rosanna nicht mehr sehen – bloß noch in dem Film. Weil Rosanna fort war. Rosanna ist in dem Tunnel gestorben, in dem Tunnel, von dem sie gesagt haben, er wäre eine Kirche ...»

Duran versuchte, sie zu beruhigen, sagte leise: «Schschsch … ist ja gut. Du bist jetzt hier bei mir. Keine Angst.»

Langsam wich die Anspannung aus ihrem Körper und ihr Kopf sank zurück auf die Kissen. Duran konnte sehen, dass sie erschöpft war.

Mit leiser Stimme führte er sie langsam aus der Trance heraus, ging den Weg zurück, den sie durch die imaginäre Landschaft gekommen waren, die ihnen beiden so vertraut war. Die Wiese. Der Pfad. Der Bach.

«Atme tief durch», wies er sie an. «Die Luft ist köstlich. So süß und frisch und kühl.»

Ihre Brust hob und senkte sich. Und hob sich erneut.

«Wenn ich bis fünf zähle», sagte er, «wirst du aufwachen und dich entspannt und erfrischt fühlen, okay?» Ohne auf ihre Antwort zu warten, begann er zu zählen: «Eins … zwei … drei …»

Nicos Lider zuckten, öffneten sich und ließen zwei dunkle geweitete Pupillen sehen, die sich im Licht zusammenzogen. Duran reichte ihr ein Kleenex.

«Sie haben sehr gut gearbeitet, Nico. Ich bin stolz auf Sie.»

Sie blinzelte hektisch ins Licht, bis Duran klar zu erkennen war. Dann hob sie schwungvoll die Füße von der Couch, kam hoch und räusperte sich. Ihr Gesicht war gerötet, doch ihre Augen waren glänzend und hell.

«Dann war ich ganz gut?», fragte sie.

Er nickte. «Absolut. Und Freitag unterhalten wir uns wieder.» Mit diesen Worten half er ihr auf und begleitete sie zur Tür, wo sie ihn herzlich anlächelte und ihm genüsslich einen Kuss auf die Wange drückte.

«Der Tag ist für mich gerettet, Doc.»

«Na, dafür bin ich ja da», scherzte er. Dann wurde er ernst. «Da wäre aber noch was.»

«Was denn?»

«Ihr Lithium – nehmen Sie es, Nico.»

Sie verdrehte die Augen und wandte den Blick ab.

«Versprechen Sie es mir», drängte er.

Widerstrebend nickte sie. «Das Zeug ist mir zuwider», sagte sie. «Ich fühle mich davon wie tot.»

«Es verschafft Ihnen festen Boden unter den Füßen. Und das

brauchen Sie. Möchten Sie denn die ganze Zeit eine emotionale Achterbahn fahren?»

Sie schüttelte den Kopf.

«Dann nehmen Sie Ihr Medikament.»

Als die Tür sich hinter ihr geschlossen hatte, ging Duran zurück an seinen Schreibtisch und schrieb ein kurzes Protokoll der Nachmittagssitzung.

16. Oktober – Sullivan, Nicole, 30

Hypnotherapie mit assoziativer Stimulation löst weiterhin klassische Äußerungen über angeblichen satanisch-rituellen Missbrauch (SRM) im Kindesalter (8–10) bei Pflegeeltern in South Carolina aus. Schwestern, Rosanna und Adrienne, ähnlich missbraucht. Rosanna angeblich während der Aufnahme eines Pornofilms von Pflegevater Declan getötet. Klientin erwähnt gelegentlich in ihren Schilderungen bekannte Politiker und Prominente und bezieht sie in die Aktivitäten der Sekte ein.

Phasen manisch-depressiven und zwanghaften Verhaltens werden derzeit durch Medikamente (Lithiumsalze) kontrolliert, obwohl die Klientin die Einnahme weiterhin vernachlässigt, was die manischen Phasen verstärkt ...

Als er mit dem Protokoll fertig war, nahm Duran die Kassette, die er aufgenommen hatte, aus dem Gerät und wickelte sie in Blisterfolie ein, die er mit Gummibändern sicherte. Anschließend schob er das Päckchen in einen wattierten Umschlag und adressierte ihn an die «Mutual General Assurance Company» in New York.

Dann lehnte er sich in seinem Sessel zurück. Der nächste Briefkasten war einen Häuserblock entfernt, einen langen Häuserblock entfernt, an der Kreuzung von Porter Street und Connecticut Avenue. Er würde den Fahrstuhl nach unten nehmen müssen und –

Er verließ das Gebäude nur ungern.

So war das. Er verließ das Gebäude nur ungern. Aber es blieb ihm nichts anderes übrig.

Mit dem Päckchen in der Hand ging er hinaus auf den Flur, drückte den Fahrstuhlknopf und dachte, es wäre am besten, an etwas anderes zu denken.

Zum Beispiel an SRM. (Was für ein Schlamassel ...)

Natürlich war Nicos Geschichte entsetzlich – aber sie war ganz und gar unoriginell. Die Fachliteratur war voll mit Schilderungen von organisiertem Kindesmissbrauch. Und sie waren fast alle gleich – düstere Geschichten, deren Glaubwürdigkeit mehr als fragwürdig war.

Der Fahrstuhl kam. Die Türen glitten auseinander, und Duran trat ein, drückte auf 1 und fuhr nach unten.

Je nachdem, mit welchem Therapeuten man sprach oder welchen Aufsatz man las, war SRM entweder ein Gruppenwahn oder etwas, das weniger wahrscheinlich, aber noch schlimmer war – eine Seuche, die von einer dämonischen Unterwelt ausgelöst wurde, deren Perversionen sich auf den rituellen Mord an Kindern konzentrierten und dadurch entfacht wurden.

Die Fahrstuhltüren gingen auf und Duran trat hinaus in die Lobby. Ohne nach rechts oder links zu blicken, nur auf den Monolog in seinem Kopf konzentriert, ging er durch die Drehtüren ins Freie und schritt zügig in Richtung des Briefkastens an der Ecke. Es war einer von diesen kühlen und windigen Tagen, die einem das Gefühl gaben, die ganze Welt wäre an eine riesige Klimaanlage angeschlossen. Über ihm rüttelte der böige Wind an den Ästen der Bäume, und die gesamte Avenue hinauf und hinunter bebten die Schaufensterscheiben.

Er dachte an die Feministinnen, die sich in die kontroverse Diskussion über satanisch-rituellen Missbrauch eingeschaltet hatten. Viele von ihnen glaubten, dass das Abstreiten von SRM der erste Schritt zum Leugnen auch der verbreiteteren Formen sexuellen Missbrauchs war. Was jeden Zweifler zum Wegschauer oder, schlimmer noch, zum Mittäter bei der sexuellen Zerstörung unschuldiger Frauen und Kinder machte.

Und doch …

Wenn es wirklich einen satanischen Untergrund gab, zu dessen Sakramenten auch Menschenopfer, Kannibalismus und Pädophilie zählten – wo waren die Beweise? Wo waren die Leichen, die Blutspuren, die Knochen?

Für Duran war das schon immer eine nahe liegende Frage gewesen, doch sie laut zu stellen, brachte gewisse Konsequenzen mit sich. Viele betrachteten es als das sexuelle Äquivalent zur Verleugnung des Holocaust. Und tatsächlich war SRM eine Art zeitgenössischer Holocaust – so wurde zumindest behauptet.

Er sah zu dem weiten Himmel hinauf und hatte einen Moment lang das Gefühl, ohnmächtig zu werden. Die Wörter in seinem Kopf – Blutspuren, Knochen – schienen zusammenhanglos.

Nico, rief er sich in Erinnerung. Du denkst über Nico nach. Ganz gleich, was sie ihm erzählte, Duran hielt seine eigenen Gefühle fest unter Verschluss. Kein Grauen, kein Zweifel. Nur seine eigene hilfsbereite Neutralität, sein sachkundiges Verständnis und seine Sorge. Irgendetwas war ihr widerfahren, sagte er sich, und diese Geschichte, diese erfundene Geschichte – falls sie erfunden war – war für sie eine Möglichkeit, mit ihrer eigenen Dysfunktion umzugehen, ihrer eigenen Dissoziation. Sie hatte sie als Erklärung für ihre Probleme herangezogen, um zu funktionieren, und seine Aufgabe als Therapeut war es...

Aber er hatte den Briefkasten erreicht. Er schob das Päckchen durch den Schlitz, drehte sich um und ging wieder nach Hause. Zumindest befahl er sich zu gehen – nur zu gehen. Aber nach wenigen Schritten begann sein Schritt, sich fast unmerklich zu beschleunigen. Als er schließlich das Gebäude erreichte, rannte er fast. Der Wachmann – heute war es der junge Bursche mit der Buddy-Holly-Brille – warf ihm einen seltsamen Blick zu, als er in die Lobby gefegt kam, aber dann erkannte er ihn und verlor das Interesse. Duran brachte ein Lächeln zustande. Eine lässige Begrüßung. Und dann trug ihn der Fahrstuhl zurück in sein sicheres Refugium.

3

Für jemanden, der kaum vor die Tür kam, war Jeff Duran sehr gut in Form.

Zum einen lag es daran, weil er unbedingt in Form bleiben wollte, zum anderen daran, weil er in einem Gebäude lebte, in dessen obersten Stockwerk ein Fitnessstudio lag. Da alle Bewohner der Towers das Studio kostenlos nutzen konnten, waren die Räumlichkeiten zu klein und die Geräte nicht ganz auf dem neuesten Stand. Aber es gab alles, was man brauchte, Laufbänder und Stepper und Hanteln und obendrein einen herrlichen Blick auf Georgetown und die National Cathedral.

Duran kam jeden Morgen um halb sieben. Sein Körper war muskulös und geschmeidig, was einem harten Trainingsplan aus Stretching, Fahrradfahren, Jogging und Gewichtheben zu verdanken war. Sein Bauch war flach und hart, das Ergebnis eines quälenden Pensums von Sit-ups und Crunches. An fünf Tagen pro Woche lief er sechs Meilen auf einem der Laufbänder vor den Fenstern mit Blick über die Stadt. Von diesem Aussichtspunkt konnte er die Türme der Georgetown University sehen und dahinter das geschwungene Band aus Licht – den Potomac.

Die erste Meile lief er immer in einem Acht-Minuten-Tempo, um sich für die nächsten fünf aufzulockern, die er in 37 Minuten hinter sich brachte. Es war immer gleich. Nach dem Laufen waren 45 Minuten vergangen (plus/minus eine Minute).

Er hätte schneller laufen können, aber es gab zwei Gründe, warum er es nicht tat. Erstens: Er hatte den Punkt erreicht, wo er sich kaum noch verbessern konnte. Weder seine maximale Sauerstoffaufnahme noch seine Herzfrequenz hätten von einem erhöhten Tempo profitiert.

Zweitens ... Nun, der zweite Grund war einfach der, dass das Laufband, wenn es über achteinhalb Meilen die Stunde kam, ein schrilles Pfeifen von sich gab, das die meisten Menschen gar nicht hören konnten, aber für Duran äußerst unangenehm war. Also ließ er es etwas langsamer angehen, als er es sonst vielleicht getan hätte.

Heute war ein Tag wie jeder andere. Er traf kurz nach Sonnenaufgang im Studio ein, machte Dehnübungen, joggte und stemmte Gewichte, ohne groß mit anderen zu reden. Dann kehrte er in seine Wohnung zurück, duschte und rasierte sich.

Als er sich im Bad die Haare mit einem Handtuch abtrocknete, fiel sein Blick in den Spiegel, und er musste an Nicos Bemerkung vom Vortag denken: Sie sollten mehr vor die Türe gehen, Doc. Sie sind bleich wie ein Gespenst.

Und das stimmte. Daran würde sich auch nichts ändern – es sei denn, er überwand diese eigenartige Phobie, nach draußen zu gehen. Du brauchst 'ne Therapie, sagte Duran zu sich selbst und lachte leise, jedoch nicht sehr überzeugt. Er war wirklich bleich. Nicht, dass er krank aussah, nur blass – wie ein Vampir in den besten Jahren, witzelte er vor sich hin.

Er ging zurück ins Schlafzimmer, zog sich seine Armbanduhr an und bemerkte, wie spät es war. Schon fünf nach halb neun; um neun hatte er einen Klienten, Henrik de Groot, und er musste sich noch vorbereiten. Nachdem er sich rasch angezogen hatte, eilte er ins Arbeitszimmer, setzte sich an den Schreibtisch und schaltete den Computer an.

Sobald der Rechner hochgefahren war, klickte er das Fall-Verzeichnis an und öffnete die Datei über den Holländer.

Der achtundzwanzigjährige de Groot war ein erfolgreicher und kultivierter Geschäftsmann, der ständig zwischen den USA und Europa hin und her pendelte. Seine Firma, eine der größten der Branche, fertigte Brandbekämpfungssysteme für Hotels und Bürogebäude und hatte ein völlig neues Verfahren entwickelt, das Löschmittel Halon mit geringstmöglichem Kostenaufwand zu ersetzen. (‹Halon›, so hatte de Groot erklärt, ‹wird aus demselben Grund wie Freon nach und nach aus dem Verkehr gezogen: Es zerstört die Ozonschicht.›) Duran hatte zwar nicht danach gefragt, aber der Holländer hatte trotzdem erläutert, wie ‹sein› Brandbekämpfungssystem funktionierte. Sobald Rauch oder starke Hitze auftrat, stießen mehrere Düsen Edelgase aus, die den Sauerstoffpegel gerade so weit absenkten, dass Feuer nicht mehr brennen konnte – aber nicht so weit, dass Menschen erstickten.

Vor kurzem hatte de Groots Firma einen Vertrag mit einer großen Hotelkette an der mittleren Ostküste abgeschlossen. Aus diesem Grunde hatte Duran den Holländer als Klienten – de Groot war vorübergehend nach Washington gezogen, um die Arbeiten besser überwachen zu können.

Er war attraktiv und kräftig gebaut, sprach vier Sprachen fließend und behauptete, sich auch in Portugiesisch und Thai verständigen zu können. Duran zweifelte nicht daran.

Wenn de Groot nicht arbeitete oder bei seinem Therapeuten war, frönte er einer anderen Leidenschaft: «Trancemusik». Als Duran ihn einmal fragte, was es damit auf sich hatte, geriet der Holländer richtig ins Schwärmen. «Das ist Synthesizer-Zeug – beschwingter, schneller 4/4-Rhythmus. Die Musik gibt einem Energie, man verliert sich in dem Klang, man tanzt und erreicht eine andere Dimension. Der Geist… explodiert irgendwie.» Und dann hatte der Holländer mit Zuckungen und Drehungen erstaunlich gut nachgemacht, wie ein Synthesizer eine groteske Techno-Version von «Joshua fit the Battle of Jericho» spielte.

«Wow.»

De Groot hatte gelächelt. «Es ist toll! Sie sollten es mal ausprobieren, Doc.» Er hatte ihm ein paar Clubs in Washington genannt. Duran hatte erwidert, er sei kein großer Tänzer, und de Groot, der Medikamente bekam, davor gewarnt, irgendwelche Drogen zu nehmen, die in der Clubszene verbreitet waren.

Doch das Bild, das de Groot vermittelte – der fähige und weltgewandte Geschäftsmann, sprachbegabt und hip –, war eine Illusion. Oder eigentlich keine Illusion, sondern eine glänzende Fassade, die etwas verbarg, das so gefährlich war, dass seine anderen Eigenschaften dagegen bis zur Bedeutungslosigkeit verblassten. Der Geschäftsmann litt nämlich an «Zwangshalluzinationen». Er glaubte zum Beispiel, dass ein «Wurm» sich in seinem Herzen eingenistet hatte, der ihm in allen möglichen Dingen, von Politik bis zu Finanzfragen, Ratschläge zuflüsterte.

Unter den gegebenen Umständen konnte Duran nicht viel tun. Der

Holländer nahm Clozaril, ein Medikament, das sich in solchen Fällen anbot und ihm von seinem Psychiater in Europa verschrieben wurde, mit dem Duran gelegentlich per E-Mail kommunizierte. Durans Aufgabe war es, unter Einsatz von Hypnose und Regressionstherapie eventuelle Traumata aufzuspüren, die zu de Groots Störung beitrugen, und ihm zu helfen, sich ihnen zu stellen. Nur dann hatte er eine Chance auf dauerhafte Genesung.

Es war in vielerlei Hinsicht ein eigentümlicher Fall. Duran fand zum Beispiel interessant, dass der Holländer seine Krankheit als eine Art Besessenheit deutete – wobei das Instrument dieser Besessenheit ein Wurm war. Dass der Wurm weniger ein Parasit, sondern ein Dämon war, lag selbst für de Groot auf der Hand: Parasiten erteilten keine Befehle – Inkuben sehr wohl.

Zuerst hatte Duran spekuliert, dass der Wurm auf eine multiple Persönlichkeit hindeutete und der Holländer nicht an Schizophrenie litt, sondern an Dissoziation. Aber nein. Der Wurm war ein Eindringling (in de Groots Augen), kein Alter Ego.

Ein weiterer irritierender Aspekt von de Groots Persönlichkeit war sein unverhohlener Rassismus. Im Zeitalter der so genannten *political correctness* war es erschreckend, jemandem zu begegnen, der solche Äußerungen von sich gab wie der Holländer: «Wie Sie es in dieser Stadt mit den ganzen Niggern aushalten, ist mir schleierhaft.» Duran reagierte jedes Mal empört und widersprach sofort aufs Heftigste; auch das war ein Bereich, den er mit dem Holländer aufarbeitete, obwohl sie die Wurzeln von de Groots Intoleranz bislang noch nicht hatten aufspüren können. In Holland gab es einen kleinen schwarzen Bevölkerungsanteil – hauptsächlich Molukken –, doch Schwarze schienen im Leben seines Klienten keine bedeutende Rolle gespielt zu haben. Duran fragte sich kopfschüttelnd, wie de Groot in der Geschäftswelt zurechtkam – vor allem in Washington –, wenn er häufiger rassistische Kommentare von sich gab.

Duran sah auf seine Notizen, und sein Blick fiel auf ein Wort, das er unterstrichen hatte: Mandala.

Das war ein zentraler Begriff in de Groots Phantasiewelt. So beteuerte der Holländer bei jeder Sitzung, Mandala sei böse und müsse vernichtet werden. Duran erinnerte sich, dass ein Mandala eine Art geometrische Figur war, aber trotzdem hatte er den Begriff nachgeschlagen, weil er hoffte, dessen Bedeutung für seinen Mandanten analysieren zu können. Die Enzyklopädie war jedoch keine große Hilfe gewesen. Demnach war ein Mandala (wahlweise) eine Darstellung des Universums, ein symbolisches Gemälde (bestehend aus einem von einem Kreis umschlossenen Rechteck) und/oder ein Kraftfeld in einem konstanten Fluss. Buddhisten verwendeten die Figur zur Meditation, aber was sie für de Groot bedeutete, stand in den Sternen.

Zwei Wochen zuvor hatte er dem Holländer eine Auswahl tibetischer Mandalas gezeigt, die er im Internet gefunden hatte. De Groot hatte lediglich die Achseln gezuckt und höflich: «Sehr interessant» gesagt. Die Figuren schienen nicht das Geringste bei ihm auszulösen.

Durans Nachforschungen hatten dennoch etwas Interessantes ergeben, nämlich dass visuelle Halluzinationen von Mandalas bei Schizophrenen recht häufig waren. Sie sahen in der strengen Symmetrie der Figur eine Art Ordnung und Stabilität, die in ihren gequälten Köpfen sonst nicht zu finden war. Die meisten Schizophrenen fanden Trost in diesen Mandalas – oder zumindest Erleichterung –, wohingegen de Groot –

Der Summer ließ Duran zusammenfahren, wie immer, aber sein Klient war pünktlich auf die Minute. Er schloss das Verzeichnis, stand auf, ging ins Wohnzimmer und drückte den Knopf an der Sprechanlage. «Henrik?»

Der Holländer sah fast so gut aus, wie er verrückt war. Sein Haar war eher gelb als blond, drahtig und glänzend, wie der Pelz eines nassen Tieres. Hohe Wangenknochen. Blassblaue Augen, die auf beiden Seiten einer langen, geraden Nase blitzten und funkelten. Ein tiefes Kinngrübchen vervollständigte das Bild.

Oder nicht ganz. Es gab noch etwas an de Groots Aussehen, das auf der Straße die Blicke auf sich zog. Es war, in Ermangelung eines besseren Ausdrucks, eine athletische Aura – ein Nimbus von körperlicher Kraft und Anmut, der durch seine teuren Businessanzüge keineswegs vermindert wurde. Und irgendwie machte das seine Krankheit nur umso tragischer.

Henrik summte vor sich hin, als er hereinkam. Es war dieselbe Melodie, die er immer summte, und Duran hatte sie schon vor langer Zeit erkannt: «Joshua fit the Battle of Jericho». Er hatte sich mehrfach erkundigt, ob es irgendeine besondere Bewandtnis mit dem Lied hatte. War de Groot beispielsweise in seiner Jugend ein sehr religiöser

Mensch gewesen? Ein Kirchgänger? Das hätte einiges erklären können, aber de Groot hatte das verneint. «Kirche?» Er hatte die Stirn gerunzelt und das Wort so ausgesprochen, als wäre es ihm fremd und leicht unappetitlich. «Nein.»

Duran eskortierte den Holländer zu dem Sessel, den er dem Sofa vorzog, versetzte ihn in leichte Trance und lockerte ihn mit gesteuerten Vorstellungsbildern ein wenig auf. «Wir sitzen zusammen auf einem Felsen», sagte er, «in einem kleinen Hafen, den sonst keiner sehen kann. Wir beide sind ganz allein mit den Wellen und den Vögeln. Und einem leichten Wind, der nach Meer riecht. Das ist unser sicherer Ort, Henrik.»

«Ja.»

«Und nichts kann uns hier wehtun. Nichts und niemand.»

De Groot nickte. «Niemand», wiederholte er.

«Jetzt möchte ich, dass du mir von dem Wurm erzählst», suggerierte Duran. «Erzähl mir von dem Wurm.»

«Der Wurm ist der Boss», murmelte de Groot.

«Das wissen wir, Henrik, aber wie bist du an ihn gekommen?»

De Groot legte die Stirn in Falten und schüttelte den Kopf. «Das steht nicht zur Debatte.»

«Natürlich tut es das», erwiderte Duran. «Deshalb sind wir ja hier. Und überhaupt, wir haben schon früher darüber gesprochen – oft.»

«Nein ... ich glaube nicht.»

«Da war ein Licht», rief Duran ihm in Erinnerung. «Ein helles Licht. Weißt du noch? Du bist gefahren ...»

Die Miene des Holländers wechselte von trotziger Sicherheit zu Furcht. «Nein», sagte er, «nicht heute.» Plötzlich beugte er sich vor und richtete sich auf, als wollte er aus dem Sessel aufstehen.

Duran legte eine Fingerspitze auf de Groots Handgelenk, hielt ihn mit federleichtem Druck zurück. «Schon gut, Henrik», sagte er. «Du bist bei mir. Wir sind an dem sicheren Ort.»

Sein Klient sackte zusammen und schnalzte leise mit der Zunge. «Na gut», sagte er. «Ich erinnere mich.»

«Woran erinnerst du dich?»

«Da war ein Licht – auf der Straße –»

Duran schüttelte den Kopf. «Da war ein Licht – im Himmel.»

«Ja ... natürlich, es war im Himmel, aber ... ich saß im Auto. Es war auf einer Landstraße.»

«In Amerika?»

«Ja, hier, in Amerika!»

«Wo?», fragte Duran.

De Groot zuckte die Achseln. «Watkins Glen.»

«Und was dann?»

«Das Licht war auf der Straße», sagte der Holländer, plötzlich aufgeregt. «Es war überall um mich herum. So hell! Und grell – wie ein Blitz, der nicht aufhört. Ich kann nichts sehen!»

«Doch, du kannst, Henrik. Du kannst sehen. Ich will, dass du siehst.»

«Es saugt mich auf!» De Groot schauderte, sein Körper presste sich in den Sessel.

«Wie meinst du das?»

«Es ist wie ein Schwamm. Das Licht ist wie ein Schwamm! Ich werde hineingezogen.»

«Und welche Farbe hat das Licht?»

De Groot schüttelte heftig den Kopf.

«Ist es nicht blau?», fragte Duran. «Bläulich?»

«Ja, blau! Und ich bin darin eingetaucht. Innen und außen. Es geht durch mich hindurch, wie ein Geist.»

«Was meinst du damit, ‹wie ein Geist›?»

«Wie ein Geist, der durch eine Wand geht.»

«Das ist gut, Henrik. Das ist sehr gut. Jetzt möchte ich, dass du etwas Mutiges tust. Ich möchte, dass du dich daran erinnerst, was passiert, wenn das Licht durch dich hindurchgeht. Kannst du das?»

«Nein!»

«Es ist dein sicherer Ort, Henrik. Vergiss das nicht. Hier bist du sicher. Also, atme tief ein. Langsam. Ganz langsam. Ein ... und aus. Ein und ... aus. Noch mal! Ein ... und aus. Ein ... gut. So ist recht. Jetzt lass deinen Atem bis in deine Haut fließen. Ich möchte, dass er dich ganz ausfüllt, damit du ihn gehen lassen kannst.» Duran sah dem Holländer eine Weile beim Atmen zu. Dann drängte er: «Okay... wenn das Licht durch dich hindurchgeht ...»

«Es hebt mich hoch. Ich schwebe im Licht nach oben.»

«Was meinst du damit?», fragte Duran.

«Das Licht zieht mich in sich hinein. Es ist wie ... wie ein Fahrstuhl ohne Wände, eine Rolltreppe ohne Stufen.»

«Und was dann?»

«Ich bin in einem Raum ... im Himmel.»

«Was für ein Raum?»

«Wie ... ein Auditorium.»

«Und was machst du?»

«Nichts.»

«Warum nicht?»

«Ich kann mich nicht bewegen», sagte der Holländer. «Ich drehe mich in der Luft.»

«Was?»

«Ich drehe mich langsam in der Luft.»

«Warum?»

«Ich werde ausgestellt ... wie ein Insekt ... in einer Vitrine. Einer Glasvitrine.»

«Bist du allein?»

De Groot schüttelte den Kopf. «Um mich herum sind Sitzreihen. Und die gehen immer höher, Reihe um Reihe.»

«Sitzen Leute in den Reihen?», fragte Duran.

Kopfschütteln. «Ich kann nichts sehen. Das Licht ist so hell – da sind bloß Formen.» Plötzlich verkrampfte de Groot sich und fing an, sich hin und her zu werfen.

«Was ist los?»

De Groot antwortete zwischen zusammengepressten Zähnen. «Man macht sich an mir zu schaffen.»

Duran blickte verwirrt. «Was soll das heißen?»

«Hab ich doch gesagt! Man macht sich an mir zu schaffen.»

«Wie?»

«Ich werde untersucht von ... Ich weiß nicht, von wem ... Ich weiß nicht, was die sind.»

«Ärzte?»

«Nein!», schleuderte de Groot ihm entgegen, seine Stimme schlagartig laut und verstört. «Keine Ärzte. Figuren! Gestalten. Ich will nicht hinsehen.»

«Warum ... läufst du dann nicht weg?»

«Ich kann mich nicht bewegen. Das Licht lässt es nicht zu. Es hält mich in der Luft fest.»

«Und was machen die Gestalten? Was passiert?»

«Sie ... führen Instrumente ein.»

«Wo?»

«In meine Nase. Den Mund. In jede Öffnung.» De Groot verzog das Gesicht und presste die Augen fest zu.

«Ja?»

«Es fühlt sich schrecklich an.»

«Was?»

«Ich soll mich nicht erinnern», murmelte de Groot. «Zu meinem eigenen Besten. Ich soll mich nicht erinnern.»

Duran ließ nicht locker.

«Es ist in Ordnung, sich zu erinnern, Henrik.» Er legte eine Hand auf die Schulter seines Klienten. «Es ist gut, sich zu erinnern. Aber du musst dich entspannen. Du musst atmen. So ist gut. Konzentriere dich nur auf das Atmen. Hier bist du sicher. Du bist nicht mehr in dem Licht: Du bist auf einem Felsen am Wasser. Du hörst die Wellen um den Felsen plätschern. Ein leichter Wind weht. Und Möwen kreisen am Himmel...» Duran ließ ihn eine Weile daran denken, und dann: «Jetzt lass uns zu dem anderen Ort zurückgehen, dem Ort im Licht. Aber hab keine Angst. Ich bin bei dir. Ich möchte, dass du mir von den Instrumenten erzählst... wie sehen sie aus?»

«Röhren.»

«Und woraus sind die?»

«Glas. Metall.» Wieder schauderte de Groot.

«Was ist los?»

«Sie sind kalt. So kalt... sie kleben an meiner Haut – und sie brennen.»

«Und was machen sie mit... den Instrumenten?»

De Groot holte tief Luft und erbebte. «Sie stecken sie in mich hinein.»

«Wo?»

«Nein.»

«Henrik – es ist zu deinem eigenen Besten.»

«Aber du weißt es doch!»

«Natürlich weiß ich es, aber du musst es mir sagen.»

De Groot schüttelte den Kopf.

«Wo?», beharrte Duran.

«In meinen Penis! Meinen... Hintern.»

«Aber warum? Warum machen sie das, Henrik? Weißt du es?»

Der Holländer nickte. «Sie füttern den Wurm», sagte er. Plötzlich wimmerte de Groot auf, und sein Gesicht verzerrte sich in einer Mischung aus Trauer und Schmerz.

Duran warf einen Blick auf seine Uhr. Zu seiner Verblüffung sah er, dass fünfzig Minuten vergangen waren. «Okay, Henrik, das ist genug. Das ist genug für heute.»

Er holte den Holländer zurück ins Wachbewusstsein, enttäuscht, dass es ihm noch immer nicht gelungen war, das Trauma aufzudecken, das de Groots Wahnvorstellung zugrunde lag. Er musste de Groot zum Durchbruch verhelfen und den Prozess der Sublimation umkehren, der diese absurde Geschichte von einer Entführung durch Außerirdische hervorgebracht hatte (wenn es das tatsächlich sein sollte). Wie die Dinge derzeit standen, wurde de Groot durch ein Ereignis gequält, das sein Geist verschlüsselt hatte. Er hatte die Erinnerung daran in etwas anderes transformiert.

Der Holländer setzte sich auf, blinzelte und sah sich um. «Was ist passiert?», fragte er, die Stimme dunkel vor Argwohn.

«Sie waren prima», erklärte Duran. Dann schaltete er den Kassettenrekorder aus und erhob sich. «Wir sind ein gutes Stück vorangekommen.»

Zu seiner Verwunderung blieb de Groot, wo er war, trommelte die Fingerspitzen gegeneinander, lauschte oder dachte nach oder beides. Schließlich hievte er sich hoch und lächelte. «Seltsam», sagte er. «Ich fühle mich kein bisschen besser.»

4

Nico wohnte in einer Dreizimmerwohnung in *The Watermill*, einer Apartmentanlage in Georgetown, ganz in der Nähe der M Street, wo der C&O-Kanal seine Reise hinaus in die Vororte in Maryland und darüber hinaus beginnt. Das Gebäude war modern und elegant, hatte ein ordentliches Sicherheitssystem, einen hübschen Blick über den Potomac und geräumige Balkone, die vor Pflanzen nur so überquollen.

An diesem Morgen hatte sie lange geschlafen, und als sie endlich aus dem Bett stieg, stand Jack praktisch schon das Wasser in den Augen. Er kläffte ein paar Mal vorwurfsvoll, als sie sich schnell anzog. Schließlich griff sie sich eine Plastiktüte, stopfte sie in ihre Tasche und strebte Richtung Fahrstuhl, wobei Jack kräftig an der Leine zog, während er über den mit Teppich ausgelegten Flur hechelte.

«Morgen, Ms. Sullivan.»

Ramon, der Portier, war ein ambitionierter Schauspieler, der jede Woche neue Akzente übte. Seit neuestem versuchte er, einen Südstaatenbutler zu mimen, brachte aber eher eine groteske Mischung aus Vivian Leigh und Antonio Banderas zustande.

«Hallo Ramon!»

«Und Ihnen auch, Master Kerouac.» Der Portier bückte sich, um den Hund, einen Jack-Russell-Terrier, zu streicheln, der Ramons Aufmerksamkeit mit einer Reihe beeindruckender Senkrechthüpfer belohnte.

«Na, na», sagte Nico. «Beruhig dich wieder, Jacko.»

«Lebhaftes Tierchen», bemerkte Ramon, noch immer mit seinem Plantagentonfall.

Nico lächelte. «Kann man wohl sagen. Was gibt's Neues?»

Ramon wurde nahtlos wieder er selbst. «Hab ich Ihnen schon erzählt, dass mir eine Rolle in dem Scorsese-Film angeboten wurde, der im District gedreht wird?»

«Das ist ja toll. Herzlichen Glückwunsch.»

«Na ja, so toll nun auch wieder nicht. Ich meine, es ist bloß eine Statistenrolle. Aber raten Sie mal, was ich da spiele – einen Portier.»

Nico wusste nicht recht, was sie sagen sollte, also sagte sie: «Hee!» Jack zerrte an der Leine, zog sie in Richtung Tür. «Da ist eindeutig ein Glückwunsch angebracht.»

«Die Sache ist bloß, ich weiß nicht, ob ich annehmen soll. Ich müsste drei, vielleicht vier Tage frei nehmen. Wahrscheinlich flieg ich raus. Also, was meinen Sie? Soll ich es machen?» Er warf ihr einen flehenden Blick zu.

«Jack!», sagte sie. «Lass das.» In Wahrheit hatte Jack sich schon beruhigt und saß still zwischen ihnen. Sie wusste nicht, was sie sagen sollte, und benutzte den Hund als Ablenkung, um dem Blick des Portiers auszuweichen. Sollte er seinen Job für eine kleine Rolle riskieren, die vielleicht den letzten Schnitt nicht überstand? Ramon nahm seine Schauspielerkarriere sehr ernst, aber Tatsache war, dass er anscheinend nicht sonderlich begabt war. Also war es vielleicht gar nicht so schlecht, wenn er einen Portier spielte. Andererseits, war es sinnvoll, seinen richtigen Job aufzugeben, nur um das Gleiche vor der Kamera zu spielen? Endlich sagte sie: «Riskieren Sie's.»

«Ehrlich?»

«Hundertprozentig. Ich habe mal im Fernsehen so was Ähnliches gesehen, und da hat so ein Typ gesagt, wenn man seiner Berufung folgt, kann man gar nicht falsch liegen.»

«Meiner Berufung? Sie meinen, das, was mich glücklich macht? Wie die Schauspielerei?»

«Genau.»

Ramon verzog das Gesicht. «Ich weiß nicht. Meinen Job mag ich nämlich auch. Das Trinkgeld ist nicht übel, wissen Sie. Und bald ist Weihnachten, dauert nicht mehr lange. Paar Monate noch.»

Nico zuckte die Achseln. «Vielleicht finden Sie ja jemanden, der für Sie einspringt. Und überhaupt, wo wollen die denn jemanden finden, der so verlässlich ist wie Sie? Wissen Sie was? Besorgen Sie sich eine Vertretung, und Ihnen passiert nichts.»

«Meinen Sie?»
«Allerdings.»
«Okay! Ich mach's. Ich folge meiner Berufung.»
«So ist recht!»
Er hielt ihr die Tür auf. «Meinen Sie, wenn ich Victor bitte, meinen Sie, er würde mich vertreten?»
«Klar. Er ist doch ein Freund von Ihnen, oder?»
«Ich denke schon ...»
«Na, dann ist doch alles klar.»
Draußen gingen Nico und Jack die Stufen zu dem Pfad hoch, der am Kanal entlangführte. Jack widmete sich seinem komplizierten, nahezu fanatischen Schnüffel- und Pinkelritual, während Nico das trübe Wasser betrachtete und ihren Gedanken nachhing.
Auf dem Rückweg band sie Jack vor Dean & DeLuca's an einer Parkuhr an und ging in den Laden, um Käse, Baguette und eine einzelne, vollkommene Tomate zu kaufen. Als sie kurz darauf mit ihrer kleinen Einkaufstüte zurückkam, sah sie eine Frau in einem kastanienbraunen Kostüm auf Jack einreden.
«Bist du ein braver Junge», gurrte die Frau, «wartest schön auf Frauchen. Jawohl, ganz brav. Ein liebes Kerlchen.» Plötzlich richtete sie sich auf und warf Nico einen durchdringenden Blick zu. «Ich hoffe, Sie machen auch immer hinter ihm sauber.»
«Oh ja», sagte Nico verdutzt. «Das tue ich. Absolut.» Sie bückte sich, band Jack von der Parkuhr los und machte sich auf den Rückweg.
Zu Hause angekommen, toastete sie einige Scheiben Baguette für ein Tomaten-Brie-Sandwich. Mit ihrem Brotmesser aus den Appalachen, das aussah wie ein Geigenbogen, schnitt sie ihre vollkommene Tomate in hauchdünne Scheiben. Und plötzlich merkte sie verwundert, dass sie weinte. Sie spürte, wie ihr die Tränen über die Wangen liefen, aus heiterem Himmel, als würde sie eine Zwiebel und keine Tomate schneiden. Ohne ersichtlichen Grund. Es waren einfach ... Tränen.
Sie war nicht traurig. Sie war nicht unglücklich. Sie war... gar nichts. Die Frau vor Dean & DeLuca's war der Auslöser, die Frau, die so freundlich zu Jack gewesen war. Von solchen Menschen wurde einem schwer ums Herz. ‹Ich hoffe, Sie machen auch immer hinter ihm sauber!›, hatte sie gesagt, als würde irgendwas mit ihr nicht stimmen,

als wäre irgendwas an Nico unsauber und verabscheuungswürdig. Das sah man in den Augen der Frau, hörte es in ihrer Stimme.

Als das Sandwich fertig war, ging sie ins Wohnzimmer und setzte sich vor den Fernseher. Jack machte es sich zu ihren Füßen bequem, wartete darauf, dass sie aß und ihm etwas abgab – was sie auch tat, indem sie ein Stück von dem käsetriefenden Sandwich abriss. Sie war nicht mehr hungrig. Bloß … betrübt.

Sie schob das Sandwich weg, legte sich auf das rosa Samtsofa und drückte auf die Fernbedienung. Jack verschlang seinen kleinen Bissen, warf noch einen bedauernden Blick auf die lukullische Quelle und sprang dann hoch zu seinem Frauchen, um sich am Fußende der Couch zusammenzurollen und einzuschlafen. Träge kraulte Nico ihn hinter den Ohren, während der Morgen allmählich in den Nachmittag überblendete, während Talkshows durch Seifenopern und Sportsendungen verdrängt wurden.

Eigenartig, wie schnell so etwas ging. Erst war sie beschwingt und bester Laune und im nächsten Augenblick hatte sie zu nichts mehr Lust. Wo auch immer ihre Energie in den letzten Tagen hergekommen war, jetzt war sie verschwunden. Das Einzige, was sie tun wollte, das Einzige, wozu sie sich in der Lage fühlte, war, hier vor dem Fernseher zu liegen. Und es war wirklich völlig egal, was gerade lief. Es war deprimierend und ermüdend. Und das nicht bloß körperlich. Die Erschöpfung, die sie empfand, kam ebenso vom Herzen wie aus ihrem Körper. «Ich hoffe, Sie machen auch immer hinter ihm sauber!» Warum waren die Menschen so? Es war wirklich zum Weinen.

Das Sandwich war verschwunden. Jack musste es gefressen haben. Gut so, sie hatte offenbar eine Ewigkeit auf der Couch gelegen und auf den Fernseher gestarrt, halb wach, ohne wirklich etwas wahrzunehmen. Und jetzt, obwohl sie so lange gelegen hatte, war sie noch müder als vorher. Sie schaffte es gerade einmal, sich aufzusetzen, was sie sofort bereute, weil ihr Hinterkopf dröhnte.

Sie ging in die Küche, blieb eine Weile vor der kleinen Espressomaschine stehen und ging im Geist alle Schritte durch, die sie absolvieren musste, um sich eine Tasse Kaffee zu machen. Schließlich verwarf sie den Gedanken und trat hinaus auf den Balkon. Es war ein kühler, bewölkter Tag, als hätte sich ihre Stimmung auf die Welt um sie herum übertragen. Dann und wann rüttelte eine Windböe an den schmiedeeisernen Stäben des Geländers, und die Farnblätter schwankten. Die Pflanzen sahen ein bisschen kränklich aus, und ihr kam in den Sinn, dass sie sie gießen und vielleicht auch düngen sollte. Oder sie hereinholen, es war fast soweit. Aber ihr war nicht danach. Ihr war nicht danach, irgendwelche Hausarbeiten zu erledigen. Ihr war nach –

Plötzlich meldete sich der kleine Wecker an ihrem Handgelenk und erinnerte sie daran, dass sie ihre Medikamente nehmen und «zu Hause anrufen» sollte. Sie ging durch den Raum zu dem Tisch, auf dem ihr Laptop stand, und nahm die Computertasche, in der sie ihre Medikamente aufbewahrte. Sie öffnete den Reißverschluss von einem der Seitenfächer und holte die orangefarbenen Fläschchen heraus. Aber das mit dem Lithium war leer. Sie hatte vergessen, sich Nachschub zu besorgen, als sie in ... wo auch immer sie gewesen war, als sie Placebo 1 eingenommen hatte.

Irgendwo, wo es warm war. Sonnig. Palmen. Kalifornien!

Aber warum war sie in Kalifornien gewesen? Um irgendwen zu besuchen. Irgendwen zu finden. Aber wen? Warum? Sie konnte sich nicht erinnern. Und das war genau das Problem mit Placebo 1. Es war wirklich Gift für das Gedächtnis. Sie setzte sich an den Tisch, klappte den Computer auf und schob den On-Schalter nach vorne. Als der Rechner sein Startprogramm durchlaufen hatte, gab sie die erforderliche URL ein und wartete, dass die Seite geladen wurde. Gleich darauf erschienen die vertrauten Worte:

Unbekannter Server
Browser kann URL nicht finden

Sie zog den Überzug aus der Tasche, stülpte ihn über den Monitor – und hielt inne. Eine ganze Weile saß sie da, starrte auf den fast leeren Bildschirm. Und dann schaltete sie impulsiv und irgendwie trotzig den Computer aus und stand auf. Sie ging zum Schrank im Flur, griff sich ihre Inline-Skates und verließ die Wohnung mit der vagen Idee, zur Apotheke zu fahren. Doch als sie dort ankam, rollte sie einfach daran vorbei und ließ sich treiben.

Sie wusste es nicht, aber ein Teil von ihr war im Begriff, eine Entscheidung zu treffen, eine Frage zu beantworten, die zu stellen Nico selbst nicht den Mut gehabt hatte, und sie hätte geschworen, dass es diesen Teil von ihr gar nicht gab. In ihrer Seele oder ihrem Unterbewussten tobte ein Streit, und dieser Streit brachte all die Energie hervor, die sie brauchte, um sich schneller zu bewegen als der fließende Verkehr, um an Georgetowns Edelrestaurants und Schickimickibars vorbeizusausen, an Läden, die Bücher und japanische Drucke, kunsthandwerkliches Spielzeug und Liebestränke verkauften.

Sie liebte Inline-Skating, dieses anmutige Schweben, das Vorübergleiten von Gesichtern, Bäumen und Gebäuden wie in einer Art Fotomontage, flüchtige Eindrücke, die kaum haften blieben. Irgendwie nahm dieses sanfte Dahinrollen der Stadt alles Kantige.

Als sie sich dem Four Seasons Hotel näherte, schwenkte sie in südlicher Richtung und fuhr in den Rock Creek Park. Dort jagte sie am Kennedy Center vorbei, machte kehrt und fuhr wieder zurück, wie eine Eisschnellläuferin, den rechten Arm in rhythmischem Takt vor und zurück schwingend. Als sie die alte Mühle erreicht hatte, knapp oberhalb der Porter Street, war der Streit in ihrem Innern beendet, und sie war spürbar erleichtert. Genug, dachte sie. Es ist vorbei.

Sie änderte die Richtung und steuerte heimwärts, beschwingt von der Aussicht auf ein warmes Bad. Ich nehme das Rosmarin-Badegel, dachte sie und stellte sich den Duft und das Aroma vor.

Ihre Kopfschmerzen waren verschwunden.

Während das Badewasser einlief, rief sie bei Adrienne zu Hause an, wohl wissend, dass ihre Schwester noch arbeitete, und sprach eine Nachricht auf den Anrufbeantworter.

«Hallo A», sagte sie. «Ich bin's, Nikki. Ich hoffe, du hast unser Essen heute Abend nicht vergessen – es ist regenbogen*importante* ...»

Sie trafen sich jeden zweiten Dienstag zum Abendessen, abwechselnd bei Adrienne oder Nico, außer, wie es gelegentlich vorkam, eine von ihnen hatte zu viel um die Ohren (wie Adrienne in letzter Zeit) oder war nicht gut drauf (wie Nico manchmal).

«Regenbogen» war ein Geheimwort, das Adrienne erfunden hatte, als sie noch ganz klein war, höchstens vier oder fünf, und das sich bis heute zwischen ihnen gehalten hatte. Das Wort verlieh allem, was es beschrieb, zusätzliche Dringlichkeit oder höheren Wahrheitsgehalt und mehr Gewicht. (Du findest den Typen gut – regenbogengut? Und ob. Die Mathearbeit werd ich total verhauen. Regenbogentotal? Garantiert ...)

Nachdem sie die Nachricht für ihre Schwester auf Band gesprochen hatte («Ich seh dich dann um acht, okay?»), ging sie raus auf den Balkon und machte im Außenkamin Feuer. Inzwischen ging die Sonne unter, malte einen violett-orangefarbenen Wirbel auf den Himmel, der sie an Gauguin erinnerte. Während sie einige zusammengedrehte Zeitungen in den Bauch des Kamins stopfte, überlegte sie vergeblich, an welchen Gauguin. Kreuz und quer über das Zeitungspapier legte sie ein paar Späne Kleinholz zum Anzünden und krönte das Ganze mit einem Scheit Piñon-Holz. Dann entzündete sie ein Streichholz und sah zu, wie ihre Konstruktion aufloderte. Ich bin ja ein richtiger Pfadfinder, dachte sie.

Sie ging wieder hinein und sah nach dem Badewasser. Es roch herrlich, und sie sah mit Befriedigung, dass der Badeschaum dick und schimmernd war und fast bis zum Rand reichte. Sie drehte das Wasser ab und tauchte einen Finger hinein – heiß, heiß, wie Marlena immer gesagt hatte.

Dann verließ sie das Badezimmer.

Aus dem Besenschrank in der Küche holte sie sich einen Hocker, ging damit ins Schlafzimmer, stieg darauf und zog ein altes Fotoalbum aus dem Versteck ganz hinten im obersten Regal. Sie stieg wieder herunter, ging mit dem Album hinaus auf den Balkon, wo sie sich vor den knisternden Kamin setzte, und schlug es auf.

Etwa hundert Fotos waren darin, jeweils mit etwas Klebstoff an den Ecken befestigt. Hauptsächlich Familienfotos, die sie selbst und Adrienne, Deck und Marlena im Verlauf von etlichen Jahren zeigten. Auf der ersten Seite war ein Bild von ihr selbst auf einer Schaukel mit fliegenden Haaren, während Marlena sie von hinten anstieß, mit einem strahlenden Lachen. Im Hintergrund ein niedriges Haus aus roten Ziegeln.

Auf derselben Seite war auch ein Schnappschuss von Adrienne, die an ihrem Seil am Baum turnte, ihr achtjähriges Gesicht ganz ernst vor Konzentration. Deck, der im Garten am Grill stand, einen Pfannenwender in der einen, ein Budweiser in der anderen Hand. Nico und Adrienne am Strand, wie sie Sandburgen bauten. Adrienne, die letzte Hand an ein Lebkuchenhaus legte. Nico neben Deck sitzend, die Arme um den Kürbis gelegt, den sie ausgehöhlt hatte; und so weiter. Da war sogar ein Foto von Nico in dem Kleid, das sie zu ihrem Abschlussball getragen hatte, kurz bevor sie nach Europa ging und die Hölle losbrach.

Wenn man die Familie anhand des Albums beurteilen wollte, war sie fast vollkommen und ungefähr so gesund wie Quellwasser aus Minnesota. Aber Nico sah nicht nur die Menschen, die im Album waren, sondern auch das, was nicht darin zu sehen war. Und das, was fehlte, war der Alptraum, der sich in der Abwesenheit von Rosanna offenbarte – deren Gesicht sie sich nicht einmal mehr in Erinnerung rufen konnte.

Es gab keine Bilder von ihrer älteren Schwester, nicht eines. Es war, als hätte es sie nie gegeben. Was bedeutete, dass das Album in Nicos Händen Teil der Täuschung war. Vergiss, was mit ihr passiert ist. Wenigstens sie selbst hatte überlebt. Sie hatte wenigstens eine Vergangenheit. Aber ihre Schwester, ihre Schwester existierte noch nicht einmal mehr als Erinnerung. Zuerst war sie abgeschlachtet worden und dann ausradiert – wie ein Moskauer Apparatschik, der plötzlich zum Störfaktor geworden war.

Nico nahm das Foto von sich und Marlena an der Schaukel heraus und drehte es um. Auf der Rückseite stand in der krakeligen Handschrift ihrer Pflegemutter:

Mein Schätzchen auf der Schaukel!
4. Juli 1980
Denton, Del.

Selbst das war gelogen, dachte Nico. Das niedrige Haus im Hintergrund sah ganz anders aus als das baufällige Haus mit der abblätternden Farbe, das sie in South Carolina gekannt hatte. War sie überhaupt je in Delaware gewesen? Sie glaubte es nicht.

Sie knickte das Bild in der Mitte und legte es auf das Feuer im Kamin, sah zu, wie das Papier sich wellte und die Gesichter schwarz wurden. Schließlich züngelte eine Flamme aus dem Foto, und von der Oberfläche sprangen Funken, die hinauf in den Kamin wirbelten. Eins nach dem anderen nahm Nico die Fotos aus dem Album und legte sie ins Feuer, bis nur noch die von ihr und der noch lebenden Schwester da waren. Dann stand sie auf, blinzelte mit tränennassen Augen und murmelte vor sich hin: «Die Hex' ist tot.»

Inzwischen war es fast dunkel oder so dunkel, wie es in Washington wurde, wo die blinkenden Lichter der Flugzeuge die unzähligen, unsichtbaren Sterne vertraten. Sie holte aus der Küche einen Schneebesen, und als das Feuer nur noch glimmte, zerstampfte sie die Asche.

Anschließend ging sie ins Wohnzimmer und zog aus der obersten Schreibtischschublade einen Briefumschlag. Sie hatte ihn seit über einem Monat dort aufbewahrt und den richtigen Zeitpunkt abgewartet – und der war jetzt gekommen. Mit dem Umschlag in der Hand ging sie in die Küche und sah sich nach einem Platz um, wo er gut sichtbar wäre. Schließlich entschied sie sich für die Kühlschranktür. Sie nahm alles ab, was daran haftete – Cartoons, die Speisekarte vom Pizza-Service, ein Rezept für Hähnchen Satay und ein Foto von Jack –, und warf es in den Mülleimer. Dann befestigte sie den an Adrienne adressierten Umschlag genau in der Mitte der Tür mit einem Magneten, der aussah wie ein kleines Gin-Fläschchen. Sie sah auf die Uhr. Halb sieben. Noch immer über eine Stunde Zeit, bis Adrienne kam, also musste sie sich nicht beeilen.

Sie trat an die Küchentheke, goss sich ein Glas kühlen Russian River Chardonnay ein und legte eine CD von Miles Davis auf. «Sketches of Spain.»

Sie trank einen Schluck Wein und als sie ins Badezimmer ging, durchlief ein Frösteln ihren Körper. Während sie auf dem Balkon das Album durchsah, war ihr kalt geworden. Sie nahm das Heizöfchen aus dem Wäscheschrank neben der Wanne, stöpselte es ein und stellte es auf die Umrandung der Wanne.

Sie schaltete das Heizöfchen an und genoss einen Moment lang seine helle und plötzliche Wärme, bevor sie sich langsam auszog und ihre Kleidung in den Wäschekorb warf. Sie stand nackt da, nahm einen Schluck Wein und gab sich leise schwankend dem zähen, betörenden Legato der Trompete hin, während Miles durch das «Concierto de Aranjuez» flog. Schließlich stieg sie ins Wasser und ließ sich ganz sachte und allmählich in die Schaumwolke hinab.

Das Wasser war genau richtig. So heiß, dass sie es so eben noch aushielt. So heiß, dass die Hitze sie völlig zu durchdringen schien. So heiß, dass es genau an der Grenze zwischen Lust und Schmerz war, anders ausgedrückt, knapp oberhalb der Schmerzgrenze. Sie dachte über diesen Begriff nach – die Schmerzgrenze – und lächelte, während sie langsam wie ein Gletscher tiefer ins Wasser glitt. Sie hörte die winzigen Explosionen der Schaumblasen, die unter dem Druck ihres Rückens zerplatzten. Sie spürte sie in den Härchen hinten im Nacken.

Träge nippte sie am Wein und sah zu, wie die Spiralen des Heizöfchens sich immer tiefer und tiefer orangerot färbten. Dann traf Miles einen so herzzerreißend reinen Ton, dass sich ein feuchter Film über ihre Augen legte – und sachte, fast zärtlich streckte sie einen Fuß aus und kippte das Heizöfchen ins Wasser.

5

In Durans Apartmentkomplex, den Capitol Towers, befand sich ein Einkaufszentrum im Untergeschoss, so dass die Bewohner das Gebäude eigentlich gar nicht verlassen mussten. Es gab einen Supermarkt, eine Drogerie, eine Reinigung, einen Zeitungsladen, ein Reisebüro und ein Starbuck's Café.

Duran, der vom Safeway-Supermarkt im Untergeschoss kam, hielt drei Plastiktüten mit Lebensmitteln in der linken Hand, während er mit der rechten versuchte, die Wohnungstür zu öffnen. Schließlich schwang die Tür auf, und im selben Moment wusste er, dass gleich das Telefon klingeln würde.

Das war so eine Fähigkeit von ihm. Irgendwie.

Aus unerfindlichen Gründen war er besonders auf die Geräusche und Schwingungen von Geräten gepolt – das Surren und Klicken der Eismaschine, das einschläfernde Brummen der Klimaanlage, das Rauschen und Brausen des Wassers im Geschirrspüler. Er bemerkte sofort jede noch so kleine Veränderung in der Akustik seiner Geräte und jede Unregelmäßigkeit war für ihn so auffällig wie das Niesen eines Einbrechers um Mitternacht.

Es war keine sonderlich nützliche Eigenschaft und er wusste nicht, woher er sie hatte. Aber dass er sie hatte, stand außer Frage. Er schob die Tür mit dem Fuß hinter sich zu und spürte schlagartig eine Art Spannung im Raum. Einen Moment lang blieb er wie erstarrt dicht hinter der Tür stehen und lauschte in die Luft. Dann trat er ans Telefon.

Es klingelte.

Es war unheimlich und unerklärlich. Allenfalls ließ es darauf schließen, dass er auf die Geräte in seiner Wohnung, auf Kühlschränke und

Telefone, besser eingestellt war als auf Menschen – eine bedauerliche Eigenschaft bei einem Therapeuten. Trotzdem, dachte er, als er nach dem Hörer griff, ein Raum, in dem gleich ein Telefon klingeln würde, war nicht misszuverstehen. Die Luft vibrierte vor Erwartung, wie ein Zuschauersaal, in dem gleich tosender Applaus ausbricht.

«Hallo?»

«Jeff?»

Er erkannte die Stimme nicht. Und die Frage – eigentlich nannte ihn niemand so. Er war immer bloß Duran, oder Doktor Duran.

«Hal-looo? Ist da jemand?»

«Ja, ja! Tut mir Leid, ich – Jeff am Apparat.»

«Ja, grüß dich! Ich bin's, Bunny Kaufman Winkleman. Ich bin froh, dass ich dich erwischt habe. Die meiste Zeit krieg ich immer nur Anrufbeantworter.»

«Ach ...»

«Fast immer, aber›... wir haben uns nicht sehr gut gekannt, was? In Sidwell? Wir waren im selben Jahrgang – damals, Abschlussklasse '87. Da hieß ich noch einfach Bunny Kaufman.» Sie hielt inne, plapperte dann weiter. «Du warst wohl einer von den stilleren Jungs.»

Duran überlegte. War er das gewesen? Vielleicht. Und Bunny? Wer war das? Er konnte sich ihr Gesicht nicht vorstellen – aber er hatte ja auch keinen Kontakt gehalten. Die High-School war lange her. «Ja, kann sein», erwiderte Duran. «Tja... also was gibt's? Was kann ich für dich tun, Bunny?»

«Zweierlei. Du kannst mir versprechen, dass du den Fragebogen beantwortest, den ich verschicke. Du weißt schon, so einer nach dem Motto ‹Was ist aus dir geworden?›.»

«Okay.»

«Und zweitens: Du kommst zum Klassentreffen. Du kriegst doch den Rundbrief für Ehemalige, nicht? Ich rufe nur an, um dich zu motivieren. Wir brauchen jeden, den wir kriegen können.»

«Na ja ...» Auf dem Tisch lag ein Streichholzbriefchen, er hob es auf, drehte es zwischen den Fingern. Die Vorderseite war mit einer Reihe silberner und schwarzer Kreise bedruckt. Auf der Rückseite sahen die Kreise aus wie ein Auge. Darunter standen die Worte:

Trance-Club
Davos-Platz

Das mussten de Groots Streichhölzer sein.

«Jeff?», sagte die Stimme im Telefon. «Bist du noch dran?»

Konzentrier dich. «Aber ja.»

«Na, was meinst du dazu?», sagte Bunny mit ihrer schmeichelnden Stimme. «Komm schon. Sag einfach ja. Komm. Es ist auch nicht bloß unser Jahrgang – es kommen noch zwei andere Jahrgänge. Und wir haben so eine Art Wettkampf. Es ist albern, aber – kann ich auf dich zählen?»

«Ich werd's versuchen.»

«Tja, damit muss ich mich wohl begnügen. ‹Ich werd's versuchen› ist aber immer noch besser als ‹Ich überleg's mir›, was, wie wir alle wissen, ‹ausgeschlossen› heißt. Schreib's dir in deinen Terminkalender, okay?»

«Mach ich.»

«23. Oktober.»

«Alles klar.»

«Prima. Und, Jeff?»

«Ja?»

«Wenn du nicht zum Klassentreffen kommen kannst, dann werde ich kein Verständnis dafür haben!»

Nachdem er aufgelegt hatte, wiederholte er den Namen laut, ließ ihn sich immer wieder durch den Kopf gehen, während er die Lebensmittel wegpackte, und erwartete fast, dass ein Gesicht aus seiner Erinnerung auftauchte. Aber da war nichts. Weder ein Bild noch eine Anekdote.

Die High-School ist lange her, dachte er, als er die Zitronen ins Gemüsefach legte. Trotzdem: Sein Jahrgang bestand aus nur hundert Leuten, halb Jungen, halb Mädchen. Also müsste er sich doch eigentlich an Bunny erinnern.

Er füllte den Kaffee in die Dose von Starbuck's und drückte den Metallverschluss mit dem Daumen herunter. Bunny Kaufman. Er schloss die Augen und überlegte und stellte sich ein kleines, blondes, gesichtsloses Mädchen vor. Und das war alles. Irgendwie seltsam. Nach vier gemeinsamen Jahren mit Unterricht, Spielen, Sportfesten und Feten, Schulfeiern und Klassenausflügen brachte er nicht mehr zustande als «klein und blond»?

Es war deprimierend. Je länger er darüber nachdachte, desto deutlicher wurde ihm, wie wenig er aus der Schulzeit in Erinnerung hatte.

Eigentlich so gut wie gar nichts. Ein paar Namen und Gesichter. Der Schulleiter, Andrew Pierce Vaughn, sein fröhliches Gesicht in Lachen erstarrt. Die Fassade der Schule. Die Abschlussfeier im Garten hinter dem Zartman-Haus. Aber von den Freunden, die er gehabt hatte, von den Lehrern wusste er nichts mehr.

Es war wirklich ein wenig beunruhigend. So beunruhigend, dass er, obwohl er so etwas sonst nie tat, das Datum auf einen Post-it-Zettel schrieb und ihn an seinen Computermonitor klebte: Sidwell Klassentreffen: Sa., 23. Okt. Warum eigentlich nicht...

Sein Vier-Uhr-Termin mit Nico kam und verging, ohne dass sie auftauchte. Er überlegte, ob er sie anrufen sollte, entschied sich aber dagegen. Die Verantwortung dafür, die Verbindung zwischen ihnen zu halten, musste bei ihr liegen, sonst würde die Beziehung nicht funktionieren. Wie viele Kinder, die in jungen Jahren verwaist waren, hatte Nico eine lange Geschichte von Abhängigkeiten, von der Suche nach Ersatzeltern, die für sie sorgten. Als Erwachsene musste sie die Verantwortung für ihr Leben selbst in die Hand nehmen, anstatt sich auf Autoritätspersonen zu verlassen. Sonst würde sie erneut in alte Verhaltensmuster von Missbrauch fallen, würde Sex mit Liebe verwechseln, Entwürdigung mit Strafe.

Als sie nicht kam, machte sich Duran also zwar Gedanken, aber er rief nicht bei ihr an. Autonomie war wichtig für Nico, und er hatte von Anfang an klargemacht, dass sie, sie allein für ihre Genesung verantwortlich war. Er konnte ihr helfen. Aber er war nicht ihr Vater, ihr Ehemann oder ihr Vormund.

Er setzte sich vor den Fernseher, bis es Zeit zum Abendessen war. Dann ging er in die Küche und blickte sich mit einem Gefühl von Mutlosigkeit um. Die Küche war schön, mit Kiefernschränken und marmornen Arbeitsflächen, einem Magnetblock, in dem ein Dutzend scharfe Messer steckten, und einer ganzen Reihe von Küchengeräten. Aber er kochte nicht – oder zumindest nicht oft. Die meiste Zeit ließ er sich etwas zu essen kommen.

Auf der Küchentheke stand ein kleiner CD-Player und er spähte durch die Glasabdeckung, um zu sehen, welche CD eingelegt war. Cowboy Junkies. Er drückte auf «Play» und ging die Speisekarten von verschiedenen Lieferservices durch.

Er konnte sich Thai-Essen bestellen – das wäre gut. Aber nur wenn er Bier da hatte. Er zog die Kühlschranktür auf und suchte die Fächer ab. Perrier, Milch und Coca-Cola und eine Flasche Pinot Grigio, aber kein Bier.

Er sah auf die Uhr und überlegte. Er war gerade einkaufen gewesen. Wieso hatte er nicht an Bier gedacht? Es war kurz nach sieben, der Supermarkt im Untergeschoss hatte also schon zu. Wenn er Bier haben wollte, musste er zum nächsten Kiosk gehen. Der Gedanke machte ihn beklommen, als hätte er aus den Augenwinkeln etwas unter die Couch huschen sehen. Etwas Dunkles und Schnelles. Ein ungutes Gefühl durchlief ihn wie ein Frösteln.

Mit einem Seufzer nahm er den Pinot Grigio aus dem Kühlschrank, entkorkte ihn und goss sich ein Glas ein. Dann drückte er den Knopf am Telefon, der automatisch Chiang Mai Garden anwählte. Er gab seine Bestellung durch, und der Mann am anderen Ende wiederholte sie.

«Ein Numme' vie', ein Numme' sweiunnswansig. Seh' gut. Fünfsehn Minute.»

Er versuchte sich einzureden, dass Wein zu Thai-Essen genauso gut passte wie Bier. Aber in Wahrheit stimmte das nicht. So gut der Pinot Grigio auch war, er hatte fast den Geschmack des kalten, schaumigen Biers auf der Zunge.

Der nächste Kiosk war nur drei Querstraßen entfernt. Er sollte hingehen, aber... Das ist doch lächerlich, dachte er. Er setzte sich an den Küchentisch, trank einen Schluck Wein und schüttelte den Kopf.

War er schon immer so gewesen?

Nein. Zumindest glaubte er das nicht.

Seit wann also? Wann hatte es angefangen?

Er behandelte Leute mit kognitiven Problemen, daher kannte er seine eigenen Symptome nur zu gut. Er litt an «Agoraphobie, also Platzangst. Laut Lehrbuch an ‹Agoraphobie mit panischer Störung. Situationen werden vermieden oder mit deutlichen Stressanzeichen erduldet.»

Schlimmstenfalls waren Agoraphobiker Gefangene ihrer Ängste, unfähig, die eigenen vier Wände zu verlassen. Durans Erkrankung war nicht ganz so schlimm. Wenn die Notwendigkeit groß genug war, konnte er sich widersetzen. Er konnte hinausgehen, und er tat es. Aber immer seltener, so kam es ihm vor, und nie mit Freude. Offen gesagt, wenn er nicht in den Capitol Towers, die wie ein urbanes Dorf waren, wohnen und arbeiten würde, hätte die Phobie ihn vielleicht schon völlig gelähmt.

Das bereitete ihm Sorge. Und nicht bloß die Phobie, sondern auch die Art, wie er damit umging. Im Grunde ignorierte er das Problem, weil es ihm unangenehm war, darüber nachzudenken – was eingedenk seines Berufes schon fast absurd war. In Wahrheit fragte er sich, ob er den beruflichen Ansprüchen überhaupt noch genügte. Konnte ein Therapeut, der sein eigenes Leben nicht hinterfragte, anderen Menschen nach wie vor helfen? Hatte er das Recht, sich um Patienten zu kümmern, die so gestört waren wie Nico und de Groot? Er leerte sein Weinglas und füllte es erneut.

Eine Stimme in seinem Hinterkopf raunte: Therapeut, heil dich selbst. Und eine zweite Stimme entgegnete: Später …

6

Nicos Schwester Adrienne hatte einen Pakt mit dem Teufel geschlossen. So einfach war das.

Sie hatte im Vorjahr ihr Jurastudium an der Georgetown University beendet und danach mit Slough & Hawley einen faustischen Handel geschlossen, um einen Schuldenberg abzutragen, den das kostspielige Studium angehäuft hatte. Für ein üppiges Gehalt und einen erstklassigen Start in eine Blitzkarriere wurde von Adrienne erwartet, zwei Jahre lang achtzig Stunden die Woche zu schuften, auf Probe. War sie nach Ablauf dieser Zeit noch «fähig», also weder ausgebrannt noch gefeuert, sollte sie fest eingestellt werden. Wonach alles erheblich einfacher werden würde, zumindest interessanter.

Vorläufig jedoch war es die Hölle. So war die Vereinbarung.

Im Augenblick arbeitete sie an einem Memo für Curtis Slough höchstpersönlich, den Partner, der eigentlich ihr Mentor sein sollte, der aber der Einzige war, für den sie tatsächlich arbeitete. Der Mandant war Amalgamated Paving, eine Firma mit Sitz in Maryland, die Parkplätze und Straßen baute.

Vier Jahre zuvor war Amalgamated von dem District of Columbia verklagt worden, weil die Arbeiten an der 14th Street Bridge angeblich schlampig ausgeführt worden waren. Der Straßenbelag hatte nach nur sechs Monaten angefangen zu bröckeln und große Schlaglöcher hatten Unfälle verursacht und eine Flut von Beschwerdebriefen ausgelöst. Die Sache ging jetzt unweigerlich vor Gericht.

Panik hatte sich breit gemacht.

Seit zwei Wochen war Adrienne damit beschäftigt, eine Datenbank von Dokumenten zu erstellen und mit einem Team von Anwaltsassistenten Tausende von Unterlagen zu sichten: Memos, Berichte, Korrespondenzen, Quittungen und Rechnungen. Eine stumpfsinnige Arbeit. Jedes Blatt musste gelesen und kategorisiert werden, bevor es mit einer Nummer versehen und in den Computer eingegeben wurde.

Inzwischen ging es darum, welche Dokumente dem gegnerischen Anwalt zur Verfügung gestellt werden sollten. Manche Unterlagen fielen unter die anwaltliche Schweigepflicht oder waren durch das Eigentumsrecht gesetzlich geschützt, so dass sie von der Offenlegungspflicht befreit waren. Andere konnten nicht so leicht zurückgehalten werden und Adrienne sollte nun nach Möglichkeiten suchen, die Offenlegung problematischer Unterlagen zu umgehen.

Sie saß am Computer und tippte die Korrekturen ein, die sie mit Bleistift auf den Entwurf ihres Memos geschrieben hatte. Anschließend las sie alles noch einmal durch. Es wimmelte nur so von Tippfehlern. Sie arbeitete meistens am Laptop, weil sie dessen Tastatur angenehmer fand als die des schwerfälligen Geräts in ihrem Büro. Mit Hilfe der Rechtschreibprüfung waren die Tippfehler rasch behoben, und als sie fertig war, sicherte sie die Datei, drückte auf «Print» und lehnte sich zurück. Während das Memo gedruckt wurde, legte sie den Kopf in den Nacken und schloss die Augen …

Es wäre so schön … einfach nur …

Sie riss die Augen auf. Gestern hatte sie die ganze Nacht durchgearbeitet, und wenn sie nicht aufpasste, würde sie auf der Stelle einschlafen. Sie hatte zu Hause gearbeitet und ihr Memo fast fertig gehabt, als ihr Laptop den Geist aufgab und damit etliche Stunden Arbeit zunichte waren. Am Ende war sie um Mitternacht ins Büro gefahren, wo sie das Memo auf ihrem großen Computer fertig geschrieben hatte. Und jetzt würde sie am liebsten nach Hause fahren, sich in der Badewanne entspannen, bis das Wasser abkühlte, und sich dann auf ihrem großen weichen Bett von der Luft trocknen lassen.

Aber … nein. Es war der zweite Dienstag des Monats, und nach der Nachricht, die Nikki ihr auf den Anrufbeantworter gesprochen hatte, konnte sie ihr gemeinsames Abendessen unmöglich absagen.

Sie richtete sich im Sessel auf, heftete die vier Kopien des Memos zusammen und überflog es ein letztes Mal auf Fehler hin. Drei Kopien waren für Slough, eine für ihre Unterlagen. Sie griff zum Hörer, wählte die Durchwahl des großen Bosses, aber er war natürlich schon weg, ebenso wie die Sekretärinnen und so ziemlich alle anderen. Also schob sie die Memos in eine Büromappe und ging nach oben.

Hier hatte man keine Kosten und Mühen gescheut. Der Empfangsbereich, von dem aus man in die verschiedenen Büros gelangte, sollte einen genau kalkulierten Eindruck vermitteln, nämlich den großer Seriosität und Macht. Der Raum, luxuriös und dezent zugleich, war mit einem braungrauen Teppich ausgelegt, so dick, dass die Füße fast haften blieben, als wäre der Boden mit Materie von einem Neutronenstern bestäubt worden. Zwei Travertinmarmorsäulen stützten die gut vier Meter hohe Decke, von der eine indirekte Beleuchtung Lichtstrahlen auf den Boden warf. Geschmackvolle Ölgemälde hingen an den Wänden, und der eigentliche Empfang war schon an sich ein Kunstwerk, ein schimmernder Halbmond aus Walnussholz, dessen polierte Oberfläche zwischen den blinkenden Dioden der Telefonanlage glänzte. Hier und da einige Ledersessel, eine auffällige Chesterfield-Couch, ein Couchtisch aus Glas und Messing, mit Ausgaben von *Granta* und *Scientific American* darauf.

Sloughs Bürosuite war natürlich abgeschlossen, also legte sie die Mappe auf den Empfangstisch und ging zurück in ihr Büro, um ihre Handtasche zu holen. Auf dem Weg nach draußen schaute sie noch kurz in den kleinen Raum gegenüber.

«He, Bets – ich bin weg.» Bette war auch das erste Jahr da und erstickte wie Adrienne in Arbeit.

Ächzend und mit verzerrtem Gesicht stand Bette auf. «Mein Gott», sagte sie, «ich bin völlig verspannt. Ich muss daran denken, mich einmal pro Stunde zu bewegen.» Sie stockte und vage Hoffnung spiegelte sich auf ihrem Gesicht. «Was meinst du, Scout? Gehen wir Sushi essen? Ich komme hier drin noch um.»

Adrienne schüttelte den Kopf. «Bin mit meiner Schwester verabredet. Unsere monatliche Familiensitzung.»

Bette runzelte die Stirn. «Wie geht's ihr denn überhaupt?»

Adrienne zuckte die Achseln. «Noch immer durchgedreht. Sie geht zwei-, dreimal die Woche zum Therapeuten, aber ehrlich gesagt, ich glaube, er ist eher Teil des Problems als die Lösung. Jedenfalls ... sie will mit mir reden. Hat gesagt, es ist *importante*.»

«Oje.»

Adrienne lächelte wehmütig. «Wem sagst du das.»

Normalerweise ging Adrienne zu Fuß oder nahm öffentliche Verkehrsmittel, und das war gut so, schließlich schuldete sie diversen akademischen Institutionen insgesamt siebzigtausend Dollar. Aber heute Abend war sie so müde und so spät dran, dass sie nach einem Taxi Ausschau hielt. Und dabei zeigte sich ihre Unerfahrenheit: Sie brauchte fast fünf Minuten, bis sich ein Fahrer durch ihr schüchternes Winken angesprochen fühlte.

Der Mann hinterm Steuer hatte einen halsbrecherischen Fahrstil, so dass Adrienne manchmal vor Panik die Augen zukniff. Dann waren sie da, und sie musste sieben Dollar bezahlen, doppelt so viel, wie sie erwartet hatte. Sie wollte schon protestieren, aber das hätte ohnehin nichts gebracht. Die Taxipreise in Washington waren unergründlich und so sollte es auch wohl sein.

Als sie das Gebäude betrat, erkannte der Portier sie – gewissermaßen. «Hallo – Sie sind Nicos Schwester, hab ich Recht?»

«Adrienne.» Sie lächelte. «Würden Sie ihr Bescheid sagen, dass ich auf dem Weg nach oben bin?»

«Aber klar.» Er winkte sie durch, und sie ging zum Fahrstuhl. Zu ihrer Verblüffung ging er sofort auf, als sie den Knopf berührte. Aber als sie an der Wohnungstür klingelte, machte Nikki nicht auf. Adrienne stand vor der Tür, drückte erneut auf die Klingel und hielt den Daumen drauf. Sie dachte, vielleicht ist sie unter der Dusche… Sie lauschte und meinte, Jack bellen zu hören, schwach, als wäre er in der Küche eingesperrt. Aber von Nikki war nichts zu hören. Adrienne schaute auf die Uhr: Es war fast halb neun.

In gewisser Weise war sie eher erleichtert als verärgert. Sie war zwar das Geld für das Taxi los, aber sie war froh – regenbogenfroh –, jetzt doch noch baden und früh schlafen gehen zu können. Nikki hatte ihre Verabredung entweder vergessen, oder, was wahrscheinlicher war, sie war Zigaretten oder sonst etwas holen gegangen und aufgehalten worden.

Wie auch immer – Adrienne drückte ein letztes Mal lange auf die Klingel –, sie hatte Adrienne eine Fluchtmöglichkeit eröffnet. Während sie zurück zum Fahrstuhl ging, konnte sie sich das Telefongespräch ausmalen, das sie am nächsten Morgen führen würden.

Aber ich war wirklich da – frag deinen Portier!

Ich war höchstens zehn Minuten weg.

Ich hab geklingelt und geklingelt!

Ich hatte keine Butter mehr!

Woher sollte ich das wissen? Du hast mir keine Nachricht dagelassen.

Ihre Schwester. Sosehr Adrienne auch an ihr hing, die Wahrheit war, dass sie sich in ihrer Gesellschaft nie richtig wohl fühlte. Immer wartete sie nur darauf, dass das Gespräch in die falsche Richtung lief, und das passierte unweigerlich im Verlauf des Abends. Mit Nikki zusammen sein, das war wie Auto fahren mit einem Loch im Reifen. Eine Zeit lang ging alles gut, ganz gleich wie nervös der Fahrer auch sein mochte, doch dann wurde alles weich und wackelig und ... man musste anhalten und aussteigen. Natürlich hatte sie Mitgefühl mit ihr. Sie war so verständnisvoll und fürsorglich wie möglich, und sie würde Nikki wirklich gerne mehr Geduld entgegenbringen, aber die Wahnvorstellungen ihrer Schwester, der sexuelle Missbrauch, den sie sich zusammenphantasierte, waren so grotesk und theatralisch, so absolut irre, dass sie da einfach nicht mehr mitspielen konnte. Zumal sie selbst angeblich Opfer desselben unaussprechlichen Verbrechens gewesen war.

Wenn ein Typ mit einer Kapuze mich gevögelt hätte, als ich vier war, dachte Adrienne, würde ich mich doch wohl daran erinnern. Die Fahrstuhltüren glitten auf, sie trat ein und fuhr hinunter ins Erdgeschoss.

Das Thema war mittlerweile so ziemlich tabu, nur noch eine Sache zwischen Nikki und ihrem Therapeuten. Adrienne konnte einfach nicht mit ihr darüber reden, ohne aus der Haut zu fahren, was Nikki natürlich zu denken gab. Ihrer Meinung nach befand Adrienne sich in der «Negationsphase». Sie hatte alles «verdrängt». Und so schlimm das auch für Adrienne war (so zumindest die Argumentation), für Nikki war es mindestens genauso schlimm. Denn wo blieb da ihre «Validierung»?

Also wirklich ...

Andererseits wäre selbst dieser Irrsinn nicht so schlimm gewesen, wenn Nikki mehr die Alte geblieben wäre. Aber die Nikki, die im Watermill wohnte, war nicht mehr die lebensprühende und lustige Schwester, für die Adrienne alles getan hätte. Diese Nikki war abgedreht, und das von Tag zu Tag mehr.

Wegen Berlin, dachte Adrienne, wegen dem, was da passiert war.

Damals, kurz nach ihrem High-School-Abschluss, war mit Nikki alles in Ordnung gewesen, obwohl Adrienne sie so gut wie nie zu Gesicht bekam. Entgegen Decks und Marlenas Rat war Nikki in einen Bus nach New York gestiegen, um dort ihren Traum von einer Karriere als Model zu erfüllen. Deck war überzeugt, dass sie in einem Monat wieder da wäre, aber zur Überraschung aller (außer Nikkis) hatte sie fast augenblicklich Erfolg. Ein Jahr nach ihrem 19. Geburtstag stand sie schon bei der Marrakesh Agency unter Vertrag und hatte eine Fünfzimmerwohnung in SoHo. Sie schickte Adrienne Postkarten von Orten wie Jamaika und rief jede Woche an und schon allein der Klang ihrer Stimme – ‹Hallo, A!› mit einem leisen Lachen – ließ das Herz ihrer kleinen Schwester höher schlagen.

Adrienne dachte damals, dass Nikki ein gutes Leben hatte, was auch der Fall war, aber eben auch ein schnelles. Bei der Rückkehr von einem Aufnahmetermin auf den Cayman Islands wurde ihr Gepäck am New Yorker Flughafen durchsucht. Ein paar Thai-Sticks fielen den Beamten in die Hände und das war's: 200 Stunden gemeinnützige Arbeit, tausend Dollar Geldstrafe und das Aus bei Marrakesh.

Natürlich hätte Nikki das durchstehen können, aber sie wollte nicht. Sie haute einfach ab und kam nicht mehr wieder, behauptete, sie mache «eine Abenteuerreise». Adrienne bekam Karten und Anrufe von fast überall auf der Welt. Jedes Mal fragte sie ihre Schwester als Erstes: «Wo bist du?» Oft musste sie im Atlas nachsehen, wo Nikki gerade war, und informierte sich im Lexikon, stellte sich Austin, Vancouver und Telluride vor. Barcelona, Amsterdam und Berlin.

Dann … nichts. Adrienne studierte im zweiten Semester an der University of Delaware, als von ihrer Schwester kein Lebenszeichen mehr kam. Deck und Marlena versuchten, sie ausfindig zu machen, aber viele Möglichkeiten hatten sie nicht. Sie telefonierten herum, gaben Anzeigen auf und engagierten einen Privatdetektiv – alles vergeblich. Dann starb Marlena. Adrienne studierte Jura und kurz darauf starb auch Deck. Zum ersten Mal war Adrienne wirklich ganz allein auf der Welt.

Zwei weitere Jahre vergingen, bevor sie Nikki wieder sah, und das per Zufall. Adrienne hatte sich in einem Laden in der Georgetown Mall ein paar Clogs gekauft und wollte gerade gehen – und da stand sie, so schön wie eh und je, auf der anderen Seite des Ladens und drehte ihren Fuß, um zu sehen, wie ihre neuen Sandalen wirkten. Jahrelang hatte Adrienne von diesem Wiedersehen geträumt – und als es plötzlich soweit war, verschlug es ihr den Atem. Schwer zu erklären, wie richtig es ihr vorkam, ihre Schwester zu sehen, nachdem sie sich so oft eingebildet hatte, sie zu sehen, nachdem sie so oft gedacht hatte, es wäre Nikki, und sie war es dann doch nicht. Nikki zu finden, Nikki zu sehen – es war ein Moment, der genau passte, so natürlich wie der harmonische Schlussakkord in einem großen Musikstück.

Und es gab keinen Zweifel, dass sie es war, nicht einen Augenblick der Unsicherheit, obwohl sie einander fast zehn Jahre nicht gesehen hatten. Zögernd und auf Zehenspitzen, die Schuhe in der Hand, war sie den Gang hinuntergegangen und vor ihr stehen geblieben: «Nikki?», und Nikki hatte aufgeblickt, die Stirn leicht gerunzelt – und dann war ihr Gesicht von dem offensten, breitesten Lächeln erhellt worden. Und sie beide hatten vor Freude aufgeschrien und sich umarmt, und Nikki hatte gerufen: «Meine kleine Schwester!»

Wie Nikki erzählte, hatte sie in Berlin bei ihrem Lover, einem jungen Deutschen namens Carsten Riedle, eine Überdosis genommen. Der junge Riedle hielt sie für tot, und da er kein Tristan war, ließ er sie einfach im Haus seiner Eltern, einer Villa in einer der teuersten Gegenden der Stadt, sabbernd auf dem Boden liegen.

Als die Haushälterin der Riedles sie am folgenden Morgen fand und einen Rettungswagen rief, war sie im Koma. Fast eine ganze Woche lag sie bewusstlos im Krankenhaus und als sie erwachte, konnte sie sich an nichts mehr erinnern. Ein Monat verging. Schließlich wurde sie in eine Schweizer Klinik verlegt, wo auch Drogensüchtige behandelt wurden. Da Nikkis Probleme mit einer Überdosis begonnen hatten und man in der Klinik mit vergleichbaren Fällen bereits erfolgreich gewesen war, glaubte man, sie sei dort am besten untergebracht.

Während die Ärzte damit rechneten, dass die Amnesie sich von allein zurückbildete, war Nikki für sich und alle anderen die Patientin X. In der Zwischenzeit fragte man bei der US-Botschaft in Bonn nach – Nikkis Englisch klang eindeutig amerikanisch –, leider ohne Ergebnis. Es lagen keine Vermisstenanzeigen vor, auf die ihre Beschreibung passte. Es hatte auch niemand einen Pass mit ihrem Foto darin gefunden. Was bedeutete, dass ihre Staatsangehörigkeit nicht bestimmt werden konnte.

Und dann geschah es. An einem warmen Frühlingstag, als sie von der Klinik zum Pier mit den vielen Restaurants ging, sah Nikki ein Werbeplakat für den Film ‹In einem fernen Land›. Cruise und Kidman eng umschlungen, und… Nicole. Plötzlich strömte alles wieder auf sie ein. Sie erinnerte sich an ihren Namen. Sie erinnerte sich an Carsten Riedle. Sie erinnerte sich sogar an die CD, die lief, als der Drecksack ihr den Schuss setzte. Alanis Morissette. «Jagged Little Pill.»

Zwei Tage später hatte sie schon einen Anwalt und zwei Wochen später eine außergerichtliche Vereinbarung: Wenn die junge Dame bereitwillig aus dem Leben ihres Sohnes verschwand und auf jegliche rechtliche Schritte gegen die Familie verzichtete, würden die Riedles einen Treuhandfonds für sie einrichten. Und so geschah es: eine halbe Million Dollar.

Der Fahrstuhl öffnete sich, und Adrienne trat in die Lobby, noch immer ganz in Gedanken an ihre Schwester versunken. Sie hatte sie immer fragen wollen: «Wann hast du dich an mich erinnert? Schon in der Schweiz oder später?» Und: «Warum hast du nicht angerufen? Warum bist du nicht nach Hause gekommen?» Und von der Klinik hätte sie gern gewusst, wer der Idiot in der Botschaft war, mit dem sie gesprochen hatten. Denn Deck und Marlena hatten etliche Male mit dem State Department telefoniert. Sie wussten, dass Nikki zuletzt in Deutschland gewesen war, und sie hatten immer wieder nachgefragt, ob eine Amerikanerin, auf die ihre Beschreibung zutraf, Ärger mit der Polizei bekommen hatte oder in einen Unfall verwickelt worden war. Irgendwie war Nikkis Zwangslage durch die Maschen der Bürokratie gerutscht. Es war empörend, aber nicht mehr zu ändern.

Und außerdem war es nicht dieselbe Nikki, die zurückgekommen war – nicht wirklich. Es war eine Art – Nikki light.

Adrienne blickte sich verstohlen in der Lobby um, rechnete fast damit, ihre Schwester zu sehen, und hatte ein schlechtes Gewissen, als sie erleichtert feststellte, dass Nikki nicht da war. Während sie durch die Lobby ging, dachte sie, dass ihre Zuneigung zu ihrer Schwester eher nostalgisch als echt war, dass sie sich mit ihr genauso aus Pflichtgefühl wie aus Zuneigung traf. Das war falsch, aber sie würde sich deswegen keine Vorwürfe machen. Nikki war nicht bloß verstört; sie war auch verstörend.

Das, was stets zwischen Begrüßungskuss und Vorspeise zum Vorschein kam, war etwas, worüber Adrienne lieber nicht nachdenken wollte. Nikki zeigte keinerlei Anzeichen von Besserung, es ging ihr immer schlechter. Und dieser Psychiater, zu dem sie ging, war keine Hilfe. Eigentlich genau das Gegenteil. Seit Nikki bei ihm in Behandlung war, wurde sie immer verrückter, erzählte Dinge, die nicht nur nie passiert waren, sondern die nie passiert sein konnten.

Und wenn sie ihre Schwester so sah, wollte Adrienne irgendetwas unternehmen, nur –

«Sie gehen schon wieder?» Der Portier hielt ihr die Tür auf.

Adrienne zuckte die Achseln. «Sie wird wohl ausgegangen sein.»

Der Portier blickte verwundert, schüttelte den Kopf und runzelte die Stirn. «Das kann ich mir nicht vorstellen. Ich hätte sie sehen müssen. Haben Sie schon im Wäschekeller nachgesehen?»

Adrienne blieb vor der Tür stehen, drehte sich dann um. «Nein … gute Idee.» Mit einem gezwungenen Lächeln ging sie die Treppe zum Keller hinunter und konnte den Raum schon riechen, bevor sie ihn erreichte. Den süßlichen Duft von Weichspüler, den durchdringenden Geruch von Bleichmittel. Sie spähte hinein, aber es war niemand drin, der kleine Raum lag menschenleer im Neonlicht, alle Waschmaschinen ruhig, die runden Augen der Wäschetrockner leer.

Also wieder zurück und die Treppe hinauf, wo der Portier sie schon mit einem bekümmerten Blick erwartete.

«He», sagte er entschuldigend. «Ich hatte vergessen nachzusehen. Sie hat Ihnen eine Nachricht dagelassen.» Er reichte sie ihr.

Als Adrienne den Umschlag entgegennahm, überkam sie eine düstere Vorahnung. Sie öffnete ihn, und im selben Moment jagte ein Adrenalinstoß durch ihre Venen, und die Härchen an ihren Armen richteten sich auf. Einen Augenblick lang war es fast, als stünde sie an einer Klippe und blickte nach unten. Und dann die Nachricht …

A –
Hab's nicht mehr ausgehalten.
Regenbogentraurig.
Nikki

7

Mit zitternden Händen steckte der Portier einen Generalschlüssel in das Schloss von Nikkis Tür. Immer wieder wiederholte er leise: «Wer hätte das gedacht, wer hätte das gedacht.» Dann drehte sich der Schlüssel, die Tür schwang auf, und Adrienne stürmte mit weit aufgerissenen Augen an ihm vorbei.

«Nikki?» Die Wohnung war dunkel, der Hund bellte, irgendwo rechts. «Nikki?»

Ramons Hände tasteten nach dem Lichtschalter, aber als er ihn betätigte, passierte nichts. Er warf Adrienne einen verwunderten Blick zu. «Vielleicht ist ja die Sicherung rausgeflogen», sagte er.

«Schalten Sie sie wieder ein», befahl Adrienne und trat tiefer in die Dunkelheit der Wohnung.

«Der Sicherungskasten ist in der Küche», erklärte Ramon, «aber ich brauche eine Taschenlampe. Glauben Sie, sie hat eine?»

Adrienne sagte nichts. Sie konnte kaum atmen.

«Den – den Flur runter ist eine Abstellkammer.» Der Portier drehte sich um, fiel dann in Laufschritt.

«Nikki?» Sie spürte, wie ihr warme Tränen die Wangen hinabliefen, als sie weiterging, Schritt für Schritt, durch das Wohnzimmer, die Hände ausgestreckt, etwas oberhalb der Taille. Sie wollte nicht über irgendwas stolpern ... «Nikki?»

Das einzige Licht in der Wohnung kam vom Schein der Neonlampen draußen vor den Fenstern. Und vom Flur. Sie konnte Umrisse erkennen – die Couch und den Tisch, den großen Lederclubsessel. Aber ... «Nikki!?»

Jack bellte jetzt lauter, seine Pfoten scharrten an der Küchentür.

Während ihre Augen sich langsam an die Dunkelheit gewöhnten, folgte sie vorsichtig dem Geräusch, gelangte schließlich zur Tür und zog sie auf. Der Hund sprang ins Zimmer und jagte jaulend in einem wilden kleinen Kreis seinem Schwanz nach, sprang dann an ihr hoch. «Sitz», befahl sie, erschreckt und gereizt zugleich.

Mit lautem Kläffen flitzte Jack durchs Wohnzimmer in die Diele, wo sie ihn erneut an einer Tür scharren hörte – diesmal um hineinzukommen. Sie folgte dem Hund, dachte, wie still es in der Wohnung bei Stromausfall war. Das einzige Geräusch war das schwache Rauschen des Verkehrs und das Scharren von Jacks Pfoten. Dann bellte er los, und ein Lichtstrahl fiel ihr in die Augen.

«Ich habe eine Taschenlampe gefunden», sagte Ramon zu ihr.

Adrienne hob eine Hand vor die Augen, kniff sie zusammen und blinzelte, hilflos wie ein Reh. Ramon schwenkte das Licht in Form einer Acht durch die Räume, und Adrienne folgte dem Strahl, voller Angst, was sie wohl sehen würde. Aber da war nichts.

«Ich kümmere mich um den Hund», sagte sie. «Kümmern Sie sich um das Licht.»

Ramon nickte und ging mit der Taschenlampe in Richtung Küche. Adrienne tastete sich weiter zur Badezimmertür vor und hatte dabei das Gefühl, gleich seekrank zu werden. «Jack», sagte sie, «komm her.» Aber er scharrte noch wilder mit den Pfoten, sobald sie bei ihm war. Sie ließ sich erweichen, öffnete die Badezimmertür und trat in die pechschwarze Dunkelheit.

Aus Gewohnheit betätigte sie den Lichtschalter, dann noch einmal, aber nichts geschah. Jack winselte ein, zwei Schritte von ihr entfernt, und das einzige andere Geräusch war das Tropfen von Wasser. «Nikki?» Stille. Nichts.

Und dann rief der Portier aus der Küche: «Ich hab's!» Mit einem Mal flammte das Licht auf, und eine einsame Trompete schnellte in einer halben Sekunde von 0 auf 80 Dezibel, schmetterte durch die nun helle Luft über Nikki hinweg, die in einer Wanne voll grauem Wasser lag. Die Augen weit offen, mit leicht überraschtem Blick.

Die Motten in ihrem Bauch flogen auf – während ihr die Welt unter den Füßen wegsackte, und als Adrienne versank, spürte sie einen Schmerz an der Schläfe aufblitzen. Dann war es wieder dunkel.

Als sie erwachte, saß ein Polizist in einem Sessel neben ihr und sprach leise in ein Handy. Das Licht war an. Ihr Kopf dröhnte. Sie lag auf einer Couch, ein Kissen unter den Füßen.

«He», sagte sie klagend und flehend zugleich. Sie stützte sich auf einen Ellbogen und setzte sich auf. Langsam.

«Sie haben sich schwer den Kopf gestoßen, als Sie in Ohnmacht gefallen sind», erklärte der Cop.

In Ohnmacht? Wieso in Ohnmacht? Sie hatte im Badezimmer gestanden. Plötzlich erinnerte sie sich an die lange, schmetternde Jazztrompete, und sie sah wieder das Bild vor sich – die Augen ihrer Schwester. Ein Schluchzen stieg ihr in die Kehle.

«Da war nichts mehr zu machen», erklärte der Cop. «Sie muss auf der Stelle tot gewesen sein.»

Sie machte ein Geräusch, das irgendwo zwischen Stöhnen und Wimmern lag. Dann vergrub sie das Gesicht in den Händen und ließ den Tränen freien Lauf.

«Der Portier hat uns verständigt. Mein Partner und ich waren ganz in der Nähe.»

Zum ersten Mal bemerkte sie einen zweiten Polizisten, der an der Tür stand und leise mit Ramon sprach.

«Der GM ist schon unterwegs», sagte der Cop weiter. «Und ein Rettungswagen. Obwohl ...»

Der GM, dachte Adrienne, während sie sich die Initialen durch den Kopf gehen ließ. Der Gerichtsmediziner. Erneut blitzte das Bild ihrer Schwester vor ihren Augen auf. Sie lag in der Wanne, bis zum Hals im eiskalten Wasser. Mit einem Gerät – einem Radio oder so – im Wasser zwischen ihren Beinen.

Sie musste sie da rausholen.

Die jähe Blutleere im Kopf, als sie auf die Beine kam, machte sie schwindelig, und sie blieb schwankend stehen. Ihr Kopf dröhnte wie die Basstrommel in einer High-School-Band. Sie spürte die Hand des Polizisten auf ihrem Arm. «Wir müssen sie da rausholen», sagte sie und machte einen Schritt auf die Badezimmertür zu.

«Nein.» Ganz behutsam drückte er sie wieder hinunter auf die Couch.

«Ihr ist kalt!», schluchzte Adrienne.

«Nein, ihr ist nicht kalt. Sie ist –» Der Polizist blickte sich ratlos um, als suche er jemanden, der ihm bei der Erklärung helfen könnte. Aber es war niemand da. «Ihr geht's jetzt gut», sagte er. «Was auch war, sie leidet nicht mehr.»

Adrienne erwachte kurz nach Tagesanbruch in ihrer eigenen Wohnung. Zu ihrer Überraschung war sie noch immer angezogen und lag auf der Decke auf ihrem Bett. Kurz bevor sie die Augen öffnete, erinnerte sie sich ...

Sie stand auf, ging in die Küche und machte sich mit dem Plastikfilter und den Filtertüten, die sie benutzte, eine starke Tasse Kaffee. Als sie sich an den Küchentisch setzte, dachte sie: Das wär's. Sonst ist niemand mehr da. Jetzt bin ich Vollwaise. Tränen stiegen ihr in die Augen, und sie blinzelte sie zurück, fast wütend. Wer tut dir eigentlich Leid?, fragte sie sich. Du selbst oder Nikki? Dann nahm sie einen Schluck Kaffee und sah auf die Uhr. 6:02. Das erste graue Morgenlicht.

Ihr Kopf schmerzte von dem Schlag gegen das Waschbecken, als sie ohnmächtig geworden war. Sie vermutete, dass sie noch unter Schock stand, und fragte sich, was sie tun sollte. Mach dir eine Liste, sagte sie sich. Sie war groß im Listenmachen und überhaupt, wenn Anwälte in einer Krise steckten, taten sie genau das: Sie machten Listen. Sie zog einen Stift aus dem Becher neben dem Telefon, suchte sich einen Post-it-Block und begann zu schreiben:

1. Bestattungsunternehmen

Der Gerichtsmediziner hatte gesagt, es würde eine Obduktion vorgenommen werden, wahrscheinlich am Morgen. Er hatte ihr seine Karte gegeben und sie gebeten, ihn am Nachmittag anzurufen. Wenn sich nichts Unvorhergesehenes ergab, würden sie die «sterblichen Überreste» noch am selben Tag freigeben. Also musste sie ein Bestattungsunternehmen beauftragen.

2. Den GM anrufen

3. ... Sie zögerte. Was war 3.? Dann fiel ihr ein, dass 3. dieser Psychologe war, der ihre Schwester umgebracht hatte. Duran – so hieß er. Jeffrey Duran.

Aber nein. Um diesen Dreckskerl würde sie sich später kümmern. Im Moment gab es Dringlicheres als Rache. Also war 3. etwas anderes. Zum Beispiel ein Gedenkgottesdienst. Sie nahm einen Schluck Kaffee und überlegte, was Nikki gewollt hätte. Und dann fiel es ihr ein: ein Bestattungsboot, überhäuft mit Blumen. Sie hatten einmal darüber gesprochen, halb im Scherz, und Nikki hatte gesagt, was sie sich wünschte: eine Seebestattung.

Adrienne seufzte. Irgendein Gottesdienst, irgendwas Schlichtes, aber wen sollte sie anrufen? Es gab keine Angehörigen mehr. Nur sie. Sie und Jack.

Ach du lieber Gott, dachte sie. Jack!

Ein Schlüssel zu Nikkis Wohnung hing an einem Haken unter dem Wandschrank gleich neben dem Waschbecken, wo sie immer ihre Schlüssel aufbewahrte, damit sie sie nicht suchen musste. Der arme Hund!, dachte Adrienne. Was ist mit ihm? Was soll bloß aus ihm werden?

Um 6:35 verließ sie ihre Wohnung und ging in Richtung 16th Street hinunter, wo sie am ehesten ein Taxi finden würde. Die Sonne stieg langsam höher, Frühaufsteher kamen aus Heller's Bakery, Aktenkoffer in der einen Hand, Becher mit Kaffee in der anderen. Ein halbes Dutzend Leute wartete an der Bushaltestelle, während ein zerlumpter Latino im Eingang von Ernesto's Taquería schnarchte.

Es dauerte eine Weile, bis ein Taxi hielt, aber die Fahrt war kurz, der Taxifahrer fuhr die Porter Street hinunter, dann auf der Wisconsin Avenue bis zur M Street. Vor Nikkis Haus stieg sie aus. Sie hatte fast mit einer ganzen Flotte Streifenwagen gerechnet, doch es deutete nichts Ungewöhnliches auf den Tod ihrer Schwester hin. Es kamen bloß Leute aus dem Haus, um zur Arbeit zu gehen, ohne von der Tragödie vom Vorabend zu wissen.

Sie kannte den Portier, der Frühschicht hatte, nicht, aber das spielte keine Rolle. Er las den Sportteil der *Post* und nickte ihr bloß zu, als sie vorbeiging. Die Fahrstuhltüren öffneten sich mit einem fröhlichen Pling. Und dann war sie im dritten Stock, ging leise den Flur entlang auf die Wohnung ihrer Schwester zu.

Eigentlich hatte sie erwartet, dass die Tür mit gelbem Polizeiband abgesperrt war. Aber nein. Die Tür war frei – und sie stand mit ausdruckslosem Blick davor. Nur wenige Stunden zuvor hatte man ihre Schwester auf einer Trage hinausgebracht, ihr Leichnam war mit einem Tuch bedeckt. Sie erinnerte sich, dass Wasser auf den Boden tropfte, eine kleine Spur vom Badezimmer zur Wohnungstür, aber die war jetzt weg. In Luft aufgelöst. Wie Nikki.

Sie kramte in ihrer Handtasche nach dem Schlüssel, fand ihn und öffnete die Tür. Der Hund stand auf der Couch und stieß ein abgehacktes Bellen aus, das einfach nicht aufhören wollte, halb warnend, halb klagend. «Jackie», sagte sie, kniete sich hin und kraulte ihn hinterm Ohr, während er sich an sie schmiegte. «Wo ist denn deine Leine?», fragte sie. «Wo ist sie hin?»

Jack legte den Kopf schief und blickte aufgeregt, sein kleiner Stummelschwanz zitterte vor Anspannung.

Sie überlegte, wo Nikki die Leine wohl aufbewahrt hatte. Wenige Schritte von der Tür entfernt war ein Schrank, und sie öffnete ihn. Schaute hinein. Zwei Mäntel auf Bügeln. Ein Arm voll Sachen aus der Reinigung, noch in Zellophanhüllen. Ein paar Gürtel. Die Inline-Skates ihrer Schwester. Sachen. So viele ... persönliche Habseligkeiten. Zum ersten Mal wurde Adrienne klar, dass sie sich um das alles kümmern musste. Die Möbel, die Kleidungsstücke, die Inline-Skates ...

Vielleicht war die Leine in der Küche.

Sie ging durchs Wohnzimmer in die Küche und sah sich um. Keine Leine. Kein schmutziges Geschirr. Nichts. Der Raum war sehr viel ordentlicher als normalerweise, so als hätte Nikki aufgeräumt, bevor sie sich umbrachte. Sogar die Kühlschranktür, eine Art Krimskramskunstgalerie, war leer. Oder doch fast. Ein Briefumschlag wurde von einem Magneten in Form eines kleinen Gin-Fläschchens gehalten. Und darauf stand in großen Druckbuchstaben Adriennes Name.

Sie nahm den Magneten ab, ging mit dem Umschlag zu der Theke mitten im Raum und setzte sich, voller Furcht vor den letzten Worten ihrer Schwester. Nach einer Weile, die ihr wie eine Ewigkeit erschien, öffnete sie den Brief, und mit einem Seufzer sah sie, dass ihre Furcht unbegründet gewesen war. Der Umschlag enthielt das Testament ihrer Schwester, ein vorgefertigtes Dokument, das sie aus dem Internet heruntergeladen hatte. Oben quer über die Seite stand eine vierfarbige Banner-Werbung mit den Worten:

20% Rabatt in 1000 Restaurants im ganzen Land ...

Darunter stand:

Ich, Nicole Sullivan, wohnhaft in Washington, D.C., erkläre hiermit, dass Folgendes mein letzter Wille ist.
Erstens: Ich widerrufe sämtliche zuvor gemachten Testamente und testamentarischen Nachträge. Zweitens:

Sie wollte es jetzt nicht lesen, obwohl sie auf einen Blick sah, dass ihre Schwester sie als Testamentsvollstreckerin eingesetzt hatte. Was nicht verwunderlich war. Wen hatte Nikki denn sonst noch?

Ja, wen eigentlich?

Irgendwo muss ein Adressbuch sein, dachte Adrienne. Ein Filofax oder ein PalmPilot, irgendwas, wodurch sie Verbindung mit Nikkis Freunden und Bekannten aufnehmen konnte (falls es welche gab). Vielleicht hatte sie die Adressen in ihrem Laptop, dachte Adrienne.

Eine kalte Nase drückte sich an ihren Fußknöchel, erinnerte sie an die fehlende Leine. Adrienne stand auf und ging wieder durchs Wohnzimmer zum Schlafzimmer ihrer Schwester – das, wie die Küche, sauber und ordentlich war: das Bett gemacht, die Kleidungsstücke weggeräumt. Sie ging zum Schrank, öffnete die Tür, um nachzusehen, ob die Leine dort hing, und ihr Blick wurde sogleich von einem limonengrünen Plastikkoffer angezogen, den sie nie zuvor gesehen hatte.

Der rechteckige Koffer war zu groß für einen Laptop und zu klein für eine Gitarre. Neugierig hob sie ihn an und war verblüfft, wie schwer er war. Fotoausrüstung? Sie nahm den Koffer aus dem Schrank, trug ihn zum Bett und stellte ihn darauf. Links und rechts vom Tragegriff war je ein Zahlenschloss, aber sie stellten nicht das geringste Hindernis dar. Nikki hatte sich immer damit gebrüstet, für alles dieselbe Zahlenkombination zu benutzen, eine, die sie nie vergessen würde: 1102, ihr Geburtsdatum. Als Passwort für den Computer, 110270, also genau dieselbe, nur mit dem Geburtsjahr dazu.

Adrienne drehte die Messingrädchen, bis die Zahlen auf beiden Seiten des Griffs übereinstimmten, ließ dann die Schnappschlösser hochschnellen und öffnete den Koffer.

Was sie sah, war so unerwartet und so merkwürdig, dass es ihr den Atem verschlug. Teile einer Schusswaffe – einer Art Gewehr – lagen in Schaumstoffkammern, die aussahen, als wären sie eigens dafür angefertigt worden. Ein langer, blauer Lauf, ein mattschwarzer Kunststoffschaft, ein Zielfernrohr.

Und … im Schaumstoff unter dem Zielfernrohr steckte ein säuberlich gearbeitetes, perforiertes Metallrohr mit einem Gewinde. Obwohl sie so etwas noch nie gesehen hatte (außer vielleicht im Kino), wusste sie doch sofort, was es war oder sein musste: ein Schalldämpfer. Fast reflexartig knallte sie den Koffer zu, als wolle sie den Inhalt verbergen, und drehte an den Rädchen des Zahlenschlosses. Dann trug sie den Koffer zurück zum Schrank und stellte ihn wieder dorthin, wo sie ihn gefunden hatte.

Zum zweiten Mal war sie schockiert und hatte Schuldgefühle. Nach dem Schock darüber, dass Nikki sich umgebracht hatte, und den Schuldgefühlen, dass sie sie nicht gerettet hatte, nun der Schock, im Schrank ihrer Schwester ein Gewehr zu finden – und nicht bloß irgendein Gewehr, sondern *so* ein Gewehr – und wieder Schuldgefühle wegen ihrer brennenden Neugier.

Mit einem Seufzer schloss sie die Schranktür. Hör auf damit, sagte sie sich. Niemand hätte Nikki retten können (außer vielleicht ihr Psychologe). Nikki war dem Untergang geweiht gewesen. Schon immer. Und die Sachen ihrer Schwester durchzugehen, das war nun mal ihre Aufgabe. Sie war ihre nächste Angehörige. Die Testamentsvollstreckerin. Und die Einzige aus ihrer Familie, die noch am Leben war. Wenn nicht sie, wer dann?

Aber es war so seltsam, dachte sie, während sie sich weiter nach der Leine umsah. So ein Gewehr... so ein Gewehr kaufte man sich nicht zum Selbstschutz. Und bei allem, was Nikki auch sonst noch gewesen sein mochte, sie war bestimmt keine Jägerin, also... musste die Waffe jemand anders gehören. Aber wem?

Wieder im Wohnzimmer, suchte sie weiter nach der Leine, obwohl sie im Hinterkopf bereits beschlossen hatte, stattdessen einfach ein Stück Kordel zu nehmen. Dann fiel ihr zum ersten Mal Nikkis Schreibtisch auf. Sie ging hin und fand zu ihrer großen Verblüffung in der obersten Schublade das, was sie suchte. Die Leine. Und auf dem Schreibtisch Nikkis Laptop mit, so nahm sie an, den Adressen in einer der Dateien. (Bot Microsoft nicht eine spezielle «Adressverwaltung» an?) Sie würde den Laptop mitnehmen, wenn sie ging.

Sie schloss die Schreibtischschublade und wandte sich Jack zu, der plötzlich ein langes und alarmierendes Bellen ausstieß – und zur Tür stürzte. Adrienne sah, dass sich der Türknauf drehte, und ein furchtsames Kribbeln durchlief sie, gleich gefolgt von dem Drang, sich zu rechtfertigen und ihre Anwesenheit zu erklären. Zu dieser frühen Stunde. In der Wohnung ihrer Schwester.

Die Tür öffnete sich, und ein Mann stand im Türrahmen, ging dann in die Hocke und klatschte in die Hände, während der Hund auf ihn zusprang. *«Tranquilo, Jack, tranquilo!»*

Ramon.

Adrienne räusperte sich, während der Portier den Kopf des Hundes streichelte und die ganze Zeit mit ihm sprach. Doch er schien sie nicht zu hören, und deshalb hob sie die Stimme.

«Hi.»

Er blickte auf, verdutzt, dass er nicht allein war. Sobald er Adrienne sah, richtete er sich auf und lächelte leicht verlegen. «Ich hab mir Sorgen um den Hund gemacht», sagte er, während er die Tür hinter sich schloss. «Ich dachte, ich geb ihm was zu fressen, na ja, geh mit ihm Gassi ...»

Adrienne nickte. «Ich auch», sagte sie.

Ramon trat von einem Bein aufs andere. «Tja ...» Er blickte sich um, unsicher, was er sagen sollte. «Jetzt, wo Sie da sind, kann ich ja –»

«Ich möchte Ihnen danken wegen gestern Abend», sagte Adrienne. «Es – es war einfach zu viel für mich.»

Ramon nickte. «Es war schrecklich», gab er zu. «Das Schrecklichste, was ich je gesehen habe.»

«Ich weiß.»

«Ich bin bloß der Portier, aber – die Lady war meine Freundin, wissen Sie? Wir haben manchmal geplaudert.»

Adrienne nickte.

«Also, Sie werden bestimmt einen Gottesdienst abhalten lassen», sagte Ramon.

«Ich denke, ja.»

«Und vielleicht könnten Sie mir Bescheid geben?»

«Natürlich.»

«Ich würde nämlich gern kommen.»

«Okay.»

Der Portier trat auf sie zu, holte eine Brieftasche hervor und zog eine lächerlich billige Visitenkarte heraus. In der oberen rechten Ecke waren die Masken der Tragödie und Komödie in Gold erhaben aufgedruckt. In der Mitte standen sein Name – Ramon Gutierrez-Navarro – und eine Telefonnummer.

«Ich ruf Sie an», versprach Adrienne. «Das war übrigens einer der Gründe, warum ich hergekommen bin. Um nach einem Adressbuch zu suchen. Damit ich ihren Freunden mitteilen kann ... was passiert ist.»

Ramon nickte nachdenklich und runzelte die Stirn. «Sie ist nicht oft ausgegangen», sagte er. «Hatte nicht oft Besuch.»

Jetzt nickte Adrienne.

«Bei einer so hübschen Frau, da denkt man eigentlich...» Er ließ den Gedanken unausgesprochen, wechselte dann das Thema. «Was ist mit Jack?», fragte er. «Was soll aus ihm werden?»

Adrienne schüttelte den Kopf. «Ich weiß es nicht. Meine Vermieterin wohnt über mir, und sie ist nicht gerade eine Hundenärrin.»

«Ich hab mir nämlich überlegt», sagte Ramon, «vielleicht könnte ich ihn ja nehmen – ich meine, wenn Sie ihn nicht wollen – wenn Sie ihn nicht nehmen können. Ich mag Hunde. Und da es Nikkis Hund ist... wäre er was ganz Besonderes.»

Adrienne dachte darüber nach – etwa eine halbe Sekunde. «Also, das wäre... einfach toll!» Ihr kam plötzlich der Gedanke, dass Ramon in ihre Schwester verschossen gewesen war.

«Nur... wenn Sie ihn noch ein oder vielleicht zwei Wochen behalten könnten?», fragte Ramon. «Ich krieg einen neuen Mitbewohner, und ich muss das mit ihm klären. Ich meine, ich kann es zur Bedingung machen. Der Typ, der bei mir einziehen will, also, wenn er keine Hunde mag – dann muss ich mir eben jemand anders suchen.»

Adrienne nickte begeistert. «Natürlich! Zwei Wochen. Kein Problem.»

Ramon blickte erfreut. «Schön, das ist prima», sagte er.

Sie schob Ramons Visitenkarte in ihre Handtasche und den Laptop in die dazugehörige Tragetasche, die auf dem Boden neben dem Schreibtisch lag. Dann hakte sie die Leine an Jacks Halsband ein, hängte sich die Computertasche über die Schulter und trat hinaus auf den Korridor. Gemeinsam fuhren sie und Ramon mit dem Lift nach unten in die Eingangshalle und gingen nach draußen.

«Soll ich ein Taxi rufen?»

Adrienne schüttelte den Kopf. «Ich geh vorher mit ihm Gassi.»

Der Portier nickte, und sie gaben sich die Hand. «Also... ich höre dann von Ihnen», sagte er.

Sie lächelte, dann zerrte Jack an der Leine und riss sie zum Bordstein.

Ramon strahlte. «Ich bin Hundebesitzer», sagte er zu niemand Bestimmtem. «Wer hätte das gedacht?»

8

Sie stand am Bahnsteig vom Metro Center in der Menschenmenge und wartete auf einen Zug der Red Line, um zum Cleveland Park zu fahren. Der Zug musste jeden Augenblick kommen. Adrienne wusste das, weil die gläsernen Signalscheiben an der Bahnsteigkante zu blinken anfingen, eine Stakkatolightshow, die sie durch die Beine der wartenden Passagiere hindurch sehen konnte. Sie näherte sich der Bahnsteigkante, blickte nach links und sah die Scheinwerfer des Zuges im Tunnel flackern. Irgendwo klingelte auf einmal ein Telefon. Lauter und lauter.

Sie träumte. Aber das Klingeln war nicht in ihrem Traum.

Das Telefon war real und die U-Bahn ein Phantom. Sie wusste das, noch während sie davon träumte, aber es machte keinen Unterschied, dass sie es wusste. Der Traum hatte sie weiter im Griff, während sie nach dem Hörer auf ihrem Nachttisch tastete.

«Hallo?»

Die Stimme am anderen Ende identifizierte sich als ‹Ms. Neumann› von der Gerichtsmedizin. «Ich rufe an wegen der sterblichen Überreste von Nicole Sullivan. Mit wem spreche ich bitte?»

Bei den Worten «sterbliche Überreste» setzte Adrienne sich auf und das Aufsetzen riss sie aus dem Traum. «Ich bin Nikkis Schwester. Halbschwester. Adrienne Cope.»

«Laut Polizeibericht sind Sie die nächste Angehörige.»

«Das stimmt.»

«Also, wir brauchen den Namen eines Bestattungsunternehmens – für die weitere Abwicklung der sterblichen Über –»

Adrienne fiel ihr ins Wort. «Ich verstehe.» Abwicklung der sterblichen Überreste? Als wäre Nikki ein Geschäft oder so.

«Und?» Die Ungeduld der Frau war förmlich greifbar.

«Ich bin zum ersten Mal in so einer Situation», erklärte Adrienne. «Deshalb… weiß ich nicht recht –»

«Ich kann Ihnen eine Liste faxen, wenn Sie Fax haben», schlug die Frau vor.

«Hab ich», erwiderte Adrienne. «Direkt neben mir.» Sie gab ihr die Nummer durch und die Frau sagte, sie würde auf eine Antwort warten.

«Die sterblichen Überreste sind freigegeben. Sagen Sie uns nur, wo wir sie hinschicken sollen.»

«Okay.»

«Könnten Sie uns wohl bis spätestens heute Nachmittag Bescheid geben? Das wäre gut», fügte die Frau hinzu.

«Ich sag Ihnen gleich Bescheid, sobald ich mich entschieden habe», versprach Adrienne und legte den Hörer auf die Gabel. Dann stand sie auf, zog sich rasch an und befestigte die Leine an Jacks Halsband. Mrs. Spears duldete keine Tiere im Haus, aber «unter den gegebenen Umständen» hatte sie sich einverstanden erklärt, dass Jack bis zum nächsten Wochenende blieb, an dem Ramon ihn zu sich nehmen konnte.

Jack war schon an der Tür und kratzte mit den Pfoten daran, weil er es nicht erwarten konnte, endlich Gassi zu gehen.

Die beiden verließen das Haus und gingen durch ein kleines Stück Garten in die Garage, wo Adrienne einen Knopf drückte, so dass das Garagentor klappernd vom Boden gehoben wurde. Noch während das Tor ins Dach rollte, zerrte Jack sie in die Gasse hinter den Häusern.

Auf der Straße dachte Adrienne, dass sie den Hund vermissen würde, obwohl sie nicht die Zeit hatte, sich um ihn zu kümmern. Es war erstaunlich, wie viele Leute stehen blieben, um ein bisschen zu plaudern – vorgeblich mit ihr, doch in Wahrheit mit Jack. So brauchte sie fast zehn Minuten zu Heller's Bakery, die doch nur eine Querstraße entfernt war. Dort band sie die Leine an eine Parkuhr, ging hinein, um ein Milchbrötchen zu kaufen, und kam kurz darauf mit einem Croissant für Jack zurück.

Als sie zurück in die Wohnung kamen, spie das Faxgerät gerade die letzte Seite eines mehrseitigen Fax von der Gerichtsmedizin aus. Jack sprang auf die Couch und rollte sich zusammen, während Adrienne eine Hand voll Blätter vom Boden aufsammelte. Auf einen Blick sah sie, dass es eine alphabetische Liste mit den Bestattungsinstituten in Washington, D.C. war.

Sie rief das Bestattungsunternehmen Albion an, das ziemlich oben auf der Liste stand. Der Mann, mit dem sie sprach, hatte die sanfte und vertrauliche Stimme eines Autoverkäufers unter Einfluss von Beruhigungsmitteln. Als sie seine Leier unterbrach, um klarzustellen, dass sie kein Interesse an einem umfassenden Servicepaket habe, bot er, ohne aus dem Takt zu kommen, die «preisgünstige» Alternative an, ohne «Aufbahrung» oder «Gottesdienst» und mit einem «klassischen», wenn auch «schlichten» Sarg. Dennoch stellte sich bald heraus, dass selbst die einfachste Bestattung mehrere tausend Dollar kosten würde.

Mit seiner seidenen Stimme spielte Barrett Albion die Summe herunter und sagte: «Wir akzeptieren die meisten größeren Kreditkarten mit Ausnahme von American Express.» Als Adrienne angesichts der Kosten verstummte, erinnerte er sie daran, dass «im Nachlass häufig eine Summe für diesen Zweck vorgesehen ist».

Erneut zögerte sie. Sie hatte sich eine anständige Bestattung für ihre Schwester vorgestellt, mit ihren Freunden und Angehörigen, die sich zu ihrem Gedenken in Trauer versammelten. Aber sie sah eigentlich keine Möglichkeit, dass das geschehen würde. Sie hatte in Nikkis Computer nachgesehen, und es gab so gut wie niemanden. Bloß Adrienne, Ramon, den Hausmeister und ihren Therapeuten. Amtrak und Avis. Den Thai-Imbiss.

Die Wahrheit war, dass Nikki keine Freunde hatte. Im Grunde nicht. Nicht einen einzigen.

«Was ist mit… Einäscherung?», stotterte Adrienne. Sie konnte hören, wie es dem Bestattungsunternehmer am anderen Ende der Leitung den Atem verschlug.

Nach einer Sekunde erwiderte er: «Nun ja, das wäre auch eine Möglichkeit.»

«Schön», entgegnete Adrienne mit so scharfer Stimme, dass Jack die Ohren aufstellte. «Dann möchte ich das.»

Albion seufzte. «Wir äschern nur zweimal die Woche ein», sagte er. «Dienstags und freitags. Also werden wir nicht vor Samstag –»

«Samstag reicht.»

Doch selbst bei der Entscheidung für diese «Alternative» war ihr nicht ganz wohl. Es sollte eine Zeremonie geben, dachte sie. Irgendeine.

Sie und der Bestattungsunternehmer klärten die restlichen Einzelheiten, darunter die Nummer und das Ablaufdatum von Adriennes VisaCard sowie die Auswahl eines «Behältnisses». Das «preisgünstigste» war eine blaue Pappschachtel – «wirklich sehr geschmackvoll». Adrienne fand den Gedanken an eine Schachtel unerträglich und entschied sich für eine Urne, «das klassische Modell». Und ja, sie würde die Urne in Empfang nehmen, sobald die «Prozedur» erledigt war.

«Holen Sie sie persönlich ab?», fragte Albion. «Oder sollen wir sie Ihnen zuschicken? Zum Beispiel mit FedEx –»

«Ich hole sie selbst ab», erwiderte Adrienne und dachte: FedEx? Die wollen mir meine Schwester mit einem Paketdienst zuschicken? Als sie auflegte, brach sie in Tränen aus. Jack hob die Schnauze und gab ein fragendes Wuff von sich.

Adrienne wischte die Tränen ab, setzte sich an den Küchentisch und fing wieder an, eine Liste zu machen, um Ordnung ins Chaos zu bringen, wenn auch nur auf Papier. Als Marlena starb, hatte Adrienne Deck geholfen, die Habseligkeiten ihrer Pflegemutter durchzusehen. Sie war dabei auf Marlenas Schatzkistchen von Erinnerungsstücken gestoßen: einen dicken Ordner für jedes Kind. In Nikkis Ordner: Valentinspräsente aus Zierdeckchen, Stücke von Spitze, verblichener roter Bastelkarton. Wilde, ja wunderbare Zeichnungen mit Filzstift. Kunstvolle und komplizierte Scherenschnitte von Schneeflocken. Gedichte. In Adriennes Ordner: ein Stoß Zeugnisse mit glatten Einsern, ein paar schmucke, kleine Schneemänner, ein paar von ihren Kindheitslisten, sorgfältig in Druckschrift auf losen Blättern.

1. Zähne putzen
2. Bett machen
3. Frühstücken
4. Spielen

Ja, sie war ein Kind gewesen, das es für nötig hielt, sich daran zu erinnern, das «Spielen» nicht zu vergessen. Anders als die spontane und chaotische Nikki, deren Motto höchstens lautete ‹Spiel nach deinen eigenen Regeln›. Sie, Adrienne, war im Gegensatz zu der bezaubernden und lausbübischen Nikki das «brave» Mädchen gewesen. Nikki erledigte ihre Aufgaben erst, nachdem sie zum tausendsten Mal ermahnt worden war, sie kam nie pünktlich zum Abendessen oder zur vereinbarten Zeit von einer Verabredung nach Hause, schaffte es immer, ihre Lehrer zu beschwatzen, dass sie den Abgabetermin für Referate verlängerten. Nikki handelte sich stets Ärger ein, und doch ... Alle mochten sie. Sie ließ den Raum erstrahlen, auch wenn man ihretwegen manchmal die Augen verdrehte. Denn man wollte, konnte nicht glauben, dass jemand, der so wunderschön und lebhaft war, so dreist sein konnte – und so komisch. Was war bloß passiert?, fragte sich Adrienne. Wie konnte jemand so... Wunderbares... zu einer Einsiedlerin werden?

Das ließ ihr keine Ruhe. Es ließ sie frösteln.

Auf ihrer letzten Liste hatte gestanden: Abendessen mit Nikki. Aber ein Barrett Albion, eine Bestattungsurne oder ein Präzisionsgewehr hatten nicht darauf gestanden.

Adrienne schüttelte kurz den Kopf, als wollte sie ihren Kopf wieder klar bekommen, und schrieb nacheinander die Dinge auf, die sie zu erledigen hatte:

1. Fax an Neumann.
2. Urne – Albion – Samstag.
3. Amalgamated-Dokus – Memo an Slough.
4. VisaCard: Limit?

Sie überlegte kurz. Was noch? Da war noch etwas. Und dann fiel es ihr ein.

5. Testament.

Sie hatte es sich nicht richtig angesehen. Nur in Nikkis Wohnung einen kurzen Blick darauf geworfen. Lange genug, um zu wissen, dass sie die Testamentsvollstreckerin war.

Sie schaute auf ihre Uhr, es war 9:15. Am Nachmittag hatte sie einen Termin mit Curtis Slough, um mit ihm über ein paar «heikle» Dokumente im Amalgamated-Fall zu sprechen. Und dabei hatte sie noch nicht einmal alle durchgearbeitet, geschweige denn ein Memo über diejenigen geschrieben, die sie unbedingt vor Offenlegung schützen sollten. Sie hatte einfach keine Zeit gehabt – hatte jetzt keine – würde keine habe. Und dennoch würde sie welche finden müssen.

Eigentlich müsste sie sich einen Tag frei nehmen, oder sogar zwei. Aber wie sollte sie, solange die Amalgamated-Sache wie ein Damoklesschwert über ihr schwebte? Es würde zu lange dauern, jemand anderes auf den neusten Stand der Dinge zu bringen. Und es war der erste wirklich wichtige Fall, den sie für die Firma bearbeitete. Wenn sie sie jetzt im Stich ließ, wo sie mitten in der Offenlegung der Dokumente für den Prozess steckten … tja, dann konnte sie sich gleich einen neuen Job suchen.

Eins nach dem andern, sagte sie sich. Mach einfach, was du zu erledigen hast, eins nach dem andern. Und das tat sie dann auch.

Sie füllte die Freigabeerklärung für die Gerichtsmedizin aus und faxte sie an die diensteifrige Ms. Neumann. Abgehakt. Dann wählte sie die Nummer auf der Rückseite ihrer VisaCard und lauschte mit zusammengebissenen Zähnen einer langen und überflüssigen Bandansage. Schließlich wurde die Option vorgeschlagen, die sie brauchte, sie tippte die Ziffer 8 ein und erfuhr, dass die Kosten für die Einäscherung ihr Kreditkartenlimit nicht übersteigen würden. Sie erfuhr sogar zu ihrer Überraschung, dass sie einen Kreditrahmen von über zweitausend Dollar hatte – das Resultat ihrer unlängst erfolgten Hochstufung in den Platin-Status.

Auch das hakte sie also ab, und allmählich fühlte sie sich ein wenig besser.

Sie ging ins Schlafzimmer, zog sich ein paar Sachen über, fuhr sich mit einer Bürste durchs Haar und schminkte sich im 60-Sekunden-Verfahren (Mascara – Lippenstift – ein Tupfen Grundierung auf die Stirn). Dann schnappte sie die Schlüssel, tätschelte Jack und eilte zur Tür hinaus.

Nur um einen Moment später zurückzukommen und Nikkis Laptop mitzunehmen. Warum schließlich sollte sie ihn nicht benutzen, solange der neue noch nicht geliefert war? Dennoch … dachte sie, als sie die Tür hinter sich schloss, wenn sie ihn mit ins Gericht nehmen wollte, täte sie gut daran, sich eine unauffälligere Tragetasche zu besorgen als die grellpinke von Nikki.

Im Büro angekommen, fand sie eine Nachricht von Slough vor, dass er doch keine Zeit zum Lunch habe – wie wär's mit morgen? Somit hatte sie einen Tag mehr, um sich mit den Amalgamated-Unterlagen zu befassen. Und sich um das Testament zu kümmern.

Es steckte in der Laptoptasche, und als sie es herausnahm, überfiel sie plötzliche Traurigkeit. Die Erbärmlichkeit des Todes ihrer Schwester war nicht zu übersehen, sprang sie einem doch geradezu aus der Balkenwerbung über dem Testament ins Auge.

Die Vollstreckung eines Testamentes war Neuland für sie. Wahrscheinlich würde sie die Bankkonten ihrer Schwester auflösen und die

Versicherungsangelegenheiten regeln müssen (falls Nikki versichert war), und …

Plötzlich und zum ersten Mal kam ihr der Gedanke, dass Nikki nicht knapp bei Kasse gewesen war. Ihr mieser Exfreund in Deutschland (genauer gesagt, seine Eltern) hatte ihr eine ordentliche Stange Geld gezahlt. Eine halbe Million Dollar. Sie musste es angelegt haben. Selbst auf einem Festgeldkonto hätte das fünfundzwanzigtausend im Jahr abgeworfen. Selbst mit ihrer Wohnung in Georgetown und den zwei Sitzungen pro Woche bei ihrem Therapeuten in Cleveland Park hätte Nikki in vier Jahren wohl kaum ein allzu großes Loch in ihre Finanzen reißen können. Schließlich war sie praktisch nie ausgegangen.

Die Erkenntnis, dass sie dieses Geld vielleicht erbte und dann ihre Studiendarlehen zurückzahlen könnte, ließ einen Schauer der Erregung durch ihren Körper laufen, begleitet von Scham. Sie wollte Nikkis Geld nicht. Das heißt, eigentlich schon, aber … Sie wollte nicht, dass der Tod ihrer Schwester für sie wie ein Lotteriegewinn war.

Ihre Augen wanderten über das Blatt Papier:

> Zweitens: Ich verfüge hiermit, dass sämtliche für meine Bestattung oder Einäscherung anfallenden Kosten aus meinem Nachlass beglichen werden;
> Drittens: Ich vermache die Summe von 5.000 Dollar und meinen Hund Jack dem Schauspieler und Portier Ramon Gutierrez-Navarro in dem Wissen, dass er zu dem Vierbeiner genauso freundlich sein wird, wie er es zu mir war.

Adrienne schüttelte wehmütig den Kopf. Ramon würde sich freuen, zum einen, weil Nikki und er im Hinblick auf Jack einer Meinung gewesen waren, zum anderen – wer könnte es ihm verdenken? – wegen des Geldes. Sie las weiter. Ein Testament zu machen, passte nicht zu Nikki, und dennoch …

> Viertens: Ich vermache meiner geliebten Halbschwester Adrienne Cope sämtliche Regenbogen, die es unter meinen Habseligkeiten zu finden gibt, reale und eingebildete.
> Fünftens: Ich verfüge, dass der Rest meines Vermögens zu gleichen Teilen unter meiner Schwester Adrienne Cope, der Stiftung «Believe

the Children» und meinem Therapeuten Dr. Jeffrey Duran aufgeteilt wird, der mir geholfen hat, die Geheimnisse meiner Kindheit zu bewältigen.

Adrienne war fassungslos. «Die Geheimnisse meiner Kindheit», murmelte sie. «Was für Geheimnisse?» Und dann, einen Augenblick später: «Bewältigen? Sie hat sich *umgebracht!*» Das Testament glitt ihr aus der Hand, als sie sich in dem Sessel zurückfallen ließ und ihr Tränen in die Augen schossen.

Es klopfte leise an der Tür, und Bette steckte den Kopf herein. «Bei dir alles klar?», fragte sie. «Ich bin bloß gerade –»

«Ich muss weg», sagte Adrienne, schnappte sich ihre Handtasche und sprang auf. «Lass dir irgendeine Entschuldigung für mich einfallen.»

«Aber –»

«Es ist ein Notfall», erklärte sie und sauste zur Tür hinaus.

9

Henrik de Groot saß lässig in dem Sessel, und auf den ersten Blick hätte man meinen können, dass er und Duran ein lockeres Gespräch führten. Der Therapieraum war recht behaglich. Auf dem Couchtisch zwischen ihnen lagen verschiedene Zeitschriften fächerförmig ausgebreitet. Ein Glas Eiswasser und ein Glas Eistee standen unangetastet auf Sandstone-Untersetzern.

Duran betrachtete die Untersetzer mit misstrauischem Blick. Wo kamen die bloß her? Sie fühlten sich sandig und rau an, wenn man sein Glas absetzte. Wo hatte er sie gekauft? Was hatte er sich dabei gedacht?

De Groots Zigaretten lagen auch auf dem Couchtisch, zusammen mit einer Schachtel Streichhölzer. Es gab keinen Aschenbecher, da Duran Rauchen in seinem Büro nicht gestattete. Aber der Holländer war Kettenraucher, und da die Enthaltsamkeit ihn nervös machte, erlaubte Duran ihm, mit seinen Zigaretten zu spielen. Wenn er nicht in Trance war, tat er das ständig, fast obsessiv – zog eine Zigarette aus der Packung, tippte sie mit einem Ende auf den Tisch, strich an ihr entlang, steckte sie sogar zwischen die Lippen und tat so, als würde er rauchen.

Sei aufmerksam, ermahnte Duran sich. Obwohl er und de Groot immer und immer wieder dasselbe Thema behandelten, war es wichtig, dass er aufmerksam war.

Nur de Groots Augen verrieten, dass er in Trance war. Sie waren geöffnet, aber irgendwie leer, als ob der Holländer an Duran vorbeischaute, vorbei an der stattlichen Reihe von Diplomen an der Wand, ja vorbei an allem.

De Groot schwieg jetzt schon geraume Zeit, wartete auf ein Stichwort von Duran.

«Du bist in dem Auto?», begann Duran.

«Ja – in dem Auto. Es ist dunkel im Auto, und es ist dunkel draußen. Es ist so eine Nacht, wenn der Himmel bedeckt ist und man die Feuchtigkeit in der Luft spürt. Es wird bald regnen.»

Duran merkte plötzlich, dass er sich vorgebeugt hatte und das steife, blonde Bürstenhaar des Holländers bestaunte.

«Es wird bald regnen», wiederholte de Groot.

Duran lehnte sich abrupt zurück, als er merkte, dass er versuchte, den Duft dieser Haare zu erschnuppern – um festzustellen, ob die Wirkung durch irgendeine Haarcreme oder durch Gel erzeugt wurde. Sei aufmerksam, ermahnte er sich. De Groot kam nicht weiter.

«Sind da irgendwelche Lichter von Autos?», half er ihm auf die Sprünge.

De Groot blinzelte und kniff die Augen zusammen, als würde das Licht in sie hineinleuchten. «Ja. Zuerst denke ich, es ist ein Auto mit eingeschaltetem Fernlicht. Ich denke, verdammt, warum blendet der nicht ab?»

Nein, dachte Duran. Das denkt der Fahrer. «Kann es sein, dass dein Vater das gesagt hat? Er sitzt doch am Steuer, nicht?»

«Ja. Ja, natürlich, mein Vater. Ich – ich schaue weg von dem Licht, aber es geht nicht weg. Das Licht – es ist irgendwie in mir drin. Wie ein Suchscheinwerfer in meiner Brust.»

«Und dann?»

«Ich werde von dem Licht erfasst – und dann machen sie sich an mir zu schaffen.» Er wand sich im Sessel. «Sie tun was in mich rein.»

«Was, Henrik? Was tun sie in dich hinein?»

Der Holländer zuckte zusammen. «Den Wurm.»

Duran lehnte sich zurück und lächelte. Und dann, in einem jener Augenblicke, die er in letzter Zeit öfter erlebte, ertappte er sich selbst dabei. Er verstand nicht, warum er diesen Wurm in de Groots Wahnvorstellungen irgendwie vergnüglich fand. Es müsste ihm eigentlich gleichgültig sein. Er dürfte keinerlei Beteiligung empfinden.

Und hinter dem Gedanken – hinter der Vorstellung, dass er vielleicht keine professionelle Distanz zu seinem Klienten bewahrte – lauerte ein anderer, noch hinterhältigerer Gedanke. Nämlich dass er das alles schon einmal in ‹Akte X› gesehen hatte.

Henrik rutschte unbehaglich in seinem Sessel hin und her, verzog das Gesicht, aber nur leicht, wie die meisten Menschen in Trance.

«Wer tut dir das an, Henrik?», fragte Duran. «Wer ist dafür verantwortlich –»

In diesem Moment hörte Duran den Türsummer. Und de Groot hörte ihn auch, denn er erstarrte plötzlich und seine Augen weiteten sich vor Angst.

«Sie sind da!», flüsterte er. «Hier!»

Es klingelte weiter, erst lang und krächzend, dann mehrmals kurz und abgehackt. Duran brauchte eine Sekunde, um de Groot zu beruhigen, und inzwischen hatte das Geräusch aufgehört. Die Stimmung war jedoch zerstört, und obwohl es noch ein wenig früh war, holte er den Holländer aus seiner Trance. Dann klingelte es an der Wohnungstür, eine hartnäckige Serie von schrillen Gongs.

«Verdammt», knurrte Duran und sprang auf. Wehe, wenn das kein Notfall ist…

Sekunden später stand er an der Tür und spähte durch den Spion – und er hätte schwören können, dass es Nico war, von der er seit einer Woche weder etwas gesehen noch gehört hatte. Fast reflexartig öffnete er die Tür, und vor ihm stand eine junge Frau, die doch nicht Nico war, sondern nur große Ähnlichkeit mit ihr hatte – das aschblonde Haar war dunkler als Nicos platinblonde Mähne. Wer immer sie auch war, sie war in einem höchst erregtem Zustand, fast wütend, und sie erschreckte Duran damit, dass sie ihn mit beiden Händen so unvermittelt zurückstieß, dass er stolperte und fast gefallen wäre.

«Sie Scheißkerl!», schrie sie und ging wieder auf ihn los. «Sie haben sie umgebracht!» Sie schubste ihn mit erstaunlicher Kraft, und er ging rückwärts auf seinen Sitzungsraum zu. Instinktiv hob er die Hände, als wolle er signalisieren, dass er sich friedlich ergeben würde. «Moment mal! Wovon reden Sie eigentlich?», fragte er.

Sie blieb stehen und funkelte ihn an, dann drehte sie den Kopf weg, als wolle sie ihren Zorn unter Kontrolle bekommen. Duran sah, wie sich ihre Brust vor Erregung hob und senkte, während sie auf die Wand mit seinen eingerahmten Diplomen starrte. Schließlich wandte sie sich ihm wieder zu und er sah, dass ihre Wut sich kein bisschen gelegt hatte.

«Nikki!» Sie schleuderte ihm den Namen entgegen.

«Sie meinen… Nico?»

«Nikki, Nico – egal, wie Sie sie genannt haben!»

«Wo ist sie?», fragte Duran. «Ich habe sie nicht mehr gesehen seit – wer sind Sie überhaupt?»

Die Frage schien sie fuchsteufelswild zu machen. «Ich werd Ihnen sagen, wer ich bin! Ich bin ihre Schwester. Und ich sorge dafür, dass Sie Ihre Zulassung verlieren, Sie verdammter Quacksalber!»

Die Feindseligkeit der Frau war wie ein Blitz, der ihm das Gesicht verbrannte. Ihr Hass und das, was sie gesagt hatte, machten ihn benommen.

«Ihre Schwester?», wiederholte er, was selbst in seinen Ohren dumm klang.

«Adrienne.»

Nicos Stimme war plötzlich wieder da: «Adrienne war erst fünf.» Und schlagartig war Duran milder gestimmt. Er hatte zwar nie geglaubt, dass Nicos satanische Missbrauchsgeschichten auf Tatsachen beruhten. Er war aber überzeugt, dass sie auf irgendeine Weise missbraucht worden war. Und wenn ein Kind in einer Familie missbraucht wurde, dann kamen die anderen selten unbeschadet davon. Jedenfalls hatte die Frau vor ihm viel Schlimmes erlebt: der unbekannte Vater, die drogenabhängige Mutter, die brutale Mühle der sozialen Institutionen und Heime. «Hören Sie», sagte er und streckte ihr eine Hand hin. «Nico hat mir erzählt, was Sie durchgemacht haben», sagte er.

«Sie hat Ihnen gar nichts erzählt! Sie haben es ihr eingeredet. Und es ist ausgemachter Schwachsinn!» Adrienne schnappte angewidert nach Luft, schüttelte den Kopf, machte auf dem Absatz kehrt und marschierte zur Tür. «Ich wollte nur die Person sehen, die das verbrochen hat», sagte sie zu ihm. «Wenn wir uns nämlich das nächste Mal sehen, dann vor Gericht.» Sie hatte die Hand schon am Türknauf.

«Aber – warten Sie doch mal – was haben Sie eben gesagt? Das mit Nico?»

Adrienne blickte ihn an, als wäre er ein Stein. «Sie hat sich umgebracht.»

Es war, als hätte sie ihn geohrfeigt. Einen Moment lang hatte er die Sprache verloren, und als er sie wieder fand, brachte er nur sinnloses Zeug heraus. «Aber... wieso? Sie hat so gute Fortschritte gemacht», sagte er.

«Genau!», fauchte Adrienne. «Sie hat so gute Fortschritte gemacht, dass wir sie Freitag einäschern lassen.»

Sie wollte ihm einen Schwinger versetzen, doch unglücklich und frustriert, wie sie war, brachte sie lediglich einen schwachen Stoß mit der linken Hand zustande. Dennoch geriet er ins Taumeln und machte einen Schritt zurück. Zorn und Trauer brannten in ihren Augen. «Haben Sie es mit Absicht gemacht? Wegen des Geldes?»

«Was für Geld?», fragte Duran.

Bevor Adrienne antworten konnte, stand de Groot in der Tür hinter ihnen. «Was ist denn hier los?», fragte er. «Wer ist das, Dr. Duran?» Er wirkte halb betäubt und gefährlich, beides zugleich. Wie eine Raubkatze, die zu sich kommt, nachdem sie mit einem Betäubungsgewehr außer Gefecht gesetzt worden war.

Adrienne musterte den Holländer rasch von oben bis unten. «Wachen Sie auf!», rief sie. «Und wenn Sie ein Problem haben, zählen Sie nicht darauf, dass dieser Pfuscher von einem Seelenklempner Ihnen hilft.» Dann drehte sie sich auf dem Absatz um und war verschwunden.

De Groot zuckte zusammen, als die Tür hinter ihr zuknallte.

Duran war sprachlos. Einen langen Augenblick stand er vor der geschlossenen Tür, vor Schock ganz benebelt. Dann wurde die Welt allmählich wieder klar, und er merkte, dass er neben der wuchtigen Gestalt von Henrik de Groot stand. Der Holländer wirkte so wachsam, wie Duran ihn nie gesehen hatte, er wippte auf den Fußballen, hüpfte beinahe. Langsam blickte der blonde Mann sich um. Schnüffelte in der Luft.

«Der Wurm war hier», sagte er.

10

Von einem Tag auf den anderen sah Duran sich von Klassentreffen regelrecht verfolgt. Sie waren überall – bei «Nick at Nite», in «Grosse Pointe Blank» und «Romy & Michele», dann in «Ally McBeal» und in einigen «Seinfeld»-Wiederholungen. Alle gingen zu irgendeinem Klassentreffen, und Duran war da keine Ausnahme. Die Einladung hing schließlich an seinem Kühlschrank.

Als Therapeut war es empfehlenswert, zu Klassentreffen zu gehen. In seinem Metier ging es nun einmal darum, Klienten dabei zu helfen, sich ihrer Vergangenheit wieder zu stellen, ihnen eindeutig klarzumachen, dass sie im Leben nicht weiterkamen, wenn sie nicht die Mühe auf sich nahmen, das zu integrieren, was früher geschehen war.

Nicht, dass er selbst viel zu ‹integrieren› hatte. Die High-School hatte er als angenehme Zeit in Erinnerung – warm, verschwommen und nicht sonderlich bemerkenswert. Er war eines von diesen unproblematischen Kindern gewesen, die überall gut abschnitten, nicht nur beim Basketball, sondern auch in allen anderen Fächern.

Also warum sollte er nicht hingehen? Er konnte zwei Fliegen mit einer Klappe schlagen. Erstens würde er mal wieder aus der Wohnung rauskommen. Und obwohl das zweifellos gewisse Ängste auslösen würde, so war es auch die einzige Möglichkeit, das Problem zu überwinden. Phobien waren wie Schlägertypen in der Schule, man musste sich ihnen stellen – sonst machten sie einem das Leben zur Qual.

Zweitens: Wenn er zu dem Klassentreffen ging, konnte er vielleicht eins von den Problemen lösen, die er mit seinem Gedächtnis hatte. Es war normal, sich nicht an Bunny Wie-hieß-sie-noch-gleich erinnern zu können – so was passierte jedem. Aber bei ihm war da noch etwas anderes. Manchmal hatte er das Gefühl, als wären seine Erinnerungen irgendwie… überbelichtet, wie Fotos, die immer mehr im Sonnenlicht verblassten.

In dem Augenblick pfiff der Kessel, und Duran ging in Richtung Küche, um sich eine Tasse Kaffee zu machen. Als er durch die Diele kam, fiel sein Blick auf die Fotos von seinen Eltern, die in schweren Silberrahmen auf einem Beistelltisch standen.

Das Foto von seinem Vater war eine Nahaufnahme seines Gesichts. Er blickte heiter und gelassen in die Kamera, ein selbstbewusstes Lächeln auf den Lippen. Seine Mutter sah deutlich jünger aus – vielleicht weil die Fotos im Abstand von einigen Jahren entstanden waren. Und sie lächelte nicht nur – sie lachte. Sie saß auf der Hollywoodschaukel auf der Veranda des Strandhauses in Delaware, den Kopf leicht in den Nacken gelegt, die Lippen geöffnet, blitzende weiße Zähne, Augen mit feinen Lachfältchen.

Neugierig auf seine eigenen Gefühle, ging Duran zu dem Foto, nahm es in die Hand und betrachtete das Bild genauer: das dunkle, gewellte Haar seiner Mutter, ihre fein geschwungenen Augenbrauen… das altmodische Kleid mit dem eckigen Ausschnitt. Wie war es, fragte er sich, von ihr im Arm gehalten zu werden?

Und die Antwort, die er sich geben musste, lautete: Es war wie… gar nichts.

Er hatte, so kam es ihm vor, eine halbe Ewigkeit auf das Foto gestarrt und auf eine emotionale Reaktion gewartet – aber da war nichts. Und das, so wusste er, war der Beweis für eine tiefe Entfremdung.

Vielleicht lag es daran, wie sie gestorben waren – so plötzlich. Ein defekter Gasofen im Cottage eines Freundes auf Nantucket. Die lautlose Ansammlung von Kohlenmonoxyd – und dann waren sie Fotos.

Es war so unerwartet gekommen wie eine Lawine, und offensichtlich war das Kapitel für ihn noch lange nicht abgeschlossen. Die Beerdigung hätte das eigentlich bewirken müssen, aber… nein. Tatsache war, dass er sich kaum an die Trauerfeier erinnern konnte, obwohl sie doch erst sechs oder sieben Jahre zurücklag. Und obwohl sie sich eigentlich tief in sein Gedächtnis hätte einbrennen müssen, war das genaue Gegenteil der Fall. Wenn er an die Beerdigung seiner Eltern dachte, waren die Bilder nichts sagend, wie in einem Film und sparsam wie ein Drehbuch.

Außen. Regnerischer Tag. Trauergäste…

Er konnte sich an keine wirklichen Einzelheiten erinnern. Er konnte sich nicht erinnern, wer dabei gewesen war – nur Schirme haltende ‹Trauergäste› im Regen. Er musste zutiefst erschüttert gewesen sein. Er musste überwältigt gewesen sein. Und doch...

Er stellte das Foto wieder auf das Tischchen und ging in die Küche, wo das Pfeifen des Kessels in ein erschöpftes Heulen übergegangen war. Was bedeutete das, was sagte das über ihn aus, dass er sich so gut wie gar nicht an die Beerdigung seiner Eltern erinnern konnte? Und noch schlimmer: Genau genommen erinnerte er sich auch nicht an seine Eltern. Das heißt, er erinnerte sich daran, wie sie ausgesehen hatten, an Dinge, die sie gesagt hatten, und an Dinge, die sie getan hatten. Aber diese Erinnerungen waren etwa so emotionsbeladen wie Mengenlehre – und das, so wusste er, war nicht gut.

Aber was war Erinnerung überhaupt? Ein Neuronengemisch gespült in Aminosäuren.

Er nahm den Kessel vom Herd und sagte sich, dass er wirklich wieder Kontakt zu sich selbst finden musste, zu dem, der er war und gewesen war, zu dem, was er tat und was er wollte. Und wo, so dachte er, könnte er besser damit anfangen als auf einem Klassentreffen?

Als der Tag kam, war er nervös. Er hatte zwar ein Beruhigungsmittel genommen, doch er fürchtete, dass das nicht ausreichen würde. Also schluckte er noch eine rezeptfreie Schlaftablette und wartete, bis die gemeinsame Wirkung einsetzte.

Wie es der Zufall wollte, war es ein geradezu perfekter Herbstnachmittag. Am Himmel teilte ein diamantheller Kondensstreifen das Kugelschreiberblau in zwei Hälften.

Das Taxi war pünktlich. Als er auf der Rückbank Platz nahm, bemerkte er über dem Rückspiegel zwei salvadorianische Flaggen, und ohne darüber nachzudenken, sagte er dem Fahrer auf Spanisch, wo er hinwollte – eine Sprache, von der er fast vergessen hatte, dass er sie konnte. Der Fahrer lächelte ihn an und zeigte dabei zwei in Silber eingefasste Schneidezähne.

«The Friends' High School? Dahin hatte ich noch nie eine Fahrt, aber ich kenne sie – ein Stückchen nördlich von der Kathedrale. Chelsea Clinton geht auf die Schule, hab ich Recht? Anschließend will sie nach Kalifornien.»

Duran nickte. Im Radio spielte «The Buena Vista Social Club», und er lehnte sich zurück, schloss die Augen und dachte: Es wird gut werden. Und so war es auch – obwohl Verkehrschaos herrschte, die Wisconsin Avenue war mit Lkws verstopft, Autos wendeten inmitten eines Hupkonzerts, Fußgänger standen dicht gedrängt am Straßenrand, wie verschreckte Rehe – und der Fahrer schrie bei jedem Beinahezusammenstoß «Mierda!».

Der lange Empfangstisch im Kogod Art Center wurde von einem Trio freundlicher Ehemaliger aus jeder Klasse betreut. Duran erkannte keine von ihnen wieder, aber jede trug ein rot umrandetes Namensschildchen. Er begrüßte die Frau, die aussah, als sei sie in seinem Alter, kritzelte seinen Namen auf ein '86er Namensschildchen, löste den Schutzstreifen von der Rückseite und klebte es sich ans Revers.

Er ging zu einem mit Papier abgedeckten Tisch, goss sich vier Finger breit wässrigen Punsch in einen Pappbecher und überflog den Veranstaltungsplan. Um zwei Uhr sollte ein Football-Spiel der Schulmannschaft stattfinden, für vier waren ein Fußballspiel mit Ehemaligen, ein Schulgottesdienst, Klassenfotos und diverse Workshops geplant. Um sechs gab es ein kaltes Büfett.

Er wechselte ein paar Worte mit einem forschen Ehemaligen aus dem '56er Jahrgang und schlenderte dann gemächlich hinter die Schule, wo die Sportplätze lagen. Das Football-Spiel – gegen die Schule für Gehörlose – hatte schon angefangen. Das Wetter war ideal für Football, eine leichte Brise von Westen her, herbstbunte Bäume unter einem glasmurmelblauen Himmel, die Temperatur knapp unter fünfzehn Grad. Und rundherum auf dem Hügel mit Blick auf das Spiel ließen es sich fröhlich und gepflegt aussehende Menschen gut gehen. Duran war ganz begeistert. Zeigt's den Gehörlosen, dachte er in sich hineinlachend, während er sich suchend nach alten Kumpeln umschaute.

Der Anzeigetafel nach lagen die Gehörlosen bereits zwei Touchdowns in Führung. Na und? Er war bestens aufgelegt, und Sidwell war ohnehin nie besonders stark im Football gewesen. Er stand gegen den Stamm eines hohen Schwarzen Walnussbaumes gelehnt, schlürfte seinen Punsch und sinnierte über das Wunder dieses letztendlich typisch amerikanischen Nachmittags nach.

Er sollte wirklich mehr unter Menschen gehen.

Als Pause war, beobachtete er die Spieler, die mit herabbaumelndem

Mundschutz zu ihren Bänken trotteten. Und wie er so dastand im Sonnenlicht, während ein unglaublich gefärbtes Blatt nach dem anderen tanzend hinunter auf den frischen, grünen Rasen segelte, durchdrang ihn ein Gefühl echter Freude, echter Verbundenheit mit diesen Menschen, diesem Ort. Obwohl er selbst eher Beobachter war als einer von denjenigen, die jauchzend ihrer Freude Ausdruck gaben, wenn sie einander wieder erkannten und in die Arme fielen, waren alle durchaus freundlich. Ja, viele lächelten ihm sogar zu.

Und es war ein gutes Gefühl, ein richtig gutes Gefühl, Teil einer größeren Einheit zu sein. Es war schön, sich anderen verbunden zu fühlen. Es war schön dazuzugehören.

Ein Pfiff ertönte, und die Spieler trotteten zurück aufs Spielfeld, wo sie Aufstellung nahmen, Burgunderrot gegen Blau.

Die gehörlosen Spieler bekamen natürlich nicht mit, wenn der Quarterback seine Anweisungen rief oder der Schiedsrichter pfiff. Deshalb hatte man eine große Pauke an den Spielfeldrand getragen. Sie konnten sie zwar nicht hören, aber die Vibrationen spüren – und die waren gewaltig. Ein grauhaariger Mann in taubenblauem Trainingsanzug stand neben dem Instrument und schwang einen Schlegel, dessen wattiertes Ende dick wie eine Pampelmuse war.

Der Quarterback der Gehörlosen drehte sich mal zur einen, mal zur anderen Seite und signalisierte einen Spielzug. Die Spieler gingen in Position, hoch konzentriert. Der Mann im Trainingsanzug schwang den Schlegel, und die Welt erbebte. Die Zuschauer, ob sie sich nun gerade unterhielten, durch ihre Kinder oder dringende Handy-Anrufe abgelenkt waren, wandten allesamt erstaunt die Köpfe zum Spielfeld. Der Klang war donnernd, ein gewaltiges, markerschütterndes Dröhnen. Und die Vibration war ungeheuer, ein seismisches Beben, das durch Durans Fußsohlen hochstieg und bis in sein Gehirn jagte – wo es widerhallte wie eine Stimmgabel, die mit einem Hammer angeschlagen wurde.

Angriff und Abwehr prallten im Sturm aufeinander. Zuschauer lachten und johlten. Aber Duran schien es, als habe er den Kontakt zum Boden verloren. Aus irgendeinem Grund war der Nachhall der Pauke wie ein Hammerschlag auf seine Nebennieren, die eine panische Adrenalinwelle durch seinen Blutstrom schickten. Noch während er zur nächstbesten Tür stürzte, wusste er, dass seine Reaktion lächerlich war. Das war eine Pauke, kein Erdbeben. Doch das Wissen verlangsamte weder seinen Puls, noch beruhigte es sein Herz.

Er griff nach der Fliegentür zum Zartman House und riss sie fast aus den Angeln, bevor er hineinstürzte und zitternd in einen heidelbeerfarbenen Ohrensessel sank.

Himmelherrgott, dachte er. Was ist bloß los? Woher kommt das nur?

Sein Atem ging stoßweise, als er die Augen schloss und systematisch die Schritte einer Entspannungsübung durchging. Und wie nicht anders zu erwarten, funktionierte es. Binnen ein oder zwei Minuten war seine Atmung fast normal.

Langsam schaute er sich um. Das Zartman House war das älteste und typischste Gebäude auf dem kleinen Campus von Sidwell, ein schlichtes Steinhaus, das einst die ganze Schule ausmachte, aber nun als Verwaltungsgebäude diente.

Er sah, dass er sich in einem großen, wohlproportionierten Raum befand, der mit Messinglampen, schönen alten Möbeln und Ölgemälden eingerichtet war. Dann hörte er die Stimmen von Frauen durch die offene Tür lauter werden, je näher sie kamen. Er wollte schon aufstehen und die Frauen begrüßen, aber... nein. Er traute seinen Beinen nicht. Noch nicht.

Die Fliegentür schlug zu, und eine der Frauen sagte: «Und er beißt. Er ist ein richtiger kleiner Kannibale!»

Die zweite Frau lachte.

«Ich sage ihm immer, es ist Schluss mit dem Stillen, wenn er nicht damit aufhört, aber er ist doch erst acht Monate alt – da erreicht man mit Drohungen noch nicht viel. Und um ehrlich zu sein...» Sie seufzte. «Ich will auch nicht damit aufhören, weißt du? Ich meine, jetzt noch nicht.»

Wegen der hohen Lehne konnte er die Frauen auch nicht sehen. Aber es ließ sich nicht vermeiden, dass er mithörte, was sie sagten, und er wusste nicht, wie er seine Anwesenheit erklären sollte.

«Ich weiß genau, was du meinst. Mir hat auch niemand gesagt, dass es so... ach, wie soll ich sagen, so sinnlich sein würde!»

«Genau! Und –»

Ein spitzer Aufschrei erklang, als die zweite Frau merkte, dass sie nicht allein waren. Im gleichen Moment war Duran aufgesprungen und suchte nach einer Entschuldigung. «Tut mir Leid! Wirklich, ich – ich muss eingeschlafen sein... Ich hoffe, ich habe Ihnen keine Angst eingejagt oder so! Jeff Duran.» Seine Hand schnellte auf eine aufgelöste, blonde Frau zu, deren Namensschildchen sie als Belinda Carter, '86, auswies. Derselbe Jahrgang wie er.

«Tut mir Leid, dass ich so hysterisch reagiert habe», brach es aus ihr hervor, während sie auf sein Namensschildchen spähte. «Aber du hast mir einen Heidenschreck eingejagt, Jeffrey Duran.» Und dann, fast im selben Atemzug: «Trotzdem – schön, dich zu sehen … nach der langen Zeit.»

Sie strahlte ihn an, und die andere Frau, eine hübsche Brünette, trat vor. Ihr Name war, wie er sah, Judy Binney.

«Wir wollten dich nicht in deinem Versteck stören», sagte sie ein wenig verlegen. «Wir hatten wohl die gleiche Idee.» Sie legte den Kopf schief, um sein Gesicht besser sehen zu können. «Warst du der starke, stille Typ?», fragte sie, und ein kokettes Lächeln spielte um ihre Lippen. «In der Schule, meine ich.»

Duran zuckte die Achseln. «Na ja …»

«Weil ich mich nicht an dich erinnern kann», erklärte sie. «Und normalerweise müsste ich das.»

«Ich denke, damals war ich nicht so still wie gerade eben», entgegnete Duran. «Ich muss eingenickt sein.»

«Und bist davon wach geworden, dass Judy und ich über Stillen gesprochen haben!»

«Nein, nein – wach geworden bin ich von einem Schrei.»

Sie mussten lachen, und dann plauderten sie darüber, wie merkwürdig Klassentreffen im Grunde waren und dass zwölf Jahre wirklich eine lange Zeit waren. Judy meinte, dass sie, obwohl die Schule klein war und die Emotionen im High-School-Alter doch so intensiv erlebt wurden, nur mit ganz wenigen in Kontakt geblieben war.

«Wir sind schließlich hier in Washington. Da sind alle ständig auf dem Sprung!», erklärte Belinda. «Und ich auch.» Sie gab Judy einen Kuss, tätschelte Duran den Arm. «Ich muss los.»

«Ich kann gar nicht fassen, dass ich mich nicht an dich erinnere», sagte Duran zu Judy, als Belinda gegangen war. «Ich meine, du musst ziemlich spät erblüht sein.»

«Wirklich? Findest du? Bin ich endlich dabei zu erblühen? Warte, das muss ich Mr. M erzählen. Der hat immer darauf gewartet.»

Duran glaubte, sie meinte ihren Mann, aber natürlich sprach sie von ihrem Vertrauenslehrer, dem schonungslos aufrichtigen Nubar Mussurlian. Als sie ihn durch die Fliegentür sah, zog Judy Duran mit nach draußen, damit sie dem alten Vertrauenslehrer von ihrer neuentdeckten Blüte erzählen konnte. Mr. M lachte, gab Duran die Hand und erkundigte sich, wie es ihm ergangen sei.

«Ziemlich gut, danke. Kann mich nicht beklagen.»

«Ich überlege gerade», sagte Mr. M. «Auf welches College sind Sie noch mal gegangen?»

«Brown», erinnerte Duran ihn.

Mr. M nickte. «Ach ja, natürlich.»

«Und danach – Madison.»

«Ich denke, da könnte ich meine Hand im Spiel gehabt haben. Ich habe schon immer viel von Wisconsin gehalten. Volkswirtschaft, nicht wahr?»

Duran schüttelte den Kopf. «Klinische Psychologie.»

«Ja, ja.» Mr. M schmunzelte. «Dafür sind Klassentreffen ja da, damit wir hören, was aus allen so geworden ist.»

Der Rest des Nachmittags verlief angenehm ereignislos. Der Gottesdienst fand statt, und im Anschluss daran standen einzelne Ehemalige auf, um ihre Gedanken über so unterschiedliche Themen wie das «Genom-Projekt», «Sexuelle Verantwortung» und die Bemühungen, Bilharziose in Ägypten auszurotten, zum Besten zu geben.

Die Fotositzungen für jede der drei Klassen gingen rasch und professionell vonstatten, und ein überaus effizienter Fotograf arrangierte die Aufstellung so, dass die Afroamerikaner nicht (wie normalerweise) gemeinsam kleine Grüppchen bildeten, sondern zwischen den anderen verteilt standen.

Duran erkannte Bunny nicht, die ganz und gar nicht wie die kecke Blondine aussah, die er sich vorgestellt hatte. Im Gegenteil, mit ihrem langen, füchsischen Gesicht und den spitzen, gelben Eckzähnen erinnerte sie ihn mehr an ein Raubtier, als Duran es je bei einer Frau aufgefallen war.

«Jeff!», krähte sie und nahm ihn am Arm, zog ihn von einer Traube Ehemaliger zur nächsten. «Ihr erinnert euch doch an Jeff Duran! Das ist er!» Es folgten kräftiges Händeschütteln, kameradschaftliche Neckereien, der eine oder andere Wangenkuss.

«Jemand vom Basketball da?»

«Ich weiß doch nicht mehr, wer Basketball gespielt hat, Jeff! Mein Gott! Außer… na ja, Adam Bowman natürlich. Der ist da.» Und dann erhellte sich ihr Gesicht. «Hast du gehört, dass Adam Knochenkrebs hatte und ein Bein verloren hat?» Sie brachte die Information mit der Begeisterung einer Eingeweihten an den Mann.

Duran schüttelte den Kopf. «Nein. Das ... ist ja schrecklich.»

Sie nickte. «Und ich denke, er wird nicht gut damit fertig.» Sie zog eine Augenbraue hoch. «Hat eine Einladung zu den Paralympics ausgeschlagen ...»

Vor der Cafeteria – wo das Bankett stattfand – hing eine Fotomontage mit Vergrößerungen aus den Jahrbüchern der Klassen, die ihr Wiedersehen feierten. Duran suchte nach der Basketballmannschaft des '86er Jahrgangs – und da war sie, jedenfalls die meisten Spieler. Er selbst war nicht auf dem Foto. (Soweit er sich erinnerte, war er krank gewesen.)

Duran betrat die Cafeteria und nahm sich ein Glas Rotwein. Auf der anderen Seite des Raumes erblickte er einen tiefschwarzen Riesen, der Adam Bowman sein musste. Langsam bahnte er sich einen Weg durch das Gedränge zu seinem alten Freund.

«He», sagte Duran und streckte die Hand aus.

Bowman schaute kurz auf sein Namensschildchen. «Jeff! Schön, dich zu sehen, Mann!» Ein schmerzhaftes Händeschütteln. «He, Ron – sag Jeff Duran guten Tag.»

Noch ein männlicher Händedruck und ein kurzer Austausch von Höflichkeiten. Dann wandte sich Ron McRea wieder der Blondine an seinem Arm zu, und Bowman setzte sein Gespräch mit Mr. M fort. Nach ein oder zwei Minuten schlenderte Duran weiter, irgendwie enttäuscht. Sie waren zwar nicht unfreundlich gewesen, aber er hatte einfach mehr erwartet. Was denn eigentlich? Kameradschaft? Irgendwas.

Er schüttelte das Gefühl ab und setzte sich neben Judy Binney an die Festtafel. Sie flirtete mit ihm bei Essen und Wein, dem sie gehörig zusprach. Dann kam der Kaffee, und nachdem in aller Hast – Gott sei Dank – kurze Reden gehalten worden waren, erinnerte man noch an bevorstehende Veranstaltungen und an das im Herbst stattfindende Benefizfest.

Schließlich war er wieder im Foyer des Zartman House und wartete neben Judy Binney auf ein Taxi, während sie nach draußen spähte und nach dem BMW ihres Mannes Ausschau hielt. Regen prasselte gegen die Scheiben.

Judy, die etwas mehr als nur leicht beschwipst war, flüsterte ihm ins Ohr, ob er sich vielleicht gern mal von ihr die Brust geben lassen wolle.

Aber dann tauchte der BMW auf, und Judy lachte und sagte, sie habe «nur Spaß gemacht». Schließlich gab sie ihm einen Kuss auf die Wange und versprach, dass sie ihn 2005 wieder sehen würde.

Fünf Minuten später kam sein Taxi.

Duran stieg ein und lehnte sich zurück. Draußen glitt die Stadt vorüber, glänzend im Regen. Rücklichter bluteten auf den nassen Asphalt, und um die Straßenlaternen herum tanzten Regentropfen. Er fühlte sich irgendwie eigenartig. Das Klassentreffen hatte ihn nicht beruhigt. Mal abgesehen von dem Zwischenfall mit der Pauke – der ihm Sorgen bereitete – war der Versuch, seine Erinnerung an die Vergangenheit zu vertiefen, ein Fehlschlag gewesen. Zwar waren alle nett und freundlich gewesen, doch nichts, was er gesehen, und niemand, mit dem er gesprochen hatte, hatte ihn wirklich bewegt. Im Gegenteil, er hatte sich wie ein auswärtiger Gast auf einer Gartenparty gefühlt. Er war zwar eingeladen gewesen, aber er hatte nicht richtig dazugehört. Und obwohl ihm die Leute, die er gesehen hatte, vage bekannt erschienen waren, hatte er dennoch höchstens eine verschwommene Erinnerung an sie – so diffus und undeutlich wie der gelbe Lichtkranz um die Straßenlaternen.

Die Wahrheit war: Im Grunde erinnerte er sich an keine einzige Menschenseele. Nicht wirklich. Überhaupt nicht.

11

Adrienne saß an ihrem hoffnungslos unordentlichen Schreibtisch und gähnte. Das Gähnen dehnte sich aus und wurde stärker, bis es wehtat und ihr Tränen in die Augen traten. Gott, war sie müde! Sie nahm ein Haribo aus der kleinen Schale auf ihrem Schreibtisch und biss zuerst die oberste Schicht ab, dann die mittlere, bevor sie den Rest in den Mund steckte. Vielleicht würde der Zucker ihr helfen, wach zu werden.

Der Amalgamated-Fall war in der Phase, in der die Aussagen zu Protokoll genommen wurden – beide Parteien führten sozusagen eine Vorbefragung potentieller Zeugen durch. Sie wusste inzwischen weitaus mehr über Asphalt, als sie je hätte wissen wollen, weil sie seit zehn Tagen hintereinander fünfzehn Stunden am Tag arbeitete, um mit allem Schritt zu halten, was Curtis Slough ihr scheibchenweise zuwarf.

Nikki war vor über einer Woche eingeäschert worden, und noch immer hatte Adrienne die Urne nicht abgeholt. Das Bestattungsunternehmen hatte dreimal angerufen. Wenn sie nicht bald käme, so hatte Barrett Albion ihr mitgeteilt, würden sie ihr die «Aufbewahrung» in Rechnung stellen, als wäre die Urne ein Auto, das wegen Falschparkens abgeschleppt worden war. Sie musste die Urne unbedingt abholen, und zwar heute noch, obwohl sie und Slough einen Termin mit Ace Johnson hatten, einem wichtigen Zeugen, den sie auf seine Aussage vorbereiten mussten. Slough würde erwarten, dass sie mit den beiden zum Lunch ging, aber sie würden ohne sie auskommen müssen.

Mr. Johnsons vollständiger Name lautete, so unglaublich das auch war, Adonis Excellence Johnson. Er war siebenunddreißig Jahre alt und gehörte zum unteren Management von Amalgamated. Adrienne hatte erwartet, dass Mr. Johnson schwarz wäre, weil ihrer Erfahrung nach Schwarze oft besonders klingende Namen hatten. Doch Adonis Johnson war ein kräftiger Weißer mit kreidebleicher Haut und Augen so blau wie eine neue Jeans. Eine große, unmodische Brille klebte ihm auf der mit Aknenarben übersäten Nase. Als er in Curtis Sloughs elegantes Büro geführt wurde, sah er verängstigt aus.

Knapp zwei Stunden lang arbeiteten sie seine Aussage mit ihm durch, und gegen halb eins schlug ihr Boss vor, gemeinsam zum Lunch ins Occidental Grill zu gehen.

Adrienne setzte eine geknickte Miene auf und druckste herum. «Ich kann nicht. Wissen Sie nicht mehr? Ich habe doch noch was zu erledigen.»

Obwohl sie ihn darauf vorbereitet hatte, dass sie beim Lunch nicht dabei sein würde, verdrehte Slough die Augen. «Was zu erledigen?»

Sie wusste, worum es ihm ging: Er wollte mit Ace Johnson nicht zu Mittag essen – nicht allein. Worüber sollten sie reden? Über Asphalt?

«Es tut mir Leid, aber... ich habe so viele Überstunden gemacht, dass ich bisher nicht dazu gekommen bin –»

«Tja, Ace und ich sind sehr enttäuscht.»

Sie konnte förmlich sehen, wie ihr Aktienkurs fiel, aber sie würde auf keinen Fall ihre Schwester als Entschuldigung benutzen. Und so zuckte sie die Achseln, sagte noch einmal, wie Leid es ihr tat – und ließ die beiden miteinander allein. (Johnson sah hungrig aus. Slough war entgeistert.)

Das Bestattungsunternehmen Albion lag ziemlich außerhalb – sie hatte es nach dem Alphabet ausgesucht, nicht weil es bequem zu erreichen war –, und der Taxifahrer verfuhr sich. Als sie anderthalb Stunden später wieder in den Konferenzraum kam, trug sie die Urne in einer kleinen Holzkiste unten in einer Einkaufstüte.

Slough warf einen Blick auf die Tüte, als sie hereingeeilt kam, und zog die Stirn kraus. Shopping? Adrienne spürte, wie sie rot anlief.

In den nächsten drei Stunden bereiteten sie ihren Zeugen weiter vor, bis Slough gegen vier Uhr endlich durch ein Lächeln signalisierte, dass er mit dem Ergebnis zufrieden war.

Fünf Minuten nach diesem Lächeln saß sie wieder an ihrem Schreibtisch, und vier Stunden danach war sie noch immer dort, entnervt, erschöpft und gelangweilt. Die Asche ihrer Schwester war in der Ecke, auf dem Boden unter der Garderobe, an der ihr Mantel hing.

Sie gähnte, legte die Liste mit den Fragen, die sie vorbereitet hatte, beiseite und nahm ihren Terminplaner zur Hand.

Bevor sie nach Hause fuhr, musste sie noch ihre Kommentare zu jeder Frage fertig formulieren, die Datei ausdrucken und sie auf Sloughs Schreibtisch legen, damit er sie gleich am nächsten Morgen hatte. Ein weiterer Punkt auf der Liste lautete: Ramon anrufen wg. Jack. Der Portier hatte versprochen, ihn am Samstag zu nehmen – wobei ihr einfiel: Jack musste wahrscheinlich mal raus. Ganz bestimmt ... Sie holte tief Luft und wappnete sich innerlich, Mrs. Spears anzurufen. Es war die einzige Möglichkeit, denn nach Hause konnte sie nicht – noch nicht. Also wählte sie die Nummer.

«Hallooo ...», sagte sie, wobei sie den letzten Rest Lebhaftigkeit aufbot, der ihr noch geblieben war. «Ich bin im Büro, und – ich habe da ein klitzekleines Problem. Mit Jack?» Sie konnte sich selbst nicht leiden, wenn sie so sprach, aber – «Oh, Sie sind meine letzte Rettung, Mrs. Spears, ich weiß wirklich nicht, wie ich Ihnen danken soll, Sie sind ein Engel! Nein, wirklich! Das ist mein Ernst!»

Als sie aufgelegt hatte, lehnte sie sich zurück und drehte sich mit dem Schreibtischstuhl von links nach rechts. Ihr Blick fiel auf die Urne, und zum x-ten Mal sagte sie sich, dass sie irgendwas mit Nikkis Asche unternehmen musste. Sie in den Potomac streuen ... oder so was in der Art. Aber wo? Und wie? Sollte sie sich einfach ans Ufer stellen und die Asche ... auskippen? Oder sollte sie es von einer Brücke aus tun? Und von welcher Brücke? Oder ein Kanu mieten ... Seufzend blickte sie auf den nächsten Eintrag in ihrer Liste: Duran.

Dieser Mistkerl.

Sie ließ den Stift, den sie in der Hand hielt, gegen die Schreibtischkante wippen. Duran. Ihre Drohung erwies sich langsam als leer. Was hatte sie denn anderes getan, als in sein Büro zu stürmen und ihn anzuschreien? Nichts. Zu viel zu tun.

Sie dachte noch immer über Duran nach, als Bette mit einem halben Dutzend kleiner weißer Schachteln von Tasty Thai hereinkam. Während Adrienne sich über einen Berg grüner Currynudeln hermachte, sagte sie, sie werde den Seelenklempner fertig machen, der ihre Schwester auf dem Gewissen hatte.

«Na ja, vielleicht», sagte Bette.

«Vielleicht? So, wie er sie verkorkst hat? Was willst du wetten, dass er eine ganze Latte von Anzeigen gegen sich laufen hat?»

«Meinst du?»

«Ich wette», sagte Adrienne. «Und wenn ich Recht habe – ruinier ich ihn. Im Ernst! Mag sein, dass Nikki ein bisschen verrückt war –»

«Ähm … Mag sein, dass Nikki ein bisschen verrückt war?»

«Meinetwegen, dann war sie eben ganz schön verrückt. Aber dieses Hirngespinst, dass sie als Kind missbraucht worden ist – genau deshalb hat sie sich umgebracht. Und das hatte absolut nichts mit der Realität zu tun.»

«Das weißt du? Ich meine, du weißt, warum sie sich umgebracht hat?»

Adrienne nickte. «Es stand in ihrem Testament. Das hat sie statt eines Abschiedsbriefes hinterlassen. Und dieser Typ, Duran – den sie auch noch in ihrem Testament berücksichtigt –, hat das alles erfunden. Und dann – bringt er sie dazu, dass sie es glaubt.»

Bette verzog das Gesicht.

«Sie hat doch von nichts anderem mehr gesprochen. Und das sollte ihr helfen!?» Sie nahm etwas von dem Pahd Thai, kostete es kritisch und zuckte die Achseln. «Meins ist besser», entschied sie.

«Und was hast du vor?»

«Ihm das Handwerk legen.»

«Wie?»

«Was weiß ich? Ich hab ja nicht mal Zeit, mit dem Hund Gassi zu gehen.»

«Wieso lässt du ihm nicht von offizieller Seite auf den Zahn fühlen?»

Adrienne schnaubte verächtlich. «Neulich hab ich bei der Ärztekammer angerufen – die vergeben die Zulassungen für klinische Psychologen –, und weißt du, was die mir gesagt haben? Sie haben gesagt, ich sollte vorsichtig sein – die haben wirklich das Wort ‹vorsichtig› benutzt –, Anzeigen wegen falscher ärztlicher Behandlung im Bereich Psychiatrie seien eine heikle Sache.»

Bette verdrehte die Augen.

«Als bräuchte ich ihren juristischen Rat!», zischte Adrienne mit zusammengebissenen Zähnen.

Bettes Essstäbchen beförderten ein Stückchen Pahd Thai in Richtung Mund, während Adrienne ihre Attacke auf das Curry wieder aufnahm. Schließlich fragte Bette: «Wie wär's, wenn du Eddie Vanilla engagierst?»

Adrienne runzelte die Stirn. Blickte auf.

«Der macht doch so Sachen, oder?», fragte Bette. «Ich meine, ist das nicht genau sein Gebiet?»

Adrienne schüttelte langsam den Kopf. «Das ja, aber… ich kann ihn mir nicht leisten! Wie viel verlangt Eddie eigentlich? Fünfzig Dollar die Stunde?»

«Aber da ist doch noch das Geld deiner Schwester – du bist die Testamentsvollstreckerin, oder? Unter den gegebenen Umständen, denke ich, steht es dir durchaus zu, einen Detektiv zu engagieren.»

Die Idee war Adrienne noch gar nicht gekommen. Bei ihren knappen finanziellen Mitteln hätte sie im Traum nicht daran gedacht, jemanden für etwas zu engagieren, das sie selbst erledigen konnte – auch wenn sie nicht die Zeit dazu hatte. «Vielleicht hast du Recht», räumte sie ein.

Edward Bonilla, als «Eddie Vanilla» bekannt, war früher in der Armee gewesen und hatte lange als Ermittler für den CID gearbeitet. Seit einigen Jahren war er Privatdetektiv in Washington, D.C. und stand als Bonilla & Partner in den Gelben Seiten.

Wer der oder die «Partner» waren, darüber konnte man nur spekulieren. Aber er war für seine gute Arbeit bekannt: Er stellte Vorladungen zu, forschte nach Vermögenswerten, ermittelte in Scheidungsangelegenheiten und verschaffte Informationen für Anwaltskanzleien, die auf Fusionen und Unternehmenskäufe spezialisiert waren. Außerdem war er erfolgreich im Aufspüren von widerwilligen Zeugen und im Beschaffen von Informationen über Personen, obwohl seine Befragungsmethoden als suspekt galten. Einer der Anwälte bei ihnen nannte ihn «Eddie Gorilla» – aber nie in seinem Beisein.

Er könnte genau der richtige Mann sein, dachte Adrienne.

Und er war noch dazu praktisch ihr Nachbar, denn sein Büro befand sich in einem Stadthaus auf der Park Road, nur eine Querstraße von Adriennes Wohnung entfernt. Bei den Anwohnerversammlungen von Mount Pleasant gehörte er zum festen Inventar. Bonilla, ein Experte in Sicherheitsfragen und unerbittlicher Kämpfer für den Schutz von Privatbesitz, hatte bei der Einrichtung eines Nachbarschaftswachdienstes eine führende Rolle gespielt. «Mein Aufgebot», nannte er die Trupps von orange gekleideten Eigenheimbesitzern, mit denen er abends auf Patrouille ging.

«Nimm dir noch», sagte Bette und hielt ihre Schachtel hin.

Adrienne schüttelte den Kopf und bot ihr im Gegenzug ihre Schachtel an. Aber Bette wollte nichts. Sie stand auf und warf den Rest in den Mülleimer. «An die Arbeit», sagte sie und ging wieder zu ihrem Schreibtisch.

Adrienne lehnte sich zurück und nahm noch ein paar Bissen Curry. Je mehr sie darüber nachdachte, desto besser gefiel ihr der Gedanke, Eddie Bonilla zu engagieren. Es sprach nichts dagegen, und sie würde diesen Duran nicht ungeschoren davonkommen lassen. Ein bisschen Nachforschung konnte da weiß Gott nicht schaden. Und Bonilla wäre dafür genau der Richtige. Exzentrisch, aber dennoch ein Profi. Und obwohl er sehr beschäftigt war – die Kanzlei handelte pro Monat zwei oder drei Fusionen und Unternehmenskäufe ab –, wusste sie, dass er Zeit für sie finden würde. Sie waren schließlich so gut wie befreundet. Nicht richtig – aber irgendwie schon.

Vor einem Jahr hatte er vor ihrer Tür gestanden (das war kurz nach ihrem Einzug gewesen), mit Mrs. Spears, die ihn vorstellte. «Adrienne, ich möchte Ihnen Mr. Bonilla vorstellen.»

Ihr erster Gedanke war gewesen, dass Eddie Bonilla ein komischer Vogel war. Er war klein und hager, über fünfzig – und sah aus, als würde er noch in den fünfziger Jahren leben. Er trug eine Khakihose, das pomadige Haar war an beiden Seiten glatt nach hinten gekämmt, und eine schmissige Tolle fiel ihm in die Stirn. Wie Elvis hatte er mächtige Koteletten. Das Merkwürdigste war, dass seine Kleidung an ihm ein wenig zu klein wirkte, obwohl er so dünn war – wie bei einem Jugendlichen, der gerade einen Wachstumsschub bekommen hatte.

«Eddie Bonilla», hatte er gesagt und an ihr vorbei in die Wohnung gespäht. Dann schnellte seine Hand vor, und sie schüttelte sie. «Ich möchte immer gern wissen, wer bei uns in der Gegend neu ist.»

«Nett, Sie kennen zu lernen», hatte sie gesagt.

«Ich kenne Sie praktisch schon – Sie arbeiten bei Slough & Hawley, richtig? Man nennt Sie dort Scout.»

Das hatte sie verblüfft. «Woher wissen Sie das?»

«Ich weiß alles», erwiderte er mit einem leicht anzüglichen Zwinkern und einem gackernden Lachen. Er erklärte, wer er war und was er machte. «Ich bin einer von Ihren Informanten.»

«Wieso nennt man Sie denn Scout?», wollte Mrs. Spears wissen.

Adrienne wurde verlegen. «Ich weiß nicht. Das ist bloß so ein Spitzname.»

Bonilla schnaubte. «Sie will bescheiden sein», sagte er. «Wissen Sie, in der Kanzlei, in der Adrienne arbeitet, sind jede Menge Georgetown-Absolventen beschäftigt. Und nach dem, was ich gehört habe, gab es da mal einen hochkarätigen Professor –»

Adrienne wurde rot. «Ich glaube wirklich nicht, dass Mrs. Spears –»

Aber Bonilla hob eine Hand und sah sie unverwandt an. «Es gab da so einen hochkarätigen Professor für – was war das noch mal? Schadensersatzrecht, stimmt's?»

Adrienne seufzte. «Stimmt.»

«Und eines Tages ist er nicht zufrieden mit seinen Studenten, und er macht ihnen die Hölle heiß. Weil sie stinkfaul sind – entschuldigen Sie meine Ausdrucksweise. Also, die waren einfach nie vorbereitet. Bis auf die gute Scout, die allzeit bereit ist!»

Mrs. Spears blickte verständnislos drein, unsicher, ob die Anekdote damit beendet ist.

«Verstehen Sie?», fragte Bonilla. «Allzeit bereit. Wie eine Pfadfinderin, ein Scout –»

Mrs. Spears' Gesicht erhellte sich zu einem Lächeln. «Ach so!»

«Der Name ist natürlich hängen geblieben.» Er bedachte Adrienne mit einem wohlwollenden Blick. «Scout», sagte er.

Adrienne schüttelte den Kopf. «Sie wissen ja wirklich alles.»

Er streckte ihr den Zeigefinger entgegen und krümmte ihn, als würde er eine Pistole abdrücken. «Verlassen Sie sich drauf.»

Nachdem sie ein paar Mal bei seinen Nachbarschaftspatrouillen dabei gewesen war, hatten sie ein ganz freundschaftliches Verhältnis entwickelt. Eddie half Mrs. Spears ab und zu bei kleineren Reparaturen, und er hatte auch schon mal die Scheibenwischer an Adriennes betagtem Subaru repariert.

Sie öffnete ihr Adressbuch im Computer, suchte die Nummer heraus und hinterließ eine Nachricht auf Bonillas Anrufbeantworter. Er hatte zwar auch einen Pieper und ein Handy – er hatte jede erdenkliche technische Spielerei –, aber sie machte sich nicht die Mühe. Er war bekannt dafür, dass er seine Nachrichten laufend abhörte.

Fünfundvierzig Minuten später rief er zurück.

«Was liegt an?», fragte er, als wäre er ihr einziger Anrufer an dem Tag.

«Ich habe mich bloß gefragt», sagte sie und nahm den Blick von einem Fachbuch über Tiefbau, «ob… ob Sie wohl was für mich erledigen könnten.»

Kurzes Schweigen. Und dann: «Was denn?»

«Nun, es geht um meine Schwester –»

«Ach ja, hab davon gehört – schreckliche Sache. Ich wollte Ihnen schon sagen, wie Leid mir das tut, aber… Worum geht's denn genau? Um das Testament oder –»

«Nein, darum nicht. Es geht um – na ja, genau genommen um zwei Sachen.»

«Die wären?»

In den zehn Tagen seit Nikkis Tod hatte Adrienne jede freie Minute ihrer knappen Zeit, das heißt, jede freie Minute, die sie stehlen konnte, darauf verwendet, die Angelegenheiten ihrer Schwester zu regeln. Und sehr schnell war ihr klar geworden, dass ziemlich viel Geld fehlte.

«Sie übernehmen doch auch die Suche nach Vermögenswerten, richtig?»

«Ja», sagte Bonilla. «Haben Sie welche verloren?»

«Das kann man wohl sagen. Etwa eine halbe Million Dollar.»

«Aua.»

«Meine Schwester hatte vor einigen Jahren in Deutschland einen Unfall. Und danach gab es eine Schadensersatzregulierung.»

«Und Sie können nichts finden?»

«Ich hatte nicht sehr viel Zeit nachzusehen – ich habe zu viel zu tun. Aber… nein.»

«Was ist mit ihren Bankkonten?»

«Sie hatte ein Girokonto mit etwa zweitausend Dollar und ein Sparkonto mit… ich glaube, rund fünfzehntausend – aber das ist alles. Vielleicht hatte sie noch ein anderes Konto – sie muss noch ein anderes Konto gehabt haben –, aber ich weiß nicht, wo ich suchen soll.»

«Und woher wissen Sie, dass sie das Geld hatte? Ich meine, eine halbe Mil-?»

«Sie hat es mir erzählt. Davon hat sie gelebt. Sie hatte keinen Job. Und ich habe gedacht, vielleicht hatte sie es in Aktien angelegt oder als Lebensversicherung – mit jährlichen Zahlungen. Falls ja, könnten Sie das rausfinden?»

Bonilla schnalzte mit der Zunge. Schließlich sagte er: «Ja. Könnte ich. Kein Problem.»

«Oh, das ist toll –»

«Sie sagten, Sie hätten zwei Sachen ...»

Adrienne zögerte einen Moment und nahm sich dann ein Herz. «Die andere Sache ist die: Ich habe vor, ihren Therapeuten zu verklagen.»

Bonillas Brummen hatte einen skeptischen Beiklang.

«Wegen falscher Behandlung –», setzte Adrienne an, aber Bonilla fiel ihr ins Wort.

«Ich will ehrlich zu Ihnen sein, Scout. Manchmal, im so genannten Trauerprozess, verstrickt man sich in irgendwas, wissen Sie? Dann sucht man die Schuld bei jemand anders –»

«Ich suche nicht die Schuld bei jemand anders, Eddie. Ihr verdammter Therapeut hat sie umgebracht.»

«Na ja, umgebracht –»

«Nikki hat angeblich irgendwelche Erinnerungen wiedergewonnen. Aber die waren völlig aus der Luft gegriffen. Alles Hirngespinste. Ich weiß das, weil ich dabei war.»

Ein weiteres Brummen. «Was für Erinnerungen?», fragte Bonilla.

Adrienne wusste nicht genau, wie sie es ausdrücken sollte. «Verrücktes Zeug.»

«Zum Beispiel?»

Sie holte tief Luft. «Nikki hat geglaubt, sie wäre missbraucht worden.»

Adrienne konnte förmlich hören, wie Bonilla darüber nachdachte. Schließlich sagte er: «Und? So was kommt vor. Sogar in den besten Familien.»

«Von Satanisten.»

«Oh.» Als sie nichts weiter sagte, fragte er: «Sie meinen, mit Kapuzen und so?»

«Ja. Kapuzen und Kerzen und was weiß ich alles – Ziegenköpfen.»

«Du meine Güte ...»

«Angeblich ist mir das auch passiert, aber – glauben Sie mir, an so was würde ich mich erinnern.»

«Und Sie erinnern sich nicht.»

«Nein», erwiderte Adrienne. «Ich erinnere mich nicht.»

«Und Sie denken, dieser Therapeut –»

«– hat das alles erfunden.»

«Ha! Und warum sollte er das getan haben?»

«Ich weiß es nicht. Aber so was kommt vor.»

«Stimmt. Das hab ich auch schon gehört», sagte Bonilla. Und dann: «Ich könnte verstehen, dass Sie vielleicht nicht gern drüber reden würden, ich meine, wenn es Ihr Alter Herr war oder so – das würde Sie wahrscheinlich ganz schön aus der Bahn werfen, die ganze Perversion und alles. Aber dass man sich nicht erinnert – das kann ich mir nicht vorstellen. Ich denke, wenn einem so was passiert, hat man Schwierigkeiten, es zu vergessen, nicht umgekehrt.»

«Genau, und –»

«Die Frage ist: Was hat der Typ davon?», fragte Bonilla. «Dieser Therapeut, meine ich.»

«Zweierlei. Erstens, Nikki hat ihm Geld vermacht. Dafür, dass er ihr geholfen hat, ja? Zweitens, ich hab ein bisschen im Internet recherchiert. Es gibt sogar eine Selbsthilfegruppe für falsche Erinnerungen – überwiegend Eltern und Familienangehörige –, die behaupten, die Anschuldigungen gegen sie seien Unfug und dass Therapeuten Klienten dazu bringen wollen, so einen Mist zu glauben.»

«Wieso?»

«Weil – das bedeutet noch mehr Therapie. Ich will den Kerl vor Gericht bringen – an ihm ein Exempel statuieren.»

«Und ich helfe Ihnen … wie?»

«Ich möchte, dass Sie ihn unter die Lupe nehmen. Herausfinden, ob er schon mal angezeigt wurde – so was in der Art.»

«Das heißt also im Klartext: grundsätzlicher Kram. Referenzen, Kreditwürdigkeit und so weiter?»

«Genau.»

Bonilla schwieg einen Moment und sagte dann: «Ich kann das machen. Aber –»

«Nikki hat mir etwas Geld hinterlassen. Da kann ich ran.»

«Darum geht's nicht.»

«Aber ja doch! Natürlich bezahl ich Sie dafür!»

«Ja, aber –»

«Wirklich, Eddie, ich bestehe darauf!»

Er wartete ein paar Sekunden, dann sagte er: «Was ich fragen wollte: Haben Sie ein bestimmtes Budget?»

«Oh.» Sie dachte nach, plötzlich verlegen. «Würden tausend Dollar –»

Bonilla lachte. «Das war ein Witz! Ich mache das gegen Unkostenerstattung.» Wieder wollte Adrienne protestieren, doch er fiel ihr ins Wort. «Also, was haben Sie über den Typen?»

Sie sagte es ihm. Name und Adresse. Telefonnummer.

«Haben Sie seine Sozialversicherungsnummer?»

«Nein», erwiderte sie, «aber – ich habe seine Diplome gesehen.»

«Sie haben was?»

«Seine Diplome gesehen.»

«Sie waren bei ihm?»

«... ja.»

Ein trauriges Seufzen am anderen Ende der Leitung. «Weshalb waren Sie bei ihm? Um ihm die Hölle heiß zu machen?»

«Ja.»

«Also tun Sie das nie wieder.»

«Werde ich nicht.»

«Versprochen?»

«Versprochen.»

«Okay», sagte Bonilla. «Wo hat der Blödmann studiert?»

«Brown College. Dann hat er in Wisconsin seinen Doktor gemacht. Klinische Psychologie.»

«In welchem Jahr?»

«Weiß ich nicht mehr.»

«Egal.» Die Leitung war eine Weile still. Schließlich sagte Bonilla: «Geben Sie mir zwei Tage.»

Und dann legte er auf.

12

Duran spürte, wie die Luft sich verdichtete, bevor das Telefon klingelte, und dachte: Telefon. Dann klingelte es und er zuckte unwillkürlich zusammen.

«Mr. Duran?»

Die Stimme war die einer Frau, höflich und distanziert. Vielleicht eine Mitarbeiterin bei einer Telefonmarketing-Firma, aber verhalten – nicht übertrieben freundlich.

«Ja?»

«Hier spricht Adrienne Cope.»

Oh. Seine Schultern sackten nach unten, und er dachte: Die Frau ist labil. Nimm es nicht persönlich. «Ach, hallo.» Und dann, nach kurzem Schweigen, fragte er: «Was kann ich für Sie tun?»

«Nun», sagte sie. «Ich würde gern bei Ihnen vorbeikommen – wenn Sie so freundlich wären, mich zu empfangen.»

So freundlich wären, mich zu empfangen? Er erinnerte sich an ihre Stimme, als sie wütend zur Tür hereingestürmt war, de Groot im anderen Zimmer: Sie Scheißkerl! Sie haben sie umgebracht! «Ich weiß nicht», sagte er. «Ich glaube nicht, dass das eine so gute Idee ist.»

«Es dauert nur ein paar Minuten», versprach sie. «Ich würde gern mit Ihnen über Nikki sprechen.»

Duran wand sich innerlich. «Ich denke bloß … ich bin nicht sicher, dass das irgendetwas bringt.»

«Bitte. Es dauert nicht lange, und – es würde mir wirklich helfen.»

Duran dachte darüber nach, das Schweigen wurde drückender. Vielleicht wollte sie sich für ihr Verhalten entschuldigen. Vielleicht wollte sie ihn nach den Problemen ihrer Schwester fragen. Mit ihm zu reden, könnte ihr helfen, mit ihrer Trauer fertig zu werden. Es ist nicht leicht für die Hinterbliebenen. Sie gaben sich oft selbst die Schuld und brauchten Unterstützung.

«Es dauert wirklich nur ein paar Minuten», sagte sie.

Duran seufzte. «Also schön.»

«Prima. Wann würde es Ihnen passen?», fragte sie mit plötzlich forscher und resoluter Stimme.

«Ich muss kurz nachsehen», erwiderte Duran und öffnete seinen Terminkalender. Schließlich sagte er: «Ich hätte morgen Nachmittag für Sie Zeit. Zwei Uhr.»

Am Abend timte er die Lieferung seines Abendessens (eine Pizza mit vier Sorten Käse und Artischockenherzen) so, dass er sich beim Essen eine Dokumentation über den America's Cup im Fernsehen angucken konnte. Während der Sendung über die Regatta verspürte Duran eine fast körperliche Verbindung mit der Crew und senkte den Kopf, als das Boot eine Boje umfuhr. Die Crew bewegte sich unglaublich schnell und gewandt auf einem Boot, das so extrem in Schräglage hing, dass Wasser über die Lukenkimmen floss.

Seine Pizza lag unberührt auf dem Teller, während er wie gebannt vom Anblick der Jachten war. Die Gischt, die vom Bug aufspritzte, das Knattern der schlaffen Segel, bevor sie sich aufblähten, als das Boot in den Wind drehte – all das jagte eine so brennende Sehnsucht durch ihn hindurch, dass er nicht hätte sprechen können, selbst wenn er gemusst hätte. Es war sehr merkwürdig. Unwillkürlich ahmte er plötzlich die Bewegungen der Segler nach, spannte sich synchron mit ihnen an, ahnte ihre Handgriffe mit kleinen Schattenbewegungen voraus. Wie ein Hund, dachte er, der seine Pfoten im Traum bewegt.

Aber woher kommt das?, fragte er sich. Es war alles so vertraut: das Gluckern und Schwappen des Wassers, die Bewegungen der Crew, die Taue, die Segel, der Salzgeruch und der strahlende Himmel. Er konnte segeln. Das spürte er. Er wusste genau, was die Crew tat und was sie tun würde, noch bevor sie es tat. Er konnte jeden Kurswechsel vorausahnen, den genauen Augenblick, wenn sich der Schwung des Rumpfes änderte, wenn der Wind die Segel füllte und das Boot vorwärts getragen wurde. Und doch ...

Er hatte keine einzige Erinnerung daran, je ein Segelboot gesteuert zu haben – oder auf einem Segelboot mitgefahren zu sein. Dennoch fühlte er, dass er segeln konnte: Es war tief und fest in ihm verankert, daran konnte kein Zweifel bestehen. Aber es gab auch keine Erinnerung. Wenn er sich nur an einen einzigen Augenblick auf See zu erinnern versuchte, sträubte sich sein Verstand, so sicher wie ein Boot, das in den Wind wendete. Die Segel wurden schlaff, und das Boot blieb schließlich stehen, tot auf dem Wasser, reglos, manövrierunfähig.

Das bin ich, dachte Duran. Mein Kopf ist manövrierunfähig. Und einen Moment lang fragte er sich halb im Ernst, ob er vielleicht wieder geboren war. Denn woher sonst sollten seine Segelkenntnisse stammen, wenn nicht aus einem früheren Leben? Reinkarnation würde vieles erklären, dachte Duran, aber so etwas nicht. Wenn es stimmte, könnte es vielleicht das Leben nach dem Tod erklären, aber es könnte niemals die einfachere und noch quälendere Frage beantworten, die Duran sich stellte:

Wieso bin ich so allein auf der Welt? Wieso habe ich so wenig Verbindung zu mir selbst, dass ich mich nicht einmal erinnern kann, ob ich segeln kann oder wie es war, wenn meine Mutter mich im Arm hielt? Es ist, als wäre ich eine Art grobe Skizze meiner selbst geworden …

Frustriert schaltete er die Kanäle durch. Auf MTV lief eine Reality-Show, und er hatte erst in zwei Stunden wieder einen Klienten.

Als Nicos Schwester am nächsten Nachmittag vor der Tür stand, war Duran überrascht, dass sie nicht allein war.

Ein nostalgisch wirkender kleiner Mann stand neben ihr und wippte auf den Fersen. Er sah aus wie knapp unter oder über fünfzig mit akkurat geschnittenen Elvis-Koteletten und kleinen, runden Augen. Duran musste nicht erst hinsehen, um zu wissen, dass seine Finger gelb von Nikotin waren.

«Hallo», sagte Duran, als er die Tür öffnete und zur Seite trat, um sie hereinzulassen.

Adrienne warf ihm einen kurzen Blick zu und trat ein, ihr Freund dicht hinter ihr. Sie hatte verblüffende Ähnlichkeit mit Nico, und doch … Es hatte etwas von Schneeweißchen und Rosenrot, wobei Adrienne eindeutig Schneeweißchen spielte. Als Duran Nico zuletzt gesehen hatte, trug sie einen kurzen Rock und ein hautenges Top. Ihre Schwester war ganz anders gekleidet. Sie trug ein strenges wadenlanges grünes Kleid mit einem weiten Rollkragen, der ihr bis ans Kinn reichte. Es war, als hätte Nico sich als ihre Kindergärtnerin verkleidet.

Duran schloss die Tür und wandte sich seinem Besuch zu. Der Mann reichte ihm einen Umschlag. Duran blickte verdutzt. «Was ist das?»

«Ihre Vorladung», sagte der Mann.

«Meine was?»

«Ihre Vorladung.»

«Zu was bin ich vorgeladen?»

Ein leises Lachen von Elvis, der Adrienne einen Seitenblick zuwarf. «Was meinen Sie wohl?», fragte er.

Duran wandte sich an Adrienne, deren Wangen knallrot waren, wenngleich er nicht sagen konnte, ob aus Verlegenheit oder Gehässigkeit.

«Ich verklage Sie», sagte Adrienne.

«Weswegen?», fragte Duran.

«Wegen absichtlicher Zufügung emotionaler Qualen – und wegen Betruges.» Sie deutete mit einem Nicken auf den Umschlag in seiner Hand. «Das ist die Klageschrift», sagte sie, «und eine gerichtliche Vorladung. Sie haben zwanzig Tage Zeit, um der Vorladung Folge zu leisten.»

«Herrgott noch mal», entfuhr es Duran, und er schüttelte ungläubig den Kopf.

«Und noch was», fuhr Adrienne fort. «Wir waren bei der Polizei. Die werden sich noch mit Ihnen unterhalten.»

Duran schüttelte den Kopf. «Hören Sie», sagte er, «ich weiß, wie Menschen reagieren können, wenn sie trauern, aber... Ihre Schwester war eine Frau mit sehr großen Problemen.»

«Und Sie sind ein Mann mit sehr großen Problemen», sagte Elvis. «Das heißt, bald – denn Sie wandern ins Kittchen, Doc.»

«Das ist doch lächerlich», sagte Duran.

«Das ist überhaupt nicht lächerlich. Sie sind ein Schwindler», sagte Adrienne.

«Und das können wir beweisen», ergänzte Elvis.

Duran schloss die Augen und schüttelte den Kopf. Dann öffnete er die Augen und sah Adrienne direkt an. «Ich habe für Ihre Schwester alles getan, was ich konnte.»

«Ja», sagte Elvis, «das mag durchaus zutreffen. Aber darum geht's nicht. Tatsache ist: Sie sind ein Scharlatan. Sie haben das Gesetz gebrochen.»

«Welches Gesetz?»

«Haben Sie einen Stift? Schreiben Sie sich Folgendes auf: Paragraph 33, Absatz 2, 3310 Punkt 1. Schlagen Sie's nach.»

«Was soll ich nachschlagen?», fragte Duran.

«Strafgesetzbuch. Ausübung eines ärztlichen Berufs ohne Zulassung. Nicht gut.»

Duran wandte sich Elvis zu und konzentrierte sich zum ersten Mal auf ihn. Er sah aus, als bestünde er aus Knochen und Muskeln, einer von diesen drahtigen Burschen, die als Jugendliche in so manche Schlägerei geraten waren – und das beibehalten hatten. «Nicht, dass es mich sonderlich interessieren würde», sagte Duran, «aber wer zum Teufel sind Sie eigentlich?»

Der Mann lächelte, entzückt, Durans Aufmerksamkeit erregt zu haben. Er griff in sein Jackett und holte eine Visitenkarte hervor, die er seinem Gegenüber reichte.

Edward Bonilla
Bonilla & Partner
Privatdetektei

Für eine so kleine Karte standen viele Nummern darauf: Telefon, Fax, Handy und Pieper. In der oberen rechten Ecke war das, wie Duran vermutete, humorvoll gemeinte Logo der Detektei – ein alberner Fingerabdruck unter einem albernen Vergrößerungsglas.

«Mr. Bonilla ist Privatdetektiv», erklärte Adrienne. «Und ich bin Anwältin, und, na ja, Sie merken schon, worauf das hinausläuft, wir werden Sie ins Gefängnis bringen.»

Duran schüttelte fassungslos den Kopf. Ins Gefängnis bringen!? «Hören Sie», sagte er. «Ich verstehe ja, dass das alles schwer für Sie ist … was passiert ist, aber Sie sind auf dem Holzweg, was mich betrifft, und Sie sind auf dem Holzweg, dass ich keine Zulassung habe. Sie hängt in meinem Büro an der Wand, neben meinen Diplomen.»

Bonilla schnaubte verächtlich. «Ich zeig Ihnen mal was», sagte er und schwenkte eine Ledermappe. «Was dagegen, wenn wir uns kurz setzen?»

Duran schüttelte den Kopf und deutete auf die Couch im Wohnzimmer. Sobald Bonilla saß, öffnete er mit viel Getue seine Mappe, legte sie dann auf den Couchtisch. «Als Erstes», sagte er und holte mehrere Blatt Papier heraus, «habe ich mich hier bei der Ärztekammer erkundigt.» Er setzte sich eine Lesebrille auf und blickte auf die Dokumente in seiner Hand. «Und als ich nach Ihnen frage, wollen die wissen, ob Sie Psychotherapeut oder Psychologe sind. Da gibt's nämlich einen großen Unterschied! Offenbar kann sich jeder Spinner ein Schild aufhängen und ‹Therapeut› schimpfen. Aber ein klinischer Psychologe, was Sie angeblich sind – das ist was ganz anderes. Weil, erstens: Man muss seinen Doktor gemacht haben. Und zweitens: Man muss ein Praktikum in der Klinik absolviert haben. Danach muss man als Assistenzarzt arbeiten. Und schließlich muss man für die Zulassung ein Examen machen. Und Sie, Doc, haben nichts von alledem gemacht.»

Duran schwieg einen Augenblick. Dann beugte er sich in seinem Sessel vor. «Anscheinend sind Sie in Ihrem Job nicht besonders gut», sagte er.

«Nein?»

«Nein. Denn sonst wüssten Sie, dass ich meinen Doktor mit magna cum laude –»

«Das ist magna cum Schwachsinn!», warf Bonilla ein. «Als ich von der Ärztekammer erfahren habe, dass Sie da völlig unbekannt sind, hab ich mir gedacht, was soll's – wahrscheinlich haben die was übersehen. Vielleicht sind Sie woanders registriert – Virginia, Maryland – meinetwegen auch Alaska. Oder Sie haben vergessen, Ihre Zulassung zu verlängern. Also fragte ich beim Psychologischen Berufsverband nach. Und wissen Sie was? Auch da hat man nie was von Ihnen gehört. Da hab ich mir gedacht: Hm, überprüf doch mal die Diplome, die unsere Freundin hier bei Ihnen gesehen hat. Brown College, richtig? Und Wisconsin.»

«Das ist richtig.»

«Nein, Jeff – das ist nicht richtig. Erstens einmal haben Sie keinen Abschluss von Brown. Sie haben nicht mal dort studiert.» Bonilla nahm ein Blatt Papier aus seiner Mappe und schob es über den Tisch.

Duran nahm es in die Hand und fing an zu lesen. Der Brief schien echt zu sein, aber... das war nicht möglich. Den Verwaltungsunterlagen zufolge war von 1979 bis 1993 kein Student namens Jeffrey Duran am Brown College immatrikuliert gewesen. Eine Nachfrage bei den Dozenten hatte ergeben, dass kein Student mit dem fraglichen Namen an irgendwelchen Seminaren teilgenommen hatte, und auch in den Unterlagen des Studentenwohnheims tauchte der Name nicht auf. In dem Brief dankte die Universität Mr. Bonilla, dass er auf die inkorrekte Aufnahme von Mr. Durans Namen in die «Datei» der Absolventen von 1990 aufmerksam gemacht hatte.

> Obwohl wir noch nicht wissen, wie es zu diesem Fehler kommen konnte, haben wir Schritte zur Verbesserung der Computersicherheit am College im Allgemeinen und in der Verwaltung im Besonderen eingeleitet.

Duran war fassungslos. «Die denken –»

«Dass Sie sich in den Computer eingehackt haben», sagte Adrienne.

«Aber... das stimmt nicht. Das ist ein Irrtum.»

Bonillas Grinsen enthüllte kleine, gelbe Zähne. «Ja klar», sagte er, «das muss ein Irrtum sein. Sie haben am Brown studiert, bloß Sie haben nie ein Buch in der Bibliothek ausgeliehen, haben nie an einem Seminar teilgenommen und nie in der Mensa gegessen. Wie ich schon sagte, magna cum Schwachsinn.» Der Detektiv runzelte die Stirn, zog ein zweites Blatt Papier aus der Mappe und klatschte es auf den Tisch.

«Die in Wisconsin haben auch nie was von Ihnen gehört», sagte er.

Duran nahm das Blatt, das den Briefkopf der Universität mit dem vertrauten Logo trug: ein Auge mit den Worten *Numen Lumen* drumherum.

> Betr.: Duran, Jeffrey A.
> Sehr geehrter Mr. Bonilla,
> obwohl der Name Jeffrey Duran in unserer Liste der 1994er Absolventen aufgeführt ist, hat die weitere Überprüfung der entsprechenden Akten und Computerdateien Ihre Zweifel bestätigt, ob die Liste korrekt ist. Mr. Duran hat an der University of Wisconsin keinen Doktorgrad erlangt. Unsere Nachforschungen haben ergeben, dass sechs Studenten mit dem Namen Jeffrey Duran im Zeitraum von 1980-1995 die Universität besucht haben. Keiner von ihnen hat jedoch den Promotionsstudiengang belegt.

«Das ist unmöglich», beteuerte Duran und wackelte mit dem Kopf, als wäre der ein Pendel. «Was soll das? Ich meine –» Er hielt die Briefe hoch. «Haben Sie die selbst geschrieben? Was bezwecken Sie damit?»

Bonilla schnalzte leise mit der Zunge und schüttelte den Kopf. Er strahlte Duran mit einem Ausdruck gespielter Bewunderung an. «Eins muss man ihm lassen, Adrienne. Der Bursche ist wirklich gut. Ich meine, wenn man es nicht besser wüsste, würde man glatt sagen, er ist gekränkt!»

«Ich denke, Sie sollten jetzt gehen», sagte Duran und stand müde auf.

«Ich bin noch nicht fertig», sagte Bonilla, «das Beste kommt noch.» Jetzt lag keine Spur von Belustigung mehr im Gesicht des Mannes, und er fixierte Duran mit dem scharfen, böswilligen Blick eines Raubvogels. «All diese Institutionen, die nie was von Ihnen gehört haben, das hat mich ins Grübeln gebracht. Na ja, ich bin nun mal eher von der ängstlichen Sorte, wie Ms. Cope Ihnen bestätigen kann. Ich hatte so ein ungutes Gefühl, wissen Sie? Also, da ich Ihren angeblichen Namen und Ihre tatsächliche Adresse kannte, habe ich Ihre Kreditwürdigkeit überprüfen lassen. Hat mich fünfunddreißig Mäuse gekostet.» Er legte wieder ein Dokument auf den Tisch und sah zu, wie Duran es in die Hand nahm. «Mir ging's eigentlich nur um die wichtigsten Angaben. Name, Adresse, Geburtsdatum. Wo Sie geboren wurden. Und Ihre SVN.»

Duran runzelte die Stirn. «Meine was?»

«Ihre Sozialversicherungsnummer», erklärte Adrienne.

Bonilla setzte ein strahlendes, unfreundliches Lächeln auf. «Und als Nächstes gehe ich ins Internet, und – schwups – bin ich auf der Website der Sozialversicherung mit dem Verzeichnis der Todesfälle. Dauert knapp dreißig Sekunden. Und wissen Sie was?»

Duran hatte keine Lust mehr auf solche Spielchen. «Ich denke, Sie sollten jetzt gehen», sagte er.

«Noch nicht, Jeff, jetzt hol ich erst zum großen Schlag aus.» Bonilla stand auf, bückte sich wie ein Schlagmann beim Baseball und hob die Hände in Schulterhöhe. «Sie waren nicht auf dem Brown College.» Seine Arme vollführten einen Bogen, als würde er einen Schläger schwingen – und den Ball verfehlen. «Wusch! In Wisconsin waren Sie auch nicht!» Ein weiterer Schwinger ins Leere und: «Wumm! Und last, aber weiß Gott not least, Sie sind nicht mal Jeffrey Duran.» Der Detektiv griff in seine Mappe und zog ein Blatt Papier heraus. «Sehen Sie selbst», sagte er und reichte es Duran.

Der auf einen Blick sah, dass es seine eigene Sterbeurkunde war. Eine etwas verschwommene Fotokopie, aber dennoch die Sterbeurkunde von

Jeffrey Aaron Duran
Geburtsdatum: 25. August 1968
Geburtsort: Washington, D.C.
Todesdatum: 4. April 1970
Todesort: Carlisle, Pennsylvania
Beruf: –

Als Todesursache war «Schweres Schädel-Hirn-Trauma» angegeben. Der unterzeichnende Arzt: Dr. Willis Straight. Da stand noch mehr, aber Duran las nicht weiter.

«Falls es Sie interessiert», sagte Bonilla spöttisch, «begraben sind Sie auf dem Rock Creek Cemetery.»

Duran war sprachlos. Er konnte sich diese Dokumente nur so erklären, dass es sich um einen Schwindel handelte, und doch … wozu der ganze Aufwand? War Adrienne Cope so gestört, dass sie ihn symbolisch töten wollte? Vielleicht, aber – was war mit Bonilla?

«Der Mann, für den Sie sich ausgeben, ist als kleines Kind gestorben», sagte Adrienne zu ihm. «Aber das wissen Sie ja wohl.»

«Ich weiß, dass der Tod Ihrer Schwester Sie sehr mitgenommen hat», sagte Duran ruhig, «und das halte ich Ihnen zugute. Aber dieser … dieser ganze Aufwand …» Er warf die Sterbeurkunde auf den Couchtisch. «Sie sind ein schwer gestörter Mensch. Ich hoffe, Sie besorgen sich professionelle Hilfe.» Dann wandte er sich mit wütendem Blick an Bonilla. «Und Sie –», setzte er an.

«Professionelle Hilfe?!», fauchte Adrienne. «Der ganze Aufwand – der ganze Aufwand nahm knapp fünf Stunden von Mr. Bonillas Zeit in Anspruch. Und die Diplome noch weniger. Und das verstößt übrigens gegen das Gesetz – dass die Diplome an Ihrer Wand hängen. So was nennt man Besitz gefälschter Urkunden. Und dass Sie sich in die Computer von Universitäten eingehackt haben – das ist ein weiteres Verbrechen.»

«Das Ganze ist lächerlich», sagte Duran. «Und ich als Psychologe bin nicht –»

«Psychologe?!», knurrte Adrienne.

Duran wich zurück, als Adrienne auf ihn losging, aber gerade noch von Bonilla zurückgehalten wurde, der sie am Arm packte und murmelte: «Schon gut…»

«Sie sind krank!», grollte Adrienne mit lauter werdender Stimme. «Sie sind es, der einen Seelenklempner braucht! Die Leute, die Sie behandeln, sind verzweifelt, sie sind innerlich am Ende, und sie kommen zu Ihnen, weil sie Hilfe brauchen, und was kriegen sie? Eine Therapie von einem Quacksalber!»

«Ganz ruhig», murmelte Bonilla. «Wir treffen ihn vor Gericht wieder – und dann können Sie ihm immer noch einen Brief in den Knast schicken. Er wird jede Menge Zeit zum Lesen haben.»

Duran war von ihrem Zorn wie vor den Kopf geschlagen. «Ich habe das Gefühl, als wäre ich durch den Spiegel getreten, wie Alice im Wunderland», sagte er zu niemand Bestimmtem.

Bonilla lachte leise, als er Adrienne Richtung Wohnungstür bugsierte. «Nicht schlecht, was?», sagte der Detektiv. «Ich meine, wenn man es mit einem Hochstapler zu tun hat, ist ein bisschen schauspielerisches Talent keine große Überraschung. Aber der! Meine Hochachtung.» Er schüttelte traurig den Kopf, als er mit seiner Klientin in den Flur trat, und zog die Tür hinter sich zu.

Duran blieb, wo er war, stand in der Diele und starrte auf die Tür. Manövrierunfähig.

13

Es war Wahnsinn.

Duran saß am Computer, zermürbt von seiner Konfrontation mit Nicos Schwester und ihrem Dobermann, und las die letzten Einträge in Nicos Datei:

15. Oktober
Trancezustand. Klientin ermutigt, sich an «Schattennacht» zu erinnern. Anfänglichen Widerstand überwunden, aber weiterhin Blockade. Erinnerung an «schwarze Messe» traumatisch, selbst unter Hypnose. Neue Einzelheit: Teilnahme an eucharistischem Ritual mit Sperma und Blut.

20. Oktober
Nicole Sullivan tot. Jüngere Schwester Adrienne Cope platzt in Sitzung mit de Groot und gibt mir die Schuld am Tod ihrer Schwester. (Diese Trauer-zu-Wut-Übertragung mag ja heilsam sein, wenn sie den Trauerprozess bei Ms. Cope erleichtert.)

Er ging ans Ende der Datei und machte einen neuen Eintrag:

5. November
Zweiter Besuch von Adrienne Cope (in Begleitung eines Privatdetektivs namens Bonilla). Aushändigung einer Vorladung im Zusammenhang mit einer zivilrechtlichen Klage auf 10 Millionen Dollar Schadensersatz (!) wegen angeblicher Zufügung seelischer Qualen, wegen Betrugs & Hochstapelei. Der Privatdetektiv legte gefälschte Briefe und Dokumente als Beweismittel vor. Unglaublich.

Es war verrückt. Wenn die Dokumente echt gewesen wären, hätte es vielleicht Sinn gemacht, ihn damit zu konfrontieren. Aber sie waren nicht echt. Was also hatte Nicos Schwester sich dabei gedacht?

Das warf schon ein komisches Licht auf Anwälte und Privatschnüffler.

Duran stand vom Computer auf und goss sich ein halbes Glas Laphroaig ein, ließ den Whisky einen Moment lang kreisen und nahm einen Schluck. Jedes beliebige Dokument ließ sich am Computer ausdrucken, dachte er. Geburtsurkunde. Sterbeurkunde. Egal was. Aber das war nicht der springende Punkt – das bereitete ihm kein Kopfzerbrechen. Was ihm Kopfzerbrechen bereitete, war, dass Bonilla und Cope nichts gewinnen konnten, wenn sie ihn mit falschen Dokumenten konfrontierten.

Duran nahm einen zweiten Schluck Whisky und schlenderte zum Fenster hinüber. Er blickte hinaus auf die Kathedrale und dachte, dieser Bonilla hat die Dokumente gefälscht und sie an Nicos Schwester verkauft. Vielleicht um ein paar Dollar zu machen, ihr ein paar Stunden mehr in Rechnung stellen zu können...

Das war natürlich möglich, aber... jemand, der so etwas tat, musste schon ganz schön knapp bei Kasse sein.

Er schüttelte den Kopf, unsicher, was er denken sollte. Es war einerseits ärgerlich – andererseits beunruhigend. Da kommt jemand und sagt dir frech ins Gesicht, dass er so etwas Grundlegendes wie deine Identität in Frage stellt – und noch dazu in deinem eigenen Wohnzimmer... Das konnte einen schon aus dem Gleichgewicht bringen.

Wie hatte sie es noch mal ausgedrückt? Der Mann, für den Sie sich ausgeben. Eine lächerliche Anschuldigung, aber dennoch hatte er das Gefühl, als hätte sie ihm mit einer Taschenlampe in die Seele geleuchtet – und einen grundlegenden Fehler entdeckt, der von seiner Stirn bis zu den Füßen verlief. Sie lag natürlich falsch, aber ihre Anschuldigung traf genau den Kern dessen, was ihn in letzter Zeit so sehr quälte: die Entfremdung, die er spürte, und das Gefühl, dass... wie sollte er es ausdrücken?

In seinem tiefsten Inneren gab es kein Inneres.

Duran trank den Whisky aus, wandte sich vom Fenster ab und ging in die Diele. Dort nahm er das Foto seiner Mutter in die Hand, wie sie auf der Hollywoodschaukel auf der Veranda saß, den Kopf lachend nach hinten geworfen. Dann presste er die Augen zu und versuchte, sich zu erinnern, wie sie wirklich war. Und woran er sich erinnerte, war... das Foto. Mom auf der Hollywoodschaukel...

Genau das war das Problem mit Erinnerungen – zumindest mit seinen Erinnerungen. Sie hatten nichts «Eidetisches»;. Er hatte darüber gelesen, und Ernst Young benutzte das Wort bei seiner Erläuterung so genannter Proust'scher Erinnerungen, eine Anspielung auf die Szene, wo der bettlägerige Proust mit einem Mal in eine plastische Vergangenheit eintaucht, als er von einem teegetränkten Gebäck abbeißt.

Nicht so Duran, dessen Langzeiterinnerungen fast rein visuell und nüchtern waren. Es gab weder Farbe noch Geruch, weder Geschmack noch Geräusch – nichts als das bloße Bild. Anders ausgedrückt: Er erinnerte sich an seine Mutter genauso, wie er sich an... Eleanor Roosevelt erinnerte (oder Marilyn Monroe – oder Pocahontas).

Eddie Bonillas Raubvogelgrinsen schwebte an seinem inneren Auge vorbei. Und die absurde Anschuldigung hallte in seinem Kopf wider: der Mann, für den Sie sich ausgeben.

Wieso konnte er sich an Dinge – Worte – erinnern, aber nicht an die Stimme seiner Mutter? Auf Wunsch konnte er ihr Leben bis in alle Einzelheiten erzählen: Wo sie geboren worden war, dass sie sich einmal im Wald verirrt hatte, dass sie mit siebzehn vom Pferd gefallen war und sich das Schlüsselbein gebrochen hatte – weshalb sie nicht zum Schulabschlussball kommen konnte. Aber die Wahrheit war, an seine Mutter als Mutter konnte er sich nicht erinnern. Sie war Teil seiner ‹Datenbank› – so wie James Dean, der Hafen von Baltimore und die ungekürzte Division.

Er ging zu seinem Schreibtisch, schlug die Telefonnummer des Standesamtes nach und wählte sie. Dann lauschte er einer langen, systematischen Ansage, die die einzelnen Schritte erklärte, wie man Einsicht in Geburts- und Sterbeurkunden nehmen konnte. Die Stimme wies darauf hin, dass diese Dokumente der Geheimhaltung unterlagen. Geburtsurkunden wurden erst nach hundert Jahren öffentlich zugänglich, Sterbeurkunden erst nach fünfzig Jahren. Einsichtnahme wurde lediglich den betreffenden Personen selbst sowie Familienangehörigen gewährt.

Voraussetzung für die Einsichtnahme, so die Bandansage, war ein gültiger Ausweis mit Foto, was bewies, dass Bonillas Dokumente gefälscht waren. Allerdings... er war Detektiv. Und nach dem, was Duran aus dem Fernsehen und aus Büchern wusste, lebten Privatdetektive offenbar von «Kontakten» und Tricks. Dass ein Privatdetektiv mit List und Tücke an eine Sterbeurkunde im Standesamt herankam, war ganz und gar nicht ausgeschlossen.

Andererseits, dachte Duran, weiß ich doch nun wirklich, wer ich bin – und ob ich tot bin oder nicht. Das Dilemma, in dem er steckte, wäre vielleicht sogar ganz amüsant gewesen, wenn seine Klientin nicht Selbstmord begangen hätte und er jetzt auf Millionen Dollar verklagt wurde.

Aber da war noch etwas, etwas, das Bonilla gesagt hatte. Es dauerte einen Moment – dann erinnerte sich Duran: das Sterbefallverzeichnis der Sozialversicherung. Der Detektiv war zum Standesamt gegangen, nachdem er Zugang zur Website der Sozialversicherung gehabt hatte.

Und vielleicht ist das ja eine Erklärung, dachte Duran. Vielleicht hatte der Privatdetektiv jemanden mit einem ähnlichen Namen gefunden – oder gar mit dem gleichen Namen – und ihn mit mir verwechselt.

Duran setzte sich an seinen Computer, ging ins Internet und suchte die Website, auf der die Namen der verstorbenen Sozialversicherungsmitglieder zu ermitteln waren. Es dauerte nur einen Moment, und dann fand er, was er suchte. Über ein halbes Dutzend Links zum Thema Genealogie.

Es gab eine Suchfunktion mit drei Eingabemöglichkeiten: Vorname, Nachname und Bundesstaat. Duran tippte seinen Vor- und Nachnamen in die entsprechenden Felder und klickte Washington, D.C. an. Einige Sekunden später erschien das Ergebnis auf dem Bildschirm. Es gab einen einzigen Eintrag:

Name	*geb.*	*gest.*	*wohnhaft*	*Mitgliedsnummer*
Jeffrey Duran	25. Aug. 1968	4. April 1970	20010 (WDC)	520-92-0668

Das war er.

Ihm wurde fast schwarz vor Augen.

Der Taxifahrer hatte keine Ahnung, wie man zum Rock Creek Cemetery kam, obwohl sie beide den Friedhof von der Schnellstraße aus auf dem Hügel sehen konnten. Grabsteine, Statuen und Gruften erstreckten sich in Stufen nach unten. Sie versuchten drei Ausfahrten: Calvert,

Cathedral und Massachusetts Avenue, doch sobald sie die Straße verließen, verschwand der Friedhof.

«Ich probier's mal über die P Street», sagte der Fahrer und fuhr wieder in Richtung Innenstadt. «Ist jemand aus Ihrer Familie da begraben?»

Duran nickte. «Ja.»

«Geht mich ja nun wirklich nichts an», schalt der Fahrer sich. «Ich – ich hab meine Mutter vor acht Jahren verloren, und ich war schon 'ne ganze Weile nicht mehr an ihrem Grab.» Er schüttelte den Kopf und schnalzte mit der Zunge, während er sich vorbeugte. Dann schaltete er die Scheibenwischer ein.

Vor acht Jahren … dachte Duran. Ungefähr zu der Zeit waren seine Eltern gestorben – im Sommer '93, als er noch studierte.

Der Fahrer bog auf die Ausfahrt der P Street, doch wieder war von dem Friedhof nichts zu sehen. Kurz darauf waren sie wieder auf der Schnellstraße.

«Er muss doch hier irgendwo sein», sagte der Fahrer, «man sieht ihn doch ab und zu.» Schließlich fuhr er zu der kleinen Tankstelle an der Ecke unweit vom Watergate Hotel. Er stieg aus, ging zu dem Tankwart im Overall und tippte ihm auf die Schulter. «'Tschuldigen Sie …»

Die beiden verschwanden im Büro der Tankstelle. Nach einer Weile tauchte der Taxifahrer mit einem Post-it-Zettel in der Hand wieder auf. Er rutschte hinters Lenkrad, klebte den gelben Zettel ans Armaturenbrett und sagte: «Jetzt wissen wir, wo's langgeht.»

Und tatsächlich. Die Zufahrt zum Friedhof lag knapp eine Meile entfernt, und als sie zu dem kleinen Gebäude kamen, das als Büro diente, hatte es sich richtig eingeregnet.

«Hören Sie», sagte der Fahrer, als Duran ihn bezahlte. «Möchten Sie einen Schirm?»

«Bitte?»

«Kriegen Sie umsonst. Immer wenn's regnet, lassen zwei, drei Leute ihren Schirm im Wagen liegen. Ich verteile sie einfach um, verstehen Sie.»

Duran war so verblüfft über die spontane Freundlichkeit des Fahrers, dass es ihm einen Stich versetzte, als das Taxi davonfuhr, so als hätte er einem Freund Lebewohl gesagt.

Der Friedhofswärter mit dem schlurfenden Gang wirkte auf Duran so, als würde er sich bald zu denjenigen gesellen, die er beaufsichtigte.

Seine Haut war weiß und dünn wie Papier, seine Augen rot geändert und verklebt. Er trug Arbeitskleidung – ein dunkelblaues Hemd und eine passende Hose und Stiefel.

«Was kann ich für Sie tun?», fragte er.

«Ich suche ein Grab.»

«Na, da sind Sie hier genau richtig. Wie ist der Name?»

«Duran», erwiderte er und hatte dabei selbst das Gefühl, töricht zu klingen. «Jeffrey Duran.» Auf Bitte des Mannes buchstabierte er.

Der Mann tippte die Information lustlos in einen Computer ein. Gleich darauf zog er einen gedruckten Plan des Friedhofs von einem Regal, umkringelte einen Bereich mit der Bezeichnung P-3 und reichte Duran wortlos das Blatt.

Der Schirm war schön groß, mit einem wulstigen Holzgriff. Als Duran nach draußen trat und ihn öffnete, wurde der Regen stärker, wie auf ein Signal hin, und trommelte auf den Stoff, während Duran sich die Markierungspunkte auf dem Plan ansah. Der Regen störte ihn nicht – die verminderte Sicht nahm ihm sogar ein wenig die Platzangst, die sich in ihm regte.

Wie er den Plan studierte, wurde ihm klar, dass es nicht leicht sein würde, das Grab zu finden. Und tatsächlich. Selbst mit dem Plan brauchte er fast zwanzig Minuten. Und trotz des Schirms waren Schuhe und Socken und Hosenbeine durchnässt, als er endlich sein Ziel erreichte.

Jeffrey Aaron Durans Grabstein stand auf einer Kuppe unter einer hoch aufragenden Rottanne. Der Boden drumherum war matschig vom Regen und mit rostbraunen Nadeln bedeckt, die nach Weihnachten rochen. Duran starrte:

Jeffrey Aaron Duran
geb. 25. August 1968
gest. 4. April 1970

Der Anblick des Grabsteins war wie ein Schlag in die Magengrube. Er raubte ihm den Atem, und einen Moment lang hatte er Angst, sich umzuschauen, Angst, auf beiden Seiten von ihm wäre nichts – die Welt, wie er sie kannte, wäre eine bloße Halluzination, ein Artefakt seines verwirrten Geistes. Duran war zutiefst erschüttert und konnte nicht reagieren, als eine Windböe den Schirm erfasste und mitriss.

Reflexartig drehte er sich um und sah zu, wie der Schirm wie ein Rad den Hügel hinabrollte, dankbar, dass da doch ein Hügel war, ein Schirm, ein Friedhof.

Inzwischen konnte ihn nichts mehr überraschen, so dachte er zumindest, bis er etwas bemerkte, was ihm sofort hätte auffallen müssen. Er stand nämlich an einem Familiengrab. Zum zweiten Mal binnen kurzem geriet die Welt ins Taumeln, als sein Blick auf einen Granitsockel fiel, von dem ein Engel aufragte, der die Flügel angelegt, die Augen gesenkt hielt. Unterhalb des Engels waren die Namen seiner Eltern in Stein gemeißelt – und wie er waren sie 1970 gestorben.

Die Worte auf der Sterbeurkunde gingen ihm durch den Kopf: Schweres Schädel-Hirn-Trauma. Also nicht Kohlenmonoxyd. Und nicht Nantucket, sondern Carlisle, Pennsylvania.

Er drehte sich um und ging langsam durch den Regen, bis er völlig durchnässt wieder im Friedhofsbüro ankam, wo er den Wärter bat, ihm ein Taxi zu rufen.

Der Mann blickte langsam und wie ein Reptil von seinem Schreibtisch auf. Als er Durans Miene sah, machte sich auf seinem Gesicht ein böses, schadenfrohes Grinsen breit. «Was ist los? Haben Sie ein Gespenst gesehen?»

14

Es war wirklich unfair.

Die ganze letzte Woche war Adrienne jeden Tag bis Mitternacht im Büro gewesen, um die beeidigten Zeugenaussagen vorzubereiten. Und jetzt war sie einmal zu spät gekommen – und schon quatschte Sloughs Sekretärin ihr zunehmend zynischer Nachrichten auf die Voicemail. Der Gipfel des Ganzen: «Was ist – kommen Sie heute gar nicht mehr ins Büro?»

Miststück.

Adrienne sah auf die Uhr. Es war zehn Uhr morgens – nicht zwei Uhr nachmittags. Sie holte tief Luft, zählte bis fünf und wählte Sloughs Durchwahlnummer. Die Empfangssekretärin meldete sich und sagte, die Leitung sei besetzt, und stellte sie durch in die Warteschleife.

Während sie wartete, sah sie die Akte über Dante Esposito durch, einen der «Asphalt»-Experten der Stadtverwaltung. Soweit sie erkennen konnte, würde Esposito aussagen, dass der fragliche Asphalt vermutlich anders war als die Mischung, die normalerweise verwendet wurde. (Nicht gut.)

Als Slough endlich in der Leitung war, ließ sein heiterer Tonfall keinen Zweifel daran, dass er vergessen hatte, warum (oder sogar dass) er sie sprechen wollte. Womit Adrienne am Zug war, denn Slough war bekannt dafür, dass er andere für seine Unzulänglichkeiten verantwortlich machte.

«Ich hab Ihre Nachrichten erhalten», sagte sie zu ihm, «und ich habe die Dokumente, die Sie wollten. Soll ich Sie zu Ihnen hochschicken?»

«Wäre nicht schlecht. Irgendwas Brauchbares dabei?»

Sie zögerte. «Nun ... ich habe diverse Prüfungsberichte – und sie fallen sehr gut für uns aus. Nach Ansicht der Experten ist die Arbeit einwandfrei ausgeführt worden.»

Slough brummte anerkennend, schränkte dann jedoch ein: «Tja, das ist zwar alles gut und schön, aber wir haben es immer noch mit Esposito –»

«Ja, aber die endgültige Abnahme hat ein Mann namens McEligot durchgeführt. Er ist inzwischen im Ruhestand, aber er ist derjenige, der Esposito überhaupt eingestellt hat. Ich habe gestern Abend mit ihm gesprochen, und laut McEligot war die Mischung einwandfrei. Also –»

«Ausgezeichnet! Hervorragend! Wir machen sie fertig.»

Eddie Bonilla holte sie um halb eins zum Mittagessen ab. Er hatte gesagt, er hätte eine glänzende Idee, über die er gern mit ihr sprechen würde – und nicht nur das, er wollte sie einladen.

Er wartete auf sie in seinem zerbeulten Camaro. Adrienne stieg ein. Eddie ließ den Motor aufheulen und jagte hinaus in den Verkehr.

Adrienne lehnte sich zurück und schloss die Augen. Eigentlich war sie gern Beifahrerin. Es erinnerte sie an die Ausflüge mit ihren Eltern, als sie klein war. Sie und Nikki. Die an die Scheibe hauchte, damit sie beschlug und sie daran malen konnten. Sie musste an die Fahrten zum Lake Sherando denken, wo sie fünf Jahre hintereinander in den Ferien gezeltet hatten. Deck und Marlena vorn, sie und Nikki (und der ganze Krempel, der nicht in den Kofferraum passte) eingezwängt hinten – dazu noch die Katze in ihrem Tragekorb.

Als sie am Washington Monument vorbeikamen, erinnerte Adrienne sich daran, wie Nikki einmal die Reste von einem Fischsandwich, das stundenlang in der Sonne gelegen hatte, an Cupcake verfüttert hatte. Die Katze musste sich übergeben – Himmel, was für ein Gestank! Es gab viele Ausflüge mit dem Auto, und sie waren immer gleich: lang und langweilig – aber auch sehr lustig. Manchmal sagten sie Kinderverse auf, und einer ging so: Ich packe meinen Koffer, und was tu ich rein ...?

«Eine Waffe.»

«Was?» Bonilla sah sie stirnrunzelnd an.

Sie schaute sich um. Sie fuhren gerade an der Library of Congress vorbei. Sie hatte nicht gemerkt, dass sie laut gedacht hatte. «Meine Schwester hatte eine Waffe», sagte sie. «Ein Gewehr.»

Bonilla zuckte die Achseln. «Viele Leute haben eins. Ich auch. Sogar zwei.»

Adrienne war nicht überrascht. Bonilla traute sie zu, dass er ein ganzes Waffenarsenal hatte. Vielleicht sollte sie ihm das Gewehr ihrer Schwester zeigen, dachte sie. Ihn nach dem Schalldämpfer fragen – und was sie mit der Waffe machen sollte. Sie war sich ziemlich sicher, dass es illegal war, so eine Waffe zu besitzen. Aber stattdessen fragte sie: «Wohin fahren wir eigentlich?»

«Ins Mangialardo's. Da gibt's gute Clubsandwiches.»

Adrienne schaute zum Fenster hinaus. Sie kamen jetzt an einer Art entmilitarisierter Zone vorbei, einer heruntergekommenen Pufferzone zwischen Schwarzen- und Yuppie-Vierteln. Da fiel ihr ein, dass sie ihn nach der «Vermögenssuche» fragen wollte.

«Ach ja. Hab ich ganz vergessen.» Er schwenkte den Kopf hin und her, kein richtiges Schütteln. «Da gibt's so einen Typen in Florida – Informationsbroker nennt er sich. Man gibt ihm einen Namen oder eine SVN, er gleicht sie bei allen Banken, Maklern und Versicherungen im Land ab.»

«Klingt illegal.»

Bonilla zuckte die Achseln. «Nicht für meine Ohren, weil ich nicht weiß, wie er arbeitet. Geht mich nichts an. Aber entscheidend ist: Er hat Ihre Schwester überprüft – überall –, und gefunden hat er nur… dieselben Konten, die Sie mir genannt haben.»

«Die bei der Riggs –»

Bonilla nickte. «Giro- und Sparkonto. Vielleicht zwanzig Riesen, höchstens, wie Sie gesagt haben.»

«Dann war das also Fehlanzeige.»

«Das denke ich nicht. Ich denke, der Typ hat alles gefunden, was es zu finden gibt. Ich denke, mehr ist da nicht.»

Adrienne schüttelte den Kopf. «Das kann nicht sein. Sie hatte diese Abfindung –»

«Das haben Sie gesagt. Also bin ich ihre Konten durchgegangen – bis zu dem Tag, an dem sie sie eröffnet hat.»

«Und?» Ein Stück vor ihnen stand ein halbes Dutzend Streifenwagen in der zweiten Reihe vor einem kleinen Laden. Bonilla hielt hinter ihnen am Straßenrand, obwohl dort absolutes Halteverbot galt.

Er zuckte die Achseln. «Die Konten bei der Riggs hat sie vor zwei Jahren eröffnet. Seitdem kriegte sie jeden Monat einen Scheck – wie ein Gehalt – genau fünf Riesen. Nur manchmal auch mehr. Wie eine zusätzliche Spesenerstattung.»

Adrienne nickte, die Augen auf die Streifenwagen gerichtet. «Und diese Schecks – woher kommen die?»

«Jersey.»

«New Jersey? Was hatte sie mit –»

«Nicht New Jersey. Bloß … Jersey! Die Insel im Ärmelkanal. Da laufen jede Menge Bankgeschäfte.»

Adrienne nickte. «Na ja, das ergibt Sinn. Das ist in Europa. Dann hatte sie da wahrscheinlich das Konto, auf das ihre Abfindung eingezahlt wurde.»

«Ja», sagte Bonilla. «Das glaube ich auch. Allerdings, wenn sie ihre Bankgeschäfte auf den Kanalinseln abgewickelt hat, könnte es sein, dass es noch steuerliche Probleme gibt. Jedenfalls, ich fax Ihnen die Adresse ins Büro, und Sie können der Bank einen Brief schicken. Wenn Sie denen eine Sterbeurkunde vorlegen und sagen, dass Sie die Testamentsvollstreckerin sind, müssten die sich eigentlich kooperativ zeigen.» Er öffnete seine Tür. «Sie mögen doch Clubsandwiches, oder? Macht's Ihnen was aus, im Wagen zu bleiben?», fragte er. Er wartete ihre Antwort nicht ab.

Einige Minuten später kam er mit zwei Oranginas und zwei in weißes Wachspapier eingewickelten Sandwiches zurück. Mit einem Haufen Servietten zwischen sich schafften sie es, im Wagen zu essen, ohne sich anschließend umziehen zu müssen.

«Was ich Sie noch fragen wollte», sagte Bonilla, als sie zurück in Richtung Slough fuhren, «wie ist Ihre Schwester überhaupt an diesen Kurpfuscher geraten? Wurde sie überwiesen, oder was?»

«Ich weiß nicht», erwiderte Adrienne. «Das hat sie nie erwähnt.» Als sie sah, wie seine Augenbrauen nach oben wanderten, fügte sie hinzu: «Nikki war nicht gerade mitteilsam.»

«Der Grund, warum ich frage», fuhr Bonilla fort, «wenn ich es nicht besser wüsste, würde ich sagen, dieser Bursche, Duran, den hat es richtig umgehauen, als er die Sterbeurkunde gesehen hat. Ich meine, ich dachte, der kippt uns gleich aus den Latschen. Also zugegeben, Ihr Hochstapler ist ein Typ, der nicht auf den Mund gefallen ist, aber das – das war ja wie, ich weiß auch nicht, wie John Travolta oder so! Also ich denke: Den vor Gericht zu bringen, das wird kein Zuckerschlecken.»

«Ich habe keine andere Wahl», sagte sie. «Wir wissen beide, dass die Polizei nichts unternehmen wird. Die haben fünfhundert ungelöste Mordfälle in der Schublade. Also werden die sich nicht wegen eines Deliktes aufregen, das tausend Dollar Bußgeld und ein Jahr Gefängnis einbringt – höchstens! Deshalb hab ich die Zivilklage eingereicht – wozu ich übrigens knapp eine Stunde gebraucht habe. Es ist also nicht so, als würde es meine ganze Zeit in Anspruch nehmen.»

Bonilla zuckte die Achseln. «Na schön.»

Adrienne schüttelte den Kopf. «Begreifen Sie denn nicht? Dieser Duran gibt sich als Therapeut aus. Überlegen Sie doch mal. Er benutzt falsche Diplome, um Menschen anzulocken, die krank sind. Menschen, die niemanden sonst haben, an den sie sich wenden können. Und sie erzählen ihm alle ihre Geheimnisse und Sünden, alle ihre Hoffnungen und Ängste – und was kriegen sie dafür? Wenn sie Glück haben, nichts. Und wenn sie kein Glück haben? Eine Todesanzeige im Lokalteil der *Post*.»

Sie schwiegen lange, während sie am Washington Monument und dem Tidal Basin vorbeifuhren, in Richtung Georgetown. Schließlich fragte Adrienne: «Sie wollten mir doch von einer glänzenden Idee erzählen?»

«Ach ja. Ich hab mir überlegt, vielleicht sollten Sie den Burschen anrufen und ihn fragen, ob er zu einem Lügendetektortest bereit ist.»

Die Idee überraschte sie, und sie legte den Kopf schief, während sie darüber nachdachte.

«Ein Freund von mir in Springfield macht so was», fuhr Bonilla fort. «Ich weiß nicht, was er nimmt, aber –»

«Darum geht's nicht», erwiderte Adrienne. «Duran würde keinen Lügendetektortest machen wollen!»

«Genau darum geht es ja. Denn er ist geliefert, wenn er es macht (was er nicht tun wird), und er ist geliefert, wenn er's nicht macht. Was halten Sie davon?»

Eine halbe Stunde später rief sie Duran von ihrem Büro aus an, nachdem sie sich überlegt hatte, ihn als Vorwand für den Anruf zu fragen, ob er sich bereits einen Anwalt genommen hätte. Eigentlich rechnete sie schon fast damit, eine Bandansage zu hören, der Anschluss sei vorübergehend nicht erreichbar. Doch Duran meldete sich nach dem ersten Klingeln.

«Hallo?»

Der Ton in seiner Stimme überraschte sie. Er klang unsicher und hilflos. «Ich bin's, Adrienne Cope», sagte sie. «Ich wollte fragen, ob Sie schon einen Anwalt haben. Ich habe da einige Unterlagen...» Schweigen. «Mr. Duran?» (Sie zeigte sich von ihrer besten Seite.) «Sind Sie noch dran?»

Weiteres Schweigen, und dann: «Ich war auf dem Friedhof», sagte er, und seine Stimme erstarb.

Adrienne wusste nicht, was sie sagen sollte. «Ja...?»

«Und ich habe den Grabstein gesehen.»

«Oh.» Worauf wollte er hinaus?

«Ich kann mir das nur so erklären – das muss irgendein seltsamer Zufall sein.»

Sie konnte sich nicht zurückhalten. «Klar», sagte sie, «und Ihre Eltern und seine Eltern haben rein zufällig die gleichen Namen. Und die Verwaltung von Brown irrt sich, die Verwaltung von Wisconsin bringt da was durcheinander, und – habe ich das richtig verstanden? Wollen Sie mir das damit sagen?»

«Nein», sagte er. «Ich will Ihnen gar nichts sagen. Außer... na ja, dass ich der bin, der ich bin.»

«Dann beweisen Sie's», erwiderte sie.

Ein klägliches Lachen. «Wie denn?»

«Machen Sie einen Lügendetektortest.» Adrienne hielt, wie es ihr vorkam, eine Ewigkeit den Atem an, während sie auf seine Antwort wartete.

Schließlich räusperte Duran sich. «Also gut», sagte er. «Okay. Wie schnell können Sie das arrangieren?»

15

Vielleicht ist das Ganze ja ein Fehler, dachte Duran, als er dem Fahrer einen Zwanzig-Dollar-Schein gab. Vielleicht sollte er dem Mann sagen, er hätte was vergessen, und sich wieder nach Hause fahren lassen. Dem Fahrer wäre es egal – er würde sogar das Doppelte kassieren.

Aber... nein.

«Stimmt so», sagte Duran, als er vor dem unscheinbaren Bürogebäude im Springfield-Einkaufszentrum aus dem Taxi stieg.

Auch wenn Adrienne Cope nicht gerade sein Bestes im Sinne hatte, sie hatten sich auf die Fragen geeinigt, die ihm gestellt werden sollten (oder zumindest auf die wichtigsten), und er wusste, dass er sie alle wahrheitsgemäß und positiv beantworten konnte. Er hatte nichts zu verbergen. Und er hatte nichts Unrechtes getan.

Wenn sie erst sah, dass er die Wahrheit sagte, wäre sie vielleicht nicht mehr so wild darauf, ihn zu verklagen. So, wie die Dinge derzeit standen, konnte er es ihr nicht einmal verübeln. Ihre Schwester war tot, und wie man es auch drehte und wendete, die Geschichte mit der Sterbeurkunde war beunruhigend. Er hatte ja selbst keine schlüssige Erklärung dafür – aber immerhin eine Theorie.

Entweder war er das Opfer einer unwahrscheinlichen Anhäufung von Zufällen, oder...

Seine Eltern hatten die Identität von Frank und Rose Duran gestohlen und ihm dann den Namen des Kindes gegeben. Das würde alles erklären. Wenigstens fast alles: Das Problem mit seinen Universitätsunterlagen war damit nicht geklärt, aber dabei handelte es sich bestimmt bloß um einen Computerfehler.

Von den beiden Möglichkeiten, Zufall oder Absicht, schien die zweite wesentlich einleuchtender. Das wiederum warf eine interessante Frage auf: Warum hätten seine Eltern die Identität einer anderen Familie annehmen sollen? Darauf hatte Duran natürlich keine Antwort – er war schließlich nicht das FBI –, aber der Zeitpunkt war vielleicht ein Anhaltspunkt.

Als die Durans starben, war Amerika in drei Kriege verwickelt: den Kalten Krieg, den Vietnamkrieg und den Krieg zu Hause (gegen den Vietnamkrieg). Jeder dieser Konflikte hätte die Ursache für die missliche Lage sein können, in der er sich jetzt befand. Auch wenn es verrückt klang, vielleicht waren seine Eltern russische Agenten gewesen. So was kommt vor, sagte Duran sich. Oder, was wahrscheinlicher war, Kriegsgegner auf der Flucht. Das würde erklären, warum sie die Identität einer anderen Familie angenommen hatten. Bloß …

Duran konnte sich nicht erinnern, dass seine Eltern je irgendwelche politischen Äußerungen getan hätten. Nicht mal andeutungsweise. Dennoch, Sherlock Holmes' Diktum blieb unantastbar: Sobald das Unmögliche ausgeschlossen ist, muss die Erklärung, die übrig bleibt – so unwahrscheinlich sie auch klingt –, die Wahrheit sein. Trotzdem … er konnte sich einfach nicht vorstellen, wie seine Mutter ein Bombenattentat auf die Einberufungskommission plante oder sein Vater sich durch den Checkpoint Charlie schlich, mit falschem Pass und –

Mir, dachte Duran, als er dem abfahrenden Taxi nachsah.

Er verdrängte diese Gedanken, so gut er konnte, und betrat die Eingangshalle. Sutton & Castle, PLC, die Lügendetektor-Firma, war im vierten Stock.

Er ging zum Fahrstuhl, drückte auf den Knopf und wartete – bis er beklommen merkte, dass er angefangen hatte zu hyperventilieren. Das passierte immer aus heiterem Himmel – nur nie in seiner Wohnung.

Eine Frau in einem blauen Kleid, die neben ihm stand, betrachtete ihn verunsichert. Sie spürte, dass etwas mit ihm nicht in Ordnung war, und sie wollte nichts damit zu tun haben. Er sah, wie ihr Blick durch die Lobby huschte, nach Hilfe suchend, ohne danach zu rufen, und keine fand.

In diesem Augenblick hielt der Fahrstuhl mit einem Pling. Die Türen glitten auf, und die Frau in Blau trat rasch ein. Duran wollte ihr folgen, blieb aber wie angewurzelt stehen, als sie eine Hand hob, Handfläche nach außen, und ihm signalisierte, dass er bleiben solle, wo er war, wie einem Hund. Dann schlossen sich die Chromtüren, und sie war weg.

Mittlerweile rauschte das Adrenalin nur so durch ihn hindurch, und es war ihm unmöglich, still zu stehen. Er entschied sich für die Treppe und nahm immer zwei Stufen auf einmal. Als er im vierten Stock ankam, hyperventilierte er nicht nur, sondern war noch dazu außer Atem – wie er wusste, das beste Mittel, um auf der Stelle in Ohnmacht zu fallen.

Die Tür von Sutton & Castle war altmodisch, mit Maschendraht in der Doppelglasscheibe und dem Firmennamen in goldenen Lettern darauf gepinselt. Er klopfte atemlos, und als Eddie Bonilla die Tür öffnete, trat er ein, ein wenig zu rasch.

«Ja, wen haben wir denn da!», sagte Bonilla. Adrienne Cope erhob sich von einer Couch, und eine dritte Person kam auf ihn zu, um sich vorzustellen.

«Paul Sutton», sagte der Mann und reichte ihm die Hand.

Duran nahm sie und schüttelte sie. Dann wollte er etwas sagen, weil man das in solchen Situation nun einmal tut, aber er brachte nichts heraus.

«Alles in Ordnung?», fragte Sutton.

Duran nickte. «Hab die Treppe genommen», keuchte er. «Bin bloß… ein bisschen aus der Puste.» Der Satz raubte ihm den letzten Rest Luft, der noch in seiner Lunge war, und sogleich begann die Welt zu zittern oder vielleicht waren es auch seine Knie. Er spürte, dass er etwas sagen sollte – alle sahen ihn fragend an, aber es ging nicht. Am liebsten wäre er weggelaufen, aber er widerstand dem Impuls so eben noch. Irgendwie schaffte er es bis zu einem Stuhl am Fenster, setzte sich und versuchte, seine Atmung zu verlangsamen.

«Ich glaube, er hat eine Panikattacke», sagte Bonilla in einem Tonfall, der eher nachdenklich als mitfühlend klang.

«Meine Güte», murmelte Sutton. «Ihr habt mir nicht gesagt, dass der Typ ein Spinner ist.»

«Haben Sie eine Papiertüte?», fragte Adrienne. «Er hyperventiliert.»

Es dauerte einen Moment, dann wurde ihm eine Tüte über Mund und Nase gestülpt. Duran inhalierte den holzigen Geruch und atmete ganz bewusst ein und aus, während Adrienne ihn ermutigte. «So ist gut… ganz ruhig. Beruhigen Sie sich.»

Nach nur wenigen Minuten hatte sich die Attacke wieder gelegt, und es war Duran unendlich peinlich. «Ich weiß gar nicht, was ich sagen soll», sagte er und blickte von Adrienne zu Sutton und dann zu Bonilla. «Ich leide wohl an Platzangst. Manchmal, wenn ich die Wohnung verlasse ... das kommt und geht.»

Paul Sutton war klein und hatte einen rasierten Schädel, einen prächtigen Schnurrbart und einen Bostoner Akzent. Er betrachtete Duran skeptisch. «Sind Sie sicher, dass Ihnen das hier recht ist? Wollen Sie das wirklich machen?»

Duran nickte. «Ja», sagte er und erhob sich. «Mir geht's gut. Bringen wir's hinter uns.»

Sutton führte ihn in einen angrenzenden Raum, wo auf beiden Seiten eines Konferenztisches zwei Stühle standen. Auf dem Tisch befanden sich ein 19-Zoll-Monitor, ein Gerät, das aussah wie ein teurer Verstärker – der Lügendetektor, wie Duran vermutete –, und etliche Anschlüsse, die offenbar für ihn gedacht waren. Ein Kabel führte von dem Detektor zu einem Computer auf dem Boden.

Nachdem Duran auf einem der Stühle Platz genommen hatte, bat Sutton ihn, das Hemd aufzuknöpfen und den Ärmel hochzurollen, was er auch tat. Dann wurde ein Pneumographenschlauch an seiner Brust befestigt, ein Blutdruckmesser um seinen rechten Arm geschnallt und eine Elektrodeneinheit über seinen linken Zeigefinger geschoben. Bonilla und Adrienne standen im Türrahmen und sahen zu.

«Sie wissen, wie das funktioniert, oder?»

Duran zuckte die Achseln. «Ich hab so was schon mal im Fernsehen gesehen.»

«Aber Sie sind doch Psychiater oder so, nicht?»

«Klinischer Psychologe», bestätigte Duran.

«Dann wissen Sie, was ich meine, wenn ich Ihnen sage, dass dieses Gerät nicht hinters Licht geführt werden kann. Wir messen hier nämlich, wie Ihr vegetatives Nervensystem auf unsere Fragen und Ihre Antworten reagiert. Wir messen Blutdruck, Puls, Atmung und LdH. Dinge, die Sie nicht kontrollieren können.»

«Was war das Letzte?», fragte Adrienne.

«Die Leitfähigkeit der Haut», warf Bonilla ein.

Sutton sah den verständnislosen Ausdruck in Adriennes Gesicht und erklärte: «Der Widerstand der Haut gegen elektrische Strömungen im Körper.»

«Und was verrät der uns?», wollte Adrienne wissen.

«Es ist ein indirekter Indikator», erwiderte Sutton, «für kortikale Erregung. Die Haut wird bei einer Lüge leitfähiger.»

«Wieso das?», fragte Duran.

«Weil Lügen Stress bedeutet», sagte Sutton. «Es erregt den Kortex. Und das kann man messen.»

Dann stand Sutton auf und schob Bonilla und Adrienne lächelnd in den Nebenraum.

«Was denn?», protestierte Bonilla. «Dürfen wir nicht zusehen?»

«Nein, dürft ihr nicht», sagte Sutton. «Der Mann ist auch so schon mit den Nerven am Ende. Wenn du mit in dem Raum bist, könnte ich auch gleich einen Kampfhund –»

«Du hast wohl Angst, sein Kortex kriegt einen Ständer, wenn ich dabei bin, was?»

Adrienne verdrehte die Augen.

«Allerdings», erwiderte Sutton sarkastisch, «genau davor habe ich Angst.» Dann wandte er sich Adrienne zu. «Ich muss Ihnen was sagen: Bei einer so nervösen Testperson weiß ich nicht, was dabei rauskommt.»

«Ach Herrgott, das sagt er jedes Mal!», rief Bonilla. «Stell ihm einfach deine Fragen, ja?»

Sutton ging zurück in den Testraum und zog die Tür hinter sich zu. Adrienne trat ans Fenster und schaute hinaus. Bonilla fuhr sich kopfschüttelnd mit der Hand durchs Haar. «Mannomann», sagte er, «haben Sie den Burschen gesehen? Der hat ja wirklich kaum noch Luft gekriegt.»

Adrienne nickte. «Er hat mir Leid getan», sagte sie leise, und das stimmte. Einen Moment lang hatte es den Anschein gehabt, als würde er völlig die Fassung verlieren. Dann hatte er seine Beherrschung wieder gefunden. Irgendwie.

«Na, na, nun mal halb lang», mahnte Bonilla. «Bloß weil er durchgeknallt ist, ist er noch lange kein guter Kerl.»

Sie nickte erneut. «Ich weiß», antwortete sie und griff dann zum Telefon, um die Nachrichten abzuhören, die im Büro für sie hinterlassen worden waren. Hinter der Tür konnte sie Duran und Sutton reden hören, aber nicht verstehen, was sie sagten.

«Sitzen Sie auf einem Stuhl? Warten Sie mit der Antwort.»
Duran zählte bis drei und sagte: «Ja.»
«Ist heute der achte November?»
Erneut wartete er, wie er angewiesen worden war, und antwortete dann: «Ja.»
Sutton beobachtete die Kurve, die auf seinem Monitor erschien. «Sitze ich Ihnen gegenüber? Antworten Sie mit nein.»
Duran tat wie geheißen. Und dann ging es richtig los.
«Ist Ihr wirklicher Name Jeffrey Duran?»
«Ja.»
«Sind Sie ein zugelassener klinischer Psychologe?»
«Ja, das bin ich.»
«Antworten Sie einfach nur ja oder nein», sagte Sutton tadelnd. «Sind Sie ein zugelassener klinischer Psychologe?»
«Ja.»
«Waren Sie bei Nico Sullivans Behandlung auf ihr Bestes aus?»
«Ja.»

Nachdem Duran im Taxi abgefahren war, gingen Adrienne und Bonilla in den Testraum, wo Sutton schon die Ergebnisse ausdruckte.
«Na?», fragte Bonilla. «Was haben wir?»
Sutton sah Adrienne an und zuckte die Achseln. «Was wir haben ... ist ein waschechter George Washington.»
Bonilla blickte finster. «Paul ... bitte nicht. Rede Klartext, ja?»
«Er ist Jeffrey Duran.»
«Nein, ist er nicht», entgegnete Bonilla.
«Tja, er glaubt, dass er es ist», erwiderte Sutton. «Und wenn er sagt, er ist ein klinischer Psychologe, dann glaubt er, dass er die Wahrheit sagt.»
«Ach hör doch auf», entfuhr es Bonilla. «Wir wissen, dass er lügt. Er steht im Sterberegister!»
Sutton schüttelte den Kopf, lehnte sich zurück und hob die Handflächen nach oben, als wollte er sagen, was anderes kann ich euch nicht erzählen.
Adrienne meldete sich zu Wort. «Kurz vor dem Test haben Sie angedeutet, dass die Ergebnisse möglicherweise nicht verlässlich sind.»
«Stimmt», gab Sutton zu. «Aber nur deshalb, weil er so angespannt war, so unter Stress, dass ich befürchtet hatte, alles, was er sagt, würde

wie eine Lüge aussehen. Aber dem war nicht so. Seht her», sagte er und winkte sie auf seine Seite des Tisches.

Auf dem Computermonitor waren vier parallele Kurven zu sehen. Sutton bewegte den Mauszeiger auf die Zeile *Pneumo 1* und klickte. Sofort verschwanden die anderen drei Kurven, und *Pneumo 1* füllte den Bildschirm aus. «Seht ihr?», fragte er und ging mit dem Mauszeiger auf eine deutliche Spitze, die aus der Wellenlinie herausragte. «Das ist eine Lüge.»

«Woher wissen Sie das?», fragte Adrienne.

«Frage Nummer 4: Ist mein Hemd gelb? Antworten Sie mit ja.» Sutton nahm den Stoff seines weißen Hemdes zwischen Daumen und Zeigefinger und zog daran, um sein Argument zu verdeutlichen. Dann holte er eine Graphikkurve nach der anderen auf den Bildschirm – *Pneumo 2, Cardio* und *LdH*. Jede zeigte ungefähr an derselben Stelle eine ähnliche Spitze.

«Na und?», fragte Bonilla.

«Damit wissen wir, wie es aussieht, wenn Mr. Duran lügt. Und jetzt seht euch das an.» Er ging mit dem Mauspfeil zu einem leichten Ausschlag in der LdH-Kurve. «Das ist die Wahrheit. Ihr seht: keinerlei Stress.»

«Wie lautete die Frage?», wollte Adrienne wissen.

«Das war wieder eine Testfrage: Sitzen Sie auf einem Stuhl? Antwort: Ja. Er saß mir direkt gegenüber.»

«Und als Sie ihn gefragt haben, ob er Jeffrey Duran ist?»

Sutton sah in seinen Unterlagen nach und bewegte den Pfeil zu einem Teil der Kurve, der nahezu glatt war. «Sehen Sie, was ich meine?» Dann holte er nacheinander die anderen Graphiken auf den Bildschirm. «*Cardio. Unterer Pneumograph. Thoraxpneumograph.* Da ist nichts. Er ist sozusagen eine Null-Linie.»

Ein paar Sekunden lang sagte niemand etwas. Schließlich lachte Bonilla leise in sich hinein. «Dieser Mistkerl hat den Lügendetektor ausgetrickst!»

Sutton setzte zum Widerspruch an: «Man kann ihn unmöglich –»

«Er hat ihn ausgetrickst, Paul! Wir wissen, dass er nicht Duran ist.»

«Er meint, er ist es.»

«Blödsinn.»

Sie versanken erneut in Schweigen, und der Verkehrslärm war plötzlich deutlich zu hören, ein tiefes Brummen. Schließlich sagte Sutton:

«Man kann den Detektor nicht wirklich austricksen.» Als Bonilla protestieren wollte, hob Sutton eine Hand, wie ein Schüler, der sich im Unterricht meldet. «Lass mich ausreden», befahl er. «Allerdings kann man, wenn man richtig gut ist, die Resultate verfälschen.»

«Was ist mit Drogen?», erkundigte sich Bonilla. «Ein paar Valium …?»

«Selbst mit Drogen würde man höchstens einige Uneindeutigkeiten erreichen. Aber das sehe ich eigentlich nicht bei diesem Test. Es gibt keine Uneindeutigkeiten. Jeder Indikator ist kristallklar.»

«Was schließen wir also daraus?», fragte Adrienne.

«Nun ja, wenn es aussieht wie die Wahrheit, Sie aber wissen, dass es eine Lüge ist, dann wäre wohl denkbar …»

«Was wäre denkbar?», hakte Bonilla nach.

«Dass er ein Psychopath ist.»

«Bingo!», jubelte Bonilla.

«Das kommt sehr selten vor», bemerkte Sutton, «aber es könnte immerhin sein, dass Mr. Duran – oder wer immer er ist –, es könnte sein, dass er nicht so funktioniert wie Sie und ich.»

«Wie das?», fragte Adrienne.

«Ein Psychopath ist jemand, der keinerlei Empathie empfindet, jemand, dem jede moralische Dimension abhanden gekommen ist. Wir reden also über einen Menschen, der nicht wirklich zwischen Gut und Böse im ethischen Sinne unterscheidet. Es geht nur darum, was für ihn gut ist. Demzufolge löst Lügen absolut kein Stressempfinden aus. Und das ist nun mal das, was diese Geräte messen. Also …»

«Aber als Sie ihn gebeten haben zu lügen, hat es doch Stress ausgelöst. Das haben Sie uns gezeigt.»

Sutton lächelte. «Stimmt. Tja, die Wahrheit ist, als ich sagte, man könnte einen Lügendetektor nicht austricksen, meinte ich damit, dass man nicht so tun kann, als würde man die Wahrheit sagen. Man kann aber so tun, als würde man lügen.»

«Wie?»

«Indem man künstlich Stress produziert. Manche Kriminelle wissen das und setzen verschiedene Techniken ein, um Testresultate zu erzielen, die ‹nicht schlüssig› sind. Wenn nämlich jede Antwort aussieht wie eine Lüge – sogar eindeutig wahrheitsgemäße Anworten wie beispielsweise die Bestätigung des eigenen Namens …» Er zuckte die Achseln. «Dann ist das Ergebnis nutzlos.»

«Was für Techniken?»

Wieder zuckte Sutton die Achseln. «Mathematische Aufgaben funktionieren gut. Der Tester stellt eine Frage. Die Testperson macht im Kopf ein bisschen Mathe, während sie auf die Frage antwortet, und der Stress, der durch die Berechnung ausgelöst wird, lässt die Antwort wie eine Lüge aussehen. Oder man kann sich auch auf die Zunge beißen, sich kneifen. Auch Schmerz schlägt sich als Stress nieder.»

Adrienne sagte: «Sie wollen damit sagen, dass Duran wusste, dass er die Antworten, die offensichtliche Lügen waren, auch wie Lügen aussehen lassen musste.»

Sutton legte die Hände zusammen. «Nun ja, Eddie hat erwähnt, dass ihr beide überrascht wart, als dieser Bursche sich einverstanden erklärt hat, den Test zu machen. Es könnte also sein, dass er wusste, wo's langgeht.»

«Er will damit sagen, Scout, dass unser Freund ein eiskalter Mistkerl ist – trifft es das so ungefähr, Paul?»

Sutton nickte nachdenklich. «Ja», sagte er. «Wenn ihr Recht damit habt, wer er ist... dann ist es ein Wunder, dass er überhaupt Arme und Beine hat.»

«Wie meinen Sie denn das?», fragte Adrienne verwundert.

Bonilla gluckste: «Er meint –»

Sutton nickte. «Der Bursche ist die reinste Schlange.»

16

Duran saß zurückgelehnt im Taxi, betrachtete die beschlagenen Fenster und lauschte dem Spritzen der Räder im Regen. Er hätte sich besser fühlen müssen. Er hätte glücklich sein müssen. Die Körpersprache des Testers hatte ihm eindeutig verraten, dass er den Test mit Glanz und Gloria bestanden hatte. Was ihm eigentlich ein Gefühl der Bestätigung hätte geben müssen oder etwas Ähnliches. Doch das Einzige, was er empfand, war eine diffuse Beklommenheit – als wäre das Thema damit noch nicht beendet.

Die Scheibenwischer arbeiteten im Akkord, ohne viel zu bewirken. Es regnete in kurzen Schüben, auf feinen Sprühregen folgten regelrechte Sintfluten, die das Taxi auf Kriechtempo verlangsamten.

«So ein Scheißwetter», bemerkte der Fahrer.

Duran nickte, und mit dem Blick auf das kleine Fähnchen am Armaturenbrett antwortete er, ohne nachzudenken: *«Lavalas.»*

Der Fahrer war verblüfft und warf einen kurzen Blick auf seinen Passagier im Rückspiegel. *«Pale Creole, zanmi?»*

Duran sah ihn an. «Wie bitte?»

«Ich hab gesagt, *pale Creole* – nein?»

Duran schüttelte den Kopf, wusste nicht recht, was er meinte. «Nein», sagte er. «Ich glaube nicht.»

Der Fahrer lachte leise und zog die Schultern hoch. «Also bloß ein paar Wörter. *Lavalas* – großer Regen.»

Duran nickte, unsicher, woher er das Wort gekannt hatte. Vielleicht aus dem Fernsehen, aber... *zanmi* bedeutete «Freund». Irgendwoher wusste er auch das. Himmel, dachte er und sah aus dem Fenster auf die verwischten, rot glühenden Rücklichter.

«Sehen Sie sich das an!», rief der Fahrer. «Ein richtiger See!»

Duran sah, dass vor ihnen ein Wagen in einer riesigen Pfütze festsaß. Das Wasser bedeckte nahezu zwei Spuren, und der gesamte Verkehr musste sich darum quetschen.

«Stört es Sie, wenn ich ein bisschen Musik anmache, Boss?»

Duran schüttelte den Kopf. «Nein. Im Gegenteil.»

Der Fahrer schob eine Kassette ein. «Ich wünschte, ich hätte ein bisschen Konpa für Sie, aber meine sonstigen Kunden mögen die Bläser nicht. Also leg ich Marley auf...» Die Musik setzte ein.

No woman, no cry...

Das Taxi rollte ein wenig vor und hielt an, rollte vor und hielt an, irgendwie im Takt der Musik. Duran lehnte sich zurück, schloss die Augen und dachte, Konpa... Aber von welcher Band? Eklips?... Sweet Micky... Tabou. Die Musik war eine Art Merengue – da war er sicher, aber wieso? Aus dem Fernsehen? Er glaubte es nicht. Es war mehr wie ein Déjà-vu-Erlebnis oder dieser Wiedergeburtsquatsch, an den er in der letzten Zeit gedacht hatte.

Und ihn fröstelte.

Weil irgendetwas in seinem Kopf vorging, und was immer es war, er hatte es absolut nicht unter Kontrolle. Es war, als blätterte seine Identität, sein Ich-Gefühl, von ihm ab wie Farbe von einem alten Haus.

Es gab Augenblicke, in denen er sich an ein anderes Leben erinnerte – richtig erinnerte. Die Stimme des Taxifahrers – *Pale Creole, zanmi?* – und sein rundes dunkles Gesicht... Das war Haiti, wie es leibt und lebt. Er konnte es riechen – eine Mischung aus Jasmin, Rum und Abwasserkanal. Es war ein Ort, an dem er gewesen war, den er wirklich kannte. Ganz sicher. Aber wann? Und warum? Er wusste es nicht. Er wusste bloß, dass die Erinnerung an Haiti dreidimensional war und eidetisch, anders als so viele andere Erinnerungen, anders zum Beispiel als die Erinnerung an seine Mutter. Sie war real und kein Pastiche aus Fernsehsendungen und Artikeln.

Und das war nicht alles. Es gab noch mehr Erinnerungen oder Bruchstücke davon, die er sich nicht erklären konnte.

So schien er beispielsweise einiges von Pilzkunde zu verstehen. Das war ihm im Supermarkt aufgefallen, als er Shiitake-Pilze gekauft hatte. Plötzlich hatte er gemerkt, dass ihm die Terminologie von Pilzen so vertraut war wie die Namen von Präsidenten – eine Litanei von Schwämmen, Lamellen, Myzelien. Wo kam das her?

I remember when we used to sit…

Und Segeln. Er hatte einmal ein Segelboot besessen, da war er sich fast sicher. An einem Ort, wo es oft nebelig war. Portland, vielleicht, oder Vancouver. Aber, nein. Das waren bloß Namen, die ihm einfach so in den Sinn kamen. Er sah sie nicht, nicht wirklich. Aber das Segeln – er konnte fühlen, wie das Wasser unter den Rumpf glitt, konnte die Gischt schmecken, das Licht auf den Wellen tanzen sehen, den Salzfilm auf seiner Haut spüren.

Aber alles war so flüchtig. Kaum begannen die Erinnerungen in seinem Kopf Gestalt anzunehmen, da verschwanden sie auch schon wieder. Und wie sehr er auch versuchte, sie festzuhalten, sie zu ergründen, sie lösten sich restlos auf, wie Zuckerwürfel in einer Tasse Tee. Und was blieb, war keine Erinnerung, sondern die Erinnerung an eine Erinnerung.

In the government's yard in Trenchtown…

Der Fahrer war jetzt auf der Connecticut Avenue und fuhr am Zoo vorbei. Eine blutrote Neonlichtpfütze blinkte in der Dunkelheit vor der Monkey Bar. Duran rutschte unruhig auf dem Sitz hin und her und wandte den Blick ab.

Es gab eine Erinnerung, die er nicht an die Oberfläche kommen lassen wollte, die er sich unter keinen Umständen ins Gedächtnis rufen wollte. Es war ein Bild, bei dem sich ihm der Magen umdrehte, ein Tableau aus ockerfarbenen Wänden, ein unterirdisches Schlachthaus. Geronnenes Blut klebte an der verzierten Kante, wo Wand und Decke zusammentrafen. Es war überall, das Blut. Dick und verklebt, in Pfützen auf dem Boden und an seinen Schuhen.

«Alles okay?»

Er hatte wohl aufgestöhnt, denn der Fahrer betrachtete ihn im Rückspiegel mit sorgenvoll gerunzelter Stirn.

Duran nickte. «Ja», sagte er. «Ich – ich hab bloß Zahnschmerzen.»

Der Fahrer grinste, als er vor dem überdachten Eingang von Durans Apartmenthaus hielt. «Ich hab schon gedacht, ein *Loa* hat Sie», sagte er lachend.

Duran lächelte und schüttelte den Kopf. Er gab dem Fahrer zwanzig Dollar, öffnete die Tür und wollte aussteigen. Über ihm trommelte der Regen aufs Autodach, ein plötzlicher Guss.

«Warten Sie lieber noch, mein Freund», sagte der Fahrer mit besorgter Stimme. «Bleiben Sie sitzen. Sie werden ja sonst klatschnass.»

Duran dankte ihm, stieg aber trotzdem aus, und genau wie der Fahrer prophezeit hatte, war er in Sekundenschnelle nass bis auf die Haut. Das störte ihn aber nicht. Der Regen und die Kälte lenkten ihn von dem ockerfarbenen Raum ab. Und das war ein Segen.

Nachdem er eine Weile im Regen stehen geblieben war, betrat er die aseptische Lobby des Gebäudes. Sie war still und menschenleer. Wie schön, endlich wieder daheim, dachte er sarkastisch. In Wahrheit empfand er keinerlei Verbindung zu diesem Ort. Er fühlte sich wie in einem edlen Hotel oder in der Wohnung eines Bekannten, der übers Wochenende weggefahren war. Es war komfortabel, zugegeben, aber es hatte nichts mit ihm zu tun.

Fünf Minuten später stand er unter der dampfenden Dusche. Es war ihm besser gegangen, sobald er die Wohnung betreten hatte, aber er fühlte sich erst gut – richtig gut –, nachdem er sich abgetrocknet hatte und mit der Fernbedienung in der Hand auf der Couch vor dem Fernseher saß.

17

Ace Johnsons Aussage verzögerte sich um Stunden, weil die erste Anwältin der Gegenseite wegen schlechten Wetters auf dem LaGuardia-Airport festsaß. Sie hätten den Termin nur auf die folgende Woche verschieben können, da Slough am nächsten Morgen verreiste und Johnson am Montag eine Leistenbruchoperation hatte, aber die Zeit drängte.

Um Viertel nach vier konnten sie schließlich anfangen, und als sie abends um kurz vor neun fertig waren, war allen Beteiligten die Erschöpfung anzusehen.

Zwar war es einigermaßen gut gelaufen (aus Sicht des Mandanten), doch Adrienne hatte sich nicht gerade mit Ruhm bekleckert. Im Gegenteil. Ihre Rolle hatte im Großen und Ganzen darin bestanden, Curtis Slough zuzuarbeiten, worin sie jedoch mehr oder weniger versagt hatte. Sie hatte ein Memo verlegt, das ihr Boss verwenden wollte, und kurz darauf hatte er sie wegen Tagträumerei während der Aussage ihres eigenen Zeugens zurechtgewiesen.

Tagträumerei war Sloughs Ausdruck gewesen. Tatsächlich hatte sie an Durans Panikattacke vom Vortag gedacht. Fast wäre sie selbst in Panik geraten, als sie ihn so sah, und der Gedanke, sie könnte die Ursache für seine Beklemmungen sein, hatte sie verstört. Doch vielleicht hatte Bonilla ja Recht. Vielleicht hatte Duran das nur gespielt. Vielleicht war Duran ein Wolf im Schafspelz, ein Psychopath wie…

Ted Bundy. Ted Bundy war auch ein gut aussehender Mann gewesen. Und hatte er sich nicht falschen Gips über den Arm gestülpt, damit er Leute um Hilfe bitten konnte? Hatte er sie nicht so angelockt –

mit seiner Bedürftigkeit? Es machte die Opfer arglos, wenn das Raubtier eher verletzlich als gefährlich aussah.

Sie wollte am liebsten nach Hause, sich im Bett zusammenrollen und schlafen, aber Slough machte ein Angebot, das sie nicht ablehnen konnte. «Gehen wir was essen», sagte er zu ihr. «Es war ein verdammt anstrengender Tag.»

«Ich fand, Johnson hat sich ganz gut gehalten», schwärmte Slough.

Adrienne zuckte die Achseln. «Er musste sich doch nur daran erinnern, dass er sich nicht erinnern kann. Eigentlich nicht so schwer.»

Slough schmunzelte. «Trotzdem ...» Er lehnte sich zurück und neigte den Kopf, als überlege er, was er mit ihr machen sollte. Schließlich beugte er sich vor und sagte in vertraulichem Tonfall: «Sie kamen mir heute Nachmittag ein bisschen niedergeschlagen vor. Geht Ihnen die Sache mit Ihrer Schwester noch nicht aus dem Kopf?»

Noch ...? Es war erst drei Wochen her. Und die Sache? Als wäre Nikki etwas Beschämendes, etwas, das man höflicherweise nicht erwähnte. «Tut mir Leid», erwiderte Adrienne. «Ich war bloß ... etwas geistesabwesend.» Sie schüttelte den Kopf. «Wird nicht wieder vorkommen.»

Sein Gesicht nahm einen demonstrativ besorgten Ausdruck an. «Falls Sie ein paar Tage Urlaub brauchen ... Ich meine, ich hab bemerkt, dass Sie gestern Nachmittag nicht im Büro waren.»

«Ich –»

Er hob eine Hand. «Schon gut. Ich will nicht neugierig sein. Aber falls Sie ein bisschen Zeit brauchen ...?»

Adrienne schüttelte impulsiv den Kopf.

«Na, falls doch, sagen Sie mir einfach Bescheid.» Er tätschelte ihr leicht den Arm.

Ein bisschen Zeit? Oje, dachte Adrienne, also daher weht der Wind. Mit einem leisen Seufzer biss sie sich kurz auf die Unterlippe und lächelte ihn dann an. Leicht gerunzelte Stirn. Herzliches Lächeln. Aufrichtiges Lächeln, oft geübt, während sie «unter Obhut» stand. Nikki hatte sich oft über dieses ehrliche, großäugige Lächeln lustig gemacht, das sie in kritischen Augenblicken aufsetzen konnte. «Aha, das kleine Waisenmädchen ist wieder da», sagte sie dann, «mit dem bitte-bitte-adoptiert-mich-Lächeln.» Nur diesmal suggerierte das Lächeln: Verzeihen Sie mir.

«Ich war in letzter Zeit ein wenig abgelenkt», sagte sie. «Sie wissen schon, Nikki …» Sie sah ihre Hände an und wieder zu Curtis Slough auf. «Sie war … hmmm … meine letzte lebende Angehörige.» Dann, als hätte sie schon zu viel gesagt, fügte sie hastig hinzu: «Nicht, dass wir uns sehr nahe gestanden hätten –»

«Sie haben sonst keine Familie!?», fragte Slough. «Keine Eltern!?» Er hatte die Augen aufgerissen, und sein Ton suggerierte, dass er ihre Situation nicht nur traurig, sondern auch grotesk fand.

Sie zuckte die Achseln. «Nein. Es gibt nur mich. Ende der Fahnenstange.»

«Großer Gott», stieß er hervor.

«Ja, genau», sagte sie in völlig ernstem Ton, «nach ihm kommt auch nicht mehr viel.»

Slough kapierte nicht gleich. Er brauchte einen Moment. Dann warf er den Kopf mit einem gut einstudierten Lachen nach hinten und drohte ihr spielerisch mit dem Finger. «Da haben wir wieder ihre berühmte Geistesgegenwart. Ich kann nur sagen: Mehr davon.»

Es war Viertel nach elf, als sie endlich nach Hause kam, weil sie noch zwanzig Minuten auf den Bus hatte warten müssen, und sie war zum Umfallen müde.

Der Eingang zu ihrer Souterrainwohnung befand sich auf der Rückseite eines Reihenhauses und war nur durch die Garage zu erreichen. Um dorthin zu gelangen, musste sie durch ein schmales Sträßchen hinter den Häusern, was ihr tagsüber oder wenn sie mit dem Auto kam und die Garage per Fernbedienung automatisch öffnen konnte, ohne aussteigen zu müssen, nichts ausmachte. Aber sie fuhr fast nie mit dem Auto zur Arbeit – das kostete sie zwölf Dollar Parkgebühren am Tag. Und sie kam nur selten noch im Hellen nach Hause, höchstens hin und wieder mal im Sommer. Also musste sie fast täglich durch diese dunkle Gasse.

Und das machte ihr Angst, weil das Haus in der Mitte der Häuserzeile und somit auf halber Höhe der Gasse stand. Sie sah sich immer erst gründlich um, bevor sie einbog. Wenn sie irgendwelche Stadtstreicher dort herumlungern sah, was manchmal vorkam, ging sie zur Vordertür und klingelte bei Mrs. Spears, die sie dann durch die Kellertür im Haus in die Wohnung ließ. Aber sie tat es nicht gern. Die Hälfte der Zeit schlief ihre Vermieterin nämlich schon.

Diesmal jedoch war niemand in der Gasse. Zumindest sah sie niemanden. Die einzige Bewegung, die sie wahrnahm, rührte von einer Katze her, die behände über einen Gartenzaun sprang. Sie ging durch das Garagentor, durchquerte den kleinen Garten und schloss die Tür zu ihrer Wohnung auf.

Es war eine hässliche braune Tür – eine «Sicherheitstür» –, die Mrs. Spears mit einem Bauerngebinde hatte «verschönern» wollen. Adrienne fand das Gebinde sogar noch hässlicher als die Tür. Es bestand aus einem Kranz aus Gingham mit geflochtenen Zweigen in Form eines Vogelnestes mit Eiern aus Pappmaché darin. Sie hätte es verbrannt, wenn sie den Mut dazu gehabt hätte, aber sie wollte die Gefühle ihrer Vermieterin nicht verletzen, also ließ sie diese Geschmacksverirrung hängen. Vielleicht wurde das Ding ja mal gestohlen, wenn sie Glück hatte.

In Wahrheit konnte nichts diesen ‹Luftschutzraum› (wie ihre Freunde in Georgetown ihn nannten) verschönern. Aber die Wohnung war preiswert und sauber und, was noch wichtiger war, sie gehörte nur ihr allein. Also war sie dankbar, sie zu haben, auch wenn sie ein bisschen muffig war.

Und dunkel. Und nicht sehr groß.

Zu Hause angekommen, warf sie Mantel und Aktentasche auf die Couch und stieß einen Seufzer aus, als sie die braune Tragetüte mit Nikkis Asche darin in der Ecke stehen sah. Ich könnte sie wenigstens auspacken, dachte sie. Sie zog die kleine Holzkiste aus der Tüte, nahm die Urne heraus und wusste dann nicht, wohin damit. Schließlich stellte sie sie in das Bücherregal gleich neben der Tür. Danach streifte sie die Schuhe ab und ging in die Küche, wo ihr Gefühl von Einsamkeit und Verlassensein noch stärker wurde, als sie Jacks leeren Fressnapf auf dem Boden neben dem Kühlschrank stehen sah.

Jack war zwar nur kurz bei ihr gewesen, aber sie vermisste ihn trotzdem. Ihm ging es bestimmt besser bei Ramon, aber ihr war es besser gegangen, als er bei ihr war – weil er sie zum Lachen brachte und sie ablenkte.

Zum Beispiel von der Frage … was mit Nikkis Asche geschehen sollte. Sie musste sich von ihrer Schwester mit irgendeiner Zeremonie verabschieden. Etwas Privates – bloß sie und Nikki –, etwas mit Wind und Wasser.

Aber nicht heute Abend.

Sie ging ins Schlafzimmer, zog sich ihren Pyjama an und suchte aus, was sie am nächsten Tag anziehen würde. Dann stieg sie ins Bett und schaltete mit der Fernbedienung den Fernseher an. Nichts. *Nada.* Aber sie konnte noch nicht schlafen. Sie war noch zu aufgekratzt von den drei Tassen Kaffee, die sie bei der Arbeit getrunken hatte, und von dem Espresso nach dem Abendessen mit Slough.

Also nahm sie ein Buch vom Nachttisch. Martin Amis' «Night Train». Es war ein dünnes Buch, aber sie las schon seit Wochen daran. Vielleicht schaffte sie es heute Abend zu Ende. Aber nein. Es ging nur um Selbstmord.

Eine Polizistin, eine Freundin der Familie, suchte nach dem geheimen Grund für den Selbstmord einer Frau. Und es stellte sich heraus, es gab einfach keinen Grund. Die Wahrheit war, dass diese Frau trotz ihrer interessanten Arbeit und liebevollen Familie das Leben nicht lebenswert fand. War das so schrecklich?

Und wie war das mit Nikki? Was war ihr Motiv? Hatten Unglücks- und Schuldgefühle sie in den Tod getrieben, gefördert durch das Szenario von satanistischen Missbrauchspraktiken, das ihr verrückter Therapeut ihr eingeredet hatte? Oder hatte sie irgendwie eingesehen, dass sie nicht sie selbst war und es nie wieder sein würde, dass Europa sie tief in ihrem Innern zerbrochen hatte? Oder war es etwas anderes, das sie veranlasst hatte, den Heizofen in die Wanne zu stoßen? Hatte es mit diesem absurden Gewehr zu tun? Woher hatte sie das? Wusste sie überhaupt, wie man damit umging? Adrienne bezweifelte es, aber... ihr kam der Gedanke, dass ihre Schwester sich umgebracht hatte, um zu verhindern, dass sie etwas noch Schlimmeres tat.

Was zum Beispiel?, überlegte Adrienne. Nun ja, sie hatte ein Gewehr. Vielleicht hätte sie Menschen getötet. Vielleicht hätte sie viele Menschen getötet – wie diese Kinder in Colorado. Vielleicht war sie so unglücklich und so voller Zorn auf die Welt, dass sie von einem Amoklauf träumte. Und war dann doch so entsetzt von ihren eigenen Wahnvorstellungen, dass sie stattdessen sich selbst tötete.

Sie nahm «Die göttlichen Geheimnisse der Ya-Ya-Schwestern» zur Hand. Es schien wesentlich sicherer als «Night Train», und allmählich fühlte sie sich schon zu müde zum Lesen.

Aber sie wurde die Gedanken an Nikki nicht los. Die Sache war die... Bonilla hatte Recht. Sie wusste wirklich nicht viel über ihre Schwester. Sie wusste nicht, was sie bewegt hatte. Sie war ein Geheimnis gewesen.

Wenn doch nur die letzten Kapitel ihrer Beziehung nicht so freudlos gewesen wären. Selbst an dem Abend von Nikkis Tod war Adrienne insgeheim froh gewesen, als ihre Schwester nicht aufmachte. Sie hatte gedacht: Prima – sie ist unterwegs, sie hat das Abendessen vergessen. Dabei war sie da schon tot.

Ihre gemeinsamen Essen waren alles gewesen, was von ihrer Beziehung übrig geblieben war – und selbst diese wenigen Stunden waren von Nikkis widerwärtigen Phantasien von satanistischem Missbrauch vergiftet worden. Sie hatte über nichts anderes mehr reden wollen – wie getrieben, als müsste sie immer und immer wieder davon anfangen. Und jedes Mal hatte es im Streit geendet, weil Nikki behauptete, Adrienne würde alles verdrängen. Du erinnerst dich nicht daran, weil du dich nicht erinnern willst. Das ist ganz typisch!

Aber sie irrte sich. Adrienne hatte es nie, nicht mal eine Sekunde lang, für möglich gehalten, dass Nikkis Erinnerungen real waren und ihre eigenen fragwürdig. Mit ihrem Gedächtnis war alles in Ordnung, und sie hatte ganz sicher nichts verdrängt. Ihre Erinnerungen waren klar und eindeutig. Sie hatte noch immer vor Augen, wie Deck sie hoch in die Luft schwang, damit sie auf seinen Schultern reiten konnte. ‹Auf geht's, Kleines, festhalten!› Er war mit ihr auf der Straße spazieren gegangen, und wenn sie wollte, hatte er sie an den Handgelenken gefasst und durch die Luft gewirbelt, bis ihr so schwindelig war, dass sie nicht mehr stehen konnte. Manchmal hatte er sie an den Händen festgehalten, so dass sie mit den Füßen an ihm hochlaufen und eine Rolle rückwärts machen konnte. Er hatte endlos lange mit ihr Memory und Mensch-ärgere-dich-nicht gespielt. Und sie hatte auch noch immer Marlenas leise, sanfte Stimme im Ohr, wenn sie ihr Lieder vorsang und sie wiegte, weil sie nicht einschlafen konnte. «Schlaf, Kindchen, schlaf…»

Waren das dieselben Menschen, die angeblich mit Kerzen und Kapuzen herumgeisterten und brutale Kinderpornos drehten? Wenn es nicht so entsetzlich gewesen wäre, hätte sie darüber lachen müssen.

Und doch, wegen Nikki hatte sie diese Erinnerungen so genau untersucht wie eine Staatsanwältin, hatte jede suggestive Episode hinterfragt. Wenn Marlena sagte, «Ich küss es, und dann ist es gleich besser…», war das etwas anderes? Und wenn Deck sie auf den Knien wippte und sang, «Hoppe hoppe Reiter…», war das bloß ein Spiel?

Ja, dachte sie, das war es. Bloß ein Spiel. Ganz gleich, wie haarklein sie diese Erinnerungen unter die Lupe nahm, sie blieben harmlos,

Deck und Marlena unschuldig, ihre Zuneigung unverdorben. Und Adrienne war wütend auf Nikki (und damit auch auf Duran), weil sie gezwungen worden war, ihre Kindheit durch ein argwöhnisches Prisma zu betrachten. Es war ein Verrat an Deck und Marlena. Es war Verunglimpfung.

Sie wandte sich wieder dem Buch zu, boxte die Kissen hinter sich zurecht. Aber die Ya-Yas konnten ihre Aufmerksamkeit nicht fesseln. Also schob sie ein Lesezeichen zwischen die Seiten, klappte das Buch zu und schaltete das Licht aus. Schwestern, dachte sie, als ein Wagen die kleine Gasse entlangrumpelte und das Licht der Scheinwerfer die Wand hoch und über die Zimmerdecke glitt.

Vielleicht ist es an der Zeit, Duran zu vergessen. Soll die Polizei sich darum kümmern. Der Prozess gegen ihn ist wahrscheinlich reine Zeitverschwendung. Wer auch immer Duran ist – wirklich ist –, er wird nicht einfach abwarten, was passiert. Das Einzige, womit er rechnen kann, ist öffentliche Bloßstellung. Vermutlich ist er gerade dabei, seine Sachen zu packen.

Packen ...

Adrienne setzte sich abrupt auf und schaltete das Licht ein. Wenn er packte, würde er alles mitnehmen – Kleidung, Möbel und Akten. Auch die Akte ihrer Schwester. Oder er würde sie wegwerfen.

Sie wollte sie haben.

Und als nächste Angehörige hatte sie ein Recht darauf. Aber wenn sie die Akte brieflich oder telefonisch anforderte, würde Duran sie wahrscheinlich frisieren, bevor er sie herausgab. Also brauchte sie einen Vorwand, einen Grund, ihn zu besuchen, um ihm ihr Anliegen persönlich mitteilen zu können – in seinem Büro. Und sogleich fiel ihr einer ein.

Sie stieg aus dem Bett, holte ihren Filofax aus der Aktentasche, suchte Durans Nummer und wählte. Die Uhr auf ihrem Nachttisch zeigte 0:15. Zu ihrer Verblüffung meldete er sich gleich nach dem ersten Klingeln. «Hallo?»

Das ist doch Wahnsinn, dachte sie. Das sieht ja aus wie Belästigung.

«Hallo?», wiederholte Duran.

Sie wollte schon auflegen, doch dann kam ihr der Gedanke, dass ihre Nummer vermutlich in seinem Display angezeigt wurde – was die Sache nur verschlimmern würde. Anonyme Anrufe mitten in der Nacht. «Mr. Duran?», fragte sie.

«Ja?»

«Adrienne Cope am Apparat.»

«Oh.»

«Tut mir Leid, falls ich Sie geweckt habe.»

«Nein, haben Sie nicht, ich hab – ich hab bloß ferngesehen.»

«Gut, ich werde es mir nicht zur Gewohnheit machen, noch so spät bei Ihnen anzurufen, aber ich hatte im Büro viel um die Ohren, so dass ich vorher einfach nicht dazu gekommen bin.»

«Verstehe.» Als sie nichts sagte, sprach er in die Stille: «Und der Grund für Ihren Anruf ist…?»

Komm zur Sache, sagte sie sich. «Erstens, ich möchte Ihnen danken, dass Sie den Lügendetektortest gemacht haben», sagte sie.

«Gern geschehen», entgegnete er.

«Das hätten Sie nicht tun müssen –»

«Ich habe nichts zu verbergen», sagte er.

«Also… der Grund, warum ich anrufe… ich wollte Ihnen sagen, dass ich einen Scheck für Sie habe.»

«Einen was?»

«Einen Scheck für Sie. Als Nikkis Testamentsvollstreckerin löse ich ihren Nachlass auf. Hauptsächlich geht es um das Geld auf ihrem Girokonto.»

«Aber… wieso ich?»

«Sie hat Sie in ihrem Testament bedacht.»

Einen Moment herrschte Schweigen am anderen Ende der Leitung. Schließlich sagte Duran. «Behalten Sie das Geld. Ich will es nicht. Schließlich habe ich bei ihr versagt.»

Du meine Güte, lag ihr auf der Zunge, doch stattdessen sagte sie: «Verstehe, aber wenn Sie das so sehen, gibt es doch bestimmt irgendeine Wohltätigkeitsorganisation, der Sie das Geld spenden könnten. Ich hatte jedenfalls vor, kurz bei Ihnen vorbeizuschauen und Ihnen den Scheck zu geben.»

Duran antwortete nicht gleich. Endlich sagte er: «Sie könnten ihn doch einfach… mit der Post schicken.»

«Das würde ich auch», erwiderte sie, «aber es gibt noch einen Grund, warum ich Sie treffen möchte, und – würde Samstag passen? Es dauert nur eine Minute.» Sie konnte den Fernseher im Hintergrund hören, das leise Rauschen des künstlichen Gelächters.

Duran schwieg einen Moment, dann fragte er: «Was für einen

anderen Grund haben Sie?» Seine Stimme klang tonlos, roboterhaft.

Adrienne atmete tief durch. «Ehrlich gesagt, ich – also ich überlege, die Klage zurückzuziehen», erklärte sie und war darüber mindestens genauso überrascht wie Duran. «Wenn Sie mir nur einfach von Nikki erzählen.»

Er sagte lange nichts, und einen Augenblick lang kam ihr der Verdacht, dass er mehr auf den Fernseher achtete als auf das Gespräch mit ihr. Schließlich sagte er: «Frühmorgens mache ich Sport. Dann habe ich Klienten bis Mittag.»

«Sind Sie um ein Uhr fertig?», fragte sie.

«Ich denke schon», antwortete er. Im Hintergrund brandete das Konservenlachen auf.

«Bis dann also», sagte sie mit heller, dünner Stimme.

18

Als sie Eddie Bonilla erzählte, dass sie sich mit Duran treffen würde, ging er an die Decke wie eine Rakete.

«Sind Sie verrückt geworden?»

«Nein –»

«Ich dachte, wir hätten ein Abkommen!»

«Haben wir auch, aber... es ist die einzige Möglichkeit, wie ich an die Patientenakte meiner Schwester kommen kann. Wenn ich ihn bitte, sie mir zu schicken –»

«Wissen Sie, was das Wort ‹Psychopath› bedeutet?», fragte Bonilla.

«Natürlich, aber –»

«Wann wollen Sie ihn treffen?»

«Heute Nachmittag.»

«Wie viel Uhr?»

«Um eins.»

«Ich hol Sie ab.»

Sie zögerte. Sie hatte ein schlechtes Gewissen, weil Bonilla so viel Zeit in ihren Fall steckte und kein Geld dafür wollte. Nach hartnäckigem Drängen hatte er ihr Ende der Woche nur anderthalb Stunden in Rechnung gestellt. Auf ihren Protest hin hatte er abwehrend die Hände gehoben. «Ich will nicht darüber reden», hatte er gesagt. «Das sind meine Stunden – die berechne ich, wie ich will.»

«Das ist furchtbar nett von Ihnen, Eddie, aber –»

Bonilla fuhr. Er weigerte sich, in ihrem verrosteten Subaru zu fahren, dessen Boden mit Pappbechern übersät war.

«Nervös?», fragte er.

«Nicht sehr», sagte sie.

«Weil sie mit dem Fuß steppen, als wären Sie Gene Kelly oder so.»

Adrienne lachte, und Bonilla bog in eine Seitenstraße, wo er nach einem Parkplatz Ausschau hielt. «Ich bin bloß müde», sagte sie. «Slough lässt uns rund um die Uhr arbeiten.»

Bonilla nickte geistesabwesend, dann entdeckte er eine Parklücke. Als Adrienne aussteigen wollte, zog der Detektiv etwas unter dem Sitz hervor und schob es sich hinten in den Hosenbund.

Adrienne traute ihren Augen nicht. «Was machen Sie da?»

«Na, was wohl?», entgegnete Bonilla. «Ich begleite Sie rauf zu diesem –»

«Ich meine die Pistole.» Sie stiegen gleichzeitig aus dem Wagen und knallten die Türen zu.

«Ich habe einen Waffenschein.»

«Ich hasse Waffen.»

«Also?»

«Also finde ich, Sie sollten sie zurück ins Auto legen.»

Bonilla schob die Hände in die Taschen und lehnte sich gegen die Wagentür. «Kommt nicht in Frage», sagte er. «Unbewaffnet geh ich da nicht rein.»

«Gut», erwiderte sie. «Ich fahre dann mit dem Taxi zurück.» Als sie sich umwandte, legte er eine Hand auf ihren Arm.

«Wenn ich nicht gehe, gehen Sie auch nicht.»

«Das war nicht abgemacht. Von einer Waffe war nie die Rede», antwortete Adrienne.

«Hören Sie, ich bin Privatdetektiv! Das ist mein Handwerkszeug. Wenn Sie einen Taxifahrer bestellen, kommt er mit einem Taxi. Wenn Sie mich engagieren, komme ich mit der Knarre.»

Duran hatte offensichtlich auf sie gewartet, denn als sie an der Haustür klingelte, meldete er sich fast augenblicklich. «Ja?»

«Ich bin's, Adrienne Cope.»

«Kommen Sie rauf», sagte Duran und betätigte den Türdrücker.

Als sie im sechsten Stock aus dem Fahrstuhl stiegen, wartete er schon vor seiner Wohnung. Beim Anblick Bonillas flackerte ein enttäuschtes Lächeln über sein Gesicht. «Wie ich sehe, sind Sie in angenehmer Begleitung», sagte er.

«Sehr lustig», bemerkte Bonilla und trat an Duran vorbei in die Wohnung.

Sie war schockiert über Durans Aussehen. Im Grunde war er ein attraktiver Mann. Ein so attraktiver, markanter Typ (volles dunkles Haar, blaue Augen), dass Adrienne sich schon gefragt hatte, ob Nikki sich nicht vielleicht für ihn entschieden hatte, weil er so gut aussah.

Doch jetzt wirkte er fast hager. Die Augen waren rot gerändert, und er schien abgenommen zu haben. Als sie in das Wohnzimmer traten, blieb er so abrupt stehen, dass Adrienne und Bonilla fast in ihn hineingerannt wären.

«Oh nein!», rief Duran und griff in die Tasche seines Kordjacketts.

«Was ist los?», fragte Adrienne.

Er holte eine Tonbandkassette aus der Tasche und schüttelte den Kopf. «Die ist für die Versicherungsgesellschaft. Ich muss sie mit der Post verschicken –»

«Sie haben noch reichlich Zeit vor der letzten Leerung», erklärte Bonilla.

Duran nickte und ließ die Kassette zurück in die Tasche gleiten.

«Möchten Sie ablegen?», fragte er.

«Nee», sagte Bonilla. «Wir bleiben nicht lange.» Seine Augen huschten von einer Seite der Wohnung zur anderen, als suchte er nach einer kleinen, aber tödlichen Schlange.

«Oh», sagte Duran. «Okay.» Dann wandte er sich mit einem erwartungsvollen Blick zu Adrienne um, die verwundert die Stirn runzelte. Duran half ihr auf die Sprünge: «Sie haben gesagt, Sie hätten einen Scheck für mich. Ich meine, ich dachte, deshalb wären Sie gekommen.»

«Ach ja, stimmt», erinnerte sie sich. «Ich habe ihn mit!» Sie griff in ihre Handtasche und zog einen Umschlag mit Durans Namen darauf hervor. «Es sind fünftausend», sagte sie.

Mit einem desinteressierten Nicken schob er den Umschlag in die Jackentasche. «Also, vielen Dank», sagte er. «Ich werde dafür sorgen, dass er einer guten Sache dient.» Bonilla lachte spöttisch auf und wandte sich mit einem herablassenden Schnaufen ab. Duran bedachte ihn mit einem leeren, gleichmütigen Blick, als wäre der Detektiv seine Aufmerksamkeit nicht wert. Dann drehte er sich wieder zu Adrienne um. «Am Telefon haben Sie gesagt, dass Sie die Klage eventuell zurückziehen wollen», erinnerte Duran sie.

«Ja, hab ich. Ich ziehe es in Erwägung.»

«Nun, ich hoffe, Sie können sich dazu durchringen. Falls ich irgendwas tun kann –»

«Das können Sie.» Adrienne packte die Gelegenheit beim Schopfe. «Tatsächlich!»

Duran betrachtete sie argwöhnisch. «Und das wäre?»

«Die Patientenakte meiner Schwester …»

«Was ist damit?»

«Ich hatte gehofft, ich könnte eine Kopie davon bekommen.»

Duran dachte darüber nach. Schließlich sagte er: «Ich verstehe nicht ganz, wozu?»

«Das kann ich mir vorstellen», warf Bonilla ein, halb zu sich selbst, halb an Duran gerichtet, was ihm einen tadelnden Blick von Adrienne einbrachte, die an Duran gewandt sagte:

«Ich bin nun mal die nächste Angehörige, wissen Sie.»

«Das ist mir klar, aber …» Er seufzte. «Hören Sie», sagte er, «die Akte zu kopieren kommt nicht in Frage –»

«Ich kann ihre Herausgabe per Gerichtsbeschluss erzwingen», unterbrach sie ihn kühl.

«Ich weiß, dass Sie das können. Und wenn Sie das tun, werde ich sie vorlegen. Bis dahin …» Angesichts ihrer finsteren Miene sagte er: «Das ist eine Frage des beruflichen Ethos. Aber wenn Sie möchten, können Sie die Akte hier einsehen, in meinem Büro. Wären Sie damit zufrieden?» Sie hatte schon auf dem Absatz kehrtmachen und davonstürmen wollen, deshalb kam das Angebot für sie völlig überraschend – ebenso wie für Bonilla. «Sie ist da drin», fügte Duran hinzu und bedeutete ihr, ihm in sein Konsultationszimmer zu folgen. Bonilla trottete misstrauisch hinterdrein.

Als sie das Zimmer betraten, ging Duran direkt zu seinem Schreibtisch. Bonilla blieb dicht hinter ihm, wie ein Manndecker. Er warf einen Blick auf den Monitor und bemerkte schmunzelnd: «Ihr Computer ist im Eimer, Doc. Da steht was von ‹Unbekannter Server›.»

Duran ging nicht darauf ein, sondern holte einen kleinen Schlüssel aus der Tasche und drehte sich zu dem Ablageschrank hinter dem Schreibtisch um. Er schloss ihn auf, öffnete die oberste Schublade, die praktisch leer war. Verblüfft warfen Adrienne und Bonilla sich Blicke zu. Duran nahm eine Mappe heraus, reichte sie Adrienne und lehnte sich dann gegen die Schreibtischkante.

Das Etikett auf der Mappe war mit Schreibmaschine ordentlich beschriftet – SULLIVAN, NICOLE –, doch die Akte selbst war lächerlich dünn. Adrienne konnte es spüren. Sie war fast leer. Doch das war egal. Selbst eine einzelne Seite würde ihr verraten, was sie wissen wollte, nämlich: Wie war Nicole überhaupt an Duran gekommen? Wenn er ein Schwindler war, wer hatte sie dann an ihn überwiesen?

Wortlos legte sie die Mappe auf Durans Schreibtisch und schlug sie langsam auf.

Vor ihr lag nichts als ein Glanzfoto, 18 x 24, von ihrer Schwester. Es war leicht unscharf und allem Anschein nach auf einem Flughafen aufgenommen worden. Nikkis Miene wirkte gelangweilt und zerstreut, als würde sie auf ihr Gepäck warten, was sie wahrscheinlich auch getan hatte.

Adrienne drehte das Foto um. Auf der Rückseite des Bildes stand ein einziges Wort in blauer Tinte: Patientin. Sonst nichts.

Adrienne sah zu Duran auf und gab sich alle Mühe, ihre Stimme ruhig zu halten, als sie fragte: «Soll das ein Witz sein?» Ihre Worte bebten vor Zorn.

Duran schien die Frage zu verwirren, dann richtete er seinen Blick auf die offene Mappe. Als er das einsame Foto sah, runzelte er die Stirn und stieß sich vom Schreibtisch ab, plötzlich aufgebracht. «Da müsste ein Deckblatt sein!», beteuerte er. «Und Tests, Aufzeichnungen über die verschriebenen Medikamente und Einwilligungserklärungen! Wo ist das alles?»

Mit einem Grunzen marschierte Bonilla zum Aktenschrank und zog die andere Schublade auf, die eine einzige Mappe enthielt. DE GROOT, HENRIK. Bonilla klappte sie auf und fand ein Foto wie das von Nikki, eine heimliche Aufnahme, die offenbar auf irgendeinem öffentlichen Platz gemacht worden war. Mit einem leisen Fluchen warf er es auf den Schreibtisch und sah Duran an.

«Ist das Ihre Praxis?», fragte er. «Sind das Ihre Unterlagen?»

«Natürlich nicht», erwiderte Duran.

«Ich sollte Ihnen gleich hier und jetzt die Fresse polieren», knurrte Bonilla.

Duran zuckte die Achseln, eher ratlos als trotzig. «Ich weiß nicht, was das zu bedeuten hat», erklärte er.

Adrienne konnte ihre Wut selbst kaum beherrschen, aber sie wollte trotzdem verhindern, dass Bonilla seine Drohung wahr machte. Falls

Bonilla ihn schlug, mussten sie beide mit einer Anzeige wegen Körperverletzung rechnen, und sie würde wahrscheinlich ihre Zulassung als Anwältin verlieren.

«Eddie», sagte Adrienne scharf. Die Augen des Detektivs richteten sich auf sie. «Nicht!», befahl sie, als es plötzlich laut an der Wohnungstür klopfte.

Bonilla sah enttäuscht aus. «Erwarten Sie einen Kunden oder so?», fragte er.

Duran schüttelte den Kopf. Das Klopfen wurde noch lauter. «Eigentlich sollen die unten schellen», sagte er zu niemand Speziellem. «Wenn sie nicht reingelassen werden, soll der Sicherheitsdienst anrufen.»

«Tja, aber das klingt nach einem dringenden Notfall.»

Gemeinsam gingen sie in die Diele, wo Adrienne und Bonilla ins angrenzende Wohnzimmer verschwanden, während Duran an die Tür trat.

«Wer ist da?», fragte er.

«Polizei.»

«Hallo!», rief Bonilla und wandte sich Adrienne zu. «Ich bin beeindruckt. Anscheinend haben Sie doch so Ihre Beziehungen.»

Wohl kaum, dachte Adrienne. Als sie gegen Duran Anzeige erstattet hatte, war der zuständige Cop beinahe eingeschlafen.

Duran öffnete die Tür und sah sich zwei Männern im Mantel gegenüber, die mit grimmigem Blick im Flur standen. Einer der beiden hielt irgendeinen Ausweis hoch und fragte, ob er mit Jeffrey Duran spreche. Duran sagte ja, und der Kleinere von beiden fragte, ob er und sein Partner hereinkommen dürften. «Es liegt eine Beschwerde gegen Sie vor», sagte er. «Vielleicht können Sie die Sache ja aufklären.»

Duran machte eine einladende Geste, und die Männer traten ein.

Der erste Cop war klein, mit wachen grünen Augen, rötlichem Haar und sommersprossigem Gesicht. Ein richtiger Kobold. Der andere Mann war wesentlich größer, mit breiten Schultern und einem schlurfenden Gang, und er erinnerte Adrienne an einen Bären. Keiner von beiden trug Uniform.

«Gleich zwei Zivile!», bemerkte Bonilla. «Ich staune.»

Der Kobold legte den Kopf schief. «Und wer sind Sie?»

«Besucher Nummer 1», erwiderte Bonilla. «Sie ist Besucher Nummer 2. Könnt ihr euch ausweisen?»

Der Bär wiegte sich in den Schultern, wie ein Boxer, der auf den Gong zur nächsten Runde wartet. Der Kobold setzte ein Lächeln auf, das wohl einnehmend sein sollte, und fragte: «Ist das Ihre Wohnung?»

«Nein», antwortete Bonilla. «Deshalb nennt man mich ja Besucher Nummer 1. Könnt ihr euch ausweisen?»

Der Cop grinste herablassend und holte dann ein kleines Etui heraus, auf dem eine Marke prangte.

Bonilla beäugte sie. «Ich frage nur, weil ich noch nie erlebt habe, dass zwei Zivile wegen einer Bagatelle losgeschickt wurden, versteht ihr?»

Der Kobold zuckte die Achseln und wandte sich Duran zu. «Vielleicht sollten Sie lieber ins Nebenzimmer gehen», sagte er.

«Ich denke, wir gehen jetzt besser», sagte Adrienne und wollte zur Tür. Der Bär trat ihr in den Weg. Sie machte einen Schritt nach links. Er ebenfalls.

«Was soll das?», fragte Duran und sah von einem zum andern.

Bonilla fixierte den Kobold. «Von welchem Precinct seid ihr denn?»

Der sommersprossige Mann zögerte einen Moment und antwortete dann: «Dem dreiundzwanzigsten.»

Bonilla schmunzelte. «Dem dreiundzwanzigsten», wiederholte er. «So wie Hawaii die 59. Provinz ist.»

Der Kobold runzelte die Stirn, merkte, dass er veralbert wurde, wusste aber nicht recht wie.

Bonilla war gern bereit, ihn aufzuklären. Er machte einen Schritt auf den Cop zu, so dass er Auge in Auge mit ihm stand und sagte: «Du guckst zu viele New Yorker Krimis, Mann. Wir haben nämlich hier in Washington keine ‹Precincts›. Hier gibt's nur «Districts», du blöder Arsch – nächstes Mal machst du besser vorher deine Hausaufgaben.» Dann nickte er plötzlich heftig in Richtung des Cops und rammte seine Stirn mit voller Wucht auf die sommersprossige Nase des Kobolds.

Etwas knackte, Blut floss, und der Cop stieß einen Schmerzensschrei aus, als Bonilla ihn herumriss und ihn in einer seltsamen Umarmung festhielt, den Duke in das weiche Fleisch unter dem Kinn seines Gegners gepresst. «Ganz ruhig jetzt», flüsterte Bonilla, dann wandte er sich dem Bär zu. «Umdrehen und Hände an die Wand. Und Sie –» Er nickte in Richtung Duran.« – hier rüber, wo ich Sie sehen kann.»

Adrienne stand wie erstarrt, den Rücken an die Wand gepresst, als wäre sie an den Armen festgenagelt.

Bonilla sah sie an. «Rufen Sie die Polizei», sagte er, sah dann, dass der Bär in sein Jackett griff, und brüllte: «An die Wand, du Arschloch, hast du nicht verstanden?»

Aber der Bär achtete nicht auf ihn. Mit unendlicher Ruhe zog er eine große schwarze Pistole aus dem Schulterhalfter unter seinem Jackett. Er hielt sie in einer Hand und holte mit der anderen einen schweren Metallzylinder aus der Tasche, den er auf die Mündung schraubte.

Bonilla lachte ungläubig auf – verunsichert. «Nicht zu fassen, der Kerl.»

Doch dann war der Schalldämpfer festgeschraubt, und der Bär machte einen Schritt nach vorn. Er hob die Waffe und begann, langsam und gezielt zu schießen. Plopp. Plopp. Plopp.

Adrienne begriff nicht, was sie da sah, und Bonilla ging es ebenso. Der große Mann hatte seinem Partner schon zwei Kugeln ins Gesicht und eine dritte in die Brust gejagt, als Bonilla endlich kapierte, was der Bär da tat – er schoss sich den Weg frei, zu ihm. Und da war es schon zu spät. Der Kobold sackte zu Boden, hundertdreißig Pfund totes Gewicht, und Bonilla hatte nur noch Zeit für einen einzigen Schuss. Seine Waffe hatte keinen Schalldämpfer, und der Knall war ohrenbetäubend. Aber der Schuss war nutzlos. Putz bröckelte noch herab, als der vierte Schuss des Bären in Bonillas rechte Brusthälfte schlug und ihn herumwirbelte. Die nächste Patrone riss ihm die Beine weg, als Duran einen Satz nach vorn machte, sich auf den Bären warf und ihn zu Boden riss.

Adrienne wollte schreien, aber es kam nichts – ihre Stimme war ebenso verstummt wie die Pistole des Bären. Sie lief zu Bonilla, kauerte sich neben ihn und redete beruhigend auf ihn ein, während Duran mit dem großen Mann kämpfte, um ihm die Waffe zu entreißen. Vergeblich.

Der Bär hatte eine Hand an Durans Kehle, drückte ihn fest auf den Boden und presste ihm die Waffe an die Schläfe. Doch dann nahm er sie zurück. Statt zu schießen, schlug er Duran mit der Pistole bewusstlos. Dann richtete er sich auf, wischte sich Staub von der Kleidung und kam auf Adrienne zu, die neben Bonilla kauerte. Wortlos stieß er ihr einen Fuß in die Seite und trat erneut zu, als sie wegrollte und vor

Panik und Schmerzen aufstöhnte. Er drehte sich zu Bonilla um und sah, dass der Detektiv kriechend versuchte, seine Waffe zu erreichen, die wenige Meter entfernt auf dem Boden lag. Der Bär ging lautlos neben ihm her und wartete, bis Bonilla die Hand ausstreckte, dann jagte er ihm drei Kugeln in den Rücken – langsam hintereinander.

Plopp ... Plopp ... Plopp.

Schließlich wandte er sich wieder Adrienne zu, die auf dem Boden saß, den Rücken gegen einen Sessel drückte und die Absätze in den Teppich bohrte, um sich nach hinten zu schieben. Er legte ihr die Pistolenmündung an die Stirn und drückte ab.

Klick. Adrienne fuhr zusammen, als wäre in ihrem Kopf eine Mausefalle zugeschnappt. Ganz anders der Bär. Er stand so über sie gebeugt, dass sie nicht wegkonnte, und gab Laute von sich, die wohl irgendwie beruhigend sein sollten. Er nahm das leere Magazin heraus, fischte ein neues aus seiner Manteltasche und legte es ein. Dann beugte er sich ein zweites Mal über sie und drückte ihr wieder die Pistole an die Schläfe. «Es wird nicht wehtun», versprach er.

Plötzlich spritzte ihr Blut ins Gesicht. Duran hatte dem Mann eine Tischlampe auf den Hinterkopf geknallt, ihn förmlich wie einen Pfahl in den Boden getrieben. Diesmal brachte Adrienne einen Ton heraus, und der Entsetzensschrei, der aus ihrem Mund drang, ließ fast die Scheiben zerbersten.

Duran riss sie hoch, und sie rannten zur Tür, platschten durch die Blutlachen um Eddie und den Kobold. Für Adrienne war es wie ein böser Traum. Sie fühlte sich schwerelos, wie eine aufblasbare Puppe, die kaum noch Kontakt zum Boden hatte. Dann waren sie zur Tür hinaus und rannten den Flur entlang. Hinter ihnen hörten sie ein Brüllen und ein Krachen, als wäre ein Tier vor Schmerzen aufgewacht und hätte festgestellt, dass es in der Nacht ein Bein verloren hatte.

Sie bogen um die Ecke und erreichten die Fahrstühle. Duran schlug mit der Faust auf den Knopf, der sofort aufleuchtete, und die Türen glitten auf. Duran ließ Adriennes Hand los, sprang in den Fahrstuhl und ließ sie allein auf dem Flur stehen.

Sie konnte es nicht fassen. Sie war wie vor den Kopf gestoßen. Er hatte sie gerettet, und jetzt – sie hörte, wie der Bär über den Flur hinter ihnen hergetaumelt kam.

Dann war Duran ebenso schnell wieder aus dem Fahrstuhl

heraus, wie er hineingesprungen war. Er packte ihre Hand, zog sie den Flur hinunter, während die Türen sich ratternd hinter ihnen schlossen und die Kabine nach unten glitt. Sie rannten um eine Ecke, und Duran probierte eine Tür nach der anderen aus, bis er eine fand, die unverschlossen war. Blitzschnell huschten sie hinein und stellten fest, dass sie sich in der Abfallkammer für den sechsten Stock befanden.

Während die Tür sich hinter ihnen schloss, blickte Adrienne sich um und sah drei mit Flaschen und Dosen halb gefüllte Plastikmülleimer an der hinteren Wand, Zeitungsstapel auf dem Boden und eine kleine Öffnung in der Wand – den Müllschlucker. Als die Tür ganz geschlossen war, blieb nur noch der üble Geruch, ein fauler, organischer Gestank, der in dem Dämmerlicht übermächtig war.

Sie wollte schreien, aber was würde das nützen? Vielleicht würde jemand daraufhin in den Flur kommen, aber den Mann, der sie verfolgte, würde das nicht aufhalten – er hatte seinen eigenen Partner getötet, nur um an Bonilla ranzukommen. Also blieb sie, wo sie war, starrte auf das Licht hinter den Lüftungsschlitzen unten an der Tür.

Sie hörten, wie der Bär den Flur hinunterlief, sich dann umdrehte und in die entgegengesetzte Richtung rannte. Sie hörten, wie er mit der flachen Hand auf den Fahrstuhlknopf schlug, hörten ihn fluchen, hörten ihn keuchen.

Dann, ganz plötzlich, waren seine Beine durch die Lüftungsschlitze zu sehen. Instinktiv umklammerte ihre Hand Durans Arm fester. Aber so schnell, wie der Bär gekommen war, war er auch wieder verschwunden, seine Schritte hallten den Flur entlang. Sie hörten, dass die Tür zur Treppe sich mit einem Zischen öffnete – dann Stille, und sie konnte sich vorstellen, wie er stocksteif dastand und lauschte. Dann bewegte er sich wieder, stolperte wieder an ihrer Tür vorbei, so dass seine Beine vorübergehend das Licht verdunkelten.

Der hydraulische Mechanismus war so eingestellt, dass die schwere Feuertür sich langsam und sachte schloss statt mit einem Knall. Und als sie nach einer scheinbar halben Ewigkeit schließlich mit einem lauten metallischen Klick zufiel, machte Adriennes Herz einen Satz, und ein Geräusch drang aus ihrem Mund. Wie sie so in der Dunkelheit stand, hatte sie das Gefühl, laut aufgeschrien zu haben. Und einen langen Moment war sie sicher, dass der Bär sie gehört hatte und schon auf dem Weg zurück zu ihnen war, um sie beide zu töten.

Aber nein. Der Fahrstuhl hielt, und die Türen öffneten sich. Und Augenblicke später hörten sie die Kabel surren, während die Kabine Richtung Erdgeschoss sank. Sie machte einen Schritt.

«Noch nicht», flüsterte Duran.

Sie warteten mucksmäuschenstill, sehr lange, wie es schien, vielleicht aber auch nicht. So in der Dunkelheit zu stehen machte aus Sekunden Minuten, aus Minuten Stunden. Adrienne tat die Seite weh – wo der große Mann sie getreten hatte. Sie versuchte, nicht daran zu denken – an den Schmerz und auch nicht an den Augenblick, als der Mann ihr die Waffe an den Kopf gehalten hatte und ihr fast das Herz stehen geblieben war. ‹Es wird nicht wehtun.› Nach einer Weile fragte sie sich, ob die beiden vielleicht doch von der Polizei waren.

Sie verwarf den Gedanken gleich wieder. Das waren keine Detectives, dachte sie. Kein Polizist würde so etwas tun, was der große Mann getan hatte. Das waren Killer, richtige Killer. Es wird nicht wehtun …

Und Bonilla … Sie war verzweifelt, denn das Bild von Bonilla ging ihr nicht aus dem Kopf. Wie ein Film lief es immer wieder vor ihrem geistigen Auge ab: der leise Laut, den er von sich gegeben hatte, als er dalag, der rosa Schaum in seinen Mundwinkeln. Und alles nur ihretwegen, weil sie darauf bestanden hatte, hierher zu kommen.

Und sie hatte nicht nach seinem Puls gefühlt, und sie hatte nicht die Polizei angerufen – es war keine Zeit dafür gewesen. Vielleicht ist er gar nicht tot, dachte sie. Vielleicht … Natürlich ist er tot. Er hat fünf Schüsse abbekommen, von vorne und von hinten. Und jetzt war sie auf sich allein gestellt, hockte im Dunkeln mit diesem Psychopathen zusammen, der ihre Schwester getötet – und ihr das Leben gerettet hatte.

Mehr als einmal kamen Müllbeutel von den oberen Stockwerken durch den Abfallschacht gerauscht. Doch sie erschrak nicht, sondern musste daran denken, dass es direkt jenseits dieser Tür eine parallele Welt gab, in der alltägliche Menschen alltägliche Dinge taten. Während sie –

«Gehen wir.» Er flüsterte noch immer.

Gemeinsam traten sie auf den menschenleeren Korridor und blickten sich um. Es war niemand zu sehen. Sie folgte Duran bis zur Treppe, die sie hinauf- statt hinuntergingen. Sie folgte ihm blindlings, ohne nachzudenken, und schließlich erreichten sie den neunten Stock. Vor ihnen war eine Doppeltür mit der Aufschrift «Fitnessstudio». Drinnen saß ein einzelner Mann in einem nassen grauen T-Shirt vor einem Fernsehgerät auf einem Fahrrad und strampelte wütend vor sich hin. Er schaute kurz zu Adrienne und Duran herüber und wirkte verstört. Dann glitt sein Blick wieder ab, zurück zum Fernseher. Er war der Einzige außer ihnen in dem Raum, und er trug Kopfhörer.

«Normalerweise ist hier viel los», sagte Duran, und die Enttäuschung war ihm anzuhören. «Ich hatte gehofft … kommen Sie.»

Er nahm ein Handtuch von dem Stapel neben der Tür, feuchtete es an und reichte es Adrienne. «Sie haben Blut an der Stirn.»

Sie wischte es heftig ab, betrachtete den rosa Fleck auf dem Handtuch und warf es dann in den Sammelbehälter. Sekunden später waren sie wieder auf dem Gang.

«Wohin jetzt?», wollte Adrienne wissen.

«Wir müssen raus aus dem Gebäude», sagte Duran. «Er ist noch hier. Ganz sicher.»

Einen Moment lang war sie versucht, sich von ihm zu trennen. Aber nein: Er war alles, was sie hatte, ihre einzige Chance. «Er wird die Lobby beobachten», sagte sie.

«Dann nehmen wir die Treppe», erklärte Duran. «Es gibt einen Lieferanteneingang im Erdgeschoss.» Er ging los.

«Und wenn er die Treppe beobachtet?»

Er blieb stehen. «Dann sollten wir den Lift nehmen.»

«Aber –»

«Haben Sie eine Münze?», fragte er, ebenso sarkastisch wie drängend.

Sie schüttelte den Kopf.

«Also, was sollen wir machen? Entscheiden Sie.»

Sie überlegte. Schließlich sagte sie: «Die Lobby. Da gibt es doch einen Wachmann, nicht? Und es gehen Leute ein und aus.» Sie streckte die Hand aus und drückte entschlossen auf den Fahrstuhlknopf, aber als ihre Finger das Metall berührten, hatte sie das Gefühl, einen elektrischen Schlag zu bekommen.

Auf dem Weg nach unten, drei Stockwerke tiefer, auf Durans Etage, merkte sie, dass der Lift stehen blieb – und ganz kurz ihr Herz. Sie spürte, dass sämtliche Nervenenden sich auf die Oberfläche ihrer Haut verlagert hatten, und die Spannung war unerträglich, während sie darauf wartete, dass die Türen sich öffneten.

Doch als sie aufglitten, stand da nur ein pickeliger junger Pizzalieferant mit einer rot-weiß-blauen Warmhaltebox. Er trat in den Fahrstuhl, warf Duran einen Blick zu und lehnte sich gegen die Wand. «Drei Pizzas, und die schieben mir 'nen halben Dollar rüber.» Er schüttelte den Kopf. «Ich mach was mit...»

19

«Wohin?»

Das Taxi hatte gerade einen älteren Gentleman vor dem Eingang zu Durans Apartmenthaus abgesetzt, als die beiden sich auf die Rückbank warfen, als wäre es der letzte Hubschrauber, der aus Saigon abflog. «Polizei», keuchte Adrienne.

Der Taxifahrer beäugte sie im Rückspiegel. «Welches Revier?», fragte er.

«Egal», antwortete Adrienne.

«Es gibt eins auf der Park Road», schlug der Fahrer vor.

«Einverstanden!», sagte Duran.

«Alles klar», erwiderte der Fahrer, griff zu einem Clipboard und fing an, in Blockschrift das Fahrziel einzutragen, als wäre es eine Formel für hochexplosiven Sprengstoff. Dann sah er auf die Uhr, notierte die Zeit und –

«Nun fahren Sie schon los!», bettelte Adrienne. Wie Duran rechnete sie jeden Augenblick damit, dass der Bär aus der Tür gestürzt kam.

«Erst der Papierkram», beharrte der Fahrer. «Sonst vergess ich das hinterher.» Er legte Stift und Clipboard beiseite, nahm das Mikro seines CB-Funkgeräts aus der Halterung und nuschelte: «41 auf Connecticut 2300, Fahrziel Park 160.» Lautes statisches Rauschen bestätigte die Meldung, und der Fahrer legte den Gang ein. Kurz darauf fuhren sie die Connecticut Avenue hinunter.

Adrienne rutschte tiefer in den Sitz und registrierte benommen, in welcher Situation sie sich befand. Auf der einen Seite die reale Welt – Jogger und Menschen beim Einkauf, Frauen mit Kinderwagen, Kinder mit Hunden an der Leine. Auf der anderen Seite ...

Zwei Männer tot auf dem Boden in Durans Wohnung – und sie in einem Taxi mit Duran selbst. Ihrem geisteskranken Retter –

Sie schüttelte den Kopf und stöhnte auf. Duran sah sie mit einem verwirrten und mitfühlenden Ausdruck an. Wie kann sie nur so gut aussehen, dachte er, und so unglücklich.

«Ich hab ständig Eddie vor Augen», sagte sie zu ihm. «Und diesen anderen Mann. Vielleicht sollten wir einfach … anrufen. Die Polizei, meine ich.»

Der Fahrer, der mitgehört hatte, spähte in den Rückspiegel. Unwillkürlich beugte Duran sich vor und schloss die Plexiglasscheibe zwischen Vorder- und Rückbank. Dann wandte er sich Adrienne zu, die jetzt am ganzen Körper zitterte. «Alles in Ordnung?», fragte Duran.

Sie nickte, doch er nahm ihre Hand, verblüfft, wie kalt sie war.

«Ganz sicher?», erkundigte er sich.

Sie nickte ein zweites Mal und entriss ihm dann ihre Hand. «Was sollte das Ganze mit der Akte?», fragte sie.

Duran sah sie verwirrt an. «Welche Akte?»

«Die Patientenakte meiner Schwester. Sie hatten bloß zwei! Wen wollten Sie damit übers Ohr hauen?»

Er schüttelte den Kopf. «Ich wollte überhaupt niemanden übers Ohr hauen.»

«Und wieso war sie dann leer?»

Duran machte eine ratlose Geste. «Ich weiß es nicht. Ich weiß nicht, wieso.»

«Das ist doch verrückt! Wie viele Klienten haben Sie überhaupt?»

Duran schaute weg. Er wollte nicht darüber reden. Von so etwas musste er hyperventilieren.

«Wie viele?»

«Zwei», antwortete er.

«Zwei? Wie können Sie denn bloß zwei Klienten haben?»

Duran wandte den Blick ab und schüttelte den Kopf. Sie sah ihn lange erbost an. Als er nicht antwortete, sondern einfach bloß dasaß, schwer atmend, als warte er darauf, dass eine Sauerstoffmaske aus der Decke fiele, hakte sie nach. «Sie kapieren das wirklich nicht, was?»

«Was kapiere ich nicht?»

«Dass Sie ein einziges Rätsel sind! Bei Ihnen ergibt nichts einen Sinn. Nicht den geringsten. Ich meine, Sie sind ja noch nicht mal der, für den Sie sich halten, Herrgott noch mal!» Duran wollte etwas erwidern, aber sie hörte nicht hin. «Zwei Klienten?! Das ist keine Praxis, das ist ein – ach, ich weiß nicht. Ein Nebenjob. Ein Hobby.»

Duran runzelte die Stirn. Und dann lächelte er, als wäre ihm gerade etwas Wichtiges wieder eingefallen. «Zwei Klienten sind normal», sagte er. «Zwei Klienten sind gut.»

Ihr klappte der Unterkiefer runter, nicht nur wegen dem, was er gesagt hatte, sondern auch, weil seine Stimme plötzlich einen heiteren Unterton hatte. Sie ließ den Kopf auf die Rücklehne fallen, schloss die Augen und murmelte. «Er ist verrückt.»

Der Detective war Anfang dreißig. Er hatte mindestens zwanzig Pfund Übergewicht, einen einzelnen goldenen Ohrring und tätowierte Unterarme. Er trug Basketballstiefel, eine graue Trainingshose und ein T-Shirt mit einem Pitbullkopf, über dem die Worte ‹Be the Dog› prangten. Er hatte blitzende blaue Augen und das grau melierte Haar, das mal wieder gewaschen werden musste, zu einem Pferdeschwanz gebunden.

Sein Name war Freeman Petrescu und er saß mit Adrienne und Duran in einem neonbeleuchteten Raum, der nach Desinfektionsspray roch. Vor ihm stand aufgeklappt ein Notebook, dessen Monitor an der Seite einen Sprung hatte.

«Und Sie hatten diese Männer noch nie gesehen?», fragte Petrescu, während er leise tippte.

Adrienne schüttelte den Kopf. «Nein. Noch nie.»

Der Cop sah Duran an, der unsicher schien. «Was ist mit Ihnen?»

«Ich bin mir nicht sicher.»

Verblüfft wandte Adrienne sich ihm zu. Der Cop hörte auf zu tippen.

«Wie meinen Sie das?», fragte Petrescu.

«Na ja, vielleicht bilde ich mir das bloß ein, aber … der große Bursche kam mir … irgendwie bekannt vor.»

«Wie das?»

«Ich weiß nicht. Als ob ich ihn schon mal irgendwo gesehen hätte. Ich glaube, ich hab ihn schon mal irgendwo gesehen.»

«Okay, das ist gut. Wo?»

«Weiß nicht», erwiderte Duran. «Ich bin mir nicht sicher.»

«Okay», antwortete Petrescu und begann wieder zu tippen. «Hat … Verdächtigen … möglicherweise … schon mal … irgendwo gesehen! Stimmt das so?»

Duran nickte.

«Sie werden Doc genannt?», fragte der Detective.

«Manchmal», sagte Duran.

«Dann sind Sie was? Psychiater?»

Duran schüttelte den Kopf. «Nein, ich bin klinischer Psychologe.»

«Bloß, dass er das nicht ist», sagte Adrienne mit Nachdruck, kreuzte die Beine und dann die Arme. «Er ist nicht eingetragen, er hat nirgendwo einen Abschluss gemacht –»

Duran gab einen entnervten Ton von sich, während Petrescu von einem Zeugen zum anderen blickte und dann seufzte. Das hatten sie nun schon zweimal durchgekaut.

«Fragen Sie mal, wie viele Klienten er hat.»

«Was spielt das für eine Rolle?», wunderte sich der Detective.

«Fragen Sie!»

Petrescu blickte Duran an und zuckte die Achseln. «Okay, wie viele Klienten haben Sie?»

«Zwei.»

Der Detective verarbeitete die Antwort, als wäre sie eine besondere Speise, die er unbedingt mögen wollte. Schließlich wandte er sich an Adrienne und sagte: «Schön, er hat also zwei. Bestimmt nicht leicht, über die Runden zu kommen, was, Doc?» Als Adrienne dem Polizisten einen erstaunten und vernichtenden Blick zuwarf, fuhr Petrescu sie an: «Ich weiß, was Sie denken, aber sehen Sie es doch mal von meiner Warte: Uns liegt schon Ihre Anzeige gegen Dr. Duran vor –»

«Er ist nicht Doktor Duran.»

«– und deshalb verklagen Sie ihn ja auch! Das weiß ich. Aber jetzt geht es nicht um eine zivilrechtliche Klage. Sie sind hier, weil Sie gesehen haben, wie jemand ermordet wurde. Der Rest ist eine völlig andere Geschichte. Wenn wir jetzt also bitte wieder auf das eigentliche Thema zurückkommen könnten …?»

Adrienne blickte zähneknirschend gen Himmel. «Meinen Sie nicht, das eine könnte was mit dem anderen zu tun haben?»

Petrescu ignorierte ihre Frage. «Sie haben gesagt, der große Kerl hat seinen Partner erschossen –»

«Damit er an Mr. Bonilla rankam», führte Duran den Satz zu Ende.

«Sie meinen also, dass er daneben geschossen hat.»

«Nein, er hat nicht daneben geschossen –», setzte Adrienne an.

«Mr. Bonilla hat den Kleineren von den beiden als Schutzschild benutzt», erläuterte Duran. «Er wollte, dass der Große… na ja, seine Waffe fallen lässt.»

«Und der Große hat den Kleinen erschossen?»

«Genau», sagte Duran, «um an Mr. Bonilla ranzukommen.»

«Stimmt das?», fragte Petrescu.

«Ja», erwiderte Adrienne. «Fahren Sie jetzt mit uns da hin oder was?»

Der Detective schüttelte den Kopf. «Nicht nötig. Die Mordkommission ist schon seit einer Stunde da. Wir warten besser hier, bis wir was von denen hören.»

Dann fragte er Duran: «Und der Große hat Ihnen eine Waffe an den Kopf gehalten?»

Duran nickte.

«Aber dann hat er es sich anders überlegt und Sie damit niedergeschlagen.»

«Richtig», erwiderte Duran und deutete auf den Bluterguss an seiner Stirn.

«Also wollte er Sie nicht umbringen», folgerte Petrescu. «Aber Sie –» Er blickte Adrienne an.

«Ja, mich wollte er umbringen», sagte sie. «Und Eddie.»

«Das sagten Sie bereits, aber warum? Was steckt dahinter?»

«Ich weiß es nicht», antwortete sie.

«Er hat gar nichts gesagt?»

Adrienne schüttelte den Kopf, dann fiel ihr etwas ein. «Doch…»

«Was?», fragte der Cop.

«Er hat gesagt: ‹Es wird nicht wehtun.›

«Es wird nicht wehtun», wiederholte Petrescu und tippte gleichzeitig. «Was wird nicht wehtun?»

«Der Schuss in meinen Kopf!», entgegnete Adrienne. «Ich glaube, er wollte mich beruhigen.»

Petrescu verzog das Gesicht. «Wahnsinn», murmelte er und tippte weiter.

Ein dunkler Mann mit glänzend schwarzem Haar steckte den Kopf zur Tür herein. Mit einem Seitenblick auf Adrienne und Duran bat er Petrescu, einen Moment herauszukommen. «Gleich wissen wir mehr», sagte Petrescu und stand auf. «Bin sofort wieder da.»

Adrienne und Duran saßen schweigend da. Sie wippte nervös mit dem rechten Fuß. Endlich kam Petrescu wieder herein und schloss bedächtig die Tür hinter sich. Er ging zu seinem Stuhl, schaltete mit einem Seufzer den Computer ab, drehte sich um und rieb die Hände aneinander. «Das war Detective Villareal», sagte er schließlich. «Er ist gerade aus Ihrer Wohnung zurückgekommen.»

Adrienne sah ihn erwartungsvoll an. «War Eddie –»

«Er schreibt jetzt seinen Bericht. Der Staatsanwalt braucht den für die Anklage gegen Sie. Ich würde vorschlagen, dass –»

«Wie bitte?!», rief Adrienne.

«Ich habe gesagt –»

«Welche Anklage?», wollte Duran wissen.

Petrescu hob eine Hand. «Meiner Meinung nach gibt es möglicherweise ein paar mildernde Umstände. Vielleicht brauchen Sie beide psychiatrische Hilfe», sagte er und blickte von der verblüfften Adrienne zu dem verwunderten Duran und wieder zurück. «Aber es ist eine Straftat, der Polizei gegenüber falsche Angaben zu machen. Ein kleineres Delikt, aber immerhin – ein Delikt, das geahndet wird.»

«Wovon reden Sie überhaupt?», fragte Duran.

«Ich rede davon, dass nichts passiert ist – Ihre Wohnung ist sauber.»

«Sie waren in der falschen Wohnung», stöhnte Duran.

Petrescu schüttelte den Kopf. «Der Wachmann hat sie reingelassen. Ihre Post – Jeffrey Durans Post – lag auf einem kleinen Tisch im Flur. Hört sich das nach einer falschen Wohnung an?»

Duran war zu überrascht, um antworten zu können.

«Die haben die Leichen weggeschafft», sagte Adrienne.

Petrescu legte den Kopf schief und erwog die Möglichkeit. «Und warum sollten ‹die› das tun?», fragte er. «Und wieso überhaupt ‹die›? Es gibt doch nur den großen Burschen – der andere ist doch angeblich tot, stimmt's?»

«Ich weiß nicht», erklärte Adrienne. «Ich meine, wie soll ich das wissen? Sie sind schließlich der Detective!»

«Stimmt. Ich bin der Detective. Und Villareal ist auch Detective. Und er sagt, es gäbe kein Blut auf dem Boden. Auch sonst keine Schäden. Also hat der Große vielleicht sauber gemacht. Und vielleicht war er Meisterschütze, weil es keine Einschusslöcher gibt, außer in den Leichen. Es gibt also kein Blut, keine Leichen, keine Unordnung. Und es hat keiner irgendwas gehört – keiner hat irgendwas gesehen. Bloß Sie beide. Was mich ins Grübeln bringt, schließlich bin ich ja Detective: Wie schafft ein einzelner Mann zwei Leichen aus einem belebten

Apartmenthaus, ohne dass es irgendjemand mitkriegt? Schleppt er sie die Treppe runter oder nimmt er den Fahrstuhl? Wickelt er sie in einen Teppich, wirft er sie aus dem Fenster oder was?» Er sah Duran an. «Ihre Theorie würde mich interessieren», sagte er.

Adrienne und Duran schwiegen betroffen. Schließlich stieß Petrescu seinen Stuhl zurück. «Ich hab noch jede Menge Arbeit», stellte er fest und stand auf. Mit einer müden Handbewegung Richtung Tür forderte er sie auf zu gehen. «Es wird ein paar Tage dauern, bis Sie von uns hören – wir sind ziemlich im Rückstand. Aber verlassen Sie sich drauf. Sie werden von uns hören.»

«Das ist doch lächerlich», schimpfte Adrienne.

«Suchen Sie sich professionelle Hilfe», entgegnete Petrescu. «Und einen Anwalt. Sie brauchen ganz sicher einen Anwalt.»

Ihre Wohnung lag etwa zwei Blocks vom Polizeirevier entfernt, und sie legten die Strecke wie in einem Nebel zurück. «Was machen Sie denn jetzt?», fragte Adrienne.

«Ich weiß nicht.»

«Sie können nicht zurück in Ihre Wohnung.»

«Ich bin mir gar nicht so sicher, ob Sie in Ihre gehen sollten», erwiderte Duran.

Ratloses Achselzucken. «Ich wohne da.»

Sie überquerten die Mount Pleasant Avenue und steuerten auf die Gasse hinter Adriennes Haus zu. Es war halb sieben und schon fast dunkel. «Über kurz oder lang wird man Bonilla vermissen», sagte Duran, «dann steht die Polizei ganz schön blöd da.»

Adrienne nickte. «Ich weiß», sagte sie. «Ich hoffe bloß, dass wir das noch erleben werden.»

Ein Lächeln huschte über Durans trübe Miene. «Wir…?» Dann bogen sie in die Gasse ein und gingen über Kopfsteinpflaster und knirschende Glasscherben zur Garage. «Haben Sie keine Haustür?»

Sie schüttelte den Kopf. «Es ist eine Kellerwohnung. Ich muss immer durch die Garage.» Sie gingen noch ein paar Schritte weiter, bis sie sich zu ihm umdrehte und sagte: «Da wären wir.» Sie standen vor dem Garagentor. Adrienne drückte auf eine Fernbedienung, und das Tor hob sich ratternd. Durch die Garage und einen kleinen Garten gelangten sie schließlich zu der kurzen Treppe, die hinunter zu Adriennes Wohnung führte.

Moment mal, dachte Adrienne, was mache ich denn da? Ihn mit reinnehmen? Na ja, schließlich hatte er ihr das Leben gerettet – und wo sollte er sonst hin? Bestimmt nicht in seine Wohnung.

Er spürte ihre Unentschlossenheit. «Schon gut, ich gehe ins Hotel», sagte er. «Ich muss über einiges nachdenken.»

Sie schien erleichtert. «Also dann ... lassen Sie von sich hören. Wenn die erst merken, dass Eddie vermisst wird ...»

«Ich sag Ihnen Bescheid, wo ich bin», versprach er und wandte sich zum Gehen.

Adrienne schob den Schlüssel ins Schloss und drehte ihn. Doch es tat sich nichts, und sie schnalzte ärgerlich mit der Zunge.

Duran wandte sich um. «Was ist los?»

«Ach, bloß die Tür», erklärte sie und drehte den Knauf. Und diesmal schwang die Tür auf. Adrienne blickte mit gerunzelter Stirn auf den Schlüssel in ihrer Hand. «Es muss offen gewesen sein ...»

Sie gingen gemeinsam hinein, und statt einer Wohnung erwartete sie eine regelrechte Müllhalde. Der Inhalt jeder Schublade war über den Boden verstreut. Die Matratze war umgedreht worden, und Kleidungsstücke lagen zwischen Glühlampen und Büchern, Cornflakes-Packungen und Schuhen.

Adrienne betrachtete das Ganze, als stände sie an einem Unfallort, starrte entsetzt und fassungslos auf das Chaos vor ihren Augen. Sie machte ein paar zögernde Schritte in die Wohnung, watete durch den Schutt, der ihr normales Leben gewesen war. Allmählich ließ ihre Verblüffung nach, und Wut stieg in ihr auf. Sie stand neben dem einen Regal und fing mechanisch an, Bücher aufzuheben und wieder einzuräumen. Sie hob «Der Gott der kleinen Dinge» auf, und darunter kam die Urne ihrer Schwester zum Vorschein, die umgekippt auf der Seite lag. Der Deckel war abgefallen, und der Inhalt teilweise herausgekippt. Sie sank auf die Knie und fing an, die Asche mit den Händen wieder in den Behälter zu schaufeln.

«Was machen Sie da?», fragte Duran.

Sie sah ihn an, Tränen der Wut in den Augen. «Das ist Nikki ...»

Duran blickte weg, holte dann tief Luft. «Ich denke, wir sollten machen, dass wir hier wegkommen», sagte er. Adrienne nickte, erhob sich dann wortlos und betrachtete etwas, das auf ihrer Handfläche lag.

«Was ist das?», fragte er.

Sie schüttelte den Kopf und zeigte ihm, was sie gefunden hatte: ein

Stück Glas, knapp einen Zentimeter lang, anscheinend mit Drahtstückchen darin. «Das war in der Urne.»

Duran sah sich das Ding an, aber er wusste nichts damit anzufangen. «Ich denke wirklich, wir sollten jetzt gehen», sagte er zu ihr. «Wir können in einem Hotel übernachten – irgendwo außerhalb.»

«Sehen Sie sich das an», sagte Adrienne, auf das kleine Stück Glas starrend. «Das darf doch wohl nicht wahr sein.»

«Was denn?»

«Das muss ... bei der Einäscherung da reingeraten sein. Das ist doch ekelhaft – dass in die sterblichen Überreste eines Menschen so Zeug reinkommt.»

«Stimmt», sagt Duran. «Aber wir sollten jetzt wirklich hier abhauen. Könnte sein, dass die wiederkommen, verstehen Sie?»

Adrienne nickte, rasche, knappe, ruckartige Kopfbewegungen, und warf das Glasstück auf den Boden. Dann stakste sie vorsichtig durch den Schutt und hob das Telefon auf. Sie legte den Hörer wieder auf die Gabel und sah Duran an. «Ich kann nicht die Polizei anrufen, oder?», fragte sie.

Er schüttelte den Kopf. «Die halten uns für verrückt.»

«Ich weiß», sagte sie. Dann ging sie in die Küche, drehte das Wasser auf und spülte sich die Asche ihrer Schwester von den Händen.

20

Sie verbrachten die Nacht im Springfield Comfort Inn, dem abgelegensten Hotel, das sie finden konnten, etwa zehn Meilen außerhalb von Washington.

Das Zimmer war eigentlich nicht schlecht, aber winzig klein, mit entsprechenden Betten, einem Fernseher, einem Tisch und einem Schreibtisch mit Lampe, die nicht funktionierte.

Adrienne riss die Vorhänge auf und blickte auf den Parkplatz und die dahinter liegende Ladenzeile. Die Luft im Zimmer war so reglos und abgestanden, dass sie die Fenster aufmachen wollte, aber nein: Sie ließen sich nicht öffnen, vermutlich auf Empfehlung irgendeines Anwalts. Damit blieb nur das Klimagerät unter dem Fenster, und es sprang auf Kommando ratternd an und pustete warme Luft über die Betten.

«Was nun?», fragte sie mit ausdrucksloser Stimme, die Augen auf den Parkplatz gerichtet.

Duran sah sie an. «Das fragen Sie mich?»

Sie drehte sich um und sah ihn ausgestreckt auf dem Bett liegen, den Blick starr zur Decke. Sie spürte jäh, wie Ärger in ihr aufstieg. «Ja, allerdings!»

«Tja, da bin ich überfragt», erwiderte er. «Ich weiß nicht, was wir jetzt machen sollen.» Sie funkelte ihn an. «Vielleicht eine Pizza bestellen», schlug er vor.

«Eine Pizza?»

«Ja. Und duschen. Ich –»

Sie brach in Tränen aus.

Als sie Duran so daliegen sah, wurde ihr schlagartig bewusst, dass sich die missliche Lage, in der sie beide steckten, nicht in absehbarer Zeit ändern würde. Und wenn doch, dann vermutlich nicht zum Besseren. Bis jetzt hatte sie an dem naiven Glauben festgehalten, dass sich schon irgendwie alles klären würde und sie dann wieder da wäre, wo sie hingehörte – in ihrem wirklichen Leben, mit ihrem wirklichen Job.

Aber jetzt wusste sie, das würde nicht passieren. Aus dieser Geschichte konnte sie sich nicht einfach mit guter Organisation herausmanövrieren. Sie saß fest, auf unbestimmte Zeit, mit einem Irren in einem billigen Hotel in der Vorstadteinöde. Ihre Wohnung war verwüstet worden. Ihre Schwester war tot. Der Mann, der ihr geholfen hatte, war tot. Die Polizei hielt sie für verrückt. Und irgendwer versuchte, sie umzubringen.

So war die Situation, und darin fand sich kein Raum mehr, um ihr schwarzes Kostüm aus der Reinigung zu holen oder weiter an dem Amalgamated-Fall zu arbeiten. Ihr Leben war ein Scherbenhaufen. Deshalb weinte sie, was Duran derart bestürzte und verlegen machte, dass er ins Bad hastete und mit einer Hand voll Kleenex wieder herauskam. «Wird schon wieder werden», sagte er und hielt ihr ein Papiertaschentuch hin. «Nicht weinen.» Was alles nur noch schlimmer machte, weil das ihre Mutter immer zu ihr gesagt hatte.

Und ihre richtige Mutter – «DeeDee» – war eine Katastrophe gewesen.

Mit fünfzehn schwanger. Mit sechzehn Sozialhilfeempfängerin. Mit achtzehn heroinsüchtig. Mit vierundzwanzig in der Autopsie. Zu viel des Guten, wie der Gerichtsmediziner feststellte.

Nikki war alt genug gewesen, um sich an die letzte Überdosis ihrer Mutter zu erinnern, und sie hatte Adrienne oft davon erzählt, wie sie, Nikki, hysterisch geworden war, als sie ihre Mutter in einer Lache Erbrochenem fand. Wie sie weinend und schreiend durchs Haus gerannt war, während die dreijährige Adrienne (und an dieser Stelle spielte Nikki immer Adriennes Rolle, das Gesicht die reine Unschuld, die Augen groß und ernst) zu den Nachbarn gelaufen war und gesagt hatte: «Wir brauchen Hilfe. Meine Mommy ist krank.»

Adrienne erinnerte sich nicht mehr daran. Tatsächlich erinnerte sie sich überhaupt nicht mehr an ihre Mutter – nur an die tröstlichen Worte und manchmal an ein süß duftendes Kleenextuch. Was Dad anging, tja…

Sein vollständiger Name war wohl ‹Unbekannt›. Zumindest stand das auf der Geburtsurkunde in der Rubrik *Vater.*

Sie und Nikki hatten oft gemeinsam überlegt, wer er war. Eine Zeit lang stellten sie ihn sich als stattlichen Geschäftsmann und Erfinder mit einem Namen wie ‹Charles DeVere› vor, der in einer der reichen Enklaven im Brandywine Valley wohnte. Gefangen in einer gefühlskalten Ehe, hatte er sich in ihre schöne, wenngleich unglückselige Mutter verliebt, die sich, als sie ihn verlor, zuerst mit Alkohol und dann mit Drogen zu trösten versuchte. Schließlich war sie in den Slums von Wilmington gelandet, wo sich alle Spuren verloren. Selbst jetzt noch suchte ihr Vater – und es war immer ihr gemeinsamer Vater, wie hoch die Wahrscheinlichkeit unterschiedlicher Erzeuger auch war – nach seinen verschollenen Töchtern, indem er in allen großen Zeitungen inserierte und scharenweise Privatdetektive engagierte.

«Worüber lachen Sie?», fragte Duran, der auf dem Bett saß und den Telefonhörer zwischen Ohr und Schulter geklemmt hatte.

Die Frage riss Adrienne aus ihren Erinnerungen. Sie hatte aus dem Fenster auf den Parkplatz gestarrt und aus irgendeinem Grund in sich hineingelacht. «Ich musste gerade an meinen Vater denken», sagte sie. Dann sah sie, dass Duran telefonierte, und wurde mit einem Mal misstrauisch. «Wen rufen Sie an?», fragte sie argwöhnisch.

«Pizza-Service», erwiderte Duran.

«Oh.»

«Ich bin in der Warteschleife. Wollen Sie Salami drauf?»

Sie nickte. «Hört sich gut an.»

Dann meldete sich jemand am anderen Ende, und Duran gab die Bestellung auf. Adrienne blickte wieder zum Fenster hinaus, während ein sanfter Regen gegen die Scheibe getrieben wurde. In einer Gegend wie dieser war sie aufgewachsen, ein paar Meilen außerhalb von Wilmington.

Sie und Nikki hatten dort bei ihrer Großmutter gelebt. Sie erinnerte sich an Gram wirklich, aber nicht sehr gut, und vor allem, so vermutete sie, aus Nikkis Erzählungen. Am besten erinnerte sie sich noch an den Geruch von Grams Zimmer, das reinste Elixier. Eine Mischung aus medizinischen Düften mit dem schwachen Aroma von Kosmetika.

Gram sprach nie über ihre Tochter und hatte sogar alle Fotos von ihr vernichtet. Das Thema DeeDee Sullivan war tabu. Nach ihr zu fragen, endete stets mit Tränen, so dass Adrienne recht früh lernte, ihre Neugier zu zügeln. Nicht so Nikki, die schonungslos versuchte, ihrer Großmutter Informationen zu entlocken, und dafür unweigerlich mit irgendwelchen Verboten und tagelangem Schweigen bestraft wurde.

Als Gram starb, war Adrienne fast sechs und Nikki elf. Die ersten zwei Monate lebten sie bei einem älteren Ehepaar, das Pflegekinder aufnahm, weil man dafür Geld bekam. Gleich bei ihrer Ankunft wurden ihnen mit einem ätzenden Shampoo gegen Läuse die Haare gewaschen, und sie mussten um acht ins Bett. Von da an durften sie nur noch einmal pro Woche baden und mussten jeden Abend beten. Nikki war untröstlich, weil sie nicht duschen oder sich die Haare waschen konnte, und sagte ihrer Pflegemutter, Mrs. Dunkirk, ins Gesicht, sie sei eine «knickerige Ziege».

Anders als Nikki war Adrienne stets brav und folgsam, weil sie hoffte, dass die Dunkirks sie dann beide behalten würden, was sehr viel besser war als die Alternative – die sie nicht kannte und sich auch nicht ausmalen wollte.

«Die liefern in zwanzig Minuten», sagte Duran und legte den Hörer auf. «Wenn nicht, ist die Pizza kostenlos.»

Adrienne nickte, in Gedanken noch immer bei ihrer Schwester und ihrer gemeinsamen Kindheit. Nach den Dunkirks kamen drei andere Pflegeeltern und eine Reihe von kurzen Heimaufenthalten, dann nahmen Deck und Marlena sie auf.

Genug jetzt, dachte sie. «Ich geh duschen», sagte sie, während Duran die Fernbedienung auf den Fernseher richtete.

Die Pizza kam, als Adrienne gerade wieder angezogen war, das Gesicht rot und glänzend vom heißen Wasser. «Tut mir Leid wegen vorhin», sagte sie zu Duran, als sie ins Zimmer trat.

Duran blickte sie überrascht an.

«Mein kleiner Heulanfall», erklärte sie. «Ich hab bloß... mal kurz die Nerven verloren.»

«Ach so, das», erwiderte er und dachte – denn das war der eigentliche Grund für seine Überraschung – mein Gott, ist sie schön. Er hatte sie noch nie richtig angesehen, nicht so. Ihr feuchtes Haar hatte die Farbe alter Kupfermünzen und umrahmte ihr Gesicht in kleinen

Löckchen. Hastig hob er den Deckel der Pizzapackung und schob sie zu ihr übers Bett, ein Angebot – das beste, was er in diesem Augenblick machen konnte.

«Sieht gut aus», sagte sie, nahm sich ein Stück und ging damit zum Schreibtisch am Fenster. Sie setzte sich und fing an, auf dem kleinen Block neben dem Telefon eine Liste zu machen.

1) Arbeit –
   a. Kleidung und Make-up
   b. Slough anrufen
   c. Asphalt-Info in Lexis abfragen
2) Nikkis Asche
3) Duran –?
4)

Sie saß da und trommelte mit dem Stift auf den Block, während Duran MTV guckte. Schließlich kam sie zu dem Schluss, dass es keine Nummer 4 gab. Unter dem Stichwort «Arbeit» gab es möglicherweise noch d-e-f-g, aber eine Nummer 4 gab es eindeutig nicht. Nur ihr Job, die Asche ihrer Schwester, die darauf wartete, verstreut zu werden, und Duran – der für sich allein schon ein ganzes Alphabet war.

«Wer ist ‹Slough›?», fragte Duran, der neben sie getreten war und auf die Liste spähte.

«Meine Kanzlei», erwiderte sie. «Seien Sie ruhig. Ich muss nachdenken.» Die Finger ihrer linken Hand wippten in der Luft. Unter Duran schrieb sie:

a. Hintergrund – Detektor
b. Patientenunterlagen
c. Computer
d. Patienten –

«Den Detektortest hab ich bestanden», erklärte er, weil er ihr helfen wollte und sich insgeheim freute, einen so hervorragenden Platz auf ihrer Liste einzunehmen. Sie sah zu ihm auf und nickte.

«Stimmt», sagte sie. «Das haben Sie. Ich frage mich nur wie.»

«Da gibt's kein Geheimnis», konterte er. «Ich habe einfach die Wahrheit gesagt.»

«Das haben Sie eben nicht. Sie sind nicht Jeffrey Duran – das wissen Sie selbst. Sie waren doch auf dem Friedhof.»

«Richtig», sagte Duran. «Das ist wahr, aber... ich habe da so eine Theorie.»

«Ach wirklich?», fragte Adrienne. «Da bin ich aber neugierig.»

«Okay», sagte er und setzte sich auf die Bettkante. «Ich sehe das so: Meine Eltern haben mir diesen Namen gegeben. Ich bin damit aufgewachsen. Und ‹Duran› war auch ihr Name. Wenn dieser Name also gestohlen war – wenn er von einem Grabstein stammte oder so –, dann haben meine Eltern ihn sich selbst gegeben.»

Adrienne runzelte die Stirn und überlegte. Schließlich sagte sie: «Und warum hätten sie das machen sollen?»

«Das ist nur eine Vermutung», sagte Duran, «aber vielleicht waren sie auf der Flucht.» Als Adrienne verächtlich schnaufte, erläuterte er den Gedanken: «Damals gab es viele militante Antikriegsgruppen. Vielleicht gehörten sie zu den ‹Weathermen› oder so.»

Adrienne sagte eine Weile nichts und dann: «Das ist Ihre Theorie?»

Duran zuckte die Achseln. «Ja.»

«Und was ist mit den Unis, auf denen Sie angeblich waren – Brown und Wisconsin?»

«Was soll damit sein?»

«Die haben noch nie von Ihnen gehört!», sagte Adrienne mit Nachdruck, lehnte sich zurück und warf den Stift auf den Tisch.

«Das ist bloß ein Computerfehler», erklärte Duran. «Ich bin bei beiden auf der Liste der Ehemaligen. Ich bekomme monatlich Post von denen. Entweder wollen sie Spenden haben oder bieten mir irgendwelche T-Shirts mit ihren Logos an. Das einzige, was fehlt, sind Belege über meine Scheine und so.»

«Und wie erklären Sie sich das?»

«Ich weiß es nicht, aber wahrscheinlich ist da bloß in der Verwaltung was schief gelaufen. Aber entscheidend ist doch: Ich weiß, wo ich studiert habe. Und ich habe an Brown geschrieben und ich habe an Wisconsin geschrieben und gebeten, die Sache aufzuklären. Ich denke also, dass ich bald die entsprechenden Entschuldigungen in der Post haben werde. Und wenn ich die habe, fax ich sie Ihnen zu. Versprochen.»

«Nun ja, das ist eine interessante Theorie –»

Duran lachte. «Ich war neulich noch auf einem Klassentreffen!»

«Wie bitte?»

«Sidwell. Das ist eine Privatschule –»

«Ich weiß, was Sidwell ist.»

«Gut, also da war ich.»

Adrienne beäugte ihn misstrauisch. «Und wie war's?»

«Wie es war? Wie ein Klassentreffen eben. Was denken Sie denn?»

«Ich weiß nicht. Ich war noch nie auf einem.»

«Tja, also es war schön!», schwärmte Duran. «Ich hab sie alle wieder gesehen.»

«Wen denn zum Beispiel?»

«Bunny Kaufman», antwortete er, ohne zu zögern. «Adam Bowman.»

«Waren das Freunde von Ihnen?»

Diesmal zögerte er für den Bruchteil einer Sekunde, dann sagte er: «Ja!»

Sie blickte skeptisch.

«Na ja, Freunde nicht gerade», schränkte er ein. «Die meisten waren Leute, die man gegrüßt hat und so – aber Adam nicht. Wir waren zusammen in der Basketballmannschaft.»

«Und die haben Sie wiedererkannt?»

Duran nickte. «Ja ... anscheinend.»

Sie blickte verwirrt. «Anscheinend?»

Ein schwerer Seufzer von Duran. «Ehrlich gesagt, ich glaube, die hatten keine Ahnung, wer ich bin.»

Adrienne machte große Augen, dann lächelte sie. «Donnerwetter, das war ehrlich.»

Auf Durans Gesicht lag ein Ausdruck von Leere und Hilflosigkeit. «Irgendwas geht mit mir vor», gab er zu. «Das weiß ich. Ich weiß bloß nicht, was.»

Seine Offenheit oder das, was wie Offenheit schien, verblüffte sie. Aber sie wusste auch, dass Soziopathen Meister der Manipulation sein konnten. Und vielleicht, so dachte sie, sollte sie Duran als einen potentiell gefährlichen Mandanten betrachten, dessen Unschuld äußerst fraglich war.

«Ich würde Ihnen ja gerne glauben», sagte sie zu ihm, «aber es gibt einfach so vieles, das keinen Sinn macht.»

«Was zum Beispiel?»

Sie warf einen Blick auf ihre Notizen. «Ihre Patientenunterlagen.»

«Was ist damit?»

«Es gab keine.»

Duran schüttelte den Kopf. «Ich glaube, das war bloß ein Missverständnis.»

«Ein Missverständnis? Da gibt es nichts misszuverstehen. Da war ein Foto. Und mehr nicht.»

«Ich weiß, aber... Überlegen Sie doch mal, das war alles ziemlich verwirrend. Ich meine, Ihr Bekannter hat sich aufgeführt wie Dirty Harry, und das meiste hat wahrscheinlich auf meinem Schreibtisch gelegen. Ich muss dran gearbeitet haben, als Sie kamen.»

Adrienne blickte ihn ungläubig an.

«Wir können das überprüfen», schlug Duran vor. «Wir gehen hin – nicht heute Abend, aber demnächst. Und dann ist da noch mein Computer. Ich habe meine Kommentare meistens am Computer geschrieben. Das ist also alles auf Festplatte, und Sie könnten doch bestimmt per Gerichtsbeschluss die Herausgabe der Bänder erwirken.»

«Welche Bänder?»

«Ihre Schwester kam zweimal die Woche zu mir», erklärte Duran. «Alle unsere Sitzungen habe ich auf Band aufgenommen – für die Versicherungsgesellschaft.»

«Welche?»

«Mutual General Assurance. Die sitzen in New York.» Er hielt inne und machte eine Dose Cola auf. «Und jetzt erzählen Sie mir mal was», sagte er.

Adrienne sah ihn fragend an. «Was denn?»

Er zuckte die Achseln. «Ich weiß nicht.»

Sie überlegte kurz, dann sagte sie: «Also... Nikki hatte eine Waffe.»

Duran blickte verblüfft. «Was für eine Waffe?»

«Ein Gewehr.»

Jetzt sah Duran sie fragend an. «Wozu hatte sie denn ein Gewehr?»

«Ich weiß es nicht.»

«Vielleicht war es ein altes Sammlerstück», schlug er vor.

Adrienne schüttelte den Kopf. «Es war neu. Es hatte ein Zielfernrohr. Und einen Schalldämpfer.»

«Das gibt's nicht!»

«Im Ernst!», beteuerte sie.

Duran wurde nachdenklich.

«Was ist?», fragte Adrienne.

«Ich hab gerade überlegt … Nico litt an einer dissoziativen Störung, ausgelöst durch posttraumatischen Stress.»

«Und?» Adriennes Augen blitzten misstrauisch. Sie wusste, was gleich kommen würde – und es war Schwachsinn.

«Und deshalb hatte sie möglicherweise Rachegedanken.»

«Rache wofür?», fragte Adrienne, und ihre Stimme wurde hart.

«Für das, was ihr angetan wurde.»

«Und was war das?»

«Ich weiß, dass Sie das nicht hören möchten, aber ich denke, Ihre Schwester war das Opfer eines systematischen und langjährigen sexuellen Missbrauchs –»

«Quatsch –»

«– durch ihre Pflegeeltern.»

«Schwachsinn!»

«Das ist kein Schwachsinn. Und Ihre Reaktion ist typisch. Eine Schwester ist bereit, sich dem Missbrauch zu stellen, die andere beharrt darauf, dass alles in Ordnung ist. Die eine klagt an, die andere verteidigt.»

«Es ist nie passiert. Ich meine, überlegen Sie doch mal – das ist lächerlich. Leute mit Kapuzen!»

Duran zuckte die Achseln. «Ihre Schwester hat sehr detaillierte Schilderungen abgegeben, und Sie waren um einiges jünger, auch wenn es über Jahre ging. Manchmal begreifen die jüngeren Opfer nicht, dass das, was ihnen widerfahren ist, sexueller Missbrauch war. Oder überhaupt einen sexuellen Charakter hatte. Es könnte also sein, dass Sie sich erinnern, aber nicht das Vokabular zur Verfügung haben, um es so zu verstehen, wie Nico es verstand.»

Adrienne schüttelte bloß den Kopf. «Sie liegen schwer daneben, Doc!»

«Sie hat alles sehr detailliert erzählt. Sie haben mit Deck und Marlena in Beaumont in South Carolina gewohnt», fuhr Duran fort, «in einem Haus namens Edgemont. Es war weiß. Die Farbe blätterte ab. Und davor standen Immergrüne Eichen.» Er neigte den Kopf und sah sie an. «Wie mache ich mich?»

Sie lächelte. «Das ist so ziemlich alles falsch. Zunächst mal: Ich versichere Ihnen, dass wir niemals in South Carolina gewohnt haben oder in einem Haus mit einem Namen. Wir haben in einem kleinen flachen

Ziegelhaus in Denton in Delaware gewohnt. Und da gab es keine Immergrünen Eichen, bloß ein paar Katalpabäume.

«Und Rosanna?»

«Es hat nie eine Rosanna gegeben», beteuerte Adrienne. «Wir beide waren allein. Bloß Nikki und ich – sonst niemand.»

Mit einem Seufzer stand Duran auf und ging zum Fenster. Sah hinaus auf den Parkplatz. Schließlich drehte er sich zu ihr um und sagte: «Nun ja, ich bin nicht Ihr Therapeut... und vielleicht spielt es ja auch keine Rolle.»

«Wie meinen Sie das?»

«Ich meine, vielleicht spielt es keine Rolle, ob es wahr ist oder nicht – jedenfalls hat Ihre Schwester es geglaubt. Und das könnte die Waffe erklären.»

Adrienne dachte darüber nach. «Das könnte sein», sagte sie. «Bloß...»

«Was?», fragte Duran.

«Wer waren die Männer in Ihrer Wohnung, und warum wollten die mich umbringen?»

Duran schüttelte den Kopf. «Ich weiß es nicht. Aber falls Nikki die Wahrheit gesagt hat, wären Sie eine Zeugin.»

«Aber das ist Jahre her, und ich erinnere mich an gar nichts –»

«Vielleicht jetzt nicht –»

«Vielleicht niemals! Weil es nicht passiert ist!»

«Erinnerungen können wiedergewonnen werden», warf Duran ein.

Sie sah ihn bloß lange an. Dann sagte sie kopfschüttelnd halb zu sich, halb zu Duran: «Nicht zu fassen, dass ich mich mit Ihnen darüber streite...» Und dann, lauter: «Das ist doch verrückt.»

«Was ist verrückt?»

«Alles! Sie!»

«Warum sagen Sie das?», fragte Duran.

«Na ja, Ihre komische Praxis...»

«Was soll damit sein?»

«Sie haben gesagt, Sie hätten zwei Klienten.»

Duran stöhnte auf.

«Und trotzdem», fuhr sie unbeirrt fort, «wohnen Sie in einer großen Wohnung in einer der teuersten Gegenden von Washington.»

«Na und?»

«Na und! Woher haben Sie das Geld?», fragte Adrienne.

«Also, zunächst einmal, ich berechne 85 Dollar die Stunde.»

«Und Sie haben – wie viele? Zwei Patienten – wie oft?»

«Zweimal die Woche – jeweils», antwortete Duran.

«Na, wie viel macht das? Tausendfünfhundert im Monat?»

Duran blickte finster. Allmählich fiel ihm das Atmen schwer. Nach einem Moment nickte er bloß, weil er seiner eigenen Stimme nicht recht traute.

«Schon allein Ihre Wohnung kostet mehr! Wovon bezahlen Sie Ihr Essen?»

Duran verdrehte die Augen und stand auf. Er ging durchs Zimmer, nahm die Fernbedienung und zielte damit auf den Fernseher. Adrienne beobachtete ihn, wie er die Kanäle durchschaltete. Ein Krimi. Ein Spielfilm. Eine Talkshow.

Schließlich riss sie ihm die Fernbedienung aus der Hand und schaltete den Fernseher ab. «Sie können nicht von zwei Klienten leben, Doc – das geht einfach nicht!»

«Zwei Klienten sind normal», beruhigte Duran sie. «Zwei Klienten sind gut.»

Sie starrte ihn an. Das war genau das, was er schon im Taxi auf dem Weg zur Polizei gesagt hatte. Sie beugte sich zu ihm vor.

«Von zwei Klienten können Sie nicht leben!», flüsterte sie.

«Klar kann ich», erwiderte Duran. «Zwei Klienten sind normal, zwei Klienten sind gut.» Aber ihre Worte schienen ihn zu beunruhigen. Er runzelte die Stirn, als wollte er etwas aus seiner Erinnerung klauben. Dann erhellte sich seine Miene. «Außerdem habe ich ein wenig Geld. Meine Eltern, wissen Sie, sie hatten eine Lebensversicherung.»

Sie setzte sich neben ihm aufs Bett. «Ach ja», sagte sie. «Ihre Eltern.»

Nach einem Moment sah er sie an. «Was?!»

«Selbst wenn das stimmt», sagte sie, «zwei Klienten ergeben noch nicht gerade eine Praxis, oder? Ich meine – was machen Sie mit dem Rest Ihrer Zeit?»

Mit einem genervten Stöhnen stand Duran auf und ging wieder zum Fenster. Lange Zeit blieb er dort stehen, blickte gedankenverloren, ausdruckslos hinaus auf den Parkplatz, während Adrienne ihn anstarrte. Endlich schloss er die Augen und drückte die Stirn gegen die kühle Scheibe. So verharrte er zehn oder fünfzehn Sekunden, dann drehte er sich zu ihr um und erklärte mit einem bedauernden Lächeln: «Zwei Klienten sind normal. Zwei Klienten sind gut.»

21

Sie konnte nicht schlafen, nicht mit Duran im selben Raum.

Er hatte ihr zwar das Leben gerettet, aber es war offensichtlich, dass irgendetwas mit ihm nicht stimmte. Die Panikattacken und roboterhaften Antworten, die fingierte therapeutische Praxis, die falsche Identität … Er war völlig übergeschnappt. Man brauchte nicht viel Phantasie, um sich vorzustellen, wie dieser ansonsten gut aussehende und sympathische Mann mitten in der Nacht eine dunkle Metamorphose durchlief. Sie sah förmlich vor ihrem geistigen Auge, wie er sich in Anthony Hopkins verwandelte und dabei sein eigenartiges kleines Mantra vor sich hin murmelte, dass zwei Klienten normal seien …

Aber schließlich konnte sie nirgendwo anders hin. Ihre Wohnung war nicht mehr ihre Wohnung, nicht nach dem, was da passiert war. Wer auch immer das Chaos angerichtet hatte, er konnte jederzeit wiederkommen. Die Polizei würde ihn nicht daran hindern.

Also setzte sie sich in den Sessel am Fenster, las und döste vor sich hin, wachte ruckartig auf, schlummerte wieder ein. Schließlich sickerte die Morgendämmerung über den Highway hinter dem Hotel und tauchte den Parkplatz in unheimliches Licht.

Sie stand auf, klatschte in die Hände und zupfte an der Decke über Duran. «Gehen wir!»

«Hä?» Duran stützte sich auf einen Ellbogen und blinzelte in ihre Richtung. «Wie viel Uhr ist es?»

«Halb sieben!»

«Gott!», ächzte Duran, rollte sich auf die Seite und zog die Decke über den Kopf.

«Kommen Sie», sagte Adrienne. «Ich will in Ihre Wohnung.»

Schlaftrunken kam Duran hoch und rieb sich die Augen. «Halten Sie das wirklich für eine gute Idee?», fragte er.

Adrienne zuckte die Achseln. «Die Polizei war doch gerade erst da. Ich dachte, wir sehen uns mal Ihren Computer an.»

Duran nickte, noch immer verschlafen. Endlich schwang er die Beine aus dem Bett.

«Ich hab darüber nachgedacht, was passiert ist», erklärte Adrienne. «Woher die wussten, dass Bonilla und ich da waren.»

Duran brummte und fing an, seine Socken anzuziehen. «Ja ... und zu welchem Schluss sind Sie gekommen?»

«Dass Ihr Telefon abgehört worden ist. Oder... Sie haben ihnen gesagt, dass wir kommen.»

Duran zog die Stirn kraus. «Ich hab niemandem irgendwas gesagt.» Er gähnte, schüttelte den Kopf und blinzelte den Schlaf weg.

«Sie haben gesagt, einer von den Männern wäre Ihnen bekannt vorgekommen», erinnerte Adrienne ihn.

«Ja schon, aber – nur ganz vage. Als hätte ich ihn mal irgendwo auf der Straße gesehen oder so.»

«Aber –»

«Wieso sollte jemand mein Telefon abhören?», fragte Duran.

Adrienne sah ihn direkt an. «Wollen Sie eine ehrliche Antwort?»

Duran nickte, von der Frage überrascht. «Natürlich.»

«Weil irgendwas mit Ihnen vorgeht.»

Durans Augenbrauen sackten nach unten. «Was denn?»

«Ich weiß es nicht», erwiderte Adrienne.

Er dachte kurz darüber nach. Schließlich sagte er: «Vielleicht haben Sie Recht.» Er stockte. «Vielleicht aber auch nicht.»

«Was meinen Sie damit?»

«Ich meine: Sie sind es, die sie umbringen wollten. Sie sind es, deren Wohnung auseinander genommen worden ist. Vielleicht wird ja Ihr Telefon abgehört.»

Sie war verunsichert. Was er sagte, ergab Sinn. Aber dann wiederum: ‹Zwei Klienten sind normal. Zwei Klienten sind› – «Glauben Sie mir», sagte sie. «Es geht um Sie.»

Sie nahmen die U-Bahn von Springfield bis zur Station Cleveland Park, von wo aus sie in fünf Minuten The Towers erreichten.

Duran schloss die Eingangstür auf, und sie betraten die Lobby, eine große marmorne Halle mit einem riesigen Kronleuchter, der ein Arrangement aus geschmackvollen Couchs und gerahmten Schwarzweißfotos vom alten Washington beschien. Es gab keine Portiers, bloß einen Sicherheitsdienst, von dem jedoch momentan niemand auf dem Posten war.

Weder Adrienne noch Duran sprachen ein Wort, während der Fahrstuhl sie ruckelnd in den sechsten Stock trug. Schließlich wurde er langsamer und blieb stehen, die Türen öffneten sich mit einem lauten Pling, und sie sahen den Flur vor sich.

«Ganz vorsichtig», flüsterte Adrienne. Duran signalisierte mit einem Nicken, dass er verstanden hatte.

Als er den Schlüssel ins Schloss schob, ihn umdrehte und die Wohnungstür aufschob, rechnete er fast damit, dass der Bär mit der Wucht eines plötzlichen Unwetters auf sie zugestürzt kam. Doch nichts geschah – keine Bewegung und kein Geräusch, bis auf das leise Summen des Kühlschranks. Duran trat ein und bemerkte erstaunt, wie die Anspannung von ihm wich. Er erinnerte sich, wie anonym und gesichtslos ihm die Wohnung vorgekommen war, als er sie nach dem Lügendetektortest betreten hatte. Aber jetzt empfand er das anders. Die Wohnung hat was, dachte er. Ich bin einfach gerne hier. «Kommen Sie rein», sagte er beinahe zu laut.

Adrienne bedeutete ihm, leise zu sein, denn sie sah auf den ersten Blick, dass sich irgendjemand gewaltige Mühe gegeben hatte, die Spuren der Gewalttat zu beseitigen, die sich am Vortag hier abgespielt hatte. Keine Leichen, kein Blut. Bloß der leichte Kiefernduft eines Reinigungsmittels in der Luft.

Sie bewegte sich langsam durch den Raum und suchte nach irgendwelchen Anzeichen des Zwischenfalls. Sie wollte schon aufgeben, als sie fündig wurde: eine Delle in der Wand und eine Furche in der hölzernen Fußleiste. «Sehen Sie?», sagte sie. «Schussspuren.»

Duran nickte. «Ich bin schon gläubig», erklärte er. «Ich war dabei.» Er betrachtete den Schaden. «Die Kugeln haben sie natürlich rausgepult.»

Sie seufzte. «Ich kann verstehen, warum die Polizei uns nicht geglaubt hat», sagte sie. «Ich meine, wenn mir jemand was von einem Mord und Leichen und Blut erzählen würde – und ich gehe hin und finde rein gar nichts ...» Ihre Stimme verlor sich. «Ich meine, wer sucht denn da noch nach Löchern im Holz? Wer sieht sich da noch weiter um? Ich würd's nicht tun.»

Sie ging zu der Stelle, wo Bonilla gelegen hatte, und starrte auf den Boden. Schließlich sagte sie: «Ich versteh das nicht.»

«Was denn?», fragte Duran.

«Nichts von alledem. Ich kann mir ja noch vorstellen, dass sie alles rechtzeitig wieder sauber machen konnten, bevor die Polizei eintraf, aber... was haben sie mit Eddie gemacht? Und dem anderen Mann? Wie haben sie sie aus dem Gebäude geschafft?»

Duran schüttelte den Kopf, ebenso ratlos wie sie. «Vielleicht durch die Garage?» Dann deutete er auf den kleinen Tisch neben der Couch. «Sehen Sie sich das an», sagte er.

Adrienne zog die Stirn kraus. «Was?»

«Die Lampe», sagte Duran. «Sie ist weg. Ist wahrscheinlich kaputtgegangen, als ich den Burschen damit geschlagen habe.»

Ein Frösteln durchlief Adrienne. «Wo ist Ihr Computer?»

«Da drin.» Er ging voraus in sein Konsultationszimmer.

«Jetzt sind Sie gefragt», sagte Adrienne und drehte den Schreibtischsessel in seine Richtung.

«Wonach suchen wir?», fragte Duran, als er vor dem Computer Platz nahm.

«Patientenunterlagen. Adressen. Alles, was wir finden können.»

Er schaltete den Computer ein, und der Rechner begann zu surren und zu klicken, absolvierte seine rätselhaften Schritte, um hochzufahren. Es dauerte eine Minute, bis schließlich das Hintergrundbild erschien und dann die Icons. Schließlich hörten sie das Trompetensignal. «Also, wo soll's denn heute hingehen?», fragte er und legte die Fingerspitzen auf die Tastatur.

«Patientenunterlagen. Haben Sie einen Ordner für Nikki?»

Duran nickte. Er tippte rasch etwas ein, klickte dann auf «öffnen», und gleich darauf erschienen die Namen von 56 Dateien in einem kleinen Fenster. Die meisten hatten den Dateinamen ‹Nico› mit einer Zahl nach dem Namen. Adrienne sah ihm über die Schulter.

«Was bedeuten die Zahlen?», fragte sie.

«Erste Sitzung, zweite Sitzung, dritte... und so weiter.»

«Gucken Sie mal in ‹Aufnahme›», schlug sie vor.

Duran schob den Mauspfeil auf die Datei, machte einen Doppelklick und öffnete sie. Auf dem Bildschirm erschien eine Seite, die nur aus lauter Reihen mit der Zahl 1 bestand. Tausende. Ungläubig scrollte Duran von der ersten auf die zweite Seite des Dokuments und dann zur dritten. Sie sahen alle gleich aus. Schließlich blickte er Adrienne an. «Ich verstehe das nicht», sagte er.

«Lassen Sie mich mal!»

«Wirklich?»

Sie nickte, nahm seinen Platz ein und fing an zu tippen. «Während meiner Ausbildung hab ich halbtags bei einer Computer-Hotline gearbeitet», erzählte sie, während ihre Finger förmlich über die Tasten flogen. «Ich war zwar nur für die leichteren Fragen zuständig, aber...» Sie hörte auf zu tippen und sah zu ihm hoch. «Houston, wir haben ein Problem.»

«Das sehe ich, aber was für eins?»

Sie deutete auf den Bildschirm. Er sah, dass sie eine Liste der Dateien im Sullivan-Ordner aufgerufen hatte. Sie deutete auf die letzte Spalte rechts außen. Sie trug die Überschrift ‹geändert›, und darunter war eine Reihe von Daten und Uhrzeiten, die jeweils zu einem Dateinamen gehörten. Die Daten waren alle gleich, die Uhrzeiten nur Minuten auseinander. 14. November, 3:02.

«Verdammt», knurrte Adrienne.

«Was?»

Sie ließ ihn nicht zu Wort kommen. «Wie heißt Ihr anderer Patient?»

«De Groot.» Er buchstabierte den Namen.

«Gibt es einen Ordner für de Groot?»

«Ja.»

Wieder tippte sie etwas ein und lehnte sich dann zurück, während der Monitor flackerte und die Dateien im de-Groot-Ordner aufgelistet wurden. Auf den ersten Blick konnten sie sehen, dass sämtliche Dateien am 14. November gegen drei Uhr morgens geändert worden waren. Versuchsweise rief Adrienne *De Groot 13* auf – doch auch die Datei bestand ausschließlich aus der Zahl 1, Zeile um Zeile um Zeile.

Sie seufzte. «Irgendjemand hat letzte Nacht Ihre Textdateien gelöscht», erklärte sie. «Und zwar nur die Textdateien.»

Duran konnte es nicht fassen. «Wie?»

Adrienne zuckte die Achseln. «Das ist nicht schwer. Ich wette, wenn Sie ‹Programme› aufrufen, sehen Sie da eine kleine Datei mit einem niedlichen Namen wie... ‹Eraser› oder ‹Textburn›.»

«Das gibt's doch nicht.»

«Und ob.»

«Da hat also jemand ein Programm geschrieben, um –»

Sie schüttelte den Kopf. «So was kann man sich aus dem Internet runterladen.» Sie rollte den Sessel weg vom Computer, während Duran leise vor sich hin fluchte.

«Aber die Informationen sind doch noch da», behauptete er. «Die sind nicht wirklich weg.»

«Nein?», sagte sie mit gerunzelter Stirn.

«Nein», sagte er. «Das ist wie mit dem menschlichen Gedächtnis. Selbst bei Amnesie ist es bloß eine Frage des Zugriffs. Die Daten sind noch ‹auf der Festplatte›, irgendwo. Der Unterschied ist nur, dass jemand die Adressen gelöscht hat.»

Adrienne schüttelte den Kopf. «Die haben nicht die Adressen gelöscht. Die haben aus den ‹Daten› der Dateien einfach jede Menge Einsen gemacht. Das ist jetzt der Inhalt. Wie wir gesehen haben.» Sie warf einen Blick auf den Bildschirm. «Es sei denn, Sie haben Sicherungskopien auf Diskette gemacht.» Sie sah ihn hoffnungsvoll an.

«Hier drin», erwiderte Duran und zog die Schublade auf der linken Schreibtischseite auf. Doch da waren bloß Kugelschreiber, Bleistifte, Scheren und Textmarker. Ein Heftklammernentferner und Büroklammern. «Ich meine, da waren sie.»

Adrienne blickte sich um, griff dann in den Papierkorb neben dem Schreibtisch. «Ist sie das?», fragte sie und hielt eine Diskette hoch, die jemand zusammengeknickt hatte wie eine leere Bierdose.

Duran sah auf das Etikett und stieß einen Fluch aus.

«Sie haben gesagt, Sie hätten Tonbänder aufgenommen», rief Adrienne ihm in Erinnerung.

Duran nickte.

«Und wo bewahren Sie die auf?»

«Gar nicht», sagte er. «Ich schicke sie an –» Plötzlich verzog er das Gesicht und stöhnte: «Ohhh, Mann …»

«Was ist?», fragte Adrienne.

Kopfschüttelnd griff Duran in seine Jacketttasche und holte eine Kassette mit der Aufschrift *De Groot 34* heraus. «Die hätte ich eigentlich abschicken sollen, aber dann ging ja alles drunter und drüber.»

«Ist das die einzige, die Sie haben?»

Duran nickte.

«Wie steht's damit?», fragte Adrienne und nickte Richtung Anrufbeantworter.

Er sah ihn sich an. «Da ist bloß eine Nachricht drauf», sagte er und drückte mit dem Zeigefinger auf die Rückspultaste. Zuerst langsam, dann immer schneller spulte das Band zurück und gab dabei ein hohes, tonloses Wimmern von sich. Schließlich hielt es ruckartig mit einem lauten Klicken an.

«Da hatte aber jemand viel zu erzählen», bemerkte Duran und drückte auf Play.

Zuerst kam nur ein knisterndes Rauschen, dann sprach eine Männerstimme leise und vertraulich. «Hallo Jeff, ich hab eine Nachricht für dich – also pass gut auf, ja? Die Nachricht ist nur für dich. Leg alles andere weg und hör genau zu…» Wieder war ein leises Rauschen zu hören, und dann drang ein tiefer, vibrierender Ton aus dem Gerät, als hätte jemand eine Stimmgabel angeschlagen. Das Signal wurde lauter und leiser, wurde schwächer und pulsierte, so dass es scheinbar näher kam, um sich dann wieder zu entfernen – und erneut zurückzukehren.

Adrienne war irritiert von dem Geräusch und lauschte angestrengt, um zu erkennen, was es war. Aber es gelang ihr nicht. Es war bloß ein elektronischer Ton, der keinerlei Rückschlüsse auf seine Herkunft zuließ. Nach einer Weile gab sie auf und drehte sich entnervt zu Duran um.

Er stand wie gelähmt da.

«Jeff?» Sie hatte ihn noch nie mit seinem Vornamen angeredet, und es kam ihr komisch vor. Er jedoch registrierte es gar nicht. Er blieb, wo er war, gebannt von dem Signal, das aus dem Anrufbeantworter drang. Adrienne fasste ihn am Ärmel und sprach ihn erneut an, und erneut zeigte er keine Reaktion. «Das ist ein Fax oder so was», erklärte sie und zog ihn sacht am Jackett. «Machen wir, dass wir wegkommen.»

Und noch immer keine Reaktion von Duran, der jetzt angefangen hatte zu zittern. Sie blickte ihm prüfend ins Gesicht und bemerkte eine dünne Linie aus Schaum, der zwischen seinen Lippen hervorquoll.

«He!», sagte sie in einem eindringlichen Flüsterton und trat unwillkürlich einen Schritt zurück. Allmählich bekam sie es mit der Angst zu tun und versuchte ihn vom Schreibtisch wegzuziehen, aber es nützte nichts. Er war reglos, nicht zu bewegen, eine ein Meter achtzig große Säule aus zitterndem Stein. «Kommen Sie», sagte sie flehend. «Wir müssen weg!» Aber er konnte sie nicht sehen oder hören – das war offensichtlich. Seine Augen waren weit aufgerissen, die Iris verschwunden, die Pupille schwarz, als wäre es Mitternacht in einem finsteren

Keller und nicht später Vormittag in seinem eigenen Konsultationszimmer.

Das Beben wurde jetzt stärker, sein ganzer Körper schüttelte sich. Und dann sah Adrienne voller Entsetzen, dass er anfing zu bluten, ein dünner Blutfaden, der aus den Nasenlöchern vorne auf sein Hemd tröpfelte. Sie wusste, was sie tun musste – der Anrufbeantworter war in Reichweite –, aber Arme und Beine wollten ihr nicht gehorchen. Es war fast, als wäre sie in einem Alptraum, gelähmt durch den Anblick einer gespenstischen Erscheinung, die aus dem Keller auf sie zukam.

Und das Blut floss jetzt schneller, ein stetes Rinnsal, das auf den Boden tropfte und ihre Schuhe bespritzte, so dass sie instinktiv zurücksprang. Und durch diese Bewegung brach sie den Bann, unter dem sie gestanden hatte. Keuchend schlug sie auf die Tasten des Anrufbeantworters, bis das Geräusch verstummte.

«Meine Güte», sagte Duran mit benommener Stimme. «Sehen Sie sich das an.» Er schwankte leicht und starrte auf das Blut auf seinem Hemd. «Ich hab Nasenbluten», erklärte er.

Jetzt war es Adrienne, die zitterte. Sie zog ein Kleenex-Tuch aus der Schachtel auf dem Schreibtisch und reichte es Duran. «Von jetzt an», sagte sie, «falls irgendwelche Telefonanrufe anstehen oder Nachrichten abzuhören sind – lassen Sie mich das machen.»

Duran warf ihr einen fragenden Blick zu, dann wandte er das Gesicht zur Decke. «Meinetwegen ...», nuschelte er und hielt den Kopf in den Nacken gelegt. «Wer war das überhaupt?»

«Erinnern Sie sich nicht mehr?»

Er schüttelte den Kopf, noch immer den Blick zur Decke gerichtet. «Nein.»

Plötzlich hatte sie eine Idee. «Na, wollen mal sehen.» Sie griff zum Telefon und wählte *69. Dann nahm sie einen Stift und fing an, auf einen Post-it-Zettel zu schreiben, als eine elektronische Stimme sagte: «Die letzte Nummer, die Ihren Anschluss gewählt hat, war 202-234-8484.» Adrienne legte auf und zeigte Duran die Nummer, aber er wusste nichts damit anzufangen.

«Wir können noch immer Ihren Computer benutzen», sagte sie zu ihm und nahm vor dem Monitor Platz.

«Wozu denn?», erkundigte er sich, als sie das AOL-Icon anklickte.

«Im Internet ist ein umgekehrtes Telefonverzeichnis. Man gibt die Nummer ein und bekommt die Adresse.» Duran sah ihr über die

Schulter, als sie die Telefonnummer eintippte, die sie über *69 erhalten hatte. Die Sanduhr schwebte in der Mitte des Monitors, während sie auf die Antwort warteten.

Dokument wird übertragen 1%..2%..3%..26%..49% Suchergebnis.

Und dann folgende Information:

Barbera, Hector
2306 Connecticut Ave.
Apt. 6-F
Washington, D.C. 20010

Adrienne runzelte die Stirn. «Wer ist Hector Barbera?», fragte sie. Duran starrte eine Weile auf den Bildschirm, dann hob er eine Hand und flüsterte: «Wir sind in Apartment 6-E.»

Es dauerte nur einen Moment, dann weiteten sich Adriennes Augen. Duran griff zum Telefon, ignorierte ihren stummen Widerspruch und wählte die Nummer von Barbera. Gleich darauf konnten sie es nebenan klingeln hören – ein lang gezogenes Zwitschern, das kam und ging. Nach dem sechsten Läuten legte Duran wieder auf.

«Keiner zu Hause», sagte er fest.

Sie nickte, plötzlich erleichtert.

«Wissen Sie, wie man ein Türschloss knackt?», fragte er.

Statt einer Antwort verzog sie das Gesicht.

«Macht nichts», sagte er. «Warten Sie hier.»

«Wo wollen Sie hin?»

«Fitnessstudio.»

«Wie bitte?» Sie wollte ihn schon fragen, ob er den Verstand verloren hätte, doch dann fiel ihr ein, dass sie die Antwort auf diese Frage schon wusste. Natürlich hatte er den Verstand verloren. Das war ja der springende Punkt. «Warum?»

Aber er war schon weg, und einen Moment lang war sie allein in der Wohnung. Allein mit dem Summen des Kühlschranks und dem wechselnden Licht, wenn Wolken vor die Sonne trieben. Aber nicht nur – da war noch ein anderer Klang, den sie nicht genau einordnen und auch kaum hören konnte, ein tiefer Ton. Raumgeräusch, befand sie. Oder etwas anderes.

Dann war Duran zurück, in der rechten Hand eine Zehn-Kilo-Hantel. «Kommen Sie mit», sagte er.

«Aber –»

Er spähte in den Flur, um sich zu vergewissern, dass er menschenleer war, dann ging er hinüber zur Tür von Apartment 6-F. Etwa einen Meter davor blieb er stehen, nahm die Hantel nach hinten, wirbelte dann herum wie ein Diskuswerfer und rammte die zehn Kilo verchromten Stahl genau oberhalb des Schlosses in die Tür, so dass der Pfosten splitterte.

Sobald die Tür aufsprang, trat Duran ein, und was er da sah, raubte ihm den Atem. Die Wand zwischen seiner und Barberas Wohnung war mit einem grauen Drahtgitter überzogen. Vor dem Gitter befand sich ein langer Tisch, auf dem elektronische Geräte standen: Oszillatoren, Verstärker und Empfänger und ein klobiger Apparat, der Duran an die Röntgengeräte in Zahnarztpraxen erinnerte. Dieser Apparat war genau auf die Wand ausgerichtet. Er fühlte sich warm an und eine grüne Leuchtdiode strahlte hell.

Duran sah sich um und stellte fest, dass das Apartment nicht bewohnt wurde. Keine Teppiche auf dem Holzboden, die Wände kahl. Die einzigen Möbel waren ein mattschwarzer Aeron-Stuhl und eine Halogen-Schreibtischlampe. Ein Telefon. Das war alles.

Bis auf die beiden Gegenstände, vor denen Adrienne stand: zwei mit Vorhängeschlössern versehene Schrankkoffer in der hinteren Ecke des Zimmers. Sie spürte, dass Duran sie ansah, und fröstelte. «Es ist eiskalt hier drin.» Und das war es wirklich.

«Er hat die Klimaanlage an», sagte Duran und trat neben sie, die Hantel in der Hand.

Einen Augenblick standen sie nebeneinander und starrten die Koffer an.

«Ich möchte gehen», verkündete Adrienne. «Ich möchte sofort gehen.» Sie zog ihn am Ärmel, doch Duran rührte sich nicht. Und dann machte er wortlos einen Schritt nach hinten, schwang die Hantel und schmetterte sie auf eines der Kofferschlösser.

Adriennes Beine gaben nach, als er den Deckel aufriss. Unwillkürlich stützte sie sich mit einer Hand an der Wand ab und sah weg. Die Stille schwebte zwischen ihnen in der Luft. Endlich fragte sie: «Ist es … Eddie?»

Duran antwortete nicht sofort, schüttelte nur eher verwundert den Kopf. «Ich weiß nicht», sagte er zu ihr. «Aber irgendjemand ist es.»

Sie verließen das Gebäude im Eilschritt, ohne zu wissen, was sie jetzt tun sollten. Adrienne hielt es für das Beste, zur Polizei zu gehen, doch Duran war skeptisch.

«Also schön.» Er spielte den Advocatus Diaboli. «Was, wenn wir wirklich hingehen? Was sollen wir erzählen?»

«Das mit den Koffern.»

«Okay. Und dann?»

«Wie meinen Sie das?», fragte sie.

«Ich meine, was glauben Sie denn, was die dann machen? Denken Sie, die durchsuchen die Wohnung?»

Adrienne dachte eine Weile nach. Schließlich seufzte sie. «Nein. Wahrscheinlich kriegen wir bloß eine Anzeige wegen Einbruchs.»

«Genau», sagte Duran. «Das denke ich auch.»

«Dann gehen wir zu mir», sagte sie. «Wir könnten wenigstens mein Auto holen.»

Wieder schüttelte er den Kopf. «Da könnten Sie sich gleich selbst erschießen», erklärte er. «Ich gehe jede Wette ein, dass sie die Wohnung beobachten.»

«Aber ich brauche ein paar Sachen», sagte sie. «Kleidung. Make-up. Sachen eben!»

«Dann müssen Sie kaufen, was Sie brauchen», entgegnete er. «Bis die Polizei anfängt, nach Bonilla zu suchen, sollten Sie sich wirklich nicht zu Hause blicken lassen.»

Also fuhren sie mit der U-Bahn zum Flughafen und nahmen einen Mietwagen, fuhren dann zum Einkaufszentrum Pentagon City, wo Adrienne sich einen Kulturbeutel kaufte, etwas Make-up, Wäsche und zwei Kleider. Anschließend rief Duran bei der Polizei an und sagte: «Ich möchte etwas melden – ob Sie deswegen irgendwas unternehmen oder nicht, liegt bei Ihnen …» Dann schilderte er kurz, aber präzise, was er in Barberas Wohnung gesehen hatte, nannte die Adresse und legte auf.

Auf dem Weg zurück zum Comfort Inn fing es an zu regnen. Zuerst klatschten nur ein paar Tropfen auf die Windschutzscheibe, und plötzlich, noch bevor Duran herausgefunden hatte, wie man die Scheibenwischer einschaltete, schüttete es wie aus Eimern, so dass er panisch Knöpfe drückte und Hebel betätigte, während er gleichzeitig durch die Frontscheibe spähte.

Als er schließlich den richtigen Schalter gefunden hatte, wandte er sich Adrienne zu und sagte: «Ich hab nachgedacht …»

Adrienne hielt den Blick unverwandt auf die Straße gerichtet. Er fuhr aggressiver, als sie es gewohnt war. «Worüber?»

«Dieser ganze Elektronikkram.»

«Mhm.» Er sprach nicht weiter, also fragte sie: «Und?»

«Na ja, ich hab mir überlegt, dass es vielleicht was mit mir zu tun hat.»

Sie blickte ihn nur an.

Während Duran in Gedanken versunken auf dem Bett lag, stand Adrienne unter der Dusche und ließ sich genüsslich das warme Wasser auf Nacken und Schultern prasseln. Sie dachte an Bill Fellowes, den Praktikanten von der Howard University.

Wie die meisten Praktikanten war Fellowes überwiegend mit untergeordneten Tätigkeiten betraut, aber er hatte eindeutig eine viel versprechende Karriere vor sich. Er war ihr im Amalgamated-Fall zugeteilt worden, um bei der Computererfassung der Dokumente und Memos zu helfen, und sie hatte ein richtig schlechtes Gewissen gehabt. Schließlich war er ein intelligenter Bursche, der Ahnung hatte, und sie gab ihm tagein, tagaus nur Papiere, die durchnummeriert und mit Datumsstempel versehen werden mussten. Dann dachte sie, dass sie im Grunde auch nichts Interessanteres machte als er. Im Gegenteil, sie machten es zusammen.

Sie musste deshalb jetzt an Fellowes denken, weil er im Frühjahr an einem Fall mitgearbeitet hatte, der tatsächlich sehr interessant gewesen war. Adrienne erinnerte sich nicht mehr an die Einzelheiten, aber es ging um ‹wiedergewonnene Erinnerungen› – zumindest glaubte sie das. Jedenfalls hatte damals ein Sachverständiger für den Mandanten der Kanzlei ausgesagt. Sie war sich ganz sicher, weil Bill ein begnadeter Imitator war, und sie sah noch den Ausdruck auf seinem fröhlichen braun gebrannten Gesicht vor sich, wie er bei ein paar Tequilas Szenen aus dem Prozess nachspielte. Der Doktor mit seiner tiefen Stimme war überzeugend gewesen, sehr sachlich.

Sie würde Bill nach dem Namen des Doktors fragen. Vielleicht könnte der sich Duran einmal ansehen, und selbst wenn nicht, er könnte ihr vielleicht einen Tipp in die richtige Richtung geben – einen Kollegen empfehlen oder irgendwas.

Sie stieg aus der Dusche und wickelte sich in ein Badetuch. Das Badezimmer war klein und voller Dampf, der Spiegel nur ein grauer

Fleck. Mit einem Handtuch wischte sie eine Stelle frei, damit sie sich sehen konnte, und fuhr sich dann mit dem Plastikkamm des Hotels durch das wirre Haar. Es nützte wenig. Aber es war Wochenende, und etwas anderes hatte sie nicht da.

Schließlich schlüpfte sie in das marineblaue Kleid, das sie gekauft hatte. Nachdem sie noch Ohrringe angelegt hatte, trat sie aus dem Badezimmer, wie verwandelt.

Duran blickte vom Fernseher auf und stockte. «He», sagte er, «Sie sehen … nett aus.»

«Danke», erwiderte sie. «Es wird spät werden, also warten Sie nicht auf mich. Aber hauen Sie auch nicht einfach ab.»

«Aber… wo wollen Sie denn hin?», fragte er, ebenso argwöhnisch wie besorgt.

«Ins Büro.»

«Büro? Sind Sie wahnsinnig? Wir verstecken uns hier, Herrgott noch mal! Außerdem ist heute Sonntag, Sie können gar nicht ins Büro.»

«Ich muss.»

Duran schaltete den Fernseher aus, setzte sich auf und sah ihr direkt in die Augen. «Irgendjemand versucht, Sie umzubringen! In so einem Fall hat jeder Arbeitnehmer das Recht auf einen freien Tag.»

«Ich kann nicht.»

«Sie müssen.»

«Das werde ich nicht tun.»

«Und was ist, wenn die Ihnen folgen?», wollte er wissen.

«Von hier?»

Er schüttelte den Kopf. «Hierher. Von Ihrem Büro aus.»

«Das machen die nicht. Da müssten sie ja den ganzen Tag über das Büro bewachen, auf die vage Chance hin, dass ich auftauche. Und obendrein meine Wohnung, denn da würde ich ja wohl eher hingehen als ins Büro. Besonders an einem Sonntag, also … Es wird schon gut gehen. Schließlich ist ja nicht der KGB hinter uns her.»

Duran ließ sich wieder aufs Bett fallen. «Woher wissen Sie das?»

Sie lächelte. «Sehr komisch.»

«Sie lassen sich nicht davon abbringen?»

Sie schüttelte den Kopf.

«Dann möchte ich, dass Sie mich anrufen», sagte Duran, «wenn Sie dort ankommen und wenn Sie wieder gehen. Okay?»

Sie war einverstanden.

Der Mietwagen war ein metallic-grüner Dodge Stratus. Er hatte einen penetranten Neuwagengeruch, und als Adrienne Richtung Stadt fuhr, beschlugen andauernd die Scheiben. Der Regen hatte zwar nachgelassen, aber die Luftfeuchtigkeit war enorm hoch. Da Adrienne im Auto nichts Geeignetes zum Abwischen der Windschutzscheibe fand, nahm sie die Finger der rechten Hand zu Hilfe, verschmierte aber nur das Glas.

Nicht, dass sie das sonderlich aufgeregt hätte, denn sie war mit den Gedanken woanders. Sie dachte, dass Duran mit seinen Bedenken Recht hatte. Das Sicherste wäre gewesen, sie hätte sich ein paar Tage krankgemeldet. Aber das ging einfach nicht. Slough hätte dafür kein Verständnis. Und wenn sie alles erklären würde – ihm erzählen würde, was passiert war – tja, das wäre sogar noch schlimmer. Auf Anwälte bei Slough & Hawley wurde nun mal nicht geschossen. Falls doch, waren ihre Aufstiegschancen gleich null.

Und überhaupt, sie hatte keine Angst. Im Gegenteil, angstmäßig war sie völlig ausgelaugt, und das schon seit sehr langer Zeit.

Ein typisches Merkmal von Angst war, dass sie an den Kräften zehrte. Das wusste sie schon seit ihrer Kindheit. Jahrelang hatte sie in einem nahezu permanenten Zustand der Furcht gelebt. Nach Grams Tod war da die Angst, dass niemand sich mehr um sie kümmern würde. Dann, nach einer ganzen Reihe von Pflegeeltern und zwischenzeitlichen Heimaufenthalten, gab es die Angst, geschlagen, angebrüllt, gedemütigt, missachtet oder herumgestoßen zu werden. Sogar die Sozialarbeiter machten ihr Angst, diese verlogene Art, wie sie ihre Hand hielten und bedeutungsschwangere Fragen stellten, deren Tragweite und Konsequenzen sie nicht abschätzen konnte. Dass sie nicht die richtigen Antworten gab, merkte sie, wenn sie enttäuscht mit den Augen zuckten, nachdenklich lächelten, Fragen neu formulierten. Einmal hatte sie mitbekommen, wie sie darüber sprachen, dass eine Familie sich dafür interessierte, das jüngere Kind – also sie – zu adoptieren. Sie war zu Tode verängstigt gewesen. Wochenlang ließ sie Nikki nicht mehr aus den Augen, vor lauter Panik, sie könnten getrennt werden.

Doch das waren akute Ängste gewesen, die beinahe täglich kamen und gingen, wie die Gezeiten. Es gab aber auch eine andere Angst, die chronisch und unveränderlich war, ein Adrenalinräuber, angetrieben von der Furcht, jeder Zufluchtsort, den sie und Nikki gefunden hatten, würde sich bald wieder in Luft auflösen.

Es war also nicht verwunderlich, dass ihre Fähigkeit, sich zu fürchten, nach einer Weile fast auf ein Nichts zusammenschrumpfte und sich Adriennes argwöhnische Wachsamkeit zu der Zeit, als sie und Nikki zu Deck und Marlena kamen, schon in eine Art tumbe Fügsamkeit verwandelt hatte. Jahre später, als Jurastudentin, hatte sie ihre Akte vom Jugendamt angefordert, in der sie reichlich Spekulationen darüber gefunden hatte, was mit ihr «nicht stimmte»: Bindungsunfähigkeit, Borderline-Persönlichkeit, Affektstörung. Die Diagnose variierte von Sozialarbeiter zu Sozialarbeiter. Aber in Wahrheit war es nichts dergleichen: Was mit ihr nicht stimmte, war ganz einfach. Sie war es müde, zu kämpfen.

Sie erreichte Georgetown, das im Regen fast verlassen wirkte. Als sie die K Street entlangfuhr, musterte sie die geparkten Autos am Straßenrand. Alles schien normal. Also suchte sie sich einen Parkplatz auf der Straße, weil die Tiefgarage zwölf Dollar für die ersten drei Stunden kostete.

Die Kanzlei lag nur eine Querstraße weiter, aber trotzdem war sie patschnass, als sie dort ankam. Auf der Toilette tupfte sie sich zunächst einmal das tropfende Haar mit Papiertaschentüchern trocken. Auch ihr Kleid war mehr als nur feucht, aber dagegen konnte sie nichts tun, und außerdem kaschierte die Farbe die Nässe.

Als sie an Bettes Minibüro vorbeikam, sah sie, dass sie konzentriert bei der Arbeit war, irgendetwas in die Tastatur haute, dabei ins Telefon sprach, während gleichzeitig der Drucker summte. Adrienne klopfte im Vorbeigehen an die Tür, und Bette drehte sich um, hob grüßend eine Hand, zog die Augenbrauen hoch und hauchte ein lautloses «Hi!».

Adrienne hängte ihre Jacke auf, setzte sich an den Schreibtisch und schaltete den Computer ein. Während der Rechner hochfuhr, zog sie die oberste Schublade auf, in der sie für Notfälle einen Wasserkocher und ein Glas Instantkaffee aufbewahrte. Sie ging auf den Gang, um den Wasserkocher zu füllen, und als sie zurückkam, wartete Bette auf sie.

«Wo warst du, Scout?»

«Wieso?», fragte Adrienne und stöpselte den Kocher ein.

«Gestern! Das ganze Dream-Team ist hier und kaut die Wunder der Härtungszeiten von Asphalt durch, und du bist – wo? Verschwindest zum Lunch, und jetzt haben wir Sonntag! Was war los?»

Sie überlegte, was sie sagen sollte und was nicht. Es war heikel und zugleich schrecklich, weil sie ihr nun mal nicht von Bonilla und Duran erzählen konnte, ohne wie eine Verrückte zu wirken. Aber sie konnte auch nicht lügen, weil die Wahrheit irgendwann ans Licht kommen würde. Ans Licht kommen musste. Adrienne wollte es so. Bis dahin … «Es ist im Augenblick alles wirklich sehr kompliziert.»

Bette klappte der Unterkiefer runter.

«Tasse Kaffee?», fragte Adrienne.

Bette zwinkerte, kostete den Moment weidlich aus. Schließlich sagte sie: «Okay … also, wann hat Slough dich erreicht?»

Adrienne löffelte glänzende Kaffeekörnchen in zwei Pappbecher. «Mich erreicht?»

Bette erbleichte. «Du meinst – du hast noch gar nicht mit ihm gesprochen? Ach du meine Güte. Warst du denn zwischendurch nicht zu Hause?»

Adrienne blickte finster. «Eigentlich nicht.»

«Na ja, ich hoffe, er war es wert», sagte Bette, «wer auch immer es war, weil nämlich … hast du denn nicht mal deine Nachrichten abgehört?»

Adrienne schüttelte zum zweiten Mal den Kopf.

Bette schlug die Augen zur Decke und seufzte. «Tja also, er hat, wir haben jede Menge Nachrichten für dich hinterlassen.»

Verdammt. Adrienne blieb kurz das Herz stehen, und sie wusste nicht, was sie sagen sollte. Schließlich platzte sie heraus: «Nun sag schon, was ist los?»

Bette kicherte nervös über Adriennes vermeintliche Gleichgültigkeit. «Also, in San Diego hat es irgendeinen Super-GAU gegeben. Slough ist vor ein paar Stunden hingeflogen. Und das bedeutet praktisch, deine große Stunde ist gekommen.»

«Was soll das heißen, meine große Stunde ist gekommen?»

«Du sollst McEligot vernehmen.»

«Was?! Wann?»

«Morgen.»

«Aber –», Adrienne suchte nach Worten. «Ich hab doch … noch nie eine Zeugenvernehmung gemacht. Ich bin nicht vorbereitet. Ich weiß nicht – Himmel, Bette!»

«Na ja, manche von uns sind richtig neidisch auf dich. Ich meine –»

Ein leises, aber hohes Quietschen von Adrienne. Der Kessel begann zu pfeifen. Sie goss Wasser in die Becher, rührte dann beide um.

«Er hat gesagt, er würde dir seine Unterlagen schicken», erklärte Bette mit beruhigender Stimme. «Also guck mal in deine E-Mail. Andererseits war er wirklich total in Eile, also… wer weiß?» Sie trank einen Schluck von ihrem Kaffee und ging dann zur Tür. «Köstlich. Jedenfalls… du bist ein richtiger Glückspilz.»

«Moment noch», sagte Adrienne und stöhnte innerlich bei dem Gedanken, wieder eine Nacht durcharbeiten zu müssen. «Hast du Bill irgendwo gesehen?»

«Welchen Bill? Meinst du Fellowes?»

«Ja.»

«Schon ein paar Tage nicht mehr. Der ist in Detroit. Ich glaube, er kommt erst am Dienstag wieder.»

Als Bette fort war, wählte Adrienne Bill Fellowes' Privatnummer und sprach ihm auf den Anrufbeantworter. Sie bat um Rückruf.

Danach sah sie in ihre Mailbox. Sie hatte acht Nachrichten erhalten: zwei Witze, die von Bekannten an sie weitergeleitet worden waren, zwei Werbeangebote von AOL und E*Trade und vier Mitteilungen von Slough: 1) Rufen Sie mich an. 2) Wo sind Sie? 3) Sie machen die McEligot-Vernehmung. Und 4) Anbei meine Unterlagen dazu. (Sie müssen sie noch ein bisschen ausfeilen.) Auf sie mit Gebrüll!

Die letzte E-Mail hatte eine Anlage. Sie las sie durch und vergrub dann das Gesicht in den Händen. Ausfeilen? Mit Ausnahme von ein paar Sätzen, die sie nicht wieder erkannte, bestanden Sloughs Vorbereitungen für die McEligot-Vernehmung aus nichts anderem als dem Memo, das sie für ihn verfasst hatte. Sie enthielten also im Großen und Ganzen nur das, was sie längst wusste – und sonst nichts.

Sie wählte Sloughs Nummer in San Diego und hinterließ ihm die Nachricht, sie hätte alles erhalten und sei jetzt im Büro, falls er mit ihr darüber reden wollte. Dann krempelte sie die Ärmel hoch und machte sich an die Arbeit.

Die Zeit verging nicht gerade wie im Flug.

Die McEligot-Vernehmung war ein Minenfeld, jede Frage warf gleich eine Vielzahl von Problemen und Möglichkeiten auf – so dass drei Stunden vergangen waren, als Adrienne das erste Mal auf die Uhr schaute –, und sie hatte vergessen, Duran anzurufen.

«Ich hab mir schon Sorgen gemacht», sagte er, als sie ihn schließlich in der Leitung hatte.

«Ich hatte furchtbar viel um die Ohren», erklärte sie. «Und es dauert bestimmt noch ein paar Stunden. Ich bin noch nicht fertig.»

«Es gefällt mir nicht, dass Sie da sind», erklärte er. «Ich halte das für gefährlich.»

Seine Sorge rührte sie. «Ich bin nicht allein!», erwiderte sie. «Hier schuften alle wie verrückt. Sobald ich kann, komm ich zurück und mach den Rest auf dem Laptop. Ich bring was zu essen mit.»

«Prima, aber –»

«Keine Sorge, ich pass schon auf mich auf.»

«Gute Idee», sagte er, «aber ich wollte Sie eigentlich bitten, mir noch eine Dose Bier mitzubringen.»

Es war zehn Uhr, als ihre Müdigkeit endlich von Hunger verdrängt wurde, und sie beschloss, zurück ins Motel zu fahren. Inzwischen war sie die einzige Anwältin, die noch arbeitete, aber nicht der einzige Mensch auf der Etage. Vom Flur drang das dumpfe Dröhnen der Staubsauger, das Quietschen von Polierlappen auf Messing, das Plappern von Stimmen, die sich auf Spanisch unterhielten.

Sie konnte ihre Notizen im Motel an Nikkis Laptop ausarbeiten. Sie kopierte ihre Arbeit auf Diskette, hängte sich den Laptop über die Schulter und schaltete das Licht aus.

Dann fuhr sie im Fahrstuhl hinunter, gemeinsam mit einer hübschen jungen Frau, die ihren Rolleimer und Schrubber hinausmanövrierte, als sie im zweiten Stock hielten. Allein im Fahrstuhl kam ihr die Welt plötzlich unheimlich still vor – bis die Türen aufglitten und eine Welle von Technomusik aus einem Gettoblaster in der Lobby über sie hinwegdröhnte.

Der Regen hatte aufgehört, aber ein feuchter Wind kniff ihr in die Wangen, als sie zum Wagen hastete. Falls irgendwas passieren sollte, dachte sie, wäre jetzt der Augenblick und der Ort dafür. Aber sie sah niemanden, der verdächtig wirkte. Eine alte Dame, die einen kleinen Hund ausführte. Ein junger Penner, der offenbar ein halbes Dutzend Mäntel übereinander trug und den Bürgersteig hinunterschlurfte. Ein paar Musiker, die vor einem Club am Whitehurst Freeway zusammen einen Joint rauchten. Geparkte Pkws und Lieferwagen, aber – nicht ihr Wagen. Sie spürte einen angstvollen Stich in der Brust, der wieder abklang, als ihr einfiel, dass sie ja nicht mit ihrem alten Subaru, sondern mit einem neuen Dodge gekommen war.

Und da war er.

Sie spähte durch die Scheiben, um sich zu vergewissern, dass die Rückbank leer war, schob sich dann hinters Lenkrad und drehte den Zündschlüssel. Ein träges Würgen erklang unter der Motorhaube. Und wieder. Und wieder. Als schon die Panik in ihr hochstieg, sprang der Motor mit einem Aufheulen an. Erleichtert rollte sie auf die Straße und fuhr Richtung Rock Creek Parkway.

Sie schob sich gerade im Schneckentempo am Kennedy Center vorbei – YoYo Ma gab an dem Abend ein Konzert –, als ihr ein glänzender schwarzer Wagen im Rückspiegel auffiel. Sie wusste nicht, was für eine Marke es war, aber er war tiefer gelegt und wirkte irgendwie lauernd. Sie hatte das Gefühl, ihn auf der Straße vor dem Büro gesehen zu haben, als sie nach ihrem Auto suchte – aber vielleicht auch nicht. Dann wurde der Verkehr schneller, und plötzlich war sie am Kennedy Center vorbei und fuhr zügig auf die Brücke zu. Sie blickte wieder in den Rückspiegel und sah, dass jetzt ein Lieferwagen hinter ihr war.

Sie wurde ruhiger, und als sie den Potomac Richtung Springfield überquerte, wanderten ihre Gedanken wieder zu Duran.

Nicht zu glauben, dass sie noch eine Nacht mit diesem Typen im Hotel verbringen würde – oder noch schlimmer, dass er jetzt ihr einziger Vertrauter war. Und das setzte ihr mehr zu als alles andere. Ihr wurde fast schwindelig bei der Vorstellung.

Ihr Blick wanderte zum Rückspiegel und verharrte ein paar Sekunden dort, bevor sie wieder auf die Straße sah. Noch immer kein glänzender schwarzer Wagen, aber bei dem dichten Verkehr...

In einem hell erleuchteten Kebab-Imbiss in Springfield bestellte sie etwas zu essen für sich und Duran und vertrieb sich die Wartezeit mit der Beilage der *Post.* Sie las ein tolles Rezept für eingelegte Zitronen und wünschte sich plötzlich von ganzem Herzen, dass sie eines Tages Zeit für so etwas haben würde, statt ihre Sonntage im Büro zu verbringen. Schließlich kam der Besitzer aus der Küche und brachte ihr zwei versiegelte Styropor-Tabletts mit Reis, Kebab und Salat.

Das Motel war nur wenige Minuten entfernt, und das war gut so, denn als sie aus dem Imbiss trat, sah sie den glänzenden schwarzen Wagen oder meinte es zumindest. Er parkte rund dreißig Meter entfernt in einer Reihe anderer Autos, mit dem Heck zu ihr. Was ihre Aufmerksamkeit erregte, war weniger der Wagen selbst als vielmehr die Tatsache, dass seine Bremslichter leuchteten. Dann bemerkte sie die dünne Abgasfahne, die aus dem Auspuff drang, und im selben Moment griff eine Hand nach draußen und richtete den Spiegel auf der Beifahrerseite aus.

Sie sah das alles, während sie zu ihrem Auto ging, und aus den Augenwinkeln registrierte sie, dass zwei Männer im Wagen saßen. Sie spürte förmlich, wie ihr die Augen im Rückspiegel folgten. Oder war es nur Einbildung?

Dann erreichte sie den gemieteten Dodge. Sie suchte nach den Schlüsseln, schloss die Tür auf, stieg ein und wollte den Motor starten. Zum zweiten Mal an diesem Abend wollte er nicht gleich anspringen. Aber schließlich heulte der Motor auf, und sie brauste davon wie ein Halbstarker, jagte mit Vollgas über den Parkplatz, die Augen auf den Rückspiegel geheftet. Eine Sekunde lang meinte sie, die Scheinwerfer des glänzenden schwarzen Wagens aufblitzen zu sehen, doch als sie sich umdrehte, war niemand hinter ihr.

Wenigstens glaubte sie, dass niemand hinter ihr war.

Ganz Springfield war im Grunde genommen ein Gewirr sich kreuzender Highways, von denen die Hälfte noch im Bau war, und es wäre tödlich gewesen, die Augen von der Straße zu nehmen.

Andererseits…

Falls sie verfolgt wurde, dachte Adrienne, hatten sie ihre Meinung offenbar geändert. Was Duran anging. Denn wenn sie sie erwischen wollten, hätten sie doch vor dem Büro zuschlagen können – also mussten sie es auf ihn abgesehen haben. Was eigenartig war, da sie noch am Vortag Duran verschonen wollten. Der Große – der Bär – hatte seine Waffe gegen Adrienne, nicht gegen Duran gerichtet. Also musste sich irgendwas geändert haben… aber warum? Lag es an ihrem Einbruch in die Nachbarwohnung? Dem Anruf bei der Polizei? Vielleicht. Aber vielleicht wurde sie ja auch gar nicht verfolgt.

Kurz darauf fuhr sie auf den Parkplatz des Comfort Inn, ein großer betonierter Platz, der von hohen Bogenlampen rosa beleuchtet wurde. Sie eilte ins Motel, ging schnurstracks zum Fahrstuhl und in ihr Zimmer, wo Duran sie vom Schreibtisch aus begrüßte.

«Sie kommen genau richtig», sagte er und blickte von der *Post* auf. «Ich sterbe fast vor Hunger.» Ohne ein Wort zu sagen, schob sie sich an ihm vorbei, stellte die Kebab-Schachteln auf den Tisch, schaltete das Licht aus und trat ans Fenster. Sie zog die Vorhänge zu und spähte nach draußen.

«Ich glaube, man ist mir gefolgt», sagte sie.

«Was!?»

Sie nickte. «Ich war mir nicht sicher, aber… doch, ich hatte Recht.»

Er kam ans Fenster und lugte durch den Spalt im Vorhang. «Was ist denn da?»

«Das Auto hinter meinem. Neben dem Jeep. Glänzender schwarzer Wagen.»

Er sah einen Mercury Cougar, der etwa fünf Meter hinter dem Dodge stand. Der Wagen war leer, zumindest sah es so aus, bis er in der Dunkelheit der Beifahrerseite eine Zigarette aufglimmen sah. Duran holte tief Luft.

«Was nun?», fragte Adrienne.

Er schüttelte den Kopf. «Ich weiß nicht.» Er überlegte. «Wie viele waren in dem Wagen?»

«Zwei … glaube ich.»

Er seufzte. «Geben Sie mir die Schlüssel.»

Sie reichte sie ihm mit finsterer Miene. «Die wissen nicht, welches Zimmer wir haben – oder dass wir überhaupt zusammen hier sind.»

Er stand am Fenster und sah hinaus. Schließlich meinte er: «Ich will Ihnen sagen, was ich denke: Der Freund von dem Kerl da ist in diesem Moment unten an der Rezeption und erkundigt sich nach uns. Und wenn es derselbe ist, dem wir gestern schon begegnet sind, der Dicke meine ich, dann wird man ihm ganz sicher verraten, was er wissen will.»

«Was machen wir also?»

«Das ist das Problem», erwiderte er. «Ich hab keinen Schimmer.»

Adrienne stöhnte laut auf.

«Packen Sie Ihre Sachen», wies er sie an. «Falls wir hier wegkommen, werden Sie was zum Anziehen brauchen.»

«Falls!?»

Sein Blick war fassungslos, aber er sagte eindringlich: «Ja – falls.»

Sie fischte die Einkaufstüte aus dem Papierkorb und ging ins Bad, wo sie die Ablage komplett leer räumte. Dann warf sie ihre Anziehsachen in die Tüte und ging zur Tür, wartete darauf, dass Duran das Startsignal gab. Oder einen Einfall hatte. Oder worauf auch immer er wartete.

Endlich sagte er: «Da ist er.»

«Wer?»

«Der Dicke», erwiderte er mit Blick auf den Parkplatz. «Ist gerade aus der Tür gekommen.»

«Was macht er?»

«Er holt den anderen Kerl.» Plötzlich drehte er sich zu ihr um. «Wir müssen weg.»

«Warum?»

«Weil die schon unterwegs nach oben sind.»

Adrienne stürzte aus dem Zimmer und wollte instinktiv Richtung Fahrstuhl laufen, doch Duran packte sie am Ärmel und zerrte sie Richtung Notausgang am Ende des Korridors. Als sie die Tür aufrissen, hörten sie das Pling des Fahrstuhls, und sie sprangen die Treppe hinunter, immer zwei Betonstufen auf einmal.

Bis Adrienne mit einem Aufschrei in jemanden hineinrannte, der sehr viel größer war und genauso schnell die Treppe hinauflief wie sie hinunter.

«Miststück!» Der Dicke packte sie mit beiden Händen am Kragen, zog sie dicht an sich heran und schleuderte sie dann gegen die Wand. Ihr Hinterkopf prallte mit voller Wucht gegen den Beton. Ein Keuchen drang aus ihrem Mund, dann sackte sie zu Boden – noch während Duran die Treppe heruntergefegt kam und einen Schwinger hinter dem rechten Ohr des Dicken landete. Der Bär gab kein Keuchen von sich, sondern einen lauten Schrei aus Schmerz und Wut. Sofort stieß er sich von der Wand ab, warf sich mit einem wilden Knurren auf den Therapeuten und rammte ihn in das Eisengeländer. Duran spürte, wie eine Schockwelle durch sein Rückgrat jagte, aber der Hauptschmerz war in seinem Mund, denn er hatte sich auf die Zunge gebissen. Er schmeckte Blut, aber nur einen Moment lang, denn dann traf ihn die Faust des Dicken mitten auf die Stirn und in seinem Kopf begann es zu klingeln.

Er rollte nach links und versuchte instinktiv zurückzuschlagen, aber ohne großen Erfolg. Blitzschnell war sein Gegner hinter ihm, stieß seine Fleischerhakenarme unter Durans Achselhöhlen hindurch nach oben, verschränkte die Hände in Durans Nacken und presste seinen Kopf nach unten. Duran war durchtrainiert, aber er hatte das Gefühl, seine Arme würden gleich brechen wie dünne Äste – und er konnte nichts dagegen tun. Sein Gegner war gut und gerne zwanzig Kilo schwerer als er, sehr viel stärker und genauso schnell.

Doch dann geschah etwas Merkwürdiges. Ohne nachzudenken, knickte Duran in der Hüfte ein, klappte seinen Oberkörper so schnell nach vorne, dass der Dicke einen Purzelbaum über ihn hinweg machte. Duran war von dem gekonnten Schulterwurf fast genauso überrascht wie sein Opfer. Was war das denn?, fragte er sich, als der Dicke mit dem Steißbein auf den steinharten Boden krachte.

Einen Moment blieb er benommen liegen, und Duran sah sich verzweifelt nach irgendetwas um, womit er ihn k.o. schlagen konnte. Aber da war nichts. Dann war der Dicke auf allen vieren und versuchte, wieder auf die Beine zu kommen. In Panik machte Duran einen Schritt zurück, trat seinem Gegner unters Kinn, als kickte er einen Freistoß, und brach ihm das Genick. Es gab einen lauten Knall, wie von einem Pistolenschuss.

Plötzlich war alles still, das einzige Geräusch war Durans Keuchen – er war noch immer voll gepumpt mit Adrenalin, hatte noch immer Schmerzen – und ein leises Wimmern, das von der Stelle kam, wo Adrienne auf der Treppe lag.

Duran kniete sich neben sie und rüttelte sie sanft wach. Er schob eine Hand hinter ihren Kopf und spürte das Blut aus der Platzwunde, das ihr Haar verklebte. «Wir müssen hier weg», sagte er und zog sie vorsichtig in eine sitzende Position. «Schnell.»

Widerstrebend ließ sie sich von ihm auf die Beine stellen. Sie blieb schwankend stehen und hielt seinen Arm fest wie einen Rettungsanker. Er dirigierte sie die Treppe hinunter, bis sie die Lobby einsehen konnten. Es war niemand an der Rezeption, und auch an der Tür stand kein Wachmann.

Als Adrienne die offene, leere Halle sah, schreckte sie zurück. «Was ist mit dem anderen?»

«Der sucht nach seinem Partner», sagte Duran. «Los.»

Gemeinsam liefen sie zu einer Seitentür, die auf den Parkplatz ging. Sie stürzten hinaus in die Nachtluft und sprinteten zu dem Wagen, rissen die Türen auf und hechteten hinein. Duran stieß den Schlüssel ins Zündschloss, ließ den Motor an und sagte: «Anschnallen.»

«Was!?» Adrienne starrte ihn ungläubig an. «Na los, weg hier!»

Er schüttelte den Kopf und ließ den Motor noch lauter aufjaulen. «Anschnallen!», schrie er. Dann griff er über seine linke Schulter, zog sich den Sicherheitsgurt über die Brust und ließ ihn einrasten.

«Aber –»

Duran achtete nicht auf sie. Sein Arm lag auf der Rücklehne, er hatte sich halb umgedreht und sah aus dem Heckfenster.

Vor Empörung und Angst schlotternd, tat Adrienne wie geheißen und schnallte sich an. Dann verschränkte sie die Arme vor der Brust, saß stocksteif da und starrte frustriert geradeaus.

«Da ist er», sagte Duran, als ein wild dreinblickender Mann aus der Seitentür des Motels gestürmt kam und hektisch nach links und rechts blickte.

«Wollen wir bis in alle Ewigkeit hier sitzen bleiben?», fragte Adrienne.

Statt einer Antwort schob Duran den Schalthebel in den Rückwärtsgang. Die Reifen drehten durch, packten, und der Dodge schoss rückwärts in den Kühler des zehn Meter hinter ihnen parkenden Mercury Cougar. Glas splitterte, und eine Fontäne Kühlflüssigkeit schoss in die Luft, als die Motorhaube des Mercury zusammengepresst wurde und der rechte Radkasten einknickte.

Adrienne schrie auf, und der Mann an der Tür des Motels brüllte wütend. Sofort schob Duran den Automatikhebel auf Drive, fuhr los und sagte: «Anschnallen ist nämlich nicht nur empfehlenswert. Es ist Vorschrift.»

22

Sie hatten den Parkplatz hinter sich und waren fast schon auf dem Highway, als Duran merkte, dass der Regen in Nebel übergegangen war. Wasserpfützen glänzten in dem unauslöschlichen Dämmerlicht, das nachts in Städten herrscht. Ein dumpfes Rauschen drang von der Interstate vor ihnen, wie Hitzeflimmern über einer Wüstenstraße.

Adrienne stöhnte. Duran warf ihr einen Seitenblick zu.

Sie verhielt sich, als hätte sie eine Gehirnerschütterung, war mal weggetreten, dann wieder da, wie ein schwaches Funksignal. Kaum waren sie auf dem Highway Richtung Norden, da bat sie ihn, am Straßenrand zu halten, weil sie sich übergeben musste. Danach schien es ihr etwas besser zu gehen. Sie wirkte wacher.

Aber sie sprachen nicht. Duran betätigte die elektrischen Fensterheber in seiner Armstütze und ließ die Scheiben herunter, damit die kalte Luft sie wieder etwas zur Besinnung brachte. Als sie am Capitol Hill vorbeifuhren, wandte er sich ihr zu und fragte: «Darf ich was sagen?»

Sie nickte. «Was denn?»

«Ich habe Sie gewarnt.»

Sie blinzelte. Zog die Stirn kraus. «Was soll das heißen?»

«Das, was ich sage: Ich habe Sie gewarnt.»

Ihr Blick wurde noch finsterer. «Und wovor haben Sie mich gewarnt?»

«Zur Arbeit zu gehen.»

Sie öffnete den Mund, um etwas zu erwidern, schloss ihn dann wieder und schmollte vor sich hin. Es war gemein von ihm, ihr das vorzuhalten – selbst wenn er Recht hatte. Besonders wenn er Recht hatte.

Und wenn er sich das nicht denken konnte, na ja… Nach einer Weile fragte sie: «Wo fahren wir hin?»

«Bethany Beach.»

Sie warf ihm einen ungläubigen Blick zu und er sah, dass es ihr besser ging. «Sind Sie verrückt geworden? Da kann ich nicht hin! Ich muss arbeiten!»

Duran schlug die Augen zur Decke.

«Wenden Sie», befahl sie.

Duran lachte.

«Das ist mein Ernst!», sagte sie. «Sie nehmen die nächste Ausfahrt.»

«Nein.»

«Was soll das heißen, nein? Verdammt, halten Sie an! Das ist schließlich mein Mietwagen. Das ist mein – aua!» Sie legte eine Hand auf die Prellung am Hinterkopf. Als er erneut zu ihr hinüberschaute, starrte sie auf das Blut an ihren Fingern.

«Es ist nicht sicher», sagte sie kläglich, fast flüsternd.

«Was ist nicht sicher?»

«Mit Ihnen zusammen zu sein.»

Ein riesiger Truck überholte sie, wirbelte Gischt auf, und der Luftdruck brachte den Wagen zum Schaukeln. Beide sagten sie eine ganze Weile nichts. Sie passierten die Ausfahrten für Annapolis, und Duran entdeckte das erste Schild mit dem Möwen-Logo, das den Weg zur Bay Bridge wies.

Schließlich fragte sie: «Warum Bethany?»

Duran zuckte die Achseln. «Als Kind habe ich dort immer den Sommer verbracht. Wir hatten da ein kleines Haus am Strand.»

Sie musterte ihn skeptisch. «Sind Sie sicher?»

«Klar – natürlich bin ich sicher.»

«Weil Ihr Gedächtnis bei solchen Sachen nicht gerade zuverlässig ist. Ich meine, wer Sie sind, wo Sie herkommen und so weiter.»

Ein grünes Schild am Straßenrand warnte vor Alkohol am Steuer. Ein zweites informierte über die Frequenz für Verkehrsfunk. Dann kam die Mautstelle für die Brücke. Duran bremste den Wagen, reichte dem Mann an der Zahlstelle einen Fünf-Dollar-Schein, bedankte sich für das Wechselgeld und fuhr weiter. Die Uhr im Armaturenbrett zeigte 2:49. Als sie mitten auf der Bay Bridge waren, sah er Adrienne an und sagte: «Ich erinnere mich haargenau an das Häuschen.»

«Dann beschreiben Sie es», entgegnete sie.

Duran zuckte die Achseln. «Also, es hatte einen Namen. Alle haben einen, die ganzen alten Cottages in Bethany. Unseres hieß ‹Beach Haven›.»

«Was noch?»

«Ich erinnere mich an das Geräusch, das die Fliegengittertür machte, wenn sie zufiel, an die Farbe, die vom Dach über der Verandaschaukel abblätterte.» Er hielt inne. «Ich sehe den Garten vor mir – eigentlich kein richtiger Garten. Ich erinnere mich an die Pflanzen: Hortensien, Iris, Sonnenhut. Ich erinnere mich an die Außendusche, daran, dass man durch die Bodenlatten die Erde sehen konnte.»

«Mhm», sagte sie, unwillkürlich beeindruckt. «Und wem hat das Cottage gehört?»

Sie durchquerten Kent Island mit seinen Souvenirläden und Imbissständen. Es war alles sehr vertraut. «Meinen Eltern», antwortete er.

«Den Durans?»

«Ich weiß ja, was Sie denken», sagte er, «aber – ja. Den Durans. Das war ihr Name.»

«Die Durans waren nicht Ihre Eltern.»

«Diese Durans doch.»

Sie sah frustriert nach draußen.

Irgendwie, obwohl es noch lange vor Sonnenaufgang war und sie unmöglich über die Geschäfte an der Straße hinwegsehen konnten, spürte Duran die Nähe des Ozeans. Vielleicht lag es daran, dass hinter diesen Läden nichts war, kein Hintergrund, keine Silhouetten oder Schatten, keine Lichtpunkte in der Ferne.

«Ich erinnere mich an so vieles», sagte er, genauso zu sich selbst wie zu Adrienne. «Ich weiß noch, dass wir den Schlüssel unter dem dritten weißen Stein der Randbegrenzung des Fußweges versteckt haben. Ich sehe noch das ramponierte Monopoly-Spiel vor mir, das wir mit zum Strand nahmen. Einmal ist ein Spielstein verloren gegangen und meine Mutter hat wie verrückt danach gesucht.» Er lächelte. «Sie war richtig enttäuscht, weil sie ihn nicht wieder gefunden hat.»

Sie rollten durch das flache Weideland der Delmarva-Halbinsel, und der Horizont war eine unsichtbare Linie zwischen der dunklen Erde und dem noch dunkleren Himmel. Hier und da ragte ein Silo in die Luft und die Metallskelette von Entwässerungsgeräten standen reglos auf den abgemähten Getreidefeldern. Alle paar Meilen kamen sie an Gemüse- und Obstständen vorbei, die jetzt im Winter mit Brettern vernagelt waren.

Als sie an eine Kreuzung kamen, wo es nach Norden Richtung Rehoboth und nach Ocean City im Süden ging, wusste Duran nicht so recht, wie er fahren sollte.

«Wir nehmen die 113», erklärte Adrienne.

«Aber –»

«Glauben Sie mir», sagte sie. «Ich hab mal hier in der Gegend gelebt, wissen Sie noch?»

Duran runzelte die Stirn. «Nein.»

«Ach ja, stimmt ja», bemerkte sie in sarkastischem Tonfall. «Sie sind ja der Meinung, dass wir weiter südlich gewohnt haben. Wo war das noch mal? Alabama?»

«South Carolina», erwiderte Duran.

«Da vorne links.»

Etwa fünfundvierzig Minuten später fuhren sie durch Denton, Delaware und machten einen Umweg, um an dem Haus vorbeizufahren, in dem Adrienne, wie sie sagte, mit Nikki gewohnt hatte. Es war ein gepflegtes, flaches Ziegelhaus, mit einem Carport mit Plastikdach und einem von Purpurwinden umrankten Briefkasten. Im Vorgarten standen zwei Bäume, deren rundliche Kronen so zurechtgestutzt worden waren, dass eine Stromleitung hindurchführen konnte.

Eine halbe Stunde später, als sie sich Bethany Beach näherten, hatte sich der Horizont bereits rosa verfärbt. Duran spürte die Vorfreude in sich aufsteigen. Sobald er das Strandhäuschen sah, sobald er wirklich davor stand, würde die Vergangenheit wieder ihm gehören. Und zwar unbestreitbar. Er konnte Adrienne alles zeigen – die weißen Steine und die Außendusche, den kleinen Garten. Auch wenn nichts mehr so wäre wie damals, es wäre immer noch dasselbe. Da war er ganz sicher.

Kurz darauf verkündete er: «Gleich sehen Sie den berühmten Totempfahl von Bethany Beach!» Einen Augenblick später kamen sie um eine Biegung, und da stand er, ein hoch aufragendes, kitschiges Symbol. Als sie näher heranfuhren, konnte er das ins Holz geschnitzte längliche Gesicht des Indianers erkennen. Es war, als sähe er einen alten Freund. Mit einem jähen Wehmutsgefühl erinnerte er sich an ein Kindheitsritual, das er früher mit seinem Vater zelebriert hatte: Immer wenn sie an die Kreuzung kamen, waren sie in Kriegsgeheul ausgebrochen.

«Wann waren Sie das letzte Mal hier?», fragte Adrienne.

Er dachte nach. «Ich weiß es nicht. Da war ich noch ein Kind.»

Die Straße endete unmittelbar vor den Stufen, die hinunter zum Meer führten, und er bog nach rechts auf eine Straße, die parallel zum Strand verlief.

«Haben Sie gedacht, wir könnten hier unterkriechen?», erkundigte sich Adrienne. «Ich meine, wenn Sie sich nicht mal daran erinnern können, wann Sie zuletzt hier waren, dann ist das Cottage ja wohl nicht mehr im Familienbesitz, oder?»

Natürlich hatte sie Recht, aber er wusste nicht, was er sagen sollte. Es kam ihm selbst seltsam vor. Er hatte keinen Gedanken mehr an das Cottage verschwendet. Gehörte es noch immer ihm? Hatte es ihm überhaupt je gehört? Eigentlich müsste es ihm gehören, aber er war unsicher. Die Frage hatte sich nie gestellt. Aber jetzt, wo er darüber nachdachte: Nein, seit dem Tod seiner Eltern war er nicht mehr hier gewesen. Seine einzigen Erinnerungen an das Haus waren Kindheitserinnerungen. Kniffel und Mensch-ärgere-dich-nicht, Monopoly und in den Wellen spielen.

Doch das würde sich alles aufklären, dachte Duran, sobald er das Cottage sah.

Einige der Häuser, an denen sie entlangfuhren, waren modern und zum Schutz vor Hurricanes auf Pfählen gebaut. Die meisten hatten abgestufte Veranden und waren sehr viel größer als die alten Cottages. Fahnen mit Leuchttürmen, Krabben, Sonnenblumen darauf flatterten im Seewind. Diese neuen Häuser waren ihm fremd, aber alles andere war genau so, wie er es in Erinnerung hatte, bis hin zu den Maklerschildern neben jeder zweiten Einfahrt. Zu vermieten: Anna Liotta, Hickman Immobilien. Zu vermieten: Connor & Co. Die meisten Strandhäuser wurden den Sommer über auf Wochenbasis vermietet – wenn die Besitzer nicht gerade selbst dort Ferien machten. Er versuchte sich zu erinnern, ob seine Familie den ganzen Sommer über hier gewesen war, aber er wusste es nicht mehr.

«Und?», fragte Adrienne.

«Was und?»

«Ich hab Sie gefragt, ob –»

«Ich weiß nicht», unterbrach er sie beunruhigt. «Ich weiß nicht, was mit Beach Haven passiert ist, nach dem Tod meiner Eltern.»

«Aber Sie sollten –»

«Ich will es bloß sehen», sagte er mit Nachdruck. «Und überhaupt – es ist hier ganz in der Nähe.» Sie bogen nach links auf die Third Avenue, und er zählte die Hausnummern ab. «Hundertdreizehn. Hundertelf. Es ist das fünfte Haus auf der linken Seite. Genau ... da.»

Es war ein altes Häuschen, ein bisschen heruntergekommen. Das Schild, das an einem Pfosten neben dem Weg hing, schaukelte im Wind: «Gill's Nest.»

Er stieg aus dem Wagen und starrte darauf. Auch Adrienne stieg aus und trat neben ihn. Ein frischer Geruch nach Meer lag in der Luft, und sie konnten das leise Dröhnen der Brandung hören. «Der Name ist geändert worden», bemerkte Adrienne. «Damit wäre also eine Frage beantwortet. Jemand namens Gill hat das Haus gekauft.»

Duran schüttelte den Kopf. «Das ist es nicht.»

«Was?»

Er legte eine Hand an die Stirn, schloss die Augen und vergegenwärtigte sich die Dinge, die alle fehlten: die Rundumveranda und die breiten Holzstufen hinauf zur Haustür, die Dachfenster. Er versuchte zu verstehen, wie das Haus in seinem Kopf so hätte umgebaut werden können, dass es aussah wie das vor seinen Augen: ein schmaler Holzbau mit zwei Stufen zur Haustür, keine Veranda, keine Dachfenster. Auch keine Hortensien, und keine weißen Steine, um Schlüssel darunter zu verstecken.

«Das ist es nicht», wiederholte er.

Auf Adriennes Vorschlag hin fuhren sie fast eine Stunde lang kreuz und quer durch den alten Teil von Bethany. Vielleicht hatte er ja die falsche Adresse im Kopf. Vielleicht war es abgerissen worden. Vielleicht. Aber sosehr er sich auch bemühte, das Haus in seiner Erinnerung in die Landschaft zu stellen, die er jetzt sah, es ging einfach nicht. Beach Haven war ein Phantasieprodukt.

«Um Himmels willen», sagte Adrienne, als sie ausstiegen, um einen Kaffee zu trinken, und sie sich das völlig demolierte Heck des Dodge ansah. «Dafür muss ich aufkommen.» Sie lachte auf. «Für fünfzehn Dollar pro Tag hab ich natürlich auf die Versicherung verzichtet.»

«Ich zahl's Ihnen zurück.»

Sie schüttelte den Kopf. «Schon gut. Meine Kreditkartenversicherung wird den Schaden abdecken. Mir graut bloß vor dem ganzen Schreibkram.»

Sie gingen in das Dream Café und bemerkten, dass ein halbes Dutzend Gäste sie angaffte. «Mein Gott, was ist denn mit Ihnen passiert?», fragte die Kellnerin, als sie das verklebte Blut hinter Adriennes Ohr sah.

«Ich hab mir den Kopf gestoßen», antwortete sie und stand auf, um auf die Damentoilette zu verschwinden.

Während sie weg war, saß Duran da und grübelte über seinem Milchkaffee. Er wusste jetzt, dass irgendwas mit ihm absolut nicht stimmte, dass er nicht der war, der er zu sein schien, dass seine Erinnerungen nicht seine eigenen waren. Zumindest nicht die Langzeiterinnerungen.

Aber letzte Nacht war real – das wusste er mit Sicherheit. Und zwar, weil ihm alles wehtat. Die Rippen und vor allem die Zunge, auf die er sich gebissen hatte und die ihm beim Sprechen Schmerzen bereitete. Und nicht nur das: Seine Phantasie wäre gar nicht fähig gewesen, sich dieses Geräusch, das ihm nicht aus dem Kopf ging, auszudenken: das Knacken des Genicks, als Duran seinem Gegner unters Kinn trat.

Das Geräusch war eidetisch, wie die Schmerzen, die er fühlte, und ebenso wie die Schmerzen ging es einfach nicht weg. Also war es real.

Aber Sidwell? War er wirklich auf Sidwell gewesen – oder bloß bei dem Klassentreffen? Denn daran hatte er ganz sicher teilgenommen – er hatte noch die höflichen Begrüßungen im Ohr, sah noch, wie Adam Bowman auf sein Namensschild schielte. Er hatte sich an die Schule erinnert, aber hatte die Schule sich an ihn erinnert? Nicht wirklich.

«Ich hab sämtliche Papierhandtücher aufgebraucht», sagte Adrienne, als sie sich wieder setzte, mit nassem, aber unverkrustetem Haar.

«Sie sollten zum Arzt gehen», mahnte Duran. «Das war ein ziemlich übler Schlag.»

Sie schüttelte den Kopf. «Mir geht's wieder gut. Ich brauch bloß ein Kopftuch.»

Bei Hickman Immobilien – das war wieder mal eine Idee von Adrienne – erkundigten sie sich nach einem Haus namens Beach Haven, das einer Familie Duran gehört hatte. Die Maklerin sagte, sie sei in Bethany aufgewachsen und würde jeden im Ort kennen, aber sie hatte noch nie von den Durans gehört und war sicher, dass es kein Haus namens Beach Haven gab.

«Ich bin natürlich nicht unfehlbar», sagte sie und bot an, im Computer nachzusehen. «Auch die Objekte von den anderen Maklern sind erfasst.»

Aber Beach Haven war nicht zu finden.

«Wie wär's mit einem anderen Häuschen?», fragte sie. «Um diese Jahreszeit haben Sie praktisch freie Auswahl, bei günstigen Preisen. Soll ich Ihnen ein Schnäppchen raussuchen?»

Duran wollte schon aufstehen, doch Adrienne überraschte ihn. «Gern», sagte sie und warf ihm einen Seitenblick zu. «Nichts Großes – Hauptsache, das Telefon funktioniert.»

Die Maklerin tippte auf der Tastatur, schob die Maus hin und her und studierte die Angebote. «Da hätte ich was in Strandnähe... zwei Schlafzimmer mit Kabelanschluss.»

«Wie teuer?», erkundigte sich Adrienne.

«Fünfunddreißig die Woche.»

Duran saß in seinem Sessel und hörte kaum zu, während Adrienne die Formalitäten erledigte. Sein Gesicht war unbeteiligt und sein Körper ruhig, aber er hätte ebenso gut an einer hohen Klippe baumeln können. Er hatte das Gefühl, je mehr er über sich herausfand, desto weniger wusste er. Je mehr er suchte, desto weniger war da. Und jetzt, während er in einem Maklerbüro am imaginären Ort seiner fiktionalen Kindheit saß, schien ihm, dass seine gesamte Perspektive – seine Haltung zur Welt und zu sich selbst – auf einen Fluchtpunkt zulief, von dem es keine Rückkehr mehr gab, zumindest keine Rückkehr, die er sich noch vorstellen konnte.

Ich löse mich auf, dachte er. Wer ich auch sein mag...

23

«SeaSpray» war ein taubenblaues Cottage mit spitzem Giebel und lag an der 4th Street, einen Katzensprung vom Strand entfernt.

Es war spartanisch und ein wenig trist eingerichtet, mit Möbeln, die nicht zueinander passten, und mit dilettantischen Seebildern an den Wänden. Ein schwacher, aber allgegenwärtiger Schimmelgeruch lag in der Luft, als Duran sich auf der Rattancouch im Wohnzimmer ausstreckte und deprimiert die Decke anstarrte.

Adrienne setzte sich in der Küche an den Tisch und machte sich eine Liste.

1. Slough – schrieb sie und lehnte sich dann stöhnend zurück. Sie hätte sich schon längst im Büro melden sollen, vom Maklerbüro aus oder von einer Telefonzelle. Es war inzwischen halb elf, sie müsste also unbedingt anrufen, aber... was sollte sie sagen? Was konnte sie bestenfalls sagen, ohne sich gleich wie eine Verrückte anzuhören?

Sie malte sich die Szene aus. Wenn man die Assistenten, Praktikanten und Gerichtsreporter dazu rechnete, hatte sich mindestens ein Dutzend Leute zur McEligot-Vernehmung eingefunden. Zuerst hatte man ihr wohl noch eine Gnadenfrist zugestanden. Etwa fünfzehn Minuten Geplauder, dann die eine oder andere gerunzelte Stirn. Nervöse Blicke zur Uhr, schließlich verständnislose und besorgte Äußerungen. Wo bleibt Adrienne bloß? Hoffentlich ist ihr nichts passiert! Dann würden einige telefonieren, andere einen Kaffee trinken gehen, Zeitung lesen, ihre Notizen durcharbeiten. Eine halbe Stunde später (höchstens) würde die Anwältin des Klägers ihre Unterlagen einpacken und aufstehen, Bette hektisch bei Adrienne zu Hause anrufen und Slough in San Diego informieren. «Wie bitte? Was soll das heißen, sie ist nicht da?»

Sie hörte, wie Duran aufstand und den Fernseher einschaltete. Gleich darauf drang Sitcomgelächter durch die Diele zu ihr in die Küche.

2. Bill Fellowes anrufen – Name/Tel. von Gedächtnissachverständigem
3. Versicherungsgesell. – wg. Durans Bändern von Nikki
4. Einkaufen: Essen, Kleidung, Haarbürste.
5.

Es gab kein 5. Und wenn sie ehrlich war, hatte es gar keinen Sinn, die Liste zu verlängern, solange sie nicht Punkt 1 abgehakt hatte. Alles andere war Zeitschinderei. Also biss sie die Zähne zusammen, munterte sich innerlich mit dem Nike-Slogan auf – *Just do it!* – und wählte Bettes Nummer bei Slough & Hawley. Dann lauschte sie, wie es klingelte – oder beinahe klingelte –, und legte auf.

Es lag weniger daran, dass sie Angst hatte. Sie wusste einfach nicht, was sie sagen sollte. Curtis Slough war nicht gerade hart im Nehmen. Im Gegenteil, als sie ihm erzählt hatte, dass sie als Waisenkind aufgewachsen war, hatte er verlegen und beunruhigt reagiert – als hätte sie ihm gestanden, sie hätte eine unangenehme und möglicherweise ansteckende Krankheit. Wie würde er dann erst auf die Nachricht reagieren, dass sie sich zusammen mit einem Irren in einem Strandhaus versteckt hielt, weil sie vor einem Killer auf der Flucht war, der zwei Menschen ermordet hatte – darunter auch einen Ermittler der Kanzlei? Und wenn sie obendrein erklärte, das Ganze hinge irgendwie mit dem Selbstmord ihrer Schwester zusammen, der wiederum durch falsche Erinnerungen an satanistische Missbrauchserlebnisse ausgelöst worden war…

Slough & Hawley war eine alteingesessene und renommierte Washingtoner Kanzlei. Ihre Anwälte kamen in der Mehrzahl von Eliteuniversitäten. Sie waren allesamt ehrgeizige und hyperkorrekte Menschen, intelligent, höflich und verlässlich. Sie stiegen nicht in Motels wie dem Comfort Inn ab. Sie waren keine Waisenkinder. Und sie waren nie, niemals auf der Flucht. Also…

Es wird nicht einfacher werden, sagte Adrienne sich und fing an zu wählen.

Bette meldete sich beim ersten Klingeln.

«Bette. Ich bin's, Adrienne.»

«Ach du lieber Himmel. Scout! Was ist passiert?»

«Das ist schwer zu erklären.»

Nervöses Auflachen. «Das hoffe ich für dich. Bist du dir darüber im Klaren, was hier für ein Chaos herrscht? Ich spreche hier von fünfzehn Leuten, darunter zwei Partner, die einfach ... Däumchen drehen, seit fast einer Stunde, und – der Big Boss ist auf Hundertachtzig. Sag, dass du von einem Auto angefahren worden bist! Sag, dass du auf der Intensivstation liegst. Ist es so?» Die Frage klang hoffnungsfroh.

«Nein.»

«Was denn dann?»

«Es hat da einen ... Notfall gegeben.»

«Was für einen Notfall?»

«Einen plötzlichen Notfall.» Bevor Bette weitere Fragen stellen konnte, redete Adrienne hastig weiter und erklärte, wo die Akte für die McEligot-Vernehmung zu finden sei. «Es ist aber nicht die endgültige Fassung», sagte sie. «Ich wollte eigentlich noch im Motel weiter dran arbeiten –»

«In was für einem Motel?»

Adrienne ignorierte die Frage. «Sie ist in meinem Computer. Die Datei heißt, glaube ich –»

«Moment mal! Willst du damit sagen, dass du nicht ins Büro kommst? Was soll ich denn Curtis erzählen?»

«Den ruf ich selbst an.»

«Und sagst ihm was? Dass du einen Notfall hattest?»

Adrienne fand, dass ihre Freundin sich eher aufgeregt als besorgt anhörte. «Genau.»

«Aber er wird wissen wollen, was für ein Notfall. ‹Plötzlich› wird ihm nicht reichen.»

«Dann sag ich eben, ein Frauen-Notfall.»

«Ein was?»

«Du hast mich schon verstanden.»

«Aber nicht mal ich weiß, was das sein soll», protestierte Bette. «Ich meine, was soll das heißen?»

«Keine Ahnung, aber ich kenne Slough, und glaub mir, er wird nicht nachfragen.»

Sobald sie aufgelegt hatte, biss sie erneut die Zähne zusammen und rief Slough in San Diego an, der jedoch Gott sei Dank nicht an den Apparat ging. Also hinterließ sie ihm eine Nachricht auf Band:

Curtis? Adrienne Cope. Es tut mir furchtbar Leid wegen heute Morgen, aber... ich hatte einen Notfall, gewissermaßen eine Frauensache und, na ja... jetzt ist wieder alles in Ordnung. Ich werde für die Vernehmung einen neuen Termin ansetzen, sobald ich wieder im Büro bin. Aber ich versuche später noch einmal, Sie zu erreichen. Bis dann!

Anschließend rief sie Bill Fellowes an, der zu ihrer Überraschung noch nichts von dem Fiasko im Büro gehört hatte. «Bin gerade erst reingekommen», sagte er. «Was liegt an?»

«Erinnerst du dich noch an diesen Scheidungsfall, an dem du mitgearbeitet hast, als du Nelson zugeteilt warst?»

Er überlegte einen Moment und sagte dann: «Nein.»

«Ich glaube, es war ein Scheidungsfall. Der Typ arbeitete für SEC –»

«Ach so, du meinst den Brewster-Fall!»

«Genau!»

«Das war nun wirklich weitaus mehr als ein Scheidungsfall. Aber was ist damit?»

«Ihr hattet da einen Sachverständigen – einen Psychiater oder so was. Fachmann für Gedächtnis und Erinnerung.»

«Ja, stimmt.»

«Also, na ja, könntest du mir vielleicht seinen Namen raussuchen –»

«Ray Shaw!», fiel Fellowes ihr dröhnend ins Wort. «Einer der besten Neuropsychologen, die das Land zu bieten hat!»

«Weißt du, wo ich ihn finden kann?»

«Das Letzte, was ich gehört habe – medizinische Fakultät der Columbia University.»

«Und er ist wirklich gut?», fragte sie. «Was Gedächtnis angeht?»

«Hundertpro. Er hat den Encarta-Artikel geschrieben.»

Sie lachte. «Okay, aber... ist er häufiger vor Gericht?»

Jetzt musste Fellowes lachen. «Du meinst, ob er als Sachverständiger sein Geld verdient?»

«Ja.»

«Nein. Ich glaube, der Brewster-Fall war überhaupt das erste Mal. Und da hat er nur deshalb als Experte ausgesagt, weil er mit dem Burschen zur Uni gegangen ist.»

«Dann ist also auf ihn Verlass», sagte Adrienne.

«Absolut. Bleib dran. Ich such dir seine Nummer raus.»

Dann dankte sie ihm, und sie verabschiedeten sich. Das Lachen aus dem Fernseher auf der anderen Seite der Tür wurde lauter und leiser. Was würde sie Shaw sagen? Und was erhoffte sie sich von ihm?

Dr. Shaw, ich bin hier in einem Haus zusammen mit einem Mann, der sich für einen Psychologen hält, es aber nicht ist. Er hat meine Schwester therapiert, und sie hat Selbstmord begangen, und seitdem versucht jemand, mich umzubringen – oder vielleicht auch uns beide, ich weiß es nicht. Jedenfalls ist er nicht der, für den er sich hält – die Person ist schon lange tot. Und ich hab mir gedacht, dass Sie ihm vielleicht helfen könnten, sein Gedächtnis wieder zu finden, damit wir eine Chance haben herauszufinden, was eigentlich los ist, und ich vielleicht mein Leben wieder in den Griff bekomme.

Mmm. Lieber nicht. Wenn Shaw so einen Anruf kriegt, ruft er umgehend in der nächsten Klapsmühle an. Ich hab da eine Verrückte in der Leitung...

Sie schlug eine neue Seite des Notizblocks auf und schrieb ganz oben Shaw. Dann trommelte sie kurz mit dem Stift auf das Blatt und fügte hinzu: Anwalt – Fellowes – Fall Brewster.

Sie seufzte. Es wäre gut, wenn sie etwas mehr über diese Brewster-Sache wüsste. Dann würde es nicht so aussehen, als würde sie aus heiterem Himmel anrufen. Am einfachsten wäre es, bei Nexis nachzusehen.

Nikkis Laptop war im Wagen. Um Zugriff auf die Website zu bekommen, die über 5000 Zeitungen und andere Publikationen aus den letzten zwanzig Jahren archiviert hatte, brauchte sie nur die Benutzerkennung der Kanzlei und das Passwort. Beides hatte sie im Kopf. Wie jeder im Büro. Die Benutzerkennung war 1SLOUGH1, wie Curtis' Autokennzeichen. Und das Passwort lautete «cop» – ein typischer kleiner Scherz vom Big Boss.

Sie ging aus der Küche, um den Laptop zu holen, und durchquerte das Wohnzimmer, wo Duran auf der Couch lag. Sie blieb stehen und sah, was er sich anschaute. Ally McBeal. «Gucken Sie sich gern so Sendungen an?»

Er überlegte einen Moment und zuckte die Achseln. «Kann sein.»

Er war völlig teilnahmslos, fast apathisch, als hätte er ein Beruhigungsmittel genommen. Er wirkte seltsam. Als wäre nichts von ihm in ihm.

Sie nahm den Laptop ihrer Schwester aus der Tragetasche, stellte ihn auf die Arbeitsplatte in der Küche und wartete, bis er hochgefahren war. Als Erstes würde sie Bette und Slough das McEligot-Memo mailen, damit sie sahen, dass sie nicht untätig gewesen war.

Als sie in der Tragetasche nach dem externen Modem suchte, stieß sie auf eine Packung Kaugummi, zwei rosa Haarklammern und ein kleines Tablettenfläschchen mit der Aufschrift

Nicole Sullivan
Einnahme nach ärztlicher Anweisung

Und darunter in Nikkis energischer Handschrift: Placebo 1. Wie bitte? Sie schraubte das Fläschchen auf und schüttelte sich ein paar Tabletten in die hohle Hand. Es waren Kapseln, gefüllt mit einem braunen Pulver, ohne Aufdruck eines Pharmaunternehmens. Was war das? Ein Vitaminpräparat? Vielleicht. Aber das Fläschchen sah nicht danach aus, eher wie ein reguläres Medikamentenfläschchen. Und Placebo 1? Sollte das ein Witz sein?

Sie stellte das Fläschchen auf die Arbeitsplatte und nahm sich vor, Duran später danach zu fragen. Doch zuerst: Nexis.

Sie fand das Modem, schloss es an und startete den Computer neu. Dann klickte sie Nexis-Lexis an und gab Passwort und Benutzerkennung ein. Das Web war langsam, und sie brauchte eine halbe Stunde, bis sie alles heruntergeladen hatte, was sie suchte: Ein Porträt von Doctor Shaw, das in der *New York Times* erschienen war, eine Hand voll Artikel über Erinnerung und zwei kurze Beiträge über die Brewster'sche Scheidung.

Shaw war 57 Jahre alt, hatte die Erasmus Hall High-School, das Brooklyn College und Yale besucht, wo er Neurobiologie und Psychologie studierte. Ein Foto von ihm zeigte einen freundlichen Mann mit ungebärdigen Augenbrauen in Rollkragenpullover und sportlichem Tweedjackett. Dem Porträt nach war Shaw Leiter der Forschungsbiologie an dem der Columbia University angeschlossenen Zentrum für die Neurobiologie von Lernen und Erinnern, und überdies ein beliebter Dozent im Fachbereich Psychiatrie. Er schrieb regelmäßig Beiträge für das *New England Journal of Medicine* und hatte auch für populäre Zeitschriften wie *Harper's* und *Atlantic* Artikel verfasst.

Alle seine Beiträge waren über Nexis zu bekommen, und sie lud sie auf Diskette. Anschließend informierte sie sich eine Stunde lang über explizite und implizite Erinnerungen, über kognitive Verschiebung, Hypnose und die Funktion des Hippocampus für das Langzeit- und Kurzzeitgedächtnis.

Nichts davon hinterließ einen bleibenden Eindruck.

Also wandte sie sich dem Brewster-Fall zu, der in einer alten Ausgabe von *The American Lawyer* ausführlich erörtert wurde.

Shaw war sachverständiger Zeuge der Verteidigung gewesen. Zur Debatte stand Mrs. Brewsters in der Therapie ‹wieder entdeckte› Erinnerung an das angeblich gewalttätige Verhalten ihres Mannes, für das es ansonsten keinerlei Beweise gab.

Shaw, der von Socrates Nelson vernommen wurde, erläuterte das Verhältnis zwischen Lernen und Erinnern. Dem Neurobiologen zufolge waren Erinnerungen nicht statisch, sondern dynamisch und hatten eine physiologische Grundlage. Anders ausgedrückt, sie veränderten sich, und diese Veränderungen vollzogen sich auf der physischen Ebene der Zellen.

«Wenn dem nicht so wäre», sagte er vor Gericht, «wären wir nicht lernfähig.» Als Beispiel nannte Shaw den komplexen Prozess, wie man lernt, einen Baseball zu schlagen. Dafür seien mindestens drei unterschiedliche Arten von Erinnern erforderlich – das motorische Erinnern, das visuelle Erinnern und das sequentielle Erinnern –, die in jeweils unterschiedlichen Teilen des Gehirns erfolgten.

Die meisten Menschen wurden nie sehr gut darin, einen Baseball zu treffen. Doch selbst das eingeschränkteste Beherrschen dieser Fähigkeit erforderte wiederholte Versuche, bei denen der jeweils jüngste Versuch mit dem vorangegangenen verglichen wurde. Das war das A und O des physischen Lernens – die Verbesserung der Technik durch Feedback. Ermöglicht wurde dies durch den Umstand, dass jeder Versuch, den Ball mit dem Schläger zu treffen, das neurologische System der Erinnerung veränderte. Wenn dann der Neuling zum ersten Mal traf, kodierten die entsprechenden Neuronen die Information als erfolgreichen Versuch, woraufhin die verschlüsselten Daten zu einer Art Schablone für alle zukünftigen Versuche wurden.

«Im Grunde ist das bloß gesunder Menschenverstand», führte Shaw aus. «Erinnerungen werden durch neue Erfahrungen abgewandelt. Auf einer unbewussten Ebene ist uns das eigentlich klar, aber was wir möglicherweise nicht begreifen, ist, dass derselbe Mechanismus, durch den wir etwas lernen können – das heißt, der es uns möglich macht, unsere Erinnerung zu modifizieren –, zugleich die Möglichkeit schafft, dass wir uns unzulänglich an die Vergangenheit erinnern.

Wenn meine Frau und ich über ein gemeinsames Erlebnis sprechen – ein Konzert, einen Streit, eine Reise –, erinnern wir uns nur selten an dasselbe Erlebnis. Aufgrund eines Prozesses, den man ‹Chunking› nennt, wird unsere Erinnerung an das Konzert durch Erinnerungen an andere Konzerte beeinflusst. Das können auch Konzerte sein, die wir im Fernsehen oder Kino gesehen haben, sogar Konzerte, von denen uns bloß erzählt worden ist. Und all diese Erinnerungen tauschen Details untereinander aus – so dass unsere Erinnerung an einen Nachmittag im Lincoln Center durch einen Dokumentarfilm über Woodstock verändert werden kann, den wir irgendwann einmal gesehen haben, und auch durch das, was wir über Wagner gelesen haben – ganz zu schweigen von dem Traum, in dem wir Delphine durch die Mailänder Scala schwimmen sahen.

Es funktioniert so: Jede Erinnerung ist über Neuronenstraßen mit allen anderen Erinnerungen verbunden. Aber in Anbetracht dessen, dass keine zwei Menschen dieselben Erfahrungen haben, muss jeder von uns eine einzigartige Matrix von Erinnerungen und neuronalen Verbindungen besitzen. Wenn meine Frau und ich also ein Konzert besuchen, machen wir ähnliche, aber unterschiedliche Erfahrungen – und haben dann ähnliche, aber unterschiedliche Erinnerungen an dasselbe Ereignis. Und nicht nur das: Da diese Erinnerungen selbst wiederum einer ständigen weiterführenden Entwicklung unterliegen, kann es passieren, dass die Erinnerungen, die meine Frau an das Konzert hat, absolut nicht wieder zu erkennen sind – wenigstens für mich.»

Trotz des Einspruchs, den der gegnerische Anwalt erhob, hatte Shaw anschließend etliche Experimente beschrieben, die sich mit Augenzeugenaussagen beschäftigten, und auf die Arbeiten von Elizabeth Loftus und anderen verwiesen. Die Studien belegten, dass die meisten Menschen – «die Öffentlichkeit, Ärzte, Anwälte, sogar Psychiater» – zwar gern an dem Glauben festhielten, «Erinnerung» sei ein Prozess der «Rückschau», dass die Wirklichkeit jedoch ganz anders aussähe. Tatsächlich sei «Erinnerung» die Rekonstruktion eines Ereignisses im Kopf. Auch wenn sich das, wie Shaw sagte, nach «Haarspalterei» anhörte, «könnte der Unterschied nicht grundlegender sein».

Entscheidend dabei war, dass derartige Rekonstruktionen unzuverlässig seien. «Die Erinnerung ist ein Romancier, kein Fotograf», klärte Shaw das Gericht auf.

Um diesen Punkt zu veranschaulichen, beschrieb Shaw eine Reihe von Experimenten, bei denen Studenten kurze Filme gezeigt worden waren. Anschließend hatte man ihnen irreführende Fragen zu dem, was sie gesehen hatten, gestellt. Als die Studenten etwa eine Woche später ein zweites Mal befragt wurden, hatten die meisten von ihnen diese irreführenden Fragen in ihre Erinnerungen integriert. Sie erinnerten sich jetzt an Dinge, nach denen sie gefragt worden waren, die sie aber nicht gesehen hatten.

Der Inhalt der Erinnerungen spielte dabei keine Rolle. «Neurologisch betrachtet, ist eine Erinnerung biologisch gleich einer anderen, egal, wie richtig oder unrichtig sie ist. Eine Pseudoerinnerung ist eine Pseudoerinnerung – aber sie ist eben auch eine Erinnerung.»

Adrienne taten langsam die Augen weh – trotz des bewölkten Himmels war das Cottage lichtdurchflutet, und das Lesen am Bildschirm anstrengend. War sie bereit, diesen Mann anzurufen? Vielleicht ja, vielleicht nein.

Sie stand auf, reckte sich und ging zur Haustür. Als sie hinaustrat, sog sie tief die feuchte Luft und den Geruch des Meeres ein.

Es geht alles nur um Erinnerungen, dachte sie. Um Nikkis falsche Erinnerungen und um Durans. Doctor Shaw war eine Koryphäe auf dem Gebiet, und wenn er ihr nicht helfen konnte, dann konnte es niemand. Aber würde er es tun?

Sie atmete noch einmal tief die salzige Luft ein und ging dann zurück in die Küche. Als sie an Duran vorbeikam, fragte sie: «Möchten Sie einen Kaffee?» Er schüttelte den Kopf, ganz versunken in eine kitschige Seifenoper.

In der Küche kochte sie sich eine Tasse Pulverkaffee und setzte sich dann wieder an den Laptop. Sie ging ins Internet und gab den Suchbegriff «Pseudoerinnerung» ein. Gleich darauf hatte sie mehrere Dutzend Dokumente, von denen die meisten irgendwie mit dem Einsatz von Hypnose zu tun hatten, um Erinnerungen an angeblichen sexuellen Missbrauch «wieder zu entdecken» – exakt das, was mit Nikki passiert war. Das Phänomen schien weit verbreitet zu sein, die Debatte hitzig. Es gab sogar organisierte Interessengemeinschaften mit gegensätzlichen Zielrichtungen: Die False Memory Foundation, die gegen wieder entdeckte Erinnerungen zu Felde zog, und die Stiftung Believe the Children, die sie untermauern wollte. Nikki, so erinnerte sie sich, hatte Letzterer Geld vermacht.

Mittlerweile war das «Wiederentdecken» von Erinnerungen derart üblich geworden – und so umstritten –, dass der amerikanische Psychologenverband Richtlinien herausgegeben hatte. Therapeuten sollten sich erstens davor hüten, ihre Klientinnen (die Opfer waren fast immer Frauen) unbewusst dahin zu steuern, dass sie Missbrauchserlebnisse «entdeckten» – die sich in Wahrheit vielleicht nie ereignet hatten. Für den Therapeuten war die Versuchung groß, weil derartige Phantasien als bequeme Erklärungen für die emotionalen Probleme einer Klientin herhalten konnten. Für die jeweilige Klientin waren sie ebenso verführerisch, weil solche Erklärungen ihr meist eine Art Absolution von der Verantwortung für ihr gegenwärtiges Verhalten erteilten.

Zweitens sollten Therapeuten sich darüber im Klaren sein, dass Erinnerungen, die durch Rückführung oder Hypnose wieder entdeckt worden waren, vor Gericht häufig in Zweifel gezogen wurden, falls es zu gerichtlichen Auseinandersetzungen kam. Da diese erinnerungsverstärkenden Techniken erwiesenermaßen die Suggestierbarkeit und das Entstehen von Pseudoerinnerungen förderten, verlangten die meisten Versicherungsgesellschaften inzwischen, dass Sitzungen dieser Art zum Schutz des Therapeuten auf Band aufgenommen wurden.

Und gerade diese Praxis war für den Fall Brewster von entscheidender Bedeutung gewesen. So berichtete der *American Lawyer:*

> Shaws Kommentar zu den Bandaufnahmen, die der Therapeut von seinen Sitzungen mit Mrs. Brewster gemacht hatte, war besonders scharf.
> «Er beschwatzt sie regelrecht», erklärte der Professor dem Gericht. «Wenn man mal genau auf die Fragen achtet, die er ihr stellt, dann wird deutlich, dass er per Implikation Szenarien vorschlägt, die sie dann übernimmt. Das Ganze entwickelt sich zu einer echten Kollaboration, einer Art pseudotherapeutischer Verschwörung, wenn sie die jeweiligen Szenarien idiosynkratisch verändert und er diese Veränderungen fördert, indem er sie zum exakt richtigen Zeitpunkt deutlich mit Mitgefühl und Anerkennung belohnt.»

Adrienne machte den Laptop aus, stand auf und reckte sich. Allmählich ging ihr das Dröhnen der Brandung auf die Nerven.

«He», rief sie Duran zu. «Sind Sie wach?»

Er erschien in der offenen Küchentür und sah zerknautscht und verschlafen aus. «Mehr oder weniger.»

«Diese Bänder, die Sie aufgenommen haben, wissen Sie noch?», fragte sie.

«Für die Versicherung?»

Adrienne nickte. «Ich hab mir gedacht, Sie könnten doch mal da anrufen und fragen, ob die Ihnen Kopien zuschicken.»

Duran warf ihr einen fragenden Blick zu. «Sie meinen ... jetzt?»

Sie musterte ihn von oben bis unten. «Na ja ... klar, jetzt. Es sei denn, Sie haben zu viel zu tun ...»

Er warf einen Blick auf die Uhr und lächelte sie aufreizend träge an. «Ich glaube, ich hab gerade fünf Minuten Luft.» Er ging ins Wohnzimmer und schaltete den Ton vom Fernseher aus. Dann griff er zum Telefon und rief die Auskunft an. Sie hörte ihn sagen: «Ich hätte gern die Nummer von Mutual General Assurance. M-G-A. Mutual General Assurance.» Eine Weile lauschte er, dann legte er auf.

«Und?»

«Es gibt keinen Eintrag für die Firma. Das versteh ich nicht, ich hab doch die Adresse. Ich meine, ich schicke denen zwei- bis dreimal pro Woche Bänder. Da fällt mir ein» – er klopfte die Taschen seines Sportjacketts ab – «ich habe sogar noch eins hier.» Er nahm eine Kassette aus der Innentasche und legte sie auf die Arbeitsplatte. «Ich bin nicht mehr dazu gekommen, sie wegzuschicken, aber ich kann die Adresse auswendig: 1752 Avenue of the Americas, Suite 1119. Das ist in Manhattan.»

«Ich seh mal im Web nach», sagte sie und wandte sich erneut dem Laptop zu.

«Mutual General Assurance», sagte er.

«Ich weiß, ich hab's jetzt oft genug gehört.» Während das Modem sich ins Web einwählte, nahm sie das Tablettenfläschchen, das sie in der Computertasche gefunden hatte, und hielt es ihm zwischen Daumen und Zeigefinger entgegen. «Haben Sie das hier schon mal gesehen?», fragte sie.

Er nahm das Fläschchen und studierte es, während sie Mutual General Assurance im Web suchte. Schließlich stellte er es zurück auf die Platte und schüttelte den Kopf. «Vielleicht noch in der klinischen Versuchsphase», mutmaßte er. «Aber… ‹Placebo 1›. Kann ich mir eigentlich nicht vorstellen.»

«Vielleicht ist sie ja zu einem Homöopathen gegangen oder so», sagte Adrienne.

«Glauben Sie das wirklich?»

Achselzuckend steckte sie das Fläschchen ein und dachte bei sich, vielleicht lasse ich die Tabletten analysieren… Schließlich erschien auf dem Bildschirm vor ihr eine Liste mit Versicherungsgesellschaften. Alles in allem waren es neun Einträge für Firmen, deren Namen irgendeine Kombination der Wörter Mutual, General und Assurance enthielten. Aber in New York gab es weder eine Mutual General Assurance Company noch irgendetwas, das auch nur im Entferntesten daran erinnerte.

«Sehen Sie selbst», sagte sie, als Duran sich über ihre Schulter beugte und den Bildschirm betrachtete. Sie scrollte nach unten. «Lohnt es sich, die anzurufen?»

Er schüttelte den Kopf. «Nein. Andere Namen, andere Anschriften. Hat keinen Sinn. Notfalls könnten wir nach New York fahren, aber…»

«Was ist eigentlich auf dem Band da?», fragte sie und tippte mit dem Fingernagel darauf.

«Ein Klient. Holländer.» Kaum hatte er das gesagt, da wurde er aschfahl. «O Gott! Was für ein Tag ist heute?»

«Montag.»

Er blickte niedergeschmettert drein, drehte sich auf dem Absatz um, wandte sich dann wieder Adrienne zu und fuhr sich mit der Hand durchs Haar. «Das ist wirklich nicht gut», sagte er.

«Was denn?»

«Ich hab meinen Termin verpasst!» Duran drehte die Augen zur Decke und stöhnte.

«Im Ernst?»

Den Sarkasmus in ihrer Stimme hörte er gar nicht. «Einfach so zu verschwinden – ich weiß nicht, was er anstellen wird. Die Beziehung zwischen Klient und Therapeut ist… manchmal die einzige Vertrauensbeziehung. Wenn man dieses Vertrauen zerstört, dann –»

«Erde an Duran», unterbrach sie ihn. «Sie sind kein Therapeut, schon vergessen? Sie sind nicht mal Duran. Wir wissen nicht, wer Sie sind. Sie sind eine gestörte Person mit falschen Referenzen. Und diesem Holländer wird's ohne Sie besser gehen, glauben Sie mir!»

Er sah sie lange und offensichtlich verblüfft an, dann ließ er sich auf die Couch vor dem Fernseher fallen. «Wissen Sie was?», fragte er. «Sie können richtig fies sein, wenn Sie wollen.»

Die Bemerkung kam völlig überraschend, und sie prustete los. Er hatte natürlich Recht.

Dann schaltete er den Ton am Fernseher wieder ein und verschwand hinter einer Wand aus dem banalen Geschwätz einer Talkshow.

24

Sie rief nicht gern Leute an, die sie nicht kannte.

Das war keine richtige Phobie, aber es war ihr einfach unangenehm, so dass sie es so lange wie eben möglich vor sich herschob. Und das rächte sich fast immer. Wie an diesem Nachmittag: Hätte sie Shaw früher angerufen, müsste sie es jetzt nicht mehr tun. Sie müsste es nicht abends tun. Und sie müsste ihn nicht zu Hause anrufen, was irgendwie noch schlimmer war. Stattdessen war sie mit Duran zu einem Einkaufszentrum gefahren, um ein paar Sachen zu besorgen, die sie brauchten (also praktisch alles), und jetzt war es schon Viertel vor acht.

Während sie widerwillig den Hörer abnahm und die Nummer eintippte, dachte sie, wenn er nach dem zweiten Klingeln nicht abhebt, leg ich wieder auf. Wenn er nach dem zweiten Klingeln nicht abhebt, ist er wahrscheinlich beschäftigt, wahrscheinlich ist er gerade dabei –

«Ray Shaw.» Die Stimme war tief und sonor.

Sie zögerte kurz, dann hatte sie sich wieder gefasst. «Hallo?» Oje!

«Ja?» Er klang misstrauisch, als rechnete er damit, dass sie ihm irgendetwas verkaufen wollte.

Also holte sie tief Luft und sprang ins kalte Wasser. «Doctor Shaw – mein Name ist Adrienne Cope. Ich bin Mitarbeiterin bei Slough & Hawley. Bill Fellowes hat mir Ihre Telefonnummer gegeben.»

«Ach ja? Wie geht's Bill denn so?»

«Gut! Sehr gut. Er hat gesagt: ‹Wenn du Doctor Shaw anrufst, bestell ihm einen schönen Gruß von mir.›»

Shaw lachte leise. «Tja, Bill ist ein prima Kerl.»

«Das ist er!»

«Also!» Shaw kam zur Sache. «Was kann ich für Sie tun?»

«Tja, also... die Sache ist die. Ich wollte Sie fragen, ob Sie vielleicht für jemanden einen Termin erübrigen könnten.»

Schweigen am anderen Ende.

«Es ist ein sehr ungewöhnlicher Fall», erläuterte Adrienne, «und –»

«Ich weiß nicht, ob Bill Ihnen das gesagt hat», fiel Shaw ihr ins Wort, «aber... ich habe keine Zeit dafür, als Sachverständiger vor Gericht aufzutreten. Ich habe das nur einmal gemacht, weil ich einem alten Freund einen Gefallen tun wollte – aber das war's dann auch.»

«Ich weiß, ich weiß. Bill hat mir erzählt, dass die Brewster-Sache eine absolute Ausnahme war. Aber darum geht es nicht.»

«Nein?»

«Nein. Wie ich schon sagte, ich hatte gehofft, Sie könnten vielleicht einen Termin für jemanden erübrigen –»

«Hoppla! Sie meinen – einen Patienten?» Er sprach das Wort so aus, als hätte sie vorgeschlagen, er sollte sich ein Schnabeltier ansehen.

«Ja.»

Trauriges Lachen. «Also ich glaube nicht, dass ich Ihnen da helfen kann. Ich habe mit Lehre und Forschung so viel zu tun, dass kaum noch Zeit für Patienten übrig bleibt. Es ist zwar furchtbar, so etwas zu sagen, aber –»

«Ich bitte Sie ja gar nicht, einen neuen Patienten anzunehmen, Doctor Shaw – ich habe bloß gehofft, wir könnten vielleicht eine Art... vorläufige Einschätzung von Ihnen bekommen. Der Fall ist wirklich sehr ungewöhnlich.»

Er gab ein skeptisches Brummen von sich. «Inwiefern?»

Vorsichtig, dachte sie. Erzähl ihm nicht zu viel, sonst kommen demnächst die Männer mit der Zwangsjacke durch die Tür. «Tja, am Telefon ist das ein bisschen schwierig zu erklären, aber... der Mann, von dem ich spreche, hat ausgeprägte Wahnvorstellungen.»

«Ist er funktionsfähig?»

«Ja.»

«Wie gut?»

«Er hält sich für einen Therapeuten.»

«Wirklich?» Shaws Interesse war so spürbar wie seine Skepsis eine Minute zuvor.

«Ja. Und das wäre ja noch nicht so schlimm, aber er hat Klienten.»

«Oh.» Shaws Tonfall schlug blitzschnell um. «Bringen Sie ihn am

Donnerstag zu mir», sagte er. «Morgens um zehn.» Dann nannte er ihr die Adresse und sie legte auf, zutiefst zufrieden mit sich.

Duran saß im Wohnzimmer und trank ein Bier, als sie ihm eröffnete: «Ich habe für Donnerstagmorgen einen Termin vereinbart.»

«Mit wem?»

«Einem Neuropsychologen. In New York.»

Duran warf ihr einen skeptischen Blick zu. «Und was soll das bringen?»

Adrienne zuckte die Achseln. «Ich hab gedacht, eine sachverständige Begutachtung könnte ganz hilfreich sein.»

«Eine sachverständige Begutachtung von was?»

«Von Ihnen.»

«Von mir?»

Sie nickte und wappnete sich innerlich gegen die Einwände, die jetzt unweigerlich kommen mussten. Mit mir ist alles in Ordnung – mir geht's gut!

«Gute Idee», sagte er.

Am nächsten Morgen stand sie früh auf und fuhr zu einem Elektrogeschäft, wo sie einen billigen Kassettenrekorder kaufte. Auf dem Rückweg hielt sie am Dream Café und besorgte Kaffee und Croissants.

Als sie das Haus betrat, kam Duran aus der Küche geschlendert, fuhr sich mit der Hand durchs Haar und gähnte, als wäre er gerade erst aufgestanden. «Ich dachte, wir könnten uns mal das Band anhören», schlug sie vor.

«Welches Band?»

«Das Band, das Sie nicht zur Post gebracht haben.»

«Ach das», sagte er und legte die Stirn in Falten.

«Was ist los?»

Er schüttelte den Kopf. «Das ist nicht so einfach.»

«Was denn?»

«Na, erstens gibt es da ethische Probleme. Henrik ist ein Klient, und wenn er mit mir spricht, ist das vertraulich. Das ist so, als wäre ich ein Beichtvater.»

«Sie meinen, so, als wären Sie ein Therapeut.»

Er ignorierte ihren Sarkasmus. «Und zweitens verklagen Sie mich, deshalb finde ich die Idee nicht so gut.»

«Ich verklage Sie nicht.»

«Wieso nicht? Das haben Sie doch schon.»

«Aber jetzt nicht mehr. Ich ziehe die Klage zurück, sobald … sobald alles wieder normal ist.»

«Wie kommt's?»

«Weil alles so chaotisch ist. Ich kann Sie nicht an einem Tag verklagen und am nächsten Tag mit Ihnen in einem Motel absteigen. Das sieht nicht gut aus. Und überhaupt, die Dinge sind nicht so einfach, wie ich dachte.»

Er überlegte einen Moment. Schließlich sagte er: «Okay, aber – die Identität des Klienten brauchen Sie nicht zu erfahren.»

Sie nickte zustimmend. «Ich will bloß hören, wie Sie arbeiten.»

Die Stimme des Mannes war tief und zittrig, mit einem unverkennbar holländischen Einschlag. Duran saß ausgestreckt in einem Sessel gegenüber der Couch und sah zur Decke, während das Band lief. «Sie haben ihn sogar schon kennen gelernt», sagte er.

«Ich?»

Er nickte. «Als Sie zum ersten Mal in meine Wohnung gekommen sind.»

Sie versuchte, sich zu erinnern.

«Wir hatten gerade eine Sitzung», half Duran ihr auf die Sprünge. «Großer Bursche. Blond.»

Adrienne beugte sich über den Kassettenrekorder und stellte ihn leiser. Sie runzelte die Stirn, konnte sich nicht an den Mann erinnern.

«Sie haben ihn angeschrien. Wissen Sie nicht mehr? Sie haben gesagt, er soll aufwachen.«

«Ach ja.»

«Und zu mir haben Sie gesagt, ich wäre –»

Sie nickte. «Ich war wütend. Pst jetzt – ich will zuhören.» Sie ließ das Band ein wenig zurücklaufen, dann stellte sie es lauter.

Duran: Konzentrier dich auf deine Atmung. So ist gut. Ich möchte, dass du mit mir atmest … gut! Wirklich gut. Spürst du die Ruhe, Henrik? Sie breitet sich ganz in uns aus, bis in die Fingerspitzen hinein. Und wenn wir ausatmen, steigert das dieses Gefühl nur noch. So. Ja, genau so. Spürst du, wie die Luft kommt und geht? Weißt du, wo wir sind, Henrik?

Henrik: An dem sicheren Ort.

Duran: Genau. Wir sind an dem sicheren Ort. Auf dem Felsen. Ich kann die Wellen direkt unter uns plätschern hören. Und eine leichte Brise weht über das Wasser. Spürst du sie in den Haaren?
Henrik: Und eine Möwe. Oben.
Duran: Genau. Da ist eine Möwe, die im Himmel über uns kreist, sich vom Wind tragen lässt.
Henrik: Das ist schön.
Duran: So, nun möchte ich, dass du dich an den Abend erinnerst, als du im Auto warst ... in deinem Auto ... und du warst unterwegs nach Watkins Glen. Erinnerst du dich daran, Henrik?

Die Rädchen der Kassette drehten sich langsam.

Henrik: Es war später Nachmittag – ein klarer Tag. Ich bin an dem Süßigkeitenladen vorbeigegangen –
Duran: Nein, das glaube ich nicht. Ich glaube, du bist nicht gegangen. Vielleicht hast du in einem Auto gesessen. Erinnerst du dich, dass du in einem Auto warst? Abends?
Henrik: Ja.

Adrienne sah zu Duran hinüber, der jetzt die ausgestreckten Beine anzog und sich vorbeugte, aufmerksamer lauschte.

Duran: Und wessen Auto war das?
Henrik: ... ich ... ich weiß nicht mehr.
Duran: War es vielleicht das Auto deiner Eltern?
Henrik: Ja. Stimmt.
Duran: Prima. Und was ist dann passiert?
Henrik: Da waren Lichter.
Duran: Was für Lichter?
Henrik: Ich hab gedacht, das sind Autoscheinwerfer, aber –
Duran: Nein. Ich hab dir das schon mal erklärt, Henrik. Das hat dein Vater gedacht. Du warst sieben. Du wusstest nicht, was du denken sollst. Und dann war das Licht überall. Du warst richtig darin eingehüllt, weißt du noch?
Henrik: Ja. Ja, natürlich.
Duran: Es war wie – kannst du mir sagen, wie es war, Henrik?
Henrik: Ich weiß nicht.

Duran: Es war wie ein Suchscheinwerfer, nicht wahr?

Henrik: Ja! In meiner Brust. Es war wie ein Suchscheinwerfer in meiner Brust!

Adrienne schaltete den Rekorder ab und starrte Duran an, der selbst auf der vordersten Kante seines Sessels saß und schockiert dreinblickte. «Sie erfinden es», erklärte sie.

Er nickte.

«Das ist wie ein Drehbuch», sagte sie.

«Ich weiß.»

«Soll das etwa Therapie sein?»

Er schüttelte den Kopf. «Nein. Das ist... das ist etwas anderes. Ich weiß nicht, was es ist.»

«Und dieser Mann denkt... was? Was hat er für ein Problem?»

Duran räusperte sich. «Er leidet unter Wahnvorstellungen. Er denkt, er wurde von Außerirdischen entführt. Er denkt, er hat einen Wurm im Herzen, der ihm Befehle erteilt.»

Adriennes Lachen war kurz und böse und endete so jäh, wie es begonnen hatte. «Was tun Sie dem armen Kerl nur an?»

Duran war einen Moment sprachlos. Dann räusperte er sich zum zweiten Mal und sagte: «Nun ja, es klingt so, als würde ich ihn in den Wahnsinn treiben.»

«Wie Nico, nur mit einer anderen Geschichte.»

Er wusste nicht, was er sagen sollte.

Sie beugte sich vor, drückte die Play-Taste und lauschte dann, wie Duran seinen Klienten immer tiefer in den Wahnsinn führte. Eine halbe Stunde später, als die Sitzung beendet war, drückte sie auf Stop und sah ihn an. «Ich begreife das nicht», sagte sie. «Warum reden Sie den Leuten so einen Scheiß ein?»

«Ich weiß es nicht.»

«Das ist ja wie Gehirnwäsche! Meine Schwester hat gedacht, der Teufel hätte sie gebumst, als sie zehn war, und dieser Kerl hier – Henry –»

«Henrik.»

«Egal! Dieser Kerl hier denkt, er hätte 'nen Bandwurm im Kopf –»

«Im Herzen.»

«Stop! Ich bin keine Patientin von Ihnen!»

«Das weiß ich ja, aber –»

«Was soll das Ganze, Doc?»

Er schüttelte den Kopf, suchte nach Worten. Schließlich sagte er: «Ich bin nicht sicher. Ich meine, das bin nicht ich – ich bin das nicht.»

«Was?!»

«Na ja, schon, aber... ich würde niemals mit einem Patienten so reden.»

«Sie haben doch selbst gehört, was Sie sagen.»

«Ich weiß, aber –»

«Was denn nun? Sind Sie's? Sind Sie's nicht? Was denn nun?»

Er schwieg einen Moment. Schließlich sagte er: «Ja. So sieht's aus. Genau so.»

Am Abend ging Duran etwas zu essen holen und kam eine halbe Stunde später mit einem gegrillten Hähnchen, Kartoffelsalat und einer gekühlten Flasche Chardonnay zurück. Sie aßen in der Küche, schweigend, an einem grauen Resopaltisch, dessen Metallkanten Adrienne an den Küchentisch in Decks und Marlenas Haus erinnerten.

Als sie fertig war, stand sie auf, so dass der Stuhl laut über den Boden kratzte. «Ich geh ein Weilchen spazieren», erklärte sie.

«Möchten Sie Gesellschaft?», fragte Duran.

«Nein. Ich muss nachdenken.»

Die Nacht war kühl, die Luft frisch. Es fiel ihr schwer, mit dem Gedanken fertig zu werden, dass Duran Nikki in den Wahnsinn geredet hatte, genau wie den Holländer.

Und gerade jetzt, wo sie anfing, ihn zu mögen (er hatte schließlich einen netten Humor und die schöne Angewohnheit, sie aus gefährlichen Situationen zu retten)... Gerade wo sie anfing, ihn zu mögen (er sah eigentlich ganz gut aus, groß und schlank, mit ebenmäßigen Gesichtszügen und kobaltblauen Augen)... Gerade wo sie anfing, ihn zu mögen, wurde immer deutlicher, dass er so eine Art Rasputin war.

Sie ging bis zum Ende der Promenade und wollte schon umkehren, doch dann stieg sie die hölzernen Stufen zum Strand hinunter. Sie würde Sand in die Schuhe bekommen, aber das war ihr egal. Es war eine herrliche Nacht, die Sterne leuchteten so klar, dass sie beinahe kitschig aussahen, und der Mond war eine kalte, saubere Scheibe, die einen Pfad aus purem Silber auf das schwarze Wasser warf. Es war Ebbe. Die Brandung rollte mit leisem Rauschen heran und wich mit dem Klickern von Kieselsteinen wieder zurück.

Duran, dachte sie. Was war mit ihm los? Auf seine Art war er genauso zerbrechlich, wie Nikki es gewesen war – oder zumindest genauso gestört. Sie zog sich die Schuhe aus und nahm sie in die rechte Hand, während sie am Wasser entlangging, mit den kleinen Wellen spielte. Warum so verrückte Ideen?, fragte sie sich. Sie waren nicht einmal originell oder sonderlich interessant. Außerirdische und satanischer Kindesmissbrauch. Es war lächerlich. So etwas nahm keiner mehr ernst – heutzutage nicht mehr.

Und ein Wurm? Im Herzen! Also wirklich!

Es wäre lachhaft, wenn es nicht so mörderisch wäre – und es war mörderisch. Bonilla war tot, und der Partner von dem Mann, der ihn getötet hatte, war tot. Und der Mann im Treppenhaus des Comfort Inn war tot. Und sie wäre es auch, wenn Duran nicht gewesen wäre.

Sie sprach leise vor sich hin und schüttelte den Kopf. Es ergab keinen Sinn. Warum hatte Nikki ein Gewehr – und noch dazu so ein Gewehr? Und was war das für technischer Kram in Durans Nachbarwohnung? Und was hatten sie in ihrer Wohnung gesucht?

Sie konnte sich keinen Reim darauf machen. So ziemlich das Einzige, das in ihrer Wohnung irgendetwas mit Nikki zu tun hatte, war… ihre Asche. Falls sie hinter dem Gewehr her waren, tja, das hatte sie nicht. Es war noch immer in dem Schrank in Nikkis Wohnung. Der einzige andere Gegenstand war… der Laptop.

Aber sie hatte schon sämtliche Ordner und Dateien durchgesehen, und da war nichts. Das Adressbuch enthielt etwa ein Dutzend Namen außer Durans und ihrem eigenen, und davon war keiner sehr interessant: Ramon und die Bank, ein paar Restaurants mit Lieferservice. Jacks Tierarzt. Es waren noch einige andere Namen dabei gewesen, die ihr nicht mehr einfielen, aber alle waren ganz eindeutig gewesen. Das Nagelstudio. Friseur. So was in der Art. Es gab keine Geliebten, denen man die Schuld an dem Selbstmord geben konnte, und auch keine Einträge, die auf eine Mitgliedschaft in der Bürgerwehr von Georgetown oder im Verband weiblicher Scharfschützen Amerikas hindeuteten.

Dennoch…

Als sie zurück ins Haus kam, sah sie, dass Duran gespült und die Küche aufgeräumt hatte. Sie hörte den Fernseher im Nebenzimmer – eine helle Stimme, die etwas sagte und mit schallendem Gelächter belohnt wurde, aber als sie hineinging, lag Duran schlafend auf der Couch.

Sie trug den Laptop in die Küche, stellte ihn auf den Tisch, klappte den Bildschirm hoch und schaltete ihn an. Dann lehnte sie sich zurück und wartete, bis er hochgefahren war.

Als es soweit war, wählte sie Nikkis AOL-«Mail Center» an und ging «Neue Mails», «Alte Mails», «Gesendete Mails»... durch, und natürlich war nichts Interessantes dabei. Werbeangebote von Travelocity, ein paar Rundbriefe von der Jack Russell Terrier Society, das war's so ziemlich.

Im Microsoft-Programm Outlook gab es eine Kalenderfunktion, und falls Nikkis Leben auch nur annähernd so gewesen wäre wie Adriennes, hätten die Einträge recht aufschlussreich sein können. Adriennes Kalender war zum Bersten gefüllt mit Terminen und Notizen. Sie notierte darin ihr Gewicht und die Distanzen, die sie joggte. Sie hatte Geburtstage, Abgabetermine und vieles andere darin gespeichert. Aber Nikkis Kalender war so reduziert wie ihr Leben. Es gab Termine – bei Duran, dem Nagelstudio, dem Friseur, dem Tierarzt. Und alle zwei Wochen der schlichte Eintrag: *A – um 7 bei mir* oder *A – um 8 bei ihr* – Erinnerungen an ihre gemeinsamen Abendessen (von denen Adrienne, wie sie sich eingestand, die Hälfte mit irgendwelchen Ausreden abgesagt hatte). Aber mehr auch nicht. Der Kalender entlarvte Nikki nicht als heimliche Kirchgängerin, Teufelsanbeterin oder Kunststudentin. Sie hatte keine Selbsthilfegruppe für Opfer rituellen Missbrauchs besucht und auch keinen Unterricht für Scharfschützen genommen.

Alles in allem waren die Laptopdateien eine Enttäuschung, aber keine Überraschung. Nach der Rückkehr aus Europa hatte Nikki ausgesprochen zurückgezogen gelebt. Sie fuhr Inline-Skates, ging mit Jack spazieren und blieb überwiegend für sich. Ansonsten – bis auf die Sitzungen mit Duran – hatte sie so gut wie nichts unternommen, außer vielleicht fernsehen. Adrienne war also nicht schockiert über Nikkis leeren Kalender.

Aber er warf dennoch ein paar nahe liegende Fragen auf: Wozu brauchte Nikki überhaupt einen Computer? Eigentlich hätte es ein Post-it-Block auch getan. Also hatten sie wahrscheinlich gar nicht nach dem Computer gesucht, als sie ihre Wohnung auf den Kopf stellten. Vielleicht suchten sie nach etwas anderem. Oder hatte sie vielleicht doch irgendwas übersehen?

Adrienne unterdrückte ein Gähnen und fing an, den Kalender Monat für Monat durchzugehen, suchte nach irgendetwas Ungewöhnlichem. Aber da war nichts. Ein Zahnarzttermin im Juli, eine Fahrt zur Hundepension im Oktober, ein Vermerk, ein Konzert von Little Feat zu besuchen.

Adrienne stockte. Hundepension?

Sie ging zu den Einträgen für Oktober zurück, klickte den 19. an und öffnete ein Fenster:

Betreff: Jack in Hundepension.
Ort: Arlington
Beginn: Sonntag, 7. 10.
Ende: Freitag, 12. 10.

Adrienne lehnte sich zurück und starrte den Bildschirm verwundert an. Nikki fuhr nie irgendwohin. Warum also sollte sie Jack in einer Hundepension unterbringen? Sie ließ den Oktober noch einmal Revue passieren. Es hatte da ein paar Tage gegeben – das fiel ihr jetzt wieder ein –, an denen sie versucht hatte, Nikki zu erreichen, sie aber nicht ans Telefon bekam. Was hatte das zu bedeuten?

Sie wusste noch, dass sie besorgt gewesen war, immerhin so besorgt, dass sie ihr eine E-Mail geschickt hatte, die Nikki ignoriert hatte, ebenso wie die Nachrichten auf ihrem Anrufbeantworter. Adrienne hatte schon zur Wohnung ihrer Schwester fahren wollen, um nachzusehen, ob alles in Ordnung war, als Nikki sich endlich doch noch meldete und so tat, als wäre nichts passiert.

Wo hast du gesteckt?
Nirgends.
Nirgends?
Ich hatte zu tun. Ich hab vergessen, dich zurückzurufen.

Adrienne überlegte, wann das gewesen war. Oktober. Anfang Oktober. Genau um die Zeit. Eine Mischung aus schlechtem Gewissen und klammheimlicher Freude stieg in ihr auf, als ihr klar wurde, dass ihre Schwester sie angelogen hatte. Es war da vor ihrer Nase im Computer: Jack in Hundepension / Wo hast du gesteckt? / Nirgends.

Sie schaltete den Computer ab, stand auf, reckte sich und gähnte. Nikki hatte ein geheimes Leben geführt. Irgendwo.

Als sie am Morgen erwachte, hörte sie Regen – heftigen Regen – und das gedämpfte Rauschen der Brandung, und sie registrierte das ungewohnte Gefühl einer nackten Matratze und einer kratzigen Decke auf der Haut.

Das Haus wurde nicht mit Bettwäsche vermietet, und das hatten sie vergessen, als sie und Duran einkaufen gewesen waren. Es gab jedoch ein paar zerschlissene Badetücher, also würde sie wenigstens duschen können. Ihr Kopf tat weh, und sie legte vorsichtig eine Hand auf die Schwellung über dem Ohr, eine Schwellung, die mindestens genauso schmerzhaft war wie am Vortag. Sie schwang die Füße aus dem Bett, warf einen Blick auf die Uhr und blinzelte erstaunt: Es war fast Mittag!

Sie zog sich rasch ein T-Shirt und eine Jogginghose über, obwohl bei dem Regen wohl nicht an Laufen zu denken war. Duran war schon seit Stunden auf. Er saß auf der Couch, geduscht und rasiert, die Fernbedienung in der Hand. Als sie eintrat, drückte er die Stummtaste.

«Hallo», sagte er.

«Sie gucken viel Fernsehen, nicht?»

Es war eine rhetorische Frage, aber die Ironie entging ihm gänzlich. Er überlegte. Schließlich sagte er: «Ja. Tu ich.»

Als wäre ihm das gerade erst klar geworden.

«Sie hätten mich wecken sollen», sagte sie tadelnd.

Er zuckte die Achseln. «Warum? Es gießt in Strömen.»

«Wir haben noch einiges zu tun – bevor wir nach New York fahren.»

«Zum Beispiel?»

«Zuerst mal Kaffee machen», entgegnete sie, drehte sich um und ging in die Küche, um den Wasserkessel aufzusetzen. Auf der Arbeitsplatte standen ein Plastikfilter und eine Packung Filtertüten.

«Wissen Sie, ob Nikki je irgendwo hingefahren ist?», fragte sie, während sie den Filter mit zwei Teelöffeln Kaffee auf eine blaue Tasse setzte.

«Wie meinen Sie das?», erwiderte Duran und kam zu ihr.

«Ich meine, ist sie jemals verreist – soweit Sie wissen?»

Duran runzelte die Stirn.

«Es müsste so Anfang Oktober gewesen sein», fuhr Adrienne fort. Etwa zehn Tage bevor...» Der Wasserkessel begann zu pfeifen, und sie ließ den Satz verklingen, während sie das kochende Wasser über das Kaffeepulver goss.

«Sie hat einen Termin verpasst», sagte Duran. «Etwa um diese Zeit.»

«Kam das öfter vor?», fragte Adrienne.

Er schüttelte den Kopf. «Nein. So gut wie nie.»

«Wissen Sie, wo sie gewesen ist?»

Duran zuckte die Achseln. «Nein, aber… als sie zurückkam, war sie braun gebrannt. Ich weiß noch, dass ich sie damit aufgezogen habe. Ich hab sie gefragt, wo sie gewesen war.»

«Und?»

«Sie hat gesagt, sie wäre am Strand gewesen.»

«An welchem?»

«Hat sie nicht gesagt. Und ich hab nicht nachgefragt.»

«Warum denn nicht?»

«Sie wollte nicht genauer werden. Und meine Neugier hielt sich wohl in Grenzen.»

Wind war aufgekommen, und der Regen verwandelte sich allmählich in ein beachtliches Unwetter. Blitze zuckten vor den Fenstern, die bei jedem Donner klapperten. Einen Augenblick lang schien es, als wollte der Himmel zerbersten.

«Nikki hatte fürchterliche Angst vor Blitzen», bemerkte Adrienne.

«Das hat sie mir nie erzählt.»

«Nein? Als Kind hat sie bei Gewitter Tennisschuhe angezogen, wegen der Gummisohlen, und sich dann in den Keller geflüchtet.»

Ein Fensterladen hatte sich losgerissen, und der Wind schlug ihn gegen das Haus, ließ ihn immer und immer wieder gegen die Wand krachen. Duran wollte nach draußen, um ihn festzumachen, doch Adrienne hielt ihn am Arm zurück. «Sind Sie verrückt?», sagte sie, und sie mussten beide kichern wie Kinder, waren vor Aufregung ganz albern.

Ihre Hand ruhte noch immer auf seinem Arm, und eine Sekunde lang schien sich ein Kuss anzubahnen, doch dann explodierte die Luft vor den Fenstern wie eine Bombe – das Licht ging aus, Adrienne zuckte zusammen und das Haus war schlagartig in Halbdunkel getaucht.

Als Adrienne wieder Luft bekam, schluckte sie und sagte: «Tja, der Strom ist weg.»

Duran grinste. «Und ich dachte schon, Sie wären hin und weg.»

Also spielten sie Schach, was unverfänglich war und nicht viel Licht erforderte. Duran improvisierte ein paar fehlende Figuren, indem er Flaschenkorken als Bauern und Salzstreuer als Türme einsetzte. Adrienne war keine besonders gute Schachspielerin und Duran schlug sie innerhalb kurzer Zeit, obwohl er unangestrengt und fast beiläufig spielte.

«Ich glaube, Sie spielen nicht zum ersten Mal Schach», bemerkte sie.

Duran zuckte die Achseln. «Sieht so aus.»

«Glauben Sie mir», sagte sie und baute die Figuren neu auf. «Ich bin nicht besonders gut, aber…» Sie stockte. «Ich hatte mal einen Freund, der ziemlich ernsthaft Schach spielte. Er war in einem Club oder so. Jedenfalls hat er es mir beigebracht, also… bin ich nicht völlig unbeleckt.» Sie überlegte einen Moment, dann drehte sie das Brett. «Diesmal», sagte sie, «sind Sie Schwarz. Und seien Sie nicht so höflich. Mal sehen, ob Sie mich richtig fertig machen können.»

Duran spielte automatisch, als würde er jede Situation auswendig kennen – während sie sich all die Stolpersteine und Fallen, die er für sie bereithielt, erst vergegenwärtigen musste. Nach ihrem neunten Zug sah er sie an und sagte: «Matt.»

Sie starrte auf das Brett und schüttelte dann den Kopf. «Seh ich nicht.»

Er zuckte die Achseln. «Ist aber so.»

Sie sah wieder auf das Brett und verzog das Gesicht. «Wo denn?»

«Genau vor Ihrer Nase.»

Ihre Augen wanderten von Figur zu Figur. Schließlich sah sie auf und blickte ihn argwöhnisch an. «Wovon reden Sie eigentlich?»

Duran warf ihr einen Blick voll unschuldiger Verwunderung zu. «Von Schach», sagte er. «Wovon denn sonst?» Dann schlug er ganz nebenbei ihren Bauern und brachte so ihren König in Schach. Zwei Züge später war das Spiel vorbei.

Sie waren mitten in der vierten Partie, als der Fensterladen komplett abriss. Regelrechte Sturzbäche wurden vom Wind gegen die Scheibe gepeitscht. «Tun Sie mir einen Gefallen», bat Adrienne und lehnte sich in ihrem Sessel zurück. «Schließen Sie die Augen und erzählen Sie mir, was Ihnen in den Sinn kommt, wenn Sie an Schach denken.»

Duran kam ihrer Bitte nach, schloss die Augen und überlegte.

«Und?»

«Das Brett», sagte er. «Und die Figuren.»

«Schön, aber –»

«Schwarz und Weiß.»

«Was noch?»

Er überlegte weiter. Sagte: «Rum.»

Sie blickte erstaunt. «Rum?»

«Ja. Der Geschmack. Scharf. Und das… das Bukett, wie Cognac, wie es in die Lunge eindringt.»

Ihr fehlten die Worte.

Einen Moment lang konnte er das schwere Glas in der Hand spüren, die dunkle Oberfläche des Getränks sehen, den einsam darin treibenden Eiswürfel, der sich allmählich auflöste.

«Was noch?» Es war, als käme ihre Stimme von weit weg.

«Hitze. Ich erinnere mich, dass ich es irgendwo gespielt habe, wo es heiß war – dass mir das Hemd am Rücken klebte.»

«Wo?»

«Ich weiß nicht. Es ist keine richtige Erinnerung. Eher wie eine ... wie eine Erinnerung an eine Erinnerung.»

«Was noch?»

«Musik.» Er neigte sogar den Kopf, als könnte er so besser hören, doch die Bewegung durchbrach seine Konzentration, und er öffnete die Augen und sah sie an.

«Bleiben Sie dran», bat sie.

Er versuchte es, aber es war weg, und schließlich sagte er ihr das.

Mittlerweile hatte der Regen nachgelassen, und der Himmel erhellte sich zu einem gelbstichigen Grau. «Das war seltsam», sagte Duran. «Wie bei einer Séance.»

Sie lehnte sich zurück, betrachtete ihn und spielte dabei geistesabwesend mit einem Turm. «Das war alles, was Ihnen in den Sinn gekommen ist? Rum, Hitze und Musik?»

Er schüttelte den Kopf. «Ich habe frei assoziiert, und es war eher ein Gefühl als irgendwas anderes. Aber, ja: Das war alles.»

Adrienne legte die Stirn in Falten und fragte mit ihrer Anwältinnenstimme: «Finden Sie es nicht eigenartig, dass Nikki diese lange Phase der Amnesie und all diese falschen Erinnerungen hatte – und Sie das auch haben?»

Duran blickte verwirrt drein, als wollte er ihr darauf antworten, konnte es aber nicht. Schließlich sagte er: «Wir haben unterschiedliche Standpunkte.»

«Sie haben sich doch selbst auf Band gehört.»

«Ja, aber –»

«Ja?»

Er seufzte. «Meinen Sie, ich leide an Amnesie?»

«Das hoffe ich.»

Duran runzelte die Stirn. «Warum sagen Sie das?»

«Weil es das kleinere von zwei Übeln ist», erwiderte sie.

Als der Nachmittag allmählich in den Abend überging, saß Adrienne wieder vor dem Laptop ihrer Schwester und arbeitete bei Kerzenlicht. Nach rund einer Stunde begann die Batterieanzeige zu blinken, und sie schaltete das Gerät aus.

«Was ist mit ihren Kreditkartenabrechnungen und ihren Kontoauszügen?», fragte Duran. «Wenn sie im Oktober verreist ist...»

Adrienne rief die Bank ihrer Schwester an und bat um Kopien der Auszüge und Schecks aus den letzten sechs Monaten. Die Bankangestellte war zunächst nicht dazu bereit, doch ihre Vorgesetzte erklärte sich schließlich einverstanden, die Unterlagen an die «Anschrift» ihrer Kundin zu senden. Mehr konnten sie nun mal nicht tun.

Duran, der dem Telefonat lauschte, war beeindruckt, mit welcher Entschiedenheit Adrienne sich nicht mit einem Nein abspeisen lassen wollte.

«Sie sind knallhart», sagte er zu ihr, als sie auflegte.

«Wie Sie schon sagten: Ich kann richtig fies sein.» Dann lächelte sie und fügte hinzu: «Kommen Sie, wir machen einen Spaziergang.»

Überall lagen Blätter und auf Straßen und Rasenflächen waren Äste und Zweige verteilt. In der Ferne heulten Sirenen. Und in der Luft lag das reinigende Prickeln, das manchmal auf ein Unwetter folgt.

Sie zogen sich die Schuhe aus und gingen am Strand entlang. Der Sand war übersät mit Treibgut, das die wütende Brandung angespült hatte: skelettierte Königskrabben, Taustücke und Angelleinen, zerfetzte Styroporteile, Treibholz, Fische.

Nachdem sie zum Cottage zurückgekehrt waren, ging Adrienne joggen. Duran hatte vergessen, sich Laufschuhe zu kaufen, also blieb er allein zurück, saß in der Küche und versuchte, das Gefühl des Verlustes in den Griff zu bekommen, das er empfunden hatte, als sie vor dem Cottage angehalten hatten – und es nicht Beach Haven gewesen war. Er konnte das, was er empfand, nicht in Worte fassen, aber es war, als wäre er von oben auf eine Treppe getreten, um dann feststellen zu müssen, dass es die Treppe gar nicht gab und er nun im freien Fall kopfüber durch den Raum stürzte. Das Einzige, dem er trauen konnte, war das Hier und Jetzt. Die Welt unmittelbar vor ihm, nicht, wie sie gewesen war oder sein würde, sondern nur, wie sie jetzt war.

Die Küche. Dieser Moment. Sogar die Erinnerung, wie er mit Adrienne Schach gespielt hatte, so detailgenau sie auch war – so frisch sie auch war –, blieb unzuverlässig. Auch seine Erinnerungen an Beach

Haven waren detailgenau gewesen. Und doch war das Cottage ein Phantasieprodukt, ebenso imaginär wie «Jeffrey Duran». Womit immerhin auch die Möglichkeit bestand, dass Adrienne eine Illusion war. Ebenso wie gestern und der Tag davor. Nico. De Groot. Und seine Wohnung in Washington. Alles ein Produkt seiner eigenen Phantasie. Oder Gottes Phantasie.

Vielleicht –

«Das war toll!», rief Adrienne, als sie zur Tür hereinkam, strahlend vor Vitalität.

Er beobachtete diese überaus reale Frau, wie sie sich an der Küchenspüle ein Glas Wasser einlaufen ließ und es in tiefen, genüsslichen Zügen trank. Seine Augen wanderten über sie hinweg, verweilten hier und dort und glitten dann weiter, als wäre sie ein Festschmaus.

Als das Glas leer war, stellte sie es auf die Arbeitsplatte und warf einen fragenden Blick in Durans Richtung. «Ich würde zu gerne wissen, was Sie denken», sagte sie.

Er öffnete den Mund, um zu antworten. Überlegte es sich dann anders. «Von wegen», sagte er.

Sie kam gerade aus der Dusche, als das Telefon läutete, und sie ging ran.

«O ja», sagte sie. «Natürlich ... klar. Ja, haben wir. Seit ungefähr drei, vier Stunden.» Da Duran sie fragend ansah, legte sie eine Hand über die Sprechmuschel und flüsterte: «Die Maklerin.»

Dann wieder ins Telefon. «Sicher... nein. Nein, kein Problem. Ich hab eine kleine Taschenlampe in meiner Handtasche.» Sie rieb sich das Haar mit einem Handtuch trocken und lachte. «Ja, so bin ich. Mein Spitzname ist Scout.» Sie beugte sich vor und schrieb etwas auf. «Okay, falls es irgendwelche Schwierigkeiten geben sollte, rufen wir an.» Sie legte auf.

«Worum ging's denn?», fragte Duran.

«Unten im Keller ist eine Senkgrubenpumpe», erklärte sie. «Und wenn der Strom ausfällt, funktioniert sie nicht, und der Keller läuft voll. Was wiederum zu Problemen mit der Heizung führt. Es gibt einen Generator, der automatisch anspringen soll, aber das tut er meistens nicht. Also hat sie uns gefragt, ob wir runtergehen und den Notschalter anmachen könnten.» Adrienne verschwand im Schlafzimmer und kam mit der winzig kleinen Plastiktaschenlampe zurück, die sie in der Handtasche hatte. Und gemeinsam gingen sie nach unten.

Es war kein richtig ausgebautes Kellergeschoss. Es war ein Gewölbe mit festgestampfter Erde als Boden. Der Eingang war draußen, hinter dem Haus, und bestand aus einer Metalltür und einer kleinen Betontreppe. Adrienne ging voraus.

«Bisschen gruselig hier», murmelte sie, während ihre Minitaschenlampe einen schwach orangefarbenen Strahl in die Dunkelheit warf.

«Die Pumpe ist da drüben», sagte Duran und zeigte auf einen Apparat an der Seitenwand. Adrienne ging hin, bückte sich und betätigte den Schalter. Die Pumpe begann zu rattern und sprang lärmend an.

Es war kurz nach neun, als der Strom wieder da war. Sie aßen gerade bei Kerzenschein Pizza und tranken Bier, als die Hälfte aller Lampen im Haus aufleuchtete. Einen Moment lang war es, als wären sie im Blitzlicht eines Fotografen gefangen. Sie erstarrten, während der Fernseher mit immer lauter werdendem knurrendem Ton wieder zum Leben erwachte.

Duran fing an zu glucksen, doch sein Lachen erstarb, als er den verzweifelten Ausdruck auf Adriennes Gesicht sah. Ihre Augen füllten sich mit Tränen.

«Was haben Sie denn?», fragte er.

Sie schüttelte den Kopf und wandte den Blick ab.

«Was ist los?»

Schließlich sagte sie: «Als ich nach Nikki gesucht habe, in ihrer Wohnung... waren alle Lichter aus... weil es einen Kurzschluss gegeben hatte. Von dem Heizofen. Und dann hat Ramon die Sicherung wieder reingedrückt und... plötzlich lag sie da. In der Wanne.» Die Tränen liefen. Sie sah weg.

«Es tut mir Leid», sagte Duran.

Er machte den Abwasch – viel zu spülen gab es nicht –, während Adrienne sich wieder an den Computer setzte. Bei einem Reiseroutenservice gab sie ihren Start- und Zielpunkt ein und erhielt die Wegbeschreibung zu Dr. Shaws Büro in New York. Anschließend suchte sie nach einem Hotel und schimpfte über die hohen Preise.

Der Gedanke an Geld beunruhigte Duran, weil es Adrienne offensichtlich beschäftigte und sie bislang alles bezahlt hatte. Er hatte sein Scheckbuch nicht dabei, und er hatte keine Bankkarte. Adrienne fand das unglaublich. «Jeder hat eine Karte für Geldautomaten.»

«In den Towers war unten im Erdgeschoss eine Bank», erklärte Duran. «Wenn ich Bargeld brauchte, bin ich einfach hingegangen.»

Adrienne tippte und klickte noch immer am Computer, als Duran ins Wohnzimmer schlenderte. Er hatte dem Impuls, sich vor den Fernseher zu setzen, widerstanden, weil er wusste, dass sie es nicht gerne sah, aber er war die Ungewissheiten leid, die zusammengenommen seine einzige reale Identität auszumachen schienen. Er hatte das Bedürfnis, nicht zu denken. Und dafür war Fernsehen genau das Richtige.

«Ich sehe einfach nicht ein, so viel Geld nur für einen Platz zum Schlafen zu bezahlen», bemerkte Adrienne, als er an ihr vorbeiging. «Ich schreib mir ein paar Telefonnummern auf. Vielleicht müssen wir ja gar nicht da übernachten.»

«Wie Sie meinen», erwiderte Duran, ließ sich auf die Couch fallen und griff nach der Fernbedienung. Er schaltete die Kanäle durch und blieb schließlich bei einer Sitcom hängen. Er lehnte sich zurück und verschwand in sich selbst.

25

Sie fuhren im Dunkeln los wie Diebe in der Nacht. Duran saß auf dem Beifahrersitz.

Adrienne hatte den Tempomat auf exakt 65 Meilen pro Stunde eingestellt. Die Fahrt war wohltuend langweilig, angenehm ereignislos, und die meiste Zeit schwiegen sie. Adrienne machte sich Gedanken wegen ihrer Arbeit, während Duran entspannt neben ihr saß und in die Dunkelheit starrte.

Schließlich trug der Dodge sie durch den Lincoln Tunnel nach Downtown Manhattan. Als Adrienne die Adresse an der Upper West Side gefunden hatte, die Doctor Shaw ihr genannt hatte, kreiste sie noch fünfzehn Minuten um den Block, bis sie endlich einen Parkplatz ergatterte.

«Ich hasse es, fürs Parken bezahlen zu müssen», erklärte sie.

«Wundert mich nicht», entgegnete Duran. «Sie haben eben so viel Benzin vergeudet, dass wir uns ein Parkhaus nicht mehr leisten können.»

Shaws Büro lag im 23. Stock eines mit Rauchglas verkleideten Wolkenkratzers, der zum Zeitpunkt seiner Erbauung, etwa 1965, vermutlich das Modernste war, das man sich vorstellen konnte. Inzwischen wirkte er irgendwie kränklich und heruntergekommen, als wäre die Zukunft an ihm vorbeigezogen.

Das Büro selbst war eher gemütlich als aufgeräumt, die Wände voller Gemälde, Diplome und Erinnerungen. Bücher und lose Blätter stapelten sich auf jeder nur möglichen Ablagefläche, nur nicht auf dem Boden, auf dem einer der erlesensten Perserteppiche lag, die Adrienne je gesehen hatte.

Shaw hatte das freundliche Aussehen eines guten Onkels. Er war von massiger Statur, hatte wässrig braune Augen unter struppigen Brauen und ein sanftes, beinahe wehmütiges Lächeln. Nachdem er sie mit einem festen Händedruck begrüßt hatte, bat er sie, auf einem dick gepolsterten Sofa Platz zu nehmen.

Er trug eine Kordjacke, Khakihose und Turnschuhe und hatte eine knallrote Swatch-Uhr aus Plastik über die Manschette seines Hemdsärmels geschnallt. Das Zifferblatt war so groß, dass Duran durch das halbe Zimmer hindurch die Zeit ablesen konnte. Adrienne schätzte den Doktor auf Mitte fünfzig, obwohl sein Gesicht so glatt war wie das eines Kindes und heiter strahlte.

«Kaffee?»

Sie bejahten und kamen dann gleich zur Sache.

«Das, was Sie mir am Telefon erzählt haben, interessiert mich», begann Shaw. «Man könnte sagen, dass ich Fallgeschichten von ungewöhnlichem Gedächtnisverlust sammle. Ich denke, es wäre am besten, wenn Sie das Ganze noch einmal wiederholen. Vielleicht fangen Sie damit an», seine braunen Augen fixierten Adrienne, «dass Sie mir erzählen, wann der Mann neben Ihnen zum ersten Mal auf Ihrem Radarschirm aufgetaucht ist. Und dann», er neigte den Kopf in Durans Richtung, «kommen wir zu Ihnen.»

Shaw schlug die Beine übereinander und lehnte sich in seinem Sessel zurück, die Hände hinter dem Kopf verschränkt, Ellbogen abgewinkelt, als hätte er den ganzen Tag Zeit.

Gegen Mittag reckte Shaw sich auffällig und sagte: «Nun, das ist zwar eine außergewöhnliche Geschichte, aber selbst Psychiater müssen mal was essen. Ich würde Folgendes vorschlagen: Ich bin mit meiner Tochter zum Lunch verabredet und danach habe ich um halb zwei einen Termin. Wenn Sie um drei wieder hier sein könnten, würde ich ein Aufnahmegespräch führen, und dann sehen wir, wie es weitergeht.»

«Was ist ein Aufnahmegespräch?», wollte Adrienne wissen.

«Äh, na ja –», Shaw hob gestikulierend die Hände.

«Die Anamnese», erklärte Duran. «Operationen, Erkrankungen, Allergien –»

«Und ein paar Tests», ergänzte Shaw. «Routinekram: der TAT, der MMSE –»

«Was heißt das?», fragte Adrienne.

Shaw zuckte die Achseln. «Ich denke, die Namen werden Ihnen ebenso wenig sagen wie die Abkürzungen. Aber es sind Werkzeuge, mit denen wir den psychopathologischen Status des Patienten bestimmen, seine kognitive Beeinträchtigung et cetera.»

Adrienne nickte, doch Duran blickte finster. Auf was ließ er sich da eigentlich ein? Sollte er für diesen Mann das Versuchskaninchen abgeben?

Shaw zwinkerte ihm zu. «Ich bin sicher, Mr. Duran kennt sich mit diesen Tests ebenso gut aus wie ich – hab ich Recht?»

Duran zuckte die Achseln. «Ich weiß, wie sie funktionieren», sagte er, «aber in meiner Praxis hatte ich keine Verwendung dafür.»

«Nun ja, ich halte viel von solchen Tests», erklärte Shaw, «und wenn wir genug Zeit haben, sollten wir auch mit dem Beck Depression Inventory ein paar Fragen klären.» Er sah das Misstrauen in Durans Blick und beruhigte ihn hastig: «Nur um uns ein umfassenderes Bild machen zu können.»

«Verstehe», sagte Duran, «aber... hier geht es um Gedächtnis, nicht um meine geistige Gesundheit. Um mein Gedächtnis.»

Shaw wiegte den Kopf hin und her, als wäre die Unterscheidung belanglos. «Nun ja», sagte er, «wenn das, was Sie mir erzählt haben, wirklich stimmt, dann liegt eindeutig eine wie auch immer geartete Dysfunktion vor. Die Tests sind lediglich diagnostische Hilfsmittel. Und als Allererstes müssen wir herausfinden, ob Ihre Amnesie organisch oder adaptiv ist, die Folge eines Traumas oder... etwas anderes.» Er klatschte in die Hände. «Wir müssen eine Vorstellung davon bekommen, womit wir es eigentlich zu tun haben.»

«Und was könnte das sein?», hakte Adrienne nach.

Shaw breitete die Arme aus. «Das lässt sich zu diesem Zeitpunkt unmöglich sagen. Amnesie kann eine ganze Reihe von Ursachen haben, zum Beispiel einen Schlag auf den Kopf, Epilepsie, extremen Stress, ja auch – ich möchte Ihnen keine Angst machen – ein Gehirntumor. Es könnte auch eine Form von Hysterie vorliegen.»

«Hysterie?»

Shaw verzog das Gesicht. «Der Terminus ist veraltet. Im Grunde ist damit adaptive Amnesie gemeint, also die Art von Amnesie, die als Folge psychologischer und nicht physiologischer Ursachen auftritt.» Shaw legte die Hände flach aneinander und spähte über die Fingerspitzen: «Natürlich können die Grenzen fließend sein. Aber im

Allgemeinen ist Gesprächstherapie bei hysterischer Amnesie anwendbar. Heutzutage zählen wir sie zu den dissoziativen Störungen.» Er warf einen Blick auf die Uhr und sprang auf. «Auf jeden Fall liefern uns die Tests erste Anhaltspunkte.»

Er reichte ihnen die Hand und bugsierte sie dann Richtung Tür. «Also dann, bis um drei.»

Sie sahen nach dem Wagen (kein Knöllchen), fütterten die Parkuhr erneut und gingen dann in einen Imbiss nur ein paar Querstraßen von Shaws Büro entfernt, wo sie Pastrami-Sandwiches mit eingelegten Gurken aßen und dazu Limo aus der Dose tranken. Duran war mürrisch, fühlte sich unwohl bei dem Gedanken, Patient zu sein, und bekam Shaws Worte nicht aus dem Kopf: kognitive Beeinträchtigung, Dysfunktion, Hysterie.

«Was ist los?», fragte Adrienne und spießte eine Gurkenscheibe mit der Gabel auf.

Duran schüttelte den Kopf. «Wenn er versucht, mich in die Klapse zu stecken», sagte er, «bin ich sofort wieder weg.»

«Die Klapse?»

«Das ist ein Fachausdruck», erklärte er.

Da sie noch über eine Stunde Zeit hatten, beschlossen sie, das Büro von Mutual General Assurance aufzusuchen. «Wahrscheinlich rücken sie Kopien von Nikkis Bändern raus, wenn Sie darum bitten», sagte Adrienne. «Ich meine, Sie sind schließlich deren Kunde, oder?»

Eine Fahrt mit der U-Bahn und ein kurzer Fußweg brachten sie ans Ziel, obwohl es wahrlich nicht danach aussah.

Die Adresse an der Avenue of the Americas stellte sich nämlich als eine Niederlassung von «Box'n Mail» heraus, eines dieser Geschäfte, wo Blisterfolie und Pappkartons verkauft sowie Sendungen per UPS, Fedex und per Post verschickt werden. Nebenbei vermietete «Box'n Mail» auch noch Postfächer für Leute, die ihre Post nicht gerne nach Hause bekommen wollten.

Das Büro von Mutual General Assurance in «Suite 1119» war in Wirklichkeit ein Fach mit einer Metallklappe davor.

Adrienne und Duran warteten in der Schlange hinter einer Frau, die ihrem Sohn an der Cornell University ein Paket mit Leckereien schicken wollte. Als sie an der Reihe waren, fragte Adrienne, wie man sich mit Mutual General Assurance in Verbindung setzen könne.

Der langhaarige Blonde hinter dem Schalter war die Unfreundlichkeit in Person. «Ganz einfach», sagte er, «schreiben Sie denen einen Brief.»

«Aber Sie haben doch bestimmt eine Adressliste, nicht? Ich meine, es muss doch so was wie einen Vertrag zwischen Ihnen und denen geben.»

Der Mann schüttelte den Kopf und widmete seine Aufmerksamkeit dem Paket auf dem Tresen vor ihm, das er geschickt mit einem breiten Klebebandstreifen entlang der Kante versah.

«Könnten Sie mir nicht einfach eine Telefonnummer geben?» Adrienne gab nicht auf. «Es ist wichtig. Ich meine, ich muss diese Leute wirklich sprechen.»

«Lady», sagte der Mann, «was meinen Sie wohl, wozu Leute die Dinger da mieten?» Er deutete mit einer ausladenden Handbewegung auf die Fächerreihen. Es war eine rhetorische Frage, aber Adrienne antwortete trotzdem.

«Damit sie da ihre Post bekommen.»

Der Mann sah sie an, drehte dann das Paket herum, überprüfte es von allen Seiten. Schließlich warf er es in eine weiße Plastikkiste, auf die UPS gekritzelt war.

«Die mieten die, weil es eine diskrete Möglichkeit ist, Post zu kriegen. Diskret», wiederholte er. «Wenn Sie eine Telefonnummer haben wollen, rufen Sie die Auskunft an.»

«Die Firma ist nicht verzeichnet», erwiderte Adrienne. «Das hab ich schon probiert.»

Der Mann grinste sie bedauernd an. «Tja, dann... Deshalb hab ich ja gesagt, Sie sollten 'nen Brief schreiben. Wenn die Lust hätten, mit Leuten zu reden, würden sie wahrscheinlich kein Fach bei uns mieten.»

Sie gingen noch einmal zum Wagen, um Geld in die Parkuhr zu werfen, und als sie wieder in Dr. Shaws Büro waren, wurde Adrienne vor die Wahl gestellt, entweder im Empfangsbereich zu warten oder später wiederzukommen.

«Ich denke, ich geh joggen», sagte sie. «Der Central Park ist ja ganz in der Nähe.» Sie holte ihre Sportsachen aus dem Auto, zog sich auf der Damentoilette vor Shaws Büro um, fuhr mit dem Aufzug nach unten und überließ den Psychiater und Duran sich selbst.

Sie genoss es, im Central Park zu laufen. Die Distanz war ganz nach ihrem Geschmack, etwa zehn Kilometer, und es war irgendwie herrlich, unter einem Baldachin aus Wolkenkratzern und Bäumen dahinzutraben.

Sie lief eine Stunde lang und musste ein paar Mal umkehren, weil sie an der falschen Parkseite rauskam. Jedes Mal lief sie denselben Weg zurück, den sie gekommen war, und dachte, du Idiotin! Was, wenn du dir den Fuß umknickst? Du hättest ein bisschen Geld mitnehmen sollen, zumindest zum Telefonieren. Und überhaupt, du solltest besser aufpassen.

Die Empfangssekretärin, eine punkig aussehende junge Frau mit blauen Fingernägeln und hennagefärbtem Haar, machte um sechs Feierabend. Nachdem sie fort war, ging Adrienne an den verlassenen Schreibtisch und bestellte telefonisch ein Zimmer in einem der Hotels, deren Nummern sie am Vorabend aufgeschrieben hatte. Dann zog sie sich wieder ihre normale Kleidung an und las im *Newsweek*. Um halb acht, als sie den *New Yorker* halb durch hatte, machte sie sich langsam Sorgen. Zweimal stand sie von der Couch auf und lauschte an Shaws Bürotür. Aber die Tür war massiv, und sie konnte bloß ein leises Murmeln hören.

Es war Viertel vor neun, als sie schließlich herauskamen, und der Klang ihrer Stimmen erschreckte sie dermaßen, dass sie aufsprang, so nervös und neugierig, wie Verwandte im Wartebereich eines Krankenhauses es häufig sind.

Shaw lächelte ihr zu, und sie sah ihm an, dass er aufgeregt war. Duran dagegen wirkte erschöpft. Er sah blass und müde aus.

«Es ist anstrengend», sagte Shaw, «aber es tut nicht weh.» Er blickte Adrienne an, hob beide Hände und entschuldigte sich dafür, dass sie so lange warten musste. «Ich bin völlig baff», erklärte er, «aber faszinierter denn je. So etwas hab ich noch nicht erlebt! Und wie ich schon zu Jeff sagte, ich würde morgen Vormittag gerne ein paar Tests machen. Nichts allzu Anstrengendes –»

Adrienne unterbrach ihn. «Aber Sie haben doch bestimmt schon eine Vermutung. Ich meine, Sie beide waren immerhin stundenlang da drin.»

Shaw seufzte, schob die Finger ineinander und reckte die Arme hoch über den Kopf. Dann schloss er die Augen und ließ den Kopf kreisen. Schließlich senkte er die Arme wieder, rollte mit den Schultern und sagte: «Ich würde vorschlagen, wir setzen uns.»

Was sie auch taten.

«Das Ganze ist äußerst merkwürdig», begann Shaw. «Zu Anfang bin ich von einer amnestischen Fugue ausgegangen und war vor allem an deren Dauer interessiert, aber –»

«Sie haben Ihre Meinung geändert», stellte Adrienne fest.

Shaw nickte.

«Und was denken Sie jetzt?»

«Ich denke, dass ich nicht weiß, was ich denke. Ich kann ehrlich behaupten, dass mir so etwas wie Jeffreys Verstand noch nie untergekommen ist. Er weiß nahezu nichts über seine Vergangenheit, und das, was er weiß, ist eher auswendig gelernt. Als hätte er ein Buch über sich gelesen und sich die Einzelheiten eingeprägt.»

Adrienne blickte Duran an.

«Ich bin ein faszinierender Fall», erklärte Duran mit einer Stimme voller Sarkasmus. «Ray will eine Krankheit nach mir benennen. Das Duran'sche Syndrom.»

Shaw lächelte. «Wenn ich Jeffrey nach einem Erlebnis aus seiner Vergangenheit frage, an das er sich erinnert, erzählt er die Geschichte jedes Mal auf exakt dieselbe Weise, bringt jedes Mal dieselben Details in derselben Reihenfolge.»

«Also?»

«Das sind Anekdoten – erinnerte Erzählungen und keine Erinnerungen als solche. Eigentlich nicht ungewöhnlich. In einem gewissen Maße tun wir das alle, unsere Erinnerungen verschönern, damit sie einen bestimmten Zweck erfüllen, damit wir attraktiver wirken, unsere Eltern liebevoller – je nachdem. Aber in Jeffreys Fall sind seine Erinnerungen nicht nur geschönt, sie sind in Stein gemeißelt.» Shaw sah Adriennes skeptischen Blick und fuhr fort: «Ich hab Jeff gebeten, sich an bestimmte Ereignisse aus seiner Vergangenheit zurückzuerinnern – Ereignisse, die man nicht verschönern würde.»

«Was denn zum Beispiel?», fragte Adrienne.

«Oh ...» Er drehte die Hand in der Luft. «Zum Beispiel, wie es war, als Sie Ihren ersten Zahn verloren haben.» Er hielt kurz inne und nickte dann aufmunternd. «Wie ist man in Ihrer Familie damit umgegangen?»

Adrienne wurde rot. «Ich weiß nicht –»

«Aber ja. Überlegen Sie mal. Als Sie Ihre Milchzähne verloren haben, wurde darauf ganz sachlich reagiert? Oder war das ein großes Ereignis?» Der Psychiater presste die Hände zusammen und legte die Fingerspitzen an die Lippen.

Adrienne versuchte, sich zu erinnern. «Na ja», sagte sie ein klein wenig nervös, «in meiner Familie – das ist ein recht loses Gebilde, so viel vorweg. Ich bin als Kind ziemlich viel von einer Familie zur nächsten weitergereicht worden.»

«Darum geht es aber jetzt nicht», widersprach er, auf die Antwort brennend. «Wo auch immer Sie waren, bei wem auch immer Sie sich aufhielten, Sie haben irgendwann Ihren ersten Milchzahn verloren. Konzentrieren Sie sich darauf. Was ist da passiert?»

Sie schloss die Augen, presste die Lippen zusammen, tat so, als müsste sie scharf überlegen, obwohl sie nicht wusste, warum sie das tat, denn sie erinnerte sich sehr wohl daran, sogar ziemlich genau. Schließlich sagte sie: «Ich hab damals bei meiner Großmutter gelebt, und sie hat viel Getue darum gemacht, was ihr gar nicht ähnlich sah.»

«Weiter.»

«Na ja, sie hatte so ein kleines Porzellankästchen. Ein ganz besonderes, das wie ein Zahn geformt war.»

Duran lachte.

«Ehrlich! Und es hatte einen Deckel, den man öffnen konnte, und obendrauf stand ‹Zahnfee›. Ich fand es wunderbar», erzählte Adrienne, «obwohl jetzt, wo ich drüber nachdenke, ist es … doch ein bisschen … seltsam.» Sie kicherte leicht verlegen.

«Sehen Sie», sagte Shaw, mit der flachen Hand auf Adrienne deutend, «Sie erinnern sich genau. Und das ist auch kein Wunder. Den ersten Zahn zu verlieren, das ist ein wichtiger Abschnitt, und fast jeder Mensch verbindet irgendeine Erinnerung damit. Nicht so Jeffrey. Jeffrey erinnert sich überhaupt nicht daran, und auch nicht an andere Ereignisse, die man normalerweise erlebt.»

Er blickte Duran an, der mit den Schultern zuckte.

«Unser Freund hier könnte auch vom Mars stammen. Von allen Ereignissen, nach denen ich ihn gefragt habe, erinnert er sich an genau zwei.» Er hielt zwei Finger hoch. «Er erinnert sich, dass er mit seinen Eltern am Strand war – Bethany Beach. Und er erinnert sich, dass er die Kerzen auf einem Geburtstagskuchen ausgepustet hat. An sonst nichts. Das hatte ich nicht erwartet.»

Adrienne sah ihn verwundert an. «Wieso nicht? Wir wissen doch, dass er an Amnesie leidet.»

Shaw neigte den Kopf von einer Seite zur anderen. «Ja, aber wir wissen auch, dass er ein Fabulierer ist. Und das macht den Fall so interessant: Er ist davon überzeugt, dass seine Erinnerungen wahr sind. Deshalb hat er auch den Lügendetektortest so gut überstanden, den Sie erwähnt haben, und deshalb hat er sie ganz naiv zu einem Strandhaus geführt, das es nie gab. Das alles passt zu dem, was ich heute Nachmittag herausgefunden habe. Als ich Jeff nach diesen kleinen Ereignissen fragte, über die wir gesprochen haben, hat er in keinster Weise versucht, irgendetwas zu erfinden. Entweder hat er sich erinnert oder nicht. Meistens nicht.»

«Aber was bedeutet das?», fragte Adrienne.

«Dass er kein Schwindler ist.»

«Und?»

«Dass er nicht nur an Amnesie, sondern auch an Wahnvorstellungen leidet.» Shaw wandte sich an Duran. «Macht es Ihnen auch wirklich nichts aus, wenn ich so über Sie spreche?»

Duran verdrehte die Augen. «Nein. Adrienne und ich sind gute Freunde. Seit sie mich nicht mehr verklagen will.»

Shaw blickte verblüfft. «Sie wollten ihn verklagen?»

Adrienne schüttelte den Kopf. «Nein. Das heißt, ja. Ich hab ihn verklagt. Aber ich zieh die Klage zurück.»

Der Psychiater ging darüber hinweg. «Jedenfalls haben wir ein paar von den klinischen Tests gemacht, über die wir heute Morgen gesprochen haben.»

«Und?»

«Alles normal – nur nicht der Patient.» Er lächelte. «Also hab ich ihn hypnotisiert.»

Adrienne zog die Stirn kraus. «Aber... ich dachte, Sie wären gegen Hypnose.»

«Im Gegenteil. Sie ist ein nützliches Mittel – und ich dachte, es würde ihn vielleicht entspannen. Seine Blockaden lockern.»

«Und, hat es?»

«Nein, nicht mal unter Hypnose, er hatte immer noch Leerstellen. Aber die Ereignisse, an die er sich erinnerte – den Strand, den ersten Geburtstagskuchen –, die waren sogar noch interessanter.»

«Inwiefern?»

«Er hat mir dieselben Geschichten erzählt. Und ich meine exakt dieselben Geschichten. Fast Wort für Wort. Als würde er ein Gedicht aufsagen oder eine Rede halten.»

«Und was bedeutet das?», fragte Adrienne.

Doctor Shaw schüttelte den Kopf. «Das kann man jetzt noch nicht sagen. Aber ich würde gerne einige Tests mit ihm machen – nur damit wir ein paar Möglichkeiten ausschließen können.»

«Was denn zum Beispiel.»

«Eine Beschädigung des Hippocampus.»

«Und was sind das für Tests?», fragte Adrienne.

«CAT-Scan-Untersuchung. PET-Scan. Kernspintomographie.»

Jetzt war es Adrienne, die die Augen verdrehte. «Ich glaube kaum, dass Mr. Duran so viel Geld hat –»

«Er ist versichert», entgegnete Shaw. «Das haben wir überprüft.»

«Ach ja? Bei Mutual General?»

«Nein», erklärte Duran. «Ich habe eine seriöse Versicherung. Mutual General war eine berufsgebundene Versicherung.»

Shaw stand auf und ging zum Schreibtisch der Empfangssekretärin. Nachdem er verschiedene Schubladen aufgezogen hatte, fand er endlich, was er suchte, einen Plan und ein paar Unterlagen, die er Duran reichte.

«Was ist das?»

«Ein Plan des Krankenhauses, da sehen Sie, wo das Labor ist. Und Einwilligungserklärungen.» Shaw warf einen Blick auf die Uhr und machte eine entsetzte Geste. «Oje», sagte er. «Das gibt Ärger.»

«Tut mir Leid», sagte Adrienne und sammelte ihre Laufschuhe und die verschwitzten Sportsachen auf.

Der Psychiater winkte ab. «Ist nicht das erste Mal.» Er ging vor ihnen her zur Tür hinaus zum Fahrstuhl. «Sind Sie eher ein nervöser Typ, Jeffrey? Klaustrophobisch?»

Duran zuckte die Achseln. «Woher soll ich das wissen?»

Shaw schmunzelte. «Also, wenn Sie meinen, dass Sie bei der Kernspintomographie Probleme bekommen, sagen Sie das dem Techniker. Der gibt Ihnen dann was zur Beruhigung.»

Unter dem Scheibenwischer des Wagens klemmte ein Strafzettel. «Verdammt noch mal!», fluchte Adrienne. Sie nahm ihn hastig ab, als würde er sich vervielfältigen, wenn sie ihn nicht eiligst entfernte. «Die wollen hundert Dollar!» Als sie genauer hinsah, stellte sie fest, dass der Strafzettel schon vor Stunden ausgestellt worden war, als sie im Park ihre Runden drehte. Sie hatte Sorge gehabt, zu spät wieder in Shaws Büro zu kommen, und vergessen, die Parkuhr zu füttern. Es war unfair, aber sie blickte Duran an, als wäre es seine Schuld. «Wieso hat das auch so lange gedauert?»

Er spürte ihre Gereiztheit und zog es vor, sie nicht noch mehr zu provozieren. Also verkniff er sich eine trockene Bemerkung oder den Hinweis, das Ganze sei schließlich ihre Idee gewesen, und sagte bloß: «Ich weiß nicht. Tut mir Leid, dass Sie so lange warten mussten.»

Zwei Minuten später im Auto entschuldigte sie sich. «Es ist meine Schuld», sagte sie mit Nachdruck und reuigem Unterton. «Schließlich hab ich hier geparkt. Und ich hab vergessen, was in die Parkuhr zu schmeißen. Ich weiß wirklich nicht, warum ich Sie angefaucht habe.» Sie seufzte. «Manchmal, wenn ich richtig gestresst bin –»

«Ist schon gut.»

«Nein, das war nicht nett von mir. Ich weiß, dass es nicht Ihre Idee war, sich so lange durchleuchten zu lassen. Ich hab mich unmöglich benommen.» Sie wirkte so untröstlich, dass er sie am liebsten in den Arm genommen hätte.

Stattdessen sagte er: «Ich weiß, dass Sie sich Sorgen ums Geld machen. Sie wollten ja nicht mal hier übernachten.»

«Jaja, aber versuchen Sie nicht, mich davon abzubringen», erwiderte sie und fing an zu lachen. «Ich gönn mir ganz gern mal was.» Sie stieß einen theatralischen Seufzer aus. «Einhundert Dollar... Mist!» Die Frontscheibe beschlug, und sie wischte mit dem Handballen darüber.

«Wo fahren wir jetzt hin?»

«Ich hab ein Zimmer in einem Hotel am Washington Square reserviert.»

«Prima.»

Sie lachte. «Abwarten. Es kostet bloß 85 Dollar die Nacht.»

26

Das Hotel war eine Absteige.

Ihr Zimmer – «mit Kochnische» – war deprimierend. Auf den Betten lagen bedenklich aussehende Chenille-Tagesdecken, die anscheinend einmal orange gewesen waren. In der Ecke stand ein niedriger Tisch. Ein senffarbener, ziemlich schmuddeliger Sessel vor dem Fenster war mit Brandlöchern gesprenkelt, und daneben stand ein uralter Fernseher auf einem Schränkchen.

Die Küche, die durch eine Arbeitsplatte aus Resopal abgetrennt war, bestand aus einer Spüle, einem Kühlschrank, der geräuschvoll vor sich hin brummte, und billigen Hängeschränken, in denen Plastikteller und -tassen gestapelt waren.

Adrienne öffnete den Kühlschrank und warf einen Blick hinein. Zum Glück war nichts zu entdecken außer einer Eiswürfelschale.

«Ich find's furchtbar hier», sagte sie.

Duran klemmte einen Stuhl unter den Türknauf.

Am Morgen fuhren sie mit der U-Bahn zum Pashten Medical Center. Die Empfangssekretärin schob ein Fenster auf und schenkte Duran ein breites Lächeln. «Oh ja», sagte sie. «Duran. Bei Ihnen soll die ganze Palette gemacht werden, nicht? Einen Moment, ich ruf eben Victor.»

Kurz darauf kam ein Latino mit scharf geschnittenen Zügen durch die Tür. Er trug einen blaugrünen Krankenhauskittel, sein Gesicht schien einem aztekischen Fries entnommen zu sein. «Wenn Sie Melissa die Einwilligungserklärung geben», sagte er, «können wir loslegen.» Dann wandte er sich Adrienne zu. «Sind Sie Mrs. Duran?»

Sie spürte, wie ihr Gesicht anfing zu glühen. «Nein», sagte sie ein wenig zu hastig. «Nur eine Freundin.»

«Es hat wenig Sinn, wenn Sie hier warten», erklärte er. «Das Ganze wird nämlich eine Weile dauern. Könnten Sie vielleicht um vier wiederkommen?»

Als Adrienne gegangen war, wurde Duran Puls und Blutdruck gemessen, dann führte man ihn in ein Untersuchungszimmer, wo er darauf wartete, aufgerufen zu werden.

Das Zentrum für Radiologie war der Traum jedes technophilen Menschen, ein Wald aus Computern und Dioden, Oszilloskopen und hellgrauen Geräten, die modern und prähistorisch zugleich wirkten.

Der CAT-Scanner kam als Erstes.

Duran musste sich hinlegen. Man befestigte eine Halterung am Kinn, so dass er den Kopf nicht mehr bewegen konnte. Er bekam ein Gummiding in den Mund und wurde angewiesen, fest darauf zu beißen, um den Kopf möglichst reglos zu halten. Bewegung, so erfuhr er, war der Feind. Also lag er da wie ein gefällter Baum, spürte plötzlich jedes Jucken und Prickeln, war wild entschlossen, sich nicht zu rühren und wurde von dem ununterbrochenen, ermutigenden Geplapper seiner Röntgenassistentin-Krankenschwester-Animateurin unterstützt.

Sie bediente ein Gerät, das an der Armatur um seinen Kopf herum auf einer Schiene lief und eine Serie von 48 Querschnittsaufnahmen seines Schädels machte. Das Gerät bewegte sich mit einem durchdringenden Surren, und es fiel ihm schwer, nicht zu zucken, wenn es einrastete und dann klickte und klackte, um ein Bild aufzuzeichnen.

Während er der Assistentin lauschte, fiel ihm auf, dass sie genau den gleichen Tonfall hatte, in dem manche Menschen mit Hunden und Kleinkindern sprechen.

Nach dem CAT schnappte sich eine Inderin sein farblich markiertes Patientenblatt und führte ihn in einen Raum, auf dessen Tür «Kernspintomographie» stand.

Diesmal lief es nicht ganz so glatt.

Zu dem Untersuchungsgerät gehörte ein langer Tisch, der in eine große, sargähnliche Trommel gefahren wurde. Duran musste sich auf den Tisch legen und bekam eine Art Football-Helm aufgesetzt, der wiederum mit einem Plastikgitter verbunden war, das Durans Gesicht bedeckte. Die Röntgenassistentin drückte ihm ein Ding in die Hand, das als Alarmvorrichtung dienen sollte, und sagte, er solle den Panikknopf drücken, falls er klaustrophobische Zustände bekäme. Dann bat man ihn, ganz ruhig zu liegen und nicht auf das klopfende Geräusch zu achten, das der Apparat machen würde.

So weit, so gut. So weit, kein Problem.

Dann drückte die Schwester auf einen Knopf, und der Tisch rollte in die Röhre hinein, verschluckte ihn. Er spähte durch das Plastikgitter und sah, dass er nur etwa zwanzig Zentimeter vom Röhrendach entfernt war. Doch dann fuhr der Tisch nach oben und hob ihn an, bis zwischen seinem Gesicht und der Decke nur noch knapp fünf Zentimeter Platz waren.

Er atmete tief durch. Du bist an deinem sicheren Ort, sagte er sich – und drückte den Panikknopf – fest. Ein Signal schrillte. Die Schwester kam angerannt. Der Tisch fuhr runter und rollte zurück.

Er hörte Geflüster und schließlich brachte man Duran zurück ins Untersuchungszimmer. Dort gab ihm ein junger Mann mit kahl rasiertem Schädel und einem Goldring durch die Nasenscheidewand eine Spritze, die ihn, wie er sagte, entspannen würde. Und tatsächlich. Der Rest des Vormittags und ein Großteil des Nachmittags kamen ihm zwar nicht gerade wie ein Traum vor, aber wie ein Dokumentarfilm. Freihandkamera. Schwarzweiß. Keine Handlung.

Duran konnte sich nicht mehr erinnern, wie viele Tests er gemacht oder wie oft seine Venen «befühlt» worden waren.

Der letzte Test war die PET-Untersuchung. Azteken-Charlie – so wurde er in der Klinik genannt – erklärte Duran, dass PET die Abkürzung für Positron Emission Tomography war. «Das heißt im Grunde», sagte er, «dass wir Sie hiermit ausleuchten werden.» Er nahm eine Spritze aus einer Aluminiumschale. «Das sind radioaktive Isotope», erklärte er. «Die beleuchten Ihr Gehirn, damit der Doc sich ansehen kann, was los ist.» Er klopfte mit dem Fingernagel gegen die Spritze und bat Duran, sich auf einen mit Papier abgedeckten Tisch zu legen.

Er tat es und spürte den Einstich kaum.

Zwei Stunden später betrat er einen kleinen Besprechungsraum der Klinik, wo Adrienne und Doctor Shaw ihn schon erwarteten.

Ein Dutzend Bilder, Querschnitte von Durans Gehirn, hingen an einer Reihe von Leuchtschirmen an der Wand. Shaw hielt einen Zeigestock in der Hand, ging von einem Bild zum anderen und tippte auf einen kleinen hellen Fleck in einem Meer aus Grau.

«Genau hier», sagte er. «Und hier. Und hier. Und auf dem da kann man es auch sehen!»

«Wie ein Reiskorn», sagte Adrienne.

«Was ist das?», fragte Duran.

Shaw überlegte kurz, runzelte die Stirn und sagte: «Ich weiß es nicht.» Dann fügte er beruhigend hinzu: «Ich kann Ihnen nur sagen, was es nicht ist. Es ist kein Gewebe, es ist kein Knochen oder Nerv. Und es ist auch kein Blutgerinnsel. Was bedeutet, dass es ein ‹fremdes Objekt› ist, also etwas, das wir auch dann noch nicht identifizieren können, wenn wir alle Möglichkeiten ausgeschöpft haben.» Der Arzt blickte nachdenklich und stockte. Eine der Neonröhren an der Decke zischte. «Sie erinnern sich nicht vielleicht daran, dass Sie mal eine Kopfverletzung hatten?», fragte er Duran hoffnungsvoll. «Vielleicht ein Autounfall? Waren Sie beim Militär? Ein Flugzeugabsturz?»

Duran erwiderte trocken. «Soweit ich mich erinnere, nicht.»

Shaw lächelte. «Sehr lustig.»

«Moment mal», warf Adrienne ein und sah Shaw an. «Vermuten Sie etwa, dass –»

«Eine physische Verletzung die Ursache für seinen Zustand ist?» Shaws Gesicht verzog sich zu einem übertriebenen Ausdruck der Ratlosigkeit. «Sagen wir mal… es ist eine Arbeitshypothese.» Er deutete auf die Aufnahmen. «In der Geschichte der Psychologie und Neurobiologie gibt es viele Beispiele dafür, wie physische Traumata das Gedächtnis beeinflussen können. Tatsächlich haben wir einige der aufschlussreichsten Informationen über das Erinnerungsvermögen aus Unfällen gewonnen – verrückte Unfälle mit schweren Hirnverletzungen. Was eigentlich nicht verwunderlich ist. Schließlich kann man so etwas nicht als Experiment in einer Klinik durchführen.» Shaw trommelte einen kurzen Rhythmus auf der Tischplatte.

«Ist es möglich», fragte Adrienne, «dass dieses Ding Jeffs Gedächtnis beeinträchtigt?»

Shaw nickte. «Absolut», sagte er. «Das ist durchaus möglich.»

«Aber Sie können es nicht mit Sicherheit sagen», wandte Duran ein.

«Nicht, ohne es zu untersuchen.» Shaw sah die Enttäuschung auf Adriennes Gesicht und schenkte ihr ein mitfühlendes Lächeln. «Das Gedächtnis ist ein seltsam Ding», erklärte er ihr. «Die meisten Menschen meinen, wir speichern Erinnerungen im Gehirn, wie Bibliothekare Bücher lagern – nebeneinander, nach bestimmten Kategorien.

Aber das stimmt nicht. Wir wissen, dass es nicht stimmt, weil wir entsprechende Experimente durchgeführt haben – sehr viele Experimente. Und wir haben herausgefunden, dass Erinnerungen nicht örtlich beschränkt sind, sondern verteilt werden. Sie breiten sich im Gehirn aus wie Rauch. Wenn Sie also einer Ratte beibringen, wie sie durch ein Labyrinth gelangt, und ihr Gehirn dann so verstümmeln, dass sie kaum noch laufen kann, wird sie sich noch immer daran erinnern, wie sie von A nach B kommt. Vielleicht nicht so schnell wie vorher, aber sie wird sich erinnern.

Was an Ihrem Fall besonders interessant ist», fuhr Shaw an Duran gewandt fort, «ist der Umstand, dass wir keines der üblichen Merkmale von Gedächtnisverlust feststellen. Ihr Kurzzeitgedächtnis ist unbeschädigt. Und anscheinend haben Sie nach wie vor die Fähigkeit, Langzeiterinnerungen zu bilden.»

«Und wie lautet nun Ihre Theorie?», fragte Duran.

«Ich habe keine Theorie», erwiderte Shaw. «Das Einzige, was ich habe, ist ein fremdes Objekt.» Er tippte auf eines der aufgehängten Bilder. «Dieses Objekt.»

Duran starrte das Bild an und spürte plötzlich eine Welle der Erleichterung in sich aufsteigen. Der Psychiater hatte möglicherweise Recht. Das Objekt konnte eine Menge erklären. Nicht alles, natürlich, nicht den Mord an Eddie Bonilla. Aber… eine Menge.

«Und wie geht es jetzt weiter?», fragte Duran.

Shaw zögerte. «Tja», sagte er, «das liegt an Ihnen.»

«Wieso?»

«Wir könnten reingehen», antwortete der Psychiater. «Es rausholen. Feststellen, woraus es besteht. Nachsehen, was es ist.»

«Ist das gefährlich?», erkundigte sich Adrienne.

Shaws Zeigestock schlug einen knappen Rhythmus auf dem Tisch, der zu einem langsamen, monotonen Klopfen erlahmte. Der Psychiater wiegte den Kopf hin und her. «Nicht besonders. Es befindet sich in einem Bereich, der relativ leicht zugänglich ist. Sie befänden sich in einer halb sitzenden Position, und wir würden durch die Keilbeinhöhle ins Gehirn vordringen.»

«Durch die Nase?»

Shaw hörte auf zu trommeln und schlug sich mit dem Zeigestock in die flache Hand. «Richtig. Sie bräuchten ein Breitbandantibiotikum, aber ansonsten, denke ich, müsste es ein Kinderspiel sein.»

«Aber es gibt gewisse Risiken», hakte Adrienne nach.
Shaw nickte. «Risiken gibt es immer.»
«Zum Beispiel?», fragte Duran.
«Beschädigung des Sehnervs.»
«Er könnte blind werden?»
«Das ist sehr, sehr unwahrscheinlich. Da würde ich mir mehr Sorgen wegen eines Gehirnwasserlecks machen.»
«Wegen was?», fragte Adrienne.
«Dass es zum Austritt von GRF kommt. Das Gehirn schwimmt in Gehirn-Rückenmarks-Flüssigkeit. Bei einer derartigen Operation ...» Er sprach den Satz nicht zu Ende.
«Meine Güte», murmelte Duran.
«Die Mortalitätsrate liegt unter einem Prozent.»
Niemand sagte etwas.
«Es könnte natürlich auch Folgen haben», fuhr der Psychiater fort, «wenn man das Ding an Ort und Stelle lässt. Es könnte zu einer lokalen Infektion oder Schwellung führen – die PET-Scan-Bilder zeigen eine eigentümliche Reizung um das Objekt herum.» Er suchte in einem Stapel großer Farbabzüge von Durans Gehirn herum. Die Farben waren grell – kirschrot, magentarot und saphirblau –, so dass Durans Gehirn irgendwie psychedelisch aussah, wie ein Muster für eine T-Shirt-Serie im Retrolook.
Der Doktor setzte eine Fotografenlupe auf ein Bild. «Da. An der Stelle sieht man die Reizung sehr deutlich. Schauen Sie mal.»
Sie taten es nacheinander. Duran sah einen winzigen gelben Tupfen umringt von einem lilafarbenen Lichthof.
«Also, was wollen Sie machen?», fragte Duran.
«Nachsehen, ob wir, ohne großen zusätzlichen Schaden anzurichten, rein- und wieder rauskommen. Wenn ja, entfernen wir das Ding und gucken uns an, was es ist.»
«Würden Sie die Operation selbst durchführen?», fragte Adrienne.
Shaw schüttelte den Kopf. «Dafür suche ich uns jemanden mit besseren Händen.» Er rollte in seinem Sessel zu einem Aktenschrank hinter ihm, öffnete eine Schublade, holte einen Ordner hervor, aus dem er ein paar Blätter nahm, die er ordentlich zusammenlegte und mit einer Büroklammer befestigte. «Bitte sehr», sagte er und reichte Duran die Papiere. «Einwilligungserklärungen. Sie sollten alles sorgfältig durchlesen, eine Nacht drüber schlafen und ... mich morgen anrufen.»

In der Nähe ihres Hotels entdeckten sie einen kubanisch-chinesischen Imbiss und kehrten mit Schachteln Reis und Bohnen und einer Sechserpackung Tsing-Tao-Bier in ihr Zimmer zurück.

Duran blätterte die Einwilligungserklärungen durch, während Adrienne Teller auf den kleinen Tisch in der Ecke stellte.

«Ich könnte blind werden», sagte er. «Oder eine Persönlichkeitsveränderung durchlaufen. Und dann wäre da noch mein Lieblingspunkt: Verlust kognitiver Funktion.»

Sie reichte ihm ein Bier und fragte: «Was soll denn das heißen?»

«Das heißt, ich könnte schwachsinnig werden.»

«Oh Gott! Also ich weiß nicht ...» Sie warf ihm einen Blick zu.

«Was?»

Sie schüttelte den Kopf. «Ich will eigentlich nichts dazu sagen. Ich meine, ich will da keine Verantwortung übernehmen.»

Das Essen war köstlich.

«Chinesisch-kubanisch», sagte Adrienne. «Merkwürdige Kombination. Wie das wohl zustande gekommen ist?»

Duran zuckte die Achseln. «Auf den Westindischen Inseln leben viele Chinesen», sagte er. «Zumindest auf Jamaika und Haiti. Also kann man wohl davon ausgehen, dass sie auch in Kuba vertreten sind.»

Sie erstarrte, die Essstäbchen auf halbem Weg vom Teller zum Mund. «Woher wissen Sie das? Waren Sie schon mal da? Auf Jamaika? In der Karibik?»

Er überlegte. «Ich glaube schon», sagte er. «Jedenfalls auf Haiti.»

«Denken Sie weiter drüber nach. Mal sehen, an was Sie sich alles erinnern können!»

Er nahm noch einen Bissen Reis mit Bohnen und einen Schluck Bier. Dann schloss er die Augen. Schließlich sagte er: «Großes weißes Haus. Veranda. Palmen.» Er hielt einen Moment inne. Er konnte das dumpfe Rauschen des Verkehrs draußen auf der Straße hören. «Wenn Wind aufkam und die Palmen schwankten», sagte er, «war das kein weicher Klang, wie Wind in den Blättern. Es war ein schlagendes Geräusch. Es gab einen Gärtner, der auf die Bäume stieg, wenn ein Unwetter im Anzug war ...» Er verstummte.

«Warum?», drängte Adrienne.

«Um die Kokosnüsse abzuschneiden, damit sie nicht auf die Veranda fielen und etwas kaputtmachten.»

«Weiter», sagte Adrienne ermutigend und legte die Stäbchen beiseite. «Das ist wie bei unserem Schachspiel. Wissen Sie noch? Der Rum, die Hitze, ich glaube –»

Duran hatte mit entspanntem Gesicht ihr gegenüber gesessen, nur eine kleine steile Konzentrationsfalte zwischen den Brauen. Plötzlich sprang er auf, die Augen weit aufgerissen.

«Was ist los?»

Er schüttelte den Kopf, wandte den Blick ab, holte ein paar Mal tief Luft. Schließlich drehte er sich zu ihr um. «Manchmal, wenn ich anfange, mich zu erinnern... sehe ich plötzlich einen bestimmten Raum – und das jagt mir eine Höllenangst ein.»

«Was für einen Raum?»

Er ging zum Fenster und blickte hinaus. «Ich möchte nicht darüber reden.»

«Sie müssen.»

Er sah weiter aus dem Fenster, als suchte er nach etwas. Eine Minute verging, dann sagte er: «Ich versuche, die Farbe zu bestimmen.»

«Welche Farbe?»

«Des Raums. Er ist nicht gelb, sondern... ockerfarben. Und überall ist Blut.» Er seufzte tief auf. «Ich will wirklich nicht darüber nachdenken.»

«Aber das sollten Sie, genau das sollten Sie – Sie sollten darüber nachdenken. Machen Sie weiter. Vielleicht –»

«Nein!»

«Okay», sagte sie und griff wieder nach ihren Essstäbchen. Sie fuhr damit durch die rötliche Sauce und konzentrierte sich dann darauf, eine einzelne schwarze Bohne zu erwischen.

«Es tut mir Leid», sagte Duran. «Ich kann's einfach nicht. Es ist... ich weiß nicht. Ich kann's nicht erklären.»

«Alles klar», erwiderte Adrienne in beiläufigem Tonfall. «Wie Sie wollen.»

«Hören Sie –»

«Ich hab bloß gemeint, dass Sie da eine Art Erinnerungsspur haben, etwas Wichtiges ist passiert – und ich hätte gedacht, dass Sie damit arbeiten wollen.»

Eine Weile sagte er nichts mehr. Eine Strähne seines schwarzen Haares, das er glatt zurückgekämmt trug, war ihm in die Stirn gefallen, und er schob sie mit der Hand zurück. «Ich kann das nicht gut vermitteln, aber es ist wie – ich kann nicht damit arbeiten. Ich kann es nicht ertragen.»

Sie seufzte.

«Wenn ich diesen Raum sehe … hab ich das Gefühl, ich falle in Ohnmacht», sagte er. «Es ist, als wollte ich in Ohnmacht fallen.»

Sie schüttelte den Kopf und wechselte das Thema. «Tja, ich denke, Sie haben im Moment ja auch genug andere Sorgen.»

Er sah sie verwundert an. «Hab ich?»

«Na ja, die Operation.» Sie platzierte das spitze Ende eines Essstäbchens auf einer Bohne, durchbohrte sie und versuchte dann, diese offensichtlich unglücklich gewählte metaphorische Handlung zu überspielen, indem sie den Rest des Essens auf ihrem Teller hin und her schob.

«Machen Sie das immer so?», sagte er nach einer Weile in freundlichen Tonfall.

«Was?»

Er deutete auf die Reis- und Gemüsehäufchen, die sie gebaut hatte. «Weil Freud ein paar ganz interessante Gedanken zu so was hat.»

Sie lachte. «Mit meinem Essen spielen?», sagte sie und schob alles in der Mitte des Tellers zu einem Viereck zusammen. «Meine Kritiker würden sagen, das sei die einzige Art Spiel, zu der ich fähig bin.»

«Sie haben Kritiker?»

Sie zog diagonale Linien durch das Quadrat, so dass es vier Dreiecke ergab. «Mhm. Mit mir kann man keinen Spaß haben. Ich bin ein Arbeitstier. Ich bin zu sachlich.»

Er lachte. «Ich glaube, Ihre Kritiker sind neidisch.»

Sie lächelte, sagte: «Danke» und dachte, oh-oh.

Sie fing an, diesen Mann zu mögen. Sie fing sogar an, ihn sehr zu mögen – und vielleicht noch *mehr* als das (was eine echte Katastrophe wäre). Wahrscheinlich das Stockholm-Syndrom, dachte sie. Duran hielt sie zwar nicht gefangen, aber sie waren beide Gefangene dieser absurden Situation, und da war es wohl ganz natürlich, dass sie das Gefühl entwickelte, sie wären eine Art … Team. Sie strich mit dem Daumen an ihrer beschlagenen Bierflasche hinunter und hinterließ eine deutliche Spur. Dann hob sie sie an die Lippen und leerte sie in einem Zug.

Eine Stunde später stand sie gerade in der Küche und spülte, als sie ihn telefonieren hörte. Sie drehte das Wasser ab, stellte den Teller in den Abtropfständer und lauschte.

«Hallo, Doc», sagte er, «Jeff Duran hier… genau. Gut, danke. Ich wollte Ihnen bloß sagen, dass ich drüber nachgedacht habe. Ich mach's.»

27

Um acht Uhr morgens rief Shaw an. Adrienne hob ab, während Duran sich ein Kissen über den Kopf zog.

«Wir können es Dienstag machen», verkündete er. «Ich hab Nick Allalin an Bord geholt – er ist der Neurochirurg. Ich besorge uns den OP. Kann sein, dass ich ein bisschen was hin und her schieben muss, aber das klappt schon.»

Adrienne schwang die Beine aus dem Bett und setzte sich auf. «Dienstag?»

Shaw hörte die Enttäuschung in ihrer Stimme. «Eher geht's nicht», sagte er. «Und selbst der Termin ist –»

«Dienstag ist in Ordnung», unterbrach sie ihn. «Ich hab bloß gedacht, was wir wohl bis dahin machen sollen. New York ist sündhaft teuer und – noch mal drei Tage …»

«Fahren Sie doch nach Hause. Jeff soll sich ein Weilchen ausruhen, und Sie werden bestimmt schon bei Slough & Hawley vermisst.»

«Mm …»

Bei Einbruch der Dunkelheit erreichten sie Bethany und statteten als Erstes dem Supermarkt einen Besuch ab.

«Ich wünschte, ich könnte uns irgendwas Tolles kochen», sagte Adrienne, während sie darauf warteten, dass ihr Grillhähnchen von der Metallstange gezogen und in eine Warmhaltetüte gepackt wurde. Dann gingen sie weiter den Gang hinunter und nahmen einen fertig geputzten und gewaschenen Salat aus der Kühltheke. «Aber ehrlich gesagt, ich kann mir nicht vorstellen, dass Ihnen die Sachen schmecken würden, die wir früher zu Hause gegessen haben.»

«Was denn so?», sagte Duran. «Zum Beispiel Frikadellen? Ich bin ganz wild auf Frikadellen.»

«Frikadellen, das ist doch schon Haute Cuisine. Meine persönliche Spezialität waren Bratkartoffeln», sagte Adrienne. «Und es gab alle möglichen Fertiggerichte. Thunfischauflauf. Tütensuppen. Und kennen Sie dieses Zeug aus Marshmallows und Kokosnuss, das immer zu einem Reste-Essen dazugehört? Einfach köstlich.»

«Wie geht denn der Thunfischauflauf?», fragte Duran. «Klingt doch nicht schlecht.»

«Fragen Sie nicht. Da kommen Nudeln rein und Champignoncremesuppe und jede Menge Ritz-Kräcker.»

Die Ankunft am Cottage, das vertraute Knirschen der Kieselsteine unter den Reifen, das Abstellen des Wagens hinterm Haus – das alles erfüllte Adrienne kurz mit Freude, mit einem trügerischen (wie sie sich in Erinnerung rief) Gefühl von Nachhausekommen.

Nach dem Essen zog sie sich Jeans und einen warmen Pullover an und machte mit Duran trotz der Kälte einen Strandspaziergang. Sie genoss den Geruch des Meeres, das Donnern der Brandung und das Klickern der Kiesel, wenn sie von den Wellen mitgerissen wurden. Aber die Luft war eiskalt. Sie konnte ihren Atem sehen, und ein Frösteln durchlief sie. Duran legte wärmend einen Arm um ihre Schultern, während er selbst den Kopf gegen den Wind senkte. Einen Moment lang erstarrte Adrienne, dann ließ sie sich wohlig und entspannt ganz leicht gegen ihn sinken.

Nach einer Weile fragte sie: «Haben Sie Angst vor der Operation?»

Duran zuckte die Achseln.

«Sie wären verrückt, wenn nicht.»

Er lachte leise. «Das ist doch gerade das Problem, oder?»

Nach einigen hundert Metern machten sie kehrt und kamen erfrischt zum Haus zurück. Adrienne setzte sich mit Nikkis Computer an den Esstisch. «Ich will noch mal einen Blick reinwerfen», sagte sie. Es muss da was geben, das ich übersehen habe.» Sie wartete, bis der Laptop hochgefahren war. «Verstehen Sie was davon?»

«Ich kann's mir ja mal ansehen.» Er beugte sich über ihre Schulter.

«Ich bin alles durchgegangen, was mir eingefallen ist: Kalender, Adressbuch, E-Mail und so weiter. Ich hab jede Datei aufgerufen, die ich finden konnte, und da war nichts.»

«Wie steht's mit den zuletzt aufgerufenen Internetadressen?»

Sie verdrehte die Augen. «Nein.»

Duran setzte sich neben sie. «Gehen Sie auf Start», sagte er. «Dann Settings. Dann Control Panel.» Sie bewegte die Maus entsprechend. «Jetzt klicken Sie das Internet-Icon an und… sehen Sie, da steht History… klicken Sie es an, und dann –»

«Adressen anzeigen?»

Er nickte. Sie klickte, und es öffnete sich ein Fenster mit zahllosen Internetadressen, die nach Name, Adresse und Letzter Zugriff sortiert waren.

Sie sahen die Adressen gemeinsam durch, scrollten die Seite runter. Die meisten URLs waren nur ein- oder zweimal aufgerufen worden:

cookie: jacko@jcrew.com
cookie: jacko@washingtonpost.com
http://www.travelocity.com
http://www.mothernature.com
http://www.theprogram.org
http://www.jcrew.com
http://www.victoriassecret.com
http://www.theprogram.org

«Was ist das für eine?», fragte Duran und deutete auf einen Eintrag, der immer wieder erschien:

cookie: jacko@theprogram.org

Adrienne schüttelte den Kopf. «Sieht so aus, als hätte sie die jeden Tag angewählt.»

Duran nickte. «Und wer ist Jacko?», fragte er.

«Ihr Hund», erklärte Adrienne. «Wahrscheinlich hat sie ihren Computer nach ihrem Hund benannt.» Sie scrollte weiter.

cookie: jacko@theprogram.org
cookie: jacko@ceoexpress.com
http://www.theprogram.org
http://www.theprogram.org
http://www.theprogram.org
http://www.mothernature.com
http://www.jcrew.com
http://www.theprogram.org

«Tatsächlich jeden Tag», sagte Adrienne. «Manchmal mehrmals an einem Tag.» Sie sah Duran an. «Sollen wir?»

Er nickte.

Sie schloss das Fenster, klickte das AOL-Icon an und wartete, bis sie online war.

«Möchten Sie ein Bier?», fragte Duran und stand auf.

«Gern», antwortete sie. Sie bewegte den Mauspfeil nach oben, tippte theprogram.org ein und bestätigte. Einen Moment später stellte Duran zwei Flaschen Ale neben sie auf den Tisch und setzte sich wieder. Ihr Fuß wippte ungeduldig. «Das dauert ja eine Ewigkeit», murmelte sie.

Dokument wird übermittelt: 1% 5% 33%

Und dann:

Unbekannter Server
Browser kann URL «www.theprogram.org» nicht finden

Adrienne stöhnte auf und nahm einen neuen Anlauf. Sie gab die Adresse ein und klickte Suche an. Sie trank einen Schluck Bier und beobachtete den kleinen blauen Balken am unteren Bildschirmrand: 24% 25% 32%. Die gleiche Nachricht erschien:

Unbekannter Server
Browser kann URL …

Adrienne fluchte und stieß einen Seufzer aus. Dann nahm sie einen tiefen Schluck Bier. «Versuchen Sie es doch mal», sagte sie. «Ich bin gleich wieder da.» Sie stand auf, reckte sich, gähnte und ging zur Toilette.

Wieder zurück im Wohnzimmer, nahm sie erneut neben Duran Platz und fragte: «Hab ich einen Bindestrich vergessen oder …»

Er tippte eifrig vor sich hin und antwortete nicht. Gereizt spähte sie auf den Bildschirm, und bei dem, was sie da sah, hatte sie plötzlich das Gefühl, als wäre ihr Eiswasser ins untere Rückgrat injiziert worden. Eine Flut von Bildern und Text rollte und sprang derart schnell über den Bildschirm, dass sie nichts entziffern konnte. Es war unmöglich. Alles bewegte sich mit rasender Geschwindigkeit, unterlegt mit einem seltsamen elektronischen Rhythmus – eine Art Nicht-Musik.

«Was zum … was ist das?», fragte sie, aber Duran antwortete noch immer nicht.

Dann flatterten die Bilder, wurden langsamer und hielten schließlich an. Vor einem smaragdgrünen Hintergrund begann eine Nachricht zu blinken:

Hallo, Jeffrey.

Duran tippte etwas und drückte Return.

Wo bist du?

Wieder tippte Duran eine kurze Nachricht und betätigte die Return-Taste.

«Was soll das?», fragte Adrienne. «Was machen Sie denn da?»

Danke, Jeffrey.

«Danke, Jeffrey? Mit wem sprechen Sie da?», wollte Adrienne wissen.

Duran dirigierte den Mauspfeil auf das AOL-Logo und klickte zweimal. Der Computer vermeldete sein übliches Goodbye.

«War das die Website?»

Aber Duran antwortete noch immer nicht. Stattdessen machte er den Computer aus und nahm etwas vom Tisch, etwas, das sie zuvor nicht bemerkt hatte. Es war eine durchsichtige, mit kleinen Quadraten bedruckte Plastikfolie.

«Was ist das?», fragte sie und griff nach der Folie, doch Duran hielt sie hartnäckig und stur fest, wie ein kleines Kind. Stumm und ohne zu lächeln.

«Was ist denn das? Lassen Sie doch mal sehen!», beharrte sie und zog vergeblich daran. Nach ein paar Sekunden wortlosen Gezerres machte Duran dem Kampf ein Ende, indem er seine freie Hand mit solcher Kraft um ihr Handgelenk legte, dass sie aufkeuchte.

«He!»

Er reagierte nicht, sondern drückte immer fester und fester zu, bis ihr die Knie einknickten und er ihre Finger einen nach dem anderen öffnen konnte. Dann nahm er die Plastikfolie und legte sie behutsam in das Handbuch für Nikkis Computer, achtete darauf, dass die Ränder nicht herauslugten. Anschließend schob er das Buch in eines der Seitenfächer der Computertasche und zog den Reißverschluss zu. Er stellte den Laptop auf den Boden und sah sie mit einem Lächeln an, das sie einen Schritt zurücktreten ließ. Es war ein geisterhaftes Lächeln, wüst und leer.

Mein Gott, dachte sie. Was ist mit ihm los? Sein Klammergriff war brutal gewesen. Was, wenn er mehr gewollt hätte als ein Stück Plastik? Was, wenn … Zum ersten Mal hatte sie richtig Angst vor ihm, und die Furcht traf sie völlig unvorbereitet, wie ein Schlag in die Magengrube. Ihr wurden die Beine weich. Er kann so fürsorglich und freundlich sein … Sie dachte daran, wie er am Strand den Arm um ihre Schulter gelegt hatte. Und plötzlich, von einer Minute auf die andere … Man vergisst es so leicht: Er ist verrückt. Ein Psychopath.

Ein kleiner, spitzer Schrei drang aus ihrem Mund, und Duran, der schon auf dem Weg ins Wohnzimmer war, drehte sich um: «Alles in Ordnung?», fragte er.

Er hatte noch immer diesen erloschenen Blick und er bewegte sich irgendwie seltsam, als glitte er auf geölten Schienen dahin. Und seine Stimme – seine Stimme war völlig normal, und das jagte ihr ein Frösteln ein, weil sein Lächeln so ausdruckslos und kalt wirkte, seine Augen so distanziert und blicklos, dass es ihr vorkam, als starre er auf den Horizont.

Adrienne nickte. «Ja, alles okay», brachte sie heraus und stützte sich am Esstisch ab.

Achselzuckend ging Duran ins Wohnzimmer, setzte sich auf die Couch und schaltete den Fernseher ein.

Shaw anrufen. Sofort. Sie trank einen Schluck Bier, wühlte in ihrer Handtasche nach dem Zettel, auf den sie die Privat- und Büronummer des Psychiaters geschrieben hatte. Er lag völlig zerknittert ganz unten in der Tasche. Adrienne strich ihn glatt und begann zu wählen. Dann beugte sie sich weit nach links, um zu sehen, ob Duran mitbekommen hatte, was sie machte, aber nein, er saß noch immer auf der Couch, eingehüllt in den weichen Schimmer und die erbarmungslose gute Laune des Fernsehers.

Shaw hob beim vierten Klingeln ab, und sobald er sich meldete, sagte sie: «Wir haben ein Problem.»

«Was ist los?»

«Duran», erwiderte sie. «Er hat mir richtig Angst eingejagt.» Sie erzählte, was passiert war, und kam sich ein wenig albern vor, weil es sich nicht sonderlich dramatisch anhörte, wenn man es laut aussprach. Aber Shaw schien sie zu verstehen.

«Haben Sie diesen … Affektmangel bei ihm vorher schon mal bemerkt?»

«Nein», antwortete sie.

«Und was macht er gerade? Sie flüstern, also nehme ich an, er weiß nicht, dass Sie mit mir sprechen. Ist er wach? Ist er ansprechbar?»

«Gewissermaßen. Er sitzt vor dem Fernseher. Aber er ist wirklich total daneben, Doc. Ich meine, er könnte auch eine Lampe sein, so, wie er da sitzt. Es ist, als wäre ich überhaupt nicht vorhanden.» Shaw schwieg eine halbe Ewigkeit, so kam es ihr zumindest vor. Schließlich hielt sie es nicht mehr aus. «Also… was meinen Sie?»

«Ich weiß nicht», erwiderte er. «Hört sich nach einem Trancezustand an. Und Sie sagen, er hat vor dem Computer gesessen, als –»

«Genau.»

«Na ja, ich denke, es könnte eine Art Ankopplung erfolgt sein –»

«Ankopplung?»

«– ausgelöst durch das Flackern.»

«Ich habe keine Ahnung, wovon Sie reden, Doc.»

«Ich rede vom Rhythmus eines blinkenden Lichts – einem Flackern –, das auf die elektrischen Rhythmen des Gehirns abgestimmt ist. Das ist eine Ankopplung.»

«Okay, aber wir sind hier nicht in der Disco, Doc!»

«Das ist mir klar. Aber Sie haben gesagt, dass er am Computer saß.»

«Ja.»

«Nun… die meisten Monitore befinden sich in einem konstanten Flackerzustand – weil sie das Videosignal auffrischen.» Er stockte plötzlich und fragte: «Hatte diese Website irgendein Begleitgeräusch, oder war sie bloß –»

«Es gab da ein Geräusch», erklärte sie. «Elektronische Musik oder… vielleicht war es bloß Lärm – egal, etwas war da jedenfalls.»

Shaw schnaubte.

«Was ist?», fragte Adrienne.

«Na ja, es könnte ein Problem mit dem Monitor gewesen sein, aber… es könnte auch an der Website selbst gelegen haben. Ich meine, es ist ein klassisches Rezept…»

«Was ist ein klassisches Rezept?»

«Wovon wir gerade sprechen – rhythmische Lichtblitze mit bestimmten Tonfrequenzen zu kombinieren.»

«Um was zu erreichen?»

«Einen Trancezustand herbeizuführen. Schamanen machen das seit Tausenden von Jahren, indem sie um ein großes Feuer herum auf

Trommeln schlagen. Obwohl mir der Gedanke ganz und gar nicht behagt, dass es da eine Website gibt, die –»

«Aber –»

«Lassen Sie mich mit ihm reden», schlug Shaw vor.

«Wirklich?»

«Ja. Ein Versuch kann nicht schaden.»

Adrienne atmete einmal tief durch, drehte sich um und rief Duran mit möglichst natürlicher Stimme zu: «Jeff – Dr. Shaw möchte Sie kurz sprechen.»

Als er nicht reagierte, ging sie ins Wohnzimmer. Sobald sie in sein Gesichtsfeld trat, drückte er die Stumm-Taste und blickte zu ihr hoch. Sein Gesicht war ausdruckslos und starr, als trüge er eine Maske von sich selbst.

«Anruf für Sie», sagte Adrienne.

Sie telefonierten lange, etwa zwanzig Minuten, wobei fast nur Shaw sprach. Duran saß mit geschlossenen Augen da und sagte ab und an mit leiser und undeutlicher Stimme «Mmm» oder «Ja». Schließlich nahm er den Hörer vom Ohr und gähnte herzhaft.

«Adrienne? Dr. Shaw will noch mit Ihnen sprechen.» Seine Stimme klang normal, wenn auch müde. «Ich bin völlig erschossen», erklärte er, als er ihr den Hörer reichte. «Ich glaub, ich hau mich aufs Ohr.» Er gähnte erneut, drehte sich um und verschwand Richtung Schlafzimmer.

Adrienne blickte ihm verblüfft nach. «Was haben Sie gemacht?», flüsterte sie aufgeregt ins Telefon.

«Ich hab ihn hypnotisiert», antwortete Shaw.

«Per Telefon?»

«Ja. Es war gar nicht so schwer. Er war schon in Trance.»

«Und –»

«Ich hab ihm noch ein paar posthypnotische Anweisungen mitgegeben. Ist er ins Bett gegangen?»

«Ja.»

«Gut. Morgen ist er wieder in Ordnung. Er wird sich erfrischt und putzmunter fühlen.»

«Danke, Doc.»

«Falls er noch mal irgendwelche Schwierigkeiten macht – ich glaube es zwar nicht, aber falls doch –, verlassen Sie das Haus. Gehen Sie auf Nummer Sicher. Rufen Sie mich an, und ich kümmere mich darum.»

Nachdem sie sich verabschiedet hatten, ging Adrienne in die Küche, trank ein Glas Wasser und kehrte dann ins Wohnzimmer zurück, um sich die Plastikfolie noch einmal anzusehen, um die sie mit Duran gekämpft hatte.

Sie zog die Folie aus dem Computerhandbuch und sah, dass sie mit einem Gitter aus zahlreichen Rechtecken bedruckt war. Es mussten etwa zwei- bis dreihundert sein, so schätzte sie, und von der Größe her war die Folie offensichtlich dazu gedacht, genau über den Bildschirm von Nikkis Computer zu passen.

Und tatsächlich. Sie paßte genau. Es waren sogar kleine Löcher in jeder Ecke, mit denen sich die Folie auf den Monitor aufstecken ließ. Adrienne probierte es aus und sah, dass die Folie eine exakte, durchsichtige Abdeckung bildete.

Sie ließ die Folie auf dem Bildschirm, schaltete den Computer ein, wählte AOL an und gab die Websiteadresse ein.

Unbekannter Server

Genau wie vorher. Und das Gitter, dessen dünne Linien kreuz und quer über die Fehlermeldung verliefen, gab ihr auch keine Anhaltspunkte. Sie seufzte. Duran musste eine andere Website aufgerufen haben, während sie im Bad gewesen war. Dann fiel ihr der Trick ein, den Duran ihr zuvor gezeigt hatte, und nach ein paar Fehlversuchen fand sie schließlich das Icon für zuvor aufgerufene Adressen. Sie wollte natürlich herausfinden, welche Website Duran angewählt hatte – die interaktive mit der «Hallo Jeffrey»-Nachricht. Es hätte die zweite Adresse in der Liste sein müssen, aber nein– die ersten beiden waren gleich:

http://www.theprogram.org
http://www.theprogram.org

Es war zum Verrücktwerden, denn das war ja die Adresse mit der Fehlermeldung. Sie starrte eine Weile auf den Text, fragte sich, wie das sein konnte, dachte, vielleicht hat Duran die Adresse hinterher geändert... Aber nein, hatte er nicht. Sie hatte ja gesehen, wie er die Verbindung zu AOL beendet und dann den Computer ausgemacht hatte. Anschließend hatten sie sich gestritten. Also...

Sie brauchte einen Computerfreak. Und sie wusste auch schon einen.

Carl Dobkin hatte den Ruf, nur vier Stunden pro Nacht zu schlafen. Wenn sie ihn also telefonisch erreichen konnte, wäre er vielleicht in der Lage, ihr weiterzuhelfen. Höchstwahrscheinlich war er nicht im Büro, aber bei Carl wusste man nie. Also versuchte sie es bei Slough & Hawley, aber er war nicht da, und sie hinterließ keine Nachricht für ihn. Sie wusste, dass Carl in Potomac wohnte. Adrienne bekam die Nummer von der Auskunft und rief an.

Sie hatte Glück.

«Hallo, hallo.»

Erleichterung durchströmte sie. «Carl! Hi, hier ist Adrienne Cope.»

«Grüß dich, Scout. Was ist los? Im Büro zerreißen sich schon alle das Maul über dich.»

«Das kann ich mir vorstellen.» Eine lange Pause, doch sie ließ sie unausgefüllt.

Schließlich fragte Dobkin: «Also, was kann ich für dich tun?»

«Du könntest mein rettender Engel sein.»

Carl lachte sein gemächliches, glucksendes Lachen. «Kein Problem. Darin bin ich besonders gut.»

Sie schilderte ihre Versuche, Nikkis Reisen im Cyberspace nachzuvollziehen. «Und da bin auf eine Webadresse gestoßen, die sie offenbar fast jeden Tag aufgerufen hat – manchmal sogar mehrmals am Tag – und ich komm einfach nicht rein.»

«Was soll das heißen, du kommst nicht rein?»

«Ich kriege immer nur eine Fehlermeldung. Unbekannter Server.»

Er dachte einen Moment nach. «Hat eine von euch vielleicht Unix benutzt? Das könnte Probleme mit der Kompatibilität geben.»

«Ich benutze ihren Computer. Und es ist alles ganz normal. Sie war bei AOL – nichts Exotisches.»

«Weißt du was – kannst du online gehen und gleichzeitig mit mir telefonieren?»

«Nein», antwortete sie. «Ich hab bloß einen Anschluss.»

«Bleib mal dran. Ich leg dich rüber in mein Arbeitszimmer.» Kurz darauf meldete er sich wieder. «Bist du noch da?»

«Ja.»

«Okay, auf geht's.» Sie hörte das Klickern der Tastatur, Carl tippte mit Überschallgeschwindigkeit. «Ich logg mich jetzt ein ... okay, gib mir die Adresse von dieser Site durch.»

Sie buchstabierte sie ihm. «Alles ein Wort – dot org.»

«Bleib dran. Er bootet.»

«Das ist immer so. Und dann kommt nichts mehr.»

«Ha!», rief Dobkin. «Stimmt. Sieh sich das einer an.» Er schwieg einen Moment.

«Carl?»

«Das Komische dabei ist, dass er die Seite lädt.»

«Was heißt das?»

«Das ist keine Fehlermeldung», erklärte Dobkin. «Das ist die eigentliche Website. Wenn man sie anwählt, kriegt man das zu sehen.»

Beide saßen sie länger als eine Minute stumm da und dachten über das Problem nach.

Schließlich fragte Dobkin: «Hatte deine Schwester vielleicht mit irgendwelchen ... ähh ... illegalen Sachen zu tun?»

Adrienne musste an das Gewehr denken und log. «Ich weiß nicht – wieso?»

«Na ja, es gibt einige geschützte und gut versteckte Sites im Web, in die man nicht ohne Passwort oder Schlüssel reinkommt.»

«Du meinst so was wie – diese Porno-Sites?»

«Nein, bei denen weiß man gleich, woran man ist. Ich meine Sites, die sich ganz unauffällig tarnen –»

«Wie zum Beispiel?»

«Zum Beispiel mit einem Zitat aus der Bibel – oder eben einer Fehlermeldung. Man muss nur wissen, wie man hinter diese Fassade kommt.»

Adrienne überlegte einen Moment. «Aber warum wird so was überhaupt gemacht?», fragte sie.

«Es könnte ein Scherz sein. Es könnten Hacker sein, die das machen, einfach weil sie es können. Es kann aber auch was Illegales dahinter stecken.»

«Zum Beispiel?»

«Ich weiß nicht ... Kinderpornographie.» Als Adrienne protestieren wollte, fügte er hastig hinzu: «Ich sag ja nur, was mir so in den Sinn kommt. Ich weiß doch nicht, was es ist.»

Nach kurzem Nachdenken erzählte sie ihm von der Abdeckung. «Könnte das was damit zu tun haben?», fragte sie.

«Allerdings! Und ob! Hast du's schon mal damit probiert?»

«Ein bisschen. Aber ich werd einfach nicht schlau draus.»

«Vielleicht versuchst du's noch mal», schlug er vor. Dann dachte er kurz nach und fragte: «Würde es dir was nützen, wenn du wüsstest, wessen Website das ist?»

«Wie bitte?»

«Die Website», wiederholte er, «würde es dir was nützen, wenn du wüsstest, wo sie ist und auf wen sie läuft?»

Sie traute ihren Ohren nicht. Was dachte er denn wohl? «Äh, ja!», sagte sie. «Ich meine – das würde mir wirklich weiterhelfen.»

«Na, vielleicht kann ich dir behilflich sein», erklärte er. «Wir haben in letzter Zeit in der Kanzlei jede Menge Spam-Mails bekommen, und ich bin inzwischen ziemlich gut darin, die aufzuspüren. Ich hab ein Programm, das eine graphische Hochgeschwindigkeits-Traceroute erstellt, sich von einem Computer zum nächsten zurückarbeitet und die Nodes abtastet –»

«Ähhh, Carl –»

«Was ist…? Oh, hab schon kapiert. Hör mal: wie lange bist du noch auf?»

«Ich weiß nicht… eine Stunde?» In Wahrheit war sie überhaupt nicht müde.

«Gib mir deine Nummer. Ich melde mich, wenn ich es rausgekriegt habe.»

Nachdem sie aufgelegt hatte, zog sie die Plastikabdeckung vom Bildschirm und schob sie sorgfältig wieder zurück in die Tasche. Dann überlegte sie es sich anders und beschloss, sie irgendwo zu verstecken, wo Duran sie nicht finden würde. Sie rollte sie zusammen und stopfte sie in ihre Handtasche – die sie mit in ihr Schlafzimmer nehmen würde.

Dann suchte sie alles zusammen, was sie am Morgen brauchen würde, und legte es neben der Eingangstür bereit. Irgendwie, ohne bewusst darüber nachgedacht zu haben, war sie, was ihre Arbeit betraf, zu einer Entscheidung gelangt: Sie würde am nächsten Tag nach Washington fahren. Nicht um zu arbeiten (nach dem, was im Comfort Inn passiert war, konnte sie sich unmöglich im Büro blicken lassen). Aber wenn sie früh genug aufstand – gegen sechs –, konnte sie Slough zu Hause aufsuchen. Er kam nie vor Viertel nach zehn ins Büro, wenn sie also um neun oder halb zehn dort war, konnte sie ihm vielleicht alles erklären. Und ihren Job retten.

Das zumindest war ihr Plan, und es war immer noch besser, als tatenlos in Bethany Beach zu hocken und darauf zu warten, dass Duran durchdrehte.

Als das Telefon klingelte, sprintete sie hin und hob ab.

«Scout?» Es war Carl.

«Ja?»

«Ich hab's. Die Site mit der Fehlermeldung.»

«Oh! Du bist einfach genial! Nun sag schon, sag schon, sag schon –»

«Du kannst mir glauben, das war wahrlich kein Kinderspiel.»

«Ich glaube dir.»

«Aus irgendwelchen Gründen sind da jede Menge Sperren einge–»

«Nun sag schon.»

«Es ist in der Schweiz. Nennt sich die Prudhomme-Klinik.» Er buchstabierte ihr den Namen. «In einem Ort namens Spiez.» Auch den buchstabierte er. «Sagt dir das irgendwas?»

«Eigentlich nicht. Obwohl, meine Schwester war mal ... also sie hatte in Europa eine Kopfverletzung und zeitweilig war sie tatsächlich in der Schweiz. Aber ich weiß nicht genau wo.»

«Ich hab mich jedenfalls schlau gemacht. Die Klinik gibt's seit '52. Ist auf Essstörungen spezialisiert. War deine Schwester magersüchtig?»

«Nein. Sie hat eine Zeit lang im Koma gelegen. Und als sie aufwachte ... litt sie an Amnesie.»

Carl brummte enttäuscht. «Dann war sie wahrscheinlich doch nicht da.» Plötzlich hellte sich seine Stimme auf. «Moment mal – hatte sie vielleicht irgendwelche Drogenprobleme? Weil die nämlich auch Entziehungskuren machen. Behandlung von Suchtkranken.»

«Tja ... ich weiß nicht, ob sie süchtig war, aber ... ja.»

«Ja? Dann hätten wir's.»

Sie dankte ihm für seine Hilfe und verabschiedete sich. Nachdem sie alle Türen verschlossen und die Heizung runtergedreht hatte, stellte sie sich den Wecker auf sechs und ging zu Bett. Sie dachte über die Prudhomme-Klinik nach. Vielleicht hatte die Tatsache, dass die Website mit so vielen Sperren versehen war, wie Carl sich ausgedrückt hatte, ja mit der ärztlichen Schweigepflicht zu tun. Möglicherweise handelte es sich um eine Art Nachsorgeangebot, über das ehemalige Patienten online betreut wurden. Falls dem so war, so hatte Nikki dergleichen nie erwähnt. Und wie war Durans beängstigendes Verhalten zu erklären? Welche Verbindung hatte er zu der Klinik? Die Website war irgendwie interaktiv, und in seinem Fall hatte sie einen Trancezustand ausgelöst. Und was war mit diesen Bildern, die so rasend schnell über den Bildschirm liefen?

Es ergab keinen Sinn. Es ergab alles keinen Sinn.

28

Am Morgen legte sie Duran einen Zettel hin, auf dem sie ihm erklärte, sie sei früh aufgestanden und nach Washington gefahren, um Nikkis Post zu holen – die Schecks, die Nikki ausgestellt hatte, und ihre Kreditkartenabrechnungen. Sie wollte gegen fünf zurück sein, mit zwei Steaks und Holzkohle für den Grill. Ihr fiel ein, dass er keinerlei Bargeld hatte, also ließ sie ihm zwanzig Dollar da.

Besorgen Sie uns eine Flasche Cabernet? A.

Was sie ihm nicht mitteilte, weil sie wusste, dass Duran dagegen wäre, war ihr Plan, zuerst zu Curtis Slough zu fahren. Sie hatte sich nicht großartig überlegt, was sie sagen würde. Aber irgendetwas musste geschehen. Sie konnte nicht einfach so verschwinden.

Während sie durch die flache Landschaft fuhr und der Himmel allmählich heller wurde, dachte Adrienne darüber nach, was sie sagen könnte, und übte es beim Fahren, indem sie laut sprach.

Sie werden es nicht glauben, Curtis, aber neulich Nacht ist etwas Unglaubliches passiert: Ich hab wie so oft auf meiner Pritsche im Hospiz geschlafen, wo ich für Alte und Schwache sorge... Nein. Slough interessierte sich nicht die Bohne für Alte und Schwache. Aber er legte großen Wert darauf, dass die Mitarbeiter seiner Kanzlei für katholische Wohltätigkeitsorganisationen spendeten. Wie wär's also mit: Curtis, mir ist die Heilige Jungfrau Maria erschienen, und ... Nein. Das klang auch nicht gut.

Der Galgenhumor tat ihr gut, aber Tatsache war, dass viel von dem bevorstehenden Gespräch abhing. Ganz gleich, was sie sagte, es musste einfach überzeugend sein. Ich brauche einen Anwalt, sagte sie sich. Und nicht einfach bloß irgendeinen Anwalt, sondern einen Prozessanwalt. Aber sie hatte keinen. Und daher blieb ihr, so unangenehm es auch war, nichts anderes übrig, als bei der Wahrheit zu bleiben.

Es war schließlich nicht ihre Schuld gewesen. Im Gegenteil, sie hatte letzte Woche Leib und Leben riskiert, um zur Arbeit zu erscheinen, und wäre fast dabei umgekommen. Und schließlich hatte sie bis zum Tod ihrer Schwester praktisch keinen Tag frei genommen. Im Gegenteil, sie hatte fast ein Jahr lang sechzig Stunden pro Woche gearbeitet, ohne Urlaub oder Krankmeldung, auch an Wochenenden und Feiertagen. Zugegeben, sie hatte die Zeugenvernehmung platzen lassen, aber Vernehmungen konnten ja neu angesetzt werden. Schlimmstenfalls hatte sie einigen Leuten Unannehmlichkeiten bereitet, was ihr sehr Leid tat, aber sie hatte schließlich keine andere Wahl gehabt.

Und so ging es weiter, von sieben bis acht und acht bis neun. Sie übte ihren Auftritt, während sie durch die Vorstädte und schließlich über den Zubringer in die Stadt fuhr. Schließlich hatte sie sich alles genau zurechtgelegt.

Das Haus von Curtis Slough war ein millionenschwerer Brocken in Spring Valley, einer paradiesischen Parklandschaft mitten im Herzen der Stadt. Adrienne war erst einmal dort gewesen, als sie Slough Akten aus dem Büro bringen musste. Sie wusste die Hausnummer nicht mehr, aber hier, in der teuersten Gegend Washingtons, gab es nicht viele Häuser – und Sloughs Haus war ein Anblick, den man nicht so leicht vergaß.

Es war zweistöckig, mit dreiteiligen Bogenfenstern, und stand auf einer leichten Anhöhe hinter Buchsbaumhecken und einer kreisrunden Einfahrt, in deren Mitte ein kleiner Springbrunnen plätscherte. Adrienne parkte hinter Sloughs 700er BMW und stieg aus. Als sie auf die Haustür zuging, fühlte sie sich wie ein Kind am höchsten Punkt einer atemberaubenden Achterbahn, kurz vor dem Absturz.

Mannomann, dachte sie und klopfte zaghaft an die massive Holztür. Vielleicht ist das doch keine so gute Idee, vielleicht –

«Adrienne!» Slough stand plötzlich vor ihr und betrachtete sie mit unverhohlener Überraschung. «Na so was …? Kommen Sie doch rein – hier draußen ist es ja eiskalt!» Er hielt die Tür auf, ließ sie herein und ging dann voraus ins Wohnzimmer. «Ist alles in Ordnung mit Ihnen?

Warten Sie einen Moment. Ich bitte Amorita, uns einen Kaffee zu bringen...»

Sie wartete nervös, betrachtete den chinesischen Teppich, die beiden Ohrensessel vor dem Kalksteinkamin und die Sammlung russischer Ikonen, bis eine hübsche Latino-Frau mit einem Silbertablett und Kaffeeservice hereinkam. Adrienne goss sich selbst eine Tasse ein und trank gerade einen Schluck, als Slough zurückkehrte.

«Was liegt an?»

«Tja also, das ist alles ziemlich kompliziert», begann sie, «aber ich denke, ich muss mir eine Weile Urlaub nehmen.»

Slough ließ sich in einen der Sessel fallen und runzelte die Stirn. «Eine Weile Urlaub... Könnten wir darüber denn nicht im Büro sprechen?»

«Tja», entgegnete Adrienne, «das ist es ja gerade. Das können wir eben nicht.»

Sloughs Gesicht verzog sich zu einer skeptischen und zugleich verwunderten Grimasse. «Wie bitte?!»

«Ich kann nicht ins Büro. Wenn Sie mich das bitte erklären lassen...»

Und sie tat es. Sie erzählte die Geschichte so sparsam wie möglich, fasste ihre Kindheit in dreißig Sekunden zusammen, kam dann gleich auf die Krankheit ihrer Schwester in Europa zu sprechen. Slough hörte nachdenklich mit gefurchter Stirn zu, trank seinen Kaffee und verzog mitfühlend das Gesicht, als Adrienne schilderte, wie sie die Leiche ihrer Schwester gefunden hatte. Er war offensichtlich fasziniert. Aber damit er nicht vorschnell folgerte, sie wolle Urlaub nehmen, um trauern zu können (was, wie sie wusste, als «unanwaltlich» galt), kam sie zügig auf die unselige Beziehung ihrer Schwester zu Duran zu sprechen, auf Bonilla, seine Ermordung, das Misstrauen der Polizei und... na ja, eben alles, auch auf den Zwischenfall im Comfort Inn und Durans bevorstehende Operation. Als sie fertig war, stellte sie ihre Tasse ab und sagte: «Sie sehen also: Ich muss der Kanzlei wirklich eine Weile fernbleiben. Weil – so melodramatisch das auch klingt – irgendjemand versucht, mich zu töten.»

Slough setzte sich in seinem Sessel zurück, nickte und blickte nachdenklich drein. Schließlich beugte er sich vor und sagte: «Sie... hausen also mit diesem Burschen zusammen?»

Adrienne klappte der Unterkiefer runter.

«Habe ich das richtig verstanden?», fragte Slough.

«Nein», widersprach sie, «so ist das nicht. Das ist –»

Der Anwalt schnaubte. «Ich will Ihnen was sagen: Meiner Ansicht nach gibt es kaum eine Kanzlei in Washington, die so viel Verständnis für ihre Mitarbeiter an den Tag legt wie Slough & Hawley. Wenn bei uns jemand eine Trauerphase durchläuft, haben wir doch vollstes Verständnis. Da drücken wir gerne auch mal ein Auge zu. Aber diese Geschichte … da ist es mit mal ein Auge zudrücken längst nicht mehr getan. Polizei? Comfort Inn? Mein Gott, gute Frau – was kommt als Nächstes? Ein Campingplatz?» Slough schüttelte bedauernd und ungläubig den Kopf, dann stand er auf.

«Aber», setzte Adrienne an, «Sie verstehen das nicht –»

«Oh doch, das glaub ich schon», entgegnete Slough. «Die Details mal beiseite gelassen: Sie sind unfallgefährdet.» Er hob mahnend den Zeigefinger, um seine Aussage zu bekräftigen. «Keine gute Eigenschaft für eine Anwältin.» Er zögerte. «Ich muss in Ruhe darüber nachdenken», sagte er und klatschte dann in die Hände, um zu signalisieren, dass das Gespräch zu Ende war.

Und, das spürte sie, nicht nur das Gespräch. Sie fürchtete, dass sie gleich losheulen würde. Sie unterdrückte die Tränen, folgte ihrem Boss zur Haustür, wo er sich ihr zuwandte.

«Vielleicht ist ein Urlaub doch gar keine so schlechte Idee», schlug er vor. «Nehmen Sie sich ein bisschen Zeit, um wieder mit sich ins Reine zu kommen. Regeln Sie Ihre Angelegenheiten. Danach … schauen wir mal, wie die Dinge stehen.»

Adrienne nickte, biss sich auf die Unterlippe, sagte mit gepresster Stimme «Danke» und schenkte ihm ein strahlendes Lächeln.

«Bette soll Ihre Arbeit an dem Asphalt-Fall übernehmen. Sie ist nicht unbedingt die Hellste, aber sie ist immerhin da. Und im Augenblick bin ich schon damit zufrieden.»

Adrienne schaffte es gerade noch bis zum Ende der Einfahrt, dann brach sie in Tränen aus. Sie hatte so schwer geschuftet, so lange. Und plötzlich war sie jemand, bei dem es – wie hatte er es ausgedrückt? – mit mal ein Auge zudrücken längst nicht mehr getan war.

Jemand, für den kaum noch Hoffnung bestand.

Sie fuhr über Rock Creek Park nach Georgetown hinein. Nachdem sie den Wagen direkt vor einem Dean & DeLuca's geparkt hatte, trank sie einen Cappuccino in dem langen, verglasten Raum neben dem Feinkostladen. Sosehr sie das Gespräch mit Slough auch deprimiert hatte – sie würde sicher im nächsten Jahr nicht mehr für die Kanzlei arbeiten –, war sie doch erleichtert, es endlich hinter sich zu haben. Auch erleichtert, sich nicht mehr mit Asphalt beschäftigen oder für Curtis Slough die Arbeit erledigen zu müssen. Im Grunde, wenn sie so richtig drüber nachdachte, war es vielleicht sogar besser so. Es gab auch noch andere Jobs, sagte sie sich.

Als sie ihren Kaffee getrunken hatte, ging sie in den Laden, um Holzkohle und zwei Steaks zu kaufen, die der Metzger ihr in Eis packte. Sie verstaute die Einkäufe hinten im Wagen und ging dann zur Wohnung ihrer Schwester, zwei Querstraßen weiter.

Ramon stand in seiner Portiersuniform im Foyer. Als er Adrienne sah, erhellte ein breites Lächeln sein Gesicht, und er hielt ihr die Tür auf. «Hallo!», rief er. «Schön, Sie zu sehen. Möchten Sie die Post holen?»

Sie schüttelte die Kälte mit einem letzten Frösteln ab, stampfte kräftig mit den Füßen auf, damit sie warm wurden, und sagte: «Ja, und ein bisschen sauber machen. Wie geht's Jacko?»

«Besser denn je. Und wissen Sie was? Ich bin meiner Berufung gefolgt, wie Nikki gesagt hat.»

«Hat sie das?»

«Ja. Wir haben uns unterhalten, kurz bevor – es passiert ist. Und ich hab die Rolle angenommen.»

«Welche Rolle?»

«In dem Scorsese-Film. Ich bin ‹Portier Nr. 2 – Ramon Castro de Vega›. Was sagen Sie nun?»

«Wow!»

«Und jetzt überleg ich, es vielleicht mal am Theater zu probieren, wieso nicht?»

«Ja, wieso nicht?»

«Jedenfalls... die Post liegt oben in der Wohnung auf der Arbeitsplatte in der Küche. Ich hab sie Ihnen da hingelegt. Brauchen Sie den Schlüssel?»

«Nein», sagte Adrienne. «Ich hab einen.»

Ramon begleitete sie zum Fahrstuhl, drückte den Knopf und tippte sich an den Schirm seiner Mütze. «Ich werde Jacko erzählen, dass Sie sich nach ihm erkundigt haben.»

«Das wäre nett.»

Und dann war sie oben, ging auf die Wohnungstür ihrer Schwester zu und dachte, ich muss was wegen ihrer Asche unternehmen. Ich muss –

Als sie die Wohnung betrat, traf sie die Trauer mit einer Wucht, die ebenso stark wie unerwartet war. Vielleicht lag es an dem Stress der letzten Tage, oder vielleicht war es die Wohnung, mit den toten Pflanzen und der abgestandenen Luft. Die Traurigkeit überrollte sie wie eine Walze. Zum zweiten Mal an diesem Morgen schossen ihr Tränen in die Augen. Sie ging hinaus auf den Balkon, stand in der eisigen Kälte und weinte um Nikki.

Nach einigen Minuten ertrug sie die Kälte nicht länger. Sie ging wieder hinein und fing an zu arbeiten. Die Wohnung war deprimierend, und die Unordnung schien ihr irgendwie respektlos Nikki gegenüber. Eines Tages würde sie hier aufräumen müssen und sie dachte, es würde ihr vielleicht gut tun, es jetzt gleich zu erledigen. Der Kühlschrank stank widerlich. Sie warf alle Reste in einen Müllsack und trug ihn zum Müllschlucker draußen auf dem Flur. Dann ging sie mit Haushaltstüchern und einer Sprühflasche Reinigungsmittel von Zimmer zu Zimmer und wischte Staub. Als sie damit fertig war, biss sie die Zähne zusammen und ging ins Badezimmer – wo die Polizei ein ziemliches Chaos hinterlassen hatte. Überall Fingerabdruckpulver, denn, wie die Polizei erklärt hatte, solange der Tod ihrer Schwester nicht definitiv als Selbstmord eingestuft worden war, musste der Tatort so behandelt werden, als wäre ein Mord geschehen.

Die Pflanzen auf dem Balkon waren tot, aber Adrienne hatte nicht die Energie, sie wegzuschaffen. Also schob sie sie in einer Ecke der Terrasse zusammen, so dass sie wenigstens etwas ordentlicher aussahen.

Damit blieb noch das Gewehr. Adrienne hatte viel darüber nachgedacht. Falls Nikki die Waffe selbst gekauft hatte, dann wo und wann? Vielleicht konnte sie das zurückverfolgen. Schließlich musste die Waffe eine Seriennummer haben. Adrienne ging zu dem Schrank, öffnete die Tür und griff hinein, um den grünen Tragekoffer herauszunehmen.

Aber er war nicht da.

Zuerst dachte sie, sie hätte vergessen, wo er gewesen war. Sie hob die Tagesdecke vom Bett an, sah auf dem Boden nach und entdeckte ... ein Gewirr von Staubflocken und ein paar Taschenbücher. Sie richtete sich auf, ging in den Flur und sah dort im Schrank nach, dann im Wohnzimmer und unter der Couch, sie suchte alles ab. Aber er war weg. Er war groß und grün, und sie konnte ihn nicht übersehen haben … aber er war weg.

Genauer: Er war gestohlen worden. Der Gedanke, sich mit dem Gewehr auseinandersetzen zu müssen, war ihr zwar zuwider, aber die Vorstellung, dass jemand in Nikkis Wohnung eingedrungen war und es mitgenommen hatte, verursachte ihr eine Gänsehaut. Es erinnerte sie an das, was in Durans Wohnung passiert war, als Bonillas Leiche einfach so verschwand.

Alles erschien ihr gefährdet und unzuverlässig. Wenn sie darüber nachdachte, wurde ihr fast schlecht. Als wäre ihr Verstand – ihre Welt – eine Art Bühne, auf der andere ihre Möglichkeiten probten.

Ramon erinnerte sie an die Post (die sie tatsächlich oben liegen gelassen hatte), und als sie wieder herunterkam, winkte er ihr zum Abschied zu. Sie überlegte, ob sie zu ihrer eigenen Wohnung fahren sollte, kam aber zu dem Schluss, dass es einfach zu gefährlich war. So war sie kurz nach sechs wieder in Bethany.

Duran war gut aufgelegt. Sie erzählte ihm, dass sie in Nikkis Wohnung aufgeräumt hatte und dass das Gewehr verschwunden war, aber nicht von ihrem Treffen mit Slough. Sie schickte ihn zum Supermarkt, um einen Fertigsalat zu kaufen. Sie brieten die Steaks hinterm Haus auf dem Grill und machten die Flasche Cabernet auf, die er schon vorher besorgt hatte.

Er war in Plauderlaune, fieberte den Antworten entgegen, die ihm die Operation zweifellos liefern würde. Ihm war etwas klar geworden: Solange er zurückdenken konnte, hatte er sich unwohl gefühlt, sobald er seine Wohnung verließ. Er erzählte ihr von den Panikattacken und der Platzangst, die ihn manchmal überfallen hatten. «Das ist weg», sagte er. «Ich hab das schon seit Tagen nicht mehr gehabt – seit wir ins Comfort Inn gefahren sind.»

«Und woran lag das Ihrer Meinung nach?», fragte sie.

Er schüttelte den Kopf. «Ich weiß nicht. Aber Sie haben doch die Apparate in dem Apartment nebenan gesehen, nicht?»

Sie nickte.

«Na ja», meinte er, «es könnte doch sein, dass die irgendeine Wirkung auf mich hatten?»

Sie blickte ihn fragend an. «Wie meinen Sie das?»

Er zuckte die Achseln. «Kann ich nicht genau sagen. Ich weiß bloß, dass ich mich ganz anders fühle. Besser. Ich bin mehr ich selbst.»

Sie nickte nachdenklich, konnte sich aber die Bemerkung nicht verkneifen: «Und der wäre ...»

Duran lächelte. «Wer auch immer.»

Sie war im Bett, als sie es hörte, und dass sie es hörte, war verwunderlich. Wäre das Meer nicht so glatt und ruhig gewesen, hätte der Klang der Brandung es übertönt. Aber die Nacht war windstill, und sie war ruhelos und halb wach.

Das Geräusch – ein schwaches, aber deutliches metallisches Quietschen – schien durch die Bodendielen zu dringen. Und aus irgendeinem Grund machte es ihr Angst. Da ist jemand unter dem Bett, dachte sie. Aber nein, das war verrückt. Sie lag im Dunkeln, bewegte sich nicht, lauschte angestrengt und erkannte bald, dass das Geräusch von weiter weg kam. Da ist jemand im Keller.

Eine ganze Weile – ein oder zwei Minuten lang – war nichts zu hören. Sie hatte schon fast beschlossen, dass sie sich alles nur eingebildet hatte, als ihr plötzlich klar wurde, dass jemand vor ihrer Schlafzimmertür stand. Woher sie das wusste, hätte sie nicht sagen können. Es war nichts zu hören. Es hatte auch nichts mit dem Licht zu tun. Es war einfach ... eine Tatsache.

Und dann öffnete sich die Tür. Sie hielt die Augen geschlossen, spürte aber, dass die andere Person sie beobachtete. Duran? Wer sonst? Aber sie hatte nicht das Gefühl, dass es Duran war. Sie hatte gerade mit ihm zu Abend gegessen, und wie merkwürdig er auch sein mochte, so etwas war ganz und gar nicht sein Stil. Es war jemand anders. Aber wer?

Eine halbe Ewigkeit verging, wie es ihr vorkam, obgleich sie nicht wusste, ob diese Ewigkeit eine oder fünf Minuten währte. Sie meinte, wieder ein Geräusch zu hören – nicht von der Tür, sondern aus dem Keller. Hatte sie Halluzinationen? Vielleicht. Vielleicht auch nicht. Wie auch immer... es machte sie verrückt, so ruhig liegen zu bleiben. Und doch ... das Geheimnis, dass sie wach war, war ihr einziger Vorteil.

Nach einer Weile öffnete sie die Augen einen winzigen Spaltweit, ließ die Lider wie im REM-Schlaf ein wenig flattern. Sie sah einen senkrechten Lichtstrahl zwischen Tür und Türfassung und eine Schulter im Gegenlicht. Dann schloss sich die Tür fast lautlos, und das Licht war verschwunden.

Und das war alles. Sie konnte das Meer hören, das schwache Raunen der Brandung. Sie konnte sogar das ferne Dröhnen der Autos auf der A-1 hören. Sie lauschte auf Schritte im Haus, auf Geräusche aus dem Keller, auf den Klang der sich schließenden Haustür. Aber da war nichts, nur das Hintergrundgeräusch von Brandung und fernem Straßenverkehr. Sie hätte genauso gut in einer versiegelten Gruft liegen können.

Also wartete sie, sah die Minuten auf der Leuchtanzeige ihres Weckers verstreichen. Endlich, nach sechs Minuten, hörte sie durchs Fenster ganz schwach ein Knirschen auf dem Kies. Sie sprang auf, rannte zum Fenster, schob einen Finger zwischen die Jalousielamellen und spähte nach draußen in die Richtung, aus der das Geräusch gekommen war.

Ein Stückchen die Straße hinauf ertönten Schritte auf dem Kiesweg. Das Klappen einer Autotür. Und ein Motor, der dröhnend zum Leben erwachte. Sie spähte angestrengt hinaus in das wässrige Mondlicht und sah kurz Metall aufleuchten, als ein Wagen um die Ecke einer Seitenstraße bog und verschwand.

«Haben Sie was gehört?»

Sie fuhr herum wie ein Derwisch und sah verblüfft Duran in der offenen Tür stehen. Er war barfuß und sah verschlafen aus, war aber ansonsten vollständig angezogen.

«Irgendjemand war hier», sagte sie.

«Im Haus?»

«Im Keller», erklärte sie. «Und dann im Haus. Ich glaube, er hatte es auf den Computer abgesehen.»

Duran nickte.

«Und?»

«Was?»

«Hat er ihn gekriegt?» Was war bloß los mit ihm?

«Ich weiß nicht. Ich geh mal nachsehen.»

Dann grinste er sie irgendwie dümmlich an. Ach du Schande, dachte sie, ich hab ja nur Unterwäsche an. Sie zog sich rasch Jeans und Pullover über. «Der Computer ist noch da, wo er war – auf dem Tisch!», rief Duran.

Als sie das Wohnzimmer betrat, sah sie, dass alles im Haus genau so war, wie sie es hinterlassen hatte, als sie ins Bett ging. Nichts schien bewegt oder verändert worden zu sein. Sie trat ans Fenster. Der Wagen stand auf seinem Parkplatz, wie immer. «Vielleicht hab ich mich vertan», sagte sie.

«Das glaub ich nicht», widersprach er. «Ich hab auch was gehört.»

«Ich hab gedacht, es wäre im Keller, aber… jetzt bin ich mir nicht mehr sicher.»

Sie sahen erneut in allen Zimmern nach, aber es war nichts verrückt worden. Schließlich zog Duran sich Schuhe an und griff nach seiner Jacke. Gemeinsam gingen sie nach draußen und ums Haus herum zu der Metalltür, die in den Keller führte. «Wir können wenigstens mal nachsehen», sagte er und öffnete die Tür.

«Das war das Geräusch!», flüsterte sie, als die Tür in den Angeln quietschte. «Das hab ich gehört.»

Sie folgte ihm die Treppe hinab in die Dunkelheit. Unten angekommen, machte er ein paar Schritte vorwärts, die Arme ausgestreckt, und tastete nach der Lampenkordel, die von der Decke hing. Als er sie gefunden hatte, schaltete er das Licht an und sah sich um.

An einer Wand standen zusammengeklappte Verandastühle. An der anderen hingen Taue und Gartengeräte sowie ein paar angeschimmelte Schwimmwesten und Spielzeug für den Strand. Nach vorne hin öffnete sich eine finster aussehende Höhlung, die sich unter der Vorderveranda erstreckte.

«Ich sehe nichts», sagte er.

«Ich auch nicht.» Sie gingen an dem Heizkessel und an dem Warmwasserbereiter vorbei. Die Decke war so niedrig, dass Duran sich bücken musste und Spinnweben in seinen Haaren hängen blieben. Als Duran in die Höhlung unter der Veranda spähte, legte er plötzlich den Kopf schief und griff nach ihrem Arm.

«Was ist?»

«Riecht das hier nicht nach Gas?»

«Meine Nase ist verstopft», sagte sie. «Von dem vielen Staub in Nikkis Wohnung.»

Duran brummte. «Ich glaube, ich rieche Gas», sagte er. Und wenige Sekunden später: «Das ist Gas.»

«Kommen Sie, wir rufen die Agentur an», schlug sie vor und wandte sich zur Tür. «Gas macht mir Angst. Das muss repariert werden.»

Vor Ungeduld zog sie heftig an der Lampenkordel und wollte die Treppe hinauf.

«He», rief Duran. «Warten Sie! Ich seh ja gar nichts mehr.»

Sie entschuldigte sich mit einem nervösen Kichern. «Ich hab gedacht, Sie wären direkt hinter mir.» Sie drehte sich um, wedelte mit dem Arm durch die Luft, um die Kordel zu erwischen. Schon erstaunlich, wie schwer diese Dinger zu fassen waren. Dann hatte sie sie gefunden und zog daran.

Er stand da und hatte die Augen nachdenklich zusammengekniffen, als müsste er gleich niesen. «Moment mal», sagte er mit plötzlich leiser und eindringlicher Stimme. «Machen Sie noch mal aus.»

«Wieso?»

«Machen Sie das Licht aus!»

Sie tat es, hielt die Kordel aber diesmal vorsorglich fest.

«Seltsam», sagte Duran und seine Stimme klang laut in der Dunkelheit. «Da hinten, in der Höhlung… da ist so eine Art… Schimmer. Machen Sie wieder an.»

Sie tat es und durchquerte dann den Keller bis zu der Stelle, wo er stand. Er ging in die Hocke, stützte sich an einem Betonpfeiler ab und blickte in die Höhlung hinein. Ihre Augen folgten seinem Blick.

Und dann sah sie, was er sah: Eine Votivkerze, die in der Dunkelheit flackerte.

Sie waren beide sprachlos. Also starrten sie weiter und sahen zu, wie die Flamme der Kerze sich veränderte und heller wurde, sich zu einer spitz zulaufenden blauen Zunge verlängerte, in der der Docht orange glühte. Und dann verpuffte die Flamme, und man sah bloß noch den glimmenden Docht. Duran packte sie am Arm, richtete sich auf und zerrte sie Richtung Kellertür. Sein Griff war so fest, dass er ihr Angst machte, und einen Moment lang musste sie an den Vorabend denken, als er ihr Handgelenk zusammengedrückt hatte, um die Plastikfolie zu bekommen. Nur diesmal war er noch brutaler, riss sie zur Tür.

«He», sagte sie, «was soll das?»

Ihre Füße fanden keinen Tritt, wurden mehr oder weniger über die Zementstufen geschleift, und Knöchel und Schienbeine schabten schmerzhaft über die Kanten. Dann waren sie draußen im Freien, und er zerrte sie über die Straße Richtung Meer, rannte so schnell, dass sie kaum den Boden berührte.

In diesem Augenblick kam das Geräusch – ein dumpfes Grollen, das in einem alles erschütternden Donnergetöse kulminierte, gefolgt von einem Druckabfall, den sie schmerzhaft in den Ohren spürte. Dann zerplatzte die Luft hinter ihnen in einer Wolke aus feuriger Gischt, die in alle Richtungen auseinander stob. Inzwischen rannte sie aus eigener Kraft, spürte die Hitze im Rücken. Erst als sie den Strand erreicht hatten, schienen sie in sicherer Entfernung zu sein. Sie drehten sich um und sahen eine Feuersäule durch das Dach nach oben schießen.

«Wie haben Sie das gewusst?», keuchte sie.

«Sie haben doch gesehen, wie das Licht ... die Kerze ... heller wurde, nicht?»

Sie nickte.

«Propan ist schwerer als Luft, also sinkt es zu Boden und baut sich sozusagen allmählich auf. Die haben die Kerze in die Höhlung gestellt, also über Bodenhöhe, und als das Gas die Flamme erreicht hat, muss sich schon viel aufgebaut haben. Die Flamme ist ausgegangen, weil kein Sauerstoff mehr da war. Nur noch Gas. Wir haben Riesenglück gehabt.»

Jetzt waren andere Geräusche zu hören, lautes Knacken, als die Fensterscheiben zersprangen, das Kreischen von Metall, das sich in der Hitze verbog. Erneutes Getöse verkündete, dass das Feuer frisches Gebiet eroberte, neue Nahrung gefunden hatte. Dann hörten sie ein durchdringendes Sirenengeheul, das die freiwillige Feuerwehr zusammenrief.

Adrienne begann zu zittern, ob vor Kälte oder Schock, konnte sie nicht sagen. Die haben versucht, uns beide umzubringen, dachte sie. Die haben das Gas aufgedreht und die Zündflamme gelöscht. Oder so ähnlich. Ein Funkenregen stäubte in die Luft. Dann haben sie eine Kerze angezündet, wie zur Messe. Das war das Geräusch im Keller gewesen, dachte sie. Und dann haben sie nachgesehen – um ganz sicher zu sein, dass ich auch da war.

«Die wollten uns umbringen», sagte sie mit dumpfer Stimme, das Gesicht rot im Feuerschein.

Duran nickte.

Er legte den Arm um sie, und gemeinsam gingen sie zum Haus zurück. Inzwischen gellten überall Sirenen, die rasch näher kamen. Plötzlich blieb Duran abrupt stehen, schlug sich auf die Hüfte. Dann lächelte er erleichtert. «Autoschlüssel», sagte er.

Es wurde jetzt immer heißer. Zwischen den Häusern hindurch konnten sie den ersten Feuerwehrwagen die Straße herunterrasen sehen. Der Himmel wurde flackernd von kreisenden Lichtern erhellt – gelb, rot, gelb, rot. Sie kamen an einem Mann vorbei, unter dessen dickem Parka die Pyjamahose hervorlugte. Den Arm hatte er um eine Frau gelegt, die Bademantel und Plüschpantoffeln trug. Die beiden starrten auf das Haus, als Adrienne und Duran an ihnen vorbeigingen. «Die reinste Fackel», sagte der Mann mit belegter Stimme. Dann fiel ein Teil des Daches ein, sackte mit einem dumpfen Poltern nach unten und sandte Feuer- und Funkenfontänen in den Nachthimmel.

Duran schloss die Autotür auf, stieg ein und entriegelte die Beifahrertür. Adrienne hörte das Schnappen des Schlosses, während sie einfach nur dastand und auf das mittlerweile zum Gerippe abgebrannte Haus starrte, an dessen verkohlten Balken die Flammen loderten. Die Temperatur auf ihrer Seite der Straße betrug gut über 50 Grad, während es auf der anderen höchstens 2 Grad waren.

Duran stieg aus, kam um den Wagen herum, um ihr die Tür aufzumachen. Als er den Griff anfasste, fluchte er und riss die Hand zurück. «Rutschen Sie von der Fahrerseite rüber», wies er sie an. «Die Tür ist heiß wie ein Ofen.»

Als sie losfuhren, wandte sie sich ihm zu und sagte: «Ich glaube, die nächste Polizeiwache ist irgendwo beim Wasserturm.»

«Da fahren wir nicht hin», antwortete er.

Sie sah ihn an, als wäre er verrückt (was natürlich eine Möglichkeit war). «Wir müssen zur Polizei», beteuerte sie. «Wir können nicht immer nur auf der Flucht sein –»

«Es ist besser, wenn wir nicht dahin fahren», sagte er und steuerte auf den Highway zu, der aus dem Ort hinaus führte.

«Wieso?»

«Weil es besser für uns ist, wenn wir tot sind.»

Sie wandte den Kopf ab und betrachtete sein Spiegelbild im Fenster. «Was soll das heißen?», fragte sie.

«Das soll heißen, dass es gut für uns ist, wenn die glauben, sie hätten uns umgebracht. Auf diese Weise leben wir länger.»

29

«Das klappt nicht», sagte sie.

«Was?»

«So zu tun, als wären wir tot.»

Duran verstellte den Rückspiegel, damit ihn die aufgehende Sonne nicht blendete. «Wieso nicht?»

«Weil der Wagen weg ist. Was darauf schließen lässt, dass wir nicht im Haus waren. Und die Zeitungen werden berichten, dass niemand getötet wurde.»

Duran zuckte die Achseln. «Zumindest haben wir so einen Tag gewonnen.»

Nach zwei weiteren Meilen wandte Adrienne sich erneut an Duran. «Dann fahren wir jetzt nach Washington», sagte sie.

«Warum?»

«Weil wir Zeit haben, und weil ich in meine Wohnung will. Ein paar Sachen holen.»

Er bedachte sie mit einem skeptischen Blick.

«Sie haben doch gerade gesagt, wir hätten einen Tag gewonnen.»

«Ja, aber... was, wenn ich mich täusche? Ich meine, ich weiß ja nicht mal, wie die uns überhaupt gefunden haben.»

«Aber ich», sagte Adrienne.

Duran warf ihr einen misstrauischen Blick zu. «Ach ja? Wie denn?»

«Sie haben es ihnen gesagt.»

«Was hab ich? Wem hab ich was gesagt?»

«Sie haben denen gesagt, wo wir sind», sagte sie. «Sie waren online... in einem Chatroom oder so.»

Duran blickte kurz zu ihr hinüber, um zu sehen, ob sie scherzte. Aber sie scherzte nicht. Sie war todernst. «Wovon reden Sie?»

«Von vorgestern Abend. Da haben Sie mir eine Heidenangst eingejagt.»

«Ich? Wie denn das?»

«Sie waren auf irgend so einer verrückten Website. Erst blitzten da rasend schnell Bilder auf, und dann… war es wie eine von diesen Nachrichten bei AOL.»

«Was?»

«Glauben Sie mir.»

«Und … was stand da?»

Jetzt zuckte sie mit den Schultern. «Ich weiß nicht. Guten Morgen oder so.»

«Das ist alles?»

Sie schüttelte den Kopf. «Nein. Dann kam: Hallo, Jeffrey. Dann wurde gefragt, wo Sie sind. Und Sie haben was getippt.»

«Was habe ich getippt?»

«Keine Ahnung. Es erschien nicht auf dem Bildschirm. Aber die haben gefragt und Sie haben geantwortet. Möglich, dass Sie denen sogar die Postleitzahl gegeben und ihnen gesagt haben, wo sie parken können, keine Ahnung.»

«Ach, das gibt's doch gar nicht.»

«Im Ernst», beteuerte sie.

«Wieso haben Sie mich nicht dran gehindert?»

«Ich hab's versucht! Aber es war… ich weiß nicht. Es war, als wären Sie weg. Weit weg. Ich musste Dr. Shaw anrufen.»

«Was?»

«Ich hatte Angst vor Ihnen! Dann hat er Sie übers Telefon hypnotisiert», sagte sie. «Erinnern Sie sich nicht?»

Duran schüttelte den Kopf, dachte, das kann nicht passiert sein. Sonst würde ich mich erinnern. Weil mein Kurzzeitgedächtnis in Ordnung ist. Das hat Shaw gesagt. Was bedeutet, dass Adrienne lügt. Oder… es gibt mehr als nur ein Ich von mir. Jekyll und Hyde. Multiple Persönlichkeit. Großer Gott… Das Armaturenbrett gab einen Warnton ab, und er blickte auf die Tankanzeige. «Wir müssen tanken», stellte er fest.

Sie fanden nicht weit von Bridgeville eine Tankstelle, doch die Zapfsäule akzeptierte Durans Mastercard nicht. Duran bat Adrienne, ihm Geld zu geben, doch sie wurde kreidebleich. «Meine Handtasche war im Haus! Ich habe keinen Cent bei mir!»

Er rief die Servicenummer auf der Rückseite seiner Kreditkarte an, tippte die Kontonummer ein und rief die Voicemailoption auf, um sich über seinen Kontostand informieren zu lassen. Stattdessen teilte ihm eine Stimme vom Band mit, seine Karte sei «gesperrt» worden und man würde ihn mit dem Kundenservice verbinden. Er wartete und erfuhr gleich darauf, dass seine Karte als gestohlen gemeldet worden war. «Wir schicken Ihnen eine neue in … gut zwei oder drei Tagen zu. Sie ist in Vorbereitung.»

Duran konnte es nicht fassen. «Hören Sie», sagte er, «ich habe die Karte hier. In meiner Hand. Ich habe sie nicht als gestohlen gemeldet.»

«Irgendjemand hat sie als gestohlen gemeldet.»

«Fragen Sie mich nach dem Mädchennamen meiner Mutter.»

«Das entspricht nicht –»

«Sie haben doch die Fragen zur Überprüfung meiner Person. Nun stellen Sie sie schon!»

«Es tut mir Leid, Mr. Duran, aber wenn eine Karte als gestohlen gemeldet wurde, muss eine neue ausgestellt werden.»

«Hören Sie. Ich hab gerade noch –» Er warf einen Blick in seine Brieftasche. «Zwei Dollar bei mir. Ich bin mit dem Wagen unterwegs. Ich habe keinen Sprit mehr. Können Sie denn gar nichts –»

«Nein.»

«Was?»

«Es tut mir Leid – aber wir können nichts für Sie tun. Sie müssen auf die neue Karte warten.»

Duran kam zum Wagen zurück, tankte für 2,28 Dollar und erzählte Adrienne, was passiert war. «Die Bank hat Mist gebaut», sagte er.

Sie schüttelte den Kopf. «Das hört sich nicht so an. So sind die Vorschriften, wenn jemand eine Karte als gestohlen meldet.»

«Ja, aber …»

«Ich frage mich, wer das gemacht hat …»

So, wie sie es sagte, hörte es sich an, als würde sie denken, er hätte es selbst getan. Und vielleicht hatte er es ja auch getan.

Sie kamen bis zur Umgehungsstraße, bevor das Signal ein zweites Mal ertönte und das Warnlämpchen der Tankanzeige anging. Als sie keinen Kilometer mehr von ihrer Wohnung entfernt waren, fing der Wagen an zu ruckeln und der Motor ging aus. Mit Hilfe von zwei Latinos, die auf einen Bus warteten, schoben sie den Dodge auf eine Ladezone am Straßenrand.

«Was haben Sie bloß mit Ihrem Wagen angestellt, Mann? Erst rückwärts gegen 'nen Baum und dann durch Feuer gefahren?»

Schon der Kofferraum, der von der Kollision auf dem Parkplatz des Comfort Inn eingebeult war, bereitete Adrienne Kopfschmerzen. Sie hatte gehört, dass es richtig Ärger geben konnte, wenn man mit einem Mietwagen einen Unfall baute. Sie log nicht gern, aber sie hatte Duran eingeschärft, er solle unter keinen Umständen zugeben, dass er gefahren war. Das konnte alles nur noch komplizierter machen.

Jetzt folgte sie Duran auf die Beifahrerseite, wo seine neuen Freunde kopfschüttelnd den Lack inspizierten, der Blasen geworfen hatte.

«Ach du dickes Ei!», brummte Duran.

«Sie brauchen 'nen guten Lackierer, Kumpel.» Der Latino kramte in seinen Taschen. «Ich geb Ihnen meine Karte – ich mach Ihnen das zum Freundschaftspreis.»

«Das ist ein Mietwagen», stöhnte Adrienne.

«Echt?», sagte der andere kopfschüttelnd. «O Mann. Die lassen euch ausbluten.» Beide Männer fuhren mit den Fingern über die Wagentür und schüttelten traurig den Kopf.

Adrienne schrieb einen Zettel, den sie unter den Scheibenwischer klemmte, trat zurück, verschob den Zettel ein wenig, sagte: «Die verpassen mir sowieso ein Knöllchen.»

Die Latinos lachten. «Die schleppen die Karre ab.»

Duran konnte kaum mit Adrienne Schritt halten auf dem Weg zu ihrer Wohnung. Aus Angst vor einem Knöllchen oder, schlimmer noch, vor dem Abschleppwagen, joggte sie beinahe. Schließlich legten sie die Strecke in knapp zwölf Minuten zurück.

Mrs. Spears ließ sie mit leicht beunruhigtem Blick herein. «Adrienne! Wo waren Sie denn?»

«Ich hab meinen Schlüssel verloren. Kann ich durch den Waschkeller rein?»

«Natürlich», erwiderte ihre Vermieterin, mit einem hoffnungsvollen Blick auf Duran.

«Oh, tut mir Leid. Jeff – das ist Mrs. Spears.»

«Möchten Sie eine Tasse Tee?», fragte sie.

«Nein, danke», sagte Duran.

«Wir sind in Eile», gestand Adrienne, die den Flur hinunter zu einer Tür ging, hinter der eine Treppe in den Keller führte. Duran folgte Adrienne durch einen kleinen Abstellraum zu ihrer Wohnung. Als sie die Tür öffnete, blieb sie so abrupt stehen, dass Duran fast gegen sie gelaufen wäre. «Du meine Güte!»

Sie hatte vergessen, wie schlimm es war. Der Raum war das reinste Trümmerfeld, übersät mit Adriennes Habseligkeiten: Büchern, Videos, Sofapolstern, Kleidungsstücken, CDs, Schuhen, Decken, Handtüchern, Vasen. Und das ganze Durcheinander war bedeckt mit Hunderten Blättern Papier.

Leise vor sich hin schimpfend, bahnte sie sich einen Weg zu einer Tür auf der anderen Seite des Raumes. Die Tür klemmte zunächst, aber sie drückte sie mit der Schulter so weit auf, dass sie sich hindurchzwängen konnte, während Duran blieb, wo er war, und sich im Zimmer umsah, neugierig auf Adriennes Welt.

Trotz des heillosen Durcheinanders war die Wohnung sehr viel persönlicher als seine. Es gab romantische Poster von nostalgischen Orten und exotischen Dingen (Biarritz und Orientexpress) und eine Reihe gerahmter Umschlagseiten von Tintin-Comics. Er bückte sich und nahm ein Buch auf, dessen Titel ihn erstaunte: «Allein durch Sri Lanka». Er nahm ein weiteres auf: «Trekking in der Türkei». Und ein drittes: «Mauritius, Réunion und die Seychellen».

«Sie reisen viel?», fragte er.

«Nein», erwiderte sie, als sie aus dem anderen Zimmer auftauchte. «Ich verreise nie.»

Duran dachte darüber nach, während sie vorsichtig durch die Müllhalde ihres Wohnzimmer ging. «Wieso nicht?», fragte er.

«Kein Geld.» Sie blieb stehen. «Sehen Sie hier irgendwo eine Spieldose?»

Er sah sich um und schüttelte den Kopf.

«Und Sie?», fragte sie.

«Was meinen Sie?», erwiderte Duran.

«Reisen Sie viel? Haben Sie schon viel von der Welt gesehen?»

Er überlegte. «Ja. Ich glaube, ja.»

«Wo waren Sie denn schon überall?»

Er zuckte die Achseln. «Ich weiß nicht.»

Sie ging durch den Raum zu einem kleinen Schreibtisch, griff darunter und holte eine mit Intarsien verzierte Holzschatulle hervor, die auf den Boden gefallen war. «Plaisir d'Amour» erklang, als sie den Deckel hob und zwei Kreditkarten und einen Pass herausnahm. «*Voilà!*»

«Verreisen wir?», fragte er.

«Das ist der einzige Ausweis, den ich noch habe», sagte sie. «Alles andere ist verbrannt.»

Sie nahm das Chaos in Augenschein. Sie hatte gedacht, sie könnten die Wohnung vielleicht in zwei Stunden aufräumen, aber es war hoffnungslos. Keine Chance. Es würde eine Woche dauern. Aber sie würde ja reichlich Zeit haben, sobald das hier alles vorüber war, rief sie sich in Erinnerung, denn sie hatte keinen Job mehr. Sie förderte ein paar Sachen zum Anziehen aus den Haufen zutage und holte rasch ihre Haarbürste aus dem Bad.

Sie führte Duran zur Hintertür hinaus, um Mrs. Spears aus dem Weg zu gehen. Gemeinsam gingen sie durch die Gasse zur Mount Pleasant Avenue, wo sie an einer Tankstelle einen Kanister Benzin kauften – und als sie schließlich wieder am Dodge ankamen, klemmte ein Strafzettel an der Windschutzscheibe.

«Wieder hundert Dollar futsch», jammerte Adrienne. «Einfach entsetzlich!» Sie stampfte mit dem Fuß auf, was Duran zum Lachen brachte – was sie noch wütender machte. «Was soll man davon halten», fragte sie, als sie in den Wagen stieg, «wenn diese verdammte Stadt nur gut darin ist, Parksünder zu verfolgen?»

Duran schüttelte den Kopf. «Das ist wahrscheinlich das Ende der Zivilisation, wie wir sie kennen.»

Die Operation war für acht Uhr am nächsten Morgen angesetzt. Duran ging daher schon für die Nacht ins Columbia Presbyterian Hospital, und Adrienne musste allein ins Mayflower Hotel.

Als Duran in der Neurochirurgie ankam, bekam er einen Krankenhauspyjama und einen Bademantel. Ein Plastikband wurde an seinem Handgelenk befestigt, und eine Schwester führte ihn zu einem Zweibettzimmer am Ende des Korridors. Nahezu stündlich kam eine Krankenschwester herein und maß bei ihm Temperatur und Blutdruck. Sein Zimmergenosse, der an viele Schläuche angeschlossen war, lag wie im Koma.

Am Abend schaute Shaw mit dem Neurochirurgen Nick Allalin

herein, einem Mann mit geröteter Nase, großen Zähnen und hoher Stimme, der Duran irgendwie an ein Kaninchen erinnerte.

Shaw machte die beiden miteinander bekannt, und Duran fiel auf, dass Allalins Hände erstaunlich weiß waren, als würden sie, wenn sie nicht gebraucht wurden, in einer Schachtel aufbewahrt. Die Finger waren lang und muskulös wie bei einem Pianisten, makellos und perfekt manikürt.

Zum zweiten Mal wurde ihm der Ablauf der Operation erläutert. «Dr. Shaw wird am oberen Gaumen, direkt unter der Nase, einen kleinen Schnitt vornehmen. Dann wird er durch die Nasengänge zur Keilbeinhöhle vordringen. Von da an wird er zum Beobachter. Ich werde auf einem speziellen Stuhl sitzen», sagte Allalin, «neben dem Tisch, und ein chirurgisches Mikroskop mit dem Fuß bedienen, so dass ich auf einem Monitor in Vergrößerung sehen kann, was ich mit den Händen mache. Der Gegenstand ist im Hippocampus eingebettet und wir holen ihn raus.»

«Wie lange wird das dauern?», fragte Duran.

«Fünfunddreißig oder vierzig Minuten.» Er hielt inne und fuhr dann fort: «Sie werden fast während der ganzen Operation aufrecht sitzen, Kopf nach hinten gelegt – und halb betäubt.»

Duran erbleichte, und Shaw lächelte. «Sie werden nichts spüren», versicherte der Psychiater ihm. «Ein wenig Unbehagen am nächsten Tag, aber das ist auch schon alles.»

«Eins möchte ich Sie noch fragen», sagte Allalin. «Was können Sie uns über die vorherige Operation erzählen?»

«Ich weiß nicht, was Sie meinen», erwiderte Duran.

Der Neurochirurg runzelte die Stirn. «Diese Operation wird nicht zum ersten Mal bei Ihnen durchgeführt», sagte er. «Die Narbe ist unter Ihrer Lippe.» Er beugte sich vor und klappte Durans Oberlippe hoch, damit Shaw es sehen konnte. Als Shaw nickte, ließ er sie wieder los.

Duran rieb sich die Lippe. Schließlich sagte er: «Wenn ich eine Gehirnoperation gehabt hätte, würde ich mich ja wohl daran erinnern.»

Shaw nickte. «Natürlich – es sei denn, Sie leiden an Amnesie –»

«Was offenbar der Fall ist.»

«In der Tat.»

Shaw gab ihm ein weiteres Einwilligungsformular zum Unterzeichnen und ging dann mit Allalin, als Adrienne anrief, um sich zu erkundigen, wie alles lief.

Die Unterhaltung dauerte nicht lange. Das Beruhigungsmittel zeigte erste Wirkung. Und doch, als er auflegte, schien es Duran, als habe er etwas in ihrer Stimme gehört, das stark nach Sorge klang – Sorge um ihn. Konnte das sein?

Ausgeschlossen.

Um Punkt acht am nächsten Morgen wurde er von einem Pfleger in den Operationssaal gerollt, wo man ihn intubierte und ihm eine Reihe von Injektionen gab, die ihn in einen Zustand schlaffer und gleichgültiger Lähmung versetzten. Die Operation begann etwa zehn Minuten später und verlief, soweit Duran es beurteilen konnte, genau so, wie Allalin geschildert hatte.

Die meiste Zeit hielt er die Augen geschlossen und lauschte desinteressiert den Unterwasserstimmen der Chirurgen, der rhythmischen Sinfonie der diversen Apparate. Er spürte nichts, doch er nahm die Bewegung der Personen um sich herum wahr, die Veränderung des Lichts, wenn Allalin sich zu ihm beugte oder zurücktrat.

Er hörte Klimpern und Klirren, wenn Instrumente in die Hand genommen oder in Metallschalen gelegt wurden. Hin und wieder schienen sich die Worte, die gesprochen wurden, in unsinnige Silben zu verwandeln, so dass er nichts mehr verstand.

Ein- oder zweimal öffnete er die Augen, und die Lampen im OP funkelten wie Sterne. Es war fast schön, wie alles im Takt mit der weichen Sinfonie der Apparaturgeräusche pulsierte.

Und dann verkündete Allalin ganz deutlich: «Ich hab's!»

Jemand atmete einmal tief durch.

Und dann hörte er Shaw: «Mein Gott! Was ist denn das für ein Ding?»

Dr. Allalins verschwommenes Gesicht wurde langsam scharf, zerfiel in Lichtstreifen und gewann erneut seine Form zurück. Duran sah, wie sich der Mund übertrieben bewegte, doch es war, als würde der Klang erst viel später ankommen.

«Eff.» Wie der Buchstabe des Alphabets. Duran war versucht, die Übung fortzusetzen: «Gee, Haa, Iii.» Aber sein Mund war zu trocken. Dann begriff er, was der Arzt sagte: Jeff.

«Wa?» Er hatte das Gefühl, als hätte er den Mund voller Zahnpasta.

«Wenigstens ist die Stimme da.» Allalin klang erleichtert. Er beugte sich wieder über Duran, sein Kaninchengesicht leicht perspektivisch verkürzt – so nah war er.

«Sagen Sie, Jeff. Wie ist Ihr Nachname?»

Duran überlegte. Er erinnerte sich, dass er in einer Klinik war, erinnerte sich, dass er operiert worden war. Die Operation musste vorbei sein. Und es ging ihm gut. Er war weder tot noch blind – noch ein lebender Leichnam.

«Jeff?» Die Stimme war geduldig, eindringlich. «Sagen Sie. Erinnern Sie sich an Ihren Nachnamen?»

Duran nickte.

«Wie ist Ihr Nachname, Jeff?»

«D'ran.»

Plötzlich war Adrienne neben ihm und sagte: «Hallo, Jeff...» Er spürte, wie ihre Hand seine nahm und sie drückte.

Dr. Shaw sagte: «Ich schulde Ihnen einen Gefallen, Nick – verdammt gute Arbeit!»

Duran lag einfach da, während Adrienne seine Hand hielt, und lauschte dem Geplauder der Ärzte. Allalin sagte: «Haltet mich auf dem Laufenden. Es würde mich brennend interessieren, was das Labor herausfindet.»

«Sie hören von mir», erwiderte Shaw.

Duran versuchte, sich in eine sitzende Position zu bringen, aber alles in seinem Gesichtsfeld schwankte, drehte sich dann nach links weg. Er schloss die Augen und ergriff die Seiten des Bettes.

«He, he», sagte Shaw. «Schön langsam. Sie hatten heute Morgen eine Gehirnoperation.»

Duran tastete nach Adriennes Hand, fand sie und umschloss sie mit seiner. «Was war's?»

«Sie meinen, in Ihrem Kopf?»

«Ja.»

«Das wird eine Weile dauern», erwiderte Shaw.

«Wie meinen Sie das?»

«Er meint, es wird gerade analysiert», sagte Adrienne. «Es wurde zur Untersuchung weggeschickt.»

«Untersuchung?», fragte Duran.

«Ich werde Ihnen sagen, womit ich gerechnet hatte», sagte Shaw.

«Okay.»

«Ich hatte ein chirurgisches Röhrchen vermutet – irgendwas in der

Art. Zumal Sie, wie wir festgestellt hatten, operiert worden waren – oder so was in der Art. Und wenn nicht das, so dachte ich, könnte es ein Splitter von einer Kugel sein oder irgendetwas, das bei einem Autounfall in Ihren Kopf eingedrungen war. Irgendetwas, das bei der ersten Operation übersehen worden war.»

«Und?»

«Es ist etwas anderes», sagte Adrienne.

Duran blickte von Adrienne zu dem Arzt. «Was?»

Shaw spitzte die Lippen. «Wir wissen es nicht.» Als Duran protestierte, fiel er ihm ins Wort: «Allerdings ist es keinesfalls versehentlich dorthin gekommen.»

Duran zog die Stirn kraus, seine Augen folgten Shaw, der zum Fenster ging. «Was wollen Sie damit sagen?»

«Ich will damit sagen, dass es ein Implantat ist.»

«Wie bitte? Was für ein Implantat?» Erneut versuchte Duran, sich aufzusetzen, aber vergeblich.

«Ah, genau das ist die Frage. Als Nick es herausgeholt hatte, dachte ich, es wäre ein Stück Glas – denn genauso sah es aus. Dann haben wir es uns unter einem Mikroskop angesehen …»

«Und?»

«Es ist etwas anderes.»

Duran stöhnte auf.

«Wir haben es ins Materialtechnische Labor geschickt», sagte Shaw. «Die haben eine biomedizinische Abteilung –»

«Wollen Sie damit sagen, Sie haben mir etwas aus dem Kopf rausgeholt und Sie haben keinen Schimmer, was es ist?»

Shaw lächelte. «Nein, das will ich nicht damit sagen. Ich weiß, was es ist: ein intercerebrales Implantat. Die Frage ist: Wozu ist es da? Zumindest derzeit ist uns sein Zweck noch unklar.»

«Wenn Sie von ‹unklar› sprechen», sagte Adrienne, «was meinen Sie damit? Ich meine, welche Möglichkeiten gibt es?»

«Wollen Sie die Wahrheit hören? Abgesehen von einigen noch sehr primitiven Tierversuchen zur parkinsonschen Krankheit sind mir nur Implantate zur Kontrolle von schweren Anfällen bekannt.»

«Und Sie meinen, das ist meine Krankheit?»

«Absolut nicht. Ich habe keinerlei Anzeichen dafür festgestellt.»

Sie schwiegen einen Augenblick. Dann fragte Duran: «Wann kriegen wir ein Ergebnis vom Labor?»

«In drei bis vier Tagen», erwiderte Shaw.

«Bin ich bis dahin wieder auf den Beinen?»

Shaw lachte. «Bis dahin sind Sie wieder hier raus.»

«Sie machen Witze», sagte Adrienne.

Der Psychiater schüttelte den Kopf. «Keineswegs.»

«Na, das ist ja mal eine gute Nachricht», sagte Duran erleichtert.

«Danken Sie nicht mir – danken Sie der Krankenhausreform.» Shaw lächelte. «Und bis dahin würde es mich sehr interessieren, ob das Objekt irgendetwas mit Ihrer Amnesie zu tun hat. Der Stelle nach zu urteilen, an der es sich befand, könnte das durchaus der Fall sein.» Seine Augen leuchteten. «Ich hoffe natürlich, dass Sie sich von nun an wieder an einiges erinnern. Wir werden einige Sitzungen durchführen. Wenn Sie sich einigermaßen fühlen, könnten wir morgen anfangen.»

Duran merkte, dass eine gewisse Hochstimmung von ihm Besitz ergriffen hatte, die genauso real war wie schwer zu beschreiben. Er fühlte sich irgendwie leichter, als wäre er einem Gravitationsfeld ausgesetzt gewesen, das erst jetzt allmählich nachließ.

Am ersten Tag schlief er zwölf Stunden, guckte ein bisschen Fernsehen, verlor die Lust daran und schlief weiter.

Am Morgen des zweiten Tages führte ein Assistenzarzt eine Reihe von Tests und Befragungen mit ihm durch, um verschiedene Neuralfunktionen zu messen – Tast-, Geschmacks- und Geruchssinn, Sehvermögen. Sein Erinnerungsvermögen sowie seine Motorik und seine fortlaufenden Erinnerungen wurden getestet. Duran absolvierte den Bender-Gestalt-Test. Als er fertig war, riet der Arzt ihm, sich auf den Fluren die Beine zu vertreten.

«Aber nicht joggen», scherzte er, «lassen Sie's langsam angehen. Wenn Ihnen schwindelig wird, setzen Sie sich hin. Ansonsten bewegen Sie sich, das tut Ihnen gut.»

Nach dem Mittagessen kam Shaw in die Klinik, um mit Duran «ein wenig Regressionsarbeit» zu machen und sich zu erkundigen, wie es ihm ginge.

Duran sagte, er habe das Gefühl, eine schwere Last sei von seinen Schultern genommen worden, aber er äußerte auch seine Enttäuschung darüber, dass seine Erinnerungen noch nicht zurückgekommen waren.

«So funktioniert das nicht», entgegnete Shaw. «Selbst bei etwas weniger Komplexem – zum Beispiel bei Blindheit – dauert es häufig eine Weile, bis der Patient, nachdem die Stimuli wieder da sind, diese auch sinnvoll auflösen kann. Wenn bei jemandem, der von Geburt an blind war, das Sehvermögen wiederhergestellt wird, läuft er höchstwahrscheinlich zum ersten Mal seit Jahren wieder gegen Wände. Wieso? Weil er daran gewöhnt ist, blind zu sein. Er hat einen zuverlässigen Weg gefunden, damit klarzukommen. Wenn man ihm also die Blindheit nimmt, hat er es plötzlich nur noch mit einem nichtssagenden Wirrwarr von Licht und Farbe zu tun. Es dauert eine Weile, bis er lernt, Dinge zu verarbeiten. In Ihrem Fall, obwohl wir das Trauma noch nicht identifiziert haben, scheint es so zu sein, dass Sie einen Weg gefunden haben, in der Welt zurechtzukommen, Ihre eigene Identität durch die ‹Jeffrey-Duran-Identität› ersetzt haben. Da wir noch nicht versucht haben, diesen bestimmten Wahrnehmungsfilter zu stören, hält er sich logischerweise so lange, bis er geschwächt wird.»

«Und wie soll das gehen?»

«Nun, wir arbeiten ein wenig unter Hypnose, versuchen, mit gesteuerten Bildern bei Ihnen eine Regression zu bewirken – mal sehen, was dabei rauskommt. Einige wenige Dinge wissen wir ja über Sie. Adrienne sagt, Sie spielen gerne Schach, und wie ich höre, hat die Karibik eine gewisse Bedeutung für Sie, und Sie sollen segeln können.»

Duran lächelte. «Ich habe eine gute Idee», sagte er, «wie wär's, wenn wir ein Segelboot mieten und auf dem Weg nach Jamaika ein paar Partien Schach spielen?»

Shaw lachte. «Führen Sie mich nicht in Versuchung.»

Zwei Stunden später saßen Shaw und Duran in einem der Sprechzimmer am Ende des Flurs. Es war ein sauberer und freundlicher Raum, der ganz und gar nicht an eine Klinik erinnerte.

Der Psychiater lehnte sich zurück und suchte Durans Blick. «Ich weiß, dass Sie enttäuscht sind», sagte er, «aber ich denke, wir haben einige Fortschritte gemacht.»

«Was denn für welche? Dass ich mich erinnere, segeln zu können? Daran hatte ich mich schon vorher erinnert.»

Shaw schüttelte entschieden den Kopf. «Nein, hatten Sie nicht. Nicht so genau. Sie konnten sich nicht erinnern, dass Sie in einer Regatta gesegelt sind. Sie konnten sich nicht erinnern, dass Sie an Rennen teilgenommen haben. Was bedeutet, dass Sie irgendwann Segeln als Wettkampfsport betrieben haben. Wahrscheinlich in Ihrer Studentenzeit. Damit haben wir schon mal einen Anhaltspunkt.»

Duran blickte finster. «Zum Beispiel?»

«Sehr wahrscheinlich haben Sie zu irgendeinem Zeitpunkt in der Nähe von Wasser gelebt. Vielleicht waren Sie auf einer Uni, die ein Segelteam hatte.»

«Vielleicht», sagte Duran. «Immer wieder vielleicht ...»

«Haben Sie Geduld», sagte Shaw. «Bei den meisten Amnesiepatienten kommen die Erinnerungen nicht auf einmal zurück. Sie tauchen Stück für Stück wieder auf und häufig ganz allmählich. Typisch ist auch, dass die Erinnerung an das traumatische Erlebnis – ein Autounfall oder was auch immer die Amnesie ausgelöst hat –, also etwas, von dem man meinen möchte, dass es sich einem ganz besonders eingeprägt hat, als Allerletztes zurückkommt. Wenn überhaupt.»

«Soll das heißen, dass sie vielleicht gar nicht mehr wiederkommt?»

«Sehr oft sogar. Sehr oft ist diese spezielle Erinnerung – da sie nur wenige Assoziationen hat und nicht fest mit anderen Erinnerungen verbunden ist – na ja, einfach verschwunden.»

«Was Sie nicht sagen.»

«Also lassen Sie sich nicht entmutigen. Um ehrlich zu sein, Ihre dissoziative Störung ist extremer, als ich es je bei jemandem erlebt habe. Um damit fertig zu werden, haben Sie sich selbst neu erfunden. Unsere Aufgabe ist es also, Sie zu dem zurückzubringen, der Sie wirklich sind. Das hat zwangsläufig zur Folge, dass Sie mit einem Großteil des Traumas, das Sie verdrängt haben, konfrontriert werden. Und ich kann Ihnen jetzt schon sagen, dass das nicht leicht wird.»

«Inwiefern?»

«Ich stoße auf heftigen Widerstand – starken Widerstand. Selbst in Trance weichen Sie ständig allem aus, das Sie mit Ihrer wahren Vergangenheit in Berührung bringen könnte. Der Widerstand ist enorm.»

«Warum ist das so?»

Shaw lächelte, freundlich und beruhigend. «Irgendetwas ist Ihnen widerfahren. Irgendetwas, das Ihr Verstand nicht akzeptieren kann. Vielleicht hat es einen Segelunfall gegeben und jemand, den Sie geliebt haben, ist ertrunken. Vielleicht haben Sie sich dafür die Schuld gegeben. Vielleicht war es Ihre Schuld.» Der Psychiater hielt inne. «Es ist nur eine Möglichkeit», fügte er hinzu. «Wer weiß?» Er hielt erneut inne. «Morgen versuchen wir es erneut.»

Nach dem Abendessen schlenderte Duran eine Weile über die Flure und telefonierte mit Adrienne. Dann setzte er sich mit einer Segelzeitschrift hin, die Shaw ihm gegeben hatte. Es war merkwürdig. Die Schönheit der Boote war ein Genuss, aber hin und wieder fiel sein Blick auf irgendetwas im Hintergrund – den Ausschnitt einer Landschaft oder eine Gestalt, die sich weit gegen den Wind lehnte –, und es war, als würde die Sonne hinter einer Wolke verschwinden. Er spürte, wie ihn ein dumpfes, angstvolles Gefühl überkam, und...

Er warf die Zeitschrift beiseite und schaltete den Fernseher ein.

Nachdem sie lange im kalten Park gejoggt war, kam Adrienne erfrischt aus der Dusche, trocknete sich ab und zog sich an. In der kleinen Kochecke neben der Tür machte sie sich eine Tasse Kaffee. Sie ging zum Schreibtisch am Fenster und schaute nach draußen auf ein Bauloch. Schließlich trank sie von ihrem Kaffee und fing an, die Post ihrer Schwester durchzusehen.

Sie hatte sie fast vergessen. Mit einem dicken Gummiband verschnürt, hatten die Briefe tagelang auf dem Rücksitz des Dodge gelegen. Jetzt wurde es Zeit, sich ihnen zu stellen.

Der erste Umschlag, den sie öffnete, war von der Bank. Er enthielt Kopien von Nikkis Kontoauszügen und Schecks, die sich als weniger interessant erwiesen, als Adrienne gehofft hatte. Nikki lebte von 4.500 Dollar im Monat – plus oder minus 500 Dollar, je nachdem. Ab und an, alle paar Monate, hatte sie eine weitere Summe erhalten, ebenfalls per Überweisung: zum Beispiel noch im September dreitausend Dollar und im Februar fast achttausend. Im Auszug war nicht vermerkt, woher das Geld kam, weshalb Adrienne auf dem Briefpapier vom Mayflower notierte: Überweisung – woher?

Sie wollte es nur noch einmal verifizieren, da sie recht sicher zu wissen meinte, woher das Geld kam: aus der Abfindung, die die Riedles ihrer Schwester gezahlt hatten. Bonilla hatte eine Bank auf den Kanalinseln erwähnt. Er hatte auch gesagt, er würde ihr im Einzelnen faxen, welche Summen die Bank auf Nikkis Konto in den Staaten überwiesen hatte. Das Konto in Europa war in jedem Fall ein Schlüssel zu Nikkis Vergangenheit – und auch zu Durans.

Leider war Bonilla nicht mehr dazu gekommen, sein Versprechen zu erfüllen.

Adrienne notierte: Anfrage bei Riggs.

Die Schecks waren mehr oder weniger eindeutig. Miete und Strom, Gas und Wasser beliefen sich auf über zweitausend Dollar. Durans Honorare machten einen weiteren großen Batzen aus. Zahlungen an Visa und Schecks für Harlow's, Nikkis Friseursalon.

So viel zu den Schecks.

Der nächste Umschlag war von der Chevy Chase Bank, die Nikkis VisaCard ausgestellt hatte. Neugierig überflog sie die Posten, versuchte, aus ihnen schlau zu werden – was nicht schwer war. Marvellous Market: $ 19,37. Safeway: $ 61,53. America Online: $ 19,95. Amtrak: $ 189,60. Blockbuster –

Moment!

Die Amtrak-Buchung gab keinen Aufschluss darüber, wohin sie mit dem Zug gefahren war, aber das ging aus den nachfolgenden Belastungen hervor: Hertz (Orlando): $ 653,69. La Resort in Longboat Key: $ 1.084,06. Tommy Bahama's @ St. Armand's Circle: $ 72,91. Moe's Stone Crab: $ 18,94. Sie sah sich die Daten genauer an.

Conch House Restaurant:	08.10.	$ 21,03
Sarasota-Sonnenbrille:	09.10.	$ 226,05

Sämtliche Ausgaben in Florida, das heißt, die Ausgaben, die allem Anschein nach in Florida erfolgt waren, fielen in denselben Zeitraum, vom 7. Oktober bis 12. Oktober. Rund ein bis zwei Wochen vor Nikkis Tod.

Was Sinn ergab. Für diesen Zeitraum hatte Nikki Jacko in der Hundepension untergebracht. Sie erinnerte sich vage, dass Duran ihr erzählt hatte, ihre Schwester hätte etwa eine Woche vor ihrem Selbstmord einen Termin bei ihm versäumt, und als er sie dann das letzte Mal sah, war sie sonnengebräunt. Und nicht bloß gebräunt, sie hatte gesagt, sie wäre am Strand gewesen. Irgendeinem Strand. Einem Strand, an dessen Namen ihre Schwester sich nicht erinnern konnte oder den sie nicht sagen wollte.

Aber da stand es: Longboat Key. Wo war das?

Adrienne war inzwischen ganz aufgeregt, aber auch frustriert, weil Nikkis Laptop mit dem Haus in Bethany Beach in Flammen aufgegangen war. Wenn sie einen Computer hätte, könnte sie es im Internet nachsehen, nicht nur den Ort, sondern auch La Resort. Vielleicht vermietete das Mayflower Laptops – aber nein. Ein Anruf bei der

Rezeption brachte ihr eine Entschuldigung und die Information ein, ganz in der Nähe wäre ein Internetcafé, nur zwei Straßen weiter.

Ein Collegestudent, der dort jobbte, nahm ihre Kreditkarte und wies ihr einen Computer zu. Sie gab Longboat Key in der Lycos-Suchmaschine ein und betätigte die Return-Taste. Sekunden später blickte sie auf eine Luftaufnahme von einer lang gestreckten Insel vor der Küste Floridas. Auf einer anderen Karte sah sie, dass die Insel etwa eine Stunde Fahrtzeit von Tampa entfernt lag und durch einen Damm mit Sarasota verbunden war.

Damit stellte sich die Frage: Was hatte Nikki dort gemacht? Hatte sie einen Freund? Vielleicht, aber wenn ja, hätte sie ihn doch bestimmt erwähnt. Also was sonst? Was war so wichtig, dass ihre Schwester Jacko in einer Hundepension unterbrachte – nach Ansicht Nikkis, wie Adrienne wusste, ein «Hundegefängnis» –, um dann mit dem Zug den weiten Weg bis nach Florida zu fahren? Und wieso mit dem Zug? Nikki hatte nie Angst vorm Fliegen gehabt.

Sie wippte mit dem Fuß. Dachte nach.

Eigentlich hatte Nikki sich im vergangenen Jahr nur für eines interessiert, und zwar für Missbrauch durch Satanisten. Sie hatte von nichts anderem geredet. Also … vielleicht hatte dort irgendeine Tagung stattgefunden. Eine Tagung für «Überlebende».

Sie beschloss, es mit Nexis zu probieren, und gab die Benutzerkennung und das Passwort von Slough & Hawley ein. Als das Such-Menü erschien, gab sie Longboat Key an und Satanismus und begrenzte die Suche auf die letzten 12 Monate. Der Computer bearbeitete die Informationen und förderte … absolut nichts zutage. Keine Dokumente.

Sie versuchte es anders. Vielleicht war es ja schon ein erster Schritt, wenn sie herausfand, was vom 7. bis zum 12. Oktober auf Longboat Key überhaupt losgewesen war. Dann konnte sie möglicherweise eins und eins zusammenzählen.

Die neue Suche erbrachte achtundneunzig Artikel. Sie überflog rasch die Schlagzeilen, die Namen der Zeitungen, die Daten und die Verfasserzeilen. Die meisten Artikel waren nicht zu gebrauchen, es ging um Weinfeste, Galerieeröffnungen, Tennisturniere und Golfmatches. Aber eine Story unterschied sich von allen anderen, und ihr blieb fast das Herz stehen, als sie die Überschriften las.

Mord im La Resort:
Polizei steht vor einem Rätsel

Mord an Rollstuhlfahrer:
Touristen schockiert

Prominenter Opfer eines Scharfschützen

Jetzt wusste sie, warum ihre Schwester mit dem Zug gefahren war. Im Zug kann man unbemerkt ein Gewehr mitnehmen ... Sie rief den Text eines Artikels auf, der am 11. Oktober in der *Tampa* erschienen war:

> Calvin F. Crane, 82, Dauergast im La Resort, wurde gestern Abend erschossen, während er sich in seinem Rollstuhl auf der Strandpromenade der Hotelanlage den Sonnenuntergang ansah.
>
> Nach Angaben der Polizei muss es sich bei der Tatwaffe um ein Präzisionsgewehr mit Schalldämpfer gehandelt haben. Die Kugel, die die Wirbelsäule des alten Mannes durchschlug, wurde sehr wahrscheinlich von einem der Hochhäuser mit Blick auf den Strand abgefeuert.
>
> Crane wurde ins Sisters of Mercy Memorial Hospital gebracht, wo jedoch nur noch sein Tod festgestellt werden konnte.
>
> Wie aus der Polizei nahe stehenden Kreisen verlautete, stehen die Ermittler vor einem Rätsel. «Der Mann war unheilbar an Krebs erkrankt», so eine Informationsquelle. «Die Ärzte hatten ihm höchstens noch ein Jahr gegeben.»
>
> Cranes jamaikanischer Pfleger, Leviticus Benn, wurde von der Polizei vernommen und als Täter ausgeschlossen.

Adrienne las weiter, überflog die Artikel, wie elektrisiert durch die Wörter «Scharfschütze» und «Präzisionsgewehr». Den Zeitungen zufolge hatte der jamaikanische Pfleger gar nicht bemerkt, dass auf seinen Schützling geschossen worden war – bis jemand schrie, der das Blut gesehen hatte. «Ich habe nichts gehört», sagte er der Polizei gegenüber, «und auch niemanden mit einer Waffe gesehen.» Da auch sonst niemand etwas gehört oder gesehen hatte, ging die Polizei davon aus, dass der Mörder einen «Schalldämpfer» benutzt hatte. Adrienne erinnerte sich an das dicke, schwarze Rohr in dem limonengrünen Koffer im Schrank ihrer Schwester.

Erschwerend für die Ermittlungen kam hinzu, dass der Pfleger den Rollstuhl mit Crane bereits wieder vom Strand zum Swimmingpoolbereich geschoben hatte, bevor er merkte, was passiert war. Somit ließ sich nicht mehr feststellen, an welcher Stelle sich das Opfer befunden hatte, als der Schuss fiel, was wiederum die genaue Rekonstruktion der Flugbahn des Geschosses unmöglich machte. Es ließen sich, so die Polizei, daher «nur vage Vermutungen» darüber anstellen, von wo aus der Schuss abgefeuert worden war.

Adrienne suchte anschließend nach Artikeln über den weiteren Verlauf der Ermittlungen, hoffte inständig, dass der Fall gelöst worden war. Aber natürlich war dem nicht so. Zwei Wochen nach dem Mord hatte die Polizei weder ein Motiv noch Tatverdächtige, noch brauchbare Zeugen und keine Tatwaffe. Der Fall war ein einziges Rätsel.

Auch für Adrienne. Es schien nahe liegend, dass ihre Schwester mit der Sache zu tun hatte, vielleicht sogar die Täterin war. Aber wieso?

Zurückgelehnt auf ihrem Plastikstuhl, blickte sie hoch zu den Neonlampen und streckte sich. Sie war keine Polizistin. Sie hatte keine Ahnung, wie man die Ermittlungen in einem Mordfall durchführte. Aber sie wusste, dass dabei auch das Opfer durchleuchtet wurde. In diesem speziellen Fall war sie gegenüber der Polizei sogar deutlich im Vorteil: Sie hatte eine Ahnung, wer den Mord verübt hatte.

Aber wer war das Opfer? Wer war der Ermordete wirklich? Das Einzige, was sie mit Sicherheit wusste, war, dass ihre Schwester tausend Meilen gereist war, um ihn zu töten – und dass er offenbar ein todkranker, alter Mann mit einer Vorliebe für Sonnenuntergänge war. Wie war er in der Zeitung bezeichnet worden? Als «Prominenter».

Okay, dachte sie und wandte sich erneut dem Computer zu. Wie prominent? Warum prominent?

30

Shaw und Duran saßen einander in der Personalcafeteria des Columbia Presbyterian Hospital gegenüber, ohne auf das Geklapper von Tabletts und Besteck, das Hin und Her der Menschen um sie herum zu achten. Ausgeschnittene Papptruthähne schmückten die Wände. Es war Thanksgiving.

Shaw wirkte ratlos, als er Duran über seinen Teller Nudelsuppe hinweg ansah. Schließlich verschränkte der Arzt die Arme vor der Brust und gestand: «Ich weiß nicht, wie ich weiter vorgehen soll.» Er hielt inne. «Ihre Neigung zur Dissoziation nimmt eher zu als ab.»

«Wirklich?» Duran war seit der Operation seltsam munter – als hätte er die Welt zuvor durch eine beige getönte Brille gesehen und unter dem Einfluss von Beruhigungsmitteln gestanden.

Jetzt war das Gefühl verschwunden. Und wenn auch die freudige Erregung über sein Wohlbefinden allmählich nachließ, so verhielt es sich mit seiner neu gewonnenen Klarsichtigkeit anders. Alles kam ihm größer und heller vor, die Farben intensiver, die Klänge lauter und präziser.

Shaw presste die Finger zusammen, wie beim Gebet. Dann beugte er sich vor und sagte: «Ich würde es gern mit Sodium Pentathol probieren.»

Duran blickte ihn überrascht an. «Wahrheitsserum?»

Shaw zuckte die Achseln. «Eine kleine Dosis. Mir fällt sonst nichts mehr ein. Natürlich könnten wir einfach abwarten. Aber im Moment komme ich nicht weiter. Sie blockieren.»

«Inwiefern?»

«Ich finde keinen Zugang. Sie sind wie eine Blackbox. Jedes Mal, wenn ich Ihre Vergangenheit erkunden will, lande ich vor einer Mauer. Und ich weiß um alles in der Welt nicht, warum.»

«Und Sie glauben, Sodium Pentathol –»

«Wird helfen? Ja, das glaube ich.»

Duran dachte darüber nach. «Wieso sind Sie so sicher, dass das, was Sie bei mir sehen, Widerstand ist und kein organischer Schaden?»

«Weil wir unsere Hausaufgaben gemacht haben», erwiderte Shaw. «Es deutet nichts auf einen Hirnschaden hin – rein gar nichts. Wir haben es hier mit einer pathologischen Aversion zu tun.»

«Gegen ...?»

«Ihre Identität.»

Duran aß einen Löffel von seiner Suppe und dachte nach. Dann beugte er sich vor und sagte: «Sie wollen also damit sagen, dass ich das psychische Äquivalent einer Autoimmunkrankheit habe.»

Shaw blickte ihn verblüfft an. Lachte. «Genau. Aber das ist nicht das Einzige, was mir Kopfschmerzen bereitet.» Er hielt inne. «Sie werden depressiv.» Bevor Duran die Diagnose von sich weisen konnte, fuhr der Psychiater rasch fort: «Also, Depressionen sind ganz und gar nichts Ungewöhnliches nach einer Operation, aber in Ihrem Fall ist es doch schwerwiegender, als ich erwartet habe.»

Duran schüttelte den Kopf. «Das sehe ich nicht so. Im Gegenteil, ich fühle mich so lebendig.»

«Ich weiß. Ich sehe es in Ihrem Gesicht. Aber dann verschwindet es, und ...» Er zögerte. «Sie verlieren jeden Affekt. Ich will ehrlich zu Ihnen sein», fuhr Shaw fort. «Ich habe Sorge, dass Sie eine bipolar affektive Störung entwickeln, dass Sie manisch-depressiv werden, mit einem sehr raschen Wechsel zwischen beiden Polen.»

Duran runzelte die Stirn. «Und wenn ja?»

Shaw strich sich mit der Hand durchs Haar. «Tja, wir können immer noch einen Rückzieher machen und den Laborbericht abwarten, aber... ich mache mir Gedanken über Ihre Behandlung auf lange Sicht.»

«Wieso?»

«Nun, wir haben noch nicht richtig über Ihre Lebenssituation gesprochen, aber Sie können nicht weiter als Therapeut arbeiten – Sie sind nicht dazu berechtigt.»

«Soweit wir wissen.»

Der Psychiater lächelte. «Eins zu null! Soweit wir wissen. Aber was dann? Sind Sie finanziell unabhängig?»

Duran überlegte. «Meine Eltern sind eines plötzlichen Todes gestorben. Sie waren versichert.»

«Mit Eltern – meinen Sie Mr. und Mrs. Duran?»

«Ja, schon.»

«Tja.» Shaw runzelte die Stirn. «Aber Sie haben etwas Geld. Sie waren nicht auf Ihre beiden Klienten angewiesen, um leben zu können. Denn wenn doch, müssen Ihre Honorare noch höher gewesen sein als meine.»

Duran reagierte mit einem schwachen Lächeln. «Ich erinnere mich nicht, mir Sorgen wegen Geld gemacht zu haben. Aber ich könnte ja bei meiner Bank anrufen ...»

Shaw nickte und räusperte sich. «Und, äh ... was ist mit Adrienne?»

Duran war von der Frage überrascht. «Was soll mit ihr sein?»

«Es ist ja nicht zu übersehen, dass Sie beide sich mögen. Ich habe mich schon gefragt, in welcher Beziehung Sie zueinander stehen.»

Duran blickte finster. «Sie ist die Klägerin, ich der Beklagte.»

Shaw lächelte. «Sie sagt, sie hat die Klage zurückgezogen.»

«Sieht so aus.»

«Dann könnten Sie vielleicht eine Weile bei ihr wohnen?»

Jetzt musste Duran lächeln. «Das glaube ich kaum», erwiderte er.

Shaw wirkte enttäuscht.

«Es gibt da ein paar Dinge», erklärte Duran, «Adrienne hat bestimmt nicht mit Ihnen darüber gesprochen, aber sie und ich ... wir sind zurzeit in so einer Art Übergangsphase ...»

«Übergangsphase?»

«Ja. Für die absehbare Zukunft.»

Shaw verdaute die Information einen Moment lang, entschuldigte sich dann und ging zur Essensausgabe. Er kam mit einer frischen Kanne Tee zurück, setzte sich und sagte: «Wie wär's, wenn wir es heute Nachmittag mit dem Pentathol probieren? Ach nein. Heute ist ja Thanksgiving. Meine Frau würde mich umbringen. Wir fangen morgen an. Jedenfalls, ich hab ein paar Segelkassetten –»

«Sie haben was?»

«Hörkassetten – Klänge des Meeres. Sehr spannend. Wasser, das gegen den Bootsrumpf plätschert, klatschende Leinen, flatternde Segel, Nebelhörner – die ganze Palette –, nur, Sie werden in Trance sein und unter Sodium Pentathol stehen.»

«Wo haben Sie die denn her?», fragte Duran.

«Aus einem Esoterikladen.» Der Psychiater neigte den Kopf, nahm einen Schluck von seinem Tee und grinste. «Ich bin ganz schön einfallsreich, was?»

Es waren die Jacken, die die Erinnerungen auslösten – was seltsam war, weil sie die Jacken nie beim Segeln getragen hatten. Wie Shaw versprochen hatte, war Duran versunken in die Klänge des Ozeans, ins Plätschern und Rauschen des Wassers. Mit geschlossenen Augen, während die Kassette lief, segelte er mit seinen Freunden die Regatta, justierte das Ruder, bestimmte den optimalen Kurs und den besten Wendekreis um die Markierungsboje. Sie trugen alle die Jacken, obwohl, wie jedermann wusste, diese Jacken an Bord nie getragen wurden.

«Von was für Jacken sprechen Sie?», fragte Shaw.

«Mannschaftsjacken ... nicht solche, die man bei einer Regatta trägt. Jacken, die man davor oder danach trägt. Und auf dem Campus.»

Sie hatten bereits versucht, den Campus durch Durans Augen zu sehen, ihn dazu zu bringen, das Gelände zu beschreiben, die Studenten, Gebäude und Professoren, die Namen der Gebäude zu nennen, irgendwelche besonders auffälligen Merkmale des Campusgeländes. Aber Duran blockierte weiter, zwang Shaw, sich auf das scheinbar Irrelevante zu konzentrieren. Logos auf Bleistiften und Notizbüchern, Vorwahlnummern und Postleitzahlen, Sportausrüstungen –

Und Jacken.

«Welche Farben haben sie?»

«Schwarzweiß.»

«Schwarzweiß. Das ist ungewöhnlich. Sind Sie sicher? Sind Sie sicher, dass Sie sich nicht an ein Foto erinnern? Vielleicht sind sie dunkelblau.»

«Nein, sie sind schwarz. Schwarz wie Tinte. Weiße Aufschrift.»

«Erzählen Sie mehr über die Jacken.»

Aber Duran fühlte sich immer unwohler. Er wollte seine Position verändern, aber er konnte nicht. Die Angst, sich an seine Vergangenheit zu erinnern, ließ ihn geradezu erstarren. Er war wie festgefroren, kalt und unbeweglich zugleich, wie in Eis eingeschlossen, wobei sein Stoffwechsel sich verlangsamte. Er hatte Angst, sich zu bewegen, Angst, etwas loszureißen. Aber warum? Ein logischer Teil seines Verstandes setzte sich diesen Reaktionen noch immer entgegen und missbilligte sein Unbehagen. Wie konnte er nur Angst davor haben, über Jacken nachzudenken? Wieso konnten Jacken bedrohlich sein?

«Ganz ruhig», sagte Shaw. «Beschreiben Sie sie genauer. Haben sie Knöpfe oder einen Reißverschluss? Aus was für einem Stoff sind sie?»

«Ich kann nicht denken. Da ist kein Platz zum Denken.» Er empfand nur noch Druck und Kälte. Voller Panik spürte er, wie sein Kopf von allen Seiten von Eisplatten zerquetscht wurde, sein Gehirn erstarrte.

«Sie können denken. Haben sie Knöpfe oder einen Reißverschluss?»

Nichts.

«Hängen wir die Jacke in Ihrem Zimmer auf», schlug Shaw vor.

Das war leichter. Die Jacke hing an einem Haken, nicht an ihm. «Reißverschluss», sagte er.

«Ausgezeichnet! Ist sonst noch etwas vorn an der Jacke? Außer dem Reißverschluss?»

«Da ist was aufgestickt.»

«Welche Farbe?»

«Weiß.»

«Was ist da gestickt? Buchstaben? Ein Wort?» Er zögerte. «Ihr Name?»

«Es ist ein Bär», sagte Duran, genauso überrascht wie der Arzt.

«Nur der Kopf? Oder ganz?»

«Es ist ein Bär», wiederholte Duran.

«Ein weißer Bär?»

Duran nickte. Das Sprechen schien ihn gewaltig anzustrengen und kostete Zeit. «Ein Eisbär.»

«Ein Eisbär», Shaw flüsterte fast. Aber seine Worte klangen beschwingt. «Schwarzweiß. Ein Eisbär», wiederholte Shaw, diesmal mit lauterer Stimme – einer Stimme, die deutlich, wenn auch verhalten einen triumphierenden Beiklang hatte, einen Beiklang, der Duran mit Grauen erfüllte.

Der Eisbär war vorn auf der Jacke. Und auf der Rückseite, die er sich jetzt klar und deutlich vorstellen konnte, standen die Worte Bowdoin Sailing. Das waren die Jacken, mit denen das College seine Sportmannschaften ausstattete: Bowdoin Sailing, Bowdoin Hockey, Bowdoin Soccer.

«Bowdoin», sagte Duran. «Bowdoin College.»

«Ah», sagte Shaw. «Natürlich. Admiral Peary, der berühmte Nordpolarforscher, war ein Absolvent. Deshalb der Eisbär.»

Dort hatte er also studiert: Bowdoin, nicht Brown College. Kein Wunder, dass ihn beim Sidwell-Klassentreffen kein Mensch erkannt hatte – weil er aus Maine kam. Jetzt erinnerte er sich wieder. Er war in Bethel zur Schule gegangen, Gould Academy, wo seine Mutter Englischlehrerin gewesen war.

Und dann wurden mit einem Mal große Teile seiner Vergangenheit so klar, dass ihm das Herz stockte – als wäre er auf einer langen Seereise gewesen und der Motor des Schiffes plötzlich stehen geblieben. Sein Leben lief in Sekundenschnelle vor seinen Augen ab, obwohl es ihm wie Stunden vorkam. Es war wie ein Nahtod-Erlebnis. Einen Moment lang – diesen einen Moment lang – war er sicher, einen Herzinfarkt zu haben. Doch dann sprang der Motor wieder an, und er begriff, er hatte keinen Herzinfarkt, sondern Lew McBride kam zu sich selbst nach Hause, nach einer langen, langen Abwesenheit. Für einen Augenblick übermannte ihn tiefe Freude – bis vor seinem geistigen Auge ein Bild Gestalt annahm. Ein ockerfarbener Raum, eine Art … Schlachthaus, die Wände bluttriefend, und ein absurder Gedanke schrillte ihm durch den Kopf: Mein Gott, ich habe sie alle umgebracht.

Und dann war der Spuk vorbei. Das Bild verschwand so schnell, wie es gekommen war. Seine Augen öffneten sich jäh und er war da, wo er die ganze Zeit gewesen war, in dem bequemen Sessel gegenüber von Dr. Shaw, erfüllt von einer frostigen Mischung aus Freude und Trostlosigkeit. Schön zu wissen, wer ich bin, dachte er. Schade, dass ausgerechnet ich es sein musste.

Sie machten weiter. Jetzt, da McBride sich an seinen Namen erinnerte, war er verblüfft, wie gut er passte. Er erinnerte sich an seine Mutter – seine richtige Mutter, nicht die Ikone in dem Bilderrahmen in seiner Wohnung –, wie sie ihn hochhob und sang: «Hallo Lew! Mein kleiner Lew!»

«Moment», sagte Shaw. «Ich drehe rasch die Kassette um.»

Er war Lewis gewesen. Er war Lew gewesen. Eine Zeit lang war er Mac gewesen – und, so erinnerte er sich, ein Semester lang hatten seine Freunde ihn Bridey genannt. Aber Jeff, der Name, auf den er noch eine Stunde zuvor gehört hatte, klang für ihn so fremd wie Horatio oder Etienne.

«So, wir können weitermachen», sagte Shaw. «Sie sagten, Ihr Vater hat bei den Olympischen Winterspielen in Japan eine Silbermedaille gewonnen. Ist er noch öfter angetreten?»

«Nein, nur dieses eine Mal. Aber da war er schon vierunddreißig. Danach hat er überwiegend als Skilehrer gearbeitet.»

«In Maine?»

«Ja. Dort haben wir gewohnt. In Bethel. Jedenfalls war er oft drei, vier Monate weg – und manchmal kam er mitten in der Woche nach Hause, wenn nicht so viel zu tun war.»

«Waren sie glücklich?»

«Wer?»

«Ihre Eltern.»

McBride wusste nicht, was er sagen sollte. Im Augenblick fragte er sich, warum er nicht glücklich war – warum ihn geradezu Beklommenheit befiel. Schließlich zuckte er die Achseln. «Wir hatten nicht viel Geld», sagte er. «Meine Mutter sammelte Rabattmarken und ging auf Schnäppchenjagd. Als Lehrerin an einer Privatschule hat sie nicht viel verdient, und mein Vater verdiente ... unregelmäßig. Ich bin nicht sicher, ob meine Mutter ihm wirklich vertraut hat, wenn er weg war. Er war ein richtiger Draufgänger. Selbst als er für die Winterspiele trainierte, stand meine Mutter nicht so hinter ihm, wie man es von einer Sportlerehefrau erwarten würde.»

«Ach nein?»

«Er gab seinen Job auf, um Zeit fürs Training zu haben, und meine Mutter war dagegen. Sie war schwanger mit mir. Und auch als er sich dann qualifiziert hatte, hat sie ihn nicht nach Sapporo begleitet. Wäre zu teuer gewesen.»

«Und nachdem er gewonnen hatte?»

«Na ja ... er hat nicht gewonnen, und er ist ja nicht im Hundert-Meter-Lauf angetreten. Er wurde Zweiter im Zehn-Kilometer-Biathlon – das hat ihm also nicht viel Ruhm eingebracht. Ich glaube, meine Mutter fand, er wäre nie richtig erwachsen geworden. Ich weiß noch, wie er sich einmal den Knöchel verstaucht hatte. Was übel war, weil er keine Unfallversicherung hatte und nicht arbeiten gehen konnte. Das Geld wurde also ziemlich knapp. Ich weiß noch, wie meine Mutter oben an der Treppe stand und die Rechnungen in die Luft warf, dann kam sie runter und hat nachgesehen, welche mit der Vorderseite nach oben lagen, weil sie die dann bezahlen wollte.» Duran hielt inne. «Kann ich vielleicht ein Glas Wasser haben?»

«Natürlich», sagte Shaw und holte ihm rasch einen Becher am Wasserspender.

McBride war eigentlich nicht durstig. Er wollte bloß Zeit schinden – weil er die Panik in sich aufsteigen spürte, das Beben in seiner Stimme hörte, während seine Konzentration zerstob – und das, obwohl er das Serum bekommen hatte.

«Danke», sagte er und trank einen kleinen Schluck.

«Reden Sie weiter», drängte der Psychiater.

«Also – wo war ich?»

«Das Geld war knapp.»

«Genau», sagte McBride, «das Geld war knapp, aber meine Mutter war trotzdem verrückt nach ihm – sie liebten sich, glaube ich, bis zu dem Tag, an dem sie starben.»

Shaw bedachte ihn mit einem mitfühlenden Blick. «Ihre Eltern leben nicht mehr?»

McBride schüttelte den Kopf. «Nein. Ein Sattelschlepper ist auf sie drauf gestürzt.»

Der Psychiater war fassungslos. «Auf sie drauf gestürzt?»

«Der Laster ist auf der Cat-Mousam Road ins Schleudern geraten, durch die Leitplanke gebrochen und auf die tiefer liegende Interstate gestürzt. Sie fuhren gerade in ihrem Volvo daher. Reiner Zufall.»

«Tut mir Leid.»

McBride zuckte die Achseln. «Es ist lange her.»

«Wer hat sich danach um Sie gekümmert? Tanten und Onkel?»

«Hatte keine. Aber meine Mutter hatte eine Lebensversicherung. Ich war schon auf dem College, als es passierte.»

«Und davor? Hatten Sie eine glückliche Kindheit?»

«Ich weiß nicht. Ich denke, ja. Bethel war ein nettes Städtchen. Ich hatte meine Freunde und Bekannten. Und ich habe gejobbt.»

«Wo?»

«Im Supermarkt Regale auffüllen, auf der Bowlingbahn Pins aufstellen. Als ich älter war, hab ich auf einem Campingplatz gearbeitet. In Maine gibt's davon jede Menge.»

Später am Nachmittag ließ Shaw Kaffee kommen und gegen Abend Pizza. Mehrmals fragte er, ob McBride müde sei und lieber aufhören wolle, doch die seltsame Mattigkeit, die ihn so lange erfasst hatte – die Trägheit, wegen der er tagelang vor dem Fernseher hängen konnte –, war verschwunden. Bis auf die Furcht, die ihn in Wellen überfiel, fühlte er sich wach und brannte darauf, sich an möglichst viel zu erinnern. Die Droge, die ihm verabreicht worden war, verlor allmählich ihre Wirkung, und Shaw drängte darauf, weiterzumachen.

Sie sprachen über Durans Kindheit und seine Collegezeit, über Bowdoin und Stanford, wo er in Psychologie promoviert hatte. «Ich hab mich für die Forschung interessiert», erklärte er.

«Dann waren Sie also kein Therapeut. Ich meine, wie Jeffrey Duran?»

«Nein, ich hatte nie einen Klienten. Mag sein, dass ich irgendwann doch noch in diese Richtung gegangen wäre, aber... ich hatte ein Stipendium, das, äh, eine ganze Weile lief.»

«Von wem?», fragte Shaw.

«Institut für globale Studien.» McBride rutschte unbehaglich in seinem Sessel hin und her, hüstelte und schlug die Beine übereinander.

«Erzählen Sie mir davon.»

«Es ist eine Stiftung, die Wissenschaftler in unterschiedlichen Forschungsgebieten unterstützt.»

«Heißt das, man bekommt nicht nur die Studiengebühren erstattet?»

«Die Stiftung zahlt ein Gehalt und übernimmt Reisekosten und Spesen. Sie ist sehr großzügig – außerdem sorgt sie dafür, dass man in Fachkreisen bekannt wird.»

Shaw runzelte die Stirn. «Wie das?»

Duran überlegte, machte dann eine hilflose Geste. «Tut mir Leid, ich... mir wird irgendwie ganz komisch. Ich meine, ich überlege verzweifelt, wie lange... wie lange ich weg war.»

Shaw schüttelte den Kopf. «Das passiert, wenn Sie anfangen zu blockieren. Versuchen Sie, sich nicht darauf zu konzentrieren, wo Lew McBride anfängt und Jeff Duran aufhört. Also...» Seine rechte Hand kreiselte zwischen ihnen in der Luft. «Lassen Sie sich treiben. Sie sprachen über das Stipendium.»

McBride nickte. «Ja, darüber, wie das ablief: Ich habe etwa jeden Monat einen Bericht geschrieben. Den schickte ich dann an den Leiter des Instituts, und das Institut schickte Kopien davon an einen Haufen Fachzeitschriften, die den Bericht kostenlos abdrucken durften, wenn sie das Institut anerkennend erwähnten. Weitere Kopien gingen an interessierte Akademiker und an eine ganze Reihe von einflussreichen Leuten in den Staaten und anderen Ländern.»

«Hört sich sehr gut an. Wie haben Sie sich beworben?»

«Man bewirbt sich nicht. Man wird empfohlen – man erfährt nicht von wem, aber in der Regel von einem Professor, einem ehemaligen Stipendiaten – solchen Leuten eben. Sie laden einen ein paar Mal zum Mittagessen ein und fragen, was man gern machen würde, wenn man die Zeit und das Geld dazu hätte. Und wenn man nicht gerade ein Idiot ist, schlägt man ihnen dann nach einer Weile ein Projekt vor. Sie geben Empfehlungen, wie sich das Projekt noch verbessern ließe, und ehe man sich's versieht, macht man jede Menge Tests.»

«Was für Tests?»

«Solche wie die, die Sie mit mir gemacht haben. MMP, Myers-Brigg ... es hat den ganzen Tag gedauert. Daran erinnere ich mich.»

Shaw verzog das Gesicht. «Merkwürdig. Wozu sollte das gut sein?»

«Dieselbe Frage hab ich auch gestellt. Sie haben gesagt, auf diese Weise würden sie Kandidaten auswählen, die in der Lage sind, selbständig zu arbeiten – es gibt nur wenig Kontrolle. Im Grunde geben Sie dir einen Klaps auf den Rücken und überlassen dich dir selbst. Und ich denke, sie wollen sichergehen, dass sie Leute kriegen, die keine Probleme haben, im Ausland zu arbeiten – denn das ist ein Schwerpunkt.»

«Was?»

«Die Arbeit im Ausland.»

«Was war das Thema Ihrer Studie?», fragte Shaw. «Was haben Sie angeboten?»

McBride lächelte, ein wenig verlegen. «Der Titel lautete ‹Animistische Therapeutik und die Dritte Welt›.»

Shaw runzelte die Stirn. «Interessant!»

«Es ging darum, die psychologischen und therapeutischen Elemente von Naturreligionen zu untersuchen. Angefangen mit den indianischen Schwitzhütten bis zu der Auslösung von Trancezuständen, die Wirkung von Mond- und Sonnenfinsternissen und die bei einzelnen Kulturen unterschiedliche Verwendung halluzinogener Pilze.»

«Und haben Sie das alles untersucht?»

«Ja. Ich habe in unserer Hemisphäre angefangen und ...» McBrides Stimme verlor sich.

«Was ist?»

Plötzlich hatte er das Gefühl, als würde in seinem Bauch ein kleiner

Vogel Purzelbäume schlagen. «Tut mir Leid», sagte er. «Ich kann mich nicht konzentrieren.»

Shaw zog die Stirn kraus. «Also was genau haben Sie gemacht?»

«Ich war oft in Südamerika und in der Karibik. Ich schrieb Aufsätze über Gesundbeten und Santeria, einen über Ultramarathonlaufen als Form der Flagellation und Meditation. Ein Artikel von mir wurde in der *Times* abgedruckt.»

«Wovon handelte er?»

«Gemeinschaftliche Trinkriten als Mittel zur Linderung jahreszeitlich bedingter affektiver Störungen.»

«Und wie ging das?»

McBride lachte. «Ich bin im Februar an den Yukon gefahren und habe mich mit den Inuit betrunken.»

«Und was dann?»

«Auf einmal war mir das Wetter völlig egal.»

Shaw lachte. «Sie erwähnten die Karibik.»

«Richtig. Eine Zeit lang war ich in Haiti und habe dort Takt und Tempo als Signale bei posthypnotischen Suggestionen untersucht.»

«Klingt faszinierend.»

«War es auch», sagte McBride. Er trommelte mit den Fingerspitzen einen Rhythmus auf den Tisch. Taktaktak tak tak. «Schon so ein kurzer Takt konnte ausreichen.»

«Erstaunlich. Andererseits auch wieder nicht. Auditive Erinnerungen sind nämlich im Grunde sequenziell. Wenn man also eine Abfolge von Klängen vorgegeben hat, neigt der Verstand dazu, sie zu vervollständigen. Und wo waren Sie sonst noch?»

«Ich sollte noch nach Jamaika.»

Shaw wartete, dass McBride fortfuhr. Als nichts kam, brach der Psychiater das Schweigen. «Ja?»

Plötzlich konnte Duran nicht mehr sprechen. Er spürte in der Kehle einen Schmerz, der irgendwie mit seinem Flug von Port-au-Prince nach San Francisco zusammenhing. Der Flug nach Hause war teuer, doch in seiner Wohnung konnte er gut arbeiten, und was noch entscheidender war, er hatte so Gelegenheit, mit Judy und Josh zusammen zu sein. Sie konnten eine Familie sein, wenn auch nur für ein paar Tage im Monat.

Dass Judy schwanger war, hatte sich herausgestellt, kurz nachdem er das Stipendium erhalten hatte. Sie waren beide der Meinung gewesen, dass er sich so eine Chance nicht entgehen lassen konnte – irgendwie würden sie es schon hinkriegen. Er würde so oft wie möglich nach Hause kommen, und alles Weitere würde sich zeigen.

In den Monaten vor Joshs Geburt war Judy ab und zu mal für ein paar Tage oder eine Woche nachgekommen – wenn sie es sich in ihrem Job als Grafikdesignerin erlauben konnte. Aber das hörte auf, als Josh dann da war. Einerseits konnten sie es sich finanziell nicht mehr erlauben und selbst wenn, die Herumreiserei wäre nichts für ein Baby gewesen.

«Lew?» Dr. Shaw beugte sich mit besorgter Miene zu ihm vor.

McBride konnte draußen einen Hubschrauber hören und auf der Straße das Heulen einer Sirene, die immer näher kam. Sonnenlicht fiel zwischen den Stäben der Jalousie hindurch und malte Streifen auf den blutroten, orientalischen Teppich.

Nichts für ein Baby.

«Lew?»

Ihm war, als hätte das Muster aus Licht und Schatten sich vom Teppich gehoben und würde ihm durchs Gehirn scheinen. Und das Sirenengeheul wäre das untröstliche Schreien eines Neugeborenen.

Ein Baby.

Er hörte Shaws Stimme, aber sie war sehr schwach und gedämpft, als käme sie von weit her oder würde durch dicke Dämmschichten zu ihm dringen.

«Jeff? Was ist los mit Ihnen? Ist alles in Ordnung?»

Er antwortete nicht. Er war in dem ockerfarbenen Raum. Das Kinderzimmer. Das Schlachthaus. Er hatte den Baseballschläger in der Hand, den Judy im Schirmständer an der Tür aufbewahrte. Er spürte, wie der Schläger Knochen zerschmetterte und in das melonenweiche Fleisch seines Sohnes und dann seiner Frau sank. Blut spritzte, trübte die Luft. Er rutschte aus, schlitterte und schlug immer wieder zu, bis von Joshua und Judy nichts als eine breiige Masse übrig war.

31

Um mehr über Calvin Crane herauszufinden, genügte eine Taxifahrt zur New York Public Library. Adrienne ging die Treppe zum Lesesaal im zweiten Stock hoch, wo sie zwischen den Nachschlagewerken eine abgegriffene Ausgabe von «Who's Who» fand. Sie trug den weinroten Band zu einem der Mahagonitische, nahm neben einem älteren Mann Platz und suchte den Eintrag für Crane. Sie wurde fündig und las:

> *Crane, Calvin Fletcher*
> Philanthrop, Stiftungsleiter. Geb. 23. Juli 1917, Patchogue, New York. Yale '38. Harvard Law '41. Anwalt bei Donovan, Leisure (New York) – 1942, 1945. Office of Strategic Services (OSS), London, Basel, Major 1942–45. Central Intelligence Group (CIG, Washington, D.C.) 1946–47. Mitarbeiter im Diplomatischen Dienst, Außenministerium (Zürich) 1947–49. Zweiter Schatzmeister, Institut für globale Studien (IGS) 1949–63 (Zürich). Direktor und Schatzmeister, IGS 1964–89; Direktor i. R., IGS 1989. Ehrenlegion, 1989 Mitglied im Rat für ausländische Beziehungen, Bilderburger Society. Clubs: Yale, Century, Athenaeum. Wohnsitz: Longboat Key, Florida.

Adrienne lehnte sich zurück und trommelte mit den Fingern auf der aufgeschlagenen Seite. Der Eintrag im «Who's Who» verlangte ein gewisses Maß an Interpretation, dachte sie. Harvard und Yale ließen auf ziemlich viel Geld schließen. Dann ein Job in einer Anwaltskanzlei, unterbrochen vom Krieg. OSS. Das war irgendwelcher Spionagekram. Dann zurück in die Anwaltskanzlei. Dann wieder Spion und dann ein

Job im Außenministerium – in der Schweiz, wo er, wie sie sah, schon einmal gewesen war. Danach der Job in der Stiftung. Vierzig Jahre lang. Vornehme Clubs und Ehrungen, und als krönender Abschluss des Ganzen ein Rentnerdasein in Florida.

Vorzeitig beendet durch ihre verrückte Schwester.

Da musste noch mehr zu finden sein. Sie stand auf, ging zur Information und fragte nach dem Zeitschriftenlesesaal. Wie sich herausstellte, befand er sich gleich am Ende des Korridors. Mit Hilfe einer Bibliothekarin suchte sie die *New York Times*, die *Miami Daily News* und den *Sarasota Star-Tribune* auf Mikrofiche heraus. Jeder der Filme deckte den Zeitraum im Oktober ab, als Crane ermordet worden war.

An einem Lesegerät ging sie die einzelnen Nachrufe durch, bis sie ein ungefähres Bild des Mannes hatte – wenngleich sie noch immer nicht recht verstand, welche Beziehung ihre Schwester zu dem Mann gehabt hatte.

Besonders interessant waren die Einzelheiten über seine Zeit beim Nachrichtendienst OSS. Die Organisation, so las sie, war zu Beginn des Zweiten Weltkriegs unter der Ägide des britischen Geheimdienstes gegründet worden. Im Gegensatz zu ihren europäischen Pendants bezog sie ihre Mitarbeiter aus der Oberschicht, von den besten Colleges und den renommiertesten Firmen auf der Wall Street. Laut der *Times* war das OSS «wichtigster Vorläufer der CIA und zugleich ein transatlantischer Männerbund par excellence».

Im *Star-Tribune* fand sie eine Seite mit Fotos, auf denen Crane in verschiedenen Altersstufen zu sehen war. Als junger Mann hatte er fast so gut ausgesehen wie ein Filmstar, mit kräftigen Augenbrauen, energischem Kinn und dichtem dunklem Haar. Er war zu sehen, wie er Franklin D. Roosevelt die Hand schüttelte, wie er mit Allen Dulles, dem Leiter des OSS, an einem Berghang in Gstaad posierte, mit de Gaulle die Champagnergläser klingen ließ und Audrey Hepburn durch den Haupteingang des Esplanade Hotel in Zagreb eskortierte. Etwa vierzig Jahre in der Schweiz. Anwalt, Spion, Leiter einer Stiftung. Wie schafft man da die Übergänge von einem zum anderen, fragte Adrienne sich. Und dann Florida. Bevor er an den Rollstuhl gefesselt war, schienen im Leben des alten Mannes sein Engagement für wohltätige Organisationen sowie Golfspielen eine zentrale Rolle gespielt zu haben.

Das war zwar alles sehr interessant, dachte Adrienne, aber es lieferte ihr keinen Hinweis darauf, warum ihre Schwester mit dem Zug nach

Florida gefahren war und Crane erschossen hatte. Ihr kam der Gedanke, dass Nikki vielleicht geglaubt hatte, er wäre einer der Männer gewesen, die sie missbraucht hatten, aber das schien ihr doch etwas weit hergeholt. Schließlich hatte Crane, wenn auf den Eintrag im «Who's Who» Verlass war, während Nikkis Kindheit in der Schweiz gelebt.

Als Adrienne ins Hotel zurückkehrte, sah sie, dass das rote Lämpchen am Telefon neben dem Bett blinkte. Sie hörte die Nachricht ab: ‹Rufen Sie mich sofort an, egal wann – Ray Shaw›, und wählte Shaws Privatnummer.

«Wir haben den Durchbruch geschafft», sagte Shaw zu ihr.

«Wunderbar! Also los ...» Sie räusperte sich. «Sagen Sie schon, wer ist er?»

«Tja, er ist ein sehr gestörter Mann.»

«Doc ...»

«Sein Name ist Lew McBride – Lewis mit ‹e›. Das ist die gute Nachricht. Die schlechte Nachricht: Er hat seine Frau und seinen Sohn mit einem Baseballschläger totgeschlagen.»

«Was!?»

«Sie haben richtig verstanden, aber ob das nur wieder eine Wahnvorstellung von ihm ist oder etwas anderes, können wir nicht sagen.»

Adrienne ließ den Kopf gegen die Wand hinter dem Bett sinken. «Wo ist es passiert?», fragte sie.

«San Francisco.» Shaw erzählte ihr von McBrides Vergangenheit, von seiner Zeit in Bethel bis zum Studium am Bowdoin College und in Stanford sowie vom Tod seiner Eltern. «Intelligenter junger Mann – keine Frage. Magna cum laude. Doktor in Psychologie, begehrte Stipendien – die Welt stand ihm offen. Bis ...»

«Was?»

«Bis er plötzlich durchgedreht ist. Er muss einen psychotischen Zusammenbruch erlitten haben oder so. Hat seine Familie totgeschlagen. Er schwört, dass er keine Drogen genommen hat, also muss man sich fragen, ob nicht Phencyclidin, Engelsstaub, im Spiel war.»

«Er hat seine Frau umgebracht?» Adrienne konnte es nicht glauben. Glaubte es nicht.

«Und seinen kleinen Sohn. Drei Monate alt.»

Sie schwiegen einen Moment. Dann fragte sie: «Wurde er verhaftet oder ... was?»

«Oder was, gute Frage!», entfuhr es dem Psychiater. «Nach dem, was der Patient sagt, wird ab diesem Punkt alles unscharf. Er erinnert sich an die Morde, aber an mehr auch nicht. Als Nächstes weiß er nur, dass er in Washington lebt und Jeffrey Duran ist, Therapeut.»

«Und … wo ist er jetzt?»

«Unter Aufsicht. Ich habe ihn in die Geschlossene verlegt.»

Adrienne war fassungslos. «Sie glauben, er versucht zu fliehen?»

«Nein, ich glaube, er versucht, sich umzubringen. Offen gestanden, ich bin mir dessen sicher.»

«Dann …» Adrienne fehlten die Worte, und sie konnte auch keinen klaren Gedanken mehr fassen. Schließlich fragte sie: «Was ist … mit diesem Ding?»

«Dem Implantat?»

«Ja.»

«Das könnte mit dem Problem zu tun gehabt haben, aber ich kann Ihnen noch gar nichts sagen. Ich versuche ständig, Näheres in Erfahrung zu bringen», klagte Shaw. «Ich habe schon dreimal im Labor angerufen und … nichts.»

«Also –»

«Ich bleibe am Ball», versprach Shaw. «Aber ich muss Ihnen sagen, falls Mr. McBrides Erinnerungen stimmen, würde das eine Menge erklären – seine Dissoziation, die hysterische Amnesie – sogar die Sublimierung seiner Persönlichkeit zu einer anderen Identität.»

«Falls …»

«Wie bitte?», fragte der Psychiater.

«Sie haben gesagt, falls seine Erinnerungen stimmen.»

«Ja, das habe ich.»

Adrienne schwieg einen Augenblick. Dann griff sie nach dem Stift neben dem Telefon und fragte: «Wann soll das passiert sein?»

«Vor fünf Jahren – in San Francisco.»

«Ich werde der Sache nachgehen», sagte sie. «Und wenn ich herausfinde, dass es stimmt …»

«Dann denke ich, haben wir beide keine andere Wahl. Wir werden die Polizei verständigen müssen.»

Sie wusste, dass er Recht hatte. Aber sie wusste auch, dass Zweifel angebracht waren. Noch tags zuvor war der Mann, der eben einen Mord gestanden hatte, jemand ganz anderes gewesen. «Ich kann es einfach nicht glauben», sagte sie.

«Ich auch nicht», erwiderte Shaw. «Wirklich nicht. Aber eins kann ich Ihnen sagen.»
«Was?»
«Er glaubt es.»

Am nächsten Morgen saß Ray Shaw hinter dem Lenkrad seines Mercedes auf dem Weg zur Arbeit, ohne sich von der Stelle zu bewegen. Er steckte mitten im Stau, umgeben von einem Hupkonzert. Gereizt holte er das Handy aus seiner Aktentasche, wählte eine Nummer, die er so gut kannte wie seine eigene.

Raymond C. Shaw war kein Mann, der andere um einen Gefallen bat. Nicht oft jedenfalls, und wenn es mal vorkam, erwartete er, dass ihm die Gefälligkeit erwiesen wurde, erst recht, wenn es sich bei dem potentiellen Gefälligkeitserweiser um jemanden handelte, mit dem er seit Jahren zweimal die Woche Squash spielte.

Charlie Dorgan war erstens sein bester Freund und zweitens Leiter des Materialtechnischen Labors an der Columbia University. Shaw hatte ihm das Implantat binnen einer Stunde nach der Entnahme aus McBrides Hippocampus zur Analyse zugeschickt.

Dass Dorgan sich noch nicht bei ihm gemeldet hatte, war nicht sonderlich überraschend. Der Physiker war ein viel beschäftigter Mann, der neben seinen Lehrverpflichtungen ein Labor leitete, das für etliche Privatfirmen und Behörden lukrative und komplizierte Aufträge erledigte. Daher war Shaw eigentlich nicht überrascht, dass er Dorgan auf die Füße treten musste. Aber was ihn wirklich erstaunte, war, dass sein Freund nicht einmal zurückrief.

Und das machte ihn stinksauer.

Charlie war ein alter Freund. Wenn er ihn um etwas bat, erwartete er eine prompte Reaktion.

Also rief er ihn erneut an. Diesmal zu Hause. Um sieben Uhr früh. «Rate mal, wer hier ist?»

Dorgan brummte nur etwas.

«Charlie, ich bin's –»

«Ich weiß.»

«Also?», fragte Shaw mit so viel Ironie in der Stimme, wie er zustande bringen konnte.

«Also was?»

«Ich rufe an wegen … wegen des Objekts, das ich dir geschickt habe.»

Dorgan reagierte mit langem Schweigen.

«Hallo?», sagte Shaw.

«Ich bin noch dran», erwiderte Dorgan.

«Schön, weil –»

«Ich kann wirklich nicht darüber reden, Ray.»

Shaw dachte, er hätte sich verhört. «Du kannst was nicht?»

«Ich sagte, ich kann nicht darüber reden. Wir beide sollten nicht darüber reden.»

«Ich traue meinen Ohren nicht», erwiderte Shaw. «Wovon re–»

«Hör zu – ich muss Schluss machen», unterbrach ihn Dorgan. «Ich bin spät dran. Ich melde mich später bei dir.» Und mit diesen Worten legte er auf, so dass sein Squashpartner nur noch ungehört in sein Handy schimpfen konnte.

Inzwischen kannte Adrienne die Namen der beiden Löwen: Geduld und Seelenstärke. Und sie wusste auch, wo sie einen Computer finden konnte, mit dem sie ins Internet kam. Als sie im Computerraum der Bibliothek vor einem Gerät saß, rief sie die Website von Nexis auf und gab die Benutzerkennung und das Passwort von Slough & Hawley ein. Sobald die Seite erschien, tippte sie in das Feld der Suchfunktion den Namen McBride ein, fügte dann San Francisco, 1996 und sicherheitshalber auch noch 1995 und 1997 hinzu.

Nach dreißig Sekunden baute sich auf dem Bildschirm eine Liste von Dokumenten auf. Insgesamt waren es 204, in denen jemand namens McBride in Zusammenhang mit San Francisco in den betreffenden Jahren erwähnt wurde. Aber die meisten waren banal und nichts sagend. PR-Mitteilungen über Manager, die zufällig McBride hießen und entweder befördert worden waren oder aus ihrem Unternehmen ausgeschieden waren. Fred McBride. Delano McBride. Ein halbes Dutzend Dokumente über die fünfundzwanzig besten High-School-Footballspiele sowie Artikel über einen alten Richter, einen bekannten Gastronomen und eine Restaurantkritikerin im Raum San Francisco Bay, die – wie alle anderen – ebenfalls McBride hieß. Und so weiter.

Aber keine amerikanische Zeitung, die in den letzten zehn Jahren erschienen war, berichtete über einen Mord oder einen Doppelmord, der von einem Mann namens Lew McBride – oder Soundso McBride – in den neunziger Jahren in San Francisco begangen worden war. Adrienne erweiterte die Suche, indem sie San Francisco durch Kalifornien ersetzte, und erhielt ein halbes Dutzend Treffer. Doch als sie sich die Dokumente genauer ansah, stellte sie fest, dass keines von ihnen von Belang war. Ein Mann namens McBride hatte 1996 einen Drugstorebesitzer mit einer Schrotflinte erschossen. Ein anderer McBride war angeklagt worden, weil er in betrunkenem Zustand einen Autounfall verursacht hatte, der zwei Menschenleben forderte (die Familie der Opfer wollte, dass er wegen Mordes angeklagt wurde, was ihm jedoch erspart blieb). Und so weiter.

Sie wollte schon ins Mayflower zurückkehren, Shaw anrufen und ihm sagen, dass Durans neueste Identität, wie die davor, eine Illusion war. Doch als Anwältin, die sich rühmte, gründlich zu arbeiten, ging sie die erste Liste noch einmal durch.

Was gar nicht so viel Aufwand war. Die Schnellsuchfunktion hob die Wörter, die sie interessierten, in den einzelnen Dokumenten hervor. Daher musste sie sie nicht alle lesen, nur überfliegen.

Und das tat sie, von 1997 an rückwärts, bis sie bei Artikel Nr. 138 ankam, der am 16. Juni 1996 im *San Francisco Examiner* erschienen war:

Flugzeug nach Absturz vermisst
Junger Forscher aus San Francisco tot?

Cap Haitien (Reuters): Lewis McBride, 26, wohnhaft in San Francisco, ist vermutlich beim Absturz eines Flugzeuges in den Bergen westlich von Cap Haitien ums Leben gekommen. Die Suche nach der vermissten Maschine wurde heute eingestellt.

McBride war der einzige Passagier einer gecharterten Cessna, die am Dienstagabend während eines Unwetters vom Radarschirm verschwand. Nach Angaben der Flugsicherheit von Port-au-Prince ging kein Notruf vom Piloten der Maschine ein.

Das Gebiet, in dem die Cessna vermutlich abstürzte, ist unbewohnter, gebirgiger Dschungel. Die Suche nach dem Flugzeug wurde durch anhaltend schlechtes Wetter erschwert.

McBride, Absolvent der Stanford University mit einem Doktorgrad in Psychologie, war im Rahmen eines Forschungsstipendiums in den letzten zwei Jahren viel auf Reisen. Professor Ian Hartwig von Stanford gab sein Entsetzen und seine Trauer über den «tragischen Tod dieses hervorragenden jungen Mannes» zum Ausdruck.

McBride hinterlässt keine Angehörigen.

Abbildung: Foto (McBride)

Adrienne lehnte sich zurück und dachte nach. War Duran wirklich McBride? Oder war auch das wieder nur eine gestohlene Identität? Vielleicht hatte er ja eine ganze Reihe von Identitäten, wie Matroschka-Puppen, die sich ineinander stecken lassen – und die aktuelle, Lewis McBride, war noch immer etliche Schichten von der innersten entfernt. Was hatte es mit diesem Mord an seiner Familie auf sich? In den Zeitungen stand nichts darüber – und der Reuters-Artikel schloss eindeutig aus, dass er je passiert war. Falls McBride jemanden ermordet hatte, wäre das in dem Artikel erwähnt worden – und der Stanford-Professor hätte ihn nicht als «hervorragenden jungen Mann» bezeichnet.

Abbildung: Foto (McBride)

Nexis bot nur Text, keine Bilder, aber wenn zu einem aufgeführten Artikel ein Foto abgedruckt worden war, dann wurde diese Information mitgeliefert. Abbildung: Foto (McBride). Den Artikel musste es auf Mikrofiche geben – und das Foto ebenfalls.

Als Charlie Dorgan zur Arbeit kam, wartete Ray Shaw schon auf der Couch im Sekretariat seines Büros. Dorgan senkte den Kopf, als er seinen alten Freund sah, nickte seiner Sekretärin zu und marschierte in sein Sanktuarium.

Shaw folgte ihm und schloss die Tür.

«Charlie –»

«Ich will nichts hören», sagte Dorgan und hob eine Hand, als wollte er einen Schwur ablegen. «Ich kann nicht darüber sprechen.»

«Was soll das heißen?»

«Das soll heißen, dass wir nicht darüber sprechen können. Das soll heißen, dass du keinen Bericht über das kleine Objekt erhalten wirst, das du mir geschickt hast – also hör auf zu fragen, sonst zerstörst du noch eine wunderbare Freundschaft.» Mit diesen Worten ließ der Physiker sich in den Drehsessel hinter seinem Schreibtisch fallen, drehte sich einmal im Kreis und blickte zur Decke.

Shaw machte eine hilflose Geste. «Ich verstehe gar nichts mehr.»

«Es ist geheim», sagte Dorgan.

«Was ist geheim?»

«Das Gerät. Es ist eine Neurophon-Prothese. Aus Bioglas.»

«Deshalb ist sie für das Immunsystem des Körpers unsichtbar.»

«Richtig.»

Jetzt setzte Ray Shaw sich hin. Er ließ sich auf die Armlehne eines Ledersessels sinken und dachte über die Worte des Physikers nach.

«Du hättest mir sagen sollen, wie brisant die Sache ist», sagte Dorgan vorwurfsvoll.

«Ich hatte doch keine Ahnung –»

«Ich hab das verdammte Ding jedem gezeigt, den es interessiert hat! Und Fred – du kennst Fred – der ist schon seit Ewigkeiten hier – Fred wirft einen Blick darauf und sagt: ‹Damit haben wir an der Uni herumexperimentiert.› Und ich sage, wann war das – in der Steinzeit? Und er lacht und sagt, ‹Genau – alle im Labor hatten eine eigene Lavalampe.› Sehr komisch. Also frage ich ihn: ‹Was ist das?› Und er sagt: ‹Tja, Charlie, das ist eine Neurophon-Prothese – und jetzt muss ich dich umlegen.› ‹Ha, ha›, sage ich. Und er guckt mich ganz komisch an. Ganz komisch!»

«Du nimmst mich auf den Arm.»

«Absolut nicht: Er guckt mich ganz komisch an und sagt: ‹Im Ernst, im Ernst – du dürftest das Ding gar nicht haben. Das war ein Regierungsprogramm. Streng geheim. Eins von den Programmen, die es nie gegeben hat. Ein experimentelles Programm.›»

Shaws Miene verfinsterte sich. «Das war kein Experiment», sagte er.

«Wie meinst du das?»

«Ich meine, ich hab das Ding einem Patienten entnommen.»

Dorgan schnappte mehrmals nach Luft. Als er wieder atmen konnte, fragte er: «Soll das ein Witz sein?»

«Nein.»

Der Physiker spitzte die Lippen und holte tief Luft. «Und plötzlich kriege ich Besuch.» Er hielt inne, um seine Worte zu unterstreichen.

«Von wem?», fragte Shaw.

«Von wem? Was meinst du wohl? Von zwei Typen in Trenchcoats und mit dunkler Brille.»

Shaw lachte.

«Nein, im Ernst», sagte Dorgan. «Wie einem Agentenfilm entsprungen. Lange Trenchcoats und ohne den geringsten Sinn für Humor.»

«Haben die gesagt, für wen sie arbeiten?»

«Ja, stell dir vor, das haben sie. Sie sagten, sie wären beim Pentagon», erwiderte Dorgan, «bloß, mir fällt auf, dass auf ihren Visitenkarten die Vorwahl 301 stand.»

«Was bedeutet …?»

Dorgan zuckte die Achseln. «National Security Agency, also Militärischer Abschirmdienst.»

Shaw runzelte die Stirn. «Und was war der Zweck des Besuches?»

«Sie wollten wissen, wie ich in den Besitz des Gerätes gekommen bin.»

«Und du hast es ihnen erzählt?», fragte Shaw, das Gesicht eine Maske der Enttäuschung.

«Natürlich habe ich es ihnen gesagt! Was hätte ich denn machen sollen, Ray? Die haben mir einen Heidenschiss eingejagt.»

«Und jetzt?»

Dorgan zögerte. Schließlich sagte er: «Ich weiß nicht. Vielleicht stellst du dich darauf ein, dass du auch bald Besuch kriegst.»

32

Sie saß seit zwanzig Minuten im Vorzimmer, als die Tür zu Shaws Büro aufging und zwei finster dreinblickende Männer in Trenchcoats herauskamen. Sie durchquerten den Raum und gingen ohne ein Wort hinaus, während Shaw mit besorgtem Blick in der offenen Tür stehen blieb.

Adrienne warf den *New Yorker* auf den Tisch neben der Couch, stand auf und räusperte sich.

Der Psychiater wandte sich ihr gedankenverloren zu. Einen Moment lang schien es, als würde er sie nicht erkennen. Dann riss er sich aus seiner Geistesabwesenheit und rief: «Adrienne. Meine Güte, kommen Sie herein.»

Sie folgte ihm in sein Büro und nahm vor dem Schreibtisch Platz. «Ist irgendwas nicht in Ordnung?», fragte sie.

Der Psychiater sah besorgt und verwirrt zugleich aus. «Ich darf diesen Besuch nicht erwähnen», sagte er.

«Welchen Besuch?»

«Von den Männern, die eben hier waren.»

«Oh», sagte sie, unsicher, was er meinte.

Shaw sah ihr ernst in die Augen. «Sie haben mir nicht alles erzählt, nicht wahr? Über unseren Freund.»

Sie rutschte unbehaglich auf ihrem Stuhl hin und her. «Nein», gestand sie. «Nicht alles.»

«Weil es jetzt … na ja, Ärger gibt.»

Sie war plötzlich bekümmert bei dem Gedanken, dass sie diesen freundlichen und großzügigen Mann in das Chaos ihrer Probleme mit hineingezogen hatte. Und in Durans. McBrides. Nikkis. «Ich dachte, je weniger Sie wissen …»

«Die Männer wollten seine Krankenakte haben. Ich hab sie ihnen nicht gegeben.»

Adrienne dachte darüber nach. «Und wer sind die?»

Der Psychiater schüttelte den Kopf. «Sie haben gesagt, sie sind bei einer Regierungsbehörde.»

«Was für eine Behörde?»

«Das haben sie nicht gesagt.»

Adrienne verzog das Gesicht. «Na, wenn sie seine Krankenakte haben wollen, könnten sie sich einen Gerichtsbeschluss besorgen –»

Dr. Shaw schüttelte den Kopf und lächelte traurig. «Ich denke nicht, dass die so arbeiten. Sie waren überaus nachdrücklich.»

«Oh.»

Der Psychiater verdrängte die Männer so gut er konnte aus seinen Gedanken. «Sie wollten doch Mr. McBrides Geschichte unter die Lupe nehmen. Haben Sie was herausgefunden?»

Adrienne war erleichtert über die Wendung, die das Gespräch nahm, auch wenn sie nicht das Thema wechselten. «Und ob!», sagte sie vehement. «Zunächst einmal ist er genau der, der er behauptet zu sein – nur dass er eigentlich tot ist.»

«Was?»

«Und er ist nicht verheiratet. Keine Frau, kein Kind. Keinerlei Anklagen wegen Mordes oder sonst was. Nichts von all dem ist passiert.» Sie nahm eine Kopie des Artikels über den Flugzeugabsturz aus ihrer Handtasche und schob sie über den Schreibtisch. «Auf dem Foto hat er längere Haare, aber… man erkennt ihn genau.»

Shaw setzte seine Lesebrille auf, betrachtete das Foto, nickte und sah dann noch genauer hin. «Wieso sind Sie so sicher –»

«Ich habe mir im Internet jeden Artikel angesehen, in dem der Name McBride und San Francisco vorkommen – von 1995 bis 1997. Es waren Hunderte und ich habe nichts gefunden, das auch nur annähernd das Märchen bestätigt, das er Ihnen erzählt hat. Und wenn mir was entgangen ist, irgendwie – was nicht der Fall ist –, dann wäre der Mord bestimmt in dem Artikel über den Flugzeugabsturz erwähnt worden – falls der überhaupt passiert ist.»

Shaw lehnte sich zurück, blickte nachdenklich an die Decke. «Und wenn er unverheiratet mit seiner Freundin zusammengelebt hat? Und das Kind den Nachnamen der Mutter hatte? Und wenn er nicht verdächtigt wurde, die Morde begangen zu haben…?»

«Doc. Bitte. Sie spekulieren ins Blaue hinein.»
Der Psychiater dachte darüber nach. «Ja, wahrscheinlich.»

Sie vereinbarten, sich am nächsten Morgen in der Klinik zu treffen. Bis dahin, so sagte Shaw, würde er das Pflegepersonal anweisen, McBride unter Aufsicht zu halten, ihm aber keine weiteren Beruhigungsmittel zu verabreichen.

Sobald Adrienne wieder im Mayflower war, zog sie sich ihre Laufschuhe an, schob einen Zehn-Dollar-Schein in den rechten Schuh und fuhr mit dem Lift in die Lobby. Jemand war dabei, die Thanksgiving-Dekoration abzunehmen. Der Pförtner, der sich die behandschuhten Hände rieb, schüttelte bewundernd den Kopf, als sie hinaus in die klirrende Kälte trat. «Wenn ich in einer Stunde nicht zurück bin», sagte sie zu ihm, «schicken sie mir einen Bernhardiner hinterher.»

Über ihr rahmten die kahlen Äste alter Eichen und Platanen den Himmel ein. Pferdemist lag auf den weichen Reitwegen. Und dann kam ein langer Hügel, der zu einem dunklen Teich an der Südseite von Harlem führte. Jugendliche – Internatsschüler ohne Krawatte – standen grüppchenweise zusammen und rauchten, lachend und verschwörerisch. Auf dem Straßenpflaster das Surren von Inline-Skates. In der Ferne das Plopp-Plopp von Tennisbällen. Dann das «Reservoir», umgeben von Maschendrahtzaun, dahinter die untergehende Sonne. Licht flackerte durch den Zaun, während Adrienne an ihm entlanglief und über McBride nachdachte.

Wie konnte man sich eine Familie einbilden, überlegte sie, sich so perfekt eine Familie einbilden, dass man selbstmordgefährdet wurde, weil man glaubte, Frau und Kind ermordet zu haben? Und warum jetzt – warum erinnerte McBride sich an eine eingebildete und böse Vergangenheit, nachdem das Implantat entfernt worden war?

Es ergab keinen Sinn. Es sei denn natürlich, dass es gerade darum ging: dass «Duran» Selbstmord begehen sollte, falls und wenn das Implantat jemals entfernt werden würde, falls und wenn er seine Erinnerung jemals wieder finden würde. Seine wahre Erinnerung.

Und jetzt die Männer im Trenchcoat…

Am nächsten Morgen war Adrienne fast eine halbe Stunde zu früh in der Klinik, erfrischt nach einem langen und traumlosen Schlaf. Sie hatte gehofft, McBride sprechen zu können, bevor Shaw eintraf, aber die Krankenschwester am Empfang ließ sie abblitzen. «In der geschlossenen Abteilung sind Besuche nicht erlaubt. Tut mir Leid, aber wir können da keine Ausnahmen machen.»

Zur Verärgerung der Schwester bestand Adrienne darauf, zu warten.

Es war zehn Uhr, als Dr. Shaw aus dem Aufzug trat, mit düsterer und entschlossener Miene. Er schnauzte die Stationsschwester an, weil sie protestierte, als Adrienne ihm durch die dicken Türen in die geschlossene Abteilung folgte. In der Nähe flackerten auf Monitoren die Bilder von einem Dutzend kleiner weißer Räume, in denen jeweils eine einzige Person war, die sich kaum bewegte.

«Sie kennen doch die Vorschriften, Doctor –»

«Stimmt», erwiderte Shaw. «Und wenn wir es nicht so eilig hätten, würde ich den Patienten in ein anderes Zimmer bringen lassen – aber dafür haben wir keine Zeit.»

Nein?, dachte Adrienne.

«Gut, wenn Sie gegen die Vorschriften verstoßen», sagte die Stationsschwester, «dann muss ich –»

«Schreiben Sie von mir aus Ihren Bericht», entgegnete Shaw und eilte davon. «Ich werde den Patienten ohnehin bald entlassen.»

«Entlassen? Mr. McBride ist wirklich nicht in der Verfassung –»

Aber Shaw hörte nicht mehr zu. Er ging mit so schnellen Schritten, dass Adrienne kaum mitkam.

Alle Räume auf der Station hatten große Fenster zum Korridor. In die Fensterscheiben war feinmaschiger Draht eingebettet.

Shaw öffnete eine der Türen und trat ein.

Es gab in dem Raum einen Einbauschrank mit Schubladen an einer Wand und ein Bett an der anderen. An die Wand dem Bett gegenüber war ein Fernseher montiert, und an der Decke war eine Videokamera befestigt. Ein kleines Klo in der Ecke. Das war alles.

McBride lag im Bett, den Kopf auf zwei Kissen gestützt, und sah sich eine Fernsehserie an. Er hatte sich nicht bewegt, als sie den Raum betraten, und jetzt sah Adrienne, dass er es nicht konnte: Seine Handgelenke waren am Bett festgeschnallt.

Adrienne war entsetzt. «Machen Sie diese Dinger ab!», forderte sie und trat rasch an McBrides Seite.

«Gleich», versprach Shaw, der ihre Hand sachte von einem von McBrides festgeschnallten Handgelenken nahm. Er trat näher und legte McBride eine Hand auf die Schulter. «Lewis», sagte er, «hören Sie genau zu, was ich jetzt sage.»

Keine Reaktion.

«Es ist wichtig», beharrte der Psychiater, «und ich fürchte, wir haben nicht viel Zeit.»

Keine Reaktion von McBride – der aussah, als wäre er um zehn Jahre gealtert, seit Adrienne ihn zuletzt gesehen hatte, Jahre, in denen er die Hölle durchgemacht hatte. Er sah mitgenommen aus, und seine Wangen waren mit Stoppeln bedeckt. Tief liegende Augen, die ihrem Blick auswichen.

Frustriert schaltete Adrienne den Fernseher aus.

McBride wandte ihr den Kopf zu. «Danke», sagte er, «ich mag diese blöde Serie nicht.»

Adrienne kicherte, froh, eine Reaktion – irgendeine Reaktion – von ihm zu bekommen.

«Hören Sie mir zu, Lewis», verlangte Shaw.

Der Patient schüttelte den Kopf, schloss die Augen. «Lassen Sie mich in Ruhe, Doc.» Seine Stimme klang hart wie Stein.

«Ich entlasse Sie», sagte der Psychiater.

Es dauerte einen Moment, bis die Worte die Dämmschicht durchdrangen, in die McBride seine Aufnahmefähigkeit eingepackt hatte. Dann öffnete er blinzelnd die Augen und warf Shaw einen Seitenblick zu.

«Aber Sie müssen jetzt gut aufpassen», sagte Shaw zu ihm.

McBride blickte interessiert.

Der Psychiater räusperte sich.

«Du hast es nicht getan!», entfuhr es Adrienne. «Du hast niemanden umgebracht.»

«Lassen Sie mich das machen», sagte Shaw mit Nachdruck.

Adrienne legte McBride eine Hand auf die Wange, drehte seinen Kopf zu sich und sah ihm in die Augen. «Nein – ich habe die Zeitungen durchgesehen. Und es ist alles Lüge. Da war nichts! Kein Mord, keine Polizei –»

McBride schüttelte den Kopf. «Ich weiß, was passiert ist, Adrienne. Ich weiß, was ich getan habe.»

«Aber du irrst dich. Du warst nicht mal verheiratet. Es gab kein Kind!» Sie stockte. Sollte sie ihm sagen, dass er angeblich tot war? «Es ist wie bei Nikki», sagte sie. «Man hat dir auch so eine Erinnerung eingetrichtert –»

«Wer hat das getan?»

Seine Frage verblüffte sie.

«Wer hat das getan?», wiederholte er.

Sie wusste nicht, was sie sagen sollte. Blickte Hilfe suchend Shaw an. Vergeblich. Zuckte die Achseln. «Ich weiß es nicht», gab sie zu. «Irgendwer.»

McBride schaute weg. «Ich kann ihn spüren», sagte er zu ihnen. «Ich kann den Baseballschläger in meinen Händen spüren ...»

«Lew», setzte Shaw an.

McBride wandte sich wieder an Adrienne. «Also, du willst damit sagen, dass ich bloß die Leinwand für den Projektor von jemand anderem bin.»

Adrienne dachte über die Metapher nach und sagte achselzuckend: «Stimmt.»

McBride wandte den Blick dem Psychiater zu. «Okay, mal angenommen, ihr habt Recht. Was soll das Ganze dann? Warum sollte jemand wollen, dass ich glaube, ich hätte Frau und Kind getötet?» Als Shaw die Stirn runzelte, sagte McBride unwirsch zu Adrienne: «Was soll das Ganze?»

Die Frage hing in der Luft, schwebte durch die unheilvolle Stille des leeren und sterilen Raumes. Es war eine gute Frage, eine schwierige Frage, und einen Augenblick lang rang Adrienne verzweifelt um eine Antwort. Dann fand sie die Antwort, und sie war ganz einfach. Sie räusperte sich. «Damit du dich umbringst», sagte sie. «Wie Nikki.»

Sobald McBride losgeschnallt und die Ausschnitte aus dem *Examiner* gesehen hatte, sagte Shaw zu ihm: «Ich möchte Sie ihn Trance versetzen.»

«Nein danke, Doc. Mir reicht's.»

«Es geht nicht anders», sagte Shaw. «Ich kann Sie nur entlassen, wenn ich sicher bin, dass Sie keine posthypnotischen Suggestionen mehr haben – wo immer die auch herkommen.»

McBride grübelte darüber nach, mit einem trotzigen Blick in den Augen.

«Ich will ehrlich zu Ihnen sein», fuhr Shaw fort. «Nach dem, was Sie durchgemacht haben, wird es lange dauern, bis Sie wieder auf dem Damm sind. Unter anderen Umständen würde ich Ihnen eine gründliche Therapie empfehlen.» Er hielt inne und seufzte. «Aber der Luxus ist uns nicht vergönnt. Wie Adrienne Ihnen bestätigen kann, hatte ich Besuch von Mitarbeitern einer Regierungsbehörde. Sie sagen, sie haben ‹berechtigte Ansprüche› in dieser Angelegenheit. Mag sein. Ich weiß es nicht. Ich weiß allerdings, dass ihnen Ihr Wohl nicht unbedingt am Herzen liegt. Ja, ich hatte den deutlichen Eindruck, dass sie sich nicht im Geringsten um Sie scheren.»

McBride dachte darüber nach. Schließlich fragte er: «Und Sie glauben, man hat mir posthypnotische Suggestionen verpasst?»

«Absolut! Deshalb hatte ich so große Probleme, zu Ihnen durchzudringen. Immer, wenn Sie sich Ihrer Vergangenheit näherten – Ihrer richtigen Vergangenheit –, hat sich dieses brutale Phantasieprodukt, dieses Syndrom gezeigt. Und das haben Sie dann gespürt und haben psychologisch Panik bekommen. Kampf oder Flucht. Es ist genial. Die haben falsche Erinnerungen erzeugt, die so schlimm waren, dass sie bei Ihnen praktisch eine eingebaute Aversion gegen Ihr wahres Ich ausgelöst haben.»

Obwohl er nicht mehr festgeschnallt war, blieb McBride, wo er war, im Sumpf der Depression. «Vielleicht haben Sie Recht», sagte er mit skeptischem Unterton. «Aber wäre es nicht wahrscheinlicher, dass ich einfach ungeschoren davon gekommen bin?»

«Nein», brach es aus Adrienne heraus, mit vor Wut bebender Stimme. «Das ist nicht wahrscheinlicher! Du weißt, dass irgendwer in deiner Psyche herumgepfuscht hat. Wach endlich auf! Du hast Eddie nicht umgebracht, du hast das Haus nicht in die Luft gejagt, du hast meine Wohnung nicht verwüstet –»

«Wer ist Eddie?», fragte Shaw mit alarmierter Stimme.

Adrienne ging nicht auf ihn ein. «Und du bist nicht derjenige, der versucht, mich umzubringen.»

«Um Gottes willen –», stammelte Shaw.

«Auf eine ‹wahrscheinlichere› Erklärung zu setzen ist doch wohl blödsinnig, findest du nicht?», sagte sie. Dann schlang sie die Arme um sich, wandte sich ab und ging zur anderen Seite des Raumes.

«Wer ist Eddie?», fragte Shaw.

«Es ist besser, Sie wissen es nicht», erwiderte Adrienne, mit dem Rücken zum Psychiater. Plötzlich kam ihr ein Gedanke. «Moment mal», sagte sie und drehte sich zu ihm um. «Ich dachte, Hypnose wäre etwas Gutes. Und es wäre unmöglich, Menschen unter Hypnose dazu zu bringen, etwas Schädliches zu tun. Ich hab gehört, man könnte niemanden dazu bringen, jemandem etwas Schlimmes anzutun – geschweige denn, sich selbst umzubringen.»

«Das ist ein Mythos», sagte Shaw. «PR von der Hypnosebranche.» Er deutete auf McBride. «Lewis kann Ihnen ein Lied davon singen. Es ist sein Spezialgebiet.»

«Was meinen Sie damit, es ist ein Mythos?», fragte Adrienne.

Shaw warf einen Blick auf die Uhr, fuhr sich dann mit der Hand durchs Haar. «Es ist alles eine Frage des Kontextes», erklärte er.

«Was für ein Kontext?», fragte Adrienne.

«Na, zum Beispiel: Wenn der Patient glaubt, er befindet sich in einem Krieg und der Krieg sei ein gerechter, dann könnte er wahrscheinlich dazu gebracht werden, jemanden zu töten, den er für den Feind hält, weil der Hypnotiseur es ihm gesagt hat. Oder wenn er überzeugt wird, dass jemand ihn töten will und dass er in Notwehr handelt –»

«Verstehe», sagte Adrienne, «aber das ist doch reine Theorie.»

«Ganz und gar nicht», erwiderte Shaw. An McBride gewandt, fragte er: «Gab es da nicht mal einen Fall? In Dänemark?»

«Palle Hardrup», antwortete McBride. «Bankraub – in den fünfziger Jahren – ein Wachmann wurde getötet.» Adrienne fiel auf, dass McBride mittlerweile hellwach war, die Diskussion hatte ihn aus seiner Teilnahmslosigkeit gerissen.

«Richtig!», sagte Shaw mit einem anerkennenden Lächeln. «Sie haben ein ausgezeichnetes Gedächtnis.»

Es dauerte eine Sekunde, doch dann lächelten sie alle. Adrienne blickte von einem zum anderen: «Und dieser Hardrup hat eine Bank ausgeraubt?»

«Ja», bestätigte McBride. «Und dabei einen Wachmann erschossen. Was die Polizei sehr rätselhaft fand, da er das Geld eigentlich nicht brauchte und auch kein gewalttätiger Typ war. Er war eigentlich recht durchschnittlich. Ein rechtschaffener Bürger. Die Frage war also, warum hatte er es getan?» McBride blickte Shaw an, der ihn mit einem Nicken aufforderte fortzufahren. «Es passte absolut nicht zu ihm. Doch dann fand man heraus, dass er von seinem Therapeuten hypnotisiert worden war – und dass der Therapeut ihm befohlen hatte, die Bank zu überfallen und den Wachmann zu erschießen.»

«Und das hat der Richter geschluckt?», fragte Adrienne, mit der skeptischen Stimme einer guten Anwältin.

«Ja. Weil der Therapeut ein Geständnis ablegte. Er gab zu, dass er mit diesem Verbrechen seine Fähigkeiten hatte testen wollen.»

«Mhm», sagte Adrienne, unsicher, ob sie die Geschichte glauben sollte.

«Der Fall ist sehr bekannt geworden», sagte Shaw zu ihr, «und im Manson-Prozess zur Sprache gekommen.»

«Wieso?»

«Weil der Therapeut nicht am Tatort war, als das Verbrechen begangen wurde – und trotzdem stand der Täter offensichtlich unter dessen Einfluss und Kontrolle.»

«Und wie hat er das gemacht?», fragte Adrienne. «Der Therapeut?»

«Erinnern Sie sich, Lew?», fragte Shaw.

McBride nickte. «Er hat eine Persona geschaffen, eine übernatürliche Persona, die er ‹X› genannt hat. ‹X› war wie Gott. Und ‹X› hat Hardrup gesagt, was er tun soll.»

«Und er hat es getan?», fragte Adrienne. «Er hat den Mann erschossen?»

«Natürlich», erwiderte Shaw. «Er war ein sehr religiöser Mensch.»

Adrienne dachte darüber nach. «Und das haben Sie mit ‹Kontext› gemeint», sagte sie.

«Genau. Hardrup war somit ein Instrument göttlichen Willens.»

«Und Sie meinen, das würde auch bei Selbstmord funktionieren?»

«Wieso nicht?», antwortete Shaw. «Andauernd begehen Leute Selbstmord. Unter den richtigen Umständen – im geeigneten Kontext – kann Selbstmord durchaus etwas Ehrenhaftes und sogar Vernünftiges sein.» Er sah auf seine Uhr und wandte sich an McBride. «Sind Sie bereit?»

McBride wirkte unsicher.

«Wir haben wirklich nicht viel Zeit.»

McBride sah Adrienne an und seufzte. «Also gut.»

Shaw lächelte und sagte zu Adrienne: «Würden Sie wohl in der Cafeteria warten… ich muss hier noch eine Teufelsaustreibung vornehmen.»

Sie saß in der Cafeteria und quälte sich durch den Wirtschaftsteil der *Times*, als Shaw, fast eine Stunde nachdem sie ihn mit McBride allein gelassen hatte, hereinkam und sich mal hierhin, mal dorthin grüßend ihrem Tisch näherte.

«Wo ist Lew?», fragte sie, als er ihr gegenüber Platz nahm.

«Formalitäten erledigen», erwiderte Shaw. «Ich hab die Entlassung unterschrieben, aber... da gibt's noch Papierkram.» Er hielt inne und fuhr dann fort: «Apropos, das hier ist für Sie.» Er schob eine Akte über den Tisch.

«Was ist das?», fragte sie.

«Seine Krankenakte.» Eine weitere Pause, und dann erklärte er: «Wenn ich sie nicht habe, kann sie mir auch keiner wegnehmen.»

Adrienne runzelte die Stirn. «Ich weiß nicht, ob es wirklich so gut ist, ihn zu entlassen», sagte sie. «Ich meine, wie können Sie wissen, dass alles mit ihm in Ordnung ist? Was, wenn –»

«Hören Sie», sagte der Psychiater, «die Sache ist so: Ich glaube, dass jetzt alles mit ihm in Ordnung ist. Wirklich.» Er versuchte zu lächeln, aber es gelang ihm nicht ganz. «Es gibt keinen Grund, ihn hier zu behalten. Und so interessant dieser Fall auch ist... nun – ich muss die Sache abschließen.» Er blickte einen Moment lang auf seine Fingerspitzen. «Sie können sich das vielleicht nicht vorstellen, aber ich kriege richtig Druck über ‹entsprechende Kanäle›...» Er zuckte die Achseln. «Das verstehen Sie doch sicher. Ich arbeite hier nicht unabhängig. Weiß Gott nicht.» Er versuchte ein Lächeln. Ohne Erfolg.

Was Shaw da sagte, ergab durchaus Sinn, aber an der Art, wie er es sagte, stimmte etwas nicht. Er wollte, dass sie sagte, sie würde es verstehen, aber ihr war nicht danach.

«Sie steigen also aus», sagte sie.

Der Psychiater zuckte zusammen. «Nein. Ach kommen Sie schon. Ich habe auch noch andere Verpflichtungen, das wissen Sie doch.» Er blickte zur Decke hoch, ließ die Luft zwischen seinen Lippen entweichen.

Adrienne rang sich ein Lächeln ab. «Ich weiß, ich bin nicht fair», sagte sie. «Sie waren phantastisch. Aber... ich weiß einfach nicht... was ich jetzt machen soll.» Sie strich sich die Haare aus der Stirn.

«Ich hab einen Namen für Sie», sagte Shaw, klopfte seine Taschen ab, fand, was er suchte, zog einen Post-it-Zettel aus seinem Hemd und reichte ihn ihr.

Adrienne sah, dass Shaw einen Namen darauf gekritzelt hatte: «Sidney Shapiro...» Sie blickte auf. «Wer ist das?»

Shaw überlegte. «Ein Mann, der sich mit solchen Dingen auskennt.»

«Was? Sie meinen – Erinnerungen?»

Ein seltsamer Blick huschte über Shaws Gesicht. «Nein. Ich meine das mit Ihrer Schwester – und Lewis.»

Sie verstand noch immer nicht. «Er weiß, was man mit ihnen gemacht hat?»

Shaw schüttelte den Kopf und erhob sich. «Er kennt sich mit Implantaten aus», sagte er. «Ihre verschiedenen Verwendungsmöglichkeiten und welcher Missbrauch mit ihnen betrieben wird. Er weiß mehr darüber als sonst jemand auf der Welt.» Der Psychiater stockte einen Moment, als wäre ihm etwas eingefallen. «Vielleicht aber auch nicht.»

Adrienne betrachtete den Namen auf dem Zettel. «Aber wer ist der Mann?»

Shaw dachte nach. «Er ist ein ... pensionierter Staatsbeamter.» Dann lachte er leise. Wehmütig.

«Und Sie glauben, er wird sich mit uns unterhalten?»

Shaw schüttelte den Kopf. «Ich weiß nicht. Wenn Sie ihm die Akte zeigen, vielleicht.»

«Okay, aber ... haben Sie seine Telefonnummer?»

Der Psychiater schüttelte zum zweiten Mal den Kopf. «Er lebt in West Virginia, in der Nähe von Harper's Ferry. Ich vermute, er steht im Telefonbuch.»

«Alles klar», sagte Adrienne. «Sidney Shapiro. Wir versuchen es.» Sie stand auf und streckte ihm die Hand hin.

Er nahm sie, legte dann seine andere Hand darauf. «Wenn er fragt, woher Sie seinen Namen haben ...»

«Was soll ich ihm dann sagen?»

Der nette Psychiater lächelte verkrampft. «Tja, erwähnen Sie mich nicht. Sagen Sie ihm einfach, Sie hätten in einer Fernsehdokumentation von ihm gehört.»

«Was für eine?»

«Ich glaube, es ging um Bewusstseinssteuerung.»

McBride wartete in der Eingangshalle auf sie, und es war offensichtlich, dass die beiden Männer sich bereits voneinander verabschiedet hatten, weil Shaw ihm nur kurz zuwinkte und dann den Flur hinunter davoneilte.

Vielleicht bildete sie es sich nur ein, aber Lew McBride wirkte irgendwie anders. Er sah größer aus, sportlicher und entspannter. Er lächelte sie an, als sie auf ihn zuging, und das Lächeln war auch anders – weniger vorsichtig. Glücklicher. Und da war etwas in seinem Blick. Vielleicht ging es ihm ja wirklich wieder gut, dachte sie.

«Darf ich dich zum Essen einladen?», fragte er. «Wir können über unsere Zukunft sprechen.»

Sie gingen hinaus in den kalten und sonnigen Tag.

Sie musste die Frage stellen: «Hast du Geld? Ich bin so gut wie blank.»

«Ich habe wirklich was», sagte er. «Die Klinik hat mir ein bisschen Geld gegeben. Offiziell bin ich Teil eines Forschungsprojektes. Musste einen Haufen Papiere unterschreiben. Ich glaube, Ray Shaw hat durchblicken lassen, ich könnte vor Gericht gehen.» Die Bürgersteige waren voller zielstrebiger Menschen. Er nahm ihren Arm, als sie sich dem Straßenrand näherten, und hielt ihn fest, während sie die Kreuzung überquerten. «Zumal ich bekanntlich ständig mit meiner Anwältin zusammen bin.»

«Deiner arbeitslosen Anwältin», berichtigte sie.

«Wir sind beide arbeitslos», sagte er. «Das haben wir gemein.»

Sie blickte ihn an. Er war wirklich anders. Die Unterhaltung mit ihm verlief ganz anders als sonst. Vielleicht konnte man nicht herumalbern, dachte sie, vielleicht konnte man nicht ironisch sein – wenn man nicht wusste, wer man war.

«Also, wo gehen wir hin?»

«Am Needle Park ist ein Piña-Colada-Stand.»

«Hört sich gut an», sagte sie. «Das Hotel ist nur ein paar Querstraßen entfernt.»

«Da kriegt man auch Hotdogs. Richtig gute, schön knusprig.»

«Gegrillt, nicht gekocht!»

«Genau! Und echten Senf – nicht dieses laffe Zeugs.»

«Du scheinst dich ja gut in New York auszukennen.»

Er zuckte die Achseln. «Ich weiß, wo es gute Hotdogs gibt.»

Sie gingen weiter und hielten nach einem Taxi Ausschau. Nach einer Weile sagte sie: «In einem hast du Recht.»

«Das wäre?»

«Ich weiß nicht, ob die Klinik Fracksausen hatte, aber Shaw ganz bestimmt.»

«Ja, den Eindruck hatte ich auch. Wahrscheinlich hat er Druck von seiner Abteilung gekriegt. Er ist ja ein ziemliches Risiko eingegangen.»

«Ich weiß. Wenn du aus dem Fenster gesprungen wärst...» Ihre Stimme verlor sich und sie kam sich idiotisch vor, dass sie von Selbstmord angefangen hatte. Schließlich war der Mann neben ihr noch kurz zuvor in einer geschlossenen Abteilung an einem Bett festgeschnallt gewesen.

«Das ist übrigens vorbei», sagte er. «Auch das mit dem Baseballschläger und dem Blut. Es ist so weit weg, dass ich kaum glauben kann, jemals davon überzeugt gewesen zu sein. So überzeugt, dass ich genau wusste, wie es ist, jemanden ...» Er schüttelte den Kopf.

«Aber du warst es», sagte sie.

«Was?»

«Davon überzeugt.»

Sie kamen wieder an eine Kreuzung. Er nahm erneut ihren Arm, hielt sie zurück, als ein Lieferwagen die rote Ampel überfuhr. «Ja», gab er zu. «Und eins ist sicher.»

Sie traten auf die Straße. Er ließ ihren Arm nicht los. «Und was?», fragte sie.

«Ich werde herausfinden, wer mir diese Überzeugung eingeimpft hat.»

33

Sie suchte gerade in McBrides Krankenakte nach dem Post-it-Zettel mit dem Namen des Mannes in West Virginia, den Shaw für sie aufgeschrieben hatte, als das Foto zu Boden fiel. McBride war in der Kochnische und leerte eine Dose Linsensuppe in einen Topf, als Adrienne in die Hocke ging, um das Foto aufzuheben – und plötzlich innehielt.

Es war ein Polaroidfoto von ... was? Sie nahm das Foto vom Boden auf, legte es auf den Schreibtisch und betrachtete es nachdenklich. Irgendein ... Ding. Sie konnte nicht mal erkennen, was es war, und doch hatte sie es schon einmal gesehen. Wo? Es dauerte einen Moment – dann fiel es ihr ein. Sie hatte es auf dem Fußboden in ihrer Wohnung gesehen, in dem Chaos, das irgendwer dort angerichtet hatte. Es lag in Nikkis ausgekippter Asche, dieses kleine, durchsichtige Objekt. Sie hatte es für einen Fremdkörper gehalten, der irgendwie bei der Einäscherung in die Asche geraten war. Und doch hatte Dr. Shaw ein Foto davon gemacht. Wie?

Sie drehte das Foto um und sah auf der Rückseite eine handschriftliche Notiz unter dem Datumsstempel:

Objekt, 64 mm x 6 mm,
entnommen dem Hippocampus
von J. Duran
gez./ Dr. N. Allalin

Ihre Brust schien enger zu werden, als sie begriff, dass das nicht der Gegenstand war, den sie in ihrer Wohnung gefunden hatte. Aber es war das gleiche Ding – ein halb durchsichtiges Röhrchen, durchzogen mit goldenen und silbernen Drähten. Unterschiedlich, aber gleich.

Ein Implantat.

Was bedeutete, dass das, was man mit Lew McBride gemacht hatte, auch mit ihrer Schwester gemacht worden war. Der Druck in ihrer Brust entlud sich, verwandelte sich in Wut, dann in Verzweiflung.

«Oh Gott!», rief sie.

McBride, der die Suppe umrührte, blickte auf. «Was ist denn?»

Sie schüttelte bloß den Kopf, tränenüberströmt.

Als er ihre Verzweiflung bemerkte, eilte er zu ihr. Und sah, dass sie auf das Foto des Implantats blickte. «He», sagte er und drückte ihr die Schulter, «ganz ruhig. Es ist vorbei. Das Ding ist raus.»

«Es liegt auf dem Fußboden in meiner Wohnung!»

Ihr Ausbruch traf ihn völlig unvorbereitet. «Was?»

«Eins von diesen Dingern! In Nikkis Asche – genau so eins!»

Er wollte sie schon fragen, wie es dahin gekommen war, konnte sich aber gerade noch bremsen.

«Es war in der Urne vom Bestattungsinstitut», sagte sie und fuhr sich mit einem Ärmel über die Augen. Dann lachte sie leise durch ihre Tränen. «Dieser ganze … Schwachsinn!»

«Was für Schwachsinn?»

«Das mit den Riedles. Und Nikkis Überdosis! Und dem Geld, das sie ihr gegeben haben. Deshalb hat Eddie nichts rausfinden können. Nichts von alledem ist passiert. Das Ganze war eine Lüge – genau wie bei dir.» Plötzlich verspürte sie den Drang, jemanden umzubringen. Vor allem die Person, die aus ihrer Schwester den Roboter gemacht hatte, den sie im Nine West Store wiedergetroffen hatte, die junge Frau, die sich in der Badewanne mit Stromschlag selbst getötet hatte. Schluss mit Trauerarbeit. «Ich reiß diesen Drecksack in Stücke, der das getan hat», fluchte sie.

McBride nickte, zuckte die Achseln und ging zurück in die Kochnische. «Da musst du dich aber hinten anstellen», sagte er.

Wie Dr. Shaw vermutet hatte, stand Sidney Shapiro im Telefonbuch von Jefferson County. Adrienne saß im Schneidersitz auf dem Bett, trank ein Bier und nahm all ihren Mut zusammen, um ihn anzurufen. Zumindest versuchte sie es. Anrufe ins Blaue hinein waren nicht ihre Stärke. Noch nie. «Vielleicht solltest du ihn anrufen», rief sie.

«Mist… verdammter!» Der Fluch entfuhr McBride durch zusammengebissene Zähne, weil er sich am Griff eines billigen Aluminiumtopfes verbrannt hatte. Adrienne sah zu, wie er einen Ärmel, den er über die Hand gezogen hatte, als Topflappen benutzte. «Finde ich nicht», erwiderte er.

Er kam mit dem Topf ins Zimmer und goss die Suppe in zwei weiße Schalen. Die Rose, die er für sie gekauft hatte, stand in einer leeren Coladose.

«Ich denke, wir sollten den Typen zu Hause überraschen», sagte er zu ihr. Er deutete auf den Tisch. «Essen ist fertig.»

Sie sprang vom Bett und kam mit nackten Füßen zum Tisch. «Du meinst, einfach hinfahren? Warum nicht vorher anrufen?»

«Das wäre bestimmt höflicher, aber… was willst du ihm erzählen? Dass wir mit ihm über Bewusstseinssteuerung reden wollen? Das funktioniert nicht. Ich meine, wir sollten direkt hinfahren.»

Sie zuckte die Achseln. «Vielleicht.»

Er hob seine Flasche Bier. «Auf dich», sagte er. «Danke für…» Er zwinkerte, lächelte ein leicht schiefes Lächeln. «Ich weiß nicht. Einfach, danke.»

Sie stießen mit den Flaschen an. «Gern geschehen», sagte sie und wurde dann rot, weil es so dumm klang, so abgedroschen. Sie erwiderte sein Lächeln, und seine Augen ließen ihren Blick nicht los, also lächelte sie weiter. Irgendetwas war jetzt anders an ihm – das träge, schiefe Lächeln zum Beispiel ging ihr wirklich unter die Haut. Sie fühlte sich schon länger zu ihm hingezogen, auf eine vage, diffuse Weise, doch jetzt konnte sie ihn kaum ansehen, ohne… ein Kribbeln im Bauch. Es war wirklich das Letzte, das sie gebrauchen konnte oder wollte, eine sinnlose Komplikation, die nur Schwierigkeiten bedeuten konnte. Jemand versucht, mich umzubringen, dachte sie, und ihn auch. Ich bin arbeitslos. Ich bin so gut wie pleite. Und da denke ich, dieser Typ und ich sollten… was denn? Was miteinander anfangen? Toller Einfall, Scout.

Sie beugte sich vor, tauchte ihren Löffel in die Suppe, führte ihn dann zum Mund. Die Suppe war so heiß, dass sie sie fast ausgespuckt hätte. Aber sie tat es nicht, griff stattdessen rasch nach ihrem Bier und nahm einen kräftigen Schluck.

«Alles in Ordnung?», fragte er.

«Heiß», sagte sie. «Ich hab mir den Gaumen verbrannt.»

Er beugte sich vor. «Ich kenne da ein gutes Hausmittel», sagte er und einen Moment lang dachte sie, er wolle sie küssen. Sie spürte es wieder, ein jähes und brennendes Verlangen. Doch er beugte sich nicht vor, um sie zu küssen, sondern um von seinem Stuhl aufzustehen. Er ging in die Kochnische und kam mit einem Glas Milch wieder. Jetzt reiß dich zusammen, beschwor sie sich und nahm einen Schluck.

Er lächelte sie an.

Das ist das Stockholm-Syndrom, dachte sie. Bitte lieber Gott – mach, dass es das Stockholm-Syndrom ist.

Am nächsten Morgen saß McBride am Steuer, und Adrienne erzählte ihm während der Fahrt, was sie über Sidney Shapiro herausgefunden hatte.

Am Abend zuvor war sie nach dem Essen – unmittelbar nach dem Essen – noch einmal weggegangen. McBride war müde gewesen, litt noch immer unter den Nachwirkungen seines Aufenthalts in der Klinik. Und weil sie für nichts hätte garantieren können, wenn sie mit ihm in einem Raum geblieben wäre, war sie zu Fuß vom Mayflower zur Bibliothek gegangen, wo sie sich dann, vor einem Stapel Bücher über die CIA sitzend, allmählich wieder in den Griff bekommen hatte.

In keinem der Bücher stand viel über Shapiro, der ein Programm geleitet hatte, das so ‹sensibel› – Adrienne verstand es als ‹kriminell› – gewesen war, dass so gut wie alle Aufzeichnungen darüber vernichtet worden waren. Und zwar, weil der Senat eine Untersuchung über «angebliche Menschenrechtsverletzungen durch die US-Geheimdienste» angestrengt hatte.

Anhand der Register in den Büchern hatte Adrienne ein grobes und recht lückenhaftes Dossier zusammenstellen können. «Er hat in Cambridge studiert», referierte sie mit Blick auf ihre Notizen. «Psychologie im Bereich Forschung, genau wie du. Dann war er auf dem Massachusetts Institute of Technology. Danach eine Weile in Korea – niemand weiß, was er da gemacht hat, aber angeblich war er Zivilangestellter bei der Armee. Das war '53. Dann ist er zurück in die Staaten und hat den so genannten Human Ecology Fund gegründet. Das war in New York.»

«Und dann?», fragte McBride.

«Ich bin noch nicht fertig. Dieser Ökologiefonds war angeblich privat, aber das Geld kam von der CIA. Er muss also ein inoffizieller Agent gewesen sein.»

McBride warf ihr einen Blick zu. «Wo hast du das denn alles her?»

«Aus der Bibliothek – als du geschlafen hast.»

«Verstehe!»

«Also, dieser Fonds war eine CIA-Tarnorganisation. Und er hat Verhaltensforschungsprojekte – geheime Forschungen – auf dem Gebiet Bewusstseinssteuerung finanziert. Die hießen dann MK-Ultra. Artichoke. Bluebird. So was in der Art.»

«Und Shapiro hat da mitgemischt?»

«Er hat den Fonds zehn Jahre geleitet. Dann wurde die Sache aufgelöst, und er hat die Leitung der Abteilung Wissenschaft und Technologie bei der CIA übernommen. Aber da ist interessant, womit die sich beschäftigt haben. Sie haben psychotope Drogen erforscht, Hypnose, Telepathie, Gehirnwäsche und so weiter.»

«Ich hab mal im Fernsehen eine Dokumentation darüber gesehen», sagte McBride. «Vor knapp einem Jahr. Sie haben Experimente gemacht, Drogen getestet an Leuten, die sie für ‹Freiwild› hielten – Leute in Gefängnissen und psychiatrischen Kliniken, angebliche Kommunisten, Leute, die das Gesetz gebrochen hatten.»

«Und was ist passiert? Sie wurden high, stimmt's?»

«Genau. Nur dass sie nicht wussten, dass sie high waren. Es waren nicht gerade klinische Versuche. Deshalb haben die meisten geglaubt – sie wären krank oder verrückt.»

«Klar, dass man das denkt.»

«Manche haben den Verstand verloren. Und mindestens einer das Leben.»

«Wer?»

«Ein Wissenschaftler namens Olsen. Seine ‹Kollegen› haben ihm heimlich LSD verabreicht – und er ist durchgedreht. Komplett. So die offizielle Version. Ein paar Tage später hat er sich aus dem Fenster seines Hotels gestürzt.»

«Um Himmels willen …»

«Zumindest ist das die offizielle Version. In dem Fernsehbericht hieß es, dass man da wahrscheinlich etwas nachgeholfen hat.»

«Nachgeholfen?»

«Es gibt Grund zu der Annahme, dass er gestoßen wurde.»

«Oh.»

«Sieht so aus, als ob du Recht hattest», sagte Adrienne.

«Womit?»

«Überraschend bei ihm zu Hause aufzukreuzen. Ich glaube, ein Telefonanruf hätte bei dem nichts gebracht.»

Sie stiegen im Hilltop ab, einem alten Hotel am Berghang in Harper's Ferry, mit Blick auf die Schlucht, wo der Potomac und der Shenandoah zusammenflossen. Das Hotel war nahezu leer – die Saison war vorüber –, und sie hatten die freie Auswahl an Zimmern. Erneut nahmen sie aus Sparsamkeitsgründen nur eines. Adrienne wollte ein Doppelzimmer mit Aussicht und – das war ihr besonders wichtig – zwei Betten.

Ein betagter Page führte sie aufs Zimmer und wartete an der Tür, bis McBride ihm einen Geldschein in die Hand drückte. Sobald der Mann gegangen war, traten sie beide auf den Balkon und genossen den Ausblick.

Die Adresse von Shapiro, die sie hatten, war ein Postfach in dem kleinen Städtchen Bakerton. Sie fuhren dorthin – es waren nur wenige Kilometer von Harper's Ferry – und wollten sich einfach durchfragen. Es konnte doch wohl nicht so schwer sein, in einem Ort mit dreiundsechzig Einwohnern jemanden zu finden.

Und richtig, es war kinderleicht.

Bakerton bestand aus höchstens zwanzig oder dreißig Häusern, die verstreut über vierzig Hektar hügeliges Waldgebiet lagen. Außer den Häusern und ein paar Wohnwagen gab es eine Kirche und einen Laden mit einer einzigen Tanksäule davor.

Sie gingen hinein. Das Postfach diente nicht, wie sie gedacht hatten, dem Schutz der Privatsphäre. In dem Ort wurde die Post einfach nicht mehr zugestellt, daher hatte jeder Einwohner ein Postfach.

Nachdem er das erklärt hatte, sagte der Ladenbesitzer: «Landet alles gleich da vorne», und deutete in einen offenen Nebenraum, wo Reihen von Fächer mit einem Türchen und einem Zahlenschloss zu sehen waren. Vor dem Eingang standen drei Männer, die Kaffee aus Styroporbechern tranken. Sie hatten alle eine Vorliebe für Tarnkleidung.

Ihrem Aussehen nach hätte McBride vermutet, dass sie über Sport oder Rotwildjagd sprachen, aber als er zu ihnen trat, schnappte er gerade noch auf, wie einer sagte: «Ihr wollt doch wohl nicht behaupten, dass die NASDAQ nicht jeden Realitätssinn verloren hat.»

Fast hätte er laut aufgelacht. Aber er beherrschte sich und fragte: «Wissen Sie, wo ich einen Mann namens Shapiro finde?»

«Sie meinen unseren James Bond?»

McBride schmunzelte. «Ja.»

«Der wohnt an der Quarry Road», sagte ein verhutzeltes Männlein in einem grünen Overall und mit einer Baseballmütze auf dem Kopf.

«Und wo ist das?»

«Zur Vordertür raus, direkt gegenüber geht eine kleine Straße von der Hauptstraße ab, die Sie gekommen sind. Das ist die Quarry Road. Die fahren Sie zirka zwei Kilometer hoch, bis Sie links einen roten Briefkasten sehen. Da wohnt Sid.»

«Vielen Dank.»

«Kann aber sein, dass er gerade beim Beten ist», sagte der Mann. «Falls ja, müssen Sie warten, bis er fertig ist.»

«Nicht beim Beten», sagte einer der anderen beiden. «Beim Meditieren. Das ist was anderes. Aber Carson hat Recht. Wenn er beim Meditieren ist, kuckt er einen nicht mal an. Wirkt unhöflich, aber so ist Sid nun mal.»

«Ist er... religiös?», fragte Adrienne skeptisch. Es kam ihr unwahrscheinlich vor.

«Buddhist», erwiderte der erste Mann. «Jüdischer Buddhist. Er sagt, er hätte ein schweres Karma zu tragen. Schätze, irgendwas in seiner Vergangenheit, womit er fertig werden muss.»

Die Quarry Road war eine Schotterstraße, auf der noch Pfützen vom letzten Regen standen. Sie führte durch ein dicht bewaldetes Gebiet, und die Stämme der schlanken, jungen Bäume waren schwarz vor Feuchtigkeit. Sie wurden kräftig durchgerüttelt, als sie ein Stück bergab fuhren und die grelle Wintersonne immer wieder durch den Wald flackerte. McBride bog in die Zufahrt ein und hielt kurz darauf neben einem zerbeulten Pick-up. Auf der Lichtung stand ein einfaches Blockhaus. Etwa hundert Meter dahinter war ein großes Gebäude zu sehen, das aussah wie ein Gewächshaus. Rechts auf einer umzäunten Weide standen ein halbes Dutzend Lamas, die auf Adrienne und McBride zugetrottet kamen, als die beiden vom Auto zum Haus gingen. Und dann sahen sie hinter den Tieren, fast mitten auf der Weide, Sidney Shapiro, der, wie McBride an den langsamen, eleganten Bewegungen erkannte, gerade Tai Chi machte.

Trotz der Kälte war Shapiro barfuß und nur mit einer grauen Trainingshose bekleidet. Er bewegte sich mit äußerster Konzentration und Ruhe. Adrienne blickte McBride an und runzelte die Stirn, aber beide sagten kein Wort. Nach ein oder zwei Minuten verloren die Lamas das Interesse an ihnen und grasten weiter – einige ganz in der Nähe von Shapiro, der sich nicht daran zu stören schien. Der alte Mann war dünn, aber sehnig und muskulös und hatte volles, schwarzes Haar. Er wirkte geschmeidig und stark für einen über Siebzigjährigen, wie er ein Bein quälend langsam ausstreckte, bis es ganz gerade und parallel zum Boden war, bevor er es elegant wieder senkte und dabei eine präzise und gemächliche Drehung um die eigene Achse vollführte. Es war, als sähen sie einen Balletttänzer, der sich in extremer Zeitlupe bewegte, und McBride beobachtete Shapiros fließende Bewegungen ganz gebannt. Einen Augenblick lang lugte die Sonne zwischen den Wolken hervor und erhellte die Weide wie eine Bühne und McBride sah einigermaßen entsetzt, dass das Gesicht des Mannes im Gegensatz zu seinem Körper nicht über sein Alter hinwegtäuschte. Es war knochig, wie ein Totenschädel unter der dünnen, gespannten Haut.

Shapiro beendete seine Übung, indem er den Kopf nach hinten neigte, die Beine spreizte und beide Hände hoch zum Himmel streckte. In dieser Position verharrte er etwa dreißig Sekunden, senkte dann anmutig die Arme und ging mit vorsichtigen Schritten über die Wiese auf sie zu, wobei er bei jedem Lama kurz stehen blieb und es streichelte. Er öffnete das Gatter, schloss es hinter sich und schaute erst dann seine Besucher an.

«Hallo.»

«Hi ... Dr. Shapiro?»

«Ja.»

«Mein Name ist Lew McBride. Das ist Adrienne Cope.»

«Was kann ich für Sie tun?», fragte er, wobei er den Blick von McBride zu Adrienne und wieder zurück wandern ließ. Er wirkte sehr ruhig für einen Mann, den ein schweres Karma belastete.

«Nun, äh ... wir würden gern mit Ihnen sprechen.»

«Ach ja?»

«Ja. Wir würden gern mit Ihnen über ...» McBride wusste nicht, wie er es ausdrücken sollte.

«Ihre Arbeit sprechen», sagte Adrienne.

«Meine Arbeit?» Shapiro sah Adrienne an. Seine Augen waren kohlrabenschwarz und glitzerten. «Ich bin pensioniert.»

«Ihre frühere Arbeit. MK-Ultra.»

Shapiro runzelte die Stirn, und seine Augen funkelten verärgert. «Sind Sie Reporter?»

Beide verneinten das mit einem Kopfschütteln.

«Ich habe nämlich dem jungen Mann am Telefon gesagt, dass ich nicht noch einmal bei einer Fernsehdokumentation mitmache. Das erste Mal war nicht gerade eine lohnende Erfahrung.» Er schaute zum Himmel, dann wieder zu McBride. «Obwohl, als Bestrafung könnte ich mir kaum etwas vorstellen, das wirkungsvoller wäre, als zu sehen, wie mein Leben zerhackstückt wird, unterbrochen von Werbespots für eine Schönheitsklinik.» Er schüttelte den Kopf. «Einen solchen Akt der Buße möchte ich nicht unbedingt wiederholen.»

«Deshalb sind wir nicht gekommen», sagte Adrienne.

«Ach nein?» Shapiro blickte von ihr zu McBride. «Warum sind Sie dann gekommen?»

«Meine Schwester und ... Mr. McBride ... waren Opfer.»

Shapiro bedachte sie mit einem skeptischen Blick. «Wohl kaum», sagte er zu ihr. «Das alles ist sehr lange her.» Er lachte leise und entschuldigend. «Wenn Sie glauben, Sie sind ein Opfer der Bewusstseinssteuerung –»

«Nicht ich», sagte Adrienne. «Meine Schwester –»

«Dann würde ich vorschlagen, Sie sagen ihr, sie soll den Fernseher ausmachen – und die ‹Bewusstseinssteuerung› hat ein Ende. Das ist mein Rat.»

«Ich kann ihr nichts mehr sagen», erwiderte Adrienne. «Sie ist tot.»

Shapiro erbleichte. «Tut mir Leid.» Er hielt inne. «Hören Sie», sagte er, «dieser Forschungsbereich ist derart in Verruf geraten, dass er vor Jahrzehnten aufgegeben wurde.»

«Ach wirklich?», fragte McBride.

Shapiro ignorierte den skeptischen Unterton. «Es sollte ein bahnbrechendes Projekt sein. Und vielleicht war es das sogar. Wir dachten, die Weltraumforschung, Menschen auf den Mond zu schicken, wäre banal, gemessen an dem, was wir ...» – er tippte sich an den Kopf – «hier drin entdecken würden.» Dann blickte er Adrienne an und seufzte wehmütig. «Wir nannten das den ‹inneren Raum›. Aber das ist sehr lange her, und ich weiß zwar nicht, wie alt ihre Schwester war, aber der junge Mann hier muss damals noch ein kleiner Junge gewesen sein.» Er lächelte, doch das Lächeln drang nicht bis in seine Augen.

«Und was immer Sie auch gehört haben mögen, wir haben keine Experimente mit Kindern gemacht. Also…» Er wandte sich um und wollte gehen.

«Dürfen wir Ihnen etwas zeigen?», fragte Adrienne.

Shapiro drehte sich wieder zu ihr um.

«Dann gehen wir – wenn Sie das immer noch möchten», versprach Adrienne.

«Abgemacht», erwiderte Shapiro.

Adrienne suchte in ihrer Handtasche, bis sie das Polaroidfoto von dem Implantat fand. Wortlos reichte sie es Shapiro.

Kurzsichtig wie er war, hielt Shapiro das Foto auf Armeslänge und kniff skeptisch die Augen zusammen. Doch gleich darauf erschlafften seine Gesichtszüge, und er blickte auf. «Wo haben Sie das her?», fragte er.

«Ein Neurochirurg hat es aus mir herausoperiert», sagte McBride. «Vor knapp einer Woche.»

Shapiros Augen richteten sich wieder auf das Foto und studierten es lange. Schließlich schüttelte er kurz den Kopf und gab Adrienne das Foto zurück. «Kommen Sie mit rein», sagte er.

34

Auf eine Geste von Shapiro hin zogen sie sich die Schuhe aus. Die Innenausstattung der Hütte war ein minimalistisches Meisterwerk. Tatami-Matten auf gebürsteten Kiefernholzdielen, die Wände so weiß, als wären sie getüncht worden. Ein grüner Emailleofen stand an einem Ende des Raumes, der nur mit einem niedrigen Kieferntisch und einem halben Dutzend Kissen möbliert war. Ein Ikebana-Arrangement – eine einzige weiße Orchidee und zwei lange, geschwungene Halme getrocknetes Gras – stand auf dem Tisch.

Shapiro legte das Foto neben das Blumenarrangement. «Bitte», sagte er, deutete auf die Kissen und verschwand hinter einer Shoji-Trennwand. Wenige Minuten später kam er mit einem Tablett, auf dem eine gedrungene Teekanne und drei kleine Tassen standen, wieder zurück und schenkte den Tee ein. McBride fiel auf, dass weder er noch Adrienne ein Wort gesprochen hatten, seit sie sich im Haus befanden.

Shapiro pustete kräftig auf seinen Tee, nahm einen kleinen Schluck und setzte die Tasse ab. Dann griff er nach dem Foto, hielt es ins Licht und betrachtete es mit prüfendem Blick. Schließlich schüttelte er den Kopf und sagte: «Mein Vermächtnis...» Sein Mund verzog sich grimassenhaft.

Adrienne deutete mit dem Kinn auf das Foto. «Was würde dieses Ding mit einem Menschen anstellen?», fragte sie. «Genau.»

Shapiro zuckte die Achseln. «Genau? Ich weiß es nicht. Ich müsste es auseinander nehmen – in einem Labor –, und selbst dann... es ist viel Zeit vergangen.»

«Aber –»

«Wenn Sie herausfinden wollen, was das Ding hier mit einem

macht oder machen könnte, müssen Sie sich einiges anlesen. Angefangen bei Delgado.»

«Wer ist Delgado?», fragte Adrienne.

«Die *Times* hat vor über dreißig Jahren auf der ersten Seite einen Artikel über ihn gebracht», erwiderte Shapiro. «Ich glaube, er war in Yale.» Er hielt inne und nippte an seinem Tee. «Sie haben auch ein Foto von ihm abgedruckt – wie er in der Stierkampfarena mit einem Sender steht – und der Stier direkt vor ihm auf ihn losgeht. Sagenhafte Show!»

«Und was ist passiert?», fragte Adrienne.

«Tja, er hat den Stier gestoppt, mitten im Angriff. Ungeheuer dramatisch. Dann hat er einen zweiten Knopf gedrückt, und das Vieh hat kehrtgemacht und ist davongetrottet.»

«Also wie bei einem Elektroschock-Halsband», mutmaßte Adrienne. «Oder einem elektrisch geladenen Zaun.»

«Oh nein – keineswegs», berichtigte Shapiro. «So einfach war das beileibe nicht. Genau genommen war es ein doppelter Test – der erste Knopf aktivierte eine Elektrode, die den Motorkortex des Stiers steuerte. Der zweite Knopf manipulierte den Hippocampus, was die Wut des Tieres in Gleichgültigkeit verwandelte.»

McBride runzelte die Stirn. Das war nichts Neues für ihn. Als Student hatte er alles über Delgado gelesen. Wie alle anderen auch. «Was ist hiermit?», fragte er und tippte mit dem Zeigefinger auf das Foto.

Zum ersten Mal wirkte Shapiro, als wäre ihm unbehaglich zumute. «Hören Sie», sagte er. «Ich bin ein Dinosaurier. Ich bin aus dem Geschäft seit …» Er bremste sich und lächelte. «…langer Zeit. Aber es gibt Dinge, über die ich nicht sprechen kann. Ich habe mich zur Verschwiegenheit verpflichtet. Also …»

«Rein hypothetisch», sagte Adrienne, um ihn zum Reden zu bewegen.

Shapiro seufzte. «Es könnte eine Miniaturversion von… gewissen Geräten… sein, mit denen… irgendwann mal… experimentiert wurde.»

McBride schnaubte angesichts der ausweichenden Umschreibung des alten Mannes, was ihm einen missbilligenden Blick von Shapiro eintrug.

Der alte Mann blickte Adrienne an und zuckte die Achseln. «In der allgemein zugänglichen Fachliteratur ist viel darüber geschrieben worden. Also verrate ich wohl kein Geheimnis, wenn ich Ihnen sage, wonach es für mich aussieht.»

«Und das wäre?»

«Eine Tiefenelektrode.»

«Und was könnte man damit anstellen?»

Er zuckte erneut die Achseln. «Kommt drauf an ...»

«Worauf?»

«Auf die Frequenz, auf die sie eingestellt ist», warf McBride ein.

Shapiro lächelte. «Sehr gut.»

«Wenn Sie eine Vermutung anstellen müssten –», setzte McBride an.

«Vier bis sieben Megahertz könnten interessant sein», sagte Shapiro.

«Wieso?», fragte Adrienne.

«Weil das die hypnoide EEG-Frequenz ist, und rein hypothetisch würde es den Empfang einer Sinuswelle ermöglichen, die ... nun ja, an das Gehirn ankoppeln könnte.»

«Ankoppeln?» Adrienne wiederholte das Wort, um sicherzugehen, dass sie es richtig verstanden hatte. Genau dasselbe Wort hatte Dr. Shaw benutzt, als sie ihm von McBrides Verhalten in Bethany Beach erzählt hatte – als er sich in die Website eingeloggt hatte. Das Programm oder wie sie auch immer hieß.

«So sagt man, wenn das Gehirn sich auf ein bestimmtes Signal einstellt», erklärte McBride. «Ein blinkendes Licht, ein sich wiederholendes Geräusch – vor allem eins, das im Trancezustand festgelegt worden ist. Man sagt dann, das Gehirn ist an dieses Signal angekoppelt.»

Shapiro war beeindruckt. «Sie haben Ihre Hausaufgaben gemacht.»

«Ich bin Psychologe», erwiderte McBride.

«Aber was würde passieren?», fragte Adrienne. «Was könnte Sinn und Zweck des Ganzen sein?»

«Na ja», erwiderte der alte Mann, «damit wäre es möglich, einen Trancezustand ständig zu erneuern und zu verstärken, ohne den Probanden wieder hypnotisieren zu müssen.»

«Also, wenn man so ein Ding hier im Kopf hat, dann ist man sozusagen ständig unter Hypnose?»

«Mehr oder weniger», sagte Shapiro. «Obwohl nicht davon auszugehen ist, dass das seine einzige Funktion ist.»

«Wieso nicht?», fragte McBride.

Shapiro schenkte ihnen Tee nach.

«Weil sich alles verändert hat», erwiderte Shapiro. «Ein Implantat wie das hier würde wahrscheinlich mit Nanotechnologie arbeiten. Da wären Computer mit im Spiel. Und weiß Gott was noch alles.»

«Aber wozu?»

«Rein hypothetisch? Ich vermute, man könnte bestimmte ‹Szenarien› eingeben, die in Verbindung mit Hypnose schon fast so eine Art von… ‹virtueller Biographie› erzeugen würden.»

Adrienne und McBride sannen über den Ausdruck nach. «Eine virtuelle Biographie…», wiederholte Adrienne.

«Eine falsche Vergangenheit – aber eine, die einem echt erscheinen würde. Bis zu einem gewissen Grad.»

«Du lieber Himmel», murmelte McBride leise.

Shapiro lächelte. «Erinnerungen sind nicht viel mehr als ein Vermischen von chemischen und elektrischen Abläufen – und nicht schwer zu manipulieren, wenn man weiß, was man will. Die Erhöhung des Acetylcholingrades im Gehirn lässt sich dadurch erreichen, dass man Funkwellen im Ultraschallfrequenzbereich auf den Probanden abgibt. Das hat zur Folge, dass die Synapsen immer langsamer arbeiten, bis sie überhaupt nicht mehr arbeiten. Und wenn das passiert, wird das Erinnern unmöglich. Die Erinnerungen sind zwar da, aber unerreichbar.»

«Dann könnte man also Amnesie herbeiführen», sagte Adrienne.

«Genau. Noch etwas Tee?»

Es war alles so kultiviert, dachte McBride. Dieser charmante und sachliche alte Mann, der ihnen in seinem asketischen Häuschen Tee servierte. Unter den gegebenen Umständen fiel es schwer, ihn für das zu verabscheuen, was er getan hatte, was für entsetzliche Dinge er sich hatte einfallen lassen. Es fiel schwer, aber es war nicht unmöglich. McBride spürte, wie der Zorn in ihm hochstieg, ein primitiver Groll ganz tief in seinem Innern. Die Stiere. Die Katzen. Der ockerfarbene Raum. Der virtuelle Jeff Duran. Er hatte große Lust, diesem widerwärtigen Mistkerl eine zu verpassen. Stattdessen sagte er: «Ich möchte Sie was fragen.»

«Nur zu.»

«Rein hypothetisch – wie würden Sie jemanden zusammensetzen? Im Einzelnen?»

Der alte Mann rutschte unbehaglich auf seinem Kissen hin und her. Dann fragte er: «Auf Grundlage dessen, was ich in der allgemein zugänglichen Fachliteratur gelesen habe?»

«Natürlich», erwiderte McBride.

Shapiro überlegte einen Moment. «Nun», sagte er, «ich würde mit dem Probanden ein EEG machen – seine Gehirnwellen unter verschiedenen Stimuli messen. Damit und mit einem PET-Scanner ließe sich eine idiopathische Karte vom Gehirn des Probanden erstellen – von seinen Gefühls- und Denkzentren.»

«Und dann?», fragte Adrienne.

«Tja, sobald man diese Informationen hat, könnte man eine Reihe von darauf abgestimmten Audiogrammen verschlüsseln und sie mit ELF-Wellen ans Ziel bringen –»

«Elf?», fragte Adrienne.

«Das ist ein Akronym für Extremely Low Frequency, Wellen extrem niedriger Frequenz. Davon habe ich vorhin gesprochen: die vier bis sieben Megahertz.»

«Und wenn man das alles machen würde, was würde passieren?», fragte Adrienne.

«Nun», erwiderte Shapiro, «damit würde man die Landschaft des Gehirns verändern.»

«Was bedeutet das?», fragte McBride.

«Genau das, was ich gesagt habe: Man würde einige sehr spezifische – aber vorübergehende – Veränderungen in der physischen Struktur des Gehirns bewirken.»

«Um was zu erreichen?»

«Das hängt von den Audiogrammen ab», erwiderte Shapiro. «Aber Amnesie wäre ein mögliches Ergebnis.»

«Totale Amnesie?», fragte McBride.

Shapiro zuckte die Achseln. «Man würde sich möglicherweise erinnern, dass man Italienisch kann, aber man würde sich nicht erinnern, wie man es gelernt hat – oder ob man schon mal in Italien war.»

«Würde man sich erinnern, wer man war?», fragte McBride.

Shapiro blickte McBride an. «Kommt drauf an.»

«Worauf?»

«Darauf, was der Programmierer erreichen wollte. Sobald der Proband entsprechend vorbereitet und sein Erinnerungsvermögen blockiert wurde, würde man ihm wahrscheinlich eine Neurophon-Prothese implantieren.»

«Eine Prothese?», wiederholte Adrienne.

Shapiro zeigte auf das Foto, das auf dem Tisch lag. «Ein Ding wie das da. Ich vermute, wenn man sich das Objekt unter dem Mikroskop ansehen würde, würde man feststellen, dass es isolierte Elektroden enthält, die Audiogramme auf bestimmten Frequenzen empfangen und verarbeiten. Durch die Prothese würden die Transmissionen das Innenohr umgehen – die Cochlea und den achten Schädelnerv – und die Nachrichten direkt ans Gehirn leiten.»

McBride überlegte. «Das wäre dann so, als würde man Stimmen hören», sagte er.

«Es wäre so, als würde man Gott hören», berichtigte Shapiro. «Aber das Implantat ist nur ein Teil des Prozesses. Der Programmierer hätte andere Mittel ...»

«Zum Beispiel?»

«Hypnose ... sensorische Deprivation ...»

«Und wie würde das funktionieren?», fragte Adrienne.

Shapiro spitzte die Lippen, überlegte einen Moment und sagte: «Nun, man könnte den Probanden hypnotischen Suggestionen unterziehen, ihn auf die ihm bevorstehende Erfahrung vorbereiten. Dann würden wir ihn in einen absolut dunklen Tank mit Salzwasser hinablassen, das auf die Temperatur seines Körpers erwärmt wurde – also zirka 37 Grad. Es ist ein ungeheuer seltsames Erlebnis – als schwebte man schwerelos im Raum.»

«Sie haben das selbst ausprobiert?»

«Natürlich», sagte Shapiro. «Ich habe alles ausprobiert.» Er hielt kurz inne und fuhr dann fort: «Nach etwa einer Stunde in diesem Tank kann man nicht mehr sagen, wo die Haut aufhört und das Wasser anfängt. Man ... löst sich einfach auf.» Er deutete mit einem Nicken auf die Tasse vor Adrienne. «Wie ein Zuckerwürfel in einer Tasse heißen Tee. Und wenn das passiert, wird der Proband ... formbar.»

McBride lauschte fasziniert und fassungslos zugleich, während Adrienne den ehemaligen Geheimagenten anstarrte und sich vorstellte, wie ihre Schwester in dem dunklen Tank schwebte.

«Nach einem längeren Zeitraum –»

«Was heißt längerer Zeitraum?», fragte McBride.

«Ein Tag. Eine Woche. Ein Monat», erwiderte Shapiro. «Entscheidend ist, dass sich die Identität des Probanden nach einer Weile allmählich auflöst. Wie bei einem Sterbeerlebnis, wenn sich alle Sinne abschalten – oder scheinbar abschalten. Sie können sich vorstellen:

Sobald man in dem Tank ist, kann man weder etwas sehen noch hören, man schmeckt und riecht nichts und man fühlt nichts. Man hat kein Zeitgefühl. Wenn Sie es schon für bedrohlich halten, den Verstand zu verlieren – den Körper zu verlieren ist noch eine Nummer härter.» Shapiro hielt inne, und dann verzog sein Mund sich zu einem dünnen Lächeln. «Trotzdem … manche Leute empfinden diese Erfahrung … als Erleuchtung.»

«Und andere?», fragte Adrienne.

Der alte Mann zuckte die Achseln. «Andere nicht.»

McBride beugte sich vor. «Und was passiert dann?»

Shapiro warf ihm einen Seitenblick zu. «Dann? Na, dann kommt die nächste Stufe. Intensivierung. Sobald die Identität des Probanden aufgelöst ist, ist er im Grunde eine Tabula rasa. Es ist relativ leicht, ihm irgendwelche ‹Erinnerungen› Ihrer Wahl einzuimpfen.»

«Wie das?», fragte McBride.

«Es werden Drehbücher geschrieben, die mit seinem psychologischen Profil kompatibel sind, und daraus werden Filme gemacht. Der Proband guckt sich die Filme an, während parallel dazu unterbewusst Audiogramme ablaufen.»

«Wie im Kino», sagte Adrienne.

Shapiro lachte. «Nein», sagte er, «es ist viel packender. Die Versuchsperson trägt einen speziellen Helm, der mit Lautsprechern und Buchsen ausgestattet ist. Audio ein, Audio aus – so was eben. Dann schließen wir ihn an und …»

«Was?»

«Na ja, aus der Perspektive des Probanden ist es so, als säße er in zwei Metern Entfernung von einem 153er Fernsehbildschirm und würde sich 3-D-Bilder in Stereo ansehen. Ein höchst unmittelbares Erlebnis – und das ist nur der bewusste Teil des Ganzen. Fügt man Hypnose und Drogen hinzu, dann ist es … fast so, als würde man Ton formen. Weichen Ton.»

«Drogen», sagte Adrienne. Ihr fiel das Tablettenfläschchen in Nikkis Computer ein: Placebo Nr. 1. «Was für Drogen?»

Shapiro verzog das Gesicht. «Bewusstseinsverändernde Drogen jeder Art. Wir hatten großen Erfolg mit einer Droge aus Ecuador namens Burrundaga. Und mit Ketamin, das normalerweise als Beruhigungsmittel für Tiere benutzt wird. Beide verursachen eine dissoziative Amnesie, die wir überaus nützlich fanden.»

«Ketamin», sagte Adrienne. «Ist das nicht eine von den so genannten Date-Rape-Drogen?»

«Ganz genau», sagte Shapiro. «Für diesen Zweck wäre sie genauso wirksam, wie sie es für unsere Zwecke war.»

«Wie meinen Sie das?»

«Nun, wenn man eine Frau gegen ihren Willen sexuell gefügig machen will, sorgt Ketamin dafür, dass sie regelrecht aus ihrem Körper heraustritt. Was auch passiert, es geschieht für sie gleichsam in einer anderen Dimension. Und das Geschehen bleibt nicht in ihrem Gedächtnis haften.»

«Die amnesische Wirkung ist sozusagen eingebaut?»

«Genau. Es ist anschließend so, als wäre die Vergewaltigung – oder was auch immer – nie geschehen. Die Probanden konnten sich nicht erinnern, in dem Tank gewesen zu sein oder den Helm getragen zu haben oder dass sie mit ‹neuen Erinnerungen› bombardiert wurden.»

«Wenn jemand also den Helm aufhatte. Was hat er dann ... gesehen?», fragte McBride.

«Männer mit Kapuzen», murmelte Adrienne. «Satanisten.»

Shapiro sah sie befremdet an und wandte sich dann wieder McBride zu, um dessen Frage zu beantworten. «Das hängt davon ab.»

«Wovon?»

«Davon, an was er sich erinnern soll – und was er vergessen soll.»

McBride nahm einen Schluck von seinem Tee und stellte fest, dass er kalt war. «Wie lange würde so was dauern?», fragte er.

Shapiro schüttelte den Kopf. «Schwer zu sagen. Die Identität von jemandem zu frisieren, das ist eine Sache. Jemanden von Grund auf zu konstruieren – eine ganz andere.»

«Die Identität frisieren», wiederholte Adrienne, mit einer Mischung aus Verwunderung und Fassungslosigkeit in der Stimme.

«Genau.» Shapiro legte die Beine bequemer aufs Kissen. «Verstehen Sie, das Ganze war ja nicht nur schlecht», sagte er. «Es gab auch positive Verwendungszwecke.»

«Was denn zum Beispiel?», fragte McBride mit skeptischem Unterton. «Gewichtskontrolle?»

Shapiro lachte. «Vermutlich auch. Aber ich dachte eher an biomedizinische Telemetrie.»

«Was meinen Sie damit?»

«Nur, dass das Implantat physiologische Daten in Echtzeit übertragen konnte – von der Zielperson zur… Homebase. Einer Überwachungsstation.»

«Was für Daten?», fragte Adrienne.

Shapiro runzelte die Stirn. «Atmung, Muskelanspannung, Blutdruck, Puls. Pegel von Kortisol, Serotonin, Adrenalin.» Plötzlich verfinsterte sich seine Miene. «Ich würde gern etwas wissen», sagte er. «In welcher Beziehung standen Sie», er wandte sich an McBride, «zu der Schwester dieser jungen Frau?»

«Ich war ihr Therapeut», sagte McBride.

«Und Sie kam zu Ihnen in die Wohnung?»

«Ja.»

«Und wie sich herausgestellt hat, hatten Sie beide eine Prothese?»

«Richtig.»

Shapiro runzelte die Stirn. «Woher wissen Sie das? Wurde sie mit einem CAT-Scanner durchleuchtet oder –»

«Meine Schwester wurde eingeäschert», erklärte Adrienne. «Ich habe das Implantat in ihrer Asche gefunden.»

Der Wissenschaftler wurde bleich. «Mein Gott», murmelte er. Dann wechselte er das Thema, so schien es zumindest. «Eine Frage», sagte er an McBride gewandt. «Haben Sie Ihre Wohnung häufig verlassen?»

«Wie soll ich das verstehen?»

«Ich meine, sind Sie oft rausgegangen? Oder sind Sie zu Hause geblieben?»

McBrides Schultern hoben und senkten sich. «Ich denke, ich war wohl ziemlich viel zu Hause.»

«Das habe ich mir gedacht», sagte Shapiro.

«Wieso?»

«Weil ich es für sehr wahrscheinlich halte, dass es in Ihrem Gebäude eine Überwachungsstation gab. Vielleicht die Wohnung gegenüber –»

«– oder nebenan», sagte Adrienne.

«Eine Etage höher oder tiefer… entscheidend ist: Sie brauchten eine Möglichkeit, um das Ankopplungssignal zu verstärken. Und eine Folge davon wäre, dass Sie sich, sobald Sie außer Reichweite waren, allmählich unbehaglich fühlten – es sei denn, Sie standen unter Medikamenten. Haben Sie Medikamente genommen?»

«Nein», sagte McBride, mit deutlichem Sarkasmus in der Stimme. «Ich habe bloß ferngesehen.» Er räusperte sich. «Aber was Sie da sagen, bedeutet doch, dass Menschen in Marionetten und Zombies verwandelt werden können –»

«Roboter», warf Adrienne ein.

Shapiro nickte. «Umgangssprachlich ausgedrückt, ja.»

Adrienne wandte den Blick ab. Ihr standen Tränen in den Augen.

«Das heißt, man könnte mit ihnen machen, was man will», fuhr McBride fort. «Sie zum Lachen oder Weinen bringen, sie vor ein Auto laufen lassen –»

«– oder ihnen eine Kindheit geben, die sie gar nicht hatten», schlug Adrienne vor.

Shapiro seufzte und drehte die Handflächen nach oben. «Ganz genau.» Er sog scharf die Luft ein, streckte die Hand zu dem Blumenarrangement aus und klopfte mit dem Fingernagel gegen den geschwungenen Grashalm. Atmete aus. «Hören Sie», sagte er, «ich bereue zutiefst, dass ich an dem Forschungsprojekt beteiligt war. Und es tut mir Leid, wie meine Arbeit sich auf Ihr Leben ausgewirkt hat. Aber daran ist jetzt nichts mehr zu ändern.»

«Sie können uns helfen, das alles zu verstehen», sagte Adrienne.

«Wirklich?»

«Ja», erwiderte sie.

«Es ist lange her.»

«Ich will wissen, wer dahinter steckt», sagte Adrienne.

Shapiro neigte den Kopf. «Natürlich wollen Sie das. Aber warum? Sie sagen, weil Sie es verstehen wollen. Aber ich habe den Verdacht, dass Sie auf Rache aus sind.»

«Hören Sie», sagte McBride, «Sie können es nennen, wie Sie wollen, aber...» Er hielt inne. Eine Gewitterfront zog durch seinen Kopf – zumindest kam es ihm so vor –, und wenn er sie nicht vorbeiziehen ließ, würde er Shapiro ins Gesicht springen. Denn es juckte ihm in den Fingern, diesen wieder geborenen Buddhisten mit seinem asketischen Leben und den niedlichen Teetassen grün und blau zu schlagen. Stattdessen sagte er: «Ich bin ein Wrack.»

«Was!?» Shapiro war bestürzt über die Bemerkung, und auch Adrienne schien wie vor den Kopf gestoßen.

«Ich sitze hier mit euch in diesem sehr hübschen Haus und trinke Tee», sagte McBride, «und erwecke vielleicht den Eindruck, dass es mir gut geht. Alles scheint in Ordnung. Richtig? Falsch. Ich bin ein wandelndes Wrack – im Ernst. Wer immer mir das angetan hat... er hat mir alles genommen. Meine Kindheit. Meine Eltern. Mein Ich. Ich werde nie wieder der Alte sein. Man hat mir jede Erinnerung genommen, die ich je hatte, jeden Traum zerstört und Gott weiß wie viele Jahre meines Lebens zunichte gemacht. Selbst jetzt, wenn ich darüber nachdenke, ist da nichts als Leere. Es ist alles weg, bis zu dem Moment, als sie durch meine Wohnungstür gefegt kam und gebrüllt hat, sie würde mich verklagen.» Er hielt inne und atmete tief ein. «Ich will damit nur sagen: Ich habe einiges verloren... und ich spreche nicht von Büchern, Möbeln und Kleidungsstücken.»

Shapiro schüttelte den Kopf. «Ich wollte damit nicht sagen –»

«Was ist mit meiner Schwester?», fragte Adrienne. «Was man ihr angetan hat, ist schlimmer als Mord. Man hat sie völlig umgekrempelt, sie in den Selbstmord getrieben. Was ist mit ihr?»

Shapiro schloss einige Sekunden die Augen, öffnete sie dann. «Was ich sagen wollte, war nur, dass das, was Sie machen –»

«Machen?», wiederholte Adrienne. «Wir machen doch gar nichts – außer Fragen stellen.»

«Genau», sagte Shapiro. «Und das könnte gefährlich sein.»

Sie schwiegen alle einen Moment. Schließlich sagte McBride: «Ich möchte verhindern, dass noch irgendwem das Gleiche passiert wie mir.»

Shapiro nickte bedächtig, griff über den Tisch und nahm McBrides Krankenakte, öffnete sie und blätterte sie langsam durch. Nach einer Weile blickte er auf und sagte: «Ich würde gern mit Ihrem Arzt sprechen... diesem Shaw.» Adrienne und McBride tauschten Blicke aus. «Ist das ein Problem?», fragte Shapiro.

«Ich weiß nicht», sagte Adrienne, die an Shaws verkniffenes Lächeln und an seinen Vorschlag denken musste, sie solle Shapiro sagen, sie hätte von ihm aus einer Fernsehdokumentation erfahren.

Shapiro lächelte, fast verlegen. «Ich möchte sichergehen, dass Sie auch die sind, die Sie vorgeben zu sein – und dass das, was Sie mir erzählt haben, auch wirklich passiert ist.»

«Sie haben die Akte», erwiderte Adrienne.

«Die Akte», wiederholte Shapiro mit einem leisen Lachen. «Wir drei sitzen hier und reden über das Fälschen menschlicher Wesen – und Sie sind überrascht, dass ich den Inhalt eines Aktendeckels überprüfen will?»

Schließlich entschied Adrienne, dass es Ray Shaw sicherlich nicht schaden könnte, wenn er mit Shapiro redete. Und es würde nicht lange dauern. Shapiro wollte lediglich eine Bestätigung ihrer Glaubwürdigkeit.

Shapiro telefonierte in der Küche. Sie konnten ihn leise sprechen hören, verstanden aber kein Wort. Nach etwa zwei Minuten kam er zurück ins Wohnzimmer und setzte sich neben sie.

«Und?», fragte McBride. «Was hat er gesagt?»

Shapiro schüttelte den Kopf. «Ich habe ihn nicht erreicht.»

«Aber –»

«Ich habe mit seiner Frau gesprochen …»

Adrienne und McBride warfen einander einen Blick zu. Shapiro wirkte seltsam gedämpft. «Und was hat sie gesagt?», fragte Adrienne.

«Sie war völlig aufgelöst. Sie sagte, ihr Mann ist gestern Abend vor der Klinik von einem Auto angefahren worden. Die Polizei fahndet nach dem Fahrer.»

Obwohl sie auf dem Fußboden saßen, hatte McBride das Gefühl, als säße er in einem Flugzeug, das in ein Luftloch geraten war, so flau war ihm im Magen. «Wird er es überleben?»

Shapiro blickte sie beide an. «Nein.»

35

McBride legte Holz im Ofen nach, während der alte Wissenschaftler in der Küche etwas zu essen zubereitete – ein einfaches Mahl: Jasminreis mit Gemüse aus dem eigenen Garten. Dazu eine Flasche australischen Rotwein. Es war köstlich. Während des Essens erzählte Shapiro die schmutzige Geschichte des Programms zur Bewusstseinssteuerung der CIA.

«Die meisten Leute meinen, es wäre eine Reaktion auf die kommunistischen Aktivitäten in Mitteleuropa und Korea gewesen. Es gab einen Schauprozess gegen einen Priester namens Mindzenty und jede Menge Gerede über ‹Gehirnwäsche›. Aber in Wahrheit hatte das Programm schon lange vorher angefangen.»

«Das Programm?», fragte Adrienne und musste an die Website auf dem Computer ihrer Schwester denken.

Shapiro zog die Stirn kraus. «Das war unsere interne Bezeichnung, es hatte jede Menge Namen. Die Aktivitäten, über die wir sprechen, fingen während des Zweiten Weltkrieges in Europa an, als das OSS nach einer ‹Wahrheitsdroge› suchte, die sie bei Verhören benutzen konnten.»

Der Wissenschaftler schenkte sich Wein nach und erzählte, dass das Projekt nach dem Krieg ausgeweitet wurde, mit finanzieller Unterstützung der neu gegründeten CIA. Im Jahre 1955 waren an den besten Universitäten und den schlimmsten Gefängnissen des Landes bereits über 125 Experimente im Gange. Weitere Forschungen wurden in psychiatrischen Einrichtungen sowie in «zivilen Versuchsstätten» mit «Freiwilligen ohne deren Wissen» durchgeführt.

«Was soll denn das heißen?», fragte McBride.

«Das heißt, wir haben Kameras in Bordellen angebracht und Drogen an den Freiern getestet – ohne deren Wissen», erwiderte Shapiro. «Das heißt, wir haben Drogensüchtige benutzt wie Wegwerftücher – ebenso Homosexuelle. Kommunisten. Perverse. Ganoven.» In dem damals herrschenden Klima – also mitten im Dauerfrost des Kalten Krieges –, so erklärte er weiter, herrschte in den USA ein kultureller Konservatismus, in dem «Außenseiter» als «Freiwild» galten. «Wir brauchten die Zustimmung der Versuchspersonen nicht», sagte Shapiro, «weil unsere Forschungen streng geheim waren. Wir handelten schließlich im ‹nationalen Interesse›.»

«Dann war es also leicht, die Sache zu verbergen», warf Adrienne ein.

«Wir haben gar nichts verborgen – es war geheim. Und auch wenn ein paar von uns ethische Bedenken hatten, Drogen und medizinische Verfahren an Versuchspersonen ohne deren Wissen zu testen… tja, solche Bedenken waren irrelevant, sobald man begriff, dass man es mit dem Feind zu tun hatte.»

«Ich dachte, die Sowjetunion war der Feind», bemerkte McBride.

«Natürlich. Aber der Kalte Krieg spielte sich genauso im eigenen Land ab wie auf internationaler Ebene. Es war ein Krieg für den American Way of Life – und ich kann Ihnen versichern, Schwule, Verrückte oder Junkies gehörten damals nicht dazu. Sie waren alle Freiwild.»

«Um was für Forschungen handelte es sich?», fragte McBride.

«Drogen und Hypnose, Telepathie und Grenzerfahrungen. Aversionskonditionierung – Erniedrigung und Schmerz.»

«Erniedrigung und Schmerz?», fragte Adrienne mit ungläubiger Stimme.

«Wie man dergleichen erzeugt, erträgt und benutzt – wie man es messen kann», erwiderte Shapiro. «Aber die Schmerzexperimente waren nicht besonders fruchtbar.»

«Wieso nicht?», wollte McBride wissen.

Der Wissenschaftler seufzte. «Wir hatten Probleme, angesehene Psychologen für diese Forschung zu finden. Und diejenigen, die wir gewinnen konnten, waren nicht so objektiv, wie wir es gern gehabt hätten.»

McBride blickte verdutzt. «Wie das?»

«Bei den Studien kam es immer wieder zu sadistischen Auswüchsen – und bei den Drogenexperimenten war Sex im Spiel. Eigentlich war bei allem Sex im Spiel. Und das hat die Ergebnisse beeinflusst.»

«Sie haben Grenzerfahrungen erwähnt», sagte Adrienne.

Shapiro rutschte unbehaglich auf seinem Kissen. «Ja.»

«Was muss man sich darunter vorstellen?»

Der pensionierte CIA-Mann wog die Frage ab. Schließlich erwiderte er: «Dabei wurden Versuchspersonen, die in einem dunklen, engen, abgeschlossenen Raum untergebracht waren, relativ hohe Dosen einer bewusstseinsverändernden Droge verabreicht, und sie wurden einer Endlosschleife von aufgezeichneten Tonsignalen ausgesetzt.»

«Ein dunkler, enger, abgeschlossener Raum?», fragte Adrienne.

«Wir haben Schubladen in einem Leichenschauhaus benutzt», erklärte Shapiro.

«Großer Gott», sagte McBride leise.

«Noch einen Schluck Wein?», fragte Shapiro.

Adrienne fröstelte und blickte weg. McBride schüttelte den Kopf. Shapiro schloss einfach die Augen und saß da, genoss den Wein, das Feuer im Ofen, seinen Besuch und seine Reuegefühle. Als er nach einer Weile die Augen öffnete und wieder etwas sagte, war die Wirkung beunruhigend – als hätte er seine Gäste die ganze Zeit beobachtet. Der Übergang war so abrupt, dass Adrienne an einen Raubvogel denken musste, einen Adler oder Bussard. «Ich weiß, was Sie denken», sagte er.

«Ach ja?»

«Natürlich», erwiderte Shapiro. «Sie denken, ich bin ein Kriegsverbrecher.»

Weder Adrienne noch McBride sagten ein Wort.

«Na ja», redete Shapiro weiter, «wahrscheinlich hätten Sie damals dabei sein müssen.» Er trank einen Schluck Wein und blickte sie an. «Es ist einfach, heute das zu verurteilen, was damals geschehen ist. Aber das Programm wurde von Leuten entwickelt, deren Motive so rein waren wie frisch gefallener Schnee.»

Adrienne verdrehte unwillkürlich die Augen.

«Sie wussten, wozu Männer wie Hitler imstande waren. Und sie wollten die Freiheit mit allen Mitteln verteidigen, auch wenn es grausame Mittel waren. Ich weiß, es hört sich abgedroschen an – Freiheit hört sich immer abgedroschen an. Aber es ist die Wahrheit.» Der Wissenschaftler hielt inne, legte die linke Hand auf den Boden und sprang mit erstaunlicher Behändigkeit auf. Er ging zum Ofen, schürte die Glut mit einem Feuerhaken und legte Holz nach. Dann drehte er sich wieder seinen Gästen zu. «Von Anfang an ging es darum, Möglichkeiten zu finden, wie man Männer wie Hitler und Stalin erkennen und eliminieren konnte – bevor sie an die Macht kamen.»

«Dann war es also ein Programm für politische Morde», sagte McBride.

Shapiro zuckte die Achseln. «Zum Teil. Es ging darum, verhaltenskontrollierte Agenten hervorzubringen, die einen Auftrag ausführen würden, um jeden Preis, auch wenn der Ausgang all ihren Instinkten zuwiderlief.»

«Und was soll das heißen?», fragte McBride.

«Es war ihnen egal, ob sie am Leben blieben oder starben», mutmaßte Adrienne.

Shapiro neigte widerwillig beipflichtend den Kopf. «Ob der Agent am Leben blieb, war nicht entscheidend. Ausschlaggebend war, ob er dann in der Lage war zu leugnen. Wenn der Agent am Leben blieb und geschnappt wurde, das war ein Problem. Und irgendwann wird man geschnappt. Nicht beim ersten Mal. Nicht beim zweiten Mal. Aber irgendwann.»

Sie blickten ihn abwartend an.

«Schusswaffen versagen», erklärte er. «Polizisten interessieren sich plötzlich für die scheinbar harmlosesten Dinge. So fängt es an. Und im Nu baumelt dein Agent an einem Haken im Keller irgendeines Verteidigungsministeriums und beantwortet alle möglichen Fragen. Deshalb ging es bei einem großen Teil der Forschung darum, einen Agenten hervorzubringen, der von Anfang an in der Lage war zu leugnen.»

«Lassen Sie mich raten», sagte McBride. «Sie haben sie in den Wahnsinn getrieben.»

Shapiro ging nachdenklich zum Tisch zurück und setzte sich. «Nein. Wenn wir das gemacht hätten, wären sie funktionsunfähig gewesen. Wir haben Jahre – und eine ganze Menge Geld – in das Studium dissoziativer Amnesie und in die Suche nach Möglichkeiten investiert, wie sich multiple Persönlichkeiten erzeugen lassen. Am Ende haben wir uns für Deckerinnerungen als die optimale Lösung entschieden – obwohl wir auch dabei Probleme hatten. Sie neigten dazu, die Persönlichkeit zu destabilisieren, so dass eine Therapeutenfigur notwendig war, um die Persönlichkeit wieder zu stärken.»

Adrienne sah rasch zu McBride hinüber, dann wandte sie sich mit einem fragenden Blick an Shapiro. «Was ist eine Deckerinnerung?»

«Eine Erinnerung, die nachweislich falsch und an sich lächerlich ist – so dass jeder, der behauptet, sie sei wahr, diskreditiert wird, schon allein aufgrund der Behauptung.»

«Geben Sie mir ein Beispiel», sagte McBride.

«Ich wurde von Außerirdischen entführt und zu einer unterirdischen Basis in der Antarktis geflogen», erwiderte der Wissenschaftler.

«Satanisten haben mich als Kind gequält», sagte Adrienne.

«Genau», sagte Shapiro. «Sie entlarvt den Sprecher – in diesem Fall den Attentäter – als ‹verrückten Einzeltäter›. Was, wie Sie sich vorstellen können, für alle Beteiligten recht beruhigend ist.»

«Beruhigend?» Adrienne spie ihm das Wort entgegen. «Sie reden über Menschenleben. Sie reden über das Leben meiner Schwester!»

Der alte Mann war erschrocken über ihre plötzliche Vehemenz. «Ich spreche rein hypothetisch», entgegnete er. «Und überhaupt, wie ich bereits sagte: Wenn Ihre Schwester nicht bedeutend älter war als Sie, dann war sie von dem Programm in keiner Weise betroffen.»

«Wie können Sie das sagen?», fragte Adrienne. «Sie haben das Implantat gesehen –»

«Vor dreißig Jahren wurde uns das Geld gestrichen – und da waren die meisten Projekte schon ins Ausland verlegt worden. Das Ende war abzusehen. Ich meine, das war in den sechziger Jahren, zum Teufel noch mal! Da hat doch jeder Idiot im Land mit Bewusstseinssteuerung herumexperimentiert!»

McBride musste unwillkürlich lächeln. «Sie sagen, die Projekte wurden ins Ausland verlegt?»

«Die meisten Studien wurden an Universitäten und Forschungsinstituten durchgeführt. Das Geld dazu wurde von Vermögensstiftungen und -institutionen, denen wir vertrauen konnten, gewaschen. Im Laufe der Jahre geriet die CIA zusehends ins Fadenkreuz des Kongresses und der Presse, so dass einige der sensibleren Projekte nach Übersee verlegt werden mussten. Als die Rockefeller-Kommission mit ihrer Untersuchung anfing, waren die Aktivitäten bereits eingestellt worden. Kurz darauf bin ich dann in den Ruhestand gegangen.»

Eine Weile sagte niemand etwas. Sie saßen alle drei einfach nur da und sahen zu, wie der Feuerschein über die Decke und den Fußboden spielte. Schließlich räusperte McBride sich. «Und was ist mit mir?», fragte er. «Woher stammt das Implantat?»

Shapiro schüttelte den Kopf.

«Und meine Schwester!», sagte Adrienne. «Was ist mit ihr?»

Shapiro breitete in einer hilflosen Bewegung die Arme aus. «Sie sprechen mit dem Falschen», sagte er. «Sie sprechen mit einem Dinosaurier.»

«Ich denke, ich spreche mit jemandem, der den Tatsachen nicht ins Auge sehen will – obwohl sie ihm geradezu ins Auge springen», erwiderte Adrienne. «Sie haben seine Akte gesehen. Sie haben das Implantat gesehen.»

«Ich habe ein Foto gesehen.»

«Denken Sie etwa, wir hätten das erfunden?», fragte McBride.

«Nein», gab der Wissenschaftler zu.

«Was denn dann? Offenbar wurde das Programm doch nicht eingestellt», beharrte Adrienne. «Die CIA –»

«– hat nichts damit zu tun.» Shapiro schüttelte langsam den Kopf. «Glauben Sie mir: Wenn die CIA beteiligt wäre, dann wüsste ich das.»

McBride versuchte zu verstehen. «Dann –»

«Es ist ein Frankenstein», sagte Shapiro.

Adrienne und McBride blickten einander an, unsicher, ob sie richtig gehört hatten. «Ein was?», fragte McBride.

«Ein Frankenstein.» Der alte Wissenschaftler leerte sein zweites Glas Wein und lehnte sich mit einem seltsamen Lächeln auf den Lippen zurück. «Ein Agent oder eine Operation, den oder die man nicht kontrollieren kann. Etwas, das man erschafft und das dann ein Eigenleben entwickelt.»

«Und …?» Adrienne blickte Shapiro an, damit er weiterredete.

«Ich stelle nur Vermutungen an», gab Shapiro zu. «Aber wenn ich das Implantat sehe, würde ich sagen, das Programm wurde privatisiert.»

«Privatisiert?», echote McBride.

«Ich meine, es wurde von jemandem im Privatsektor übernommen oder von jemandem, der in den Privatsektor gewechselt ist. Mit anderen Worten, es sieht so aus, als hätte jemand die Forschungen eigenständig fortgeführt – außerhalb der CIA.»

«Und wer könnte das sein?», fragte Adrienne.

Shapiro zuckte die Achseln. «Ich habe keine Ahnung.»

«So was muss doch einen Haufen Geld kosten», sagte McBride nachdenklich.

Shapiro nickte. «Das kostet Millionen.»

«Aber wie könnte man so etwas geheim halten?», fragte Adrienne.

Nach kurzer Überlegung erwiderte Shapiro: «Das Ganze im Ausland auf die Beine stellen. Im kleinen Rahmen. In einer Klinik zum Beispiel, wo die Ungestörtheit des Patienten Priorität hat.» Der Wissenschaftler spitzte die Lippen und dachte einen Moment lang nach. «Wissen Sie was», sagte er, «wenn die seit dreißig Jahren daran arbeiten – mein Gott!»

«Haben Sie gerade Klinik gesagt?», fragte Adrienne.

«Ja.»

Sie beugte sich vor. «Dann möchte ich Sie etwas fragen: Haben Sie schon mal von der Prudhomme-Klinik gehört?»

Der Wissenschaftler dachte kurz nach und schüttelte den Kopf. «Ich kann mich nicht erinnern.»

Adrienne wandte sich an McBride, der sie fragend ansah und überlegte, worauf sie hinauswollte. «Und du?»

McBride war verblüfft. «Was heißt hier ‹und du›? Ob ich davon gehört habe?» Die Frage überrumpelte ihn zwar, er wusste nicht, was Adrienne im Sinn hatte, doch da er ihre Ernsthaftigkeit spürte, durchforschte er sein Gedächtnis. Nach einer Weile sagte er: «Nein. In Louisiana gibt's den Chefkoch Paul Prudhomme, aber den wirst du ja wohl kaum meinen.» Er hielt inne. «Also, was ist mit dieser Prudhomme-Klinik?»

Sie ignorierte die Frage und wandte sich wieder an Shapiro. «Sie sprechen ständig von dem ‹Programm› und …» Sie stockte, holte tief Luft und ordnete ihre Gedanken. «Vor ein paar Tagen», sagte sie, «bevor Lew das Implantat herausgenommen wurde, sah ich ihn am Laptop meiner Schwester sitzen. Er war in eine ganz komische Website eingeloggt: theprogram dot org. Theprogram in einem Wort.»

«Und?»

«Er war in Trance – komplett weggetreten. Ich meine, er hat überhaupt nicht reagiert – aber er hat auf die Website reagiert. Die war nämlich interaktiv. Er hat Antworten auf Fragen getippt, die auf dem Bildschirm erschienen. Eine lautete: ‹Wo sind Sie?›»

«Das ist zwar sehr interessant», bemerkte Shapiro, «aber worauf wollen Sie hinaus?»

«Ich will darauf hinaus», erwiderte Adrienne, «dass jemand in der Nacht darauf versucht hat, uns umzubringen. Durch eine Gasexplosion. Niemand wusste, wo wir waren, deshalb haben sie die Adresse offenbar von Lew bekommen, als er auf der Website war.»

«Und diese Site gehört?»

«Ich habe einen Freund gebeten, das herauszufinden», erwiderte Adrienne. «Und er hat gesagt, die Website gehört einer gewissen Prudhomme-Klinik. In einer kleinen Stadt in der Schweiz.»

Shapiro nickte, zuckte die Achseln. «Noch nie davon gehört.»

Adrienne räusperte sich. «Und da ist noch etwas, das ich nicht erzählt habe.» Sie wandte sich an McBride. «Meine Schwester hat jemanden umgebracht.»

«Was?!»

«Sie hat einen Mann in Florida umgebracht. Wie eine Profikillerin.»

Shapiros Augen weiteten sich vor Skepsis und Überraschung. «Wieso benutzen Sie das Wort?», fragte er.

«Weil sie das Opfer – ein alter Mann, der im Rollstuhl saß und sich gerade den Sonnenuntergang anschaute – mit einem Präzisionsgewehr erschossen hat – so eins mit Schalldämpfer und Zielfernrohr. In den Zeitungen stand, die Wirbelsäule des Mannes wurde komplett durchschlagen.»

«Und ... woher wissen Sie das alles?», fragte Shapiro.

Sie erzählte, dass sie das Gewehr in der Wohnung ihrer Schwester gefunden hatte.

«Und das erzählst du mir jetzt erst?», entfuhr es McBride.

«Ich konnte mir auf das Gewehr keinen Reim machen», sagte sie. «Erst als ich auf ihrer Kreditkartenabrechnung gesehen habe, dass sie in Florida war, habe ich nachgeforscht, wo sie gewohnt hat, und dann das über den Mann gelesen, der genau zu der Zeit ermordet wurde, als sie da war. Du warst im Krankenhaus, und danach sind wir gleich hierher gefahren. Ich wollte darüber nachdenken.»

McBride leerte sein Glas Wein. «Und wer war er?», fragte er. «Der Ermordete?»

«In den Zeitungen stand, er hieß Calvin Crane.»

Shapiros Hand zuckte unwillkürlich, so dass er beinahe sein Weinglas umgestoßen hätte. Adrienne sah, dass seine schwarzen Augen rund vor Erstaunen waren. «Ihre Schwester hat Calvin Crane umgebracht?», fragte er.

Adrienne nickte. «Ja. Ohne Zweifel.»

«Moment mal», murmelte McBride, genauso sehr zu sich selbst wie zu den anderen. «Im Institut gab es einen Crane.»

«Wenn wir denselben Mann meinen, dann war er Leiter des Instituts für globale Studien», sagte Shapiro. «Jahrzehntelang.»

«Das stimmt!», sagte McBride mit Nachdruck. «Das war zwar vor meiner Zeit, aber sein Name stand noch auf dem Briefpapier. Direktor i. R. oder so.» Er hielt inne. Schließlich sagte er: «Gott – das wird ja langsam richtig inzestuös.»

Adrienne nickte. «Du. Und Nikki. Und Crane und das Institut. Du und Duran, Duran und meine Schwester, meine Schwester und Crane. Der Kreis schließt sich!»

Shapiro räusperte sich und stand auf. McBride fand, dass der alte Mann einen mitgenommenen Eindruck machte. «Tja», sagte er zu ihnen, «ich frage nicht, wer Duran ist. Ich denke, wir sind in unserem Gespräch wohl an einem Punkt angelangt, an dem wir nicht mehr –»

«Woher kennen Sie ihn?», fragte Adrienne.

«Wen?»

«Calvin Crane.»

Der ehemalige CIA-Mann schwieg eine scheinbar endlos lange Zeit. Adrienne wollte die Frage schon wiederholen, als er sagte: «Calvin Crane war eine Legende. Einer von den Tempelrittern.»

«Den was?», fragte McBride.

«So wurden sie genannt – die aus dem engen Kreis um Dulles. Kurz nach dem Krieg, als die CIA gegründet wurde. Des Fitzgerald und Richard Helms, Cord Meyer und Calvin Crane.»

«Dann war er also CIA-Agent?»

Shapiro verzog das Gesicht ob der naiven Bezeichnung und schüttelte den Kopf. «Nein. Er kam zur Premiere, ging aber mitten im ersten Akt.» Er hielt inne. «Hören Sie», gestand er, «Sie beide sind nette Menschen. Aber jetzt geraten Sie in etwas sehr Finsteres hinein. Vielleicht sollten Sie einfach kehrtmachen.»

«Kehrtmachen?», sagte McBride. «Die wollen uns umbringen. Wie zum Teufel –»

«Wer will Sie umbringen?»

McBride wandte sich fragend an Adrienne – die mit den Schultern zuckte. «Ich weiß es nicht genau», erwiderte McBride.

Shapiro seufzte. «Das Institut war einer unserer Kanäle», sagte er. «Crane war ein guter Freund der CIA – und er genoss vollstes Vertrauen.»

«Dann war er also ein Teil des Programms», sagte Adrienne.

«Er war ein wichtiger Faktor, ein Aktivposten, auf den wir uns unbedingt verlassen konnten. Er war ein reicher Patriot mit guten Beziehungen –, keine Karikatur – ein cleverer und vernünftiger Mann.» Shapiro zögerte und runzelte die Stirn. «Dass jemand ihn so umbringt, wie Sie erzählt haben, ist tragisch.» Er stockte und fügte dann hinzu: «Und eine Ironie des Schicksals.»

«Eine Ironie des Schicksals?» hakte Adrienne nach.

Shapiro nickte. «Wie bei der Schlange, die sich in den eigenen Schwanz beißt. Crane wollte innerhalb der CIA eine Eliminierungseinrichtung gründen. Aber er fand keine Unterstützung.»

Adrienne schüttelte den Kopf – eine rasche Links-rechts-links-Bewegung, die Fassungslosigkeit ausdrücken sollte. «Wie haben Sie das genannt?»

«Eliminierungseinrichtung.»

Sie verdrehte die Augen. «Das klingt wie eine öffentliche Versorgungseinrichtung.»

Shapiro lächelte schwach. «Es ging darum, Personen zu identifizieren und zu eliminieren, die eine Bedrohung für den Weltfrieden darstellten. Vielleicht war es auch die freiheitliche Demokratie oder der American Way of Life. Ich weiß es nicht mehr, und ich bin nicht sicher, ob Crane selbst es genau wusste. Aber er hat alle Hebel in Bewegung gesetzt, um innerhalb der CIA eine Sonderabteilung einzurichten, die politischen Mord als staatliches Mittel sozusagen institutionalisiert hätte.»

«Sie wollen uns also weismachen, dass die CIA keinen einzigen Mord begangen hat?», fragte McBride. «Was ist denn mit den ‹verhaltensgesteuerten Attentätern›, von denen Sie gesprochen haben?»

Shapiro schüttelte den Kopf. «Das sind zwei Paar Schuhe. Unter meiner Leitung war das Programm ein Forschungsprojekt. Ein großes Geheimprojekt, das zwangsläufig gewisse operative Aktivitäten beinhaltete – aber keine Mordanschläge.»

«Was ist mit Castro? Und Lumumba?», fragte McBride.

«Ich verstehe, was Sie meinen», gab Shapiro zu. «Aber das waren Adhoc-Operationen und absolut nicht das, was Crane vorschwebte. Außerdem waren es Fehlschläge, ebenfalls nicht das, was Crane vorschwebte.»

McBride legte den Kopf schief. «Kommt es Ihnen nicht auch seltsam vor, dass es so vielen verrückten Einzeltätern gelungen ist, Politiker umzubringen, während die CIA – mit all ihren Mitteln – in jedem bekannten Fall gescheitert ist?»

Shapiro sah auf die Uhr, stand auf und fing an, den Tisch abzuräumen. «So», sagte er seufzend, «es war interessant, aber es ist dunkel, und Sie haben noch einen weiten Weg vor sich.»

McBride verstand den Wink, stand ebenfalls auf und half Adrienne auf die Beine.

«Aber nein», sagte sie, «wir wohnen im Hilltop House. Das ist nicht so weit.»

Shapiro schüttelte den Kopf. «So habe ich es auch nicht gemeint», erwiderte er. «Ich meinte, es ist dunkel, und Sie haben noch einen weiten Weg vor sich.» Er geleitete sie zur Tür, öffnete sie und hielt inne. «Schnallen Sie sich an», sagte er, schloss die Tür und war verschwunden.

36

Die Fahrt zum Hilltop House war schön, still und traurig. Der Shenandoah glitzerte im Mondschein, und Adrienne und McBride sprachen so gut wie kein Wort, obwohl sie beide das Gleiche dachten: Alle um mich herum sterben. Nikki. Bonilla. Shaw. So viele Tote.

McBride fuhr mit einer Hand am Lenkrad, den Arm lässig über die Rückenlehne des Sitzes geworfen. Adrienne war angespannt, weil sie fürchtete, dass er den Arm um sie legen wollte oder, noch schlimmer, dass er es nicht wollte. Obwohl es nicht gut wäre, wenn er es täte. Im Gegenteil ...

Der Wagen fuhr durch die ländliche Gegend, Berge und Wälder hoben sich schwarz gegen den Sternenhimmel ab.

Im Rückspiegel tauchten bedrohlich Scheinwerfer auf und McBride lief es eiskalt den Rücken hinunter. Doch dann sauste der Wagen an ihnen vorbei und sie waren wieder allein. «Ich habe nachgedacht», sagte McBride. «Vielleicht solltest du eine Zeit lang verschwinden.»

«Wohin denn?»

«Zum Mond, wenn du noch Tickets kriegst. Ansonsten irgendwohin, wo du untertauchen kannst.»

Sie überlegte. Die Wahrheit war: Sie konnte nirgendwohin. Ihre Kellerwohnung auf der Lamont Street kam nicht in Frage. Sie hatte keinen Job mehr. Und nach dem, was Bonilla und Shaw passiert war, würde sie nicht bei Freunden Unterschlupf suchen. «Ich will herausfinden, was mit Nikki passiert ist», sagte sie. «Außerdem brauchst du mich.»

«Tue ich das?» McBride warf ihr einen Blick zu. Die Welt im Innern des Autos war nichts als schwarzweiß. Es war das Mondlicht. Sie sah gut darin aus.

«Allerdings», sagte sie. «Du brauchst den Wagen, und der ist auf meinen Namen gemietet.»

Er zuckte die Achseln. «Okay, du kannst bleiben.»

«Das war ja leicht.»

McBride lachte leise, aber er dachte: Es wäre so einfach, meinen Arm um ihre Schultern zu legen. Dann kam das Hotel in Sicht, und der Augenblick war vorüber.

Aber nicht vergessen.

In ihrem Zimmer bat er sie, ihm zu erzählen, was sie über Crane in Erfahrung gebracht hatte. Sie holte einen Stoß Blätter aus ihrem Koffer und reichte sie ihm.

Es waren überwiegend Ausdrucke aus dem Internet, darunter zwei Nachrufe aus der *Washington Post* und dem *Sarasota Star-Tribune*. Er las sie sorgfältig durch, sah, dass Crane einigen Organisationen angehört hatte, und entdeckte den Namen einer noch lebenden Schwester in Sarasota. Während er nacheinander die Ausdrucke durchging, bemühte er sich, so gut er konnte, Adrienne zu ignorieren, die mit übereinander geschlagenen Beinen auf dem Bett saß. Das Zimmer war klein und stickig, und er blieb vorsichtshalber auf der Couch sitzen, er hätte sonst für nichts garantieren können.

«Wir fahren nach Florida, nicht?», fragte sie.

«Ja, ich denke, uns bleibt nichts anderes übrig.» Er hütete sich noch immer, sie anzusehen, blickte geflissentlich auf die Landschaft draußen vor dem Fenster. «Wir könnten als Erstes die Schwester besuchen», schlug er vor, «vielleicht erfahren wir ja was von ihr. Wir können zum Gericht gehen – vielleicht hat es ja mal einen Prozess gegeben. Uns sein Testament ansehen ...»

«Mhm», sagte sie und reckte die Arme über den Kopf. «Dann fahren wir also praktisch auf gut Glück hin.»

«Es sei denn, du hast eine bessere Idee», pflichtete er bei und öffnete die Balkontür, um die frische kalte Luft hereinzulassen – denn im Zimmer war es plötzlich ziemlich warm geworden.

Sie fing seinen Blick auf, sah ihm eine Spur zu lange in die Augen und reckte sich dann erneut träge, streckte die Beine und bog die Füße, hob die ineinander verschlungenen Hände über den Kopf. Sie drückte den Rücken durch, zeigte ihren Körper, öffnete sich für ihn.

McBride stöhnte innerlich auf, erhob sich und trat auf den Balkon.

Den ganzen Tag schon war er sich ihrer bewusst gewesen, sehnsüchtig verträumt wie ein Teenager. Immer wieder im Laufe des Tages – selbst in Shapiros spartanischer Hütte, selbst in der Trostlosigkeit, die der Wissenschaftler mit seinen entsetzlichen Geschichten verbreitet hatte, selbst angesichts der schrecklichen Nachricht von Ray Shaws Tod – hatte er die quälenden Erregungszustände durchlitten, die ihm in der High-School oft das Leben schwer machten.

Vom Balkon aus schaute er hinunter auf die Lichter der Autos und dachte: Wann war ich zuletzt mit einer Frau im Bett? Er wusste es nicht – seine Erinnerung kam noch immer nur in kleinen Häppchen zurück, in aufblitzenden Bildern. Aber es war vor Jeffrey Duran gewesen – da war er sich sicher.

Also was nun?

Adrienne war eine tolle Frau, so viel stand fest. Aber es stand ebenfalls fest, dass Lew McBride so ziemlich das Letzte war, was sie brauchte. Sie hatte schon ihre Schwester verloren und ihren Job und hätte um Haaresbreite ihr Leben verloren – und für das alles war er verantwortlich. Es wäre nicht richtig, wenn er ihre gemeinsame verzweifelte Situation ausnutzen würde, in die sie zufällig geraten waren. Und trotzdem …

Es war unnatürlich, im selben Zimmer zu schlafen und Distanz zu wahren. Es liegt in der Natur des Menschen, sagte er sich, stritt mit seinem Gewissen. Sie beide hatten einiges zusammen durchgemacht, und es ging nicht bloß um Sex – er mochte sie wirklich. Sie war klug und attraktiv, lustig und verletzlich. Das mit ihnen jetzt war das Gleiche wie das, was in Kriegen und bei Naturkatastrophen passierte, die Menschen suchten die körperliche Nähe. Also warum dagegen ankämpfen? Wieso gehst du nicht einfach … aufs Ganze?

Aber es war zu spät – und wenn nicht zu spät, so zumindest verschoben. Die Kälte hatte Wirkung gezeigt, und er ging zurück ins Zimmer, wie nach einer kalten Dusche. Adrienne saß noch immer auf dem Bett und las eine Hotelbroschüre über Harper's Ferry und Umgebung. Sie blickte unter dichten, dunklen Wimpern zu ihm hoch – ein Killerblick, die Augen verführerisch und einladend. Sie setzte sich bequemer hin, mit fließenden Bewegungen, so dass er sich unwillkürlich ausmalte, wie ihr Körper sich bewegen würde, ohne Kleidung.

«Sterne geguckt?»

Seine Augen wanderten zur Decke. «Nein», sagte er. «Ich habe nachgedacht.» Er lachte. «Frag lieber nicht, worüber.»

Sie machte ein leises Geräusch in der Kehle, und er musste all seine Willenskraft aufbieten, damit er sich nicht einfach auf sie warf. Ein Hechtsprung in ihre tiefsten Tiefen.

Stattdessen sagte er: «Ich denke, ich nehme die Couch.»

Sie nickte, zog die Knie an die Brust und umschlang sie mit den Armen. Jetzt ganz in sich verschlossen. Der Heizkörper tickte in dem heißen Zimmer. Nach einer scheinbaren Ewigkeit seufzte sie und lächelte übers ganze Gesicht. «Schön», sagte sie.

Es war eine lange Fahrt und sie wechselten sich am Steuer ab, fuhren den ganzen nächsten Tag und kamen erst am späten Abend an. Sie nahmen sich ein Zweibettzimmer in einem Super 8. Adrienne waren ihre neu erwachten Gefühle richtig peinlich. Nie hätte sie gedacht, dass ihr Körper zu solch pubertären sinnlichen Begierden fähig wäre.

Am nächsten Morgen suchten sie das Verwaltungsbüro von La Resort auf, wo eine sonnengebräunte Blondine ihnen mitteilte, dass Calvin Cranes Wohnung schon vor Wochen geräumt worden war. Die Wohnung selbst – drei Schlafzimmer, Meerblick, mit allen Schikanen – stand zum Verkauf. Hatten sie Interesse?

Nein.

Auf dem Rückweg hielten sie an, um beim Lunch ihren nächsten Schritt zu besprechen: ein Besuch im Gericht in Bradenton, wo sie so gut wie nichts erreichten. Crane hatte mit niemandem im Rechtsstreit gelegen, zumindest nicht im Manatee County. Und sein Testament war nicht so interessant, wie sie gehofft hatten. Die Hälfte seines Vermögens hatte er zu gleichen Teilen der Harvard University und der Krebsforschung vermacht. Der Rest war an seine «geliebte Schwester Theodora Wilkins» und seine «alte, treue Freundin Marijke Winkelmann» gegangen.

Cranes Schwester wohnte im The Parkington, einem vornehmen Altersheim mit schöner Parkanlage in einer der besten Gegenden Saratogas. Nach vorn heraus lag eine überdachte Terrasse mit einer ganzen Phalanx von weißen Schaukelstühlen, die nebeneinander aufgereiht waren. Nur einer der Stühle war besetzt, und zwar von einer stocksteif dasitzenden Dame, deren weißes Haar zu einem kurzen Pagenkopf geschnitten war. Der weiße Pony fiel ihr wie mit dem Lineal geschnitten in die Stirn. Das Gesicht war vielleicht einmal hübsch gewesen, doch die feinen Züge verloren sich in tiefen Falten. Auf Adrienne wirkte sie wie ein altes Baby. Sie trug ein blau-weiß gestreiftes Hemdblusenkleid mit einem breiten weißen Gürtel und dazu passende weiße Schuhe, auch die Handtasche war weiß.

Die Frau erhob sich, als sie zu ihr traten. «Sie müssen Adrienne und Lew sein», sagte sie mit leiser, sympathischer Stimme. «Ich bin Thea – obwohl ich nicht darauf bestehe. Sie können auch Mrs. Wilkins sagen, wenn es Ihnen unangenehm ist, eine schon recht betagte Frau mit Vornamen anzureden.»

«Schön, Sie kennen zu lernen, Thea», sagte Adrienne, reichte ihr die Hand und stellte sich vor. Als sie erfahren hatte, dass Theodora Wilkins auf die Neunzig zuging und in einem Altersheim lebte, hatte sie schon befürchtet, Calvin Cranes einzige noch lebende Angehörige wäre geistig vielleicht nicht mehr klar genug, um ihnen weiterhelfen zu können. Das war offenbar nicht der Fall. «Das ist Mr. McBride.»

Die alte Dame bat sie, Platz zu nehmen, und ging dann ins Haus, um «etwas Eistee aufzutreiben». Kurz darauf kam sie wieder, gefolgt von einem Latino mit einem Tablett, und ließ sich vorsichtig in ihren Schaukelstuhl nieder. Sobald der Eistee verteilt war, lächelte sie. «So», sagte sie, «wie kann ich Ihnen behilflich sein?»

«Wie ich schon am Telefon sagte», erklärte McBride, «glaubt Adrienne, dass ihre Schwester Nico mit Ihrem Bruder kurz vor seinem Tod im Briefwechsel stand. Ihre Schwester ist verstorben –»

«Das tut mir Leid», warf Thea ein.

«Ich hatte gehofft, dass ich die Briefe vielleicht zurückbekommen könnte», sagte Adrienne. «Zur Erinnerung.»

Die alte Frau spitzte die Lippen und zog die Nase kraus. «Ach du liebe Güte», sagte sie, «ich fürchte, da werde ich Ihnen nicht helfen können. Cal und ich standen uns nicht sehr nahe, müssen Sie wissen.»

Adrienne versuchte, sich ihre Enttäuschung nicht anmerken zu lassen. «Oh.»

«Sie wundern sich bestimmt darüber, nicht wahr? Bruder und Schwester, eine alte Schachtel und ein alter Kauz, die eine halbe Stunde voneinander entfernt wohnen und sich» – sie streckte die Unterlippe vor und blies einen Luftstrom hoch, der ihren Pony anhob – «alle halbe Jahre gesehen haben. Thanksgiving und Ostern. Das war das höchste der Gefühle.»

«Dann haben Sie sich nicht gut mit ihm verstanden.»

«Kein bisschen. Cal hat mich nicht für voll genommen und er konnte meinen Mann nicht ausstehen. Nannte ihn einen Stümper. Was er wohl auch war, Gott habe ihn selig. Trotzdem ...»

«Und was haben Sie von ihm gehalten?», fragte Adrienne.

«Von meinem kleinen Bruder? In meinen Augen war er der...» Sie hielt inne, überlegte und sagte: «In meinen Augen war er der arroganteste Mann, dem ich je begegnet bin.»

«Ach.»

«Oh ja. Er war natürlich ein Idealist, aber das war Hitler auch. Beide wussten, was für alle anderen richtig war.» Sie hob eine makellos gezupfte Augenbraue. «Es ist schrecklich, so etwas zu sagen, aber ich vermisse ihn nicht besonders.»

«Waren Sie schockiert, als –»

«Oh ja – ich meine, es hat schließlich ganz schön Aufsehen erregt. Cal hätte das gar nicht gefallen. Schließlich ist es ‹stillos›, so erschossen zu werden! Das hätte ihm gar nicht gefallen.»

«Haben Sie eine Vermutung, wer –»

«Ihn ermordet hat?», sagte sie. «Nein. Tut mir Leid. Ein Mann wie er macht sich leicht viele Feinde, doch ich muss sagen, ich hätte nicht gedacht, dass irgendwer von Cals Geschäftspartnern so weit gehen würde.» Sie beugte sich vor und flüsterte: «Haben Sie schon mit Mamie gesprochen?»

Sie blickten einander an und schüttelten den Kopf. «Wer ist Mamie?», fragte McBride.

Die alte Dame lachte, tief und leise, und trank dann einen Schluck Eistee. «Mamie war Cals Geliebte.»

«Was Sie nicht sagen.»

«Oh ja. Und sie ist ganz anders als Cal. Ich mag sie eigentlich ganz gern, obwohl mir schleierhaft ist, was sie an Cal gefunden hat. Aber sie waren seit ewigen Zeiten befreundet. Hatten sich in London kennen gelernt, während des Krieges. Sie war verheiratet, wie sich herausstellte.» Thea lachte in sich hinein. «Ich hab sie immer ‹die kleine Holländerin› genannt, weil sie... na ja, genau das war! Holländerin, meine ich. Sie heißt Marijke Winkelmann. Cal hat sie nur ‹Mamie› genannt.»

«Und ihr Mann?», fragte Adrienne.

«Och, der ist tot – ich glaube, schon seit zwanzig Jahren. Er war beim Roten Kreuz in Genf. Alle beide. Flüchtlingshilfe.»

«Verstehe», sagte McBride, obwohl er es eigentlich nicht verstand.

«Da hat es angefangen», sagte Thea.

«Was?», fragte Adrienne.

«Das mit den beiden. Ihre Affäre. Er war in Zürich. Genf war nicht so weit weg – aber warum sie Cal nach dem Tod ihres Mannes nicht geheiratet hat, ist mir ein Rätsel. Wahrscheinlich zu umständlich.»

«Meinen Sie, sie würde es wissen, wenn er irgendwelche Unterlagen hinterlassen hat?», fragte McBride.

Thea Wilkins rührte ihren Eistee um, nippte einmal daran und tupfte sich anschließend die Lippen mit der Serviette ab. «Na, wenn irgendwer das weiß», sagte sie, «dann Mamie… Ich gebe Ihnen ihre Adresse, und Sie können sie selbst fragen.»

«Sie haben nicht zusammengelebt?», fragte Adrienne.

«Oh, um Himmels willen, nein. Sie haben immer getrennt gewohnt. Mamie hat ein prachtvolles Haus, direkt am Strand. Villa Alegre.»

Villa Alegre war wirklich prachtvoll, ein niedriges, rosa verputztes Haus mit einem Tonnendach aus Terrakottaziegeln. Es stand inmitten einer üppigen Vegetation, einem regelrechten Wald aus alten Palmen und Banyans.

Und die Bewohnerin unterschied sich gewaltig von ihrer beinahe Altersgenossin Theodora Wilkins. Sie trug Shorts und T-Shirt und Birkenstocksandalen. Trotz ihres runzeligen Halses und der mit einem Netz aus Falten durchzogenen Haut war sie noch immer eine Schönheit. Sie hatte weit auseinander stehende, blassblaue Augen, blondes, silbrig gewordenes Haar und breite, volle Lippen. Sie führte sie um das Haus herum in den Garten und blieb an einem kleinen Teich stehen, in dem Karpfen schwammen. «Mein Feng- Shui-Berater hat mir empfohlen, sie anzuschaffen. Er meint, das Haus braucht Bewegung. Jedenfalls sehen sie großartig aus, finden Sie nicht?» McBride äußerte sich bewundernd. Adrienne lächelte höflich.

«Sie mögen sie wohl nicht, meine Liebe?», sagte Mamie.

Adrienne zuckte die Achseln. «Nicht besonders, ehrlich gesagt. Ich weiß nicht, warum.»

«Wahrscheinlich wegen der Farben», mutmaßte Mamie. «Darf ich Sie etwas fragen? Mögen Sie Halloween?»

«Nein. Überhaupt nicht.»

Die alte Frau strahlte übers ganze Gesicht, erfreut, ihre Theorie durch diese eine Stichprobe bestätigt bekommen zu haben. «Na, da haben wir's!» Sie nahm kameradschaftlich Adriennes Arm und führte sie den Fliesenweg zum Haus hoch. Irgendetwas an der Art, wie die ältere Frau sprach, hatte Adrienne aufhorchen lassen. Dann dämmerte es ihr: Die Dame war zwar nicht betrunken, aber auf dem besten Weg dahin.

Sie wollte erst mit ihnen reden, wenn sie es sich ‹gemütlich› gemacht hatten. Sie nahmen in weißen Korbsesseln unter einer mit Weinreben überrankten Pergola Platz und schauten entzückt den Wellen zu, die auf den nahe gelegenen Strand plätscherten. Mamie entschuldigte sich und kam einige Minuten später mit einer Karaffe Martini und einem Teller mit Käse, Obst und Kräckern zurück.

Sie schenkte die Drinks in traditionelle Gläser mit Stiel ein, tat Oliven hinein und reichte sie ihren Gästen, bevor sie erklärte, dass sie bereit sei.

«Also», sagte sie, ihr Glas hebend. «Salute. Was möchten Sie gern über Cal wissen?»

Sie tischten auch ihr die Geschichte auf, Adriennes verstorbene Schwester hätte im Briefwechsel mit Crane gestanden. Mamie sagte, darüber wisse sie nichts.

«Er hat mir nie was von einem Briefwechsel erzählt, aber so verwunderlich ist das auch wieder nicht», sagte sie.

Sie sprachen darüber, was für ein Mensch Calvin Crane gewesen war. Somit war der Weg für McBrides Frage geebnet, ob Crane irgendwelche Feinde gehabt hatte.

«Die Polizei hat mir die gleiche Frage gestellt», erwiderte Mamie, «aber ich hatte den Eindruck, aus reiner Routine und dass sie sich für die Antwort eigentlich nicht interessierten. Deshalb hab ich auch nicht groß drüber nachgedacht.» Sie biss ein winziges Stück Käse ab und spülte es mit einem großzügigen Schluck Martini hinunter. «Aber ich weiß, dass Gunnar nicht gut auf ihn zu sprechen war.»

«Gunnar?», fragte Adrienne.

«Gunnar Opdahl», sagte Mamie. «Er war Cals Protegé im Institut, aber… Ist alles in Ordnung, Mr. McBride?»

Nein, das war es nicht. Er fühlte sich wie vor den Kopf geschlagen, als der Name Opdahl fiel. Sein Herz tat einen Satz, und Panik machte sich in ihm breit. Er musste zusammengezuckt sein, denn Adrienne legte ihm eine Hand auf den Arm.

«Alles okay?», fragte sie.

Ein Windstoß ließ die Windspiele klirren.

Er nickte und log: «Ich hab Staub ins Auge bekommen.» Adrienne betrachtete ihn argwöhnisch.

Er dachte bei sich: Was war das, verdammt noch mal? Gunnar Opdahl war... was denn? Klug und kultiviert, eine angenehme Gesellschaft beim Lunch. Und noch während er das dachte, wusste er, dass da noch etwas war, etwas zutiefst Widerwärtiges, an das er sich nur noch erinnern musste. Schließlich räusperte er sich und blickte Mamie an. «Sie sagten gerade ...»

«Ja, ich habe gesagt, sie hatten einen Streit. Gunnar und Cal.»

«Wissen Sie, worum es dabei ging?», fragte Adrienne.

«Nein», erwiderte Mamie. Obwohl sie immer nur an ihrem Martini nippte, hatte sie das Glas fast geleert. «Ich habe die Schweiz vor Cal verlassen. Das Wetter geht einem auf die Nerven, wenn man ein gewisses Alter erreicht hat.»

«Wann ist Cal in Ruhestand gegangen?»

«93», erwiderte Mamie. «Aber ihre Meinungsverschiedenheit liegt noch nicht so lange zurück. Ich glaube, es fing vor etwa einem Jahr an. Vielleicht ist es auch ein bisschen länger her.»

«Hing es mit dem Institut zusammen?», fragte Adrienne.

Mamie neigte den Kopf von einer Seite zur anderen, runzelte die Stirn und schenkte sich Martini nach. «Sehr wahrscheinlich. Das war ja ihr einziger gemeinsamer Bereich. Und noch im Ruhestand hat Cal sich um gewisse Dinge gekümmert. Als einer der Gründer hatte er noch immer ein Wörtchen mitzureden.»

«Wobei?»

«Bei den Stipendien, der Forschung – und natürlich in der Klinik. Sie leisten ausgesprochen gute Arbeit mit gestörten jungen Menschen.» Sie hielt inne und fuhr dann fort: «Dieser Disput mit Gunnar könnte ...» Doch dann zuckte sie mit den Schultern, beendete den Satz nicht. «Ich sollte eigentlich nicht darüber sprechen. Weil ich es nicht weiß. Ich kann ja nur raten.»

«Erzählen Sie es uns. Bitte», drängte Adrienne. «Wir wissen praktisch nichts ...»

«Nun, ich wollte sagen, dass es vielleicht mit dem Geld zu tun gehabt haben könnte, dass Gunnar das Gefühl hatte, ihm würden Steine in den Weg gelegt. Den Eindruck hatte ich von einem Telefonat her, das ich zufällig mitgehört habe.» Sie fischte eine Olive aus ihrem Glas und steckte sie sich in den Mund.

McBride beugte sich zu ihr vor. «Gibt es jemanden am Institut, der uns Näheres über den Zwist der beiden erzählen könnte?»

Mamie legte die Stirn in Falten. «Ach, das glaube ich nicht. Cal war der Letzte von der Gründertruppe. Und die neuen Mitarbeiter... tja, die kenne ich nicht mal.»

«Lew war ein Stipendiat», verriet Adrienne mit einem Seitenblick auf McBride.

«Ach, was Sie nicht sagen!», rief Mamie mit einem breiten Lächeln. «Wie aufregend!» Sie streckte die Hand aus, tätschelte ihm vertraulich den Arm. «Sie müssen ja ein außergewöhnlicher junger Mann sein!»

McBride lächelte. Mamie schielte mittlerweile leicht, und sie fing an zu nuscheln. Wahrscheinlich hatte die Frau ihnen alles gesagt, was sie wusste.

Auch Adrienne fiel das auf. Mamie war jetzt bei der Olive in ihrem zweiten Martini angelangt, was erwarten ließ, dass das Gespräch bald an Zusammenhang verlieren würde. Es war also am besten, zur Sache zu kommen. Sie nahm ihr Glas, hielt es am Stiel, schwenkte es und sah zu, wie die ölige Flüssigkeit Kreise zog. Draußen in der Bucht sauste heulend ein Jet-Ski über das Wasser. McBride erzählte Mamie gerade von seinem Stipendium.

Wenn es ein Rechtsstreit wäre, überlegte Adrienne, was würde ich da fragen?

«Hat Mr. Crane irgendwelche Unterlagen hinterlassen?»

Die Frage überraschte Mamie. «Wie bitte?»

«Ich weiß, dass seine Habseligkeiten verkauft wurden», sagte Adrienne, «aber manchmal –»

«Na, Sie sind nicht die Erste, die danach fragt», sagte Mamie mit der Hand vor dem Mund, weil sie aufstoßen musste. «Nach Cals Tod war ein Mann von der Regierung hier und hat das Gleiche gefragt. Entsetzlicher kleiner Mann!» Sie warf den Kopf zurück wie ein Teenager. «Ich hab ihm erzählt, dass Cal immer irgendeinen toten Legionär zitiert hat. *Pas de cartes, pas de photos et pas de souvenirs.*»

Adrienne sah sie ratlos an. «Ich hab Spanisch in der Schule gehabt.»

McBride übersetzte. «Keine Briefe, keine Fotos und keine Souvenirs.» Er lächelte bekümmert. «Was für uns nicht so schön ist. Jedenfalls», fuhr er entschlossen fort, «wir haben Ihre Zeit schon zu lange in Anspruch genommen.»

«Sie waren sehr freundlich», pflichtete Adrienne bei, stand auf und streckte der alten Frau die Hand hin.

Mamie ergriff sie und hielt sie länger als nötig, wobei sie Adrienne prüfend betrachtete, als wäre sie ein Vermeer. «Sie haben so eine Aura», sagte sie. Dann lachte sie. «Vielleicht nehmen Sie doch noch mal Platz.» An McBride gewandt, fügte sie hinzu: «Cal war ein richtiger Schwätzer – *pas de cartes*, von wegen!»

37

Wenige Minuten später kam sie zurück, Lippenstift nachgezogen, Haare frisch gekämmt, und hielt eine abgegriffene Aktentasche und ein kleines Fotoalbum in den Händen. Sie hob die Aktentasche hoch und sagte: «Er hat seine Korrespondenz am liebsten hier erledigt.» Mit einem Blick zum Fenster hinaus sagte sie: «Da braut sich was zusammen. Vielleicht sollten wir besser ins Florida-Zimmer gehen.» Sie bedeutete ihnen, ihr zu folgen, und ging über einen langen Flur in einen Raum mit großen, altmodischen Fenstern mit Jalousien und einer niedrigen Decke, an der sich ganz gemächlich ein Ventilator drehte.

Durch die Fenster war hinter heftig wogenden Palmen der Golf von Mexiko zu sehen, auf dessen schwarzblauer Fläche weiße Schaumkronen tanzten. McBride meinte, die Elektrizität in der Luft förmlich spüren zu können.

Der Raum war gemütlich eingerichtet mit alten Rattanmöbeln und Pflanzen in Hülle und Fülle: Geigenblattfeigen, Farnen, Hibisken. Zitrusbäumen in großen, glasierten Töpfen. Gardenien blühten an der Tür und erfüllten die Luft mit ihrem starken Duft.

Mamie setzte sich zwischen ihre Gäste auf eine kleine Couch, das Album auf dem Schoß. Sie blätterte es Seite für Seite durch, ohne bei einer länger zu verweilen. «Mein Elternhaus», sagte sie, «in Amstelveen.»

«Es ist wunderschön», bemerkte Adrienne, und das war es wirklich.

«Sie waren Bankangestellte», sagte Mamie. «Auch meine Mutter.» Sie blätterte weiter, blickte nachdenklich auf die Fotos. «Mein Bruder Roel.» Sie seufzte. «Wie gut er aussah!»

«Lebt er noch?»

Mamie schüttelte den Kopf. «Nein. Er starb während des Krieges.»

«Als Soldat?», fragte McBride.

Sie verneinte. «Tuberkulose.» Ein weiteres Foto, diesmal von einer jungen Frau an einem Cafétisch in einer europäischen Stadt. «Erkennen Sie, wer das ist?», fragte sie kokett.

McBride lächelte. «Na klar», sagte er, «das ist Greta Garbo. Die würde ich überall erkennen.»

Mamie lachte auf. «Sie sind ein Engel! Und ein Lügner.»

«Das sind Sie, nicht wahr?», fragte Adrienne. «Sie sind ja eine richtige Schönheit!»

«Und Sie sind sehr freundlich», erwiderte Mamie. Dann schlug sie die nächste Seite auf und hielt inne. Ihr Zeigefinger stieß auf ein Foto, 13 x 18, auf dem einige Männer auf einer eleganten Terrasse vor einer Bergkulisse posierten, bei der es sich nur um die Alpen handeln konnte. «Da!», sagte sie. «Das wollte ich Ihnen zeigen.»

Das Foto hatte eine Sepiatönung; die Männer hatten sich in zwei Reihen aufgebaut – drei standen hinten, drei hockten vorn. Sie trugen altmodische Wanderkleidung – Knickerbocker, Kniestrümpfe, schwere Schuhe, gemusterte Wollpullover.

«Der da vorne ist Cal – wie immer im Mittelpunkt.»

Adrienne sah sich das Foto genauer an, das Crane und seine Freunde nach einer Bergtour zeigte. Sie konnte auf den ersten Blick erkennen, dass er in jungen Jahren gut ausgesehen hatte, mit dunklen Augen, breiten Schultern, Adlernase und einem tief eingekerbten Kinn. Links von ihm war ein großer Skandinavier mit rundem Gesicht, vollen Wangen und blondem Stachelhaar. Seine blassen Augen waren leicht zusammengekniffen und blickten direkt in die Kamera.

«Wer ist das da neben Mr. Crane?», frage McBride. Der Mann kam ihm seltsam bekannt vor.

«Das ist Ralf», erwiderte Mamie. «Er und Cal haben zusammen gearbeitet.»

«Im Institut?», fragte Adrienne.

«Natürlich», sagte die alte Frau. «Gunnar ist sein Sohn.»

Sie löste das Foto aus den kleinen Schlitzen, in denen seine Ecken steckten, und drehte es um. Auf der Rückseite stand handschriftlich in verblasster blauer Tinte:

Eiger, Mönch & Jungfrau
von links nach rechts: W. Colby, J. DeMenil, F. Nagy
vorn: T. Barnes, C. Crane, R. Opdahl
8. September '52: Hotel Eiger (Mürren)
Rückkehr vom Schilthorn!!!

«Und die anderen Männer?», fragte McBride.

Mamie lächelte. «Spione», sagte sie.

«Sind sie oft zusammen wandern gegangen?», fragte Adrienne.

Mamie schüttelte den Kopf. «Nein, ich glaube, nur das eine Mal. Sie waren geschäftlich dort.» Sie dachte kurz nach, nickte dann entschieden, als sie sich erinnerte. «Jetzt weiß ich's wieder! Sie hatten gerade die Klinik eröffnet.»

«Die Prudhomme-Klinik», sagte Adrienne.

Mamie nickte. «Ja. Deshalb gab es eine kleine Feier.»

«Woher haben Sie das Foto?», fragte McBride.

«Ich hab's selbst aufgenommen», sagte sie. «Das ist meine Handschrift, nicht Cals. Und es gibt nicht viele Fotos von ihm aus der Zeit.» Sie blätterte rasch ein paar Seiten weiter, bis sie fand, was sie suchte. «Das da ist das einzige andere, das ich kenne – aber es könnte sein, dass Thea noch welche hat.»

Das Foto war im Sommer aufgenommen worden. Es zeigte eine Villa in einer städtischen Wohngegend in Europa. Das Haus erinnerte Adrienne an eines der Botschaftsgebäude auf der Massachusetts Avenue in Washington. Große Steinkübel, aus denen üppige Pflanzen quollen, flankierten eine wuchtige Eingangstür. Und an der Tür, eine Hand an dem Löwenkopfklopfer und mit der anderen in die Kamera winkend, posierte Crane. Neben dem Foto, in derselben krakeligen Handschrift wie auf dem Foto davor, stand:

Der Herr Direktor kommt!
Das Institut (Küsnacht)
3. Juli 1949

«So», sagte Mamie, während sie langsam aufstand, «ich glaub, ich leg mich jetzt ein bisschen aufs Ohr. Wenn Sie irgendwas brauchen ...»

«Oh, wir kommen schon zurecht», erwiderte Adrienne.

Es regnete jetzt, dicke Tropfen klatschten gegen die Scheiben. Donner grollte über dem Golf. McBride öffnete die Aktentasche und holte ein paar Akten und Umschläge heraus, dann einen Notizblock, zwei oder drei braune Hefter aus Pappe, ein altes Tagebuch und eine Ausgabe des *AARP-Bulletin*, des Mitteilungsblattes vom Seniorenverband. Außerdem fand er einen dicken Stoß Briefe, die von einem Gummiband zusammengehalten wurden.

Alles in allem ein ziemliches Durcheinander – aber viel versprechend. Sie griffen beide zuerst nach dem Terminkalender, aber Adrienne war schneller. Sie lehnte sich zurück und fing an zu lesen, während McBride die anderen Sachen durchging.

Schnell stellte er fest, dass da nicht viel zu holen war. Es waren überwiegend Kontoauszüge und Rechnungen sowie Briefe an verschiedene Börsenmakler. Der Harvard Building Fund hoffte, in seinem Testament bedacht zu werden, und Sprint hoffte, ihn als Kunden zu gewinnen.

McBride blickte auf. «Irgendwas Interessantes?»

Adrienne schüttelte den Kopf, klappte das Tagebuch zu und legte es auf den Couchtisch. «Lyrik», sagte sie. «Er hat auf seine alten Tage Gedichte geschrieben.»

«Du machst Witze», erwiderte McBride und konnte dabei seine Enttäuschung nicht verhehlen.

«Schau es dir selbst an», sagte sie und entfernte das Gummiband von einem Stoß Umschläge, die sie dann nach und nach durchsah. In der Zwischenzeit nahm McBride die Rechnungen des alten Mannes unter die Lupe. Die Minuten verstrichen.

Schließlich sagte Adrienne: «Das sind fast alles Quittungen. Seine Schuhe hat er bei Church gekauft, seine Bücher auf der Main Street und seine Hosen bei Baecroft & Vane.» Sie blickte auf. «Ich finde hier nichts.»

McBride zuckte die Achseln und richtete seine Aufmerksamkeit auf das Fotoalbum. Er schlug die Seite mit dem Foto von Crane auf, als er am Institut ankommt, und betrachtete sie lange, versuchte, sich zu erinnern.

Adrienne fragte: «Wo liegt dieses Küsnacht?»

«Etwas südlich von Zürich. Dort ist der Hauptsitz des Instituts.» Er verstummte und runzelte die Stirn.

«Was hast du?»

McBride schüttelte den Kopf. «Ich versuche gerade, das Puzzle zusammenzusetzen. Mich zu erinnern, wann genau ich Jeffrey Duran wurde. Und das Letzte, woran ich mich erinnere, das Letzte, woran ich mich wirklich erinnere, ist, dass ich im Institut war. Ich war in der Schweiz, um mit Opdahl das eine oder andere zu besprechen. Ich war mit ihm zum Lunch verabredet.»

«Der Typ, der den Streit mit Crane hatte?»

McBride nickte, schlug dann die Seite mit dem Gruppenfoto auf der Terrasse in Mürren auf. «Er sieht aus wie sein Vater», sagte er. «Opdahl, meine ich.« Und während er auf das breite Gesicht und die zusammengekniffenen Augen blickte, durchlief ihn der gleiche Schauer wie noch kurz zuvor, ein angstvolles Frösteln. Er schüttelte das Gefühl ab. «Wir müssen uns ranhalten.»

«Mmm.» Der Regen trommelte jetzt aufs Dach. Adrienne öffnete einen DIN-A4-Umschlag, schaute kurz hinein und legte ihn wieder auf den Tisch. «Was ist da drin?», fragte McBride.

«Bloß ein Packen Zeitungsausschnitte», erwiderte sie. «Nachrufe und so.»

McBride zuckte die Achseln und nahm sich den Notizblock vor, der aussah, als wäre er nie benutzt worden. Als er ihn trotzdem rasch durchblätterte, rutschte ein Briefumschlag heraus und fiel auf den Tisch. Fast im selben Moment sah er, dass auf den letzten Seiten des Blocks etwas geschrieben stand, das aussah wie ein Brief oder der Entwurf eines Briefes.

Er ließ den Umschlag erst einmal liegen und richtete sein Augenmerk auf den handschriftlichen, mit Streichungen und Korrekturen versehenen Text. Gunnar – so begann der Brief.

McBride stockte. Kein «Lieber» – also waren sie sich wohl nicht grün. Und was noch seltsamer war: Warum sollte jemand einen Brief auf den letzten Seiten eines Notizblocks schreiben, von hinten nach vorn? Die Frage war natürlich banal, und schon als er sie sich stellte, kam er auf die Antwort: Weil Crane den Block offenbar mit sich herumgetragen, auch an öffentlichen Orten geschrieben und nicht gewollt hatte, dass irgendwelche Passanten ein Wort lesen konnten.

Meine einfache Antwort lautet:

Wieder hielt McBride inne. «Gunnar – Meine einfache Antwort lautet ...» Die Antwort worauf?, fragte er sich.

Ich bin entsetzt über deinen Vorschlag. Jericho übersteigt jedes Vorstellungsvermögen, und ich kann mir nicht mal im Traum ausmalen, was für verdrehte Schönfärbereien erforderlich waren, um es zu rechtfertigen. Bis zum heutigen Tag ist mir die Erinnerung an meine frühere Passivität unerträglich. Ein einziges Flugzeug stürzt in Afrika ab, und eine Million Menschen sterben?
Wo war eure vorbereitende Forschung? Was hast du dir dabei gedacht? Hatten wir überhaupt jemals einen Stipendiaten in Ruanda?
Was immer du dir dabei gedacht hast, ich werde mich nicht noch einmal an einer solchen Katastrophe beteiligen, und mach dir nichts vor, Jericho wird auf jeden Fall eine Katastrophe werden. Ja, ihr Vorläufer wird sich dagegen aller Wahrscheinlichkeit nach wie ein Probelauf ausnehmen. Und deshalb wirst du nicht die Unterschrift erhalten, die du verlangst. Unter gar keinen Umständen. Und ich garantiere dir, solltest du dennoch irgendeine Möglichkeit finden, weiterzumachen, werde ich alles in meiner Macht Stehende tun, um Jericho zu verhindern.
Gunnar, ich möchte dich an einige unserer ersten Prinzipien erinnern – die du offenbar vergessen hast. Wir haben unser Unternehmen in den Trümmern des Zweiten Weltkriegs gegründet. In der Zeit nach dieser Weltkatastrophe schlingerte der Westen in einen Kalten Krieg hinein, der die beiden barbarischen Weltkriege um einen weiteren zu ergänzen drohte. Um das zu verhindern, haben einige von uns die Organisation gegründet, deren Leitung du jetzt innehast.
Dein Vater war einer von uns. Er war sogar einer der Besten von uns.
Aber uns alle einte ein und dieselbe Sache, acht Männer aus halb so vielen Ländern, die sich ganz und gar dem Erhalt der Freiheit verschrieben hatten – Männer von verschiedenen Geheimdiensten, die die gleiche Überzeugung hatten: dass es neben den Politikern und Wissenschaftlern noch eine Macht, eine dritte Klasse von Individuen, geben musste und dass diese dritte Klasse es sich zur Aufgabe machen sollte, die Fehler der Zivilisation zu vereiteln …
Keine Hitlers mehr. Keine Stalins mehr. Keine Maos mehr.
Nie wieder.
Die Risiken, die wir auf uns genommen haben, sind unvorstellbar, umso mehr, als wir nicht den Handlungsspielraum und die Immunität genossen, die für Regierende selbstverständlich sind.

Wenn wir untergehen, dann für immer – und unwiderruflich – und dann kommt unweigerlich alles ans Licht, nicht nur Batista, sondern auch Papa und der ganze Rest. Bist du dazu bereit? Das bezweifele ich.

Die Wahrheit ist nun mal, dass das Institut schon immer ein parapolitisches Unternehmen war – eine dritte Kraft, anders als die Triaden und die Mafia. Solche Organisationen fangen als kampfeswilliger Geheimbund an, beseelt von einer edlen politischen Mission. Sobald sie ihre Daseinsberechtigung verlieren – will heißen, wenn die Sache, für die sie gekämpft haben, verloren oder gewonnen ist –, lösen sie sich häufig, vielleicht zwangsläufig, nicht auf, sondern werden zu kriminellen Organisationen.

Und genau das, so fürchte ich, ist mit dem Institut unter deiner Leitung passiert: Zu Anfang haben wir Drachen getötet – hehre Ziele, bei denen wir uns alle einig waren. Und jetzt, da der Kalte Krieg der Vergangenheit angehört, sind unsere Ziele immer weicher und weicher geworden. Seien wir ehrlich, im Grunde hätte das Institut geschlossen werden müssen, als Gorbatschow um Frieden bat...

«Sieh dir das hier mal an», sagte McBride und reichte Adrienne den Brief. «Das ist unglaublich.»

Er sah zu, wie Adrienne eine Weile las, und dachte, das Institut hatte seine Stipendiaten dazu benutzt, unbekannte Technologien und Praktiken zu erkunden, die sich bei Operationen zur Bewusstseinssteuerung verwenden ließen. Seine eigene Studie, die sich mit «animistischer Therapeutik» und der Dritten Welt beschäftigte, war ein klassisches Beispiel.

«Großer Gott», flüsterte sie, blickte auf und fragte: «Wen meint er denn mit ‹Papa›? Ist das sein Vater oder... Hemingway?»

«Ich weiß nicht», sagte McBride. «Im Moment macht mir ‹Jericho› mehr Sorgen.» Sein Blick fiel auf den Umschlag, der aus dem Notizblock herausgerutscht war. Er war adressiert an Calvin Crane, Florida, und trug weder Briefmarke noch Absender. Also per Boten überbracht, dachte McBride.

Er machte ihn auf und zog eine einzelne beschriebene Seite ohne Unterschrift heraus:

Mein lieber Cal,
ich muss zugeben, ich war schockiert über die Frömmelei, die aus deinem Brief spricht, den ich gestern mit der Post erhalten habe, und über die Leichtfertigkeit, mit der du ihn geschrieben hast. Was hast du dir bloß dabei gedacht, solche Dinge zu Papier zu bringen? Vielleicht liegt es ja an deinem Alter, dass du unvorsichtig geworden bist – aber kann das Alter dich auch fromm gemacht haben? Niemand muss mich an die «ersten Prinzipien» erinnern, auf denen unser Unternehmen gegründet wurde. Ich lebe Tag für Tag mit ihnen, wie mein Vater früher – wie du einst.
Ebenso wenig ist es erforderlich (oder wünschenswert), dass wir die Operation erörtern, die du so leichtsinnigerweise in deinem Brief erwähnt hast. Deine Rolle in diesen Angelegenheiten ist seit langem beendet. Ich werde auch nicht mit dir über die Ereignisse in Afrika debattieren – oder über irgendwelche andere Aktivitäten. Im Gegenteil, es liegt auf der Hand, dass es ein Fehler von mir war, dich, seit du in Ruhestand gegangen bist, weiter über unsere Operationen auf dem Laufenden zu halten.
Aber du begehst einen noch größeren Fehler, wenn du deine Unterschrift verweigerst, die die Bank in Liechtenstein für die Auszahlung von Geldern zur Durchführung unserer Operationen verlangt. Die Tatsache, dass zwei Unterschriften für derartige Auszahlungen vonnöten sind, ist, wie du sehr wohl weißt, inzwischen ein Anachronismus und geht auf die Zeit zurück, als das Institut und die Klinik getrennte Einrichtungen waren.
Dass du diese Anomalie jetzt ausnutzt, um deine eigenen Pläne durchzusetzen, ist schäbig. Und nicht nur das: Es ist ein Angriff auf das Institut und auf mich persönlich. Ich bitte dich, noch einmal darüber nachzudenken.

McBride wandte sich an Adrienne, die ihm jetzt über die Schulter guckte und mitlas, nachdem sie mit dem ersten Brief fertig war. «Mamie hatte Recht», sagte er.

«Mit was?» Sie las noch immer.

«Mit dem Geld. Crane hatte die Hand drauf. Und er hat sie unter Druck gesetzt.» Er ließ sie weiterlesen, bis sie zu ihm hochblickte und signalisierte, dass sie durch war. McBride sagte nichts, sondern saß einfach da und starrte ins Leere. «Worüber denkst du nach?»

«Mein Stipendium», erwiderte er. «Ich denke, dass das Ganze nur vorgeschoben war.»

«Worum ging es noch mal dabei?»

«Um Therapien bei Naturvölkern. Letzten Endes. Alles, vom Tanzrausch bis zum Zungenreden.»

«Und? Ich wüsste nicht, was das Programm davon hätte.»

«Aber ich. Genau darum geht es dabei: veränderte Bewusstseinszustände. Drogen, Hypnose, Trance. Und nicht nur das, ich wurde regelrecht dazu ermuntert, auch über ‹Messiasfiguren in der Dritten Welt› und ‹Massenkonvertierungen› zu schreiben. Und das habe ich getan. Ich habe über einen charismatischen Gesundbeter in Brasilien berichtet, über einen ehemaligen Priester in Salvador, der angeblich Wunder vollbringen konnte, und einen Politiker, der der Pfingstkirche anhing, in ... ich glaube, in Belize.»

«Und?»

«Der Gesundbeter wurde umgelegt. Auf der Bühne erschossen, als er einen Krebskranken heilen wollte und bis zu den Ellbogen in Hühnerinnereien steckte. In den Zeitungen hieß es, der Mörder wäre ein Irrer gewesen.»

«Und du glaubst ...»

«Ich weiß nicht, was ich glauben soll», erwiderte McBride. Die beiden saßen auf der Couch, lauschten dem Regen, der gegen die Fenster schlug. Nach einer Weile beugte McBride sich vor und fing an, Cranes Papiere wieder in die Aktentasche zu packen. Adrienne stand auf, trat an ein Fenster und blickte hinaus.

«Der Regen lässt nach», sagte sie.

McBride nickte, zögerte dann kurz bei einem dicken Umschlag – dem mit den Zeitungsausschnitten. In der oberen rechten Ecke war ein Vermerk in, wie McBride erkannte, Cranes Handschrift: Erste Berichte.

Er öffnete den Umschlag, schüttelte den Inhalt auf den Tisch und fing an, die Ausschnitte durchzugehen. Erst schnell, dann langsamer. Dann wieder schnell. Es waren Zeitungsartikel – ein paar ziemlich lang, einige kurz, die meisten auf brüchigem und vergilbtem Papier. Es waren Nachrufe auf unbekannte Persönlichkeiten in Dutzenden von Ländern und lange Artikel über den gewaltsamen Tod von prominenten Leuten in aller Welt.

Ruanda
Maschine mit Hutu-Führern an Bord vermisst

Vermisst? McBride ging die Artikel im Einzelnen durch. Schließlich blickte er Adrienne an und fragte: «Hast du die hier gelesen?»

Sie drehte sich zu ihm um. «Was denn?»

«Die Ausschnitte hier.»

Seine Stimme hatte einen Unterton, der sie aufhorchen ließ. «Nein», sagte sie und trat näher. «Das sind doch bloß Zeitungsausschnitte. Wieso?»

Er antwortete zunächst nicht – schüttelte bloß ungläubig den Kopf. Dann blickte er ihr in die Augen und sagte: «Ich glaube, wir haben gerade die Abschussliste des Instituts gefunden.»

Sie schrieben die Namen – und es waren viele – auf ein Blatt des Notizblocks, rissen es dann ab und verabschiedeten sich von Mamie. Sie umarmte Adrienne und fragte mit neckischem Lächeln: «Haben Sie die Briefe gefunden, die Sie gesucht haben, meine Liebe?»

Adrienne schüttelte den Kopf. «Nein», sagte sie, und aus schlechtem Gewissen gegenüber der freundlichen Frau fügte sie hinzu: «Mamie, ehrlich gesagt gab es da keine Briefe. Das war bloß –,»

Mamie lächelte. «Ich weiß», sagte sie und drückte die Hand der jüngeren Frau. «Aber erzählen Sie mir nichts weiter. Ich weiß, was Cal für Freunde hatte. Aber eins müssen Sie mir versprechen: Wenn Sie wieder mal hier vorbeischauen, müssen Sie zum Essen bleiben. Abgemacht?»

Sie besiegelten es mit einem Handschlag.

Eine halbe Stunde später waren Adrienne und McBride auf Longboat Key und saßen auf der überdachten Terrasse eines Restaurants, das auf Florida-Karibik-Küche spezialisiert war. In der Luft lag der Duft von gegrillten Steaks und Olivenöl, und es roch schwer nach altem Geld. An der Decke drehten sich kaum merklich Ventilatoren. Auf dem Schild an der Tür stand «Ca D'Eustache».

Sie aßen bei Kerzenschein, frischen Pompano, dazu eine Flasche gut gekühlten Sancerre. Der Regen hatte aufgehört, und die Luft war klar, frisch und kühl. Nicht weit entfernt rauschte in der Dunkelheit die Brandung.

«Die Hälfte der Namen sagt mir nichts», bemerkte Adrienne, die auf die Liste schaute. «Ich meine, wer ist denn gleich der erste hier: Forrestal?»

«Ich glaube, der war... Moment. Der stellvertretende Verteidigungsminister. Er hatte eine Art psychotischen Zusammenbruch – dachte, jemand wäre hinter ihm her.»

«Und was ist mit ihm passiert?», fragte Adrienne.

«Er ist im Bethesda Naval Hospital aus dem Fenster gefallen. Oberster Stock. Man hat einen Flugzeugträger nach ihm benannt.»

Adrienne verzog das Gesicht. «Und Lin Biao?»

«Chinese», sagte McBride.

«Das hätte ich auch getippt», sagte sie.

Er steckte ihren Sarkasmus weg. «Das hab ich nicht geraten. Ich weiß es. Er war Maos rechte Hand. Starb bei einem Flugzeugabsturz.»

Adrienne war beeindruckt. «Den Nächsten kenne ich», sagte sie. «Faisal. Ein saudiarabischer Prinz oder so.»

«König», berichtigte McBride. «Er hat das arabische Ölembargo organisiert. Sein Neffe hat ihn bei einem Empfang erschossen, stand in der Gästeschlange. Ich weiß noch, was in der Zeitung stand: Der König stand da, wartete auf den Kuss auf die Nase –»

«Was!?»

«Landessitte. Sein Neffe wartet, bis er an die Reihe kommt. Als es soweit ist, lässt er den Kuss weg und schießt ihm stattdessen in den Kopf.» McBride hielt inne und kramte weiter in seiner Erinnerung. «Der Neffe war Student an der San Francisco State, und nach dem Mord haben alle gesagt, er hätte den Verstand verloren – sogar die Saudis. Dann wurde ihnen klar, dass sie ihn nicht hinrichten konnten, wenn er verrückt war. Also haben sie ihn für geistig gesund erklärt und ihm den Kopf abgeschlagen.»

«Wieso weißt du das alles?»

«Ich hatte zwei Hauptfächer. Psychologie und neuere Geschichte.» Er nahm die Weinflasche und schenkte nach.

«Wir haben hier sechzig bis siebzig Namen», sagte sie.

McBride nickte. «Einer oder zwei pro Jahr, bis zurück zum Anfang des Kalten Krieges.» Er sah auf die Liste und zeigte auf einen Namen. «Das ist der Typ, von dem ich vorhin erzählt habe. Der Gesundbeter.»

Sie blickte auf das Blatt, wo sein Finger neben einem unaussprechlichen Namen lag.

«Jewow doo Gwee-ma-rice», sagte er.

Adrienne versuchte es bei ein paar anderen Namen. «Zia ul-Haq. Chung Hee Park. Olof Palme.»

McBride las weiter. «Wasfi Tal. Solomon Bandaranaike.»

Sie zögerte. «Und die wurden alle ermordet?»

«Die, die mir was sagen – ja! Park war Präsident von Südkorea. Der Chef seines Geheimdienstes hat ihn bei einem Dinner am Tisch erschossen. Palme war schwedischer Ministerpräsident. Er wurde erschossen, als er mit seiner Frau aus dem Kino kam.»

Adriennes Augen glitten die Liste hinab. «Ein paar von den Namen sind leicht», stellte sie fest. «William Tolbert.»

«Liberia», vermutete McBride.

«Wer ist das da?», fragte Adrienne.

McBride las den Namen. «Albino Luciano.» Er kam ihm irgendwie bekannt vor, aber... nein. Luciani sagte ihm nichts. «Den können wir später nachschlagen», sagte er und lehnte sich zurück. Wie Adrienne war er verblüfft über das, was sie gefunden hatten, und entsetzt über die Größenordnung. Eine Minute verstrich, dann zwei. Ab und zu schüttelte McBride den Kopf und fluchte leise, ein verbittertes Lächeln auf den Lippen.

«Es ist bloß eine Liste», sagte sie. «Sie beweist im Grunde gar nichts.»

«Stimmt.»

«Ich meine, es ist nur ein Packen Zeitungsartikel. Vielleicht hat er an irgendeinem Forschungsprojekt gearbeitet.»

McBride nickte. «Ja, wahrscheinlich. Wahrscheinlich hat er an einem Forschungsprojekt gearbeitet.» Er hielt inne. «Glaubst du das wirklich?»

Sie schüttelte den Kopf. «Nein», sagte sie. «Ich denke, es ist eine Abschussliste. Und ich denke, sie bedeutet, dass wir so gut wie tot sind.»

Er nickte nachdenklich und nahm ihre Hand. Sie sah verängstigt aus – war es ihr zu verdenken? Auch er hatte Angst. Wer auch nur über einen dieser Morde die Wahrheit wusste, musste damit rechnen, beseitigt zu werden.

«Jetzt weiß ich, was er gemeint hat», sagte sie.

«Wer?»

«Shapiro. Er hat gesagt, es sei dunkel, aber weißt du was? Das war nur eine Mutmaßung von ihm. Er hat nicht gewusst, wie dunkel es in

Wirklichkeit ist.» Sie wandte den Blick ab und schaute ins Leere. «Also – was machen wir jetzt?»

McBride schüttelte den Kopf. «Ich weiß es nicht. Ich denke ... ich denke, ich trink noch was», erwiderte er. «Überhaupt, du bist hier die Anwältin. Was meinst du, was wir machen sollen? Ich meine, was haben wir in der Hand, um uns an die Polizei zu wenden? Oder den Geheimdienst – irgendwen.»

Adrienne lehnte sich zurück. «Wir haben deine Krankenakte.»

«Die ... was beweist?»

«Dass du eine neurochirurgische Operation hattest – und dass die Ärzte was gefunden haben.»

«Okay, was noch?»

«Bonilla. Man wird ihn inzwischen vermissen.»

«Weiter.»

Sie überlegte. «Das Gewehr.»

«Bloß ... wir haben das Gewehr nicht.»

«Aber ich kann sagen, dass ich es gesehen habe.» Sie zögerte und zuckte die Achseln.

«Was noch?»

Sie schüttelte den Kopf. «Das wär's wohl schon. Da sind noch die Briefe, die wir gesehen haben – aber vor Gericht würden wir damit nichts erreichen. Sie sind eher Spuren als Beweise.»

McBride seufzte. «Das denke ich auch.»

«Und die Liste –»

«– ist nicht mal eine Liste. Bloß ein Haufen Zeitungsausschnitte. Die wir ebenfalls nicht haben.» Er hielt inne und fasste zusammen. «Also: Was wir tatsächlich in der Hand haben – was wir der Polizei vorlegen könnten –, ist ein Detektiv, der nicht mehr da ist, ein Gewehr, das nicht mehr da ist, ein paar interessante Spuren und ein Foto von etwas, das in meinem Kopf steckte.»

«Und Crane», fügte sie hinzu. «Wir haben auch Crane. Er wurde ermordet, und wir können beweisen, dass Nikki hier war, als er umgebracht wurde.»

McBride nickte. «Okay. Schön. Also, sagen wir, wir gehen mit unserer kleinen Einkaufsliste zur Polizei. Was dann? Was passiert dann?»

Sie dachte eine Weile nach. Schließlich sagte sie: «Wenn wir Glück haben? Sie nehmen es zu Protokoll ... und dann heften sie's erst mal ab.»

«Das denke ich auch», sagte McBride. «Und wenn sie es sich wieder vornehmen – falls das überhaupt passiert –, dann befinden wir beide uns schon längst auf demselben Stern wie Eddie Bonilla und Calvin Crane.»

«Und Jericho?»

McBride spürte, wie seine Schultern sich hoben und senkten, eher aus Hilflosigkeit denn aus Gleichgültigkeit. «Ich weiß es nicht, aber wir werden es wohl noch früh genug erfahren.»

38

Vielleicht lag es am Wein, vielleicht daran, dass sie so in Gefahr waren. Vielleicht war es beides. Oder vielleicht war es einfach der richtige Zeitpunkt.

Sie standen vor dem Motel und warteten, dass der Motor ausging. Aus irgendeinem Grund hatte er die Gewohnheit angenommen, noch weiterzulaufen, nachdem die Zündung ausgeschaltet war. Und da sie nichts dagegen tun konnten, wenn das passierte, blieben sie immer einfach neben dem Wagen stehen, bis der Motor stotternd ausging.

«Ich kann es nicht fassen», sagte Adrienne zu McBride, während sie warteten. «Diese Liste, überhaupt alles.» Die Luft war kühl. Palmen zitterten im Wind. Der Asphalt, noch feucht vom Regen, glänzte unter den Lampen auf dem Parkplatz. «Ich meine – ab und zu betrachte ich das Ganze wie aus der Distanz und denke, nein. Und dann denke ich an Nikki. In der Badewanne. Und an Eddie.» Sie blickte weg vom Motel. Autos zischten über die feuchte Straße. Ein blauer Lichtfleck von einer Leuchtreklame huschte im Zickzack über den Asphalt. «Die Kerze», sagte sie. «Die Explosion in dem Haus in Bethany.» Er sah, wie sie eine Hand hob und die Finger sich in ihrem Haar verkrallten. Als müsste sie sich den Kopf festhalten. Er sah Tränen in ihren Augen glitzern. «Und dann … die vielen Morde.»

Schließlich hustete der Motor ein letztes Mal. «Ich weiß», sagte McBride. «Es ist dunkel.» Er legte den Arm um sie.

Bislang hatte jeder zufällige Körperkontakt zwischen ihnen Befangenheit ausgelöst, so dass sie Berührungen tunlichst vermieden – doch jetzt sank sie gegen ihn, zitternd, mit tränennassen Wangen. Nach einigen Sekunden hob er ihren Kopf und wischte ihr die Tränen ab. Und dann küsste er sie so zärtlich, wie er noch nie geküsst hatte. Ihre Lippen waren kühl, klamm wie die Luft, und sie schmeckte nach Mango. Es sollte ein harmloser Lieber-Onkel-Kuss oder so was Ähnliches sein, und das war es auch. Keusch. Sie wich ein Stück zurück, gab einen leisen Ton von sich: «Oh.»

Und dann fanden ihre Lippen wieder zueinander, und diesmal war der Kuss leidenschaftlich. Es dauerte nicht lange, und dann lehnten sie gegen den Wagen, fuhren einander mit den Händen wild über die Kleidung, vergaßen, dass sie draußen im Freien waren. Bevor sie öffentlich Anstoß erregen konnten, rettete sie ein Paar, das aus einem der Motelzimmer kam. Die Frau, mit blonder Lockenmähne, stöckelte auf ihren Pumps daher und sagte laut zu ihrem Begleiter: «Willst du ein TicTac?»

Adrienne musste lachen, ein leises Kichern, das aus ihr hervorperlte und nicht mehr aufzuhalten war. Zusammen taumelten sie zu ihrem Zimmer, lachend und voller Verlangen. Sie schafften es gerade noch, die Tür zu schließen, bevor sie übereinander herfielen.

Die Kleidung erwies sich als unüberwindliches Hindernis, also ließen sie voneinander ab, um sich auszuziehen. «Wir machen einen Fehler», sagte Adrienne mit sinnlich-erotischer Stimme und kriegte sich vor Lachen nicht mehr ein, während sie einen blitzschnellen Striptease vollführte.

«Ich weiß», keuchte er und schleuderte eine Socke durch den Raum.

«Es macht alles nur noch komplizierter», sagte sie weiter und warf sich aufs Bett.

«Wir sollten noch warten», erwiderte er und genoss eine Nanosekunde lang ihren wunderbaren Anblick, bevor er sich auf sie stürzte, als gäbe es kein Morgen mehr.

Es war ein Rausch der Sinne, bis sie schließlich ermattet dalagen und ihre neu gewonnene Intimität genossen.

Irgendwann gingen sie gemeinsam unter die Dusche, wo sie sich gegenseitig einseiften, was, wie beide wussten, nur auf eines hinauslaufen konnte. Sie liebten sich erneut, leidenschaftlich und erfinderisch, und sanken endlich erschöpft auf den Fußboden. Schließlich stand Adrienne auf, ging zum Waschbecken und trank Wasser aus der hohlen Hand. Als McBride zu ihr ins Bett kam, schlief sie bereits tief und fest, die Decke bis unters Kinn gezogen und ein kindliches Lächeln auf den Lippen.

Adrienne wachte als Erste auf und beschloss, McBride schlafen zu lassen. Sie mochte es, wie er so dalag, den rechten Arm über den Kopf gelegt – als würde er durch seine Träume hindurchschwimmen.

Sie schrieb einen Zettel: Hallo – bin in der Stadtbibliothek, Namen überprüfen. Bin bald zurück. In Liebe, A.

Nein.

Nicht ‹In Liebe›. Dazu war es noch viel zu früh. Sie hatte noch nie jemanden geliebt – nicht richtig, nicht so. Vielleicht war die letzte Nacht die erste von vielen Nächten, aber vielleicht auch nicht. Also zerriss sie den Zettel und schrieb einen zweiten, den sie auf die Ablage vor dem Spiegel im Badezimmer stellte, neben seine Zahnbürste:

Hallo – bin in der Stadtbibliothek,
Namen überprüfen. Bin gegen Mittag zurück.
Fleißige Biene

Sie fragte an der Rezeption nach dem Weg zur Bibliothek. Die Frau glotzte sie an, als wäre die Frage ein Scherz. «Stadtbibliothek? Tut mir Leid – ich hab keine Ahnung.»

Von einem Telefon in der Lobby aus erkundigte Adrienne sich bei der Auskunft nach der Nummer der Stadtbibliothek. Sie rief dort an und ließ sich den Weg beschreiben. Wie sich herausstellte, war die Bibliothek nur drei Querstraßen entfernt. Fünf Minuten später war sie dort. Und nach einer Stunde war sie fertig.

McBride lag noch im Bett, als sie zurückkam. Als er sie kommen hörte, reckte er sich genüsslich und stöhnte vor Verlangen. «Mmm. Komm her», sagte er.

Adrienne fand die Aussicht verlockend. Es wäre schön, wieder ins Bett zu kriechen – und sich verführen zu lassen. Aber sie blieb, wo sie war, hielt einen Notizblock umklammert.

Er stützte sich auf einen Ellbogen, plötzlich ernst, besorgt. «Was ist los? Bedenken wegen letzter Nacht?»

«Nein.»

«Na Gott sei Dank. Weil – ich vielleicht verliebt bin. Ich glaube – ich glaube, ich bin verliebt. Willst du wirklich nicht ins Bett kommen?» Seine Stimme wurde träger, gespielt lüstern. «Du wirst es nicht bereuen.»

«Lew.»

Der ernste Klang ihrer Stimme zeigte Wirkung. «Okay», sagte er und setzte sich auf. «Was ist los? Wo warst du?»

«In der Stadtbibliothek.»

«Oh. Und was hast du herausgefunden?» Er rieb sich den Schlaf aus den Augen und blickte sie übertrieben munter an.

«Luciano Albino», sagte sie.

«Albino», wiederholte er und zog die Augenbrauen hoch, während er sich zu erinnern versuchte. «Ach ja», sagte er. «Die Liste. Und wer war er nun?»

Sie hielt ihm ihren Notizblock hin, damit er sehen konnte, was sie aufgeschrieben hatte. Er kniff die Augen zusammen.

Johannes Paul I.

«Ach du liebes bisschen», murmelte er. «Den hat Crane also gemeint. Das ist Papa. Nach dem 2. Vatikanischen Konzil wurde gemunkelt, er wäre vergiftet worden.»

«Sie werden uns umbringen», sagte sie.

Er schwieg eine ganze Weile. Schließlich sagte er: «Ich weiß.»

«Was soll das heißen, du weißt?» In ihrer Stimme lag ein leichtes Beben, und sie unterdrückte es, so gut sie konnte.

«Ich meine, ich weiß, dass sie es versuchen werden. Sie haben es ja schon versucht. Aber damit kommen sie nicht durch – ich meine, es wird ihnen nicht gelingen.»

«Wieso nicht?», fragte sie und setzte sich aufs Bett.

«Weil wir Jagd auf sie machen.»

«Was?!»

«Wir machen Jagd auf sie! Ich bringe den Scheißkerl um», schwor McBride.

«Wen?»

«Opdahl.»

«Bist du – verrückt?»

«Damit rechnet er am allerwenigsten», sagte McBride.

«Natürlich – weil es das Dümmste ist, was du machen könntest!»

«Nein, ist es nicht. Das Dümmste, was ich machen könnte, ist, vor ihm wegzulaufen. Weil du irgendwann nicht mehr weißt, wohin.»

«Und was bringt es, ihn umzubringen?», fragte sie. «Ich meine, angenommen, es gelingt dir – was es nicht wird!»

«Ich plädiere auf Notwehr. Du wirst meine Anwältin. Es gibt einen großen Prozess und alles kommt ans Tageslicht.» Er hielt inne. «Was meinst du?»

Sie blickte ihn zehn oder zwanzig Sekunden wortlos an. Schließlich sagte sie: «Du bist wahnsinnig.»

Sein Kopf fiel nach hinten aufs Kissen. «Ich weiß», gab er zu. «Aber wenn dir nichts Besseres einfällt, mache ich Jagd auf ihn – weil ich nicht weiß, wie ich Jericho sonst verhindern soll.»

«Jericho? Du weißt ja nicht mal, was Jericho ist.»

«Doch – jedenfalls habe ich eine vage Vorstellung.»

«Und was könnte es sein?»

«Ein Blutbad», sagte er.

Sie nickte beipflichtend. «Stimmt. Was noch?»

«Die Zeit ist knapp.»

Sie blickte ihn verwundert an. «Wie kommst du darauf?» Doch noch während sie die Worte aussprach, kam sie selbst auf die Antwort: Weil sie Nikki losgeschickt hatten, um einen todkranken Mann umzubringen.

Als er ihren Blick sah, wusste er, dass sie verstanden hatte. «Sie konnten nicht warten», sagte er.

Sie nickte.

«Und wir wissen noch etwas», sagte er.

«Ja?»

«Ja. Wir wissen, wer der Killer ist – der Mann, der die Sache durchführt.»

Adrienne runzelte verständnislos die Stirn.

«De Groot», erklärte er. «Mein Klient. Du hast ihn mal gesehen. Der Typ, der…» Seine Stimme verlor sich.

«Was ist?»

«Mistkerl», flüsterte McBride. Er dachte an de Groot. Das drahtige Blondhaar, der sportlich geschmeidige Gang – ein Raubtier, stets zum Angriff bereit. Sein einnehmendes Lächeln. Das tanzende Licht in seinen Augen. Selbst unter Medikamenteneinfluss hatte der Holländer zu viel Energie. Er wippte ständig mit dem Fuß oder trommelte mit den Fingern auf einem Bein, summte immer irgendeine Melodie. Manchmal pfiff er. Immer die gleiche Melodie. Sie hatten ein paar Mal darüber gewitzelt, dass es eine komische Melodie sei für einen hippen Holländer. Es ist ein richtiger Ohrwurm, hatte de Groot geklagt. Sie finden das komisch, aber ich krieg die Melodie einfach nicht aus dem Kopf! Und ich kenne nicht mal das ganze Lied – bloß die Stelle mit Joshua.

«Was ist!?», sagte Adrienne erneut, unfähig, seine Gedanken zu lesen.

«Er hat immer dieses Lied gesummt – das über Joshua ... und Jericho.»

«Welches Lied?»

Er blickte sie an: «Na das, wo die Mauern einstürzen.»

Sie sagten beide lange nichts. Schließlich stand Adrienne auf, ging zum Fenster und schaute hinaus. «Hatte er eine Deckerinnerung?»

McBride nickte. «Ja. Von einer Entführung.» Er hielt inne, und dann fiel ihm noch was ein. «Und stell dir vor ... er hat gedacht, er hätte einen Bandwurm im Herzen. Und der würde ihm Befehle erteilen.»

«Einen Wurm?»

«Ja.»

Sie ging zu ihrem Notizblock und blätterte ihn durch. Vom Flur her hörte Adrienne, wie die Zimmermädchen des Motels anklopften, bevor sie eintraten. Schließlich fand sie, was sie suchte. «Sieh dir das mal an», sagte sie und reichte ihm den Block mit ihren Notizen.

> Hendrik Verwoerd. Südafrikanischer Premierminister – Architekt der Apartheid. '66 erstochen von Demitrios Tsafendas, verrückter Einzeltäter, Sektenmitglied («Die Jünger Jesu»). Hatte fünf Pässe bei Verhaftung. Gab Bandwurm in seinem Herzen Schuld an Tat.

«Verdammt.» Das Wort kam ganz sanft über seine Lippen – als hätte er ‹Lavendel› oder ‹Schattenspiel› gesagt. Er blickte von dem Block auf und sagte: «Jericho. Gemeint ist Südafrika.» Er ließ den Kopf aufs Kissen sinken und starrte zur Decke. Der Bandwurm war so etwas wie ein Insiderwitz, eine makabre Anspielung auf frühere Erfolge des «Programms». Eine Hommage. McBride dachte zurück an seine Sitzungen mit de Groot und auf einmal verstand er, was der Holländer gemurmelt hatte. Es hatte nichts mit Mandalas zu tun – den streng symmetrischen Mustern, die in den Wahnvorstellungen so vieler Schizophrener herumspukten. Er hatte von Nelson Mandela gesprochen, er hatte es auf Mandela abgesehen.

McBride stieß sich hoch und schwang die Beine aus dem Bett. Er nahm seine Sachen und fing an, sich anzuziehen. «Er will Mandela umbringen», sagte er. «Er ist ein Rassist, und er will Südafrika in Brand stecken.»

Sie wechselten sich am Lenkrad ab und fuhren schneller als erlaubt und ohne Zwischenrast über die Interstate nach Washington, das Radio aufgedreht. In Georgia ging die Sonne unter, und als sie wieder aufging, näherten sie sich der Grenze von Virginia.

Um elf Uhr überquerten sie auf dem Rock Creek Parkway den Potomac in Richtung Norden. De Groots Wohnung lag in einer Seitenstraße unweit vom Chevy Chase Circle. McBride fiel der Name wieder ein: Monroe Drive. Er und de Groot hatten darüber gewitzelt und der Holländer hatte behauptet, die Straße sei nicht nach James, sondern nach Marilyn benannt.

McBride hoffte verzweifelt, dass de Groot noch da war. Wenn er den Holländer fand, könnte er die Deckerinnerung vielleicht entschärfen. Und wenn das nicht funktionierte, würde er ihn schon irgendwie aus dem Verkehr ziehen – koste es, was es wolle, Hauptsache, Jericho würde vereitelt.

«Ich wüsste gern, was dir durch den Kopf geht», sagte Adrienne.

«Das kann ich dir sagen», erwiderte er. «Ich wünschte, ich hätte eine Kanone.»

Sie wurde bleich, beäugte ihn dann, als wüsste sie nicht genau, ob er verrückt geworden war oder nicht. «Wofür?»

Er erwiderte den Blick. «Was meinst du wohl? De Groot ist ein Baum von einem Mann.» Als sie in den Tunnel nicht weit vom National Zoo hineinfuhren, fügte er hinzu: «Ich möchte nicht noch mal erleben, was in meiner Wohnung passiert ist.»

«Eddie hatte eine Pistole», erinnerte sie ihn. «Und sie hat ihm nichts genützt.»

McBride fuhr schweigend weiter.

Als sie aus dem Tunnel kamen, fragte Adrienne: «Kannst du überhaupt damit umgehen?»

«Ja», sagte er. «Ich bin ein guter Schütze.»

«Na klar», erwiderte sie mit zugleich skeptischem und sarkastischem Unterton.

«Wirklich!»

Sie blickte ihn erneut an. Meinte er das ernst? «Wie kommt's?»

«Mein Dad hat es mir beigebracht.» Er sagte das, ohne nachzudenken, doch sobald die Worte heraus waren, sah er sich und seinen Vater vor seinem geistigen Auge auftauchen. Ein kristallklarer, klirrend kalter Morgen in Maine. Atemwolken vor ihren Mündern. Fingerlose Handschuhe. Sein Vater hob ihm das Gewehr an die Schulter und brachte es in die richtige Position, zeigte ihm, wie man das Ziel ins Visier nahm. Das Ziel aus Pappe war an einem Baum am Fuße eines kleinen Hügels befestigt, vielleicht dreißig Meter entfernt. «Er hat eine Medaille im Biathlon gewonnen – hab ich dir das erzählt?»

«Was? Bei der Olympiade? Ach, hör doch auf!»

«Nein – im Ernst. Bei den Winterspielen '72. In Sapporo.»

«Das ist ja toll!», entfuhr es ihr. Sie hielt inne und fragte dann: «Was ist Biathlon eigentlich?»

Er lachte. «Skilanglauf über zehn Kilometer, und zwischendurch muss man auf Zielscheiben schießen. Das Schwere daran ist: Wenn das Schießen drankommt, ist der Körper erschöpft. Man muss also eine prima Kondition haben, damit man die Pulsfrequenz niedrig und gleichmäßig halten kann. Wenn man schießen muss, zielt man, wartet – und drückt zwischen den Herzschlägen ab.»

«Und das kannst du?»

«Nein», erwiderte er. «Mein Vater konnte das. Aber schießen kann ich. Das heißt, ich könnte, wenn ich eine Waffe hätte. Die ich leider nicht habe.»

Sie fuhren den Beach Drive hoch und waren kurz darauf am Ziel. Eine Querstraße weiter fanden sie einen Parkplatz und gingen zu Fuß. Das Gebäude war ein zehnstöckiger Glas-Backstein-Kasten mit einem Schild davor, auf dem «Luxuswohnungen» stand. Ein uniformierter Pförtner hockte auf einer niedrigen Mauer und sprang auf, als er Adrienne und McBride sah, um ihnen die Tür zu öffnen. In der Eingangshalle saß ein Mann mittleren Alters hinter einem Schreibtisch und fragte halbherzig, ob er behilflich sein könne.

«Wir möchten zu einem Mieter – Henrik de Groot», sagte McBride.

Der Mann runzelte kurz die Stirn, blickte dann auf. «Der Blonde – 7-G.»

«Richtig!»

Dann schüttelte er den Kopf. «Den hab ich seit zwei Wochen nicht mehr gesehen. Ich glaube nicht, dass er da ist. Ist viel unterwegs.» Er griff zum Telefon, wählte eine Nummer und lauschte dem

Rufzeichen. Dann legte er den Hörer wieder auf und zuckte die Achseln.

Fünf Minuten später saßen sie wieder im Wagen und waren unterwegs zu McBrides Wohnung, was natürlich ein Risiko war, da sie vielleicht immer noch überwacht wurde. Aber sie hatten keine Wahl. Ihr einziger Plan – wenn man überhaupt von Plan reden konnte – war der, in die Schweiz zu fliegen, Opdahl zur Rede zu stellen und de Groot zu finden, bevor es zu spät war. Wie das alles zu bewerkstelligen sein sollte, war ihm schleierhaft. Aber eines stand fest: Er brauchte seinen Pass – Adrienne hatte ihren bereits –, und sein Pass lag im Gefrierfach.

Wie alle seine Ausweispapiere.

Das war de Groots Idee gewesen. Der Holländer war schließlich Brandschutzexperte und bei einer ihrer Sitzungen hatte er sich besorgt über die altmodischen Brandschutzsysteme in den Capitol Towers geäußert. «Wenn hier mal Feuer ausbricht, dann ist das nicht zu löschen. Ich rate Ihnen, Ihre Sicherheitsdisketten und Bänder im Gefrierfach aufzubewahren», sagte er. «Auch wichtige Papiere. Da sind sie sicher. Ein Kühlschrank ist wasserdicht und brandsicher.»

‹Jeffrey Duran› hatte keine Sicherheitsdisketten angelegt. Aber er besaß einen Pass und zwei Kreditkarten, die er nie benutzte, und die Sachen hatte er demonstrativ im Beisein von de Groot in einen Gefrierbeutel mit Zip-Verschluss getan und unter einer Eiswürfelschale im Gefrierfach versteckt. Wie McBride gehofft hatte, war de Groot davon sehr angetan gewesen, was dem Vertrauensverhältnis zwischen Therapeut und Klient gut tat.

McBrides Pass war auf den Namen Jeffrey Duran ausgestellt und den würde er in Europa benutzen müssen. Für die Wiederherstellung seiner richtigen Identität stand ihm noch ein bürokratischer Alptraum bevor.

Als er in die kreisförmige Zufahrt vor den Capitol Towers einbog, bat er Adrienne, im Auto zu warten. Sie wollte nicht, aber inzwischen wusste er, wo ihre Schwachstellen lagen. «Die schleppen sonst den Wagen ab», sagte er, als er die Tür öffnete und ausstieg.

Der Sicherheitsbedienstete am Empfang war ein junger Mann mit Buddy-Holly-Brille und er erkannte McBride, was gut war. «Hallo, Mr. Duran – wo haben Sie denn gesteckt? Wir haben Sie ja schon eine ganze Weile nicht mehr gesehen.»

«Ich war ein paar Tage in Florida», erwiderte McBride.

«Super!»

«Ja, das war's wirklich – schön, mal wieder in Shorts rumzulaufen, wissen Sie?»

«Sie Glückspilz.»

«Aber jetzt kommt es mir schon wieder so vor, als wäre ich nie weg gewesen.» Sie lachten. «Sagen Sie, haben Sie vielleicht einen Zweitschlüssel? Ich hab meinen in der Wohnung gelassen.»

«Kein Problem», sagte der junge Mann, bückte sich, schloss einen Schrank auf und nahm einen Schlüssel heraus. «Vergessen Sie nur nicht, ihn zurückzubringen, okay?»

«Zehn Minuten», erwiderte McBride, nahm den Schlüssel und ging zum Fahrstuhl, wo er sich noch einmal umblickte, um zu sehen, ob der junge Mann gleich zum Telefonhörer gegriffen hatte. Nein, er stand einfach da und lächelte.

Kurz darauf trat er im fünften Stock aus dem Lift und ging langsam zu seiner Wohnung. Er machte sich Gedanken wegen des Typen von nebenan – Barbera –, doch seine Sorge erwies sich als unbegründet. Die Tür zur Nachbarwohnung war angelehnt, und von drinnen drang eine Country-and-Western-Melodie. In der Luft lag starker Farbgeruch. Im Vorbeigehen warf McBride einen Blick hinein und sah einen dürren kleinen Mann mit Rauschebart auf einer bespritzten Abdeckfolie stehen und die Decke weiß streichen. Ansonsten war die Wohnung leer. Alles war verschwunden: das graue Drahtgeflecht, der Tisch, die Schrankkoffer, die elektronischen Apparate und der Aeron-Stuhl. Von Hector Barbera war nichts mehr da – bis auf den schwachen, widerlichen Geruch nach verwesendem Fleisch vielleicht, der von den beißenden Dämpfen von Farbverdünner und Reinigungsflüssigkeiten überlagert wurde.

Trotz der Erleichterung über die leere Wohnung spürte er auch einen Stich Enttäuschung. Barbera hätte ihm so einiges erzählen können...

Seine eigene Wohnung wirkte auf den ersten Blick genau so, wie er sie verlassen hatte. Bei näherem Hinsehen stellte er allerdings fest, dass bis auf ein paar Bücher nirgendwo ein Stück Papier vorhanden war. Alles, was auch nur irgendwie beschriftet war – Rechnungen, Notizen, Einkaufslisten und Speisekarten von Restaurants mit Lieferservice –, war verschwunden. Ebenso der Computer und die Fotos von seiner falschen Familie. Mit anderen Worten alles, was ihn mit dem «Programm» hätte in Verbindung bringen können. Es war nichts mehr da.

Doch der Pass und die Kreditkarten lagen noch immer im Gefrierfach unter der Eiswürfelschale. Er blickte sich noch einmal um, spürte, dass er, ganz gleich, was geschah, nie wieder hierher zurückkehren würde. Dann packte er ein paar Sachen in eine Reisetasche und verließ die Wohnung.

In einem Cybercafé ergatterte Adrienne per Internet zwei günstige Tickets bei Swissair, die nicht im Voraus bezahlt werden mussten. Sie kosteten jeweils 484 Dollar, Hin- und Rückflug, einschließlich Taxe – ein echtes Schnäppchen gemessen an den 55 Dollar für das Taxi zum Flughafen.

«Wofür hast du eigentlich einen Pass gebraucht?», fragte sie, als sie im Taxi saßen. «Ich dachte, du hättest deine Wohnung so gut wie nie verlassen – immer nur Fernsehen geguckt.»

«Sie mussten mich doch irgendwie zurück in die Staaten bringen – ich meine, ‹Duran› musste zurück in die Staaten.»

«Von wo?», fragte sie.

«Aus der Schweiz.» Er runzelte die Stirn. Seine Erinnerungen an die Zeit, als Lew McBride zu Jeff Duran mutierte, kamen langsam wieder. Er erinnerte sich an einen Rettungswagen und an kreisende Lichter. Er konnte sich nicht bewegen, aber er bewegte sich, rollte auf einer Trage irgendwohin. Und er konnte Leute reden hören, Leute mit einem schwyzerdütschen Akzent – dann Gunnar Opdahl, der leise sch-sch-sch machte, während Lew McBride dalag, die Augen auf die Decke des Raumes gerichtet, um Luft ringend. Manchmal, wenn McBride daran dachte, durchfuhr ein Zucken seinen Körper, als würde er einschlafen.

«Alles in Ordnung?», fragte Adrienne.

«Ich musste an was denken.»

«An was?»

Er schüttelte den Kopf. Sie fragte nicht nach.

39

Das Hotel Florida war sauber, wenn auch etwas heruntergekommen, und machte den Eindruck, als wäre es seit den siebziger Jahren nicht mehr renoviert worden. Die Einrichtung des Zimmers bestand überwiegend aus angeschlagenen, schwarzen Resopalmöbeln, und auf dem Bett lag wie ein Wolke das herkömmliche voluminöse Schweizer Plumeau.

«Du gewöhnst dich dran», versprach McBride, als er sah, dass Adrienne zögerte.

«Aber wieso heißt das Hotel ‹Florida›? Wieso nicht ‹Alphorn›? Wieso nicht ‹Wilhelm Tell›?»

McBride zuckte die Achseln und öffnete die Tür zum Balkon, wo ein bunt bemalter Blumenkasten totes Pflanzengewirr beherbergte. «Da hatte wohl jemand eine Vision», sagte er.

Von ihrem Zimmer im dritten Stock aus hatten sie einen Blick über die Seefeldstraße auf die Limmat und den Zürichsee. Zwei Straßen weiter parkte ihr Wagen nicht weit von der Straßenbahnhaltestelle. Alle paar Minuten fuhr lärmend eine schnittige neue Straßenbahn unter ihrem Balkon vorbei zum belebten Bellevueplatz. Als wieder eine quietschend um die scharfe Kurve bog, mit ihrem einzigen Scheinwerfer, dessen Licht sich im Dunst brach, schloss McBride die Balkontür und dämpfte den Lärm.

Adrienne ließ sich aufs Bett fallen und gähnte. «Wie spät ist es?»

«Kurz nach neun?»

«Das heißt?»

«Drei Uhr morgens, richtige Zeit.»

Sie gähnte wieder. «Ich bin völlig geschafft. Ich hab im Flugzeug kein Auge zugetan.» Was eine Untertreibung war. Adrienne hatte ungeheuer viel Energie darauf verwandt, die Maschine mittels Psychokinese sicher über den Atlantik zu bringen. Er wusste es, weil sie ihm ihre Nervosität spürbar auf den rechten Arm übertragen hatte. «Also, was steht an?», fragte sie, während sie mit geschlossenen Augen tiefer in das Plumeau sank.

«Was ansteht? Folgendes steht an: Zuerst schlafen wir aus, dann machen wir Shopping.»

Sie rollte sich auf den Bauch und zog sich das Kissen unter die Wange. «Mm», murmelte sie. «Eine gute Idee ...»

Und schon war sie eingeschlafen.

Er zog sich aus, legte sich neben sie und schloss die Augen. Es wäre unklug, Jagd auf Opdahl zu machen, solange er unter Jetlag litt und wie gerädert war. Er brauchte ein paar Stunden Schlaf...

Opdahl... Er erinnerte sich, in einem Rettungswagen gewesen zu sein, aber er erinnerte sich nicht an die Verletzung – nur an das Licht, das an der Decke blitzte. Dann eine Bahre und Opdahl, der sagte: «Sie sind sehr tapfer.» Aber er war nicht tapfer – nicht wirklich. Und Opdahl wollte ihm auch nicht gut zureden. Er spielte mit ihm. Amüsierte sich.

«Lew. Lew!» Adrienne rüttelte ihn. «Du träumst. Wach auf.»

Er schlug die Augen auf. Erleichterung durchflutete ihn. Er hatte von einem Mann mit einem Schlauch im Hals geträumt – kein realer Mann, sondern ein Mann ohne Gesicht. Oder ein Mann, dem das Gesicht abgerissen worden war. Der Mann war im Fernsehen, in Großaufnahme, und das Bild hatte ihm Angst eingejagt. Noch jetzt kriegte er es nicht aus dem Kopf: Das leere Gesicht blieb bei ihm, flimmerte vor seinen Augen, grobkörnig und bläulich. Die Augen des Mannes, vor Entsetzen aufgerissen, die geäderte Masse, wo sein Gesicht hätte sein müssen –

Aber nein. Das war ein Traum. Und er war hier im Hotel Florida und sah Adrienne vor sich, die ihn besorgt betrachtete. Draußen vor den Fenstern fuhr ratternd eine Straßenbahn vorbei.

«Gehen wir», sagte er, «bevor die Geschäfte zumachen.»

«Machen die hier mittags zu?»

«Ja – in der Regel für zwei Stunden.»

«Komisch», murmelte sie, die noch nie in Europa gewesen war.

Die Frau an der Rezeption war von McBrides Deutschkenntnissen offenbar sehr angetan, als er sich nach einem Jagdgeschäft erkundigte. Sie nahm eine kleine Broschüre und zeichnete ihm mit Kuli den Weg auf dem Stadtplan ein.

«Was gibt's denn da?», fragte Adrienne, als sie hinaus in die Kälte traten und in Richtung Zürcher Altstadt gingen.

«Jagdzubehör», sagte er.

«So was wie Pfeil und Bogen, Angeln und –»

«Schrotgewehre. Ja, genau», sagte er.

Sie gingen eine Weile weiter, bis Adrienne stehen blieb und sich ihm zuwandte. «Schrotgewehre?», fragte sie. McBride nickte, und sie schlenderten weiter, über die Quaibrücke, die in die Altstadt führte. Erneut blieb Adrienne abrupt stehen. «Neulich – als du gesagt hast, du willst Opdahl umbringen, damit vor Gericht alles ans Tageslicht kommt – und ich soll deine Anwältin werden – das war doch wohl Spinnerei, oder? Das war ein Witz. Ich meine – das hast du doch nicht wirklich vor!»

Er stützte sich auf die Brüstung und blickte auf den Zürichsee, wo ein Geschwader weißer Schwäne über die spiegelglatte Fläche glitt. Schließlich sagte er: «Willst du damit sagen, du hast keine Zulassung für Schweizer Gerichte?»

Sie schüttelte den Kopf. «Keine Chance. Spreche die Sprache nicht. Weiß nicht, wo ich bin.»

Er nickte nachdenklich und zuckte die Achseln. «Tja, war sowieso nur Gedankenspielerei.» Dann lächelte er. «Keine Bange», sagte er, «ich erschieße schon niemanden – es sei denn, auf mich wird zuerst geschossen.»

Zwei Minuten später standen sie vor einem altmodischen Geschäft und blickten auf das Diorama einer Jagdszene, mit bellenden Hunden, galoppierenden Pferden und Männern mit Jagdhörnern. Sie traten ein und wurden von einem ausgestopften Bären begrüßt, der auf den Hinterbeinen stand. Hinter der Kasse an der Wand prangten der Kopf eines Wildschweins und traurige Hirschgeweihe.

Adrienne verdrehte die Augen. «Du kannst hier doch nicht einfach eine Flinte kaufen.»

«In der Schweiz geht das», erwiderte er, während er die Handfeuerwaffen unter der Glastheke in Augenschein nahm. «Die Leute hier sind bewaffnet bis an die Zähne. Es gibt sogar ein Gesetz, dass jeder

Mann zwischen zwanzig und vierzig oder so eine Schusswaffe besitzen *muss*.»

«Ach, hör auf!»

«Und nicht irgendeine Schusswaffe», fügte er hinzu. «Ein Sturmgewehr. Das ist Gesetz.» Er hielt inne. «Hör zu», sagte er, «ein Stück weiter die Straße rauf ist ein Kaufhaus. Könntest du mir da was besorgen?»

Sie nickte. «Klar. Was denn?»

«Gardinenstangen.»

Sie glaubte, sie hätte nicht richtig gehört, bat ihn, es zu wiederholen, was er auch tat. «Und was für Gardinenstangen?»

«Egal», sagte er. «Hauptsache, sie sind verpackt und nicht länger als einen Meter fünfzig. Und ich könnte auch Packband gebrauchen.»

Bevor sie fragen konnte, ob er auch noch Gardinen und Zierdeckchen haben wollte, kam ein älterer Verkäufer und fragte in fließendem Englisch, was er für sie tun könne.

McBride erwiderte das Lächeln des Mannes. «Ich suche eine Flinte», sagte er. «Einen Vorderschaftsrepetierer mit Pistolengriff. Eine Art Polizeiflinte. Haben Sie so was?»

Adrienne reagierte, als hätte er nach einem Pornofilm gefragt. Sie drehte sich auf dem Absatz um und marschierte hinaus, um sich auf die Suche nach dem Kaufhaus zu machen.

Als sie eine halbe Stunde später zum Hotel zurückgingen, beschlossen sie, sich noch irgendwo wärmere Sachen zum Anziehen zu kaufen. Es schneite leicht, und die Luft war klamm und kalt. Zum Glück war die Seefeldstraße ein richtiges Einkaufsparadies. In einer Boutique fand Adrienne einen wadenlangen Designermantel, taubengrau mit Kapuze, einen langen Chenille-Schal und ein Paar Handschuhe aus weichem Leder. Alles war kräftig reduziert, aber insgesamt gab sie ein kleines Vermögen aus.

Dann war McBride an der Reihe. Zu Adriennes Überraschung ging er nicht ins erstbeste Herrenbekleidungsgeschäft, sondern suchte sich einen etwas ausgefalleneren Secondhandladen. Als er einige Minuten später wieder herauskam, trug er eine Strickmütze, eine khakifarbene Armeejacke und Doc Martens, die schon bessere Zeiten gesehen hatten.

Adrienne verzog das Gesicht. «Das muss ja ein Vermögen gekostet haben.»

«Guter Geschmack ist nun mal etwas teurer», erwiderte er.

Kurz darauf tauchten sie in die wohlige Wärme der Lobby vom Florida und klopften sich den Schnee von der Kleidung. Als der Aufzug es endlich nach einer Ewigkeit vom Stockwerk darüber nach unten geschafft hatte, hielt McBride die Milchglastür auf, und sie zwängten sich hinein.

«Jetzt weiß ich, warum», sagte Adrienne.

«Warum was?»

«Warum es Hotel Florida heißt.»

«Und warum heißt es so?»

«Wegen der psychologischen Wärme.»

Wieder in ihrem Zimmer, packte McBride die Schrotflinte aus, betätigte zwei-, dreimal den Schlitten und prüfte den Abzug. Dann setzte er sich mit einer Schachtel Patronen aufs Bett und lud die Waffe. Anschließend ließ er die Vorhangstangen aus der Verpackung fallen und tat die geladene Flinte hinein. Dann verschloss er den Karton mit Packband, nahm ein Taschenmesser und schnitt die Verpackung etwa zwei Drittel der Länge nach und zu drei Vierteln rundherum ein.

Adrienne wollte nicht einmal hinsehen.

Sie überflog die Seiten des *Herald Tribune*. In Tschetschenien waren wieder Unruhen, der Internet-Handel boomte, und die Redskins hatten ein Spiel gewonnen. Als sie den Wirtschaftsteil aufschlug, blieb sie an einem Artikel mit Schweiz in der Überschrift hängen. Es ging um den bevorstehenden Weltwirtschaftsgipfel in Davos, der sich eher nach einer sündhaft teuren Party anhörte als nach einer Konferenz der führenden Industriestaaten, der er eigentlich sein sollte. Die Karten kosteten 160 000 Dollar das Stück, und als Teilnehmer wurde alles, was Rang und Namen hatte, erwartet, von Bill Gates über Prince Charles und Warren Beatty bis hin zu Kofi Annan. Da Demonstrationen zu erwarten waren, wurden besondere Sicherheitsvorkehrungen getroffen. Adrienne glaubte nicht, dass Grund zur Sorge bestand. Die Schweiz war offenbar ein hübsches, ordentliches Land, und wie McBride gesagt hatte – alle Männer waren bis an die Zähne bewaffnet.

Auch er.

«Also, wie sieht der Plan aus?», fragte sie und legte die Zeitung beiseite.

«Ich gehe zum Institut, finde Opdahl und spreche mit ihm.»

Sie schwieg einen Moment lang, als wartete sie darauf, dass McBride fortfuhr. Als er es nicht tat, fragte sie: «Das ist alles?»

«Na ja, nein. Zuerst halte ich ihm die Waffe an den Kopf – damit es kein nichts sagendes Geplauder wird. Ich komm direkt zur Sache.»

Sie nickte, dachte darüber nach und sagte: «Hört sich ziemlich simpel an, nicht? Ich meine, das ist nicht gerade ein Plan. Es ist mehr – wie soll ich sagen – der Entwurf eines Plans.»

McBride zuckte die Achseln: «Jedenfalls ist das mein Plan.»

Sie schüttelte leicht den Kopf, als wollte sie sich vergewissern, dass sie ihn richtig verstand. «Und was willst du ihn fragen?»

«Was glaubst du wohl? Wer. Was. Wo. Wann. Wie.»

Sie ging zum Fenster und schaute hinaus auf den rieselnden Schnee. Kurz darauf drehte sie sich um, lehnte sich gegen die Fensterbank und sagte: «Okay, dann machen wir's so – aber ich gehe zuerst rein.»

McBride schüttelte den Kopf. «Kommt gar nicht in Frage.»

«Die kennen mich nicht», beharrte sie. «Wenn du da reingehst und sie dich erkennen, bist du ein toter Mann. Aber ich? Ich bin nur eine Studentin auf der Durchreise.»

«Eine Studentin?»

«Genau. Ich sage, ich würde in der Nähe Skiurlaub machen. Und einer von den Stipendiaten, den ich in den Staaten kennen gelernt habe, hat mir gesagt, ich solle beim Institut vorbeischauen. Mich bewerben.»

«Man kann sich nicht bewerben», sagte McBride. «Man muss empfohlen werden.»

«Stimmt! Das meine ich ja auch. Er hat gesagt, ich sollte einfach auf einen Sprung vorbeischauen, wo ich schon mal hier bin. Mich Opdahl vorstellen. Er wollte zwar nichts versprechen, aber es könnte sein, dass mich in Zukunft jemand empfiehlt.»

«Und welcher Stipendiat war das?», fragte McBride. «Ich hoffe, nicht Jeff Duran, weil –»

«Nein! Natürlich nicht! Ich habe nie was von Jeff Duran gehört. Wer ist Jeff Duran? Es war jemand anders. Es war… wer war es?»

«Eric Branch.»

«Richtig!», rief sie.

«Er hat über die Bevölkerungsverschiebungen in der Subsahara geforscht. Ich habe ein paar Berichte von ihm gelesen. Hochinteressant.»

«Na prima! Also, ich sage, dass ich Opdahl sprechen möchte. Und wenn er nicht da ist, frage ich, wo ich ihn finden kann.»

«Und wenn sie sagen: Sie können hier nicht einfach hereinschneien und Dr. Opdahl sprechen wollen», sagte McBride mit arrogant deutschem Akzent. «Sie müssen einen Termin haben.»

Adriennes Stimme nahm einen kleinlauten, jämmerlichen Tonfall an: «Aber ich bin doch nur für zwei Tage in Zürich.»

«Nicht auf die Mitleidstour», riet er ihr. «Denen entgeht was, nicht dir. Also noch mal, wie heißt der Stipendiat?»

«Eric Branch.» Adrienne nahm eine Bürste vom Nachttisch und fuhr sich damit durchs Haar. «Eines noch: Was ist, wenn – was ist, wenn sie sagen: Kein Problem – Mr. Opdahl wird Sie gleich empfangen? Was dann?»

«Dann machst du, dass du wegkommst.»

«Aber –»

«Geh ja nicht mit ihm nach oben», sagte er.

«Wieso nicht? Vielleicht –»

Er schüttelte den Kopf. «Versprich es ...»

Im Zug umklammerte McBride den Karton «Gardinenstangen», während Adrienne verkrampft dasaß. An fast jeder Haltestelle ließ die Ziehharmonikatür einen arktischen Luftzug und einige rotgesichtige Fahrgäste herein. Die Leute, die um diese Tageszeit die Bahn benutzten, waren eine merkwürdige Mischung aus älteren Menschen, Männern, die von der Arbeit kamen und nach Nikotin rochen, sowie gut gekleideten Frauen mit Einkaufstaschen. An einer Station kletterte eine Schar aufgedrehter Kinder an Bord.

Die Lebhaftigkeit der Kinder wirkte wie das genaue Gegenteil von McBrides düsterer Stimmung, die immer düsterer wurde. Je näher sie ihrem Ziel kamen, desto größer wurde seine Sorge, dass ihr Unternehmen von vornherein zum Scheitern verurteilt war – dass sie zu der Adresse kommen würden und das Institut nicht da wäre. Dass sie stattdessen vor einem leeren Grundstück stehen würden. Genau das war in Bethany Beach passiert, und dieses Kommen und Gehen seiner Erinnerungen ließ ihn an der Realität seiner Vergangenheit zweifeln.

«Was ist?», fragte Adrienne, doch er schüttelte bloß den Kopf und schaute weg.

Er hatte gedacht, er hätte das alles hinter sich, diese Sorgen wegen seiner Erinnerung, wegen dem, was real war und was nicht. Er hatte gedacht, es wäre alles klar. Er war Lew McBride und basta. Nur, dem war nicht so. Es würde nie so sein. Und das hatte Opdahl ihm genommen.

Ihre Haltestelle wurde durchgesagt und die Bahn verlangsamte das Tempo. Er konnte die Station bereits erkennen, den breiten Bahnsteig, das Plexiglaswartehäuschen mit den Bänken, ein paar wartende Leute. Kinder verabschiedeten sich rufend voneinander, standen auf, bildeten eine Schlange im Gang. McBride schaute sich die Reihe von Stadthäusern an – irgendwas kam ihm bekannt vor, obwohl er nicht sagen konnte, was. «Hier ist es», sagte er zu Adrienne, stand auf und drückte den Knopf, der die Tür der Bahn öffnete. Dann waren sie draußen, und er fragte sich, ob die ganze Reise nicht ein schrecklicher Fehler war.

Die Häuser auf beiden Straßenseiten waren verwittert und alt, Villen und villenähnliche Gebäude von Schweizer Industriellen, Bankiers, Anwälten und Steuerflüchtlingen. Vor jedem Haus trotzten einige Platanen der Kälte und warteten auf den Frühling.

Adrienne und McBride senkten den Kopf gegen den Wind, der vom See heranfegte, es schneite leicht und Schneeflocken stoben wie Funken durch die Luft.

Nach drei Querstraßen kamen sie zu einer Straßenbiegung. Mit jedem Schritt hatte McBride mehr das Gefühl, dass sich ihm die Brust zusammenschnürte. Er befahl sich zu atmen, nur zu atmen, aber wie sollte er? Wie ein Gewichtheber nach mehreren Trainingseinheiten atmete er überhaupt nicht mehr, versuchte, es nur noch hinter sich zu bringen. Entweder würde das Institut da sein oder nicht. Es war, als hinge sein Verstand davon ab.

Und dann sah er es – genau so, wie er es in Erinnerung hatte: ein dreistöckiges Granitgebäude, Fenster mit Mittelpfosten, Blumenkästen, die jetzt mit Wacholder und Immergrün bepflanzt waren. Die schwere Tür mit dem Löwenkopfklopfer. Das Oberlicht aus Bleiglas. Das kleine Messingschild mit dem Namen des Instituts darauf und die Überwachungskamera an der Fassade. Instinktiv blieb er auf der anderen Straßenseite, wo die Kamera sie nicht erfassen konnte.

Das ungute Gefühl, das ihn gepackt hatte, wurde unerträglich. Mit einem Mal erschien es ihm wahnsinnig, Adrienne allein hineingehen zu lassen. «Vielleicht ist unser Plan doch nicht so gut», sagte er. «Vielleicht sollten wir ihn noch mal überdenken.»

Sie schüttelte den Kopf und nahm die Schultern zurück. Bereit.

Entschlossen. Ganz die Anwältin. Dann blickte sie sich um. «Ich hab das längere Streichholz», sagte sie. «Ich darf zumindest reingehen.»

«Wir hätten ihn anrufen können. Das können wir immer noch.»

«Am Telefon kann man jemanden leicht abwimmeln. Wenn ich erst mal drin bin, ist es nicht so einfach.»

«Wenn du in fünfzehn Minuten nicht wieder da bist, komme ich rein», versprach er. «Und dann hab ich nicht bloß einen Karton in der Hand.»

Sie nickte. «Eric Branch. Eric Branch. Eric Branch», sagte sie, drehte sich um und ging auf das Haus zu.

McBride sah auf die Uhr. Es war 14:36.

Er zwang sich, zum Gebäude zu schauen, sah, wie Adrienne an der Tür klingelte, sah, wie die Tür aufging, erhaschte einen Blick von einer Frau in der Tür, sah, wie Adrienne eintrat.

Er fror. Es war eiskalt. Und die Zeit wurde nicht einfach bloß langsamer, sie wurde so froststarr wie das Wetter. Er stand auf der anderen Straßenseite, gegen einen Baum gelehnt. Und er kam sich sehr auffällig vor, mit dem sperrigen Karton unter dem Arm, den Blick auf die Tür des Hauses gegenüber geheftet.

Plötzlich wollte er nicht mehr, dass Opdahl da war. Irgendetwas an dem Gebäude, das er beobachtete, weckte Urängste in ihm – als würde er mitten in der Nacht aufwachen und eine Schlange über den Boden kriechen sehen. Die Angst kam aus dem tiefsten, instinktivsten Teil von ihm, aus einer Region im Gehirn, die nichts mit rationalem Denken zu tun hatte, sondern nur mit Überleben.

Und dann erinnerte er sich plötzlich. Beim Anblick des Gebäudes auf der anderen Straßenseite erinnerte er sich an den Traum, den er am Vormittag gehabt hatte, aus dem Adrienne ihn herausgerissen hatte. Und plötzlich wusste er, wer der Mann ohne Gesicht war.

Er war im Institut gewesen, um mit Opdahl zu sprechen – und er war überwältigt worden. Von einem Mann mit einem Betäubungsspray. Er erinnerte sich an eine Spraywolke und dann an den Fußboden, auf den er mit dem Gesicht aufschlug. Er erinnerte sich an die lange Fahrt im Krankenwagen, die nachlassende Betäubung, die Bahre, die über Kies knirschte, als sie ankamen.

Dann der Operationssaal, wo Gunnar ihm mit einer Stablampe in die Augen leuchtete. Der stämmige Norweger im OP-Anzug mit Kappe auf dem Kopf. Und neben dem Operationstisch der Monitor. Auf dem ein ausdrucksloser McBride in Nahaufnahme zu sehen war, während ihm das Gesicht abgeschält wurde – bis es nicht mehr da war. McBride konnte den Schrei spüren, der ihm im Hals aufstieg und dann vom Luftröhrenschlauch aufgesaugt wurde, was seine Panik in ein leises Gurgeln verwandelte. In der Nähe schnaufte eine Maschine, atmete für ihn. Er wollte die Augen schließen, aber es ging nicht. Und irgendwo in alldem sagte Opdahl: «Ein Muskelrelaxans, aber... kein Narkotikum. Sie sind sehr tapfer.»

Tapfer?

McBride durchlief es eiskalt, und er sah auf seine Uhr. 14:48. Etwas über zwölf Minuten, dachte er, wieso dauert das nur so lange... sie müsste inzwischen wieder da sein! Es sei denn, Opdahl hatte ein Foto von ihr – was unwahrscheinlich war, aber nicht ausgeschlossen. McBride sah ein zweites Mal auf die Uhr. 14:49.

Verdammt, grollte er und setzte sich in Bewegung.

Er war schon halb den Bürgersteig hinauf, als die Tür aufging. Er blieb stehen, fing sich und versuchte, entspannt zu wirken. Adrienne stand in der Tür, neigte den Kopf zu einer Frau in Grün. Die Frau blickte an Adrienne vorbei auf McBride. Adrienne neigte erneut den Kopf, machte eine erklärende Geste. Er konnte die Lebhaftigkeit in ihrem Gesicht sehen, das Blitzen der Augen, das weiße Schimmern der Zähne. Und dann drehte sie sich um, ihre Hand hob sich zu einem flüchtigen Winken, während sie die Stufen herunterkam. Die Tür schloss sich. «Was ist los?», fragte Adrienne.

«Lass uns abhauen», sagte McBride.

Er wollte wissen, ob Opdahl im Institut war. Weil er ihn umbringen wollte. Aber nicht im Beisein von Adrienne. Er scheuchte sie regelrecht zur Straßenbahnhaltestelle.

Erst als sie das kleine Wartehäuschen erreichten, fragte er sie: «War er da?»

Sie sah ihn forschend an, antwortete nicht. «Du siehst aus, als wäre dir ein Geist erschienen.»

«War er da?»

«Beruhige dich. Was ist denn los mit dir?»

«Tut mir Leid», sagte er. «Das waren die schlimmsten zehn Minuten meines Lebens.»

Sie verzog das Gesicht. «Nein», sagte sie. «Er war nicht da.»

«Aber er kommt doch», sagte McBride mit hoffnungsvoller Stimme.

«Erst am Dienstag.»

Seine Enttäuschung war greifbar.

«Keine Sorge», sagte sie mit leicht selbstzufriedenem Unterton. «Ich weiß, wo er ist: in der Klinik in Spiez.»

McBride nickte, als eine Bahn durch den leise fallenden Schnee auf sie zugerumpelt kam.

«Also?», fragte Adrienne.

«Also ... was?»

«Wie weit ist es bis Spiez?»

40

Bis Spiez waren es nur etwas über hundert Kilometer, aber die Straßen waren vereist. Die Landschaft war atemberaubend, verschneite Wälder, die Alpen unter einem bleiernen Himmel. Mit ihrem gemieteten BMW brauchten sie knapp drei Stunden für die Strecke, so dass sie erst weit nach Einbruch der Dunkelheit ankamen.

Dennoch konnten sie sehen, dass Spiez ein schönes Städtchen war, mit einer Burg direkt am See, schickem Jachthafen und Blick auf die Jungfrau. Die Straßen oberhalb des Sees waren schmal, kurvenreich und hügelig, und sie mussten zweimal nach dem Weg fragen.

Ihr Hotel, das Belvedere, bot Aussicht auf den Jachthafen. Sie hatten es aus einem Reiseführer in der Lobby des Florida herausgesucht und sich trotz der horrenden Preise dafür entschieden, weil es ganz in der Nähe der Prudhomme-Klinik lag, sogar auf derselben Straße.

Wie sich herausstellte, lag die Klinik, eine graue, strenge, minimalistische Festung aus gegossenem Beton, direkt neben dem Hotel, einer Villa im Beaux-Arts-Stil mit Kuppeln und Türmchen. «Sehen wir mal nach, was sie für Sicherheitsvorkehrungen haben», schlug McBride vor und bog auf den Hof der Klinik, wo der Kies unter den Reifen unangenehm vertraut knirschte. Plötzlich explodierte die Nacht in gleißendes Licht, und ein Mann erschien im Eingang. «Nicht schlecht», sagte McBride, fuhr im Bogen zurück auf die Straße und direkt auf den Parkplatz nebenan.

«Aber jetzt haben sie uns gesehen!»

McBride schüttelte den Kopf, während er den Wagen parkte. «Sie werden denken, wir sind falsch abgebogen.»

Und dann waren sie in ihrem Zimmer mit Blick auf den See und die

Berge, deren Umrisse sich gegen die Dunkelheit abhoben. Adrienne setzte sich auf das große, bequeme Bett und bewunderte die luxuriöse Einrichtung, während McBride am Fenster stand und auf die Lichter am anderen Ufer des Sees schaute.

«Komm, lass uns was essen», sagte er, und Adrienne war prompt einverstanden. Sie gingen zur Rezeption, gaben den riesigen Schlüssel zu ihrem Zimmer bei einer modisch gekleideten Frau ab, und McBride sagte: «Ich hätte da mal eine Frage. Das Gebäude nebenan – ist das eine Klinik oder so?»

«Die Prudhomme-Klinik. Da werden überwiegend junge Leute behandelt.»

«Was fehlt ihnen denn?», fragte Adrienne.

Die Frau zuckte die Achseln. «Ich glaube, sie haben Essprobleme. Sie sind nämlich ziemlich abgemagert.»

«Sie meinen, sie sind magersüchtig», sagte McBride.

«Ja. Und ich glaube, einige haben auch Drogenprobleme – aber ich hoffe, Sie sind jetzt nicht beunruhigt –»

McBride schüttelte den Kopf. «Nein, nein – die Sicherheitsvorkehrungen da sind bestimmt bestens.»

«Absolut. Die Klinik ist sehr diskret. Wir haben eine angenehme Nachbarschaft – obwohl die Architektur zu wünschen übrig lässt.»

Sie gingen in den vornehmen Speisesaal des Hotels, wo sie von einer freundlichen Kellnerin zu einem Tisch mit Blick auf den See geleitet wurden. Sie entzündete die Tischkerze und trat einen Moment zurück, als wollte sie die gestärkte Leinendecke und das schimmernde Silberbesteck bewundern.

Dann wandte sie sich ihnen zu. «Wenn ich Ihnen vielleicht etwas empfehlen darf? Der Fisch aus unserem See ist …» Sie legte die Fingerspitzen an den Mund und küsste sie. «Einfach delikat.»

Es dauerte nicht lange, und der erste Gang kam. Eine cremige Suppe mit Pilzen und Schinken und einem herrlich rauchigen Geschmack. Dann wurde der Fisch serviert. Dazu gab es winzig kleine weiße Kartoffeln und Spargel. Die Flasche kühler Muscadet passte einfach wunderbar. Es war, da waren sie sich einig, eine der köstlichsten Mahlzeiten, die sie je gegessen hatten – und sie genossen sie ausgiebig. Zum krönenden Abschluss bestellten sie Cognac und Espresso. McBride hob sein Glas und sagte: «Auf uns.»

Sie brachte ein zaghaftes Lächeln zustande, hob ebenfalls ihr Glas und stieß mit ihm an. Sie tranken einen Schluck. «Ich wünschte, das alles hier wäre real», sagte sie nachdenklich. «Ich wünschte, wir wären einfach hier zusammen.» Sie blickte nach unten, als würde sie das Tischtuch studieren.

«He», sagte er. «Es ist real. Und wir sind hier.»

«Ich würde am liebsten sagen, vergessen wir die Sache, hauen wir einfach ab, irgendwohin – Indonesien, Madagaskar –, verschwinden wir einfach. Vielleicht würde ja nichts passieren – mit Jericho, meine ich. Und vielleicht würden sie uns sogar in Ruhe lassen. Vielleicht...» Sie blickte zur Decke und drückte den Cognacschwenker an die Wange. Er sah Tränen in ihren Augen glänzen.

«Adrienne...»

«Und was für Chancen haben wir denn schon – die Sache hier durchzustehen? So toll ist unser Plan auch wieder nicht. Im Grunde haben wir nicht mal einen Plan.»

«Doch, wir haben einen», sagte McBride mit Nachdruck, wobei er sogar selbst das Gefühl hatte, trotzig zu klingen. «Er ist bloß...» Ihm lag «einfach» auf der Zunge. «Sehr elegant», sagte er stattdessen.

Ihre Antwort bestand aus einem zweifelnden Blick und einem Schluck Rémy Martin.

In Wahrheit, dachte McBride, war der Plan weder einfach noch elegant. Er war bloß primitiv. Sie hatten ihn in groben Zügen festgelegt, ganz kurz, in ihrem Zimmer, denn der Ablauf war schnell geklärt. Adrienne sollte im Hotel warten, während McBride in die Klinik ging und sich als Handwerker ausgab, der Gardinenstangen für das Büro des Direktors brachte. Er würde bitten, das Telefon benutzen zu dürfen, und Opdahl anrufen, dem er als Lew McBride mitteilen würde, dass er in der Schweiz sei und auf dem Weg zu ihm, um ihn umzulegen. Die Sicherheitsleute würden aufgescheucht und sich draußen vor der Klinik postieren – weil die Gefahr ja erst im Anmarsch war. In dem allgemeinen Durcheinander würde McBride zu Opdahls Büro gehen und ihn mit der Waffe bedrohen. Wenn er erreicht hatte, was er wollte, würde er die Polizei anrufen und dann Adrienne. Wenn es ihm nicht gelang und sie nach einer Stunde noch nichts von ihm gehört hatte, sollte Adrienne die Polizei verständigen, ihnen erzählen, was sie wusste, und um Schutz bitten.

«Im Grunde ist es doch ein Überfall», sagte Adrienne. «Kein richtiger Plan, sondern ein Überfall, um Informationen aus ihm rauszuholen.»

McBride wollte sich auf keine Diskussion mit ihr einlassen. «Ja, meinetwegen, aber eine andere Möglichkeit hab ich nun mal nicht», sagte er.

Sie fuhr mit dem Finger über den Rand ihres Glases. Ein klarer Glockenton erklang, so laut, dass sie die Hand auf das Glas legte und sich schuldbewusst umsah. «Ich weiß.»

«Also?»

Sie saßen noch eine Weile da, bis sie schließlich sagte: «Gehen wir nach oben.»

McBride legte das kurze Stück vom Hotel zur Klinik möglichst schnell zurück. Er lief durch den wirbelnden Schnee die Zufahrt hoch – und dann stand er auch schon vor der Doppeltür, an der ein schlichtes Messingschild verkündete:

PRUDHOMME.

Er klopfte sich den Schnee von der Armeejacke und schlug die Mütze gegen den Oberschenkel, als die Türen den Weg in den Eingangsbereich freigaben. Der Raum war beeindruckend: eine weite Fläche, mit schrägen Winkeln und luxuriösem Minimalismus gestaltet, rote Ledersessel, gebürsteter Kiefernholzboden und hier und da kleine, kostbare Perserteppiche. Er trat ein, in der Hand den länglichen, braunen Karton mit der Aufschrift «Gardinenstangen», blickte sich um und lächelte.

Rechts von ihm, gleich hinter dem Eingang, sah er einen kleinen Flur mit Türen zu den Toiletten. Außerdem befanden sich dort drei Telefone, die mit futuristischen Stahlhauben überdacht waren. Er war froh, sie zu sehen.

Eine streng dreinblickende Blondine in einem blassrosa Kostüm saß hinter einem kreisrunden Empfangstisch aus mattem Chrom. Als sie McBride in Jeans, Armeejacke und Mütze mit einem Karton voller Gardinenstangen sah, hielt sie ihn für einen Handwerker oder Lieferanten – wie er gehofft hatte. «Ja bitte?»

Mit bemüht jungenhaftem Lächeln trat er an den Empfangstisch, beugte sich zu ihr vor und zeigte den Karton vor. «Für Herrn Dr. Opdahl», sagte er auf Deutsch.

«Sie können den Karton bei mir lassen», sagte sie. «Ich sorge dafür, dass er ihn bekommt.»

«Danke, aber – könnte ich vielleicht mal kurz telefonieren?» Er deutete mit einem Nicken zu den Telefonen im Flur. «Ich soll im Geschäft anrufen.»

Die blonde Frau erwiderte zuerst nichts. Ihre Miene verfinsterte sich kurz – dann lächelte sie. «Bitte sehr», erwiderte sie und entließ ihn mit einem Fingerschnippen.

McBride sah auf die Uhr, 10:35. Er war seit Tagesanbruch auf den Beinen, hatte sich aber gezwungen, so lange zu warten, bis in der Klinik der normale Morgenbetrieb herrschte. Um diese Zeit, so dachte er, würde wohl niemand mit einem Überfall rechnen.

Außer dem kurzen Flur mit den Telefonen gingen noch zwei weitere Korridore vom Empfangsbereich ab. Einer führte zu den Fahrstühlen. Er konnte sie zwar nicht sehen, aber hören: das Pling, wenn sie hielten, das Zischen, wenn sich die Türen öffneten und schlossen, das Klappern von Wägelchen, die auf den Flur geschoben wurden. Schilder wiesen den Weg zur Medikamentenausgabe, zu den Räumen für Hydrotherapie und Gymnastik.

Wohin der andere Korridor führte, konnte er nicht sagen. Da es keine ambulante Klinik war, lagen dort wahrscheinlich Patientenzimmer.

Dass die Klinik größer war, als sie wirkte, hatte er sich bereits gedacht. Vermutlich gab es eine Tiefgarage, da draußen keine Wagen parkten. Und die Entlüftungsschlitze, die er von seinem Zimmer im Belvedere aus gesehen hatte, ließen darauf schließen, dass es außer der Tiefgarage noch andere unterirdische Räume gab.

McBride ging zu einem der Apparate, wählte die Nummer der Klinik und hörte, wie das Telefon zu klingeln begann – immer wieder.

Es war eher ein Trillern als ein Klingeln, trotzdem nervig. Er drehte sich um und sah, wie die Empfangssekretärin an einem anderen Apparat angeregt telefonierte. Schließlich drückte sie einen Knopf an dem Telefon und sagte: «Hallo?»

McBride wandte sich von ihr ab.

«Hallo?», wiederholte sie.

«Dr. Opdahl bitte ...»

Er wurde verbunden und er hörte den Rufton. Dann: «Ja?»

Opdahls Stimme jagte einen Adrenalinstoß durch McBrides Herz. Für einen Moment konnte er nicht sprechen.

«Hallo – wer ist denn da?»

Er räusperte sich. «Lew McBride.»

Langes Schweigen am anderen Ende. Schließlich sagte Opdahl: «Na so was!»

Sobald er die Stimme des Mannes hörte, spürte McBride, dass irgendetwas nicht in Ordnung war. Aber vielleicht täuschte er sich ja. «Ich werde Sie umbringen», sagte er.

«Ach wirklich?»

«Und ob», erwiderte McBride. «Und zwar bald.»

Opdahl lachte leise. «Hören Sie, Lew – ich glaube Ihnen kein Wort. Dazu sind Sie nicht der Typ ...»

Irgendwas stimmt nicht, dachte McBride. Irgendwas ist mit seiner Stimme. Irgendwas fehlt.

«... wie wär's, wenn wir uns treffen –»

«Das werden wir!», versprach McBride.

«– und über alles reden?»

«Da gibt es nicht viel zu reden», setzte McBride an. Dann wusste er, was in Opdahls Stimme fehlte. Die Überraschung.

«Natürlich gibt es was zu bereden», fuhr der Arzt fort. «Sehr viel sogar – es ist eine sehr aufregende Zeit für das Institut, wie Sie sicherlich wissen.» Er lachte zum zweiten Mal in sich hinein. «Lassen Sie sich doch von Rütger den Weg in mein Büro zeigen.»

Rütger? McBride stand stocksteif, unsicher, was geschah, spürte aber, dass ihm die Dinge aus der Hand glitten. Dann wanderten seine Augen nach oben, und er entdeckte erst jetzt die Videokamera, die direkt auf ihn gerichtet war. Er drehte sich langsam um und sah aus den Augenwinkeln, dass die Empfangssekretärin ihn von ihrem Schreibtisch aus anstarrte. Er wollte rasch nach dem Karton greifen –

Doch da wurde er auch schon mit voller Wucht gegen die Wand gestoßen.

«Wie ich sehe, haben Sie Rütger schon kennen gelernt – und Heinz auch», sagte Opdahl und erhob sich hinter seinem Schreibtisch, um McBride zu begrüßen, der unsanft hereingeführt wurde. «Nehmen Sie Platz.»

Einer der Sicherheitsmänner stieß McBride auf einen Stuhl vor dem Schreibtisch, während der zweite den Gardinenstangenkarton auf die Couch warf.

«Legt ihm eine Zwangsjacke an», befahl Opdahl, und einer der

Wachleute ging aus dem Zimmer. Dann wandte er sich McBride zu: «Zu Ihrem eigenen Schutz.»

«Leck mich», zischte McBride, was er augenblicklich bereute, als der Wachmann, der noch im Raum war, ihm einen harten Schlag verpasste. Opdahl lachte – und McBride sprang von seinem Stuhl auf, nur um zu spüren, wie ihm der Lauf einer 9-mm in den Nacken gepresst wurde. Er setzte sich wieder hin.

Kurz darauf kam der erste Wachmann mit einer Zwangsjacke in der Hand zurück. Als McBride sie sah, drückte er sich fester in seinen Stuhl, doch angesichts der Pistole, die auf ihn gerichtet blieb, war er machtlos. Der zweite Wachmann riss ihn hoch und zog ihm die Jacke über die Arme. McBride holte tief Luft, als der Wachmann ihm die Arme verschränkte und die Jacke im Kreuz zuschnallte. Dann drückte er ihn wieder auf den Stuhl und blickte fragend seinen Boss an.

«Ich komme jetzt alleine zurecht», sagte Opdahl und schickte seine Leute mit einer Handbewegung fort, als würde er Krümel vom Tisch wischen. Sobald sie gegangen waren, kam er auf die andere Seite des Schreibtisches, lehnte sich dagegen und verschränkte die Arme. «Ich habe es schon einmal gesagt und ich sage es noch einmal: Sie sind ein sehr tapferer Mann, Jeffrey Duran.»

«Jeffrey Duran ist tot», erwiderte McBride.

Opdahl lächelte. «Das sehe ich genauso.» Er holte eine Packung Zigaretten hervor, zündete sich eine an und nahm einen tiefen Zug. Dann blies er den Rauch auf seinen Gefangenen und sagte: «Sie werden mich dafür hassen, was ich jetzt sage, aber wissen Sie was? Ich habe damit gerechnet, dass Sie herkommen.» Er hielt inne. «Meine Empfangssekretärin hat ein Foto von Ihnen auf ihrem Schreibtisch liegen.»

McBride sagte nichts, saß einfach nur da und rutschte auf seinem Stuhl hin und her, hasste den Mann vor sich.

Opdahl schüttelte mit gespielter Verwunderung den Kopf. «Was haben Sie sich bloß gedacht? Haben Sie gedacht, Sie würden mich überraschen? Herrgott noch mal, Mann, ich habe ein Profil von Ihnen, das so dick ist wie die Bibel.» Er hielt inne. «Es gibt nur sehr wenig, womit Sie mich überraschen könnten – vielleicht wenn Sie ein Lied anstimmen würden.» Er schmunzelte.

McBride blickte stur geradeaus, mit Wut im Bauch und unbeteiligter Miene.

Opdahl sah zur Decke. «Also, was machen wir jetzt?» Er senkte den Blick und schaute McBride an. «Ich bin für alle Vorschläge offen.»

«Schön. Ich schlage vor, Sie ficken sich ins Knie.»

Opdahl stieß ein lautes, kräftiges Lachen aus. Dann drohte er mit dem Finger. «Das ist komisch, aber Ihre Kaltschnäuzigkeit wird Ihnen nichts nützen. Andererseits wird Ihnen gar nichts etwas nützen, also – bleiben Sie ruhig dabei.» Er hielt inne und blickte McBride forschend an. Er deutete mit einem Nicken auf den Karton auf dem Sofa. «Was wollten Sie da eigentlich darstellen? Einen Handwerker?» Als McBride nichts erwiderte, spitzte der Arzt gespielt beeindruckt die Lippen. «Wie einfallsreich!»

Es war kein Gespräch, da machte McBride sich nichts vor. Opdahl amüsierte sich, spielte mit ihm – und das war gut so. Je länger der ältere Mann redete, desto eher würde Adrienne ins Spiel kommen – obwohl McBride wenig Hoffnung hatte, dass ein Anruf bei der Polizei viel bewirken würde. Er hoffte aber, aus der Zwangsjacke herauszukommen.

«Ihnen ist ja wohl klar, dass wir Sie nicht einfach gehen lassen können», sagte Opdahl, «obwohl das sehr undankbar von mir ist.» Einen Moment lang wurde der Arzt ernst. «Sie haben mit de Groot großartige Arbeit geleistet. Das war bestimmt nicht leicht. Er ist anders als die anderen.»

«Inwiefern?»

Opdahl winkte ab. «Die Klinik ist ein Auffangbecken. Jeden Tag haben wir hier zehn bis fünfzehn junge Männer und Frauen mit ernsten Essstörungen und/oder schwerer Drogenabhängigkeit. Dank der karitativen Arbeit, die wir leisten, kommen ziemlich viele von ihnen aus Pflegefamilien oder werden von staatlichen Stellen zu uns geschickt. Wie Sie sich denken können, ist das für das ‹Programm› ausgesprochen praktisch – ebenso wie die Neigung dieser jungen Leute, verzerrte Selbstbilder zu entwickeln.»

«Und de Groot?»

«Bei de Groot war es anders. Wir brauchten jemanden mit Henriks Sachkenntnis, also haben wir…» Jetzt wedelte der Arzt mit den Zeigefingern in der Luft. «…ihn gegen seinen Willen rekrutiert.» Er lächelte. «Daher passt Henrik nicht ganz so ins Profil, wie wir es gern hätten.»

Sachkenntnis?, fragte sich McBride. Der Holländer hatte doch eine Firma für Brandschutzsysteme.

«Um aus ihm den charmanten Burschen zu machen, den Sie kennen, war in der Tat eine umfangreiche medikamentöse Behandlung vonnöten», sagte Opdahl weiter. «Wir sind Ihnen daher zu großem Dank verpflichtet. Wirklich.» Der Arzt zögerte einen Moment, zog die Augenbrauen in die Höhe und beugte sich vor. Er neigte den Kopf langsam von einer Seite zur anderen, als betrachte er McBride ganz genau. «Mannomann», sagte er, «Sie sind ja in Schweiß gebadet!»

Es stimmte. McBride war wirklich in Schweiß gebadet, aber nicht aus Angst, sondern weil es ihn enorme Anstrengung kostete, seine Muskeln so zu bewegen, dass er aus der Zwangsjacke freikam. Es gab da einen Trick und er kannte ihn. Zumindest theoretisch wusste er, wie er ging – und die praktische Durchführung würde sicherlich einige Zeit in Anspruch nehmen. Aber er war ja höchst motiviert.

«Ich werde Sie nicht töten, falls Sie sich deshalb Sorgen machen», versprach Opdahl. «Aber irgendwas müssen wir nun mal mit Ihnen machen.» Er hielt inne, runzelte die Stirn und überlegte. Dann lächelte er breit. «Ich weiß. Wir machen es wie bei H. M. Sie erinnern sich doch an H. M., oder?»

Und ob. Und bei dem Gedanken daran musste er angewidert den Blick abwenden.

Der Arzt war plötzlich fassungslos. «Zittern Sie etwa?» Zum zweiten Mal beäugte er McBride eingehend. «Tatsächlich! Wer hätte das gedacht!» Er brach in kicherndes Gelächter aus.

McBride zitterte wirklich. Durch die Anstrengung, sich aus der Zwangsjacke zu befreien, verlor er die Kontrolle über seine Motorik. Der Trick, von dem er als Kind in einem Buch über Entfesselungskünstler gelesen hatte, war eigentlich ganz einfach – in der Theorie. Wenn einem die Zwangsjacke angelegt wurde, musste man sich so dick wie möglich machen – was McBride getan hatte –, indem man die Brust blähte, die Muskeln anspannte und die Ellbogen so weit nach außen drückte, wie es die Umstände erlaubten. Wenn man sich dann nach dem Anlegen entspannte, hatte man genug Spielraum, um die Arme frei zu winden. So hoffte er wenigstens.

«Arbeitsunfall», rief Opdahl ihm in Erinnerung. «Klassischer Fall! Der gute alte H. M. bekam eine Stange durch den Kopf – wie auf diesen Karikaturen, wo einer mit einem Pfeil durch den Kopf herumläuft, nur bei ihm war es echt. Und wie Sie ja wohl wissen, hat er überlebt, aber eben nicht ganz unversehrt. Erinnern Sie sich? Er hatte sein

Langzeitgedächtnis verloren. Seine Frau musste sich ihm jeden Tag neu vorstellen und jeden Tag war es, als würde er sie ganz neu kennen lernen. Ebenso seine Eltern und Freunde.» Wieder lachte er. «Wir könnten Ihnen jeden Tag denselben Witz erzählen und jeden Tag würden Sie lachen.» Er blickte entzückt. «Und es würde Sie nicht mal deprimieren. Kein bisschen! Sie wären ein simples Gemüt. Denn jeder Tag wäre für Sie» – sein Gesicht erhellte sich – «vollkommen neu.»

McBrides rechter Arm war fast frei. «Was ist Jericho?», fragte er.

Opdahl blickte beeindruckt. «Donnerwetter, Sie haben aber wirklich Ihre Hausaufgaben gemacht, was?»

«Was ist es?»

Der Arzt nahm einen tiefen Zug von seiner Zigarette und blies eine Rauchfahne in die Luft. Dann neigte er den Kopf und sah McBride an. «Versuchen Sie etwa aus dem Ding da rauszukommen?», Als McBride nichts erwiderte, schnitt er eine Grimasse und sagte: «Na, dann viel Glück.», Er rückte vom Schreibtisch ab, ging zum Fenster und schaute hinaus in den Schnee. Grübelnd murmelte er über die Schulter: «Jericho», und drehte sich zu McBride um. «Morgen früh haben Sie es ohnehin vergessen», sagte er und fing an, in einem weiten Kreis gegen den Uhrzeigersinn durch den Raum zu schreiten.

«Sie haben keine Vorstellung, worum es hier geht», sagte Opdahl. «Das Institut, die Klinik – hier geht es um bedeutend mehr, als es den Anschein hat.», Er hielt inne und überlegte. «Stellen Sie sich das alles hier als Kreuzung von Realpolitik und Realmedizin vor. Hier läuft beides zusammen.»

McBrides Ellbogen hing am Rand eines Ärmels fest. Nur noch ein kleines bisschen mehr und …

«Als Chirurg ist es meine Verantwortung, krankes Gewebe herauszuschneiden. Das Institut hat die gleiche Verantwortung, nur dass seine Patienten keine Individuen, sondern Staaten sind.»

«Mit anderen Worten, Sie bringen Menschen um.»

«Wir entfernen Krebsgeschwüre.»

«Wie Nelson Mandela?», fragte McBride und entspannte sich erleichtert, als sein rechter Arm in der Zwangsjacke frei war.

Opdahl blieb stehen und blickte seinen Gefangenen an. Schließlich sagte er: «Nicht nur Mandela. Auch Mbeki. Und Tutu. Sie alle werden nach Davos kommen – die Köpfe zusammenstecken. Ich werde auch da sein. Ich sehe mir das gerne an.»

Mit einem Mal war das Ausmaß von Jericho offensichtlich – die Operation sollte mit einem Schlag drei schwarze Führungspersönlichkeiten Südafrikas auslöschen: den Gründungsvater des Landes, seinen derzeitigen Staatspräsidenten und sein moralisches Gewissen. «Sie sind wahnsinnig», sagte McBride.

«Wirklich komisch», entgegnete Opdahl, «so etwas aus dem Munde eines Mannes zu hören, der in einer Zwangsjacke steckt.»

Nicht mehr lange, dachte McBride, der jetzt mit der rechten Hand den linken Arm befreite. «Wie sind Sie bloß auf so etwas gekommen?»

Opdahl zuckte die Achseln. «Wenn ein Patient ein Geschwür hat – öffnen wir es. Mehr tun wir nicht.», Er missdeutete McBrides gerunzelte Stirn und führte weiter aus: «Sie müssen sich das als eine Art präventiven Aderlass vorstellen. Das Land muss bluten. De Groot wird die Sache in Gang bringen.», Er hielt inne und sagte dann: «Was in Davos geschieht, explodiert in Kapstadt.»

«Und Calvin Crane?»

Opdahl konnte seine Verblüffung nicht verhehlen. «Sie sind wirklich gefährlich», sagte er und ging wieder zu dem Stuhl hinter seinem Schreibtisch. «Mr. Crane wurde ein Hindernis. Er hatte gewisse liberale Einwände gegen die Ziele von Jericho und ethische Bedenken, was einige damit zusammenhängende Investitionen betraf. Somit war er im Weg ... eine Zeit lang.»

«Was für Investitionen?»

Opdahl zuckte mit den Schultern und blickte weg. «Das Institut kostet viel Geld – die Klinik auch. Sie tragen sich finanziell nicht.»

«Und?»

«Also haben wir Platin-Futures gekauft – eine ganze Menge.»

McBride runzelte die Stirn.

«Unter uns gesagt, Südafrika steht kurz vor einer Zeit enormer Instabilität», erklärte Opdahl. «Ich denke, wir können davon ausgehen, dass die Platinpreise explodieren werden. Das Institut wird davon ungeheuer profitieren. Und mit diesen neuen Mitteln wird sein Einfluss enorm steigen – meiner übrigens auch.»

McBride schüttelte den Kopf. «Sind Sie schon immer so gewesen?»

Opdahl nickte. «Ich war ein garstiges Kind.»

McBride zog seinen linken Arm aus dem Ärmel der Zwangsjacke und seufzte erleichtert. Beide Arme waren jetzt in der Jacke frei, aber noch immer verborgen.

Opdahl griff nach dem Telefonhörer auf seinem Schreibtisch, wählte eine zweistellige interne Nummer und wartete, bis sich jemand meldete. «Frank? Ich bin's, Gunnar. Kannst du bitte mal kurz in mein Büro kommen? Ich möchte dir jemanden zeigen.», Er legte auf, setzte sich. «Dr. Morgan hat bei Ihrer ersten Operation assistiert. Er wird Sie operieren. Ich würde es ja selbst machen ... aber Davos.» Er hielt inne. «Dabei fällt mir ein: Wie haben Sie das mit Jericho herausgefunden?»

McBride schüttelte langsam den Kopf. Wenn er wollte, könnte er über den Schreibtisch hechten, bevor Opdahl merkte, wie ihm geschah – ihm das Genick brechen. Doch es war besser, möglichst viel in Erfahrung zu bringen. «Wie wird de Groot es machen?»

Opdahl lächelte. «Ich habe Sie zuerst was gefragt.»

Einen Moment lang war McBride geneigt, ihm von Cranes Unterlagen zu erzählen – aber nein. Wenn in den nächsten fünf Minuten etwas schief lief, würde Mamie Winkelmann dafür bezahlen. Also log er. «Es ist in einer Sitzung mit Henrik herausgekommen – kleckerweise.»

Opdahls Miene verfinsterte sich. «Das höre ich aber gar nicht gern. Der Klient sollte sich eigentlich nicht bewusst sein –»

«Er war in tiefer Trance.»

«Das kann ich mir vorstellen ...» Es klopfte leise an der Tür. «Herein.»

McBride wandte den Kopf und sah einen kräftig gebauten, gut aussehenden jungen Mann in blauer OP-Kleidung hereinkommen.

«Frank», sagte Opdahl, «Sie erinnern sich doch bestimmt noch an Jeff Duran, nicht wahr?»

«Natürlich», erwiderte Morgan.

«Händeschütteln ist nicht nötig», scherzte Opdahl. «Ich habe Jeff gerade erzählt, dass Sie ihn heute Abend operieren.»

«Ach ja?»

«Ja. Sie können es ja schon lange kaum erwarten, einen zweiten H. M. zu schaffen – und nun ist Ihre Chance gekommen. Unser Jeff hier ist ein Entsorgungsfall geworden, nicht wahr, Jeff?»

Morgan verzog gespielt mitleidig das Gesicht.

«Na? Wie gefällt Ihnen das?», fragte Opdahl, als hätte er dem jungen Chirurgen einen kleinen Welpen geschenkt. «Freuen Sie sich drauf?»

«Ob ich mich drauf freue?!», stieß Morgan hervor. «Und wie!» Er trat neben McBride, berührte eine Stelle direkt über dem Haaransatz. «Ich werde hier reingehen», setzte er an.

McBride schoss von dem Stuhl hoch wie ein Felsbrocken aus einem Vulkan, rammte seinen Kopf gegen das Kinn des Chirurgen, riss sich die Zwangsjacke vom Leib und hechtete auf den schockierten Gunnar Opdahl zu. Der Arzt drückte auf einen Knopf an der Schreibtischkante, der einen stummen Alarm auslöste, während er seinen Sessel nach hinten Richtung Fenster stieß.

Dann war McBride auch schon über ihm und packte ihn am Hals. Er riss Opdahl aus dem Sessel und knallte ihn mit dem Gesicht gegen die Wand, riss ihn zurück und rammte seinen Kopf durch die Fensterscheibe, hoffte, dass Opdahl dabei die Kehle durchtrennt würde. Und das wäre vielleicht passiert, wenn Morgan nicht von hinten mit einem Karatetritt McBrides Beine weggefegt und ihn niedergestreckt hätte.

Opdahl taumelte im Kreis, rang nach Atem und versuchte gleichzeitig, halb erstickt etwas zu rufen, während McBride rückwärts über den Boden krabbelte, um Morgans Tritten auszuweichen.

Er hörte schon Laufschritte auf dem Flur und lautes Rufen, als Morgan einen wuchtigen Tritt an seinem Kopf landen wollte. McBride bekam seinen Fuß zu packen, drehte ihn mit aller Kraft, so dass der junge Chirurg zu Boden stürzte und im Fallen eine Lampe mitriss, deren Glasschirm krachend zersplitterte. McBride kam auf die Knie und schlug ihm mit der Faust gegen den Hinterkopf, so dass Morgan alle viere von sich streckte, dann hechtete er zu dem Karton auf dem Sofa. Er riss an der Pappe, um an den Abzug zu kommen, was ihm genau in dem Moment gelang, als die Tür aufflog und Rütger und Heinz mit wildem Blick hereingestürmt kamen.

«Schnappt ihn euch!», schrie Opdahl, während er im Schreibtisch nach der 9-mm-Pistole wühlte, die er dort aufbewahrte.

Die Wachleute stürzten auf McBride zu, der jetzt mit dem Gardinenkarton zurückwich – doch die Verpackung explodierte genau in dem Augenblick, als Rütger sie zur Seite schlagen wollte, und Blut und Knochensplitter spritzten an die Wand gegenüber. Der dicke Wachmann Heinz blieb wie vom Donner gerührt stehen, die Augen weit aufgerissen, die Hände in die Luft gestreckt, während McBride die Waffe herumschwang und Opdahl mit der Pistole losfeuerte und alles in dem Raum traf außer seinem Ziel. McBride war plötzlich die Ruhe selbst, er schob den Schlitten am Lauf vor und zurück, lud und feuerte, lud und feuerte, schoss Morgan, der zur Tür flüchtete, in die Knie –

drehte sich dann zu Opdahl um, dessen Mund in der Schrecksekunde, die ihm noch zum Nachdenken blieb, ein kleines O des Entsetzens formte, bevor McBride ihn in die Stirn traf und sein Hirn an die Decke klatschte.

Relative Stille.

Heinz zitterte, die Hände in der Luft, die Augen geschlossen. Morgan lag schluchzend in einer Blutlache neben der Tür, die Knie weggeschossen, unter Schock. Pulverrauch und beißender Geruch in der Luft. McBride atmete zum ersten Mal nach langer Zeit aus, die Luft entwich seinen Lungen in einem einzigen Stoß.

McBride wandte sich dem Wachmann zu. «Bleib, wo du bist.» Dann ging er zu Opdahls Schreibtisch, rief die Empfangssekretärin an, sagte ihr, sie solle ihn mit dem Hotel Belvedere verbinden. Einen Augenblick später hatte er Adrienne in der Leitung.

«Was ist passiert?», fragte sie aufgeregt. «Ich hab Schüsse ge–»

«Fahr mit dem Wagen vor», sagte er.

«Aber –»

«Sofort.» Dann legte er den Hörer auf und sagte zu dem Wachmann: «Gehen wir», packte ihn hinten am Kragen und drückte ihm den Lauf an die Schläfe.

Draußen auf dem Flur wich ein halbes Dutzend verschreckte Patienten zurück, als McBride und der Wachmann aus Opdahls Büro kamen. Langsam und vorsichtig führte McBride seine Geisel an verblüfften Krankenschwestern, Pflegern und Ärzten vorbei zur Eingangstür. Sie öffnete sich zischend, und er trat in einen inzwischen nasskalten, grauen Nachmittag hinaus – von Adrienne keine Spur.

Er blieb auf der Eingangstreppe der Klinik stehen, die Flinte gegen die Wange des Wachmanns gepresst, und überdachte seine Situation. Es gab nur zwei Möglichkeiten. Entweder Adrienne kam oder sie kam nicht. Und wenn sie nicht kam, war alles vorbei. Dann war er geliefert. Denn die Polizei war unterwegs, würde bald kommen, und –

Plötzlich war sie da: Der BMW fuhr vor, mit hektisch wippenden Scheibenwischern, aufgeblendeten Scheinwerfern, und die Beifahrertür flog auf. Adrienne lehnte sich über den Sitz, die Augen weit aufgerissen.

«Rein mit dir», rief sie.

41

Davos war der reinste Rummelplatz.

Nicht das malerische Alpendorf, das Adrienne sich vorgestellt hatte, sondern eine lärmende Aneinanderreihung von glitzernden Diskotheken und Bars, Restaurants und Skigeschäften. Vor den Gipfeln ringsum ragten Apartmenthäuser aus Beton in die Höhe. Und so ging es weiter durch das Tal bis nach Davos-Dorf und Davos-Platz.

Kein Wunder, dass sie kein Zimmer fanden. Neben den normalen Touristen und Skifahrern bevölkerten noch Hunderte von Leuten den Ort, die für den Weltwirtschaftsgipfel tätig waren, ebenso viele Journalisten und Massen von Demonstranten. Alle Hotels waren ausgebucht. Das Luxushotel, das als Hauptquartier des Wirtschaftsgipfels diente, thronte auf einem Berg hoch über Davos und sah aus wie eine riesige Hochzeitstorte mit seinen zweihundert Zimmern, von denen jedes einen Balkon mit weißen Säulen vorzuweisen hatte. Schon die Zufahrtsstraßen wurden streng kontrolliert. Überall gab es von Demonstranten belagerte Absperrungen, an denen Schweizer Soldaten postiert waren. Zwischen ihnen und dem Hotel standen Übertragungswagen internationaler Fernsehsender. Kabel wanden sich über den Schnee und versorgten unzählige Lampen, Mikrofone, Kameras und Satellitenschüsseln mit Strom. Hier und da war eine einzelne Gestalt zu sehen, die, in weißes Scheinwerferlicht getaucht, Zuschauern in aller Welt die Ereignisse schilderte.

Sie hatten keinerlei Anhaltspunkt, wo sie de Groot suchen sollten. Falls er sich in der Gegend vorübergehend ein Apartment gemietet hatte, konnte er fast überall sein. In Davos oder Klosters oder in irgendeinem der umliegenden kleineren Orte.

Plötzlich hatte McBride eine Idee.

«Musik …», sagte er leise.

«Was?» Adrienne rieb sich die Augen. Es war kurz vor zwei Uhr in der Nacht.

«De Groot steht auf Trance-Musik. Er wollte mich einmal in einen Club mitnehmen.»

Sie blickte verwirrt. «Was ist denn Trance-Musik?»

«Das geht so in Richtung Techno und Rave. Ist in Europa ein ziemlicher Renner.»

«Tatsächlich?»

Er lächelte. «Ich schätze, Junganwältinnen haben keine Zeit, tanzen zu gehen.»

«Ach? Und wieso kennst du dich mit so was aus?»

Er blickte verlegen. «MTV.»

Irgendwie wurde Adrienne durch die laute Musik und die wild tanzenden Körper in den Diskotheken nur noch müder. Sie klapperten den Club Soda, das Trax, Rumpelstilzchen und den Kit Kat Klub ab. McBrides Deutschkenntnisse erwiesen sich als nützlich bei der Befragung von Rausschmeißern, Barkeepern, DJs und dem einen oder anderen Diskobesucher, der erschöpft von der Tanzfläche getaumelt kam. Überall die gleiche Frage: Sie suchten einen Holländer, einen kräftigen Typen aus Rotterdam, blondes, kurz geschnittenes Haar, Kettenraucher – schon mal gesehen? Und überall die gleiche Antwort: nein, nein und nochmals nein. Der DJ im Rumpelstilzchen schrieb ihnen netterweise noch ein paar Diskotheken auf, wo «Trance» gespielt wurde oder zumindest etwas in der Richtung – «House». Doch als sie bei fast allen auf der Liste ihr Glück versucht hatten, waren sie nicht weiter als zuvor: Niemand kannte einen Henrik de Groot, weder mit Namen noch von der Beschreibung her.

«Wir könnten am Bahnhof übernachten», schlug Adrienne vor. «Oder im Wagen. Ich bin völlig kaputt.»

McBride nickte. «Okay, aber vorher machen wir noch ein paar Versuche.»

Als er drei weitere Klubs auf der Liste des DJs durchstreichen konnte, dämmerte schon der Morgen. McBride war kurz davor aufzugeben – so auch Adrienne, die zwar nicht klagte, sich aber vor Müdigkeit kaum noch auf den Beinen halten konnte.

«Nur noch einen Versuch», sagte McBride, «dann trinken wir irgendwo einen Kaffee.»

Und da sah er es:

Trance-Club

Darunter ein kreisrundes Schild, das ein verwirrendes Muster aus konzentrischen silbernen und schwarzen Kreisen zeigte, in deren Mitte ein Neonauge zwinkerte. Um die Kreise herum sausten wie verrückt Lauflichter. McBride starrte so lange und intensiv auf das Auge, dass er es noch zu sehen glaubte, nachdem es ausgegangen war.

«Da», sagte er, trabte auf das Schild zu und zog Adrienne hinter sich her.

«Was ist da?», fragte Adrienne.

«Hier war er immer.»

«Woher weißt du das?»

«Er hatte eine Streichholzschachtel. Bei seinen Zigaretten. Mentholzigaretten. Ich weiß, dass ich sie gesehen habe – als ich Duran war.»

Sie sah ihn zweifelnd an.

In der Diskothek saßen die Kellnerinnen und Barkeeper an der Bar, rauchten und tranken Kaffee, während sie die Abrechnung machten. «Geschlossen», sagte ein Mann mit gepiercter Zunge. Er deutete auf den schmuddeligen Raum hinter sich, wo ein dunkelhäutiger älterer Mann mit Pferdeschwanz einen großen Staubsauger über den schmutzigen, schwarzen Fußboden mit aufgemalten silbernen Sternen schob.

«Ich suche jemanden», sagte McBride. Eine Kellnerin mit stacheligem Haar und silbernem Lippenstift öffnete den Mund, aber McBride kam ihr zuvor. «Im Ernst. Ich suche einen Holländer. Kräftiger Typ. Blond. Er heißt Henrik.»

«Klar», sagte die Kellnerin. «Ich kenne Henrik. Der ist oft hier – wenn er nicht auf Geschäftsreise ist.»

«War er heute Abend hier?»

«Ja. Ist vor einer Stunde gegangen.» Sie runzelte die Stirn. «Ist er ein Freund von Ihnen?»

«Ich bin sein Therapeut», erwiderte McBride.

Sie nickte, als wäre sie nicht überrascht. «Den kann er auch gebrauchen – Henrik hat ganz schön einen an der Mütze.»

«Wissen Sie, wo er wohnt?», fragte Adrienne.

Die Kellnerin musterte sie abschätzend. «Vielleicht … steckt er in Schwierigkeiten?»

McBride machte eine drängende Geste. «Ich wäre ja wohl nicht um sieben Uhr morgens hier –»

«Er wohnt in den Alpenrösli-Wohnungen – an der Straße nach Klosters.»

Der Mann mit der gepiercten Zunge blickte sie überrascht an. «Woher weißt du das denn, bitte schön?»

«Schnauze», erwiderte sie.

Die Wohnanlage Alpenrösli lag nicht weit außerhalb des Ortes und bestand aus vier Ferienwohnungen und einer Hausmeisterwohnung im Erdgeschoss.

«Wir sind ausgebucht», sagte die grauhaarige Hausmeisterin.

«Wir möchten zu Mr. de Groot», sagte McBride.

Die Frau zuckte die Achseln. «Natürlich. Nummer 4 – aber er ist nicht oft da. Die ganze Nacht geht er tanzen und dann muss er wohl zur Arbeit.»

«Und wo arbeitet er?»

Die Frau schüttelte den Kopf. «So was frage ich nicht.»

Sie saßen im Wagen auf dem Parkplatz vor dem Alpenrösli und warteten, drehten die Heizung oder die Lüftung auf, wenn sie es vor Kälte nicht mehr aushielten oder die Fenster beschlagen waren. Abwechselnd schliefen sie ein wenig, und gegen Mittag ging Adrienne zu Fuß in den Ort, um Sandwiches zu kaufen. Um zwei Uhr hatte der Himmel sich dunkel lila verfärbt, und noch immer war von de Groot nichts zu sehen. Eine Stunde später grollte in den Bergen ferner Donner, und es schneite leicht.

«Vielleicht ist es Zeit für Plan B», sagte McBride.

«Und der wäre?», fragte Adrienne.

McBride schüttelte den Kopf. «Ich weiß nicht – ich hatte gehofft, du wüsstest es.» Plan B war die Polizei. Eine andere Möglichkeit hatten sie nicht. Doch nach dem, was in der Klinik passiert war, würde ihnen wahrscheinlich niemand glauben – bis es zu spät war.

Um Viertel nach vier gingen überall im Tal die ersten Lichter an. In dem engen, kalten Wagen hatte McBride allmählich das Gefühl, ihm würden die Beine an den Knien abfallen, und zu allem Übel bekam er langsam Kopfschmerzen. Und dann war er auf einmal da – de Groot kam mit gesenktem Kopf die Straße hochgestapft. Er trug in jeder Hand eine Einkaufstüte aus dem Supermarkt. «Da ist er», sagte McBride plötzlich und setzte sich hinter dem Lenkrad auf.

Sie sahen durch eine Wand aus fallendem Schnee, wie der Holländer das Tor zum Alpenrösli aufdrückte und die Außentreppe hinaufstieg. Dann war er verschwunden, vermutlich in Apartment 4 – im obersten Stockwerk auf der Rückseite des Hauses.

«Du bleibst hier», befahl er, drückte den Knopf, der den Kofferraum entriegelte, und öffnete die Fahrertür.

«Du bist wohl nicht bei Trost?», sagte Adrienne. «Ich werde nicht hier bleiben!»

Er beugte sich zu ihr und strich kurz mit dem Mund über ihre Lippen. «Gib mir Rückendeckung.»

Ohne auf eine Antwort zu warten, stieg er aus und nahm die Schrotflinte aus dem Kofferraum. Dann folgte er de Groots Fußspuren im Schnee zur Außentreppe und ging hinauf. Er blieb vor Apartment 4 stehen, holte tief Luft und klopfte leise an die Tür. Dann trat er zurück und wartete mit der Flinte in den Händen, den Lauf nach unten gerichtet. Aber nichts tat sich. Er klopfte erneut. Noch immer keine Reaktion. Frustriert klopfte er heftiger an die Tür, die sich von allein öffnete.

Mit dem Gewehr im Anschlag trat er in die Wohnung, warf einen Blick nach links und rechts und lauschte angestrengt. Wenn de Groot in der Wohnung war, dann musste er reglos irgendwo stehen und die Luft anhalten, dachte McBride. Und wenn er nicht in der Wohnung war…

Er ging ins Wohnzimmer. Auf einem Tisch waren ein halbes Dutzend Glühbirnen verstreut, kleine Birnen, und alle zerbrochen. Daneben lagen ein Elektrobohrer und eine Klebepistole. Was hatte das zu bedeuten?

Nach wenigen Schritten kam er in einen kurzen Flur – mit links und rechts jeweils einer Tür. Er öffnete die linke Tür und blickte in de Groots Schlafzimmer, weniger ein Raum zum Schlafen als ein rassistisches Diorama: Die Wand war mit plumpen Collagen tapeziert, mit pornographischen Fotos von schwarzen Männern und jungen blonden Frauen. Auf dem Boden neben dem Bett ein Haufen rassistischer und rechtsradikaler Hefte. Und an der Wand gegenüber Porträts von Hitler und dem Schweizer Ufologen Billy Meier – wie Götzenbilder.

Die perfekte Kulisse, dachte McBride. Der scheinbare Beweis, dass der Bewohner «ein irrer Einzelgänger» ist. Aber es war alles so einfallslos. Wie bei de Groots Deckerinnerung war die Szene plump und platt, wie eine billige Fernsehsendung: die Vorstellung, die sich ein drittklassiger Regisseur vom Allerheiligsten eines Rassisten macht.

Aber wo war der Hauptdarsteller? Wo war der Star? Mit pochendem Herzen ging McBride zurück in den Flur und stieß, die Flinte in Hüfthöhe, die zweite Tür auf – die ins Badezimmer führte.

«Henrik?»

Mit dem Gewehrlauf schob er den Duschvorhang beiseite. Aber da war nichts und niemand.

Verwirrt ging er zurück ins Wohnzimmer – und da stand de Groot hinter Adrienne und drückte ihr einen Revolver an den Kopf.

Der Holländer lächelte. «Dr. Duran! Wie schön, Sie zu sehen –»

«Hören Sie, Henrik, es besteht kein Grund –»

«Willkommen in Davos! Es ist wirklich toll hier! So, wenn Sie jetzt bitte Ihre Waffe hinlegen würden. Ich möchte Ihnen oder Ihrer hübschen Freundin nicht wehtun.»

McBride legte das Gewehr auf den Boden, ohne de Groot aus den Augen zu lassen. «Lassen Sie sie los. Sie ist nicht –»

«Sch-sch-sch», sagte de Groot, den Finger an die Lippen gelegt. «Wir sind beim Wurm.» Er deutete mit dem Kopf Richtung Sofa. «Los», befahl er und gab Adrienne einen sachten Schubs. McBride ging ebenfalls zum Sofa, und sie setzten sich beide. Der Holländer hob das Gewehr auf, nahm das Magazin heraus und warf es in eine Ecke des Zimmers. Dann entfernte er die Patronen, die noch in der Kammer waren, und legte die Waffe auf einen Sessel neben sich.

Er ging in die Küche und kam gleich darauf mit einer Rolle Packband wieder, die er McBride zuwarf. Er wies ihn an, Adrienne an Händen und Füßen zu fesseln und sie dann zu knebeln. McBride zögerte. Daraufhin trat de Groot auf ihn zu und schlug ihm ohne Vorwarnung mit dem Revolverkolben auf den Mund.

Er trat zurück und sah befriedigt zu, als sein ehemaliger Therapeut tat wie ihm geheißen, ein Stück Klebeband abriss und es der verängstigten jungen Frau auf den Mund klebte.

«Jetzt sind Sie an der Reihe», sagte de Groot, zog seine Jacke aus und hängte sie über die Rückenlehne eines Stuhls.

«Hören Sie, Henrik –»

Der Holländer sah ihn finster an: «Nicht reden», befahl er.

In diesem Augenblick vibrierte das Haus von einer plötzlichen Windböe, die Lampen flackerten und das Tor unten knallte zu. Beunruhigt ging de Groot zum Fenster und schaute hinaus. «Es gibt Gewitter», sagte er.

«Henrik, es ist wirklich wichtig, dass Sie mir zuhören.»

«Ich kann nicht euch beiden zuhören.»

«Uns beiden?»

«Der Wurm», erklärte Henrik.

«Ich weiß, was Sie vorhaben, Henrik. Und das sollten Sie lieber lassen.»

«Ach ja? Und was habe ich vor?»

«Sie wollen Mandela und die anderen erschießen.»

De Groot schüttelte den Kopf. «Die Füße sechsmal umwickeln – ganz fest.» Er hielt inne. «Ich werde niemanden erschießen.»

«Nein?» McBride war verwirrt.

«Nein. Nun machen Sie schon, Dr. Duran. Das Band um die Knöchel. Sechsmal.»

McBride bückte sich und wickelte sich das Klebeband langsam um die Knöchel.

«Es wird keine Feuerwaffen geben», versprach de Groot. «Nur Feuer.» Plötzlich lachte er prustend auf.

McBride hatte sich die Füße gefesselt und blickte auf. «Wie bitte?»

Der Holländer ignorierte die Frage. «So, jetzt die Hände auf den Rücken», befahl er. Als McBride gehorchte, nahm de Groot das Klebeband und wickelte es ihm um die Handgelenke. McBride ließ den Blick rasch durch den Raum gleiten, suchte nach irgendeinem Ausweg, nach irgendetwas, das er verwenden konnte. Aber da waren nur Adrienne – die aussah, als würde sie jeden Augenblick in Ohnmacht fallen – und der Tisch mit den Glühbirnen, dem Bohrer und der Klebepistole.

«Wofür sind die Glühbirnen?»

De Groot sah auf die Uhr, zuckte mit den Schultern und setzte sich in einen Ledersessel. «Der Wurm ist schlau. Er weiß, dass es unmöglich ist, mit einer Waffe an sie ranzukommen. Selbst für mich, der ich einen Passierschein habe und da arbeite, ist es unmöglich.»

«Wo? Wovon reden Sie?»

«Das Kongresshotel. Ich rüste die Feuerlöschanlage nach. Ersetze das Halon – weil es die Ozonschicht zerstört, wissen Sie? Und bei den vielen Umweltschützern in der Stadt will das Hotel mit gutem Beispiel vorangehen. Es will entgegenkommend sein, nicht?»

McBride wusste nicht, was er sagen sollte. Verstand nichts. «Ja und? Was hat das mit den Glühbirnen zu tun?»

«Es geht um Umrüstung. Das mache ich ja ständig. Das ist mein Job.»

«Was ist Ihr Job?»

«Das Halon ersetzen. In der Sprinkleranlage. An der Decke, wissen Sie?» Der Holländer hob die Hand über den Kopf und wedelte mit den Fingern. «Es wird durch eine Mischung von Edelgasen ersetzt, und die Ozonschicht leidet keinen Schaden.»

«Das ist sehr gut, Henrik, aber –»

«Nur diesmal ist es kein Edelgas.»

«Was?»

«Es ist Benzin», erwiderte de Groot. «Ich habe das Halon durch Benzin ersetzt, wenn das Feuer also ausbricht –»

«Welches Feuer? Wann?»

De Groot sah wieder auf die Uhr. «In einer halben Stunde, es sei denn, die fangen später an. Keine Sorge, von hier aus können Sie es gut sehen. Der ganze Kasten geht in die Luft wie eine Rakete.»

«Welcher Kasten?»

«Hab ich doch gesagt! Das Kongresshotel. Da findet eine Gala für die Delegation aus Südafrika statt. Großes Bankett, jede Menge Reden von den Niggern.»

McBride schüttelte den Kopf. Er verstand noch immer nichts. «Was ist mit den Glühbirnen?», fragte er. «Wofür sind diese verdammten Glühbirnen?»

Der Holländer kicherte, und McBride begriff, dass de Groot irgendeine Droge genommen hatte. «Dauernd vergesse ich's… Die kleinen Birnchen da drüben. Die sind fürs Podium. Zumindest eine davon. Wenn der Redner zum Podium gegangen ist, knipst er das Licht am Pult an – damit er seine Notizen lesen kann. Weil es im Ballsaal dunkel ist. Sehr romantisch.»

«Und?», fragte McBride.

«Ich habe fast ein Dutzend Birnen verbraucht, bis ich es hingekriegt habe.»

«Was hingekriegt?»

«Ein Loch durch das Glas zu bohren», erklärte de Groot. «Ohne dass es kaputtging.»

«Und wozu sollte das gut sein?»

«Es ist sehr knifflig. Das Glas ist so dünn – man braucht einen Spezialbohrer, sonst zerbricht es. Außerdem kommt hinzu, dass der Glühfaden sehr zerbrechlich ist – immer wieder ist er mir kaputtgegangen.» Der Holländer seufzte. «Aber ich hab's hingekriegt – am Ende.»

«Ich versteh Sie noch immer nicht», sagte McBride. «Wozu ist das Loch?»

«Für das Anfangsfeuer», erwiderte de Groot. «Ich fülle die Glühbirne mit Phosphor und Kerosin. Wenn die Birne eingeschaltet wird, explodiert die Mischung. Aber es ist nur ein kleines Feuer. Vermutlich fängt das Hemd des Redners an zu brennen und vielleicht seine Haare – erst recht, wenn er irgendein Gel benutzt.»

«Und dann?», fragte McBride.

«Dann? Nun, auf beiden Seiten des Podiums ist ein Feuerlöscher. Einer von den Sicherheitsleuten wird ihn nehmen, um das Feuer zu löschen. Bloß ...»

«Bloß was?»

«Die Feuerlöscher habe ich auch manipuliert.»

«Wie?»

«Mit Butan gefüllt.»

McBride wurde schummrig. «Wenn sie das Feuer also löschen wollen, dann ...»

«Dann machen sie es noch größer. Dann geht die Sprinkleranlage an, und das Hotel – na, Sie werden es ja selbst sehen.»

«Henrik –»

Der Holländer zog ein Stück Band von der Rolle und beugte sich zu McBride, um ihm damit den Mund zu verbinden. McBride ließ sich nach hinten fallen, um ihm auszuweichen.

«Henrik, hören Sie. Ich möchte Ihnen etwas über den Wurm erzählen.»

«Nein. Wir haben schon zu viel geredet.» Er ging zur Couch und setzte sich neben McBride, den Streifen Klebeband in den Händen. Plötzlich flackerten die Lampen, wurden dann so hell, dass McBride dachte, sie würden platzen. Ein Spannungsstoß, sagte er sich, bis auf das Aufflammen des Lichts ein Donnerschlag folgte, so laut, dass sogar de Groot zusammenfuhr.

Dann blitzte es wieder und wieder. McBride spürte die elektrische Spannung in der Luft, die feinen Härchen in seinem Nacken richteten sich auf. Licht zitterte durch die Luft. McBride konnte sich nicht erinnern, je ein Gewitter bei Schneefall erlebt zu haben. Die Fensterscheiben waren opak vom Schnee, und die Wirkung war außergewöhnlich, eine Lichtschwankung fast wie bei einem Strobolight.

De Groot hob das Klebeband, um es McBride auf den Mund zu drücken, doch plötzlich blickte er verwundert, wie ein Reh im Scheinwerferlicht eines Wagens.

Es liegt an dem Flackern, begriff McBride. Er ist darauf konditioniert, daran angekoppelt. Instinktiv fing McBride an, in dem leisen, melodiösen Tonfall zu sprechen, mit dem er einen Klienten in Trance versetzte. «Hör zu, Henrik. Stell dir vor, du bist in einem Fahrstuhl … und er bringt dich an einen sicheren Ort. Tief in der Erde.» Wieder erschütterte ein Donnerschlag die Wände und McBride konnte den Blitz in de Groots Augen sehen. «Die Türen öffnen sich. Du trittst ein. Die Türen schließen sich. Und nun fahren wir nach unten, tiefer und tiefer, zu dem sicheren Ort.» Der Raum flackerte von mehreren Blitzen draußen vor dem Fenster. «Dort ist kein Wurm, Henrik. Bloß das Gefühl vollkommenen Friedens.»

De Groots Augen waren halb offen und schienen blicklos.

«So, wir sitzen zusammen auf einem Felsen, weit weg von jedem Ort, an dem wir jemals waren», sagte McBride, verzweifelt bemüht, seine Stimme nicht angespannt klingen zu lassen. «In einem kleinen Hafen, den niemand sonst sehen kann. Nur du und ich, die Wellen und die Vögel. Und ein leichter Wind, der nach Meer riecht. Kannst du das Meer riechen, Henrik?»

«Ja.»

«Wir sind an einem wunderschönen Ort, Henrik, aber … meine Hände sind gefesselt. Glaubst du, du kannst mich losschneiden?»

Der Holländer antwortete nicht. Und eine ganze Weile rührte er sich nicht, sondern saß einfach da in dem flackernden Licht, still und blinzelnd. Obwohl sein Gesicht teilnahmslos wirkte, wusste McBride, dass ein Kampf tief im Innern des Holländers tobte, in einem Teil des Gehirns, der so primitiv war, dass Worte keine Bedeutung hatten.

Dann ließ die Lähmung nach, und de Groot stand auf. Er ging in die Küche, kam mit einem Messer wieder. Er blieb mit einem trostlosen und bedauernden Blick vor McBride stehen, murmelte etwas Unverständliches, beugte sich vor und zerschnitt das Klebeband.

Adrienne gab einen Laut von sich, aber McBride bedeutete ihr mit einer Handbewegung, ruhig zu sein. Als de Groot sich wieder hingesetzt hatte, suggerierte sein ehemaliger Therapeut ihm, dass er erschöpft sei, und gleich darauf fing der Holländer an zu gähnen. Vermutlich war er sogar wirklich müde, dachte McBride. Schließlich war er die ganze Nacht auf den Beinen gewesen. Er suggerierte de Groot, die Augen zu schließen und zu schlafen. Wenn er aufwachte, sollte er zur Polizei gehen und ihr von dem Wurm erzählen. Dann würde er sich wunderbar fühlen. Kurz darauf schnarchte de Groot leise auf der Couch, den Kopf in den Nacken gelegt, mit offenem Mund.

McBride befreite Adrienne, nahm dann ganz vorsichtig de Groot den Passierschein ab, den der Holländer um den Hals trug, und hängte ihn sich selbst um.

«Das funktioniert niemals», sagte Adrienne. «Du siehst ganz anders aus als er.»

«Ich muss es versuchen!»

«Aber –»

«Ruf das Hotel an», sagte er. «Vielleicht kommst du durch. Sag ihnen, es ist ein Notfall. Sag ihnen, die Feuerlöscher sind präpariert.» Er war an der Tür. «Und besorg mir einen Anwalt!»

«Aber –»

Dann war er schon durch die Tür und polterte die Treppe hinunter zum Wagen.

Von de Groots Wohnung waren es knapp fünf Kilometer bis nach Davos-Dorf, und er brauchte bei dem Schnee, gegen den seine Scheibenwischer ankämpften, durch den kriechenden Verkehr eine Viertelstunde für die Strecke. Aber er kam nicht einmal in die Nähe des Kongresshotels – die Zufahrtsstraßen waren weiträumig abgeriegelt –, also ließ er den Wagen am Straßenrand stehen und fiel in Laufschritt.

De Groots Ausweis hüpfte auf seiner Brust auf und ab, während er durch Matsch und Schnee den Berg hochlief. An einer Sicherheitsschranke wurde er von einem Soldaten angehalten, der völlig durchfroren aussah. McBride wedelte mit dem Ausweis und fluchte, dass man ihn bei dieser Kälte wegen irgendeines Problems mit den Feuerlöschern aus dem Haus gerufen hätte. «Ist bestimmt falscher Alarm», sagte er. «Ich hab die Dinger erst heute Nachmittag überprüft.»

Der Soldat spähte durch den wirbelnden Schnee auf den Ausweis. «De Groot», sagte er. «Ich muss nachfragen.»

Der Soldat ging in einen provisorischen Unterstand aus Segeltuch und durchsichtigem Plastik und sprach in ein Telefon. Er warf McBride einen genervten Blick zu, während er ungeduldig auf eine Antwort wartete. Das Warten war eine Tortur. McBride stellte sich die Gäste an den Banketttischen vor, die bereits abgeräumt wurden, den Redner, der auf die Uhr sah, noch einen letzten Blick auf seine Notizen warf, bevor er zum Podium ging. Das Dinner hatte um sieben begonnen. Wie viele Gänge mochte es geben? Wie lange würde es dauern? Ganz ruhig, sagte er sich, doch ein Blick auf seine Uhr jagte ihm einen Schock ein. 19:48.

Dann schob der Soldat den Kopf aus dem Unterstand, winkte ihn durch und McBride nahm die Beine in die Hand.

Ein Hotelmitarbeiter focht einen vergeblichen Kampf gegen den Schnee, der sich auf dem roten Teppich unter dem Schutzdach vor dem Hoteleingang anhäufte. Außerdem waren da noch ein Mann, der aussah wie ein Admiral – der Portier, wie sich herausstellte – und zwei Soldaten. McBride rannte auf den Eingang zu.

Dann war er da. Der Portier griff nach der Messingklinke der Tür, zog plötzlich die Stirn kraus und ließ die Hand sinken. Einer der Sicherheitsleute trat hinzu und packte McBride am Arm.

«Brandschutz!», schrie McBride und hielt dem Mann de Groots Ausweis vors Gesichts, riss sich los und stürzte durch die Tür.

«Stehen bleiben!»

Er lief durch die Lobby mit ihren Kristallkronleuchtern und edlen Teppichen und suchte nach einem Schild mit der Aufschrift «Ballsaal». Dann sah er es.

Drei Doppeltüren, flankiert von stämmigen Männern in dunklen Anzügen und mit Mikros im Ohr. In der Nähe stand ein Grüppchen Raucher um einen Aschenbecher, und zwei Damen in afrikanischer Tracht mit kunstvollen Frisuren gingen in Richtung Toiletten. Auf einem Sockel stand ein silbern gerahmtes Schild:

Weltwirtschaftsforum
Südafrika-Gala

Einer der Sicherheitsleute sah McBride und hob einen Arm, um ihn aufzuhalten. Aber McBride hatte so viel Schwung, dass er an den Sicherheitsleuten vorbei durch die Türen stürmte.

Aber er kam zu spät.

In dem Saal – mit den kerzenbeleuchteten Tischen, den Blumenarrangements, den weißen Tischdecken und dem schimmernden Kristall – brach gerade Panik aus. Oder zumindest blankes Entsetzen. Männer im Smoking und Frauen im Abendkleid, eine Hand voll Männer und Frauen in leuchtender afrikanischer Kleidung, alle sprangen auf und blickten sich aufgeregt um. Das normale Stimmengewirr von dreihundert Gästen – Geklapper von Geschirr, Gemurmel, perlendes Gelächter – war einem lauten Aufschrei gewichen. Es klang wie das Gebrüll eines einzigen wilden Tieres, das auf das Podium starrte, wo ein älterer schwarzer Mann hinter einem brennenden Rednerpult stand und auf die Flammen an seinem Revers schlug.

Eine sonderbare Unruhe lag in der Luft, erschreckte Laute und Rufe. McBride sprintete den Gang hinunter. Durch das Menschengewühl hatte er gesehen, wie ein Kellner mit einem Feuerlöscher zum Podium lief.

«Nicht!», schrie McBride und schüttelte einen Sicherheitsmann ab, der ihn an den Schultern festhalten wollte – während der Kellner gerade den Feuerlöscher auf den brennenden Mann richtete. McBride sprang auf einen leeren Stuhl, dann auf den Tisch, hechtete auf das Podium zu und riss den Kellner mit zu Boden.

Der Feuerlöscher rutschte über den Boden, als McBride sich aufrappelte und schrie: «Der Feuerlöscher ist eine Bombe! Nehmen Sie Ihre Jacketts!» Er riss sich die Jacke vom Leib und schlug damit auf die Flammen auf dem Podium ein, während ein anderer Mann den Redner rettete. Jemand packte McBride von hinten und irgendetwas krachte gegen sein Ohr und beförderte ihn zu Boden.

Er sah Lederschuhe auf dem blauen Teppich und spürte einen Fuß in seinem Rücken. Das Gesicht von einem der Sicherheitsleute tauchte vor ihm auf, so nahe, dass McBride die Poren auf der Nase sehen konnte, die Stoppeln über der Oberlippe. «Alle raus hier», rief McBride, plötzlich so leicht wie eine Wolke, dass er das Gefühl hatte, gleich wegzuschweben. «Der Ballsaal ist eine Bombe», murmelte er. «Der Ballsaal ist eine Bombe.»

Epilog

In der Woche, die McBride in einer Arrestzelle in Davos saß, bekam er nur ein einziges Mal Besuch: von einem Gentleman der amerikanischen Botschaft in Bern, der ihm ohne Umschweife die Sachlage schilderte.

Der Vorfall im Hauptquartier des Wirtschaftsgipfels würde nicht an die Öffentlichkeit gelangen. Henrik de Groot würde in einer Privatklinik in einem ungenannten Land behandelt. Ob er irgendwann entlassen würde, hing davon ab, an wie viel – oder wie wenig – er sich erinnern wollte.

McBride sollte eine geringe Geldbuße für die Störung des Banketts bezahlen. Er und seine Freundin würden von Zürich aus mit der ersten Maschine nach Hause in die Staaten geflogen. Was die Ereignisse in Spiez betraf, so waren die zuständigen Stellen des Kantons einhellig zu dem Schluss gekommen, dass ein öffentlicher Prozess für beide Länder nur peinlich sein würde.

«Das ist alles?», fragte McBride.

Sein Besucher zuckte die Achseln. «Ich überbringe nur die Nachricht», erwiderte er. «Ich bin nicht zuständig und kenne daher die Einzelheiten nicht. Aber soweit ich informiert wurde, gibt es in der Angelegenheit nur zwei Lösungen.»

«Und die wären?»

«Nun, eine glückliche, die wir natürlich alle anstreben.»

«Toll», sagte McBride. «Und was ist die andere?»

«Die andere? Tja also, die andere... ist die unglückliche. Das ist die, bei der Sie beschließen, Ihre Geschichte publik zu machen. Bei der Sie als Komafall in der geschlossenen Abteilung im St. Elizabeth's

Hospital enden.» Er hielt inne. «Das wollen Sie doch bestimmt nicht.»

Er wollte nicht.

Als sie schließlich wieder in Washington waren, umfasste Adriennes Liste mit den zu erledigenden Dingen drei volle Seiten. Unter anderem musste der Schaden an dem Mietwagen der Versicherung gemeldet werden, und sie wollte ihre persönlichen Sachen holen, die noch in ihrem Büro bei Slough lagen. Das würde etwas peinlich werden, aber eigentlich machte es ihr nichts mehr aus, nach allem, was sie erlebt hatte. Im Gegenteil, sie freute sich inzwischen darauf, ihre eigene Kanzlei zu eröffnen.

Doch zuvor würde sie Nikkis Wohnung auflösen müssen, und zwar bis Ende des Monats, wie sie der Eigentümerfirma zugesagt hatte.

Und neben diesen kleineren Dingen musste sie sich noch um Nikki kümmern. Nikkis Asche ruhte noch immer in der Urne. Adrienne hatte den brennenden Wunsch nach irgendeinem Ritual, um den Abschied ihrer Schwester von dieser Erde würdevoll zu gestalten.

McBride hatte seine eigene Liste, und dabei ging es vor allen Dingen darum, in das Leben zurückzufinden, aus dem er einst so jäh herausgerissen worden war. Er musste mit Freunden und Kollegen – in San Francisco und sonst wo – Kontakt aufnehmen. Er musste zurück in seinen Beruf finden. Und er musste sich um seine Bankkonten und Aktien kümmern. Er hatte eine kleine Summe in Internet-Aktien investiert, vielleicht weil er in der Nähe von Silicon Valley gelebt hatte. Er erinnerte sich wieder, wie viele Anteile er zu welchen Preisen gekauft hatte, und als er sich über die aktuellen Kurse informierte, stellte er erfreut fest, dass die Aktien während seiner Zeit als Jeff Duran in die Höhe geschossen waren. Er war zwar nicht direkt reich, aber seine fünfzehntausend Dollar hatten sich um einiges vervielfacht.

Die Vorstellung, weiter in der Wohnung zu leben, wo er ein «Roboter» gewesen war, war ihm unerträglich. Also zog er erst einmal zu Adrienne. Mrs. Spears war zwar alles andere als begeistert, doch Lew gewann schließlich ihr Herz, indem er sich im Haus nützlich machte, die Regenrinnen säuberte, den Garten auf Vordermann brachte und ihre Spülmaschine reparierte.

Etwa zwei Wochen nach ihrer Rückkehr aus der Schweiz wusste

Adrienne plötzlich, wie sie Nikki einen Abschied bescheren konnte, der ihrer bezaubernden Schwester gerecht werden würde.

Sie erzählte Lew von der Idee und er half ihr bei der Suche nach dem perfekten Modellbauboot im Internet, einer Challenger-Jacht, die ein gewisser Taz Brown zum Verkauf anbot.

Sie bekundeten ihr Interesse, und nachdem sie Adriennes Subaru mit viel Geduld wieder zum Leben erweckt hatten, folgten sie Browns komplizierter Wegbeschreibung zu seinem Haus fünfundzwanzig Meilen entfernt am Potomac. Der Fluss taute auf und war nur noch an wenigen Stellen mit schneeverkrustetem Eis bedeckt.

Brown war ein eleganter fünfzigjähriger Mann. Nach der Begrüßung, bei der Brown einen besorgten Blick auf den verrosteten Subaru warf, gingen sie in die Garage, um sich das gute Stück anzuschauen.

«Sie ist ziemlich groß», sagte McBride. Der Mast war sogar größer als er.

«Ein Meter fünfzig lang, dreißig Zentimeter breit, Mast zwei Meter. Lässt sich in zwei Teile zerlegen, und der Transportkoffer müsste genau auf Ihren Dachgepäckträger passen.»

«Sie ist wunderschön», sagte Adrienne und bat Brown, ihnen zu zeigen, wie man das Boot zerlegte und wieder zusammenbaute.

«Da haben Sie ein richtiges Schnäppchen gemacht», sagte Brown, während Adrienne einen Scheck über 1 250 Dollar ausstellte. «Neu müssten Sie dafür fünf Riesen hinblättern.»

«Ich weiß, es ist ein Batzen Geld», sagte Adrienne ungefragt, als sie nach Washington zurückfuhren, «aber selbst der preiswerteste Sarg hätte fünfmal so viel gekostet. Und glaub mir, Nikki hätte unsere Idee viel, viel besser gefallen.»

Der Mount Vernon Parkway ist eine wunderschöne, zwölf Meilen lange Straße, die südlich von Alexandria aus am Ufer des Potomac entlang zu der Flussbiegung führt, wo George Washington sein Landgut Mount Vernon errichtete. Parallel zur Straße verläuft ein stark benutzter Fuß- und Radweg, und immer wieder gibt es Parks, Jachthäfen und Picknickplätze. Bei schönem Wetter herrscht auf und am Fluss reges Treiben.

Aber das Wetter war nicht schön und es war auch nicht helllichter Tag, so dass sie das Ufer ganz für sich allein hatten. Der Mond, verschwommen und undeutlich hinter der Wolkendecke, spendete etwas

Licht, aber sie hatten auch starke Taschenlampen mitgebracht. Bald hatten sie das Boot vom Dachgepäckträger geholt und startklar gemacht. Sowie sie es in einer geschützten kleinen Bucht zu Wasser gelassen hatten, setzte Adrienne mit frierenden Fingern die Votivkerzen in die Glasschälchen, die sie auf dem Boot befestigt hatte, eins vorn, eins achtern, wegen des Gleichgewichts. Dann stellte sie das Gefäß mit Nikkis Asche in die Mitte des Bootes, wo sich eine passende Vertiefung befand. Als Letztes kamen die Blumen, Rosen, Narzissen und Lilien, die sie rundherum arrangierte.

Und dann war es soweit: Nikki konnte auf ihre letzte große Fahrt gehen. Adrienne zündete die Kerzen an, und Lew lenkte das Boot per Fernsteuerung aus der Bucht hinaus. Eine Brise erfasste die Segel, und das Boot legte sich auf die Seite, bis Lew es wieder stabilisierte. Adrienne hatte Sorge gehabt, das Boot könne wegen des Gewichts der Kerzen und der Asche schwer zu steuern sein, aber es schien ihm nichts auszumachen. Die Votivlichter strahlten und flackerten, beleuchteten die weißen Segel wunderschön, während das Boot hinaus zur Mitte des Flusses glitt. Schließlich stellte Lew die Segel so ein, dass das Boot vor dem Wind fuhr.

«Bon voyage», flüsterte Adrienne, die Hand zum Abschied erhoben.

Lew verstaute die Fernsteuerung wieder in dem Transportkoffer und legte den Arm um Adrienne. Jetzt hatten nur noch Wind und Wasser das Sagen. Das Boot hatte gut Fahrt genommen, und schon Minuten später konnten sie den Rumpf oder die Kerzen nicht mehr sehen, nur ab und zu das gespenstische Weiß der Segel, wenn das Boot von einer Welle hochgehoben wurde, um gleich wieder hinabzusinken. So standen sie in der eisigen Dunkelheit am Ufer des Flusses und schauten dem Segel nach, wie es schimmernd auf schwarzem Wasser dem Meer entgegentrieb.

Bis es verschwunden war.